AF124800

Drachen, Orks und Magier

Alfred Bekker

Published by Cassiopeiapress Extra Edition, 2015.

This is a work of fiction. Similarities to real people, places, or events are entirely coincidental.

DRACHEN, ORKS UND MAGIER

First edition. July 25, 2015.

Copyright © 2015 Alfred Bekker.

ISBN: 978-1515254003

Written by Alfred Bekker.

Drachen, Orks und Magier

von Alfred Bekker

Der Umfang dieses Buchs entspricht 464 Taschenbuchseiten.

Drei frühe Fantasy-Romane des Gorian- und Elben-Autors.

Dieses Buch enthält folgende drei Romane:

Das Schiff der Orks

Keduan - Planet der Drachen

Nebelwelt – Das Buch Whuon

Copyright

Ein CassiopeiaPress Buch: CASSIOPEIAPRESS, UKSAK E-Books und BEKKERpublishing sind Imprints von Alfred Bekker

© by Author

© dieser Ausgabe 2015 by AlfredBekker/CassiopeiaPress, Lengerich/Westfalen

www.AlfredBekker.de

postmaster@alfredbekker.de

Das Schiff der Orks

Ein Schiff voller wilder Orks auf der Suche nach Gold und Glück!

1

Ein hochgewachsener Mann in dunkler Kutte, deren Kapuze tief ins Gesicht gezogen war, ging durch die verfallenden Straßen des nächtlichen Ardassa.

Die Ruinenstadt stellte heute nur einen Abklatsch früherer Größe dar. War sie einst die zweite Hauptstadt des Reiches der Meeresherrscher gewesen, so wurde sie jetzt von dem sagenumwobenen Bettlerkönig beherrscht, der seine Anhänger in alle Welt aussandte. Einst, zur Zeit des Reiches der relianischen Meeresherrscher, war Ardassa eine Weltstadt gewesen. Jetzt rochen ihre zerbröckelnden Mauern nach Moder und eine Aura des Verfalls hatte sich dieses Ortes bemächtigt. Ardassa bot dem Gesindel der gesamten Hemisphäre Unterschlupf. Piraten und Ausgestoßene trafen sich hier, Sonderlinge, Propheten verschrobener Kulte und Gelehrte, deren Lehren andernorts als Ketzerei galten.

Wie ein Schatten wirkte der Kuttenmann.

Das Licht des fahlen Mondes drang nicht in das Dunkel, das seine Kapuze erfüllte.

Von seinem Gesicht war nichts zu sehen.

Eiligen Schritte und fast lautlos ging er durch die engen, finsteren Gassen.

Lärm, Musik und zänkisches Stimmengewirr drang aus den vereinzelten Schänken.

Hier und da wurde eine Tür oder ein Fenster geöffnet und für kurze Augenblicke drang etwas Licht in die Finsternis der Straßen Ardassas.

Die Schritte des Kuttenträgers waren schnell und zielstrebig. Er schien sehr genau zu wissen, wo sein Ziel lag.

Die sich nähernden kehligen Stimmen einiger Männer ließen ihn aufhorchen, als er in eine weitere Gasse bog.

Drei lärmende Männer kamen ihm entgegen, die offenbar schon einiges getrunken hatten. Seeleute irgendeines Piratenschiffs.

Der Kapuzenmann verbarg sich im Schatten einer Türnische und ließ die drei vorbeiziehen. Sie waren zu betrunken, um ihn zu bemerken.

Dann setzte er seinen Weg fort.

Vor der hölzernen Tür eines zweigeschossigen Hauses blieb er stehen. Er benutzte den Schlagring, um anzuklopfen.

Zunächst erfolgte keinerlei Reaktion. Erst nach dem zweiten Versuch öffnete ein alter, gebeugter Mann mit wirren weißen Haaren und einem dünnen Bart.

"Wer seid Ihr?", fragte der Alte.

"Einer, der mit dem Gelehrten Atamandrimedes zu sprechen wünscht!", war die Antwort des Kuttenträgers. Er sprach leise und mit tiefer, etwas rauer Stimme. Es klang beinahe wie ein düsteres Flüstern. Er sprach zwar Bryséisch, aber mit einem eigentümlichen Akzent, der keinen Zweifel daran ließ, dass er aus einem anderen Teil der Welt stammen musste.

Der Alte runzelte die Stirn.

"Ich bin Atamandrimedes", erklärte er.

"So lass mich eintreten. Ich habe mit Euch über eine Schriftrolle zu reden, die sich gegenwärtig in Eurem Besitz befindet, Atamandrimedes."

"Ich weiß nicht, wovon Ihr redet!", erwiderte der Gelehrte.

Eigentlich widerstrebte es ihm ganz offensichtlich, diesen Fremden hereinzulassen.

Aber der Kuttenmann setzte einfach einen Fuß nach vorn. Zwei Schritte und er stand in dem spärlich beleuchteten Haus. Kerzenlicht flackerte in der Zugluft. Mit dem Absatz gab der

Kuttenträger der Tür einen Stoß, sodass sie zurück ins Schloss fiel.

Atamandrimedes wich zurück.

Der Kuttenträger schob den Riegel vor die Tür.

"Es ist viel Gesindel in der Stadt", erklärte er dazu.

"Jetzt sag mir, was Ihr wollt, Fremder!", forderte Atamandrimedes jetzt unmissverständlich.

Aber ein angstvolles Zittern schwang in seiner Stimme mit. Sie hatte einen leicht vibrierenden Klang, drohte sich zu überschlagen. Der Gelehrte schluckte.

Der Kuttenträger legte seine Kapuze zurück. Das hagere Gesicht eines grauhaarigen, bärtigen Mannes wurde sichtbar. Der Teint war dunkel. Und der Blick der dunklen, beinahe schwarzen Augen hatte eine geradezu hypnotische Intensität, die Atamandrimedes unwillkürlich erschauern ließ.

Nie zuvor war ihm ein vergleichbarer Blick begegnet.

"Verzeiht meine Unhöflichkeit", sagte der Kuttenträger schließlich nach einer längeren Pause des Schweigens. "Mein Name ist An-Shar. Und genau wie ihr habe ich Jahre meines Lebens dem Studium der Magie und der alten Schriften gewidmet."

"Ich habe Euren Namen noch nie zuvor gehört", meinte Atamandrimedes stirnrunzelnd.

Ein dünnes Lächeln spielte um An-Shars Lippen.

"Das ist gut möglich", sagte er und hob dabei die Schultern. "Ich bin hier, um mit Euch über eine Schrift zu sprechen, die über verschlungene Pfade in Euren Besitz gelangt ist..."

"Oh, das gilt gewiss für viele Schriften, die ich in meiner Privatbibliothek im Laufe vieler Jahrzehnte gesammelt habe!", erwiderte Atamandrimedes.

"Ich spreche von der Rolle der geheimen Worte..."

Atamandrimedes schluckte. Er öffnete halb den Mund, so als wollte er etwas erwidern. Aber kein einziges Wort kam über seine Lippen.

"Ich bin nicht im Besitz dieser Rolle!", behauptete er schließlich und wich noch ein paar Schritte weiter vor dem Fremden, der sich An-Shar genannt hatte, zurück.

Dessen Stimme bekam jetzt einen bedrohlichen Unterton.

"Jahre schon jage ich dieser Schrift hinterher, habe jede Station ihres Aufenthalts verfolgt, bin ihr über Meere und Kontinente nachgereist. Ich verfolgte ihren Weg über Mokanesh und Aylonesse, über das Meer der Sieben Winde nach Bryseia. So traf ich einen Händler von zweifelhaftem Ruf, der sich mitunter wohl auch als Pirat versucht, wenn die Geschäfte schlecht gehen. Ein schmalgesichtiger Elbenoide namens Salid al-Dosi. Ich bin überzeugt davon, dass Ihr Euch an seinen Namen erinnern werdet!"

"Nein! Ich habe diesen Mann nie getroffen!"

An-Shar lächelte zynisch. "Ich glaube kaum, dass dieser Salid al-Dosi mich angelogen hat. Mir stehen nämlich sehr wirkungsvolle Methoden zur Verfügung, um die Wahrheit aus jemandem herauszuholen. Wenn Ihr versteht, was ich meine..."

Atamandrimedes versuchte, sich vor dem Kuttenträger in Sicherheit zu bringen. Aber sein Körper war von einem Augenblick zum nächsten wie gelähmt. Er vermochte sich nicht mehr zu bewegen. Alles, was er noch vermochte, war seine Augäpfel zu drehen und zu sprechen.

An-Shar trat nahe an den Gelehrten heran.

Atamandrimedes starrte den Fremden entsetzt an. Für einige Augenblicke waren An-Shars Augen vollkommen schwarz. Nicht ein bisschen weiß war noch zu sehen. Diese Erscheinung verschwand allerdings schon nach einigen Momenten. "Ich verfüge über Kräfte, von denen selbst ein Mann wie Ihr keinen Begriff haben dürfte. Und jetzt zeige mir die Schriftrolle, die ich suche..."

"Nein...", krächzte der Gelehrte.

Dann begann er plötzlich zu röcheln, so als ob er keine Luft mehr bekam. Sein Gesicht verfärbte sich, wurde dunkelrot.

"Nicht...nein...", keuchte er.

Noch einmal wurden die Augen des Kuttenträgers für einen kurzen Moment vollkommen schwarz. An-Shars Gesicht verwandelte sich dabei in eine hasserfüllte, verzerrte Maske.

Atamandrimedes schrie auf.

Dann entließ An-Shar den Gelehrten aus dem Griff seiner magischen Kräfte.

Atamandrimedes rang nach Luft, keuchte. Er hielt sich an der Wand fest.

"Ihr müsst ein Hexer sein, der sich der schwarzen Magie bedient!", brachte er dann hervor. "Anders kann ich mir das nicht erklären..."

"Es ist mir gleichgültig, was Ihr darüber denkt, Atamandrimedes. Mich interessiert nur die Schriftrolle. Und Ihr werdet sie mir geben."

Atamandrimedes nickte. Er sah wohl ein, dass er keine Möglichkeit hatte, sich gegen das Ansinnen dieses Mannes zu wehren.

"Folgt mir, An-Shar."

Während Atamandrimedes das sagte, rieb er sich den Hals.

Er führte den Kuttenträger in einen anderen, von Kerzenlicht erfüllten Raum. Der flackernde Schein ließ Schatten an den Wänden tanzen. Überall lagen alte Folianten und Schriftrollen herum.

"Wie ich sehe, habe ich Euch bei Euren Studien gestört, Meister Atamandrimedes..."

Der Gelehrte holte einen zylindrischen Behälter hervor und reichte ihn An-Shar. "Die Rolle, die Sie suchen, befindet sich darin!", behauptete er.

An-Shar öffnete den Behälter, holte vorsichtig die enthaltene Rolle hervor. Den Behälter ließ er zu Boden fallen. Dann entrollte er vorsichtig das Schriftstück.

Jahrelang bin ich diesem Schatz hinterhergejagt!, ging es ihm durch den Kopf. Ein Magier aus der Spätzeit des untergegangenen Reiches Ta-Tekem hatte die 'Rolle der geheimen Worte' verfasst. Eine schier unvorstellbare Irrfahrt hatte dieses Dokument anschließend hinter sich gebracht. Aber jetzt gehört es mir!, dachte An-Shar. Das letzte Stück, das mir in dem großen Mosaik noch gefehlt hat...

Aus den Augenwinkeln heraus bemerkte An-Shar eine Bewegung.

Atamandrimedes schnellte auf ihn zu. In seiner Rechten blitzte ein Dolch.

Der Gelehrte holte zum Stoß aus.

Mitten in der Bewegung hielt er inne. Seine Hand mit der Klinge zitterte. Wie von einer unsichtbaren Kraft abgelenkt, fuhr ihm der Dolch dann selbst in die Brust. Röchelnd sank er zu Boden.

Für Sekunden waren An-Shars Augen wieder vollkommen schwarz.

Er blickte zu den am Boden liegenden Gelehrten hinab.

Wie es scheint, habe ich ihn unterschätzt!, überlegte er. Atamandrimedes kannte offenbar die immense Bedeutung dieser Schriftrolle...

"Makanet Tephrenet ktogafon...", murmelte der Mann in der Kutte. Formelhafte Worte in einer längst vergessenen Sprache, die schon Äonen über keines Menschen Lippen mehr gekommen waren.

2

Wochen später...

"Bei der Streitaxt des Elben folternden Ork-Gottes!",
entfuhr es Kirad Kiradssohn Elbenschlächter. "Ein bryséisches
Handelsschiff! Darauf habe ich gewartet!" Der große, hässliche
Kapitän und Schiffseigner stand am Bug des Ork-Langschiffs
ORKZAHN. Die Gischt spritzte hoch empor, das Segel wurde
von dem kräftigen Wind gebläht, der über die Meeresstraße
zwischen den Küsten Relians und Bryseias wehte.

Die ORKZAHN war eine Skaid, worunter man ein
orkisches Kampfschiff neuerer Bauart verstand, vierzig Meter
lang, acht Meter breit und mit etwa zweihundert Kriegern
bemannt. Am Bug befand sich der charakteristische
Drachenkopf, der die Ork-Schiffe als Schrecken der Meere
kennzeichnete.

"Es wurde Zeit, dass wir endlich auf Beute stoßen",
murmelte Rraggrrorr Einauge, ein mächtiger Ork mit
hässlichem Gesicht und üblen Hauern, der jetzt neben Kirad
Kiradssohn getreten war. "Die Männer wurden schon
unruhig."

Kirads Pranke schloss sich um den Griff des Breitschwertes,
das er an der Seite trug.

"Ich hoffe nur, dass dieser bryséische Segler die Mühe auch
lohnt und wertvolle Fracht an Bord hat."

Rraggrrorr Einauge lachte rau.

"Wie die Barkasse eines Stadtfürsten sieht diese Nussschale
nicht gerade aus, Kirad!"

Die Männer stimmten ein wildes Kriegsgeheul an.

Die ORKZAHN fuhr seitlich auf den bryséischen Segler zu, näherte sich ihm von der dem Wind zugewandten Seite. Das war Taktik. Irgendwann würde das Quadratsegel, das von dem Gaffel der ORKZAHN hing, dem bryséischen Handelssegler im wahrsten Sinn des Wortes den Wind aus den Segeln nehmen.

Das Handelsschiff war ohnehin viel schwerfälliger, was die Manövrierfähigkeit anging.

Unter den Bryseiern brach offensichtlich Panik aus. Hektische Aktivität war zu beobachten. Die wirren Schreie drangen durch das Tosen der Gischt bis zu den Orks an Bord der ORKZAHN hinüber und stachelte die Freibeuter nur noch mehr an.

"Mehr Steuerbord!", rief Kirad in Richtung von Krune Drygvarrson, dem ersten Steuermann des Drachenschiffs. "Diese fette Beute soll uns nicht entkommen."

Bogenschützen gingen in Stellung und schossen ihre Pfeile in Richtung des Handelsseglers. Manche der Pfeilspitzen schnitten in die Segel hinein, andere bohrten sich in die Körper der bryséischen Seeleute.

Erste Todesschreie gellten über das Meer.

Einige Bryseier versuchten ebenfalls mit dem Bogen zurückzuschießen. Pfeile sirrten durch die Luft. Aber kaum einer erreichte auch die ORKZAHN. Hastig und schlecht gezielt glitten die meisten von ihnen ins Wasser.

Dann war die ORKZAHN bis auf wenige Meter an das Handelsschiff herangekommen.

Einer der Orks schleuderte eine Wurfaxt über die Reling des Handelsschiffs und traf einen der Bryseier mitten in der Stirn.

Die Segel des bryséischen Schiffes hingen schlaff vom Mast. Enterhaken wurden hinüber geworfen, hakten sich fest.

An dicken Tauen zogen die Krieger des Nordens den bryséischen Segler näher an ihr eigenes Schiff heran.

Gleichzeitig wurden die Segel der ORKZAHN losgelassen, so dass das Drachenschiff innerhalb weniger Augenblicke fast vollkommen die Fahrt verlor.

Die ORKZAHN legte sich jetzt längsseits des bryséischen Seglers.

Ein Pfeil durchdrang die Brust eines Orks. Getroffen kippte er über die Reling der ORKZAHN hinein in die Fluten.

Doch der bryséische Schütze kam nicht mehr dazu einen zweiten Pfeil einzulegen, denn Yggron Schädelspalter hatte seine Wurfaxt herausgerissen und mit einer wuchtigen Bewegung in Richtung des Gegners geschleudert.

Mitten in die Stirn wurde der bryséische Bogenschütze getroffen. Nicht einmal mehr für einen Schrei blieb ihm noch Zeit.

Für die orkischen Seefahrer gab es jetzt kein Halten mehr.

Kirad Kiradssohn, der Kapitän der ORKZAHN, kletterte als einer der Ersten an Bord des bryséischen Seglers.

Dicht hinter ihm Trurbjjan Axtschwinger, der eine gewaltige Streitaxt schwang, um damit Tod und Verderben unter den bryséischen Seeleuten zu säen.

Etwas zischte durch die Luft.

Kirad duckte sich im letzten Moment. Eine scharfe, blitzende bryséische Klinge schnellte dicht über ihn hinweg.

Den nächsten Hieb parierte Kirad mit seinem eigenen Schwert. Metall schlug klirrend auf Metall.

Der Bryseier holte erneut aus, aber eher seinen Schlag wirklich anbringen konnte, hatte Kirad Kiradssohn Elbenschlächter ihm den Kopf vom Rumpf getrennt.

Überall auf dem Schiff war jetzt Waffengeklirr zu hören. Es mischte sich mit den Schreien der Sterbenden und den barbarischen Kriegsrufen der Orks.

Der Übermacht der geballten Kampfkraft der Ork hatten die bryséischen Seeleute auf Dauer nichts entgegen zu setzen.

Die Verteidiger waren zum Untergang verurteilt. Einer nach dem Anderen sank blutüberströmt auf die Planken oder in die salzige See.

Trurbjjan Axtschwinger ließ seine gewaltige, fast schon monströs wirkende Streitaxt kreisen.

Yggron Schädelspalter hieb mit einem einzigen Schwertstreich seinen Gegner in der Mitte durch.

Kirad drang indessen ins Innere des Schiffes vor. Es stieg eine schmale Treppe hinab, die unter Deck führte.

Ein Mann in einem dunkelroten, tunikaartigen Gewand stürmte ihm entgegen.

Sein dunkles Haar kräuselte sich etwas und zeigte Ansatz zur Lockenbildung. Die eine Hand umklammerte ein langes, schlankes Schwert, die andere einen Wurfspeer. Das Gesicht dieses Mannes war zu einer Maske der Wut verzerrt.

Er schleuderte seinen Speer. Kirad wich zur Seite. Nur eine Handbreit neben ihm fuhr der Speer entlang und zerschmetterte eine der Sprossen jener Holztreppe, über die Kirad soeben hinabgestiegen war.

Mit der Wucht derselben Bewegung stürzte der Bryseier nun vorwärts, ließ dabei das Schwert kreisen. Seine Hiebe folgten rasch aufeinander.

Kirad vermochte sie nur mit Mühe zu parieren. Er wich aus, taumelte zu Boden.

Der Bryseier war über ihm, fasste das Schwert mit beiden Händen, um Kirad Kiradssohn Elbenschlächter den Todesstoß zu versetzen, als sich ein Pfeil in die Brust des Bryseiers bohrte.

Mit einem verständnislosen Ausdruck in den Augen sank er zu Boden.

Kirad kam wieder auf die Füße. Er atmete tief durch, blickte dann hinauf zu jener Luke durch die er hinabgestiegen war.

Dort sah er das breite bärtige Gesicht von Yssgar Bogenschütze.

"Das war knapp, Kapitän", sagte Yssgar. Er stieg jetzt ebenfalls hinab, übertrat dabei die von dem Speerwurf zerstörte Sprosse.

Oben, an Deck, war der Kampflärm inzwischen abgeebbt. Die Schreie der Sterbenden verstummten.

Kirad legte Yssgar eine Hand auf die Schulter.

"Du hast etwas gut bei mir, Yssgar."

Yssgar Bogenschütze lachte dröhnend.

"Ich denke bei dieser Fahrt werden sich noch genügend Gelegenheiten ergeben bei denen du dich revanchieren kannst, Kapitän."

"Da magst du wohl recht haben", nickte Kirad.

Yssgar ließ kritisch den Blick umherschweifen.

Einige Kisten und Fässer standen in diesem Raum herum und waren durch Taue gut befestigt, damit sie während der Fahrt bei hohem Seegang nicht in Bewegung gerieten.

Yssgar zog sein Schwert, hieb eines der Taue durch und kantete eine der zugenagelten Kisten auf.

Er verzog angewidert den Mund.

"Eingelegtes Salzfleisch, pah und Stockfisch."

"Hast du Kisten voller Gold erwartet?", fragte Kirad.

Yssgar grinste.

"Jedenfalls wäre mir das lieber als dieser Fraß hier."

Eine hochaufgeschossene Gestalt schälte sich aus dem Halbdunkel des Laderaums heraus.

Die Gestalt trug einen kuttenartigen Kapuzenmantel. Unwillkürlich fasste Kirad den Schwertgriff fester und auch durch die Gestalt von Yssgar Bogenschütze ging ein Ruck. Seine Rechte ließ das Schwert fallen. Mit einer behänden, sehr schnellen Bewegung zog er einen Pfeil aus dem Köcher und legte ihn in den Bogen ein.

"Ich warne euch", sagte die Gestalt mit dunkler Stimme. "Wenn ihr mich tötet, so werdet ihr es bereuen."

Der Unbekannte hatte Bryséisch gesprochen, eine Sprache, die Kirad Kiradssohn einigermaßen beherrschte.

Gut zehn Sommer war es jetzt schon her, dass Kirad auf dem Handelsschiff seines Onkels Magnus Lroffson angeheuert hatte und zum Steuermann ausgebildet worden war.

Magnus Lroffsons Fahrten hatten oft in die Städte Bryseias geführt und in jener Zeit hatte Kirad Kiradssohn gelernt, wie man ein Schiff führte und wie man es dabei anstellte, dass man die Elemente zu Freunden hatte.

All dies kam dem Kapitän, da er mit eigenem Schiff und auf eigene Rechnung auf Raubfahrt ging, sehr zu gute.

Ebenso die Kenntnisse über die bryséischen Städte und Handelsplätze, die er damals erworben hatte. Denn auch geraubtes Gut wollte irgendwo und irgendwann wieder in klingende Münze verwandelt werden, wobei es Kirad Kiradssohn Elbenschlächter ziemlich einerlei war, welcher Herrscher diese Münzen jeweils geprägt hatte.

Der Unbekannte legte jetzt seine Kapuze zurück. Sein grauhaariger Kopf kam zum Vorschein.

Der noch beinahe schwarze Bart unterstrich die harten Konturen seiner Züge. Die dunklen fast schwarzen Augen schienen eine beinahe hypnotische Kraft zu haben, der man sich schwer entziehen konnte.

Mit einem stechenden Blick musterte der Bärtige die beiden Orks.

"Ich bin der Kartenleser dieses Schiffes und mein Wissen könnte euch von großem Nutzen sein."

Die Augen des Unbekannten verengten sich plötzlich, wurden zu schmalen Schlitzen. Sein Gesicht bekam einen äußerst angespannten Ausdruck.

Yssgar Bogenschütze schrie auf, riss den Bogen empor. Der Pfeil schoss in die Decke, blieb in dem dunklen Holz stecken und zitterte dabei, während der Bogenschütze rückwärts zu Boden ging.

Yssgars Augen waren schreckgeweitet.

Kirad stand wie erstarrt da, musterte kurz den Bogenschützen. Nie zuvor hatte Yssgar so etwas erlebt.

Kirad nahm das Schwert mit beiden Händen.

"Bei den einfältigen Göttern Bryseias, wer bist du?", fragte er den Fremden.

Das Lächeln, das jetzt auf seinem Gesicht erschien, troff nur so vor Verachtung und Zynismus.

"Immerhin beherrschst du die Sprache der Zivilisation gut genug, um in ihr fluchen zu können", stellte er fest. "Das kann nicht jeder Barbar von sich behaupten."

Vollkommen unerschrocken trat der Mann einen Schritt nach vorn.

"Mein Name ist An-Shar", erklärte er.

"Das ist kein bryséischer Name", stellte Kirad fest. "Und selbst ich, der ich ja nur ein Barbar bin, höre den Akzent mit dem du sprichst."

"Du hast Recht. Ich bin kein Bryseier."

Yssgar Bogenschütze, der kaum Bryséisch sprach und diese Unterhaltung nicht mitbekommen hatte, streckte die Hand aus. Er schluckte dabei.

"Dieser Mann ist von einem Dämon besessen", stieß er hervor. "Er hat Kräfte, die sich nicht mit den Gesetzen der Natur in Einklang bringen lassen. Irgendeine Art von Magie scheint er anzuwenden."

Yssgar erhob sich. Er wollte nach dem Bogen greifen, aber Kirad schüttelte den Kopf.

"Bevor wir ihn erschlagen, lassen wir ihn doch noch erzählen", forderte der Kapitän.

Kirad war sich nicht sicher, ob sein Gegenüber auch Orkisch verstand.

"Du hast gesagt, du seist Kartenleser", wandte er sich dann in bryséischer Sprache an An-Shar.

"Das ist richtig", nickte dieser.

"Wohin wart ihr unterwegs?"

"Die Reise dieses Schiffes sollte nach Elbenoi führen. Es ging darum, einen Schatz von kaum vorstellbarem Wert zu bergen."

"In Elbenoi ?", höhnte Kirad. "Nach allem was ich über dieses Land gehört habe, besteht es aus Wüsten, Sand und Ruinen, die hin und wieder vom Wind freigelegt werden."

"Du bist vielleicht nicht ganz so weltläufig wie du glaubst, Barbar. Im Übrigen habt ihr alle erschlagen, die mit mir diesen Schatz zu bergen hofften. Ich schlage daher vor, dass wir uns zusammentun. Ich brauche ein Schiff und eine Mannschaft und nach allem, was ich über die Orks weiß, sind sie für die Aussicht auf Reichtum jedes nur erdenkliche Risiko einzugehen."

"Gut", sagte Kirad. "Wir nehmen dich mit, als unseren Gefangenen."

An-Shar lachte laut auf.

"Du kannst das nennen wie du willst, Barbar, aber im Endeffekt werden wir beide Partner sein, gleichberechtigte Partner. Denn ohne mein Wissen wirst du diesen Schatz nie erringen können. Dir wird nichts anderes übrig bleiben, als mit mir zusammen zu arbeiten. Mal davon abgesehen, dass es nicht so leicht ist mich zu erschlagen. Das haben schon ganz andere versucht."

Er streckte die Hand aus. Der Bogen, den er zuvor Yssgar mit Hilfe seiner geheimnisvollen Kräfte entrissen hatte, schwebte jetzt empor direkt in die Hand des Bogenschützen. An-Shar murmelte dabei etwas vor sich hin, das in den Ohren der beiden Orks wie sinnlos aneinander gereihte Silben klang.

3

Kirad und seine Männer ließen den bryséischen Segler brennend zurück. Hoch loderten die Flammen empor. Die Rauchfahne wurde vom Wind in Richtung der Küste Bryseias geweht.

An Bord der ORKZAHN wurde das Segel gesetzt. Der stärker werdende Wind drehte und kam nun zunehmend aus Richtung Nord, aber er war stark genug die Segel zu blähen und sehr schnell eine immer größer werdende Distanz zu dem Wrack des bryséischen Seglers zu schaffen.

An-Shar, dieser geheimnisvolle mit magischen Fähigkeiten ausgestattete Mann, hielt sich im Heck der ORKZAHN auf, dort wo Krune Drygvarrson mit seinen kräftigen Pranken das Ruder hielt.

Die Ruderriemen waren eingezogen worden. Ein Ork ruderte normalerweise nur dann, wenn es aus irgendwelchen Gründen nicht möglich war segelnd vorwärts zu kommen, bei Flaute oder wenn man einen Flusslauf stromaufwärts fahren wollte.

"Ich weiß nicht, ob es wirklich eine gute Idee war, diesen eigenartigen Mann an Bord zu nehmen", sagte Yssgar Bogenschütze an Trurbjjan Axtschwinger gewandt.

Die beiden Männer hielten sich am Bug des Schiffes auf.

Trurbjjan zuckte die Achseln. "Unser Kapitän wird schon wissen, was er tut."

"Das will ich hoffen."

"Du bist doch sonst nicht so ängstlich, Yssgar", lächelte Trurbjjan.

Yssgar ballte unwillkürlich die Hände zu Fäusten. "Bei Kjull, dem Gott des Schabernacks und der Zauberei, ich habe die Kraft gespürt, die in diesem Mann schlummert."

Trurbjjan Axtschwinger hörte stirnrunzelnd zu während sein Gegenüber zu einer dramatischen Erzählung jener Ereignisse ansetzte, die sich unter Deck abgespielt hatten.

Schließlich zuckte Trurbjjan mit den Schultern.

Kirad, der sich unterdessen im Heck der ORKZAHN befand, wandte sich an Krune Drygvarrson, dem Steuermann, und machte eine Bewegung mit der Hand.

"Halte dich weiterhin in Richtung der bryséischen Küste", forderte er. "Dort ist die Wahrscheinlichkeit größer, dass wir noch auf lohnendere Beute stoßen als auf diesen Segler."

"Eine so armselige Beute habe ich selten erlebt", meinte Krune.

Ein paar Waffen, Ausrüstungsgegenstände und Vorräte hatten die Orks an Bord der ORKZAHN gebracht. Eine Beute, die den Aufwand kaum gelohnt hatte.

Wenn diese Pechsträhne weiter anhält, werden die Männer unruhig werden, dachte Kirad Kiradssohn Elbenschlächter.

Von früheren Fahrten wusste er nur zu gut, dass es in so einem Fall kritisch werden konnte.

Kirad drehte sich zu An-Shar herum, der gedankenverloren der Rauchsäule des brennenden bryséischen Seglers nachsah.

"Was ist das für ein Schatz, von dem du gesprochen hast?", fragte der Kapitän.

An-Shar lächelte mild.

"Ich sehe du hast Blut geleckt, Ork. Genauso wie ich es mir gedacht habe. Der Gedanke daran mit wenig Mühe einen sagenhaften Reichtum ernten zu können, lässt dich nicht los."

Ein spöttischer Zug erschien in Kirads Gesicht.

"Mehr als hohle Worte scheint mir bisher nicht hinter deinem Gerede zu stecken, An-Shar. Oder willst du etwa behaupten, dass du mit dieser bryśeischen Nussschale wirklich und wahrhaftig Richtung Elbenoi unterwegs warst?"

An-Shar hob die Schultern.

"Es war mir leider nicht möglich in Ardassa ein besseres Schiff zu bekommen", erklärte er.

"So, von Ardassa aus bist du aufgebrochen", echote Kirad.

Die Ruinenstadt stellte heute nur einen Abklatsch einstiger Größe dar. War sie einst die zweite Hauptstadt des Reiches der Meeresherrscher gewesen, so wurde sie jetzt von dem sagenumwobenen Bettlerkönig beherrscht und bot dem Gesindel der gesamten Hemisphäre Unterschlupf. Piraten und Ausgestoßene trafen sich dort.

An-Shar trat einen Schritt vor auf Kirad zu.

Er machte jetzt einen geradezu beschwörenden Gesichtsausdruck. Die kühle abgeklärte Distanziertheit, die sonst sein Mienenspiel kennzeichnete war von einem Augenblick zum anderen von ihm abgefallen.

"Ich brauche ein neues Schiff", stieß er hervor. "Und ganz gleich, wer der Kapitän dieses Schiffes sein wird, er wird als reicher Mann von dieser Reise zurückkehren."

"Du verkennst deine Lage, An-Shar", lachte Kirad. "Du bist ein Gefangener und den Kurs bestimme ich ganz allein."

"Du magst ein Barbar aus dem Norden sein, aber du bist nicht dumm", stellte An-Shar fest. "Einst erstreckte sich zu beiden Seiten des großen Stromes Jasabil das uralte Reich Ta-Tekem. Seine erhabenen Tempel, die Häuser seiner Städte sind größtenteils zu Staub zerfallen, aber ein Teil davon liegt noch unversehrt unter dem Wüstensand. Immer wieder stoßen elbenoidische Karawanen auf vor Jahrtausenden verlassene Geisterstädten."

"Geisterstädte?"

"Der Jasabil hat oft sein Bett verändert und so lagen sie ehedem wohl in der Uferzone. In einer dieser Ruinenstädte stieß ich auf einen Schatz von schier unvorstellbarer Größe.

Gold, Silber, mehr davon als man auf deinem Schiff laden könnte."

"Warum hast diesen Schatz nicht selbst geborgen, wenn du schon einmal da warst?", fragte Kirad.

An-Shar hob die Augenbrauen.

"Ich war mit einer kleinen Gruppe Elbenoidischer Begleiter dort", berichtete er. "Karawanenführer, die ich angeheuert hatte. Durch das Studium uralter Karten war mir die Lage dieser Ruinenstadt bekannt. Ich ließ die Elbenoiden soviel von dem Zeug aufladen, wie die wenigen Kamele, die wir bei uns hatten, zu tragen vermochten. Allerdings wurden wir unterwegs von Räubern überfallen. Nur wenige Stücke vermochte ich zu retten."

Er griff in die Taschen seines weiten Mantels, holte ein Amulett hervor. Zweifellos war es aus Gold. Fremdartige Schriftzeichen, die Kirad Kiradssohn Elbenschlächter nie zuvor gesehen hatte und der er auch kein bekanntes Alphabet zuzuordnen vermochte, waren in das Edelmetall eingraviert worden.

An-Shar gab Kirad das Amulett.

"Behalte es, Kapitän."

Kirad hielt das Amulett ins Licht, fuhr dann mit der Fingerkuppe darüber. Immerhin gab es jetzt so etwas wie einen greifbaren Beweis für die Geschichte An-Shars. Aber noch immer hatte Kirad Kiradssohn Zweifel. Er traute diesem Mann einfach nicht.

"Zurück zu deiner Geschichte", begann der Ork. "Unter Deck des bryséischen Seglers habe ich gesehen, dass du über erstaunliche Kräfte verfügst. Immerhin hast du meinen besten Bogenschützen außer Gefecht gesetzt, der dir liebend gern einen Pfeil ins Auge gejagt hätte."

"Ich bin ein umfassend gebildeter Gelehrter und war als solcher in verschiedenen Städten Bryseias tätig", berichtete An-

Shar. "Unter anderem habe ich mich auch mit der Kunst der Magie befasst."

"Warum habt ihr diese Kunst dann nicht gegen jene Räuber angewandt, die euch damals in der Wüste von Elbenoi überfielen?"

"Gleich zu Beginn des Kampfes bekam ich einen Pfeil in den Rücken", sagte An-Shar. "Diese Verwundung setzte mich zunächst vollkommen außer Gefecht und ohne meine magischen Heilkräfte, hätte ich jenen Tag auch nicht überlebt. Im Übrigen machst du dir vielleicht eine falsche Vorstellung von meinen Fähigkeiten."

"Dann erkläre es mir genauer", forderte Kirad.

"Ich verfüge über gewisse Kräfte, die ich durch Konzentration meines Geistes mobilisieren kann, aber das ist oft abhängig von den Umständen, von der Umgebung. Die Hilfe übernatürlicher Wesen lässt sich nicht überall herbeirufen und im Übrigen sind meine Kräfte begrenzt, auch wenn dich mein Kunststück im Lagerraum des bryséischen Seglers anscheinend beeindruckt hat."

Kirad verzog das Gesicht.

"In einem scheinst du jedenfalls unschlagbar zu sein, An-Shar."

Der Magier hob die Augenbrauen. "Wovon sprichst du?"

"Von deiner Fähigkeit für alles eine Erklärung zu finden."

"Ich spreche nichts als die Wahrheit und ich gebe dir unverdientermaßen und nur durch die Umstände begründet, die Möglichkeit ein reicher Mann zu werden. Alles, was du tun musst, ist zur Mündung des Jasabil zu segeln, dann flussaufwärts bis zu einem Punkt, den nur ich kenne, um schließlich ein paar Meilen landeinwärts zu der Ruinenstadt zu reisen von der ich gesprochen habe. Ein Ort voller Reichtümer, den die Zeit und die Welt vergessen haben."

Der Magier machte eine weit ausholende Handbewegung. "Frage deine Männer, was sie darüber denken. Vielleicht können sie deine Zweifel zerstreuen." Ein teuflisches Lächeln spielte jetzt um seine dünnen Lippen. "Oder sollte ich das vielleicht tun?"

Bis jetzt hatten sie Bryséisch miteinander gesprochen, so dass die Männer von dieser Unterhaltung kaum etwas mitbekommen hatten. Sofern überhaupt, so sprachen die Besatzungsmitglieder der ORKZAHN nur sehr schlecht die Sprache Bryseias.

"Vielleicht ist es doch besser, wenn du sie vor diese Frage stellst", fuhr der Magier indessen fort, "denn meine Kenntnisse in Orkisch sind nicht so gut, dass ich mich besonders gewählt ausdrücken könnte."

Diese Sprache spricht er auch, ging es Kirad durch den Kopf. Dieser Mann schien tatsächlich so etwas wie ein Universalgelehrter zu sein. Ein Mann allerdings, der mit seinen Fähigkeiten eher hinter dem Berg hielt als sie offen zu demonstrieren.

Kirad betrachtete das goldene Amulett mit den eigenartigen Schriftzeichen. Warum eigentlich nicht, ging es ihm dann durch den Kopf. Nicht zum ersten Mal würde er mit der ORKZAHN einen Fluss hinaufrudern.

"Ich werde die Männer fragen", versprach Kirad, aber im Grunde seines Herzens war die Entscheidung längst gefallen. Die Neugier hatte ihn gepackt, was es mit diesem Schatz auf sich hatte. Die Gier nach Reichtum hatte Besitz von ihm ergriffen.

"Solltest du gelogen haben, Magier, dann werde ich dich töten!"

4

Stunden vergingen.

Die ORKZAHN war mit gutem Wind in südliche Richtung gesegelt.

Kirad zögerte noch auf den Vorschlag des Magiers einzugehen. In der rechten Hand hielt er das goldene Amulett.

Immerhin, ganz aus der Luft gegriffen konnten die Erzählungen des Magiers ja nicht sein. Irgendwoher musste das Gold, aus dem dieses Amulett geschmiedet war, schließlich stammen.

"Hört her, ihr Männer!", rief er schließlich. Er hielt das Amulett empor. "Dieses Gold stammt aus einem Schatz, der in einer Ruinenstadt in Elbenoi verborgen liegt. Jedenfalls sagt das unser Gefangener An-Shar. Wir werden also zur Mündung des Jasabil segeln und dieser Mann hier", Kirad deutete auf An-Shar, "wird uns zu jenem Ort führen, an dem er dies hier fand."

Ein Großteil der Männer war hellauf begeistert.

"Das hört sich endlich mal nach guter Beute an", rief Yggron Schädelspalter und Trurbjjan Axtschwinger teilte seine Begeisterung. "Zu lange hat uns das Pech verfolgt, aber es scheint als würden wir jetzt auf der Gewinnerseite stehen."

Als der erste Tumult sich gelegt hatte, meldete sich Yssgar Bogenschütze zu Wort. Sein Gesicht wirkte grimmig, die Augen waren zu schmalen Schlitzen zusammengezogen. Seine ausgestreckte Hand deutete auf An-Shar.

"Ich traue diesem Burschen nicht. Er verfügt über dämonische Kräfte und um ehrlich zu sein, ich segle nicht gerne mit jemandem an Bord desselben Schiffes, der offenbar in der Anwendung übernatürlicher Kräfte ausgebildet ist."

"Bei Ork-Gott Elbenfolterers blutgetränkter Streitaxt!", fluchte Krune Drygvarrson, der 1.Steuermann der ORKZAHN. "Rufen wir nicht alle den Beistand des Übernatürlichen herbei, wenn wir in Gefahr sind? Oder vor dem Kampf?"

"Der Unterschied ist nur, dass die übernatürlichen Kräfte auf diesen Mann zu hören scheinen", entgegnete Yssgar.

Krune Drygvarrson machte eine wegwerfende Handbewegung. "Bei den Göttern Orkwegens, das ist doch kein Grund jemandem zu misstrauen!"

"Du hast seine Kraft nicht zu spüren bekommen", erwiderte Yssgar. Seine Hände waren zu Fäusten geballt.

"Es hat keinen Sinn, wenn wir uns streiten", meinte Kirad Kiradssohn. "Ich bin der Kapitän. Mir gehört dieses Schiff und ich entscheide. So ist es immer gewesen und so ist es auch diesmal. Es gibt keinen vernünftigen Grund, diesem Mann zu misstrauen. Er wird uns schon deswegen nicht betrügen, weil er selbst einen Teil dieses Schatzes haben will."

Der Magier trat jetzt vor, stellte sich neben Kirad. Er hatte die Kapuze aufgesetzt. Sein Gesicht lag bis auf die Kinnspitze im Schatten.

Die Sonne stand schon tief.

"Ich will nichts von dem Gold. Das könnt ihr alles haben. Ich will einzig und allein ein einzelnes unscheinbares Juwel, das ich für meine magischen Studien benutzen möchte, die ich betreibe."

An-Shar hatte sehr langsam gesprochen und zum ersten Mal auf Orkisch. In dem Moment indem er die Stimme erhoben hatte, war es augenblicklich ruhig gewesen, so als ob eine Art natürlicher Autorität diesen Mann wie eine Art Aura umgab.

"Jeder von euch wird diese Reise als reicher Mann beenden, jeder von euch wird sich, wenn er nach Orkwegen zurückkehrt ein eigenes Schiff kaufen können, eine eigene Mannschaft anheuern und auf eigene Rechnung auf Fahrt gehen können.

Zugegeben es braucht etwas Mut dafür. Ich habe schon viel über die Männer Orkwegens gehört, aber noch nicht, dass sie feige sind. Also dürfte dieser Punkt kein Hinderungsgrund sein."

Einige Augenblicke lang herrschte Schweigen und das Rauschen der Gischt war zu hören, die hoch aufspritzte, während die ORKZAHN durch diese hindurch pflügte.

"Redet so ein Gefangener", rief Yssgar. "Pah, wahrscheinlich steht ihr alle unter seinem magischen Einfluss. Wer weiß schon, über welche Kräfte er wirklich verfügt. Bei Kjulls Hinterlist!"

"Wenn dem so wäre, dann hätte ich doch leicht auch dich beeinflussen können, Bogenschütze", erwiderte An-Shar auf seine schleppende akzentbeladene Art und Weise.

Yssgar machte eine betreffende Handbewegung. Er spürte, dass die anderen Männer sich nichts sehnlicher wünschten als in den Besitz des Schatzes zu gelangen von dem An-Shar gesprochen hatte. Er wandte sich an Kirad Kiradssohn Elbenschlächter.

"Du bist der Kapitän", sagte er. "Ich habe bei dir angeheuert und ich folge dir, aber das heißt noch lange nicht, dass ich diesem Kapuzenmann hier auch nur einen Meter über den Weg traue."

Yssgar spuckte aus.

"Mir ist ehrliche Feindschaft lieber als falsche Freundschaft", sagte An-Shar als Yssgar sich bereits umgedreht und der See zugewandt hatte. "Aber spätestens in dem Augenblick in dem du mehr Gold besitzt als du tragen kannst, wirst du einsehen, dass du Unrecht hattest, Bogenschütze."

Unterdessen wandte sich Kirad an den Steuermann. "Wir ändern den Kurs in Richtung Südwesten."

"Wir werden ziemlich nah an den Gewässern Relians vorbeikommen", erwiderte Krune.

"Fürchtest du dich? Unsere Skaid ist schneller als jede relianische Galeere, aber der Wind steht günstig für diesen Kurs und wir könnten auf diese Weise wesentlich schneller an der Mündung des Jasabil sein als wenn wir uns entlang der Küste orientieren."

Krune Drygvarrson zuckte die Achseln. "Du bist der Kapitän, Kirad."

"Ich weiß."

Krune Drygvarrson umklammerte das Steuerruder. Er ließ die ORKZAHN eine halbe Drehung vollführen. Sie fuhr jetzt nicht mehr mit seitlichem, sondern mit Rückenwind.

In den nächsten Tagen geschah nichts Besonderes außer, dass der Wind immer mehr nachließ. Die See wurde spiegelglatt. Das Quadratsegel der ORKZAHN hing schlaff vom Gaffel herunter.

Schließlich gab es keine andere Möglichkeit, als dass die Männer der ORKZAHN an die Ruderriemen gingen, sollte die schnittige Skaid nicht mehr oder weniger ohne Kurs dahin dümpeln.

Keiner der orkischen Seefahrer murrte.

Es ist die Aussicht auf schnellen Reichtum, die ihre Arme stark macht, ging es Kirad Kiradssohn Elbenschlächter durch den Kopf. Die blanke Gier nach Gold. Aber ist sie nicht auch in deinem Fall die treibende Kraft, überlegte der Kapitän.

Er stand am Bug der ORKZAHN, dort wo der imposante Drachenkopf begann, der weit nach vorn ragte.

Einen Fuß stellte er auf die Außenwandung und blickte dem immer dunstiger werdenden Horizont entgegen.

Es ist nichts dagegen einzuwenden, Kirad, sagte eine Stimme in seinem Hinterkopf. Du darfst nur nicht zu leichtsinnig werden. Gier betäubt die Sinne und macht dich verwundbar.

Kirad lauschte dem regelmäßigen Geräusch, das das Eintauchen der Ruderblätter in das glatte grünblaue Wasser verursachte.

Aus dem Hintergrund heraus, wie aus weiter Ferne, hörte Kirad die Stimme von Yssgar Bogenschütze. Provozierend wandte sich der Ork an An-Shar, den Magier.

"Was ist, wie wäre es, wenn du deine Kräfte darauf verwendest für Wind zu sorgen, Magier?"

"Ich glaube, du überschätzt meine Möglichkeiten", erwiderte An-Shar in seinem akzentschweren Orkisch. Ätzender Spott mischte sich dann in seinen Tonfall, als er fortfuhr. "Dafür, dass ihr zu Reichtum kommt, werdet ihr schon noch einiges tun müssen."

Kirad nahm diese Unterhaltung nur ganz am Rande wahr. Er verengte ein wenig die Augen. Einige dunkle Punkte am Horizont fesselten seine Aufmerksamkeit.

Die Punkte wurden größer.

Kirad drehte sich plötzlich herum.

"Riemen aus dem Wasser!", rief er. "Sofort!"

Der Befehl des Kapitäns wurde befolgt.

Er wandte sich an Trurbjjan Axtschwinger, deutete gen Horizont. "Wofür hältst du diese kleinen Punkte dort, die aus dem Dunst heraustauchen?"

Trurbjjan blickte angestrengt drein, dann zuckte er die Achseln. "Schiffe, würde ich sagen."

"Gegen ein relianisches Handelsschiff hätte ich nichts einzuwenden", rief Krune Drygvarrson.

An-Shar, der Magier, mischte sich jetzt ein. Er ging in Richtung Bug, blieb in einigen Schritten Entfernung von Kirad stehen.

"Das sind keine Handelsschiffe", sagte er im Brustton der Überzeugung. "Es sind Kriegsgaleeren."

"Woher weißt du das?", fragte Kirad.

"Ich weiß es eben. Das sollte dir genügen."

Kirad gab Krune Drygvarrson den Befehl den Kurs zu ändern, um der herannahenden Flotte auszuweichen. Die Punkte am Horizont wurden indes rasch größer. Es dauerte nicht lange bis Kirad erkannte, dass der Magier recht gehabt hatte. Es handelte sich tatsächlich um relianische Kriegsgaleeren.

Das Reich der Meeresherrscher war längst untergegangen. Die Inselgruppe, über die das relianische Imperium heute herrschte, stellte nur einen Abklatsch der einstigen Größe dar. Nominell unterstanden dem Imperium zwar noch immer die Küstenstaaten im Norden Lamarans, aber faktisch waren diese seit langem vollkommen unabhängig. Auf einen kärglichen Rest der ehemaligen Größe war das ruhmreiche Imperium geschrumpft und doch waren die Relianer noch eine bedeutende Seefahrernation, deren Schiffe an allen Küsten Midgards zu finden waren.

Ihre schnellen und wendigen Kriegsschiffe waren berüchtigt und bei den Gegnern gefürchtet.

Unter normalen Umständen wäre die Skaid der Orks gegenüber den Kriegsgaleeren im Vorteil gewesen, sofern es Wind gegeben hätte, wäre die ORKZAHN um einiges schneller als diese relianischen Kriegsgaleeren. Aber es herrschte Flaute, absolute Windstille und das Meer war spiegelglatt.

Das bedeutete, dass die größere Zahl der Ruderer über das Tempo entschied und dieser Vorteil lag nun eindeutig auf Seiten der Relianer.

Sie kamen rasch heran. Die Trommeln, die den Rhythmus für die Ruderer angaben, waren bereits dumpf zu hören.

Den Männern an Bord der ORKZAHN war ziemlich schnell klar, dass sie gegen diese Übermacht keine Chance hatten, wenn es zum Kampf kam. So gab es nur die Flucht.

Die Galeeren näherten sich. Der Trommelrhythmus wurde beschleunigt. Offenbar strebten die Relianer an, das Tempo noch weiter zu erhöhen.

Es ist die Frage, wie lange sie es durchhalten können, dachte Kirad.

Sie bewegten sich in einer weit auseinander gezogenen, halbkreisförmigen Formation und versuchten ganz offensichtlich der orkischen Skaid den Weg abzuschneiden.

Kirad gab Anweisung den Kurs entsprechend zu ändern, aber auch das konnte nichts daran ändern, dass die Relianer immer mehr aufholten.

Wind hätte sie vielleicht retten können, aber es sah nicht danach aus, als ob sich etwas an der Flaute ändern würde.

Die Stunden krochen dahin.

Die Orks an Bord der ORKZAHN legten sich nach Kräften in die Riemen, aber die relianischen Galeeren holten immer mehr auf. Gleichgültig, wohin diese Flotte unterwegs war, ein einzelnes Drachenschiff der Orks würden sie sich auf keinen Fall entgehen lassen.

Zu oft hatten orkische Piraten auch die Gewässer Relians unsicher gemacht, Schiffe aufgebracht, brennend zurückgelassen und Siedlungen geplündert.

Was die Wendigkeit und die seglerischen Qualitäten anging, waren die orkischen Skaids den relianischen Galeeren natürlich überlegen, aber der fehlende Wind machte diesen Vorteil so gut wie vollkommen wett und wenn es einer der Galeeren erst einmal gelang einen Rammstoß gegen die ORKZAHN auszuführen, war das Schicksal von Kirad Kiradssohn Elbenschlächter und seiner Mannschaft besiegelt.

An-Shar stand mit geschlossenen Augen da, während auf den Galeeren damit begonnen wurde, die Katapulte zu bestücken. Die ersten dieser Geschosse schlugen links und rechts neben der ORKZAHN ein, zumeist wurden Steinbrocken oder brennendes Pech verwendet. Ein einziges dieser Steingeschosse reichte schon, um ein furchtbares Loch in die Außenwandung der ORKZAHN zu reißen.

Ein Hagel von Pfeilen regnete als nächstes auf die ORKZAHN nieder. Dutzende von Bogenschützen hatten sich auf den beiden am nächsten herangekommenen Galeeren aufgestellt. Manche dieser Pfeile brannten.

Die Ruderer der ORKZAHN verkrochen sich hinter ihren Schilden, der Rhythmus verlangsamte sich. Überall gingen die Pfeile nieder, blieben zitternd im Holz stecken oder bohrten sich in die Körper der Orks.

Erste Todesschreie gellten. Brandpfeile fetzten durch das Segel hindurch, das innerhalb weniger Augenblicke in Flammen stand.

Die wenigen Bogenschützen an Bord der ORKZAHN versuchten den Beschuss durch die Relianer zu erwidern so gut es ging, aber die Übermacht war erdrückend.

An-Shar blieb vollkommen ruhig. Er stand mit geschlossenen Augen da, schien wie entrückt zu sein.

Links und rechts von ihm zuckten die Pfeile vorbei. Das schien den Magier von geheimnisvoller Herkunft nicht im Mindesten zu stören.

Er breitete die Arme aus. Eine Falte erschien auf seiner Stirn. Er murmelte eigenartige Formeln vor sich hin, die wie sinnlos aneinander gereihte Silben klangen.

"Er soll uns Wind bringen, dieser fremde Hexer", rief Krune Drygvarrson, "und wenn die finsteren Mächte, zu denen er betet dazu nicht in der Lage sind, dann ist wahrscheinlich auch seine Geschichte von dem sagenhaften Schatz nichts weiter als eine Fabel."

Immer näher kamen die Galeeren heran. Langsam aber sicher begannen sie die ORKZAHN einzukreisen.

"Nakafe ratemet!", rief An-Shar. Er öffnete die Augen. Sie waren vollkommen schwarz. Sein Gesicht war verzerrt.

"Nakafe ratemet sabaman!"

Er wiederholte diese Worte immer wieder wie einen Singsang, streckte dabei die Arme aus. Ein Zittern durchlief seinen Körper.

Bei Ork-Gott Elbenfolterer, was tut er jetzt?, ging es Kirad Kiradssohn Elbenschlächter durch den Kopf.

Die zuvor fast spiegelglatte Wasseroberfläche begann sich zu kräuseln, eigenartige kleine Strudel bildeten sich, obwohl kein Wind blies. Nicht ein Hauch.

Auch die Männer auf den relianischen Galeeren schienen das zu bemerken, denn ihr Kriegsgeheul wurde leiser. Das Wasser bildete eigenartige Formen, Formen menschlicher Körperteile. Arme, Beine, Köpfe, Gesichter, die aus Wasser geformt zu sein schienen, wie gläserne Abbilder von Menschen.

Mit gespenstischer Behändigkeit griffen diese Hände nach den Wanden der relianischen Galeeren. Sie kletterten an den Schiffswandungen empor, dabei veränderten sich ihre biegsamen Gestalten ständig, lösten zwischendurch ihre Form vollkommen auf, so dass sie zwischen den Rudern hindurch gleiten konnten. Lautlos waren sie, lautlos und tödlich.

Als der erste dieser Wasserdämonen an Deck jenes relianischen Kriegsschiffes, das der ORKZAHN am nächsten war, wurde er fassungslos angestarrt.

Dann wurden in relianischer Sprache schrill klingende Befehle gerufen. Einer der an Deck stehenden Bogenschützen ließ einen Pfeil durch die Luft sirren.

Der Pfeil drang durch den Körper des Wasserdämons hindurch, blieb dahinter im Mast zitternd stecken. Lautlos schnellte der Wasserdämon vor, packte den erstbesten Relianer und schleuderte ihn über Bord. Schreiend klatschte er ins Wasser.

Weitere dieser unheimlichen Wasserdämonen hatten das Deck der Galeere erklommen.

Die Erstarrung, die die Relianer anfänglich gelähmt hatte, war nun von ihnen abgefallen. Sie wehrten sich, legten Pfeil um

Pfeil in ihre Bögen, ließen die Schwerter kreisen, aber ihre Waffen waren wirkungslos. Sie fuhren durch die Körper der Wassergestalten hindurch ohne dass irgendeine Wirkung erkennbar war.

Die aus dem Meer emporgestiegenen Angreifer jedoch gingen mit grausamer Konsequenz vor.

Aus ihren gestaltverändernden Körpern bildeten sich Formen heraus, die an die Waffen der Relianer erinnerten. Schwertklingen zumeist, die direkt aus den Handgelenken der Wasserdämonen herauswuchsen.

Vollkommen lautlos ließen die Angreifer sie durch die Luft schnellen. Die Schreie der Relianer waren weithin zu hören. Köpfe wurden von den Körpern getrennt. Panik an Bord brach aus.

Der Abwehrkampf der Relianer gegen die Wasserdämonen war hoffnungslos. Einer nach dem anderen sank tödlich getroffen zu Boden. Blut tränkte bald die Galeerenplanken.

Noch immer bildeten sich weitere dieser kleinen, charakteristischen Strudel, aus denen die Wasserdämonen herauswuchsen, um dann behände die Außenwandungen der Galeeren zu erklimmen.

Auf insgesamt drei der relianischen Kriegsschiffe wurde jetzt erbittert gekämpft. Auf einem davon waren sehr schnell sämtliche Besatzungsmitglieder niedergemetzelt worden. Die Meeresdämonen hatten ganze Arbeit geleistet.

Sie sprangen zurück ins Wasser, vermischten sich wieder mit jenem Element aus dem sie aufgestiegen waren während sich an anderer Stelle neue kleine Strudel bildeten aus denen gläsern wirkende Arme sich emporreckten.

Das Zittern, das An-Shars Körper durchfuhr, wurde immer heftiger. Eigenartige Laute drangen aus seinem Mund hervor.

"Legt euch in die Riemen, Männer!", rief Kirad unterdessen. "Trurbjjan, Sorleif, gebt was ihr könnt! Wer immer hier uns zu

Hilfe gekommen ist, der Angriff dieser Wasserdämonen verhilft uns vielleicht zur Flucht."

Die Männer der ORKZAHN ließen sich das nicht zweimal sagen. Sie ruderten mit neuer Hoffnung und neuer Kraft. Schnell gewann die ORKZAHN wieder an Fahrt während die Verfolger zurückblieben, verwickelt in einen Kampf mit einem übernatürlichen Gegner, den sie nicht gewinnen konnten.

Die grausigen Schreie der Relianer ließen selbst Kirad erschaudern und einige Augenblicke lang empfand er sogar so etwas wie Mitleid mit ihnen. Keinem Seemann wünschte man ein derartiges Schicksal.

Der Vorsprung wuchs wieder. Das Quadratsegel war inzwischen fast vollständig verbrannt. Die letzten Fetzen kohlten noch vor sich hin. Hier und da begann das Feuer bereits auf den Mast und das Quergaffel über zu gehen.

Kirad gab zwei Männern den Befehl an den Seilen empor zu klettern und mit Hilfe von feuchten Decken die Brandherde zu löschen.

"Seht nur, diese relianischen Hasenfüße kehren um!", rief Krune Drygvarrson und deutete auf die nachrückenden relianischen Flotteneinheiten.

Sie hatten gesehen welches Schicksal die vorangefahrenen Schiffe erlitten hatten und sie begriffen sehr schnell, dass sie es mit einem Gegner zu tun hatten gegen den nicht der Hauch einer Überlebenschance bestand. So begannen sie eine heillose Flucht.

Jene Galeeren auf denen die Wasserdämonen gewütet hatten trieben hingegen führerlos dahin, dümpelten in der wieder spiegelglatt gewordenen See.

"Sie wagen es nicht, uns zu folgen", stellte Kirad fest.

"Bei Asvagre, dieser Mann wird mir immer unheimlicher", murmelte Krune Drygvarrson halb an den Kapitän gewandt, halb zu sich selbst.

Kirad Kiradssohn trat an den Magier heran. Die Schwärze verschwand jetzt wieder aus seinen Augen. Sein Gesicht, durchzuckte es den Kapitän schaudernd. Es schien um Jahre gealtert zu sein. Wie ein ledriges Relief wirkte die Haut jetzt, bleich, fast pergamentartig. Das Gesicht eines Toten, dachte der Kapitän.

"Ich danke dir für deine Hilfe", sagte Kirad.

Die Züge des Magiers blieben unbewegt. Ein Muskel zuckte unterhalb seines linken Auges. Dieser Mann wirkte sehr, sehr müde.

"Sieh mich an, Kapitän!", forderte der Magier in bryséischer Sprache. "Sieh mich an. Verstehst du jetzt? Begreifst du nun, warum ich meine magischen Kräfte nur dann anwende, wenn es keine andere Möglichkeit mehr gibt? Es kostet Kraft, so viel Kraft."

"Jedenfalls hast du bei mir was gut", erwiderte Kirad.

Ein zynischer Zug erschien um die Mundwinkel An-Shars.

"Möglicherweise werde ich eines Tages darauf zurückkommen, Kapitän."

5

Ein ganzer Tag noch verging, ohne dass Wind wehte, aber dann veränderte sich das Wetter. Dunkle Wolken zogen am Horizont auf und der Wind begann seine gewohnte Kraft zu entfalten. Die Wellen ließen das Schiff schaukeln.

An Bord der ORKZAHN wurde das Ersatzsegel aufgezogen. Bald schon nahm die ORKZAHN wieder gute Fahrt auf, Fahrt Richtung Südosten.

Am Tag orientierte man sich am Stand der Sonne, des Nachts an den Gestirnen.

Von Bord des bryséischen Seglers, den die Orks gekapert hatten, waren sämtliche Seekarten mit von Bord genommen worden.

Krune Drygvarrson stellte schnell fest, dass sie von außergewöhnlicher Qualität waren. "Viel besser und genauer als alle bryséischen Seekarten, die ich je zu Gesicht bekommen habe", erklärte er.

"Es sind meine Karten", erläuterte An-Shar. "Ich habe sie selbst angefertigt."

"Du bist ein Mann vieler Talente", stellte Kirad fest.

Hundert von Meilen auf dem Meer der Sieben Winde lagen vor den Männern der ORKZAHN.

Die Tage vergingen einer wie der andere. An-Shar unterstützte die Orks bei der Navigation. Er schien auch auf diesem Gebiet über erstaunliche Kenntnisse zu verfügen, die selbst die erfahrenen Seemänner aus dem Norden in Erstaunen versetzte.

Der Wind kam günstig und nahm von Tag zu Tag zu.

Nach einer Woche geriet die ORKZAHN schließlich in einen Sturm. Mehrere Männer gingen über Bord. Ihnen konnte nicht geholfen werden.

Einige Fässer mit Vorräten gingen ebenfalls verloren. In der Folgezeit mussten aufgrund der bei dem Sturm erlittenen Verluste, die Nahrungsmittel rationiert werden, was natürlich nicht gerade zur Verbesserung der Stimmung an Bord beitrug. Immer wieder kam es zu Streitereien, mehrere Besatzungsmitglieder wurden krank. Es war zu vermuten, dass auch ein Teil der auf dem Schiff verbliebenen Vorräte schlecht geworden war.

Groß war daher der Jubel als endlich die Küste des Sultanats Moro am Horizont auftauchte. Im Hafen von Orsamanca wurden neue Vorräte aufgenommen, dann ging es weiter an der Lamaran-Küste entlang, Richtung Osten.

6

Die ORKZAHN erreichte den Hafen El-Daribar, der an der westlichsten jener unzähligen Mündungen gelegen war, in die sich der große Fluss Jasabil in seinem Delta verzweigte.

"Wir werden in El-Daribar anlanden müssen", erklärte An-Shar gegenüber Kapitän Kirad Kiradssohn Elbenschlächter.

"Ich sehe keinen Grund dafür", erklärte Kirad.

"Das liegt daran, dass du die Gegebenheiten im Delta-Gebiet des Jasabil nicht kennst. Der Fluss verzweigt sich in Hunderte von kleinen Kanälen und Abflüssen. Jemand, der hier nicht zu Hause ist, sollte einen einheimischen Führer bemühen."

Der Magier machte eine kurze Pause ehe er schließlich fortfuhr.

"So ein Führer wird sein Geld wert sein, glaubt mir. Im Übrigen wäre zu überlegen, ob wir nicht an der Küste entlang weiter bis nach Mokanesh segeln."

Mokanesh - der Name dieser Weltstadt war auch Kirad ein Begriff. Ihr Hafen im Westen des Jasabil-Deltas war einer der wichtigsten Handelsplätze an der Küste des Meeres der Sieben Winde.

"Vor langen Jahren bin ich einmal in Mokanesh gewesen", erklärte Kirad. "Es war in jener Zeit als ich an Bord des Handelsschiffs diente, das mein Onkel befehligte. Es ist eine gewaltige Stadt, gewaltiger als alles was ich zuvor gesehen hatte."

An-Shar nickte. "Ja, das ist wahr. Eine, der größten Städte der Welt und das seit sehr, sehr langer Zeit."

Ein verlorener, in sich gekehrter Blick stand jetzt in An-Shars Gesicht. Er wirkte fast ein wenig entrückt, gefangen von Erinnerungen. Ein eigenartiges Lächeln spielte um seine dünnen Lippen.

An-Shar schien seine ganz persönlichen Erinnerungen an Mokanesh zu haben.

"Aber die Reise nach Mokanesh wäre ein Umweg", stellte Kirad fest.

"Das ist richtig", bestätigte An-Shar. "Aber der Seitenarm des Jasabil an dem Mokanesh liegt, erlaubt Schiffen einen wesentlich größeren Tiefgang."

Kirad machte eine wegwerfende Handbewegung.

"Die Schiffe der Orks sind für ihren geringen Tiefgang bekannt und wenn es sein muss ziehen wir sie sogar an Seilen über Baumstämme, wenn es darum geht eine Landenge zu überwinden."

An-Shar hob die Augenbrauen.

"Wie auch immer. Du musst mit Untiefen rechnen, Kapitän, aber wenn wir einen guten Führer finden wird das kein Problem sein, wie ich hoffe."

Wenig später hatte die ORKZAHN an der Kaimauer des Hafens von El-Daribar festgemacht. Selbstverständlich erregte das Ork-Schiff hier wesentlich mehr Aufmerksamkeit im weltläufigeren Mokanesh der Fall gewesen wäre.

"Ich schlage vor, du lässt deine Männer an Bord und erlaubst ihnen keinen Landgang", erklärte An-Shar.

Kirad nickte. Er hatte von der Strenge gehört, mit der die Bewohner Elbenois bisweilen ihren Glauben pflegten. Din Mogul-Ulali hieß die Religion der heiligen Zweiheit. Nach dieser Lehre stand dem Lichtgott Aammmut der Herr der Finsternis Ouuul gegenüber. Wobei beide einander brauchten, um das Gleichgewicht der Welt aufrecht zu erhalten. Mit teilweise drakonischen Strafen mussten auch Ausländer rechnen, sofern sie die Gebote des Din Mogul-Ulali nicht beachteten.

Unwissenheit schützte hier vor Strafe nicht.

"Sag deinen Männern, dass sie niemals ein Herd- oder Lagerfeuer löschen sollen", wandte sich An-Shar noch einmal an den Kapitän. "Der Lichtgott Aammmut ist auch der Gott des Herdfeuers und wer so etwas tut begeht einen schweren Frevel für den man sterben kann. Und auf die Spitzfindigkeit, ob diese Gesetze auch an Bord eines orkischen Schiffes anzuwenden sind, wollen wir uns besser gar nicht erst einlassen."

"Ich werde es den Männern sagen", erklärte Kirad.

7

Nur einige kleine Schiffe aus Relian, Bryseia und den Küstenstaaten lagen in dem Hafen von El-Daribar.

Kirad begleitete An-Shar an Land.

An-Shar grinste.

"Du hast Angst, dass ich mich einfach aus dem Staub mache, Ork", stellte er fest.

"Ist diese Angst denn unbegründet?"

"Ich bin froh, dass ich ein Schiff habe und sofern du mich bei dieser Unternehmung als Partner betrachtest und nicht länger als Gefangener, habe ich keinen Grund, dich zu betrügen."

Kirad reichte dem Magier die Hand.

"Also gut", sagte er, "wir sind Partner."

"Aber mein Wort gilt trotzdem", erwiderte An-Shar. "Du kannst das gesamte Gold haben, das wir finden. Ich bin nicht daran interessiert. Nur an jener gewissen Kleinigkeit, die ich für meine Studienzwecke brauche."

"Ich hoffe, du erinnerst dich noch an dieses Wort, wenn wir die Schätze an Bord der ORKZAHN laden."

"Ich vergesse nie etwas", erwiderte An-Shar.

"Ich will es hoffen. Andernfalls..."

"Andernfalls wirst du mir drohen, mich zu töten, ich weiß", sagte An-Shar. Ein zynisches Lächeln umspielte seine Lippen. "Ich schätze den Optimismus bei euch Orksn."

"Optimismus?", echote Kirad.

"Ja, in zweifacher Hinsicht: Erstens gehst du davon aus, dass du mich so einfach töten kannst."

"Und zweitens?"

"Zweitens hast du Angst davor, dass ich, den du gefangen genommen hast, dir entfliehen könnte, aber vielleicht ist es auch genau umgekehrt und du bist mein Gefangener ohne es zu merken und meine Magie hat dir die Sinne vernebelt."

"Ich schätze deinen Humor nicht, Magier."

Sie gingen durch die engen Gassen zwischen den Sandsteinhäusern von El-Daribar. Die Stadt war voller Geschäfte und Händler. Die Geschäfte und Stände gehörten fast ausschließlich Einheimischen, was einfach damit zu tun hatte, dass Ausländern und Ungläubigen die Eröffnung eines Gewerbes nur dann erlaubt war, wenn sie zuvor die Einwilligung der örtlichen Würdenträger eingeholt hatten. Selbstverständlich ließen sich diese eine solche Erlaubnis teuer bezahlen, so dass sich die Aufnahme der Geschäftigkeit kaum lohnte.

Kirad fühlte die Blicke, die auf ihn gerichtet waren.

"Es gibt hier viele Vorurteile gegen euch Orks", kommentierte An-Shar diese Situation. "Viele Bewohner Elbenois sind der Meinung, dass Orks ihre erstgeborenen Kinder verspeisen."

"Pah, sollen sie denken, was sie wollen", erwiderte Kirad. "Hauptsache, keiner dieser Turbanträger kommt mir in die Quere."

"Du glaubst vielleicht, dass du alle Probleme mit dem Schwert lösen kannst, Kapitän", sagte An-Shar. "Aber in einer Elbenoidischen Stadt solltest du das nicht versuchen. Die örtlichen Fürsten und Würdenträger sind auch gleichzeitig Richter und vor allem hier oben im Norden können sie bei der Rechtsfindung mehr oder weniger völlig frei entscheiden."

"Ein angeblich so hoch zivilisiertes Volk kennt keine Gesetze?", fragte Kirad verächtlich. Er schüttelte den Kopf. "Kaum zu fassen", meinte er.

"Oh, es gibt schon Gesetze, wenn auch nicht so verfeinerte wie im alten Reich Ta-Tekem, dessen Tage lange vorbei sind und dessen Ruinen du hier und da am Flussufer sehen wirst, Ork. Vor allem gibt es die Bestimmungen des Din Mogul-Ulali, der Religion der Zweiheit."

"Du kennst dich gut in Elbenoi aus", stellte Kirad fest. "Ist dieses Land deine Heimat?"

"Nein", erklärte An-Shar.

Immer wieder kam es vor, dass aufdringliche Händler sie in Elbenoidischer Sprache anredeten und An-Shar antwortete ihnen dann. Er schien die Sprache Elbenois ebenso gut zu beherrschen wie er Bryséisch sprach, aber auch Anfragen auf Elbinga, der Sprache Relians, konnte er mühelos parieren. Elbinga war an vielen Küsten des Meeres der Sieben Winde so etwas wie eine Verkehrssprache.

Auch Kirad konnte sich einigermaßen in ihr verständlich machen, wenn auch lange nicht so gut wie An-Shar.

Sie bogen in eine enge Gasse, kamen dann schließlich in die Altstadt von El-Daribar, die einem verwinkelten Sandsteinlabyrinth glich.

Handwerker und Händler residierten hier auf engstem Raum. Kaum irgendwo lebten die Menschen so gedrängt wie in einer elbenoidischen Kasbah. Die Häuser hatten oft mehrere Geschosse. Innenhöfe boten Schatten.

Hier und da sah man Männer mit Wasserpfeifen gemütlich beieinander sitzen. Natürlich handelte es sich um Wasserpfeifen, die Aammmut geweiht waren, ansonsten galt jegliche Form des Rauchens nämlich als Frevel gegen die Lehre des Din Mogul-Ulali.

An-Shar sprach einige der Männer an, unterhielt sich einige Augenblicke mit ihnen in elbenoidischer Sprache.

Kirad war natürlich von diesen Unterhaltungen ausgeschlossen.

Dem Ork begegneten misstrauische Blicke.

"Ich weiß jetzt, wo wir einen Lotsen finden, der uns durch das Delta des Jasabil bringt", verkündete An-Shar schließlich.

Kirad folgte ihm in eine weitere Gasse. Es ging eine Treppe hinauf, dann durch einen dunklen Rundgang hindurch an dessen Ein- und Ausgängen Bettler saßen und die Hand aufhielten. Abwechselnd auf Elbenoidisch und Elbinga versuchten sie an das Geld der Passanten zu kommen.

An-Shar beachtete sie nicht weiter.

Auf der anderen Seite des Rundganges führte eine Treppe wieder hinab. Frauen mit wallenden Gewändern und Gesichtsschleiern trugen Krüge auf den Köpfen.

Plötzlich bückte sich An-Shar. Er hob einen Stein vom Boden auf, einen unscheinbaren Kieselstein.

"Der bringt Glück", sagte er.

"Gehört das auch zur Lehre des Din Mogul-Ulali?", fragte Kirad Kiradssohn Elbenschlächter.

An-Shar lachte. "Nein. Und ich bin im übrigen auch kein Anhänger dieser Lehre."

Kirad folgte dem Magier weiter durch das Labyrinth der Kasbah von El-Daribar.

Schließlich traten sie in eine dunkle Wohnung, die im dritten Geschoss eines Sandsteinhauses lag. Im Inneren herrschte ein Halbdunkel. Es drang kaum Licht herein. Die Fenster waren nur winzige Öffnungen. Es gab keine Tür, nur einen verblichenen Teppich, der vom Sturz der Tür herunterhing.

"Finde ich hier Ahmad el-Auri?", rief An-Shar in Elbenoidischer Sprache. Er wartete eine Antwort gar nicht erst ab. Mit einer kräftigen Armbewegung zog er den Teppich zur Seite und trat ein.

Kirad folgte ihm, blickte sich vorher noch einmal um. Ein Bettler beobachtete ihn, sprach ihn auf Elbenoidisch an, aber der Ork verstand kein Wort davon.

Wenn wir länger in diesem Land sind, werde ich auch ein paar Brocken dieser Sprache aufschnappen, ging es ihm durch den Kopf.

Ein ziemlich schmutzig wirkender Junge starrte die beiden Männer an. Er rief etwas auf Elbenoidisch. Ein Mann trat aus einem Nebenraum, dessen Eingang ebenfalls durch einen Teppich verdeckt war.

Er bedachte Kirad und An-Shar mit einem misstrauischen Blick. Seine dunklen Augen lagen tief.

Das weite Gewand, das er trug, täuschte darüber hinweg, dass er ziemlich dürr war, aber seine knochige Hand ließ keinen Zweifel daran. Ein schwarzer Bart bedeckte den größten Teil des Gesichtes. Stirn, Ohren und Hinterkopf wurden von einem Turban bedeckt.

"Was wollt ihr?", fragte der Mann ziemlich unwirsch gleich zweimal hintereinander, einmal auf Elbinga und einmal auf Elbenoidisch.

"Du bist Ahmad el-Auri, der Lotse", stellte An-Shar fest, der keinerlei Interesse daran hatte, dass Kirad irgendetwas von der Unterhaltung mitbekam und daher Elbenoidisch sprach.

"Gelobt sei Aammmut, ja der bin ich", sagte der Mann.

"Ich habe einen Auftrag für dich. Im Hafen liegt eine orkische Skaid. Du sollst sie durch das Delta führen und zwar so, dass wir möglichst weder von Straßenräubern noch von Untiefen in unserem Fortkommen gehindert werden."

Ahmad el-Auri wandte sich an den Jungen.

"Verschwinde!", zischte er.

Der Junge sah ihn fragend an.

"Nun geh schon. Was hier gesprochen wird ist nicht für deine Ohren", wies Ahmad el-Auri ihn zurecht.

Der Junge verschwand hinter einem Teppich, blickte noch einmal herein.

"Du Geschöpf Ouuuls, verschwinde!", fauchte ihm der dürre Mann hinterher und erst jetzt verschwand er endgültig.

Ahmad el-Auri hob die Achseln.

"Ein Geschöpf der Straße, das ich bei mir aufgenommen habe. Barmherzigkeit ist schließlich auch ein Gebot des Din Mogul-Ulali."

"Ja, ich weiß", sagte An-Shar.

"Gewiss seid Ihr auch ein Rechtgläubiger?"

"So ist es."

"Aber Eure Sprache ist eigenartig, Herr. Kommt Ihr möglicherweise aus Aran?"

"Meine Herkunft tut nichts zur Sache."

"Da habt Ihr natürlich im Prinzip recht", sagte der Lotse. Er musterte Kirad Kiradssohn Elbenschlächter und dabei wurden seine Augen sehr schmal. Er hob die Augenbrauen. Ein abschätziger Zug stand jetzt in seinem Gesicht.

"Vermagst du das, was ich verlange?", fragte An-Shar.

"Gewiss vermag ich das. Ich habe schon viele Schiffe durch das Delta geführt und noch keines davon ist in den Untiefen hängen geblieben."

"Nun, so hast du jetzt Gelegenheit, deine Fähigkeiten unter Beweis zu stellen", unterbrach ihn An-Shar.

"Nicht so schnell, mein rechtgläubiger Anhänger Aammmuts." Er deutete auf Kirad. "Dieser Mann aus dem Norden ist wohl kaum ein rechtschaffener Anhänger des Din Mogul-Ulali. Und verzeiht mir, wenn ich es so offen ausspreche, aber ich glaube, dass es Unglück bringt ein Schiff voller Ungläubiger der Jasabil hinaufzuführen. Man fordert den Fluch der Kreaturen Ouuuls geradezu heraus, wenn Ihr versteht, was ich meine?"

An-Shar lächelte kalt.

"Du bist ein so ängstlicher Mann? Jemand, der Schiffe an Untiefen vorbeiführt?"

"Ich bin nur vorsichtig."

"Und ich glaube, du bist habgierig."

"Ein böses Wort, Fremder."

"Ein wahres Wort", widersprach An-Shar. "Was verlangst du? Denn ich wette, dass es darum und nur darum geht. Du willst den Preis erhöhen. Gut, das verstehe ich."

"Ich verlange einen Dinur", sagte Ahmad el-Auri. "Allerdings nur für die einfache Fahrt, wenn ihr eines Tages wieder aus dem Delta heraus wollt und meine Dienste wieder in Anspruch nehmen möchtet, so müsst ihr erneut bezahlen."

"Nichts dagegen", sagte An-Shar. "Deine Dienste sind uns so viel wert."

Er hielt dem Lotsen seine Hand hin. Darin lag der Kieselstein.

Ahmad el-Auri starrte wie gebannt auf diesen Kieselstein. "Ein Dinur", flüsterte er und nahm den Stein in die Hand, betrachtete ihn voller Unglauben.

Der Dinur war eine in Elbenoi gebräuchliche Goldmünze, die allerdings großen Seltenheitswert hatte. Wegen ihrer außergewöhnlichen Größe und Reinheit war der Dinur fünfmal so viel wert wie Goldstücke aus Westernesse oder Relian.

Ahmad el-Auri steckte die angebliche Münze ein.

"Folge uns jetzt!", forderte An-Shar.

Auf Ahmad el-Auris Gesicht erschien ein seliger, etwas entrückter Gesichtsausdruck. "Ja, Herr", flüsterte er.

An-Shar wandte sich an den etwas erstaunt dreinblickenden Kirad.

"Eine einzelne schwache Seele ist leicht zu kontrollieren", sagte An-Shar.

"Du hast ihn betrogen", stellte Kirad fest.

Sie sprachen Orkisch, so dass der Lotse kein Wort verstehen konnte. An-Shar zuckte die Achseln. "Ich habe diesen Mann sehen lassen, was er sehen wollte. Das ist alles."

Und Kirad Kiradssohn Elbenschlächter fragte sich, ob dieser Mann vielleicht auch ihn nur das sehen ließ, was er insgeheim sehen wollte. Berge von Gold, die in irgendeiner Ruinenstadt verborgen waren.

8

Als Kirad und An-Shar zum Hafen zurückkehrten, hatte sich dort eine Menschentraube von Schaulustigen um den Liegeplatz der ORKZAHN herum gebildet. Aufgeregtes Stimmengewirr erfüllte die Luft.

"Was reden die Leute?", fragte Kirad an An-Shar gewandt.

"Sie zerreißen sich das Maul darüber, ob vielleicht noch die Aussicht besteht, dass sie Zeuge irgendeiner Menschenschlachtung werden."

"Diese Narren", sagte Kirad.

An-Shar zuckte die Achseln. "Die Bewohner Elbenois sind genauso sensationsgierig wie Menschen überall und orkische Schiffe sind hier selten. Sie sind eher in Mokanesh anzutreffen. Aber desto geringer die Kenntnis, desto mehr ist man gezwungen die Lücke des Unwissens durch pure Einbildung zu füllen."

"Sind die Geschichtenerzähler Elbenois nicht über sie Landesgrenzen hinaus bekannt?", entgegnete Kirad.

"Du sagst es."

Die drei Männer drängelten sich durch die Menge. Kurz bevor Kirad an Bord ging, wandte er sich noch einmal um. "Sag ihnen, dass wir Händler sind An-Shar", forderte er. "Friedliche, harmlose Händler."

"Das ist nicht die Wahrheit, Kirad."

"Kümmert euch neuerdings die Wahrheit, An-Shar?" Kirad lachte rau. "Sag es ihnen und beruhige sie und sag ihnen außerdem, dass ihre perverse Sensationsgier heute nicht mehr erfüllt werden wird."

"Ich werde das nicht tun", sagte An-Shar. "Weder ersteres noch letzteres."

"Wieso?"

"Sehr einfach. Wenn wir vorgeben, Händler zu sein, dann heißt das, dass du eine offizielle Genehmigung einholen müsstest, um ein Gewerbe anzumelden, Kapitän. Das ist für Ausländer in Elbenoi eine komplizierte Sache und außerdem nicht billig."

"Ein paar falsche Steine, die aussehen wie jene von denen die Elbenoiden glauben, dass es sich um Goldstücke handelt, dürften dieses Problem aus der Welt schaffen", erwiderte Kirad.

"Du überschätzt meine Kräfte, Kapitän."

"Ach ja?"

"Wie ich dir bereits in der Wohnung dieses Lotsen sagte", und dabei deutete er auf Ahmad el-Auri, "so ist der Geist eines einzelnen schwachen Menschen leicht zu kontrollieren, aber wenn ich dieses Kunststück mit einem lokalen Fürsten und Dutzenden von Angehörigen seiner Beamtenschaft durchführen müsste, würdest du in Kürze einen Greis vor dir sehen, der mehr einer Mumie ähneln würde als einem lebendem Menschen."

"Also kostet die Anwendung der Magie Lebenskraft."

"Die Anwendung jener besonderen Art von Magie, die ich verwende ja, aber sie ist ebenso in der Lage Lebenskraft zu schenken. Das ist eine komplizierte Angelegenheit und ich sehe keinen Grund, sie mit einem einfachen Barbaren wie dir zu besprechen, der kaum gut genug dafür sein dürfte die Zusammenhänge zu begreifen."

"Ein Barbar bin ich vielleicht", sagte Kirad, "aber nicht einfältig."

"Wie auch immer..."

"Und was ist der Grund dafür, dass ihr diesem Menschenauflauf hier nicht sagen könnt, dass es keine

Menschenopfer zu sehen gibt und wir keineswegs unsere erstgeborenen Söhne als Dörrfleisch mit uns führen, wenn wir auf große Fahrt gehen?"

Ein überlegenes Lächeln erschien in An-Shars Gesicht.

"Oh, das ist ganz einfach."

"Ach, ja?"

"Diese Leute hier würden mir das einfach nicht glauben."

Sie gingen an Bord.

Krune Drygvarrson warf einen kritischen Blick auf den schmächtigen Lotsen. "Ist das der Mann auf den wir gewartet haben?", fragte er. "Der leiseste Windhauch wird ihn von Bord pusten, so dünn wie der ist."

Kirad Kiradssohn Elbenschlächter lachte rau.

"Ich bin mir nicht sicher, ob wir jemand anders gefunden hätten, der bereit gewesen wäre uns für einen Kieselstein durch das Delta zu führen."

"Für einen Kieselstein?", echote Krune Drygvarrson.

"Du hast richtig gehört. Aber das ist eine lange Geschichte, die ich dir ein anderes Mal erzähle."

"Die Bewohner dieses Landes müssen verrückt sein", fand Trurbjjan Axtschwinger, der ganz in der Nähe stand.

Die Menge, die sich um den Liegeplatz der ORKZAHN drängte, schwoll an. Unruhe entstand. Laute, aggressive Rufe waren jetzt zu hören.

"Verdammt, was ist da los?", rief Yssgar Bogenschütze.

Unter der Führung eines Offiziers in Brustharnisch, Turban und Pluderhosen drängten die Bewaffneten an die Kaimauer. Sie waren mit Krummsäbeln bewaffnet. Hier und da war auch eine der leichten Elbenoidischen Armbrüste zu sehen.

"Angehörige der Hafenwache", kommentierte An-Shar in Kirads Richtung. "Ich nehme an, dass es jetzt Ärger gibt. Ich kann nur hoffen, dass keiner deiner Männer gegen die Gebote des Din Mogul-Ulali verstoßen hat, sonst könnte uns das eine Weile hier aufhalten."

"Wer ist der Kapitän diese Schiffes?", rief der Offizier in schlechtem Elbinga. Offenbar nahm er erst gar nicht an, dass einer der orkischen Seefahrer an Bord Elbenoidisch sprach.

Kirad Kiradssohn legte die Linke um den Schwertgriff an seiner Seite. Er trat auf den Offizier zu, setzte einen Fuß auf die Außenwandung der ORKZAHN.

Der Offizier hingegen befand sich am Rand der Kaimauer.

Kirad registrierte, dass die Armbrüste der Hafenwächter gespannt waren. Noch zeigten sie zu Boden, aber innerhalb von Augenblicken konnte sich die Lage komplett ändern und ein einen Kampf ausbrechen.

"War hier während meiner Abwesenheit irgendetwas besonderes?", fragte Kirad an Krune Drygvarrson gewandt.

"Nein, nicht dass ich wüsste", erwiderte Krune.

Kirad wandte den Kopf wieder in Richtung des Offiziers. Im besten Elbinga, das er aufzubieten hatte sagte er dann: "Ich bin Kirad Kiradssohn Elbenschlächter, der Kapitän dieses Schiffes. Was willst du von mir?"

"An Bord deines Schiffes soll sich ein Mann befinden, der schwarze Magie angewandt hat."

"Wer sagt so etwas?", fragte Kirad rau.

"Dieser Mann ist bei seinem frevlerischen Tun gesehen worden", erklärte der Offizier. "Er wurde dabei beobachtet, wie er einen Bürger dieser Stadt mit einem Illusionszauber behexte, so dass er einen Kieselstein für eine Goldmünze hielt."

Zauberer genossen in Elbenoi eigentlich großes Ansehen. Dies galt vor allem für jegliche Art von Zauberei, die mit der Heilkunst in Verbindung stand. Es war sogar schon berichtet worden, dass selbst Kalifen und Sultane sich für die Kunst der Magie interessierten. Es existierten sogar regelrechte Zauberschulen, deren Absolventen in Elbenoi eine Art Magiergilde bildeten. Es existierten sowohl rein weltliche

Akademien wie etwa in Ne-jefen-Ef und Mokanesh und solche, die nur Priestern und Priesteranwärtern offen standen, wie etwa die Katatib Abu ed-Din in der weit südlich gelegenen Stadt Kuschan.

Auf weitgehende Ablehnung stießen jedoch Dämonenbeschwörer. In manchen Teilen Elbenois war die Beschwörung von Dämonen sogar bei Todesstrafe verboten, ebenfalls wurde jegliche Form von Hexerei abgelehnt, die mit Scharlatanerie und Betrug zu tun hatte.

Schwarze Magie jedoch, etwa die Anwendung des bösen Blicks, wurde hart bestraft.

Das Ausstechen der Augen, das Herausschneiden der Zunge oder das öffentliche Auspeitschen waren noch die milderen Strafen gegen die Vertreter der schwarzen Magie, wo immer man sie in Elbenoi zu erkennen glaubte. Je nach dem wie groß die Bösartigkeit ihrer Zauberei vom Richter angesehen wurde, konnten sie auch durch Ertränken getötet werden. Manchmal fesselte und knebelte man sie im Sand der Wüste, wo sie dann bei lebendigem Leib verscharrt wurden.

Das Feuer und damit der Tod durch Verbrennen wie er andernorts gerne gegen schwarze Magier eingesetzt wurde, galt in Elbenoi als ungeeignet dafür. Schließlich war es das heilige Element Aammmuts.

Es durfte zwar im Kampf gegen Ouuuls Geschöpfe eingesetzt werden und jenen wurden die Schwarzmagier ja zugeordnet, aber gewöhnliche Sterbliche, die die Magier ja auch waren, wurden als zu bedeutungslos angesehen als dass das heilige Feuer gegen sie eingesetzt werden durfte.

Der Offizier machte eine ausholende Handbewegung. Einer der Bewaffneten führte einen Jungen herbei. Es war jener verdreckte Straßenjunge, dem Kirad und An-Shar in Ahmad el-Auris Wohnung begegnet waren.

Kirad wandte sich an An-Shar.

"Offenbar hat er zugesehen", stellte er auf Orkisch fest.

Der Junge rief aufgeregt etwas auf Elbenoidisch und deutete in An-Shars Richtung. Er konnte sich gar nicht beruhigen. Der Offizier machte eine ausholende Bewegung, woraufhin der Junge wieder fortgeführt wurde.

"Dieser Mann da vorne ist es", erklärte er. "Er wurde von unserem Zeugen eindeutig identifiziert und ist damit hinreichend verdächtig, die schwarze Magie angewandt zu haben. Die Frage, ob er als Dämonenbeschwörer, Anwender des bösen Blicks oder als Scharlatan anzusehen ist, mögen andere entscheiden."

An-Shar trat etwas vor. Er sprach jetzt leise und auf Orkisch, so dass die Elbenoiden von dem, was er sagte vermutlich nichts verstehen konnten.

"Was wirst du jetzt tun, Kirad?", fragte er. "Mich an diese Provinzbeamten ausliefern, damit sie mich einkerkern, um mich dann auf irgendeine grausame Art und Weise hinzurichten? Dein Traum vom Reichtum wäre dann auf jeden Fall geplatzt, denn ohne mich kämst du niemals an das Gold heran, von dem ich gesprochen habe."

"Du hättest dem verdammten Lotsen ja auch ein richtiges Goldstück geben können, dann hätten wir jetzt nicht diese Probleme", sagte Kirad düster.

An-Shar zuckte die Achseln. "Woher nehmen, wenn nicht stehlen."

"Jedenfalls weiß ich jetzt auch mit welch harter Währung, du vermutlich die Passage auf diesem klapperigen, bryséischen Segler bezahlt hast."

Kirad wandte sich wieder an den Offizier und sprach Elbinga. "Mein Passagier bestreitet deine Vorwürfe entschieden", erklärte der Kapitän.

Der Offizier hob die Augenbrauen.

"Nun, das mag am nächsten Gerichtstag entschieden werden."

"Und wann ist dieser nächste Gerichtstag?"

"In einer Woche."

"Wir haben dringende Geschäfte flussaufwärts zu erledigen", entgegnete Kirad.

"Kein Geschäft ist so dringend wie die Aufklärung eines Verbrechens und genau darum handelt es sich hier. Ich persönliche habe keine Zweifel daran, dass die Vorwürfe des Zeugen stimmen. Bis zur abschließenden rechtlichen Klärung wird der Verdächtige im Kerker in Gewahrsam genommen, damit er sich nicht der Gerichtsverhandlung entzieht."

"Wie wäre es mit einem kleinem magischen Kunststück?", raunte Kirad dem Magier auf Orkisch zu. "So etwas in der Art dieser Wasserdämonen, die uns vor den relianischen Kriegsgaleeren gerettet haben."

An-Shar lächelte zynisch. "Damit mein Ruf als Magier tausend Meilen flussaufwärts dringt. Selbst wenn es gelänge durch eine derartige Maßnahme von hier zu entkommen, so müssten wir damit rechnen, dass uns diese Geschichte flussaufwärts vorauseilt. Ein schwarzer Magier an Bord eines Ork-Schiffes. Man wird uns entsprechend erwarten, Kapitän. Das kann ich dir garantieren."

"Dann beeinflusse den Geist dieser Leute", forderte Kirad.

"Damit ich hinterher aussehe wie ein Greis. Das sind ziemlich viele."

"So resignierend? Es scheint mir fast, du hättest deine Zuversicht diesen Ruinenschatz zu bergen schon verloren."

"Und mir scheint es, du hättest den Kampfmut eines Orks verloren", erwiderte An-Shar kalt.

Der Offizier wurde jetzt ungeduldig.

"Was redet ihr da in eurer Barbarensprache? Dieser Mann muss ausgeliefert werden." Er zog seinen Krummsäbel aus dem Gürtel heraus. "Und wenn er nicht freiwillig herausgegeben wird, so werden wir ihn uns mit Gewalt holen."

Sowohl bei den Orkn als auch bei den Angehörigen der Hafengarde gingen die Hände jetzt zu den Griffen von Säbeln, Schwertern und Äxten.

An-Shar deutete auf Ahmad el-Auri, der die ganze Zeit über scheinbar teilnahmslos dabei gestanden hatte. "Hier, fragt diesen Mann, ob ich ihn vielleicht betrogen habe, ob ich ihn verhext habe. Frag ihn und er wird dir Auskunft geben."

"Das glaube ich gerne", sagte der Offizier. "Ich nehme an, dass sein Geist durch seine Magie umnebelt ist und wir seine Aussage ohnehin nicht gebrauchen können."

"Aber wenn ihr in seinen Taschen ein Goldstück finden würdet..."

"So würde auch das nichts beweisen", erwiderte der Offizier, "denn er kann es vorher bei sich gehabt haben." Dann richtete der Offizier seinen Säbel in Kirads Richtung. "Mach Platz, Barbar, damit wir uns den Übeltäter holen können!"

Kirad zog sein Schwert. "Niemand betritt mein Schiff ohne meine Erlaubnis!", donnerte er.

Der Offizier gab das Zeichen zum Angriff. Die geharnischten Kämpfer der Hafengarde stürmten an Bord. Die ersten Klingen wurden gekreuzt. Stahl prallte auf Stahl. Beide Gruppen waren zahlenmäßig etwa gleich stark.

Tollkühn stürzte sich der Offizier auf Kirad. Mit wuchtigen Schlägen, die er mit seinem Krummsäbel ausführte, trieb er den Kapitän einige Schritte zurück.

Kirad parierte die wuchtigen Schläge mit seinem Schwert. Der Bolzen einer Armbrust surrte dicht am Kopf des Kapitäns vorbei.

Der Magier An-Shar hatte sich längst zurückgezogen und in einigen Metern Entfernung in Sicherheit gebracht.

Ein Hafengardist nach dem anderen sprang an Bord und überall wurden die Orks in erbitterte Kämpfe verwickelt. Die Klingen blitzten im Sonnenlicht. Die ersten Todesschreie gellten. Nur mit Mühe konnte Kirad der raschen Schlagfolge seines Gegners Paroli bieten. Der Offizier war ein hervorragender Fechter, das wurde dem Orks ziemlich schnell klar. Schritt um Schritt musste Kirad zurückweichen. Die Schläge, die der Elbenoide mit seinem Krummsäbel schlug wurden mit unglaublicher Präzision und Schnelligkeit geführt. Immer wieder ließ er die gebogene Klinge durch die Luft sausen und dabei entging Kirad nur um Haaresbreite dem Tod. Der Kapitän strauchelte, fiel zu Boden. Sein Gegner war über ihm, holte zum letzten entscheidenden Schlag mit dem Krummsäbel aus.

Die Klinge schlug in das Holz, ließ es splittern.

Kirad ließ sein Schwert nach oben fahren, mit der Spitze direkt auf den Oberkörper des Offiziers zu, doch dieser wich geschickt aus, behielt dabei das Gleichgewicht. Kirad konnte sich noch gerade rechtzeitig aufrappeln, um dem nächsten Hieb seines Gegners zu entgehen.

Doch dann fing sich der Kapitän. Er parierte die nächsten Schläge seines Gegners und setzte dann zu einer eigenen Offensive an. Mit wuchtigen Schlägen ließ er sein Schwert auf die gebogene Klinge des Offiziers klirren, trieb ihn wieder ein paar Schritte zurück.

Trurbjjan Axtschwinger und Krune Drygvarrson kämpften inzwischen am Bug der ORKZAHN gegen eine Übermacht. Trurbjjan stieß mit dem Axtstiel einen der Angreifer über Bord, holte dann zu einem furchtbaren Beidhandschlag aus. Die Klinge seiner Streitaxt spaltete dabei den Schild seines Gegenübers.

Krune Drygvarrson kämpfte mit dem Schwert. Er führte es mit beiden Händen und mit sehr wuchtigen Schlägen. Einem seiner Gegner schlug er dabei den Säbel aus der Hand, so dass er mit einem Aufschrei zurückwich.

"Kappt die Taue!", rief Kapitän Kirad Kiradssohn in diesem Augenblick. "Kappt die Taue, wenn ihr könnt! Und stoßt das Schiff vom Ufer ab!"

Aber das war leichter gesagt als getan. Überall wurde heftig gekämpft. Immer weitere Gruppen von Hafengardisten stürmten auf die Skaid. Für die Menge der Passanten im Hafen war dieser Kampf natürlich ein Schauspiel, das sich ihnen nicht alle Tage bot.

Der Lotse, den An-Shar rekrutiert hatte, saß zusammengekauert neben dem Masten. Der Magier befand sich ganz in seiner Nähe. Noch war keiner der Angreifer bis zu ihm vorgedrungen und solange das nicht der Fall war, beobachtete der Magier diesen Kampf wie eine Art Schauspiel. Ein zynisches Lächeln spielte um seine Lippen.

Eigenartigerweise wirkte er beinahe so, als ob ihm der Ausgang dieses Kampfes völlig gleichgültig war.

Einem der Elbenoiden gelang es ziemlich nahe an ihn heran zu kommen. Mit ein paar wuchtigen Säbelhieben hatte der Turbanträger vor sich her getrieben. Jetzt wandte er sich An-Shar zu.

In diesem Moment war dem Magier offensichtlich das Risiko zu groß, den Dingen ihren Lauf zu lassen.

"Napamuet kafama", flüsterte er und für Augenblicke wurden seine Augen schwarz wie die Nacht. Nichts Weißes war mehr in ihnen zu sehen. Sein Gesicht hatte einen eigenartigen, maskenhaften Ausdruck.

Der Elbenoidische Kämpfer stieß einen wilden Schrei aus, einen Schrei, der so etwas wie eine Mischung aus Entsetzen und Verwunderung auszudrücken schien. Sein Säbel änderte nämlich abrupt die Bahn. Der Elbenoide vollführte eine eigenartig unharmonische Bewegung. Was er tat wirkte ruckartig wie unter Zwang. Die Klinge fuhr ihm in die eigene Kehle. Blut spritzte. Er taumelte zu Boden, blieb dort regungslos liegen. Sein Gesicht war zu einer einzigen Maske des Schreckens erstarrt.

Einige andere Elbenoidische Kämpfer hatten diese Szene mitangesehen. Das Grauen erfasste sie

Trurbjjan Axtschwinger war es inzwischen gelungen bis zur Kaimauer vorzudringen. Mit einem gewaltigen Hieb schlug er eines der dicken Taue durch, mit denen die ORKZAHN festgemacht war. Das Schiff löste sich.

Am anderen Ende der ORKZAHN war es Yggron Schädelspalter gelungen bis zu den Tauen vorzudringen. Zwei Gegner hatte er dabei allein zurück an Land getrieben. Jetzt schlug er mit dem Schwert die Taue durch. Funken sprühten als das Metall seiner Klinge auf den Stein der Kaimauer traf. Die ORKZAHN trudelte meerwärts. Der Kampf ging jedoch mit unverminderter Härte weiter. Kirad Kiradssohn Elbenschlächter kämpfte noch immer mit dem Offizier der Hafengarde, der inzwischen gemerkt hatte in welcher Situation er und seine Männer waren.

Der Rückweg war ihnen abgeschnitten und den Beweis seiner magischen Kräfte, den An-Shar abgelegt hatte, ließ sie bis ins Innerste schaudern. Ihr Verdacht hatte sich bestätigt. Dieser Mann war nach allem was ein rechtgläubiger Anhänger des Din Mogul-Ulali dazu sagen konnte, ein schwarzer Magier. Jemand, dem die Regeln und Schriften der Madrasa genannten Zauberschulen nicht im Mindesten scherten.

Ein Magier, der auch nicht im Traum daran dachte seine Fähigkeiten zum Wohle der Menschen einzusetzen, sondern einzig und allein zum eigenen Vorteil.

Kirad drosch jetzt wie wild auf seinen Gegner ein. Er spürte, dass dessen Kraft nachließ. Unbarmherzig trieb er ihn vor sich her bis zum Schiffsrand, dann schlug er ihm mit einem wuchtigen Hieb den Säbel aus der Hand. Im hohen Bogen flog die Waffe über Bord, versank in den Fluten.

Zwischen der ORKZAHN und der Kaimauer bestand inzwischen ein Abstand von dreißig Schritt. Das orkische Schiff krengte gegen ein Elbenoidisches Schiff vom Typ Windprinz, das dort vor Anker lag, aber augenscheinlich zur

Zeit so gut wie ohne Besatzung war, die sich wohl in den Schenken von El-Daribar vergnügte.

Kirad setzte die Schwertspitze an den Hals des Offiziers.

"Warum stößt du nicht zu, du Barbar?", rief dieser in seinem schlechten Elbinga.

"Befiehl deinen Männern, dass sie aufgeben sollen", rief Kirad.

"Pah, das kannst du nicht von mir verlangen!"

"Dann hoffe ich für dich, dass du schwimmen kannst", rief Kirad. Er gab dem Offizier einen Stoß. Im hohen Bogen fiel er ins Wasser, japste dort herum. Mit seinem Metallharnisch zu schwimmen, war nicht ganz einfach.

Ein Elbenoide nach dem anderen landete im Wasser, sofern er nicht niedergekämpft wurde. Schließlich waren sämtliche Angreifer von Bord.

Kirad steckte sein Schwert weg. Sein Gesichtsausdruck war grimmig.

"Drei unserer Männer hat dieser Kampf das Leben gekostet", rief Yggron Schädelspalter wütend. Er spuckte aus. "Diese Elbenoidischen Hunde! Haben Angst vor ein paar Zauberkunststücken, die sie nicht verstehen, aber keine Angst davor, sich von uns den Schädel spalten zu lassen. Pah, diese Narren!"

An den Kaimauern herrschte Tumult.

"Bei Kjulls Hinterlist!", stieß Krune Drygvarrson hervor. "Ich hoffe, dass das nicht noch ein Nachspiel gibt."

Ahmad el-Auri meldete sich jetzt zu Wort. Der schmächtige Mann war plötzlich munter geworden. Er gestikulierte wild und redete auf Elbenoidisch. Dabei deutete er immer wieder in südwestliche Richtung.

"Dort sind Untiefen", fasste An-Shar das Gesagte zusammen. "Lass schleunigst Segel setzen, Kapitän, sonst nimmt das Ganze noch ein böses Ende und wir verrecken in den Delta-Sümpfen. Da ist schon so manches Schiff stecken geblieben, glaub es mir, Kirad Kiradssohn."

Kirad rief schnelle, knappe Befehle. In Windeseile machten sich die Männer der ORKZAHN daran, die Segel zu setzen. Andere gingen an die Ruderriemen, so dass das Schiff bald wieder Fahrt bekam.

Ein krächzender Laut ertönte.

"Das Ruder! Verdammt!", rief Krune Drygvarrson.

"Was ist los?", fragte Kirad, obwohl er es längst ahnte.

"Das Ruder schrammt über Grund."

Das Ruderholz zitterte. Einige Augenblicke lang herrschte Totenstille an Bord, dann hörte das krächzende Geräusch auf. Die ORKZAHN wurde schneller.

"Hart Steuerbord, Krune", befahl der Kapitän. Das Quadratsegel der ORKZAHN bekam kurzzeitig Wind von vorne, ehe das Schiff wieder mit seitlichem Wind dahin gleiten konnte.

Der Hafen von Bar el Dhari geriet in immer größere Entfernung von ihnen. Die Menschen starrten ihnen nach, die Angehörigen der Hafengarde versuchten an Land zu schwimmen. Immer noch herrschten tumultartige Zustände am Kai.

Kirad kümmerte sich jetzt um einen der Toten, der noch an Deck lag.

"Soleif Magnusson", sagte er laut, aber der Erschlagene konnte ihn nicht mehr hören.

"Sag bloß nicht, dass es das nicht wert war", war An-Shars eiskalter Kommentar. "Es sind schon Männer für weniger gestorben als das, was ich dir anzubieten habe, Kirad."

Kirad drehte sich herum. Wut war in seinem Gesicht zu lesen, unbändige Wut. Die Hand hatte den Schwertgriff umklammert, aber er ließ die Waffe stecken.

An-Shar lächelte überlegen.

"Du weißt sehr wohl, wie sehr du auf mich angewiesen bist, nicht wahr?", meinte er.

Kirads Gesichtsausdruck wurde düster. "Ich hätte dich vielleicht diesen Leuten ausliefern sollen", sagte er.

"Ich hätte dabei weniger verlieren können als du", gab An-Shar zu bedenken.

"Ach ja? Gibt es noch mehr als das Leben?"

"Oh, ich hätte es sicher geschafft, mein Leben zu erhalten, Kirad. Da kannst du schon sicher sein."

"Und warum hast du dann eine Weiterreise an Bord der ORKZAHN vorgezogen?"

"Weil ich keine Lust habe, länger zu warten. Und da wir zumindest die Eigenschaft der Gier durchaus teilen, solltest du mich verstehen, Kirad."

Kirad musterte den Magier. Ich werde auf ihn aufpassen müssen, dachte er. Jeden seiner Schritte muss ich genau beobachten, aber wahrscheinlich wird er mir immer einen voraus sein und selbst wenn das nicht der Fall sein sollte, so hat er Mittel und Wege zur Verfügung, die mich ihm wahrscheinlich gehorchen lassen werden, ob mir das nun gefällt oder nicht.

"Ich habe dir versprochen, dass ich dich töten werde, wenn sich deine Versprechungen als leere Worthülsen erweisen sollten, An-Shar", sagte Kirad. "Und glaub mir, ich werde diese Ankündigung wahrmachen."

An-Shar lächelte nur matt.

"Es ist unmöglich für jemanden wie dich, mich in Furcht zu versetzen, Kirad Kiradssohn Elbenschlächter. Dafür habe ich einfach schon zu viel erlebt, viel zu viel."

Der Gesichtsausdruck An-Shars veränderte sich. Er schien ins Nichts zu blicken, wirkte in sich gekehrt, völlig dem hier und jetzt entrückt. Seine Züge wurden weicher, verträumter.

Was sieht er jetzt vor seinem inneren Auge, ging es Kirad durch den Kopf. Irgendetwas Schöneres als diese Welt muss es sein, was bei Ork-Gott Elbenfolterer? Vielleicht, so dachte Kirad weiter, vielleicht stellt er sich jetzt die Pracht des alten Ta-Tekem vor, dieses sagenumwobenen Reiches, bei dem sich der Orks nicht einmal sicher war, ob es nicht vielleicht nur der Fantasie eines Elbenoidischen Fabelerzählers entsprang.

9

Die Nacht brach herein.

Als fahles Oval, einem gewaltigen Auge gleich, stand der Mond am Himmel. Ein leichter Wind fuhr über die Schilffelder, die die Ufer im Deltagebiet des Jasabil säumten.

Es raschelte.

Eigenartige Rufe und Schreie, wohl zumeist tierischer Herkunft, erfüllten die Nacht.

Die Männer der ORKZAHN ruderten flussaufwärts.

Ammeet el-Auri befand sich am Bug. In schlechtem Elbinga brüllte er seine Anweisungen in Richtung des Steuermanns. Der Elbenoide schien sich tatsächlich gut in den verschiedenen sich oft verzweigenden Seitenarmen des Jasabil auszukennen, wusste welche Abzweigungen ein Schiff wie die ORKZAHN nehmen konnte ohne Gefahr zu laufen dabei aufzusetzen und stecken zu bleiben. Dämmerung setzte schließlich ein, legte sich wie grauer Spinnweben über das Flussdelta.

Auf den von Schilf umsäumten Inseln in der Flussmündung stand das Getreide. Hin und wieder sahen Kirad Kiradssohn Elbenschlächter und seine Männer Elbenoidische Bauern bei der Arbeit.

"Der Jasabil ist wie eine Lebensader für dieses Land", sagte An-Shar. "Und so ist es schon seit Tausenden von Jahren. Westlich und östlich dieses großen Stroms gibt es nur einen schmalen Streifen fruchtbaren Landes, dahinter die Wüste."

"Wie weit werden wir diesen Fluss hinaufrudern müssen?", fragte Kirad Kiradssohn, nachdem er den Magier einige Augenblicke lang nachdenklich gemustert hatte.

Ein Lächeln erschien in An-Shars Gesicht.

"Hältst du mich wirklich für so dumm, dass ich dir das jetzt schon sage, Barbar?"

"Warst du es nicht, der gesagt hat, wir wären Partner?"

"Und warst du es nicht, der mich darauf hinwies, ich sei nach wie vor ein Gefangener?"

"Was sollen diese Spitzfindigkeiten?", grollte Kirad. "Ich dachte, wir hätten ein gemeinsames Ziel?"

"Trotzdem ist es vielleicht besser, wenn ich meine kleinen Geheimnisse für mich behalte", erwiderte An-Shar. "Zu meiner eigenen Sicherheit, wenn du verstehst, was ich meine, Kapitän."

Traue ihm nicht, ging es Kirad durch den Kopf. Dieser Mann spielt sein eigenes Spiel. Denke immer daran!

Schließlich wurde es vollkommen dunkel und eine Weiterfahrt war nicht möglich. Die Gefahr, dass die ORKZAHN bei diesen Sichtverhältnissen in Untiefen geriet, war einfach zu groß und so ankerte sie schließlich.

Am nächsten Morgen wurde die Fahrt flussaufwärts fortgesetzt. Etwa zur Mittagszeit erreichten sie den Hafen Chelha, der am Westufer des Jasabil gelegen war.

Hunderte von Einwohnern standen am Ufer. Ihr Stimmengewirr übertönte die Laute der Vögel, die ansonsten im Delta-Gebiet die vorherrschende Geräuschkulisse darstellten.

Sie sahen zu wie sich die Ruderblätter regelmäßig in das dunkle Wasser des Jasabil senkten und sich die ORKZAHN langsam flussaufwärts bewegte. Die Strömung war hier recht stark. Die Männer mussten sich ziemlich kräftig in die Riemen legen.

"Schwer zu sagen, warum diese Leute dort stehen und uns angaffen, als wären wir exotische Tiere", murmelte Kirad.

"Vermutlich ist die Kunde über den Frevel, den ich in den Augen dieser Menschen begangen habe, uns vorausgeeilt", sagte An-Shar.

Kirad lachte.

"Mit anderen Worten, du würdest mir empfehlen nicht im Hafen von Chelha einzulaufen."

"In der Tat", nickte An-Shar. Seine Augen bekamen wieder jenen abwesenden Ausdruck, den Kirad schon einmal an ihm bemerkt hatte.

"Viele Zeitalter ist es her", murmelte er, "da lebte hier ein zivilisiertes Volk mit erhabenen Göttern, nur das ist lange vorbei und das, was du jetzt hier siehst, Barbar, ist nichts weiter als der blasse Abglanz dessen, was das alte Reich Ta-Tekem einst ausgemacht hat."

"Du sprichst darüber als hättest du selbst die Tage noch erlebt, als jenes Reich in voller Blüte stand", meinte Kirad. In seinem Tonfall schwang eine deutliche Portion Spott mit.

"Und wenn es so wäre?", murmelte An-Shar. "Was würde das für dich einen Unterschied machen?" Er machte eine ruckartige Bewegung, blickte Kirad dann offen an. "In diesem Land erzählt man sich heute eigenartige Geschichten über die Mumien, die die alten Tekemer hinterlassen haben. Tote, die auf geheimnisvolle Weise an der Verwesung gehindert wurden und noch heute in den alten Grabstätten und Ruinen zu finden sind."

"Schauderhaft", sagte Kirad.

"Schon so mancher schwarzer Magier hat versucht eine solche Mumie wieder zurück ins Leben zu holen. Vielleicht ist ja genau das mit mir geschehen?" An-Shar lachte schallend. "Wie leicht du zu beeindrucken bist, Barbar. Dazu braucht es nicht einmal Magie, nur ein paar eindrucksvolle Worte."

"Du irrst dich", erwiderte Kirad. "Mir ist es völlig gleichgültig, wer du bist und ich weiß, dass Kjulls Hinterlist in dir wohnt wie in sonst kaum jemanden, den ich bisher kennen gelernt habe."

"Dich interessiert nur das Gold, nicht wahr?"

"So ist es."

An-Shar nickte. "Gierige Menschen wie du haben einen Vorteil, Kapitän. Sie sind leicht zu berechnen."

10

In den nächsten Tagen geschah nichts Besonderes.

Die ORKZAHN setzte ihren Weg fort, Richtung Süden und die Kenntnisse Ammeet el-Auris sorgten dafür, dass das Orks-Schiff nicht ein einziges Mal auf Grund lief.

Der Lotse behielt die Orientierung.

Schließlich erreichten sie den am Ostufer gelegenen Flusshafen Sabrer.

Das Delta hatten sie nun endgültig hinter sich gelassen. Der Jasabil bildete hier einen breiten Strom.

Ammeet el-Auri ging in Sabrer von Bord. Niemand sprach die Orks auf das an, was in El-Daribar geschehen war.

Kirad zog daraus den Schluss, dass die Gerüchte über den Frevel, den An-Shar begangen hatte, ihnen doch nicht so schnell vorausgeeilt war wie zunächst befürchtet werden musste.

Sicher spielte bei diesem Umstand auch eine Rolle, dass Sabrer am östlichen Ufer des Jasabil gelegen war und es keinerlei Langweg von El-Daribar aus gab. Nur wenige Schiffe verkehrten zwischen Sabra und El-Daribar. Die Meisten pendelten zwischen dem weitaus bedeutenderem Mokanesh und dem südlich von Sabrer gelegenen Khairat, der Hauptstadt des Sultans von Kairawan.

Ein paar Tage später erreichte die ORKZAHN dann den Hafen von Khairat, was übersetzt 'Segen' hieß.

Früher war Khairat das Zentrum eines großen Reiches gewesen, inzwischen aber sagte man, dass der Einfluss des Sultans nicht über die nähere Umgebung der Stadt hinausging.

Die ORKZAHN legte im Hafen nur kurz an.

Ein Beamter des Sultans erschien schon sehr bald im Hafen und verlangte in einigermaßen flüssigem Elbinga von Kapitän Kirad Kiradssohn Elbenschlächter zu wissen, was diesen so tief ins Land Elbenoi hinein geführt hätte.

Es kam hin und wieder vor, dass orkische Segler Gefangene, die sie auf ihren Raubzügen gemacht hatten, in die Häfen des Jasabil-Deltas brachten, um sie dort als Sklaven zu verkaufen. Bis Khairat kamen allerdings die Wenigsten von ihnen.

Die ORKZAHN hatte augenscheinlich keine Sklavenfracht an Bord und führte auch sonst nichts mit sich, was man als eine Ladung hätte bezeichnen können. Das erregte offenbar das Misstrauen dieses Mannes.

"Ich habe den Verdacht, dass hier ein Gewerbe eröffnet werden soll, ohne die dafür nötige Erlaubnis eingeholt zu haben", erklärte der Beamte, der sich als Jaffar el-Gamal vorgestellt hatte. "Die andere Möglichkeit wäre, dass euch irgendwelche räuberischen Absichten so tief in unser Land geführt haben", fuhr der Beamte dann fort.

"Das eine wie das andere ist absurd", entgegnete Kirad in einer Mischung aus Elbinga und einigen Brocken Elbenoidisch, die er inzwischen aufgeschnappt hatte. Er wusste, dass es nötig war, so schnell wie möglich Kenntnisse in der Sprache eines Landes zu erringen, das man bereiste. Die Gefahr war dann einfach viel kleiner, dass man betrogen wurde.

"Warum sollte das absurd sein?", entgegnete Jaffar el-Gamal, in dessen Begleitung sich ein halbes Dutzend Bewaffneter befand.

Diese hochgewachsenen Krieger mit ihren Pluderhosen und den schlanken Säbeln machten keinen großen Eindruck auf Kirad. Seine Männer waren ihnen an Kampfkraft sicher um einiges überlegen, aber selbstverständlich konnte Jaffar el-Gamal im Handumdrehen weitere Kämpfer mobilisieren und hierher beordern.

Sich mit der geballten Macht des Sultans anzulegen, danach stand Kirad Kiradssohn Elbenschlächter nun wirklich nicht der Sinn. Also hoffte er die Angelegenheit so gut und so glimpflich regeln zu können wie es der bürokratische Starrsinn dieses Beamten zuließ. Nicht zu vergessen seine Habgier, denn Kirad wurde den Verdacht einfach nicht los, dass es Jaffar el-Gamal einzig und allein darum ging, die nötige Gebühr einzutreiben, von der ihm mit Sicherheit ein gewisser Anteil zustand.

"Warum sollte ich hier ein Gewerbe eröffnen wollen?", fragte Kirad Kiradssohn Elbenschlächter. "Das würde keinen Sinn machen. Weiter im Süden werde ich vielleicht Fracht an Bord nehmen. Das ist alles, was ich vorhabe."

"Und diese Fracht werdet Ihr nicht im nominellen Einflussbereich des Sultans von Khairat veräußern?", erkundigte sich der Beamte spitzfindig.

Kirad wandte sich an An-Shar. "Ich glaube, ich brauche deine Hilfe, Magier", erklärte er leise und auf Bryséisch, in der Hoffnung, dass der Elbenoide davon nichts mitbekam.

"Wenn wir unseren Zielhafen erreicht haben, werde ich alt und grau aussehen", murmelte An-Shar.

Dann murmelte er ein paar eigenartig klingende Worte in einer Sprache, die niemand der Anwesenden verstanden hätte.

"Makantan seftateth."

An-Shar hatte seine Kapuze tief ins Gesicht gezogen. Keiner der Anwesenden sah daher, dass für einen kurzen Moment seine Augen vollkommen schwarz wurden und jegliches Weiß aus ihnen verschwand.

"Sapanath vehrat teftet", murmelte er.

Auf dem Gesicht des Beamten erschien eine Art seliges Lächeln und dasselbe galt für die Bewaffneten, die ihn begleiteten.

"Eure Erklärungen haben meine Einwände zerstreut", sagte der Beamte Jaffar el-Gamal plötzlich.

Mit einer ruckartigen Bewegung drehte er sich herum, machte seinen Leuten ein Zeichen und ging mit ihnen davon.

"Ich frage mich langsam, wie man in diesem Land ohne Magie durchs Leben kommt", murmelte Kirad. "Zumindest gegen diese verfeinerte Form der Straßenräuberei dürfte man fast chancenlos sein."

11

Tage vergingen. Tage, in denen die Hitze den Nordländern zu schaffen machte. Unbarmherzig brannte die Sonne vom Himmel. Keine Wolke stand dort und unterbrach das Blau. Von Khairat aus waren sie weiter Richtung Süden gerudert. An den Ufern waren Felder zu sehen. Bauern und Leibeigene arbeiteten dort und auf dem Jasabil herrschte ein reger Schiffsbetrieb.

Immer wieder begegneten den Männern der ORKZAHN kleinere und größere Flussbarken. Bis Madinat hinauf, so hatte sich Kirad Kiradssohn Elbenschlächter inzwischen belehren lassen, war der Jasabil durchgängig schiffbar. Erst danach machten Katarakte und Stromschnellen eine Weiterfahrt unmöglich.

Südlich von Khairat konnte die ORKZAHN auch des Nachts ihren Weg fortsetzen. Die Gefahr in Untiefen zu geraten, war hier relativ gering, sofern man sich von den mit Schilf bewachsenen Uferzonen einigermaßen fernhielt.

Die Nächte waren relativ hell und sternenklar. In einer dieser mondhellen, klaren Nächte ragte plötzlich ein dunkler Schatten viele Meter hoch in den Himmel hinein.

Einige der Männer an Bord der ORKZAHN gerieten in Unruhe.

"Hat jemand so etwas schon mal gesehen?", rief Fenror Egilson. "Da muss doch dunkle Magie im Spiel sein."

"Eine Schattenkreatur", stieß Yggron Schädelspalter hervor.

"Für mich sieht das eher aus wie ein Gebäude", erklärte Krune Drygvarrson.

"Ich möchte, dass wir an Land gehen", erklärte An-Shar plötzlich.

"An Land gehen? Hier?", fragte Kirad Kiradssohn Elbenschlächter verwundert.

"Ja. Es wird nicht lange dauern."

"Was beabsichtigst du hier?"

"Dieser Schatten dort", erklärte An-Shar, "ist eine Pyramide des alten Reiches von Ta-Tekem. Sie überragt die uralte tekemische Stadt Weset und dort muss ich hin."

"Befindet sich dort der Schatz?", fragte Kirad.

"Nein", erklärte An-Shar. "Aber ich habe dort etwas zu tun."

"Du sprichst in Rätseln."

"Das mag sein, aber es hätte kaum viel Sinn einem Barbaren wie dir die Dinge zu erklären, die mich umtreiben."

"Ich werde dich nicht gehen lassen", erklärte Kirad. "Es sei denn, du gibst mir einen vernünftigen Grund dafür an, dass du in diese Ruinenstadt musst."

An-Shar lächelte kühl.

"Denk an den Beamten des Sultans. Glaubst du wirklich, dass du mich dazu zwingen könntest hier zu bleiben, gegen meinen Willen?" Er lachte auf. "Du bist ein Narr, Kirad."

Etwa einen Schritt stand der Magier von Kirad entfernt. Der Kapitän wandte sich ab, dann schnellte er plötzlich herum, riss einen Dolch aus dem Gürtel und setzte ihn blitzschnell an den Hals des Magiers. Dann lächelte er. "Das hast du nicht kommen sehen, nicht wahr? Ich war zu schnell für dich. Selbst deine Magie hat das nicht vorhersehen können." Er zog den Dolch wieder zurück, steckte ihn in den Gürtel. "Deine Macht ist nicht so groß wie du behauptest, Magier. Bislang hast du sie vorwiegend gegen solche Menschen eingesetzt, die darauf nicht vorbereitet waren, aber ich bin es und ich beobachte dich genau, sehr genau."

"Ich glaube an vieles", erwiderte An-Shar, "aber nicht daran, dass ein Orks Kapitän jemanden umbringt, der das Wissen über einen großen Schatz in sich trägt. Also hör mit dem Versuch auf, mir Angst einjagen zu wollen. Du machst dich damit nur lächerlich, Orks."

"Was willst du dort in der Ruinenstadt?"

An-Shar zog unter seinem Gewand einen zylindrischen Behälter hervor, der aus Leder gearbeitet war. Aus diesem Behälter holte er eine Schriftrolle hervor, entfaltete sie. Kirad trat wieder neben ihn, warf einen Blick auf die eigenartigen Zeichen, die auf dem Schriftstück zu sehen waren.

"Du kannst dies nicht lesen", erklärte An-Shar. "Aber das liegt in diesem Fall nicht daran, dass du ein Barbar bist. Selbst die gebildeten Männer deiner Zeit hätten Schwierigkeiten damit, diesen Text zu entziffern."

"Und du kannst es?"

"Oh ja."

"Hängt dieses Schriftstück in irgendeiner Weise mit dem Schatz zusammen, von dem du gesprochen hast?"

"Ja, das tut es. Ohne dieses Schriftstück werden wir den Schatz nicht finden. Ich nahm es einem Gelehrten aus Ardassa namens Atamandrimedes ab, nicht ganz freiwillig, wie ich zugeben muss, aber schlussendlich hat er es mir notgedrungen überlassen. Man nennt sie die Rolle der geheimen Worte. Sie ist im Laufe der Zeit immer wieder abgeschrieben worden. Fehler haben sich eingeschlichen, aber dieses Schriftstück entspricht dem Original."

"Was enthält es?"

"Einen mächtigen Zauber. Einen Zauber, der so mächtig ist, dass du keinerlei Vorstellung davon hast."

"Ist diese Magie notwendig, um den Schatz von dem du gesprochen hast zu heben?"

"Allerdings, dass ist es. Und leider ist dieses Dokument auch nicht ganz vollständig. Der Verfasser hat offenbar Missbrauch dieser Kräfte gefürchtet. Es fehlen ein paar Zeichen, die in Weset zu finden sind. Die Stellen sind genau beschrieben. Es wird mir nichts anderes übrig bleiben, als in die Ruinen zu gehen und die entsprechenden Zeichen zu ergänzen, damit ich über den vollen Text der geheimen Worte verfüge."

"Ich werde dich mit einigen Männern begleiten", erklärte Kirad.

"Um zu verhindern, dass ich flüchte? Wohin? In die Wüste? Weset ist ein Ort, der von den Elbenoiden heute gemieden wird. Es gibt kein Wasser dort, nur Sand, der langsam aber sicher alles unter sich begräbt, was die Tekemer vor vielen Zeitaltern geschaffen haben."

Kirad wandte sich an Krune Drygvarrson. "Wir suchen eine Stelle, an der wir anlanden können, Krune!", rief er, jetzt auf Orkisch und nicht in bryséischer Sprache, die er zuvor benutzt hatte.

Die Männer der ORKZAHN blickten ihren Kapitän wie entgeistert an. Keinem von ihnen gefiel die Aussicht, diesem dunklen Monstrum aus purer Schwärze, das der Schatten einer gewaltigen Pyramide war zu nahe zu kommen. Es war die Scheu vor dem Unbekannten, dem Unfassbaren, dem Übernatürlichen. Eine Aura von Magie umgab alles, was mit dem Reich Ta-Tekem in irgendeiner Weise zu tun hatte.

Die zeitgenössische, Elbenoidische Bevölkerung spürte dies sehr wohl. Ein Grund dafür, dass Orte wie Weset und andere tekemische Ruinenstädte zumeist gemieden wurden, als ob ein böser Fluch über ihnen lastete.

"Schaut mich nicht so an! Ihr werdet doch keine Angst vor ein paar alten Steinen haben, selbst wenn sie äußerst kunstvoll übereinander geschichtet wurden?"

12

Es dauerte eine Weile, bis die Männer der ORKZAHN einen geeigneten Landeplatz gefunden hatten.

Das östliche Jasabilufer war in diesem Gebiet fast vollständig mit Schilf bewachsen. Das Wasser in der Uferzone war flach, der Untergrund sumpfig, wie einige des Orks durch das Eintauchen von Ruderhölzern bis zum Grund bereits festgestellt hatten.

Doch schließlich fand sich eine Stelle an der angelegt werden konnte.

Trurbjjan Axtschwinger war der Erste der Orks, der an Land sprang. Rraggrrorr Einauge warf ihm ein Tau zu, dann sprang er selbst an Land. Weitere Orks sprangen an Land. Rundhölzer wurden in den weichen, feuchten Boden getrieben, um das Schiff festmachen zu können.

Fenror Egilson, Trurbjjan Axtschwinger und Yggron Schädelspalter bekamen von Kirad Kiradssohn den Befehl, ihm und dem Magier An-Shar zu der Ruine zu folgen.

Keiner der drei war begeistert davon, aber sie hüteten sich etwas zu sagen. Niemand von ihnen wollte als Feigling gelten.

Kirad wandte sich an An-Shar.

"Bringen wir es hinter uns", sagte der Kapitän.

Die kleine Gruppe ging an Land, streifte durch den Streifen hohen Grases, der sich in der Uferzone befand. Der Kapitän drehte sich noch einmal herum.

"Krune Drygvarrson, du hast das Kommando während meiner Abwesenheit."

"In Ordnung, Kapitän!", rief Krune zurück.

Damit wandte sich Kirad Kiradssohn Elbenschlächter herum und ging in die Nacht hinein, in Richtung der gewaltigen Pyramide. Die anderen folgten ihm.

Einige Meilen Fußweg würden vor ihnen liegen, auch wenn es den Anschein hatte, als ob die Pyramide in ihrer direkten Umgebung lag, so war das eine optische Täuschung.

Krune Drygvarrson schritt auf den Bug der ORKZAHN zu und blickte den Männern nach. Es dauerte eine Weile bis die Finsternis der Nacht sie verschluckt hatte.

13

Ein langer Fußmarsch lag hinter ihnen als sie die Ruinen von Weset erreichten.

"Ich hoffe, du kennst dich hier aus", wandte sich Kirad Kiradssohn Elbenschlächter an An-Shar den Magier.

Dessen Gesicht lag im Schatten. Das Mondlicht drang nicht unter die Kapuze.

"Keine Sorge", wisperte er. "Wir werden den Ort bald gefunden haben. Er ist in der Rolle der geheimen Worte genauestens beschrieben."

Yggron Schädelspalter deutete zum Horizont.

"Nicht mehr lange und der Morgen wird grauen."

"Für das, was ich vorhabe ist es gleichgültig, welche Stunde gerade geschlagen hat", erklärte An-Shar.

Der Magier ging jetzt voran.

Sie kamen durch die breiten Straßen der alten tekemischen Siedlung. Eine prächtige Stadt musste hier einst gestanden haben. Zeitalter war das her. Von vielen Häusern standen nur noch die Grundmauern. Treibsand hatte sich hier und da aufgetürmt und ganze Gebäude unter sich begraben. Überragt wurde das alles von einer gewaltigen Pyramide, ein Bauwerk für die Ewigkeit gemacht. Und doch war auch diese Pyramide langsam zu zerfallen und wieder zu dem zu werden, was sie einst gewesen war: Staub.

Die Ruinen der ehemaligen tekemischen Stadt Weset waren eine Art Labyrinth, in dem man schnell die Orientierung verlieren konnte.

An-Shars Schritte wurden immer schneller. Er wirkte immer hektischer und unruhiger.

Kirad bemerkte die Schweißperlen sehr wohl, die sich auf seiner Stirn gebildet hatten. Die Kapuze hatte er zurückgeschlagen und es wurde bald offenkundig, dass der Magier sich keineswegs so sicher war, was den Weg betraf, den sie zu gehen hatten.

"Wenn du mich fragst, dann stimmt hier irgendetwas nicht", meinte Fenror Egilson an den Kapitän gewandt. "Entweder will dieser Bryséisch sprechende Magier uns alle übers Ohr hauen oder er hat keine Ahnung wo wir sind..."

"...und wo wir hin müssen", vollendete Trurbjjan Axtschwinger. "Bei Ork-Gott Elbenfolterer, er irrt hier umher, als ob er genauso wenig Bescheid weiß wie wir."

Die Suche gestaltete sich schwieriger als erwartet. Der Morgen dämmerte herauf. Die ersten Sonnenstrahlen krochen über den Horizont und in der Morgenkühle zogen vom Fluss her Dunstwolken die Uferböschung herauf, krochen wie formlose Ungeheuer auf das Land. Sobald die Sonne richtig aufgestiegen war, würden ihre Strahlen diese Nebelschwaden vermutlich sehr schnell vertreiben. Aber bis dahin machten sie es nicht gerade leichter, die ORKZAHN am Ufer des Jasabil wieder zu finden.

Wieder und wieder nahm der Magier die Rolle der geheimen Worte hervor, murmelte eigenartige Laute vor sich hin, die offenbar in irgendeiner Beziehung zu den aufgemalten Zeichen standen und eine Art Text ergaben.

Es war inzwischen hell genug, um ohne eine Fackel oder irgendeine andere Lichtquelle lesen zu können.

"Nun An-Shar?", fragte Kirad. "Du wirkst ziemlich ratlos."

"Ich werde den Ort schon finden", knurrte An-Shar.

"Vielleicht kann ich dir helfen?"

An-Shar sah den Kapitän der ORKZAHN überrascht an, dann lachte er heiser auf. "Du bestimmt nicht, du ungebildeter Barbar!"

14

Eine halbe Stunde später erreichte die Gruppe unter An-Shars Führung ein eher unscheinbares Gebäude, von dessen vorderem Teil nichts weiter als die Grundmauern noch standen. Und selbst die befanden sich bereits in einem fortgeschrittenen Stadium der Erosion begriffen.

"Hier ist es", flüsterte er düster.

Trurbjjan und Kirad wechselten einen zweifelnden Blick. Yggron Schädelspalter zuckte nur mit den Schultern.

Sie traten durch einen verwitterten Rundbogen, der mit tekemischen Schriftzeichen versehen war. Ein Großteil davon war kaum noch zu erkennen.

Der hintere Teil des Gebäudes war besser erhalten. Die Mauern reichten teilweise noch bis zu zwei Metern in die Höhe. Allerdings gab es kein Dach mehr.

Im hinteren Teil des Gebäudes war eine Steinstatue zu sehen, etwa eine Elle größer als selbst Fenror Egilson, der mit Abstand größte Mann unter den Orksn an Bord der ORKZAHN. Fenror überragte die anderen Mitglieder der Besatzung um mindestens eine Haupteslänge.

Die Statur war aus einer Art rotem Sandstein. Sie wirkte weniger verwittert als die Gebäudereste um sie herum.

Einen mit Schwert und Keule bewaffneten Krieger stellte diese Statue dar. Der Körper glich dem eines gewaltigen Mannes, wie man ihn gerade in den Ländern des Südens kaum je gesehen haben mochte. Der Kopf hingegen war der einer hundeartigen Kreatur. Nur dass sein Maul viel gewaltiger war als die Mäuler gewöhnlicher Hunde.

An-Shar erstarrte, als er die aus Stein gehauene Figur sah.

Die drei ihn begleitenden Orks hielten ebenfalls an. Sie blickten etwas verwirrt auf den Magier, dem sie gefolgt waren.

"Was ist los?", fragte Kirad. "Hast du jetzt Furcht vor einem Steinbild?"

"Sei still, Barbar!"

"Ist nicht die Furcht vor Steinbildnissen ein Kennzeichen des Barbarentums? Dementsprechend wärst du - und nicht ich - der Barbar von uns beiden!"

"Ich sagte, sei still, Kirad!"

Die Statue begann sich zu bewegen. Zuerst war es kaum sichtbar. Das Schwert in der rechten Hand dieses grimmigen Steinkriegers veränderte seine Position um nicht mehr als eine Handbreit.

"Bei Ork-Gott Elbenfolterer!", rief Trurbjjan Axtschwinger und fasste mit beiden Händen den Stil der gewaltigen Streitaxt, die er mit sich führte. "Was für eine Magie mag hier am Werk sein?"

"Eine, die du nicht verstehst, Ork!", versetzte An-Shar mit düsterem Spott. Er deutete auf den langsam erwachenden Steinkrieger, der immer mehr von einer unheimlichen Art von Leben erfüllt wurde.

Kirad zog sein Schwert.

Fenror und Yggron folgten dem Beispiel ihres Kapitäns.

"Raus mit der Sprache!", forderte Kirad dann. "Was geht hier vor sich!"

An-Shar kicherte in sich hinein.

Er schlug die Kapuze zurück. In der Rechten hielt er die Rolle der geheimen Worte fest umklammert.

"Vor uns steht ein Incheper."

"Ein was?", rief Kirad.

"Das ist das tekemische Wort für Wandelstein."

"Ich hoffe, du kennst ein magisches Mittel gegen diesen Koloss!"

Der Steinkrieger setzte jetzt einen Schritt voran, öffnete leicht sein gewaltiges Hundemaul. Ein dumpfer Knurrlaut entrang sich diesem Schlund.

"Siehst du die Schriftzeichen auf seiner Brust?", fragte An-Shar an Kirad gewandt.

Kirad nickte.

"Ich sehe sie."

"Sie beschreiben die Aufgabe, die dieser Incheper hat. So ein Wandelstein wird sie auch nach Jahrhunderten noch zuverlässig erfüllen."

"Und welche Aufgabe hat dieser Wandelstein?", fragte Kirad.

"Er soll verhindern, dass irgendjemand die Zeichen auf dem Rücken dieses Kolosses liest."

An-Shar verzog das Gesicht. "Die fehlenden Worte, die in meiner Schriftrolle erwähnt werden."

"Ich verstehe. Dieser Incheper hat also die Aufgabe, sie vor dem Zugriff Unbefugter zu schützen. Und wer ist in seinen Augen ein Unbefugter?"

"Ich fürchte, so ziemlich jeder."

Mit einem Brülllaut stürzte der Incheper jetzt voran. Mit stampfenden Schritten kam er, nun zu vollem Leben erwacht, auf die kleine Gruppe zu.

Der gewaltige Krieger, der soeben noch eine Steinstatue gewesen war, wirkte jetzt wie ein Lebewesen mit fester, körniger Haut, deren Struktur an rötlichen Sand erinnerte.

Er ließ sein Schwert und seine Keule kreisen. Die Keule donnerte zu Boden.

Thobjon Axtschwinger musste zur Seite springen. Er hieb auf den Arm des Inchepers ein. Alle Kraft legte der Orks in diesen Schlag, doch er prallte wirkungslos ab.

Funken sprühten als das Metall die Außenhaut des Wandelsteins traf. Entgegen seiner optischen Erscheinung schien dieses Gebilde immer noch in seinem Innern aus Stein zu bestehen.

Eine Lichterscheinung schlängelte sich am Stiel der Axt entlang.

Magie, durchzuckte es Kirad. Auch hier musste Magie im Spiel sein. Irgendein finsterer Zauber, den sich die alten Tekemer ausgedacht hatten. Etwas, was ein einfacher Raubfahrer und Barbar wie Kirad Kiradssohn Elbenschlächter nicht so recht verstand.

Trurbjjan Axtschwinger erstarrte, während der Steinkrieger seine Keule zurückzog und einen markerschütternden Brülllaut ausstieß.

Trurbjjan schien sich in einer Art Schockzustand zu befinden. Seine Augen wirkten leer. Er blickte ins Nichts, schienen durch den Incheper geradewegs hindurch zu blicken. Er rührte sich nicht.

"Trurbjjan, was ist los?", rief Fenror Egilson. Er lief hinzu, packte den Gefährten bei den Schultern, riss ihn zur Seite. Widerstandslos ließ Trurbjjan das mit sich geschehen, während gleichzeitig der Incheper erneut angriff, sein Schwert und seine Keule kreisen ließ.

Seine Waffen sausten durch die Luft, donnerten auf den Boden, ließen Sand empor schleudern. Das Monstrum ließ die Orks zurückweichen.

"Irgendeine Art von Magie muss von Trurbjjan Axtschwinger Besitz ergriffen haben!", rief Fenror Egilson verzweifelt.

"Berührt ihn nicht, diese Ausgeburt von Kjulls Hinterlist!", rief Kirad. "Auch nicht mit euren Waffen. Irgendeine Art von Magie ist damit verbunden. Etwas, das wir nicht verstehen, uns aber gefährlich werden kann."

Yggron Schädelspalter hielt grimmig seine Klinge mit beiden Händen.

"Heißt das, wir können nichts tun als ausweichen?"

"So ist es", erwiderte Kirad. Er wandte sich an An-Shar. "Es sei denn unserem Magierbegleiter fällt noch etwas anderes ein." Erneut setzte der Incheper zu einem Angriff an, schwang seine gewaltige Keule, ließ sie niedersausen. Sie traf auf einen der Mauerreste, ließ die Steine bröckeln und die Wand in sich zusammenstürzen. Er musste über gigantische Kräfte verfügen.

"Nakandor saftet mikekenes sha", flüsterte An-Shar.

Er streckte die Hände aus. Seine Augen wurden wieder vollkommen schwarz, so wie in jenem Augenblick als er die Seedämonen gerufen hatte, um der in Bedrängnis geratenen ORKZAHN zu helfen.

Das Gesicht des Magiers verwandelte sich in eine starre Maske. Er wiederholte die magische Formel immer wieder, wie einen Singsang.

Dann entrollte er die Schriftrolle der geheimen Worte, hielt sie dem Monstrum entgegen und trat dann langsam auf den Incheper zu.

Was er tat, musste ihn viel Kraft kosten, Lebenskraft, wie es Kirad schaudernd klar wurde. Die Farbe seiner Haare veränderte sich. Sie wurde innerhalb von Sekunden schlohweiß. Die Haut verwandelte sich in ein pergamentartiges Etwas. Er wurde blass, jegliche Farbe floh aus seinem Gesicht.

Etwas Ähnliches war geschehen, nachdem er die Seedämonen gerufen hatte, um sie gegen die relianischen Kriegsgaleeren ankämpfen zu lassen.

Allerdings hatte sich An-Shars Äußeres in den darauffolgenden Tagen und Wochen zusehends normalisiert. Offenbar waren diese Veränderungen nicht endgültig und wenigstens zum Teil wieder rückgängig zu machen.

"Ich bin dein Herr!", rief An-Shar, "und ich bin gekommen, um dir zu befehlen." Er schleuderte diese Worte dem Incheper entgegen, zuerst in einer sehr fremdartigen Sprache, die Kirad für das Idiom der alten Tekemer hielt. Dann auf Elbenoidisch und schließlich sogar in Elbinga.

Ein Zittern durchlief An-Shars Körper. Eine grell blitzende Lichterscheinung fuhr jetzt zischend aus seinen Augen heraus und umtanzte seinen ganzen Körper, konzentrierte sich schließlich in seinen Händen mit denen er die Schriftrolle hielt.

Wie eine Art Schutzschild hielt er diese Schriftrolle dem Monstrum entgegen. Der Incheper zögerte, stieß eine Art Grunzen hervor, unartikulierte Laute eines Wesens, das allenfalls über primitive Intelligenz verfügte, die gerade ausreichte, um jene Aufgabe zu erfüllen, für die es geschaffen war.

Dieses Wesen sollte jene Zeichen bewachen, die der Schriftrolle hinzugefügt werden mussten, damit diese ihre volle Kraft entfalten konnte. Das letzte fehlende Stück in einem Mosaik, das schlussendlich das Geheimnis eines unvorstellbar wertvollen Schatzes enthüllen sollte.

Wieder murmelte der Magier seine Formeln vor sich hin. Scheinbar sinnlose Silben, die vor undenklich langer Zeit mal einen Sinn ergeben haben mussten.

Sein Hals schwoll dabei an, die große Schlagader pulsierte und noch immer war kein einziger weißer Fleck in seine Augen zurückgekehrt.

Kirad schauderte als er die Veränderung bemerkte, die mit den Händen und den unabsichtlich entblößten Unterarmen vor sich ging.

Das Fleisch schien unter der pergamentartigen Haut zu verschwinden. Es war an manchen Stellen einfach nicht mehr da, ging immer mehr zurück.

An-Shar verwandelte sich in einen von brüchiger Haut umspanntes Skelett.

Wie lange wird er das noch durchhalten, dachte Kirad.

Ein Blitz fuhr in diesem Augenblick aus der Schriftrolle heraus. Dieser Blitz fuhr direkt in den Hundekopf des gewaltigen Kriegers. Ein Brülllaut ertönte, der gewaltige

Krieger stürzte zu Boden und noch während er fiel, verwandelte er sich wieder in Stein, puren, harten Stein. Er zerbrach als er aufschlug. Beine, Arme, Kopf und Rumpf fielen auseinander, aber auf seinem Rücken leuchteten in feuerroten, glühenden Zeichen ein paar Worte in tekemischer Sprache. Worte, die einzig und allein An-Shar zu entziffern wusste.

"Bei den Göttern Ta-Tekems", flüsterte er.

Er ging auf den gestürzten Koloss zu, noch immer mit vollkommen schwarzen Augen. Ein greller Lichtstrahl ging dann von den glühenden Zeichen aus, zischte durch die Luft und traf auf die Schriftrolle.

Jetzt war es An-Shar, der aufschrie. Ein Laut des Schmerzes, erkannte Kirad.

Nur einen Augenblick dauerte diese Lichterscheinung, dann war es vorbei.

An-Shar brach zusammen, fiel zu Boden.

Die glühenden Zeichen auf dem Rücken des Inchepers waren verblasst. Es war nichts mehr von ihnen zu sehen.

Kirad trat an den zerbrochenen Steinkoloss heran, dann wandte er sich An-Shar zu, kniete nieder. Er fasste den Magier bei der Schulter und drehte ihn herum.

Das Gesicht eines uralten Mannes blickte ihn an. Die Schwärze war aus seinen Augen verschwunden, aber sein Blick wirkte leer und kraftlos.

Die dürre Knochenhand umklammerte die Schriftrolle.

An-Shar murmelte einige Worte auf Tekemisch, die Kirad Kiradssohn Elbenschlächter natürlich nicht verstand. Dann glitt ein mattes, müdes Lächeln über sein Gesicht und der Magier sprach auf Bryséisch weiter.

"Das war knapp", sagte er. "Es war nahe am Tode, wenn du verstehst was ich meine, Orks."

"Ich denke schon", erwiderte Kirad.

"Die Zeichen", flüsterte der Magier. "Die Zeichen."

"Was ist mit diesen Zeichen?"

"Sie haben sich in die Schriftrolle gebrannt. Sie..." Er hielt das Schriftstück hoch.

Kirad nahm es, entrollte es und tatsächlich, da waren einige Zeichen in der tekemischen Bilderschrift, die wie frisch geschrieben wirkten. So als wäre die Tinte gerade erst getrocknet.

Der Magier streckte seine dürre Hand aus, nahm die Schriftrolle wieder an sich.

"Helft mir", flüsterte er. "Ich bin so schwach."

Kirad blickte auf, wandte sich an Fenror Egilson.

"Was ist mit Trurbjjan?", fragte der Kapitän der ORKZAHN.

"Sein Geist scheint umnachtet zu sein. Ich habe keine Ahnung, was mit ihm los ist. Irgendein Fluch oder eine Hexerei muss auf ihm lasten."

"Mit seiner Waffe berührte er den Incheper", stellte An-Shar fest. "Offenbar war dieser Wandelstein durch einen besonderen Zauber geschützt, der jeden getroffen hätte, der ihn berührte."

"Wie kann man einen solchen Zauber bekämpfen?", fragte Kirad.

"Hilf mir auf!"

Das ließ sich Kirad Kiradssohn Elbenschlächter nicht zweimal sagen. Er nahm den Arm des Magiers und zog ihn empor. Eine gebrechliche, gebeugte Gestalt stand jetzt neben ihm, kaum in der Lage sich selbst auf den Beinen zu halten.

"Du musst mich führen", sagte der Magier. "Meine Sehkraft ist derart schwach, dass ich kaum etwas erkennen kann."

Er rollte die Schriftrolle wieder zusammen, verbarg sie unter seiner Kutte.

Geführt von Kirad trat er auf Trurbjjan Axtschwinger zu. Die zitternde Knochenhand streckte sich empor, berührte die Stirn des Orkss. Mit brüchiger Stimme sprach er ein paar Worte in einer uralten Sprache, vermutlich Tekemisch.

Aber Kirad Kiradssohn Elbenschlächter glaubte eine andere Nuance im Klang dieser Sprache zu erkennen, der sich von den bisherigen Beschwörungsformeln deutlich unterschied, die An-Shar benutzt hatte.

Einen Augenblick später durchlief ein Zittern Trurbjjan Axtschwingers Körper. Von einem Augenblick zum anderen wirkte sein Blick wieder wacher. Er vollführte eine ruckartige Bewegung mit dem Kopf, sah zuerst Kirad, dann Fenror erstaunt an.

Schließlich wanderte sein Blick wieder zurück zum Kapitän. "Was ist geschehen?", fragte er.

Er starrte auf den Koloss. Trurbjjan Axtschwingers Augenbrauen zogen sich zu einer Schlangenlinie zusammen. Er stieß einen erstaunten Laut hervor und wich einen Schritt zurück.

Jetzt bemerkten es auch die anderen. Der Incheper zerfiel zu Staub.

15

Kirad und seine Männer machten sich auf den Rückweg. An-Shar hielt sie dabei ziemlich auf.

Er war so schwach, dass er zeitweilig überhaupt nicht in der Lage war, selbstständig zu laufen.

Abwechselnd trugen ihn die Orks.

Die Morgennebel hatten sich schon fast verzogen als Kirad und seine Gefährten das Ufer der Jasabil erreichten.

Jadror Bluteisen war als Wache eingeteilt worden und bemerkte sie schon von weitem.

Er kam ihnen entgegen.

"Was ist mit dem Magier geschehen?", fragte Jadror. Fenror schilderte er ihm in knappen Worten. Dann betrachtete Jadror Bluteisen den Magier mit einem skeptischen Blick.

Trurbjjan und Yggron hielten ihn gerade in ihrer Mitte und vermutlich wäre er sofort zu Boden gefallen, wenn sie ihn nicht unter den Schultern gefasst hätten.

"Ich hoffe er ist noch in der Lage uns zu dem Schatz zu führen, den er uns versprochen hat", meinte Jardror.

An-Shar hob den Kopf. Ein zynisches Lächeln umspielte seine dünnen, aufgesprungenen Lippen. Sein Gesicht war vom Alter gezeichnet. Die Lebenskraft schien weitgehend aus seinem Körper geflohen sein.

"Mach dir keine Sorgen, Barbar", zischte er in dem besten Orkisch, das er aufbieten konnte.

"Bringt ihn an Bord", war Kirads Anweisung an Yggron und Trurbjjan. Die Orks gehorchten und brachten den Magier zum Schiff.

"Er sah nicht gut aus", meinte Jadror Bluteisen an den Kapitän gewandt.

"Ich weiß", murmelte Kirad düster. "Die Anwendung seiner Art von Magie scheint sehr viel Kraft zu fordern."

Jadror zuckte die Schultern.

"Ich hoffe, dass diese magischen Zeichen, nach denen ihr gesucht habt, so viel wert waren."

"Ich nehme es an", erwiderte Kirad, "sonst wäre An-Shar niemals so weit gegangen."

16

In den nächsten Tagen fuhren sie weiter den Jasabil flussaufwärts. Die Strömung verstärkte sich etwas. Für die Ruderer wurde es anstrengender, aber keiner von ihnen murrte, denn sie Aussicht auf schnellen Reichtum trieb sie voran und das war die beste Motivation, die sich denken ließ, wie Kirad Kiradssohn Elbenschlächter von seinen vorherigen Fahrten her wusste.

Am ersten Tag nach den Ereignissen in der Ruinenstadt Weset lag An-Shar unter einer dicken Wolldecke an Deck der ORKZAHN und schlief.

Kein Geräusch und kein Sonnenstrahl konnten ihn wecken.

Auch den nächsten Tag über hielt dieser Zustand an, erst danach schien sich der Magier etwas erholt zu haben.

"Ich hoffe, deine Lebenskraft kehrt bald wieder zurück", äußerte Kirad ihm gegenüber.

Der Magier lachte heiser.

"Das wird gewiss noch eine Weile dauern", sagte er.

"Gibt es keine magischen Mittel, um diese Auswirkungen deiner Zauberei in Grenzen zu halten?"

An-Shar hob den Kopf. Ein gewisses Maß an Hochmut war ihm jetzt anzumerken.

Er saß mit gekrümmten Rücken an Deck und musterte den Kapitän aufblickend, ein Umstand, der ihn mit Sicherheit sehr störte, aber offenbar fehlte dem Magier noch immer die Kraft, um einfach aufzustehen und dem Orks von Angesicht zu Angesicht gegenüber zu treten.

Die tiefe Geringschätzung jedoch, die der Magier für den Kapitän der ORKZAHN empfand, war deutlich aus den Gesichtszügen herauszulesen.

Gut eine Woche verging, ehe die ORKZAHN schließlich Ne-jefen-Ef erreichte.

Der Zustand An-Shars hatte sich in dieser Zeit von Tag zu Tag deutlich gebessert.

Seine Lebenskraft schien nach und nach zurückzukehren. Die Hände waren weniger dürr. Neues Fleisch schien sich unter der welken Haut gebildet zu haben.

Das zerfurchte aufgesprungene Gesicht wurde wieder glatter und hier und da mischte sich sogar schon etwas schwarz in das Weiß seiner Haare.

An-Shar führte eigenartige Zeremonien durch, magische Rituale, die diesen Prozess der Regeneration offenbar unterstützten.

Die Orks an Bord der ORKZAHN mussten ihm dafür allerhand Zutaten besorgen. Manchmal reichte ein bestimmter Fisch, hin und wieder waren Kräuter von Nöten, die in der Uferregion des Jasabil wuchsen.

Auch das hatte den Fortgang der Reise nicht unerheblich aufgehalten, aber Kirad Kiradssohn Elbenschlächter hatte nicht dagegen einzuwenden gehabt. Schließlich war der Erfolg dieser Fahrt fast vollständig davon abhängig, dass An-Shar sie zu dem versprochenen Schatz bringen konnte.

Als die ORKZAHN jetzt in den Flusshafen von Ne-jefen-Ef einlief, dem bedeutendsten Handelsplatz im Süden des Sultanats Khairawan, stand der Magier im Bug.

Seine Augen blitzten so lebendig wie Kirad sie schon lange nicht mehr gesehen hatte. Erwartung stand in seinen Zügen.

Zahllose Schiffe drängelten sich an den Anlegestellen, kleine Flussbarken ebenso wie größere Segler, die von hier aus entweder weiter gen Süden bis Madinat führen oder flussabwärts bis ins Delta-Gebiet des Jasabil.

"Wie weit ist diese Ruinenstadt, in der der Schatz zu finden sein soll, von hier entfernt?", fragte Kirad, der von hinten an den Magier herangetreten war.

An-Shar fuhr herum. Sein Gesichtsausdruck verfinsterte sich. Er richtete den Zeigefinger auf Kirad.

"Ich werde dir nur das Wissen zuteil werden lassen, das du unbedingt brauchst, um mir zu helfen", zischte er. "Ich habe dir schon einmal gesagt, dass er sinnlos ist, mich nach Einzelheiten fragen zu wollen."

"Du bist auf uns genauso angewiesen wie wir auf dich", erwiderte Kirad.

"So, glaubst du?" Der Magier kicherte in sich hinein. "Nun in gewisser Weise vielleicht, aber..." Er sprach nicht weiter. Da war etwas in seinem Tonfall, das Kirad Kiradssohn Elbenschlächter zutiefst missfiel. Eine warnende Stimme meldete sich in ihm und es war nicht das erste Mal, dass er sie vernahm.

Trau diesem Mann nicht, ging es ihm durch den Kopf. Du kennst nicht einmal seine wahren Ziele.

Etwas später, als die ORKZAHN in den Hafen eingelaufen und vertäut worden war, wandte sich der Kapitän an Yssgar Bogenschütze.

"Pass auf den Magier auf", sagte er.

"Das brauchst du mir nicht zu sagen, Kapitän. Ich habe ihm von Anfang an nicht getraut."

"Ich weiß. Und ich sage ja auch nur, dass du deine Augen besonders weit offen halten solltest."

17

"Wie gehen wir jetzt weiter vor?", fragte Kirad Kiradssohn Elbenschlächter an An-Shar gewandt.

"Es gibt einen Handelsherrn in Ne-jefen-Ef, dessen Name ist Farad al-Sahir. Er rüstet Karawanen aus, die weit in die Wüste hinaus ziehen. Er handelt vor allen Dingen mit Salz."

"Kennst du diesen Farad al-Sahir gut?", fragte Kirad.

"Gut genug, um ihm so weit vertrauen zu können, dass er meine Schätze auf dem Rücken seiner Kamele laden darf."

"Wie willst du ihn bezahlen, An-Shar? Mit Goldstücken, die in Wahrheit Steine sind?"

Ein müdes Lächeln flog über An-Shars Gesicht.

"Nein, gewiss nicht. Farad al-Sahir hat selbst Magier in seinen Diensten, wenn auch nur solche, die mit recht geringen Kenntnisse ausgestattet sind, aber die Gefahr, dass ein solcher Illusionszauber entdeckt würde, wäre mir zu groß. Schließlich ist Farad al-Sahir ein mächtiger Mann und sein Zorn könnte uns in große Schwierigkeiten bringen."

"Er wird diese Karawane kaum ausrüsten, um dir einen Gefallen zu tun, An-Shar", stellte Kirad fest.

"Gewiss nicht", bestätigte der Magier. "Er wird am Gewinn dieser Reise beteiligt werden."

"Mmh, das ist mir neu", sagte Kirad. "Wie viele Teilhaber gibt es denn noch an diesem Gewinn?"

"Keine Sorge, Kirad. Für dich wird genug übrig bleiben."

"Das will ich hoffen."

"Du kannst dich darauf verlassen."

"Wenn wir an Land gehen und mit diesem Farad al-Sahir verhandeln, dann möchte ich, dass ausschließlich in Elbinga verhandelt wird", sagte Kirad. "Schließlich möchte ich jedes Wort mitbekommen."

An-Shar zuckte die Schultern.

"Wie du willst, Kapitän. Kein einziges Elbenoidisches Wort. Es ist mir recht."

"Gut."

Es dämmerte bereits als Kirad und An-Shar an Land gingen, um Farad al-Sahir aufzusuchen. Begleitet wurden sie von Fenror Egilson und Trurbjjan Axtschwinger.

Sie gingen durch die engen Gassen Ne-jefen-Efs, die auch nach Einbruch der Dämmerung noch geschäftig waren. Überall wurden Waren feilgeboten. Prächtige Sandsteinbauten schachtelten sich in Ne-jefen-Ef ineinander. Es war sofort erkennbar, dass hier seit langer Zeit ein Zentrum des Handels, der Wissenschaft und der Kultur war.

Der Mir von Ne-jefen-Ef regierte diese Stadt relativ unabhängig von seinem Oberherrn, dem Sultan von Khairat, auch wenn Letzterer zweifellos immer noch offiziell die Oberhoheit besaß.

Kirad, An-Shar und ihre Begleiter erreichten schließlich das von einer hohen Mauer umgebene Haus des Farad al-Sahir. Es wirkte wie ein Palast mitten in der Stadt. Wächter standen am Tor. Keiner von ihnen sprach Elbinga, aber Kirad blieb bei seiner Bedingung, dass sämtliche Gespräche auf Elbinga geführt wurden oder einer anderen Sprache, die er verstand.

Der Kapitän der ORKZAHN wollte verhindern, von dem umtriebigen Magier hintergangen zu werden. So musste einer der Wächter sich ins Innere des Anwesens begeben, um jemanden zu holen, der des Elbinga oder des Bryséischen mächtig war.

Es dauerte nicht lange bis er zurückkehrte.

Der Kommandant der Wache von Farad al-Sahirs Haus sprach einige Brocken Elbinga. Immerhin genug, um ihm klarzumachen, was die illustre Truppe vor dem Tor von dem Handelsherrn Farad al-Sahir begehrte.

Sie wurden eingelassen, durch eine Art atriumartigen Garten geführt, in dem Palmen angenehmen Schatten spendeten, Springbrunnen plätscherten.

Farad al-Sahir empfing sie in einer Halle, deren Wände aus einem sehr glatten Stein waren, der wie Marmor wirkte.

Kunstvoll gearbeitete Wandteppiche waren dort angebracht. In Elbenoidischen Signaturen waren Glaubenssätze des Din Mogul-Ulali in die Muster der Teppiche eingearbeitet. Aber für all das hatten Kirad und seine Begleiter keinen Sinn.

Farad al-Sahir war ein hochgewachsener Mann mit dunklem Bart und tiefliegenden Augen. Sein ruhiger Blick musterte die Orks eine Weile recht skeptisch, dann wandte er sich An-Shar zu.

"Meine Freunde hier möchten, dass unsere Unterhaltung in Elbinga geführt wird", erklärte An-Shar an seinen Gastgeber gerichtet. "Es wäre vielleicht ein Gebot der Höflichkeit, sich auf ihre sprachliche Unzulänglichkeit einzustellen."

"Nichts dagegen", erwiderte Farad al-Sahir in bestem Elbinga. "Ich nehme an, du bist gekommen, um mit Hilfe meiner Kamele und meiner Männer jenen Schatz bergen zu können, von dem du so oft gesprochen hast, Meister An-Shar."

"Das ist richtig."

"Sind die fehlenden magischen Artefakte denn jetzt in deiner Hand? Diese geheimnisvolle Schriftrolle zum Beispiel?"

"Es ist alles da, was benötigt wird."

"Das bedeutet, dass man das Unternehmen jetzt starten könnte", stellte Farad al-Sahir fest. In seinen Augen blitzte es in einer Art und Weise, die Kirad nicht gefiel.

"Du wirst mir nun langsam den Namen und die Lage jener Ruinenstadt verraten müssen, zu der die Karawane aufbrechen soll", erklärte der Handelsherr.

An-Shar lächelte überlegen.

"Glaub ja nicht, dass du deine Männer allein losschicken könntest, um den Schatz zu finden. Dazu bedarf es meiner besonderen Fähigkeiten. Vergiss das nie!"

"Wie könnte ich?", sagte Farad al-Sahir.

"Der Ort, an dem die Schätze zu finden sind, heißt Satuan. Ihr werdet ihn auf jeder Karte finden. Es ist eine alte, tekemische Stadt, die später noch als Oase genutzt wurde, bevor das Wasser vollkommen versiegte und die Wüste sie zurück gewann."

"Ja, ich erinnere mich", sagte Farad al-Sahir. "Aber soweit ich weiß, ist seit Generationen dort niemand mehr gewesen."

Er klatschte in die Hände.

Ein Diener brachte eine Karte herbei, entrollte sie.

"Dies ist das Werk eines der besten Kartenzeichner von Nejefen-Ef", erklärte er. "Ich habe sie vor kurzem in Auftrag gegeben. Satuan ist darauf verzeichnet, wie du sehr wohl siehst, An-Shar. Ich denke, wir werden mindestens eine Woche bis dorthin unterwegs sein. Wahrscheinlich werden wir noch eine oder zwei weitere Wochen dazu brauchen, um diese Ruinenstadt wieder zu finden."

"Gewiss, damit habe ich gerechnet", sagte An-Shar.

"Es bleibt bei unserer Abmachung? Ein Drittel des Schatzes für mich?"

"Davon war nie die Rede", wandte sich Kirad Kiradssohn Elbenschlächter an den Magier.

Dieser zuckte die Achseln. "Haben wir eine andere Wahl?" Er wandte sich an Farad al-Sahir.

"Meiner Erinnerung haben wir allerdings abgemacht, dass dir nur ein Viertel zusteht."

"Ich habe meine Meinung darüber geändert", erwiderte Farad al-Sahir. "Ein Drittel halte ich für angemessen." Der Handelsherr hob die Schultern. "So ist das Leben, Meister An-Shar. Die Preise steigen, wohin man auch blickt."

An-Shar wandte sich an Kirad.

"Ich fürchte, wir haben keine andere Wahl als darauf einzugehen, denn wenn wir lange zögern, wird sich in der Zwischenzeit in der Stadt herumsprechen, was wir vorhaben und dann werden die Preise um ein Vielfaches für uns steigen."

"Also gut", knurrte Kirad. "Ich bin einverstanden."

"Wann soll es losgehen?", fragte Farad al-Sahir mit sanfter Stimme.

"So schnell wie möglich", erklärte An-Shar. "Wir sollten keinen Augenblick länger warten, als unbedingt notwendig ist."

"Gut, dann werde ich meinen Männern den Befehl geben alles vorzubereiten. Morgen zur Mittagsstunde wird alles fertig sein. Allerdings würde ich vorschlagen, erst am späten Nachmittag die Reise zu beginnen. Kamele halten zwar eine Menge aus, aber meine Männer sind da weit weniger zäh und auf so einer Reise weiß man nie, was einem noch zugemutet wird."

18

Am nächsten Morgen wurde Kirad grob von Krune Drygvarrson geweckt.

"Kapitän, aufwachen!"

"Was ist los?"

Kirad schnellte hoch.

Blutrot ging die Sonne auf und sandte die ersten Strahlen über die Sanddünen des Erg Achab. Im Hafen war um diese Zeit noch so gut wie nichts los.

Kirad wandte den Blick suchend über das Schiff. Die Männer schliefen noch.

"Der Magier ist verschwunden", erklärte Krune. "Ich habe es selbst gerade erst gemerkt."

Mit einem Schlag war Kirad hellwach. Er sprang auf, gürtete sich sein Schwert um.

"Bei Kjulls Hinterlist, er hat uns aufs Kreuz gelegt", stieß der Kapitän der ORKZAHN hervor.

Kalter Grimm packte ihn. Etwas Derartiges hatte er die ganze Zeit befürchtet. Er sah sich um.

"Aufwachen Männer!", rief er. "Dieser hinterlistige Magier hat versucht, uns herein zu legen."

"Und so wie es aussieht, hat er genau das auch geschafft", vollendete Krune.

Kirads Blick fiel auf Yssgar Bogenschütze. Er lag in einer eigenartig verrenkten Stellung am Bug des Schiffes. Zusammen mit Yggron Schädelspalter hatte er die letzte Nachtwache gehabt und auch ihn fand Kirads Blick schnell.

Yggron lag am Heck in der Nähe des Ruders. Er wirkte in sich zusammengesunken, fast wie schlafend.

Trurbjjan Axtschwinger stieß ihn an.

"Heh, was ist mit dir?"

Yggron fiel zur Seite, regungslos.

"Er ist tot", rief Trurbjjan Axtschwinger.

Kirad trat auf Yssgar Bogenschütze zu. Auch er war zweifellos nicht mehr am Leben. Die Männer bildeten einen Halbkreis um ihn. Es war nicht zu erkennen, woran Yssgar letztlich gestorben war.

Keine Verwundung war zu sehen.

Kirad drehte ihn an der Schulter herum. Das Gesicht des Toten war zu einer verzerrten Maske erstarrt.

"Die Magie dieses Hundes muss ihn getötet haben", stieß Jadror Bluteisen grimmig hervor. Seine mächtige Pranke legte sich dabei um den Schwertgriff an seiner Seite.

Kirad ballte grimmig die Faust.

"Ich hätte diesem Mann von Anfang an nicht trauen sollen. Yssgar hatte recht. Dieser Magier hatte von Anfang an nicht daran gedacht, diesen Schatz mit uns zu teilen."

"Sofern der überhaupt existiert", mischte sich Fenror Egilson ein.

Kirad atmete tief durch. Er wandte sich an Trurbjjan Axtschwinger.

"Du begleitest mich."

"Wohin, Kapitän?"

"Zu diesem Handelsherrn, bei dem wir gestern gewesen sind. Er wird uns sicher sagen können, wo wir den Magier finden."

"Und wenn nicht, dann werden wir ihn mit dem Schwert kitzeln", rief Rraggrrorr Einauge, der zweite Steuermann der ORKZAHN.

"Nein!", bestimmte Kirad Kiradssohn Elbenschlächter. "Wir werden nicht sofort mit roher Gewalt vorgehen. Einen offenen Kampf könnten wir hier kaum bestehen, zu groß wäre die Übermacht. Wir hätten es sehr bald nicht nur mit der

Palastwache dieses Handelsherrn zu tun, sondern auch mit den Truppen des Mirs von Ne-jefen-Ef. Das wäre unser Tod."

"Und was hast du dann vor, Kapitän?", fragte Trurbjjan Axtschwinger. "Diesem Betrüger gut zureden? Pah, Farad al-Sahir und dieser Magier werden irgendeine Art von geheimer Abmachung haben, von der wir nichts wissen."

"Abwarten", erwiderte Kirad.

Er machte eine Pause, sah seine Männer mit einem durchdringenden Blick an.

"Sollte es tatsächlich so sein, dass An-Shar bereits nach Satuan unterwegs ist, so werden wir ihm einfach folgen. Ich schätze, auch wenn unsere letzte Kaperung, dieser verdammte bryséische Segler, nicht besonders erfolgreich war, wir dürften trotzdem noch genügend Goldstücke an Bord haben, um eine Karawane zu bezahlen und jemanden, der sie fachkundig zu führen vermag."

"Ich traue diesem Elbenoiden nicht", murmelte Krune Drygvarrson. "Ich traue ihm ebenso wenig wie diesem Magier."

"Trurbjjan wird mich begleiten", bestimmte Kirad. "Und sollten wir in zwei Stunden nicht zurück sein, so könnt ihr immer noch losschlagen."

Er wandte sich an Fenror Egilson.

"Du weißt, wo der Palast von Farad al-Sahir ist?"

"Ja, Kirad."

"Du hast gehört, was ich gesagt habe?"

"Ja."

"Krune übernimmt während meiner Abwesenheit das Kommando." Kirad ging auf den Steuermann der ORKZAHN zu und legte ihm die Hand auf die Schulter. "Ich weiß, dass ich mich auf dich verlassen kann, Krune."

"Das kannst du ohne Zweifel, Kirad. Dieser Magier wird für das bezahlen, was er getan hat", setzte er noch hinzu.

19

Kirad und Trurbjjan suchten erneut das Haus des Handelsherrn Farad al-Sahir auf.

Ohne irgendwelche Schwierigkeiten wurden die beiden Orks von ihm empfangen, was zu dieser frühen Stunde keineswegs eine Selbstverständlichkeit war.

"Was ist diesmal dein Begehr, Orks?", fragte Farad al-Sahir in einem Elbinga, das dem Hof von Candranor in Relian alle Ehre gemacht hätte.

"Ich kam gestern in Begleitung eines Mannes hierher, der sich An-Shar nennt", sagte Kirad.

"Ich erinnere mich durchaus. Ihr beide wolltet zusammen eine Karawane ausrüsten nach Satuan. Offenbar hat dein Begleiter seine Meinung, mit wem er zu reisen wünscht, geändert."

"Eine sehr freundliche Umschreibung für einen schlichten Betrug", sagte Kirad.

"Oh, ein hartes Wort."

"So nehme ich also an, dass er hier war und dass seine Karawane längst aufgebrochen ist."

Ein Lächeln glitt über das Gesicht Farad al-Sahirs. "Mit deiner ersten Vermutung hast du Recht, mit deiner zweiten nicht."

"Was soll das heißen? Du sprichst in Rätseln."

"Zunächst möchte ich dazu sagen, dass ich ebenso ein Betrogener bin wie du, Orks."

"Das musst du mir erklären."

"Gerne." Der Handelsherr strich sich mit den Fingern der rechten Hand den Bart glatt. Er hob die Augenbrauen, musterte Kirad einige Augenblicke lang nachdenklich und fuhr schließlich fort. "Dein Bekannter, so wie du ihn nennst war nicht bei mir, um seine Karawane in aller Eile auszurüsten, sondern bei meinem Konkurrenten Sifar el-Dosri. Seine Karawanserei ist nur um weniges kleiner als die meine, aber offenbar fordert ihr Besitzer einen geringeren Anteil am Ertrag dieser Reise."

"Woher weißt du das?", fragte Kirad.

"Oh, die Kasbah, die Altstadt von Ne-jefen-Ef hat gute Ohren und ich habe überall meine Leute, die für mich hören und für mich sehen. Denn jemand wie ich muss immer gut informiert sein, wenn du verstehst, was ich meine. Und da wäre noch ein anderes Detail, was für dich von Interesse sein dürfte, Orks."

"Wovon sprichst du?"

"Ich spreche davon, dass dein Begleiter mir gegenüber den Ort Satuan als Zielpunkt der Karawane angab. Es gibt in Satuan wirklich Ruinen, aber sie liegen sehr weit weg, sind sehr abgelegen. Meinem Konkurrenten Sifar el-Dosri hat er jedoch ein ganz anderes Ziel angegeben, diese lichtscheue Kreatur Ouuuls."

"So?"

"Er nannte einen Ort namens Ra-Tom."

"Ist der vielleicht auch auf deiner Karte zu finden, die du uns gestern gezeigt hast?"

"Das ist er. Ra-Tom ist ein Ort, der viel weiter nordwestlich liegt. Ein Ort, abseits der Karawanenrouten. Es gibt eigenartige Geschichten über diesen Ort. So eigenartige Geschichten, dass man wahrscheinlich jedem Mann, der bereit ist an einer solchen Karawane teilzunehmen, den doppelten Lohn zahlen müsste. Die Kreaturen Ouuuls sollen dort sehr mächtig sein. Es gibst Berichte über eigenartige, übernatürliche Phänomene, die nur mit dem Wirken dunkler Kräfte und schwarzer Magie erklärbar sind."

"Der Magier wird seinen Grund haben dort hin zu wollen", sagte Kirad knapp.

"Oh ja, daran zweifle ich nicht im Geringsten."

Kirads Blick wirkte entschlossen.

"Ich werde ihm folgen!", sagte er.

"Ach, wirklich. Kennst du die Wüste? Weißt du, was dich erwartet, Orks. Auf dem Meer, das ich nur vom Hörensagen kenne, magst du zuhause sein, aber in diesem Meer aus Sand, in dem allenfalls die Nacht erträgliche Kühle bringt und ansonsten die Sonne unbarmherzig hernieder brennt und alles Leben verdorren lässt."

"Ich habe keine Angst", sagte Kirad.

"Das glaube ich dir sofort, aber so ein Schritt will gut überlegt sein und vor allen Dingen braucht man jemanden, der den Weg kennt. Ra-Tom ist für dich nicht mehr als ein Name auf einer Karte, vielleicht nicht einmal das und in der Wüste sehen alle Wege gleich aus."

"Das muss sie mit dem Meer gemeinsam haben", erwiderte Kirad. "Vielleicht könnten wir Partner in der Sache werden. Du rüstest eine Karawane aus und bringst meine Männer mit deinen erfahrensten Führern nach Ra-Tom."

"Was bekomme ich dafür?"

"Dafür bekommst du einen Anteil an dem Schatz, sofern wir ihn finden."

"Du bist überzeugt davon, dass es ihn gibt, ja?"

"Du warst auch überzeugt davon, als du den Magier An-Shar noch für wert hieltest, mit ihm Geschäfte zu machen", gab Kirad zu bedenken.

Ein Lächeln umspielte die Lippen des Handelsherrn.

"Vielleicht habe ich dich unterschätzt, Barbar. Ist der Schatz dein einziger Grund oder willst du dich auch an An-Shar rächen für seinen Betrug?"

"Wer weiß", erwiderte Kirad. "Also was ist?"

"Ich fordere die Hälfte des Ertrages dieser Reise."

"Die Hälfte? Deine Preise werden immer unverschämter."

"Wie ich schon einmal sagte, die Preise steigen und steigen und das, was heute auf den Suks und Märkten geredet werden wird, wird sie sicher nicht sinken lassen."

"Also so gut", stimmte Kirad schließlich zu.

20

Einem Teil seiner Männer, etwa hundertfünfzig Mann, befahl Kirad Kiradssohn Elbenschlächter an der Reise nach Ra-Tom teilzunehmen. Der andere Teil, etwa fünfzig Mann, waren das, der ORKZAHN-Besatzung würde an Bord des Schiffes zurückbleiben.

"Krune Drygvarrson wird für die Zeit der Abwesenheit das Kommando führen."

Der Zug der Orks durch die Straßen von Ne-jefen-Ef erregte ziemlich großes Aufsehen. Die Elbenoiden tuschelten aufgeregt.

Hier und da betrachteten die Beamten des Mir von Ne-jefen-Ef diese bewaffnete Streitmacht mit sichtlichem Misstrauen. Umso zufriedener waren sie als sie sahen, dass einige Stunden später der Zug der Nordländer aus der Stadt heraus führte, geradewegs in die Wüste.

Farad al-Sahir hatte eine mächtige Karawane ausgerüstet. Etliche Kamele trugen nichts weiter als sich selbst durch die Ödnis. Der Handelsherr vertrat den Standpunkt, dass falls es tatsächlich in Ra-Tom einen großen Schatz gab, genügend Lasttiere zur Verfügung stehen sollten, um ihn abzutransportieren. Eine pragmatische Einstellung, wie Kirad Kiradssohn Elbenschlächter fand. So etwas schätzte er.

Farad al-Sahir ließ es sich in diesem besonderen Fall sogar nicht nehmen, die Karawane zu begleiten. Ein gutes Dutzend seiner schwer bewaffneten Palastwächter ritten mit ihm.

Die meisten der Orks marschierten zu Fuß neben den Kamelen her. Sie misstrauten den großen, ihnen unbekannten Tieren. Nur nach und nach wagten einige von ihnen sich auf deren Rücken zu setzen, um sich schaukelnd durch den Wüstensand zu bewegen.

Sie brachen in der prallen Mittagssonne auf, etwas, was eigentlich jeder Bewohner der Wüste zu vermeiden suchte, aber die Ungeduld hatte Kirad und seine Männer gepackt. Sie wollten endlich jenen Schatz in den Händen halten, nach dem der Magier An-Shar so sehr die Münder wässrig gemacht hatte.

"An-Shars Vorsprung kann nur gering sein", meinte Kirad an Farad al-Sahir gewandt.

Farad al-Sahir lächelte.

"Ein Vorsprung von wenigen Stunden kann sich in der Wüste zu einer Distanz verwandeln, die den Anderen uneinholbar macht."

"So? Ich sehe schon, das Meer aus Wasser gefällt mir besser als das Meer aus Sand", erwiderte Kirad.

"Mag sein, aber zurzeit hast du keine Wahl. Du kannst dir sein Lieblingselement nicht aussuchen."

"Wie wahr."

Die Luft flimmerte vor Hitze und manchmal glaubte Kirad schon am Horizont, kleine Gestalten erkennen zu können. Schemen von Männern, Kamelen, aber wenn er ein zweites Mal hinsah, dann war dort nichts, nichts außer der flimmernden Luft und dieser mörderischen Hitze, die es fast unmöglich machte, einen klaren Gedanken zu fassen.

21

Die Tage vergingen einer wie der andere, zumeist reiste die Karawane in der Nacht, wenn es kühl war.

Etwa eine Woche waren Kirad und seine Männer unterwegs. Ihre Gesichter waren inzwischen sonnenverbrannt.

Es war im Morgengrauen, nach einer durchwanderten Nacht, als in der Ferne die Ruine von Ra-Tom auftauchten.

Eine brüchige, aber dennoch weithin sichtbare Pyramide überragte die ehemalige Ansiedlung der Tekemer.

Sie wurde umsäumt von kleineren Gebäuden.

Kirad fühlte sich an den Anblick von Weset erinnert, nur, dass es sich bei Ra-Tom ehedem um eine wesentlich kleinere Ansiedlung gehandelt hatte.

Den ganzen Weg über hatten die Männer kaum Spuren von An-Shar und den Seinen gefunden. In der Wüste war das auch nicht weiter verwunderlich. Der Sand bedeckte nach kurzer Zeit alles, schon nach wenigen Stunden wäre selbst ein totes Kamel nicht mehr zu sehen gewesen.

"Sie müssen schon dort sein", meinte Farad al-Sahir. Sein Gesicht hatte einen grimmigen Zug bekommen. Hocherhaben ritt er auf einem der langbeinigen Kamele Elbenois, jeglichen nur denkbaren Luxus führte er mit in die Wüste. Aber selbstverständlich waren die Umstände hier nicht mit denjenigen zu vergleichen, die der Handelsherr in seinem Haus in Ne-jefen-Ef vorzufinden pflegte.

Die Tatsache, dass der Handelsherr selbst an dieser Karawane teilnahm, legte Kirad Kiradssohn Elbenschlächter als eine Art gutes Omen aus.

Offenbar hielt Farad al-Sahir die Möglichkeit, dass jener Schatz, von dem An-Shar gesprochen hatte, tatsächlich existierte, für immerhin so real, dass er persönlich diese Mühen auf sich nahm.

"Sie werden sich in den Ruinen verkrochen haben und uns beobachten", murmelte Farad al-Sahir. Seine Hand hatte sich um den Griff des Krummsäbels an seiner Seite gelegt. "Sollen diese Hunde uns ruhig die Arbeit abnehmen, den Schatz auszugraben", rief er. "Wir werden die Glücklichen sein, die ihn heimführen werden."

Es konnte noch nicht lange her sein, dass An-Shars Karawane diesen Weg genommen hatte. Hier und da fand sich noch Kameldung im Sand. Käfer machten sich daran, die Fladen auseinander zu teilen und die einzelnen Stücke davon zu tragen. Wenige Stunden nur konnte der Vorsprung betragen.

Die Aussicht, bald die Ruinen von Ra-Tom zu erreichen und möglicherweise die Hände voller Gold zu haben, beflügelte die Männer. Ihre Erschöpfung war wie weggeblasen.

Immer näher kamen sie an die Ruinen heran.

Kirad war den größten Teil des Weges zu Fuß gelaufen. An das Reiten auf einem Kamel konnte er sich einfach nicht gewöhnen und außerdem wollte er unter seinen Männern nicht herausgehoben werden. Er war zwar der Kapitän, aber er wusste auch nur zu gut, dass die Männer eher bereit waren ihm zu folgen, wenn er sichtbar einer von ihnen blieb, sich nicht über sie erhob.

Die Autorität des Kapitäns, das war Kirad klar, würde in dem Moment besonders erfordert sein, in dem die Orks tatsächlich Gold in den Händen hielten.

Diese Edelmetall, das schon so manchem jeden klaren Gedanken aus dem Kopf vertrieben hatte.

Plötzlich entstand Unruhe unter den Elbenoidischen Kameltreibern. Auch die Männer von Farad al-Sahirs

Palastwache redeten aufgeregt durcheinander. Keiner der Orks verstand ein Wort davon.

Aber das war auch gar nicht nötig, denn nun traten Bewaffnete aus den Ruinen heraus. Ohne Zweifel waren sie Scharadriden, bekleidet in Pluderhosen, mit Harnischen geschützt und ausgerüstet mit Krummsäbeln, Armbrüsten und Schilden.

"Das sind die Männer von Sifar el-Dosri", rief Farad el-Sahir.

"Ich schätze, wir sind in einer deutlichen Übermacht", meinte Kirad Kiradssohn Elbenschlächter.

"Mag sein", erwiderte Farad el-Sahir von seinem Kamel herunter, das jetzt ebenfalls etwas unruhig wurde. Der Instinkt für Gefahr schien bei diesem Tier gut ausgeprägt zu sein.

"Je nach dem über wie viele Armbrüste sie verfügen, kann dieser Kampf trotzdem sehr verlustreich für uns werden. Wir stehen hier praktisch deckungslos da. Außerdem wissen wir nicht, wie viele Männer Sifar el-Dosri der Karawane beigegeben hat. Sofern dieser Magier ihn über den Schatz informiert hat, wird mein Konkurrent daran sicherlich nicht gespart haben."

Kirad nickte.

"Davon abgesehen verfügt An-Shar über die Fähigkeit, einen Menschen gegebenenfalls mit magischen Mittel zu beeinflussen, auch wenn er davon weiße Haare und ein faltiges Gesicht bekommt. In diesem Fall würde er das sicher in Kauf nehmen."

Der Kampf begann plötzlich und unvermittelt.

Die Karawane des Farad el-Sahir war näher herangekommen, nahe genug für die Reichweite der Armbrüste. Zischend hagelten deren Geschosse durch die Luft, durchschlugen sogar die Brustharnische der Palastwachenreiter. Schreiend wurden die ersten von ihren Kamelen herunter geholt.

Kirad gab das Zeichen zum Angriff. In geduckter Haltung stürmten die Orks vor.

Die Scharadrin waren etwas zurückhaltender. Einige von ihnen waren erst zunächst damit beschäftigt, ihre Kamele unter Kontrolle zu bringen.

Auch einige der Tiere wurden rasch getroffen, stürzten schreiend zu Boden.

Wenn zu viele von ihnen den Tod fanden würde der Rückweg durch die Wüste zu einem lebensgefährlichen Abenteuer werden. Schließlich waren es die Kamele, die die Wasservorräte der Karawane mit sich trugen. Vorräte, die unterwegs auf dem Weg bis nach Ra-Tom nicht aufgefrischt worden waren, da ihre Reise über keine der bekannten Oasen geführt hatte.

"Die Kamele zurück!", rief Farad el-Sahir.

Den Angehörigen seiner Palastwache gab er den Befehl, ebenfalls auf die Angreifer loszustürmen.

Der Beschuss durch die Elbenoidischen Armbrüste verebbte. Die Waffen mussten zunächst nachgeladen werden.

Auf Seiten der Angreifer gab es nur wenige Bogenschützen oder mit einer Armbrust ausgerüstete Kämpfer.

Diese Zeit mussten Kirad und seine Männer nutzen, um näher an den Feind heranzukommen. Mit wildem Kriegsgeschrei stürmten sie heran.

Schon waren die ersten Armbrüste nachgeladen worden. Deren Pfeile bohrten sich in die Körper einiger Angreifer. Schreiend sanken sie zu Boden.

Haarscharf zischte auch einer dieser Pfeile auch an Kirad vorbei. Doch der Kapitän hatte sich gerade noch rechtzeitig zur Seite geduckt. Er fasste sein Schwert mit beiden Händen. Endlich hatte er dann die feindlichen Linien erreicht.

Dem erstbesten Elbenoiden schlug er mit einem einzigen Hieb den Kopf von den Schultern. Das Blut spritzte hoch auf.

Einem zweiten ließ er nicht mehr die Chance, den eigenen Krummsäbel zu ziehen.

Von der Schulter aus drang Kirads Klinge bis in die Herzgegend.

Trurbjjan Axtschwinger ließ seine Streitaxt kreisen und auch Jadror Bluteisen und Fenror Egilson wurden in heftige Kämpfe verwickelt.

Aus den verfallenen Ruinen Ra-Toms tauchten weitere Elbenoidenkämpfer auf.

Ihre Gesamtzahl war schwer zu bestimmen, aber ganz offensichtlich hatte An-Shar diesen Lauf der Geschehnisse vorhergesehen.

Kirad fiel der fanatische Glanz in den Augen der Männer auf. Sie kämpften mit einer Todesverachtung für die es keinen nachvollziehbaren Grund zu geben schien.

Konnte allein die Gier diese Männer derart antreiben oder hatte An-Shar magische Mittel angewandt?

Seine Kräfte sind begrenzt, ging es Kirad durch den Kopf. Andererseits kam es dem Magier offensichtlich darauf an, die Orks so lange wie möglich auf Distanz zu halten.

Was hat er nur vor, überlegte Kirad. Irgendwo in diesen Ruinen steckt er. Was tut er jetzt? Gräbt er den Schatz aus? Wohl kaum.

Der Kampf zog sich hin.

Orks fielen sterbend in den Sand. Doch langsam begann sich die Übermacht der Orks auszuwirken. Die Angehörigen der Palastwache des Farad al-Sahir hielten sich auffällig zurück. Ihnen war es offensichtlich ganz recht, dass die Orks ihnen den Kampf mehr oder weniger abnahmen.

Eisen klirrte auf Eisen, Schädel wurden gespalten, Schilde entzwei geschlagen und Schwertspitzen drangen durch Harnische hindurch.

Dann zuckte plötzlich ein Blitz durch die Luft.

Kirad fuhr ebenso herum wie einige der anderen Kämpfenden. Für einen Moment hielten sowohl Orks wie auch Elbenoiden inne.

Dieser Blitz musste magischen Ursprungs sein, denn er zuckte von der Erde herauf in den Himmel.

"Bei Ork-Gott Elbenfolterer!", rief Trurbjjan Axtschwinger.

"Wer hat so etwas schon gesehen?"

"Verflucht seien die Götter dieses öden Landes", knurrte Jadror Bluteisen.

Der Kampf ging weiter und auch Kirad wurde erneut attackiert.

Mit einigen, wenigen, aber sehr kräftigen Hieben parierte er den Angriff seines Gegners, eines turbantragenden Elbenoiden, der seinen wuchtigen Krummsäbel mit beiden Händen führte.

Mit einem Schwertschlag erwischte Kirad die Kehle dieses Mannes. Blutend und schreiend taumelte der Elbenoide daher. Ein weiterer Schlag setzte seiner Qual ein Ende.

Kirad blickte in jene Richtung aus der der Blitz gekommen war. Der Ausgangspunkt musste in unmittelbarer Nähe der Pyramide sein.

Und dort wird sich auch An-Shar befinden, durchzuckte es den Orks.

Dort muss ich hin.

Kirad stürmte los. Ein, zwei Gegner räumte er aus dem Weg. Sie stoben auseinander, schrien auf sobald die Klinge des Kapitäns in sie fuhr.

Dieser Kampf würde zweifellos zugunsten seiner Leute entschieden werden. Daran konnte es angesichts des Kräfteverhältnisses gar keine Zweifel geben, aber das konnte sich noch eine ganze Weile hinziehen, denn der Widerstandswille der Scharadrin war ungebrochen.

Mochte Kjull wissen, was der Magier ihnen versprochen oder wie er sie beeinflusst hatte.

Kirad rannte eine ehedem breite Straße entlang, die jetzt nur noch von Ruinen gesäumt wurde. Von den meisten Gebäuden standen nur noch die Grundmauern.

Hin und wieder waren Tempelsäulen zu sehen. Der Sand der Wüste hatte vieles zugedeckt.

Kirad lief weiter. Wieder zuckte ein Blitz zwischen den Ruinen empor gen Himmel, verzweigte sich dort.

Irgendein mächtiges Ritual der schwarzen Magie wurde dort am Fuß der Pyramide offensichtlich angewandt. Eine andere Erklärung gab es nicht, ebenfalls nicht in den Augen von Kirad Kiradssohn Elbenschlächter.

Der Lärm der tobenden Schlacht war immer noch zu hören, drang aber jetzt aus weiterer Ferne an Kirads Ohr.

Schließlich erreichte er den Fuß der Pyramide. Ein großer Platz befand sich davor.

Der Untergrund bestand aus felsigem Boden. Risse durchzogen ihn. Ein Art Rundbogen befand sich in der Mitte des Platzes. Tekemische Bildzeichen waren in ihn hinein gemeißelt worden.

Vor diesem Tor befand sich An-Shar. Er kniete am Boden, hatte die Hände gehoben. Vor ihm auf dem Boden lag ausgebreitet die Schriftrolle der geheimen Worte, von der der Magier berichtet hatte, dass er sie einst einem Gelehrten aus Ardassa abgenommen hatte.

Wie in einem Singsang murmelte An-Shar immer wieder dieselben Worte. Worte, die einer längst vergessenen Sprache angehören mussten und in den Ohren des Orks wie sinnlose Silben klangen.

Magische Formeln, deren Macht Kirad inzwischen schon mehr als einmal miterlebt hatte.

22

Etwas abseits standen drei Männer: Elbenoiden. Zwei waren ähnlich gekleidet wie die Palastwachen des Farad al-Sahirs. Der Dritte war ein hochgewachsener Mann von etwa fünfzig Jahren, dessen Kinn von einem grauen Knebelbart bewachsen wurde und seinem Gesicht ein sehr schmales Aussehen gab. Seiner Kleidung und seinem Gebaren nach handelte es sich um einen befehlsgewohnten Mann, vielleicht sogar um einen Handelsherrn.

Sifar el-Dosri, ging es Kirad durch den Kopf.

Möglicherweise hatte Farad el-Sahir Konkurrenz an dieser Reise höchstpersönlich teilgenommen. Die Gier nach dem Gold schien von ihm genauso Besitz ergriffen zu haben wie es bei Farad el-Sahir der Fall war.

An-Shars Stimme wurde schriller. Erneut fuhr ein Blitz empor, verlor sich schließlich im Blau des Himmels.

Einen Augenaufschlag später kam der Blitz aus dem wolkenlosen Himmel zurück und fuhr in das Tor hinein. Ein leuchtender Schimmer umgab dieses Tor.

Die tekemischen Bildzeichen wirkten jetzt wie glühend. Ein bläuliches Schimmern erfüllte das Innere des Tores.

Der Magier erhob sich. Er wirkte wie ein uralter Greis und doch glitt jetzt ein zufriedenes Lächeln über sein Gesicht.

Offenbar hatte er erreicht, was er wollte.

Er rief den drei Elbenoiden etwas in ihrer Sprache zu. Die Augen des Magiers veränderten sich für einen kurzen Moment, wurden vollkommen schwarz. Offenbar kontrollierte er die drei Elbenoiden geistig.

Er kicherte.

Die drei Elbenoidische Krieger wandten sich Kirad zu. In ihren Augen leuchtete ein fanatisches Feuer.

Der erste von ihnen stürzte sich auf Kirad, schwang seinen Krummsäbel, ließ die Klinge durch Luft sausen.

Kirad duckte sich unter ihr weg.

Eine schnelle Folge von Hieben konnte der Orks nur mit Mühe parieren, denn der leichte Krummsäbel war eine schnellere und wendigere Waffe als das Schwert der Orks.

Kirad taumelte zurück. Metall prallte gegen Metall.

Die anderen beiden Elbenoiden versuchten jetzt den Orks von hinten anzugreifen. Kirad war gewissermaßen eingekreist.

Dem ersten seiner Gegner hieb Kirad mit einem wuchtigen Schlag den Krummsäbel aus der Hand. Der darauffolgende Stoß in die Brust setzte dem Leben des Elbenoiden ein Ende.

Mit einer kräftigen Bewegung zog Kirad die Klinge aus dem Körper seines Gegners heraus, gerade noch rechtzeitig wirbelte er herum, um einem Säbelstreich des Graubärtigen auszuweichen.

Die beiden verbleibenden Gegner droschen jetzt mit vereinten Kräften auf den Kapitän der ORKZAHN ein.

"Leb wohl, Kapitän!", rief indessen der Magier An-Shar auf Orkisch zu ihm hinüber.

Er ging auf das noch immer flimmernde Tor zu.

Die Schriftrolle der geheimen Worte hatte er aufgehoben und zusammengerollt. Er verbarg sie unter seiner Kutte.

Gemessenen Schrittes ging er auf das blaue Flimmern zu, warf noch einmal einen Blick zurück auf die Kämpfenden. Dann schritt er voran, geradewegs in das schimmernde Etwas hinein.

Einen kurzen Blick nur konnte Kirad sich erlauben. Er sah den Magier durch das Tor treten und verblassen.

Einen Augenaufschlag später war seine Gestalt nicht mehr zu sehen.

Mit wuchtigen Hieben schlug er auf seine Gegner ein. Die Beiden schienen für einen Moment verwirrt zu sein, so als ob der magische Einfluss unter dem sie bis jetzt gestanden hatten plötzlich nicht mehr präsent war.

Diesen Moment der Verwirrung nutzte Kirad, denn er wusste, dass diese beiden Männer sich auch ohne An-Shars Einfluss bald eines anderen besinnen würden. Schließlich sahen sie in Kirad Kiradssohn Elbenschlächter und seinen Männern vermutlich nichts anderes als Konkurrenten, die ihnen jenen Schatz streitig machen wollten, den der Magier wohl auch ihnen versprochen hatte.

Einem Schatz, bei dem es Kirad immer zweifelhafter erschien, ob er überhaupt existierte.

Den graubärtigen Elbenoiden tötete Kirad mit einem schnellen Schwertstreich. Ächzend sank sein Gegner zu Boden.

Den dritten Elbenoiden brachte Kirad mit einer raschen Kombination von Schlägen in arge Bedrängnis.

Nur mit Mühe konnte der Krieger sie parieren. Dann täuschte der Kapitän einen Vorstoß an. Der Elbenoide wich zurück. Kirad erwischte ihn an der Seite. Die Klinge drang tief in den Körper des Elbenoiden ein. Dem Stoß dieser wuchtigen Klinge hatte der Brustharnisch nichts entgegenzusetzen.

Die Schwertspitze drang hindurch. Röchelnd sank der Elbenoide zu Boden.

Kirad zog die Klinge aus dem Toten heraus, säuberte sie so gut es ging im Sand. Er überlegte, was er tun sollte, blickte in Richtung des noch immer blau schimmernden Tores.

Was mag jenseits dieses blauen Schimmerns liegen, ging es dem Walinger durch den Kopf. Der Ort, an dem sich jener Schatz befindet von dem An-Shar gesprochen hat. Jedenfalls musste es einen Grund haben, dass der Magier durch dieses Tor getreten war, wohin immer es auch führen mochte.

Kirad registrierte, dass der Schimmer schwächer wurde. Möglicherweise bestand nur noch für kurze Zeit die

Möglichkeit An-Shar zu folgen. Kirad lief auf das Tor zu, hielt dann inne. Er atmete tief durch, Schweiß stand ihm auf der Stirn. Gedanken rasten durch seinen Kopf.

Was sollte er tun?

Dann fasste er sich ein Herz und ging in den blauen Schimmer hinein. Ein eigenartiges prickelndes Gefühl erfasste ihn.

Bei Ork-Gott Elbenfolterer, vielleicht ist dies ein direkter Zugang ins Totenreich, ging es ihm durch den Kopf. Schaudern erfasste ihn. Alles drehte sich vor seinen Augen. Ihm wurde schwindelig.

Er blickte zurück, sah aber nichts weiter als dieses eigenartige blaue Flimmern.

Kälte erfasste ihn, eine namenlose Kälte, wie er sie noch nie zuvor in seinem Leben gespürt hatte. Dann wurde alles schwarz. Er hatte das Gefühl zu fallen, in einen bodenlosen Schlund hinabzustürzen.

23

Grelles Licht blendete Kirad. Er spürte festen Boden unter den Füßen. Er taumelte, versuchte mit der Hand, die Augen vor dem Licht zu schützen. Stimmengewirr umgab ihn.

Er atmete tief durch, ließ den Blick schweifen.

Mit seiner blutigen Klinge in der Rechten stand er da, umringt von Menschen mit leicht gebräunter Hautfarbe. Ihre Kleidung bestand zumeist nur aus hellen Hüfttüchern oder tunikaartigen Gewändern.

Sie redeten laut durcheinander, aber ihre Sprache verstand Kirad nicht.

Einer dieser Menschen berührte ihn von hinten.

Kirad wirbelte herum.

Der Mann, der es gewagt hatte, ihn anzufassen, zuckte zurück, wich ein paar Meter von dem Ork weg.

Kirad bemerkte das Tor, durch das er getreten war. Der blaue Schimmer war darin nicht mehr zu sehen. Dahinter befand sich die hoch aufragende Pyramide.

Dies ist Ra-Tom, durchfuhr es Kirad siedend heiß. Allerdings so wie diese Stadt vor Jahrtausenden ausgesehen haben mochte. Zu einer Zeit also, als das Reich Ta-Tekem noch existiert hatte.

Etwa zwanzig Meter von Kirad entfernt, drängte sich ein Trupp Bewaffneter durch die Menge. Die Bewaffneten kreisten Kirad ein. Speere und Speerspitzen deuteten in seine Richtung.

Kirad ließ das Schwert kreisen, schlug einige der auf ihn gerichteten Klingen zur Seite, aber die Übermacht war erdrückend.

Er wusste, dass er keine Chance hatte.

Eine der Speerspitzen berührte ihn am Rücken.

Kirad wirbelte herum, schlug sie zur Seite. Wie ein Berserker focht er gegen die Übermacht seiner Angreifer, immer wieder wirbelte er herum.

Der Ring um ihn zog sich enger, dann spürte er plötzlich einen Schlag auf den Hinterkopf. Alles drehte sich vor seinen Augen.

Benommen taumelte er zu Boden, ein weiterer Schlag versetzte ihn ins Reich der Bewusstlosigkeit.

24

Als Kirad erwachte fühlte er einen pochenden Schmerz am Hinterkopf. Er richtete sich auf.

Er stellte fest, dass man ihm den Helm und das Schwert weggenommen hatte.

Der Raum, in dem er sich befand, war kühl. Es herrschte eine Art Halbdunkel.

Kirad ließ den Blick schweifen. Ein wenig Licht fiel durch eine vergitterte Fensteröffnung.

Er befand sich also in einem Kerker.

In einer Ecke lag eine zusammengekauerte Gestalt mit schlohweißen Haaren.

An-Shar!

Die Anwendung der schwarzen Magie hatte aus ihm ein dürres Männchen gemacht, das beinahe einer Mumie glich.

Kirad erhob sich, trat auf den Magier zu, beugte sich nieder und berührte ihn leicht an der Schulter.

"An-Shar", sagte er.

Aber An-Shar gab keine Antwort.

Er schüttelte ihn noch einmal an der Schulter.

"Antworte mir!", forderte er.

Der Magier hob den Kopf. Ein müder Gesichtsausdruck stand in den eingefallenen Gesichtszügen. Die Spuren des Alters hatten sich unübersehbar in seine Züge hineingegraben.

"So sehen wir uns also wieder", murmelte er matt und mutlos.

Die dünnen Lippen hatten noch nicht einmal mehr Kraft zu einem Lächeln.

Die Augen schienen jeden Glanz verloren zu haben.

Kirad setzte sich neben ihn.

"Du wirst mir einiges erklären müssen."

"So, muss ich das?"

"Wir sitzen hier gemeinsam in einem Kerker und ich nehme an, dass es ebenso wenig dein Ziel war hier zu enden wie es das meine ist."

"Das ist richtig."

"Na, also."

"Ich bin sehr schwach", sagte An-Shar. "Ich habe keine Kraft."

"Ich will jetzt die Wahrheit wissen", sagte Kirad und packte den Magier bei den Schultern. Nicht der Hauch eines Widerstandes wurde ihm entgegengesetzt. "Gibt es diesen Schatz, von dem du gesprochen hast?"

"Nirgendwo gibt es mehr Gold als in Ta-Tekem", erwiderte der Magier ausweichend.

"Das ist keine Antwort auf meine Frage."

"Es gibt einen Schatz, den ich hier in dieser Stadt zurücklassen musste als ich das Tor durchschritt. Das Tor der Zeit, das mich in deine Welt geführt hat, Kirad Kiradssohn Elbenschlächter. Aber der Schatz, der hier zu finden ist, besteht nicht aus Gold."

"Worum handelt es sich dann?"

"Um ein grünes Juwel."

"Ein einziges Juwel nur war diesen Einsatz wert?" Kirad lachte auf. "Das kann ich nicht glauben."

"Es handelt sich um ein besonderes Juwel. Einen eigentümlichen grünen Stein, wie du ihn noch nie gesehen haben wirst, Kirad. Dieser Stein verfügt über besondere magische Kräfte und ich weiß, wie man sie zu wecken vermag."

"So?"

"Im Augenblick bin ich schwach, Kirad... So schwach! Aber meine Kraft wird zweifellos zurückkehren und dann..."

"...dann wird diese Kraft uns hoffentlich aus diesem Kerker herausholen!", knurrte Kirad grimmig. Er ballte unwillkürlich die Hände zu Fäusten. Am liebsten hätte er gegen die massive Holztür geschlagen, durch die sie beide offensichtlich hereingebracht worden waren.

Aber das war sinnlos.

Kirad wusste nur zu gut, dass es besser war, sich seine Kräfte für Augenblicke aufzuheben, in denen man einen greifbaren Gegner vor sich hatte.

"Ich hätte dich ins Meer werfen sollen, nachdem wir den bryséischen Segler gekapert hatten!", stieß der Orks düster hervor.

"Für die Erkenntnis ist es nun ein bisschen zu spät!"

"Wahrhaftig!"

Kirad seufzte hörbar. Dann wandte er sich erneut an den Magier.

"Warum sitzen wir eigentlich hier? Was haben diese Leute gegen uns?"

"Das ist eine lange Geschichte, Kirad."

"Es wird Zeit, dass du sie mir erzählst..."

"Ein anderes Mal.. Ich bin so schwach... So müde!"

Der Orks rüttelte An-Shar bei den Schultern.

"Bleib wach, du Ausgeburt von Kjulls Hinterlist! Wenn wir zurück in der Ruinenstadt sind, in der wir gerade noch befanden, so magst du den ewigen Schlaf der Toten schlafen. Aber nicht jetzt! Denn mich erfüllt keineswegs irgend eine Art von Todessehnsucht!"

An-Shar schloss die Augen, lehnte sich zurück.

Er schwieg.

Sein Atem war erschreckend flach.

Er hat viel von seinen Kräften verloren!, ging es Kirad schaudernd durch den Kopf. Schließlich hatten es die bewaffneten Schergen ja geschafft, den Magier zu überwältigen und hier her zu bringen. Etwas, das ihnen unter normalen Umständen gewiss recht schwer gefallen wäre.

Ich kann nur hoffen, dass seine Kräfte noch dazu ausreichen, um die Wachen zu überwältigen!, überlegte Kirad.

"Ich will dir alles von Anfang an erzählen, Kirad", erklärte der Magier schließlich, ließ dabei die Augen allerdings geschlossen. "Denn schließlich werde ich auf deine Hilfe angewiesen sein. Und die Kraft, gleichzeitig dich und meine Gegner unter geistiger Kontrolle zu halten, fehlt mir zur Zeit..." Er kicherte. "Bei diesen Elbenoiden aus der Karawane des Sifar el-Dosri war das nicht schwer. Die Gier nach Gold war so stark in ihnen, dass man nur ein wenig nachhelfen musste, um aus ihnen völlig willenlose Marionetten zu machen..."

"Ich bin aus anderem Holz geschnitzt."

"Ja, mag sein. Aber du solltest nicht den Fehler begehen, dich zu überschätzen, Barbar."

"Gewiss nicht."

"Also von Anfang an..." Der Magier atmete tief durch. Ein röchelnder Laut kam dabei über seinen dünnen, aufgesprungenen Lippen. "Wir befinden uns im Reich Ta-Tekem, das vor vielen Zeitaltern unterging und größtenteils dem Vergessen anheim fiel. Nur die Ruinen, die man hier und da im Lande Elbenoi findet, zeugen noch von seiner einstigen Größe und Macht. Einer Macht, die es noch über das legendäre Reich der relianischen Meeresherrscher stellte..."

"So bist du ein Tekemer?"

"Oh nein, das bin ich nicht. Obwohl ich den größten Teil meines Lebens in Ta-Tekem verbrachte. Ich wurde von Sklavenjägern an irgendeiner fernen Küste geraubt, als ich noch Kind war. Nicht viel mehr als meinen Namen wusste ich: An-Shar! Wenn du Barbar auch nur ein wenig Sinn für den Klang der tekemischen Sprache hättest, so könntest unschwer hören, dass der Name An-Shar ganz und gar nicht so klingt, als wäre er hier beheimatet. Ich mag drei oder vier Jahre gewesen sein, als

man mich raubte. Über mehrere Zwischenhändler gelangte ich
ins Jasabil-Delta und wurde schließlich einem tekemischen
Magier namens Tarat-ankh-Nun verkauft. Dieser Mann
brauchte offenbar einen Gesellen, den er mit Leichtigkeit
formen und erziehen konnte. Jemanden, der sein Wissen über
den Tag hinaus, da er in die Gefilde des Nachlebens
hinüberwechseln würde, bewahren und pflegen könnte. Weit
über die natürliche Spanne eines Menschen hinaus hatte Tarat-
ankh-Nun sein Leben bereits verlängert. Und er begann zu
ahnen, dass die Götter ihm dies nicht bis in alle Ewigkeit
gestatten würden. Der Tag, an dem ihm sein uralter Körper
den Dienst versagen würde, war nahe, so fühlte er. Vielleicht
zwei Jahrzehnte noch, dann wäre seine Lebenskraft endgültig
erschöpft gewesen. Gerade Zeit genug also, um Vorsorge zu
treffen. Denn dieser Mann lebte für die Erkenntnis. Die
Vorstellung, dass der Inhalt seines Lebens eines Tages
vollkommen vergessen sein könnte, ließ ihn vor Schauern
zittern. Die Tekemer balsamieren ihre Toten ein, so dass sie als
Mumien auch nach sehr langer Zeit noch erhalten sind. Aber
diese Art von Weiterexistenz nach dem Tod reichte Tarat-
ankh-nun nicht. Er wollte nicht ins Nachleben eingehen und
vergessen werden, wie so viele." An-Shar machte eine Pause,
öffnete zwischendurch die Augen. Sein Blick wirkte
vollkommen abwesend. Der Magier schien wie in jene ferne
Zeit entrückt, von der er erzählte. "Ich lernte seine Kunst sehr
gut. Und ich lernte auch, mich ihm zu fügen - oder ihn glauben
zu machen, dass ich mich ihm und seine Vorstellungen fügte.
Am Ende glaubte er, die Bewahrung seines Wissens sei mir
ebenso eine Herzensangelegenheit wie ihm..."

"Aber das war nicht der Fall!", schloss Kirad.

An-Shar lächelte.

In seinen Augen blitzte es leicht.

Nach all den Jahren schien allein der Gedanke an das, was damals geschehen war, ihm schon neue Lebenskraft einzuhauchen. Zumindest ein wenig davon.

"Ich lernte die Kräfte der Magie so gut zu beherrschen, dass ich schließlich in der Lage war, meinen Lehrer zu töten!"

"Wie konntest du das schaffen? Verfügte er nicht über Kräfte, die es ihm erlaubten, sich selbst zu heilen?"

"Oh, gewiss!" An-Shar kicherte in sich hinein. "Ich verwandte alle Kraft darauf, meinen Geist abzuschirmen, damit er meinen Plan nicht im Voraus erahnte."

"Und dann?"

"Ich nahm ein Messer, verbarg es unter meiner Kleidung..."

"Du willst mich auch den Arm nehmen? Ich dachte, du hättest ihn mit Magie getötet!"

"Oh nein, das traute ich mir damals nicht zu."

"Aber..."

"Ich durchschnitt mit einer schnellen Bewegung seine Kehle. So war er nicht mehr in der Lage, eine magische Formel zu sprechen." An-Shar kicherte wie irre. "Danach hatte ich leichtes Spiel..."

Der Magier machte eine Pause. Er schien erschöpft zu sein.

"Was hat dein Lehrmeister Tarat-ankh-Nun damit zu tun, dass wir in diesem Kerker eingesperrt sind?", hakte Kirad Kiradssohn Elbenschlächter schließlich nach.

"Nun, das Land Ta-Tekem wurde einst in einen Krieg verwickelt, dessen komplexe Hintergründe ich einem Barbaren wie dir ersparen möchte. Die Tekemer glauben an eine Existenz nach Tode. Sie bauten mit magischen Mitteln Tore, durch die die toten Tekemer den Lebenden im Krieg zu Hilfe eilen sollten. Allerdings kamen durch diese Tore nicht die toten Tekemer, die ihren Nachfahren zu Hilfe eilen wollten, sondern Heere von grausigen Dämonenwesen. Diese Tore sind seit jener Zeit Orte, die mit Tabus belegt sind."

"Ist das Tor, durch das wir in die Vergangenheit gelangten, so ein Ort?"

"Ja. Die Zeichen an seinem Rundbogen sind magische Formeln, die verhindern sollen, dass jemals wieder Dämonen durch dieses Tor gelangen und Tod und Verwesung bringen. Der Gedanke, der schon meinen Lehrmeister nicht losgelassen hatte war folgender: Offenbar war es möglich, durch dieses Tor nicht nur eine Verbindung in die Gefilde der Toten, sondern auch in andere, uns sonst nicht zugängliche Bereiche herzustellen. In die Herkunftswelt der Dämonen beispielsweise oder...", er zögerte, ehe er weitersprach, "...in die Zukunft. Zu wissen, was geschehen wird, kann absolute Macht bedeuten. Aber Orakel und Seher vermögen nur verschwommene, zumeist nichtssagende Einblicke zu gewähren. Wertloses Gewäsch, mehr ist es oft nicht, was sie liefern. Mein Lehrmeister wollte mehr - und ich setzte seine Studien fort. Ich versuchte eines der Dämonentore mit Hilfe magischer Mittel so zu manipulieren, dass ein Durchgang in die Zukunft möglich wurde. Es gelang mir nach endlosen Nächten, in denen ich die Wächter, die Stätte des Tabus zu bewachen hatten, in einen Schlaf des Vergessens versetzen musste. Aus alten Schriften erfuhr ich von einem grünen Juwel, das in der Lage war, magische Kräfte auf besondere Weise zu bündeln. Ich unternahm weite Reisen, um dieses Juwel schließlich in meinen Besitz zu bringen. Ich wollte es dazu benutzen, das Tor in die Zukunft zu öffnen. Aber es sollte nicht wieder eine Katastrophe hereinbrechen, wie diejenigen zu verantworten hatten, die die Hilfe unserer toten Ahnen herbeizurufen hofften. In jener Nacht, als ich in dein Zeitalter hinüberwechselte, lockerte ich einen Stein im Mauerwerk des Tores, verbarg das grüne Juwel dahinter. So hatte ich es in alten Aufzeichnungen gelesen. Schriften, die älter sind, als die erste Dynastie Ta-Tekems. Ich bereitete ein Ritual vor. Allerdings unterschätzte ich die Kraft, die es mich kostete. Und so verlor ich die Kontrolle über die Wächter. Außerdem sorgten die Lichterscheinungen dafür, dass ich entdeckt wurde. Bald war ich umringt von wütenden Tekemern, die mich der Anwendung schwarzer Magie ziehen. Mir blieb nichts anderes übrig, als die Flucht."

"Die Flucht durch das Tor", murmelte Kirad.

"So ist es. Das grüne Juwel musste ich zurücklassen. Es ist eines der mächtigsten magischen Artefakte, die ich je kennen gelernt habe. Ich taumelte durch das Tor, fand mich in einer verlassenen Wüstenstadt wieder. Das blaue Leuchten verblasste und mir war klar, dass es für mich ohne das grüne Juwel kein Zurück gab. Ich untersuchte jene Mauerstelle im Tor, in der ich es - Zeitalter zuvor - verborgen hatte. Aber es war nicht mehr dort! Offenbar war es im Laufe der Zeit entdeckt und entfernt worden. Es gab keine Rückkehr, so glaubte ich. Niemals. Ich irrte durch die Wüste, erhielt mich so lange es ging mit Hilfe der Magie am Leben. Halb wahnsinnig vor Durst fand ich eine Karawane, die mich Richtung Jasabil brachte. Ich passte mich an die neue Zeit an, lernte ihre Sprachen, verdingte mich als Heiler und Gelehrter. Dann stieß ich bei meinem Studium magischer Schriften auf Dokumente, die von der Existenz einer 'Rolle der geheimen Worte' kündeten. Mit Hilfe dieser 'Geheimen Worte' konnte ich hoffen, einen ähnlich mächtigen Zauber zu entfalten, wie mit dem grünen Juwel. Wer beides besitzt, das grüne Juwel und die Rolle der Geheimen Worte, so hieß es in einem alten Text, der halte die absolute Macht in den Händen. Die Macht über die Zeit."

"Darum wolltest du unbedingt hier her zurückkehren", murmelte Kirad.

"Leider ließ man mir keine Gelegenheit, das grüne Juwel wieder an mich zu bringen. Ein ungemütlicher Mob kreiste mich sogleich nach meiner Ankunft ein. Ähnlich ist es dir ja auch wohl ergangen, Barbar!" An-Shars Augen verengten sich.

"Diese Hundesöhne haben mir die 'Rolle der geheimen Worte' entwendet, während ich bewusstlos war!"

"Aber für eine Rückkehr in mein Zeitalter reicht das Juwel?"

"Ja."

Nach eine Pause fragte Kirad: "Was glaubst du, hat man mit uns vor?"

"Man hält uns für Dämonenabkömmlinge und wird uns töten. Und zwar auf eine Weise, die jegliches Nachleben wirksam verhindert, wenn man den Glauben der Tekemer für bare Münze nimmt!"

"Und wie soll das geschehen?"

"Man wird uns bei lebendigem Leib mumifizieren!"

"Bei Ork-Gott Elbenfolterer! Und ich werde ein Barbar geschimpft!"

25

Ein paar Tage vergingen. Die Verpflegung im Kerker war alles andere als nahrhaft. Sie verhinderte aber, dass ein Gefangener den vorzeitigen Hunger- oder Dursttod starb.

Mehrere Male betraten Männer in langen Roben den Kerker. Sie wurden stets von einer Übermacht Bewaffneter begleitet. Ständig waren mehr als ein Dutzend Speerspitzen auf Kirad und An-Shar gerichtet, wenn diese Männer den Raum betraten. Sie unterhielten sich mit An-Shar, führten offenbar eine Art Befragung durch, die sich um die Rolle der Geheimen Worte drehte, wie An-Shar Kirad später berichtete.

"Sie wollen mehr über diese Rolle erfahren", erklärte der Magier an seinen unfreiwilligen Gefährten gewandt.

"Und du sagst ihnen, was sie wissen wollen."

"Ich gebe ihnen Häppchenweise, wonach sie lechzen. Ja! Denn diese Rolle und die Tatsache, dass die Tekemer von Ra-Tom so wenig über sie wissen, ist der einzige Grund dafür, dass man nicht längst damit begonnen hat, uns in Natron einzulegen und unsere Körper mit Leinentüchern zu umwickeln. Ein paar Tage noch, Kirad! Dann ist meine Kraft vielleicht wieder groß genug... Nur ein paar Tage!"

26

Ein furchtbarer Knall weckte Kirad aus dem Schlaf. Er schreckte hoch.

An-Shar stand vor der schweren Holztür, die gerade aus ihren Halterungen herausbrach. Das Holz wurde morsch, zerbröselte. Ein eigenartiger, knarrender Laut entstand dabei.

Innerhalb eines Augenblicks war Kirad auf den Beinen. Er trat an An-Shar heran, sah in dessen Augen. Sie lagen im Schatten. Nur ein wenig Mondlicht drang durch das vergitterte Fenster herein.

An-Shar wandte den Kopf.

Ein fauliger Geruch stieg unterdessen von der Tür auf. Die Metallbeschläge rosteten im Zeitraffertempo, zerfielen ebenso zu Staub wie das massive Tropenholz, das aus den Dschungeln des Südwestens stammen musste.

"Naranoet kaseman teftet", murmelte An-Shar.

Kirad spürte plötzlich einen Druck auf sein Bewusstsein, ein Druck, der so schmerzhaft war, dass er hätte schreien können. Ihm wurde schwindelig.

Seine Hände gehorchten ihm nicht mehr, stattdessen wurden sie zu Werkzeugen eines fremden Willens.

Kirads mächtige Rechte legte sich um seine eigene Kehle und drückte zu.

An-Shar lachte.

"Die Kraft der Magie ist zurück gekehrt!", rief er triumphierend.

Dann entließ er Kirad aus seinem Einfluss.

Der Orks rang nach Luft, sank auf die Knie. Etwas Ähnliches hatte er nie zuvor erlebt.

"Dafür könnte ich dich umbringen", knurrte er.

"Es ist nicht das erste Mal, dass du das androhst", erwiderte der Magier kalt. "Aber wie dir dieses Beispiel meiner wieder erstarkten Kräfte gezeigt haben sollte, sind die Kräfteverhältnisse nun einmal so, dass ich der Herr und du der Sklave bist. Ich hätte dich gerade töten können und ich kann es jetzt auch, in jedem Augenblick."

"Wenn du zuviel Kraft verschwendest, wird es keine Rückkehr für dich geben", stellte Kirad fest.

"Mach dir um mich keine Sorgen. Für mich gibt es immer eine Rückkehr, einen Ausweg, eine zweite Möglichkeit. Irgendein Schlupfloch findet sich immer für mich, aber du bist ein gewöhnlicher Sterblicher, ohne irgendwelche besonderen Gaben und das macht dich so verwundbar, Orks, so sterblich, so hinfällig." Er lachte abermals und Kirad schauderte dabei. "Keine Sorge, ich werde dir nichts tun", sagte An-Shar. "Ich brauche dich, aber du wirst meine Macht anerkennen müssen. Und außerdem sei dir der Tatsache bewusst, dass es für dich keine Rückkehr in dein Zeitalter geben wird ohne mich."

"Das ist mir sehr wohl bewusst", erwiderte Kirad.

Sie traten hinaus in den Gang. Er war notdürftig von Fackeln erleuchtet.

Ein paar Wächter kamen ihnen entgegen, waren offenbar durch den Krach aufgeschreckt worden. Manche von ihnen wirkten noch schlaftrunken, aber sie waren bewaffnet, zogen ihre Schwerter.

Mit dem Ersten von ihnen machte An-Shar kurzen Prozess. Der Schwertstreich, den der Wächter auszuführen versuchte, wurde auf groteske Weise umgelenkt und gegen die eigene Kehle gerichtet.

Röchelnd sank der Tekemer zu Boden.

Kirad ergriff sein Schwert. Er riss es hervor, um damit gegen die anderen Wächter loszustürmen, doch die hatten sich durch An-Shars Magie längst selbst getötet.

Der Magier wandte sich kalt lächelnd an Kirad.

"Ich muss meine Kräfte sparen und gur einteilen", flüsterte er. "Die nächsten Tekemer überlasse ich also dir."

"Wie sieht dein Plan aus?", fragte Kirad. "Ich hoffe du hast einen. Gleich zum Tor und dann nichts wie weg?"

"Nein", erwiderte An-Shar. "Ich gehe nicht ohne die Rolle der geheimen Worte mitgenommen zu haben. Zu viel habe ich eingesetzt, um in den Besitz dieses Schriftstückes zu gelangen. Um keinen Preis würde ich sie hier zurücklassen, denn dann wäre ich wieder gezwungen eines Tages hierher zurück zu kehren und das will ich nicht. Denn dieses staubige Land namens Ta-Tekem ist Vergangenheit. Ruinen, Trümmer, Götterstatuen, Gräber, nichts weiter wird von diesem Land bleiben."

"Du willst den Tekemern diese Schriftrolle wieder abjagen", höhnte Kirad. "Du weißt ja nicht einmal wo sie ist."

"Ich spüre es." Seine Augen wurden vollkommen schwarz. An-Shar musste sich gegen die kalte Steinwand stützen, so sehr nahm ihn der Einsatz seiner dunklen, magischen Kräfte in diesem Augenblick mit, aber das schien es ihm wert zu sein. Und selbst das Risiko eventuell nicht mehr genug Kraft übrig zu haben, um das Tor benutzen zu können, schien ihn nicht abzuschrecken.

"Folge mir", sagte er schließlich.

Sie gingen einen dunklen Gang entlang.

Wächter, die eine Gittertür bewachten, täuschte der Magier mit einem einfachen Illusionszauber. Er sprach Tekemisch mit ihnen.

Mag Ork-Gott Elbenfolterer wissen, wen diese Männer zu sehen glauben, ging es Kirad schaudernd durch den Kopf.

Dann gelangten sie schließlich ins Freie. Niemand stellte sich ihnen in den Weg.

"Wo ist die Schriftrolle?", fragte Kirad.

"In der Bibliothek. Ich weiß, wo sie ist. Ich spüre es. Ich sehe sie vor mir. Vor meinem inneren Auge, aber über so etwas verfügst du ja nicht, Barbar. Du kannst dir nicht vorstellen, was ich meine. Folge mir einfach. Und sollte einer der Tekemer aus dem Illusionswahn erwachen, dann schlag ihm rechtzeitig den Schädel ab. Immerhin, davon verstehst du ja etwas."

An-Shar führte Kirad zu einem Gebäude, vor dessen Tür sich baumdicke Säulen befanden.

Bewaffnete Wächter traten ihnen in den Weg, richteten zunächst die Speerspitzen auf sie, bekamen dann jedoch plötzlich einen gleichmütigen Gesichtsausdruck, nachdem sie in An-Shars vollkommen schwarze Augen geblickt hatten.

Der Magier sprach in tekemischer Sprache mit ihnen. Kirad bekam nicht mit, worum es dabei ging.

Das Ergebnis war jedoch, dass der Magier und sein Begleiter anstandslos passieren konnten. Sie erreichten eine Halle, in der Tausende von Schriftrollen aufbewahrt wurden. Zielstrebig ging der Magier auf eine Art Schrein zu, öffnete ihn und holte die Schriftrolle heraus.

"Genau so wie ich es vor mir gesehen habe", murmelte er. "Genau so wie ich es in den Gedanken dieser verfluchten Priester gesehen habe, die mich befragt haben."

Er lachte, flüsterte etwas auf Tekemisch. Anschließend wandte er sich an Kirad.

"Der Triumph ist nahe", sagte er. "Der vollkommene Triumph. Du hast ja keine Ahnung, Kirad Kiradssohn Elbenschlächter."

27

Schattengleich waren sie durch die nächtlichen Straßen Ra-Toms geschlichen. Gemeinsam mit dem Magier erreichte Kirad das Tor durch das er zurück in die Zukunft seines eigenen Zeitalters zu gelangen hoffte.

Zwei bewaffnete Wächter standen dort. Sie zogen ihre Schwerter, riefen aufgeregt etwas auf Tekemisch.

An-Shar murmelte eine magische Formel, die die beiden Männer bewusstlos niedersinken ließ.

"Sie schlafen einen tiefen traumlosen Schlaf", meinte er. Dann drehte er sich zu Kirad herum und fuhr fort: "Jetzt brauche ich deine Hilfe. Ich werde das Ritual vorbereiten, dass den Übertritt in dein Zeitalter ermöglicht. In dieser Zeit werde ich alle Kraft, die mir zur Verfügung steht, brauchen. Es wir zu Lichterscheinungen kommen und damit wird man auf uns aufmerksam werden. Du musst verhindern, dass irgendjemand mich bei dem Ritual stört, sonst werden wir nicht durch das Tor gelangen."

"Ich verstehe", knurrte Kirad düster.

Er fasste das Schwert, das er dem Kerkerwächter abgenommen hatte, mit beiden Händen. Es war eine kurze tekemische Klinge. Das Metall hatte nicht dieselbe Qualität, die Kirad von den orkischen Schwertern gewohnt war, aber es war die einzige Waffe, die ihm im Moment zur Verfügung stand.

An-Shar trat nun auf das Tor zu, suchte nach einer bestimmten Stelle im Mauerwerk und löste einen Stein heraus.

Ein funkelnder grüner Stein befand sich in der Öffnung. An-Shar holte ihn heraus, hielt ihn zwischen Daumen und Zeigefinger der Linken. Ein grünlicher Schimmer fiel auf sein Gesicht, bildete mit dem fahlen Mondlicht eine eigenartige Mischung.

"Endlich", murmelte er. Dann schloss er seine Faust um den Edelstein, der das endgültige Ziel all seiner Begierden zu sein schien.

Er kniete nieder, streckte die Faust mit dem Edelstein darin aus. Das grüne Leuchten dieses Steins wurde so stark, dass es durch die Hand hindurchdrang. Jeder einzelne Knochen war jetzt deutlich sichtbar. Die Hand wirkte durchscheinend. An-Shars Augen wurden wieder vollkommen schwarz, sein Gesicht zu einer verzerrten Maske. Die Anstrengung, die die Durchführung dieses Rituals für ihn bedeutete, war ihm deutlich anzusehen.

Immer wieder murmelte er dieselben Silben vor sich hin. Worte aus einer Sprache, die vielleicht noch älter war, als das Tekemische.

Ein Blitz fuhr aus seiner Faust empor zum Himmel, wenig später folgte ein zweiter.

Nur Sekunden später wurde dieser Blitz aus dem nächtlichen Himmel zurückgesandt, traf das Tor und erzeugte ein bläuliches Schimmern.

Jenes Schimmern, das Kirad bereits von seinem ersten Durchgang her nur zu gut kannte.

Wie in einem Singsang wiederholte An-Shar immer wieder dieselben Worte. Magische Formeln, wie in Trance, murmelte er vor sich hin. Er zitterte dabei am ganzen Körper.

Es dauerte nicht lange bis die ersten Bewaffneten am Fuß der Pyramide auftauchten.

Stimmengewirr erfüllte die Nacht. Offenbar war man im nächtlichen Ra-Tom auf das unheimliche Treiben aufmerksam geworden, das sich rund um das steinerne Tor abspielte.

Der erste Tekemer stürmte auf Kirad zu. Kirad parierte seine Schwertschläge, trieb ihn zurück, schlug ihm die Waffe aus der Hand. Aber schon war der nächste Angreifer da. Auch gegen ihn focht Kirad mit wildem Zorn und dem Mut der Verzweiflung, denn die Übermacht war gewaltig. Er konnte nur hoffen, dass das Ritual bald beendet war, denn lange würde er sich nicht gegen die Übermacht wehren können.

Überall streckten sich ihm fremde Klingen entgegen, versuchten ihn zu töten.

Kirad stellte sich zwischen den knienden Magier und die Angreifer. So gut er konnte, wehrte er sie ab, schlug sie teilweise in die Flucht.

Einen Kämpfer von seiner Rücksichtslosigkeit war den Tekemern offensichtlich noch nie begegnet. Sie scheuten sich allzu nah an ihn heranzukommen.

Sein helles Haar, das inzwischen wild zerzaust und verfilzt war, ließ ihn in ihren Augen wie ein wildes Tier erscheinen, das eine gewisse Ähnlichkeit mit einem Löwen hatte.

Dann erhob sich An-Shar plötzlich. Taumelnd schritt er auf das Tor zu, wurde schneller. Er lief in das blaue Leuchten hinein, verschwand schließlich darin.

Kirad wich vor den Angreifern zurück. Sie wagten nicht den Orks weiter zum Tor hin zu folgen.

Auch Kirad trat in das blaue Leuchten ein, das bereits schwächer wurde.

Dieser Hundesohn, ging es ihm durch den Kopf. Wenn es nach An-Shar gegangen wäre, hätte er mich hier zurückgelassen. Gerade noch rechtzeitig hatte Kirad das Tor erreicht. Das Gefühl, das ihn jetzt übermannte, kannte er bereits. Er hatte das Gefühl zu fallen, in einen Strudel aus Formen und Farben. Schließlich umgab ihn nur noch Finsternis. Taumelnd gelangte er auf festen Boden. Er fiel hin, fühlte Sand. Dann blinzelte er. Das Licht der Sonne blendete ihn grell.

Kirad schüttelte sich. Er fuhr sich mit der Hand über den Kopf, blickte kurz zurück. Der Schimmer innerhalb des Tores verblasste nun völlig.

Einige Meter entfernt befand sich An-Shar, der Magier. Er umklammerte mit der einen Hand das grüne Juwel, dessen Leuchten noch immer durch seine Faust hindurchdrang. In der anderen hielt er die Rolle der geheimen Worte.

"Ich habe gesiegt!", rief er. "Ich habe gesiegt! Der Triumph ist mein!" Er rief es abwechselnd in tekemischer, bryséischer und elbenoidischer Sprache. Zwischendurch sogar auf Elbinga.

Das grüne Leuchten des Juwels schien jetzt den gesamten Arm erfasst zu haben. An-Shar zitterte.

Die dunkle Färbung seiner Haare kehrte zurück. Seine Gestalt schien zu wachsen, sich aufzurichten, kräftiger zu werden.

Neue Lebenskraft fuhr offenbar aus diesem Stein heraus in den Körper des Magiers. Das Leuchten erfasste wenig später den gesamten Körper des Magiers.

Es bleiben mir nur noch wenige Augenblicke, ging es Kirad durch den Kopf. Nur diese wenigen Augenblicke der Verwirrung.

In diesem Moment wandte der Magier den Kopf.

Meine Gedanken, durchzuckte es Kirad. Vielleicht ist er schon wieder stark genug, sie lesen zu können. Vielleicht weiß er, was in mir vorgeht.

Kirad versuchte an nichts zu denken. Er erhob sich. Ein Ruck ging durch An-Shar. Sein gesamter Körper leuchtete grünlich wie ein fluoreszierender Stein. Er schien um Jahrzehnte jünger geworden zu sein. Seine Haut schimmerte froschfarben.

Er lächelte teuflisch und überlegen. Seine Augen waren vollkommen schwarz. Wenig menschliches schien jetzt noch an ihm zu sein. Noch überwältigte An-Shar diese Kraft. Er zitterte am ganzen Körper.

Jetzt, dachte Kirad. Jetzt! Es ist deine letzte Chance, denn wenn du länger wartest, wird er in der Lage sein, dich mit einem einzigen Gedanken zu töten, mit einem einzigen Wort aus seinem Mund.

Das Ritual, mit dessen Hilfe er das Tor aktiviert hatte musste ungeheure Kraft gekostet haben, aber das Juwel erlaubte eine sehr schnelle Erholung seiner magischen Kräfte.

Kirad stürzte vor. Er vollführte einen wuchtigen Schwerthieb. Zu spät erkannte der Magier die Absicht des Orkss. Der Streich fuhr durch seine Kehle. Blut spritzte hervor.

Ein Ausdruck des Entsetzens erschien auf dem Gesicht des Magiers. Er öffnete den Mund, wollte eine seiner Formeln sprechen, aber nichts weiter als ein Röcheln kam über seine Lippen.

Er sank auf die Knie, schien zu verstehen, dass in diesem Augenblick etwas Ähnliches mit ihm geschah wie ehedem mit seinem Lehrmeister Tarat-ankh-Nun.

Mit einem zweiten, wuchtigen Schlag trennte Kirad den Kopf des Magiers von den Schultern. Er rollte in den Sand, sein Körper stürzte zu Boden.

Vor seinen Augen zerfiel An-Shars Leichnam zu Staub. Offenbar hatte auch er bereits die Spanne seines Lebens um ein Vielfaches verlängert.

Der graue Staub wurde von dem Wind hinweggetragen, vermischte sich mit dem Sand. Einzig und allein das grüne Juwel blieb liegen und daneben eine Schriftrolle.

Kirad beugte sich nieder. Er überlegte beides an sich zu nehmen. Dann hörte er eine Stimme in seinem Rücken.

"Kapitän!"

Es war Trurbjjan Axtschwinger.

Hastig bedeckte Kirad sowohl die Schriftrolle als auch das Juwel mit Sand. Dann erhob er sich, sah Trurbjjan Axtschwinger entgegen.

"Kapitän, wo bist du gewesen?"

Kirad schwieg. Er dachte an das Juwel und an die Schriftrolle und daran, dass An-Shar sich aufgrund des Besitzes dieser beiden Artefakte als den mächtigsten Mann der Welt betrachtet hatte, wenn auch nur für kurze Zeit.

Aber er war ein Magier, dachte Kirad, und du bist nur ein einfacher orkischer Raubfahrer, mehr nicht.

Einen Augenblick lang dachte Kirad darüber nach, dass es gewiss zahlungskräftige Interessenten für beides, das Juwel und die Schriftrolle, gab, aber andererseits gefiel ihm der Gedanke nicht, dass auf diese Weise so viel Macht in die Hände von jemandem geriet, der ähnlich düstere Ziele wie An-Shar verfolgte.

Nein, ging es Kirad durch den Kopf. Es ist gut, wenn beides, die Schriftrolle und das Juwel, hier im Sand von Ra-Tom zurückbleibt und nie wieder das Licht der Sonne erblickt.

Trurbjjan Axtschwinger klopfte ihm auf die Schulter.

"Na, was ist los? Hat es dir die Sprache verschlagen, Kapitän?"

"Habt ihr die Männer von Sifar el-Dosri besiegt?", fragte Kirad.

"Natürlich haben wir das. Hast du je daran gezweifelt? Und stell dir vor, tagelang waren wir auf der Suche nach dir und was haben wir gefunden?"

"Du wirst es mir sicher gleich sagen, Trurbjjan."

Trurbjjan Axtschwinger lachte rau.

"Gold! Nicht so viel, wie dieser verdammte Magier versprochen hat, aber es ist Gold zweifellos. Wir haben eine Reihe von Grabstellen gefunden, die nur so vollgestellt damit sind. Die Kamele werden einiges zu tragen haben."

Kirad blieb ruhig. Er hob die Augenbrauen, wischte sich dann mit der Hand über das Gesicht.

"Nun, dann scheint sich diese Reise ja doch gelohnt zu haben."

"Das kannst du laut sagen, Kirad. Komm, sieh dir an, was wir gefunden haben. Es tut mir in der Seele weh, dass wir Farad el-Sahir etwas davon abgeben müssen, aber andererseits kämen wir ohne ihn nicht durch die Wüste."

"Allerdings", nickte Kirad Kiradssohn Elbenschlächter.

28

Beladen mit Gold gelangte die Karawane Farad el-Sahirs zurück nach Ne-jefen-Ef.

Kirad Kiradssohn Elbenschlächter war froh als er die Planken der ORKZAHN wieder unter den Füßen hatte. Er fühlte sich auf dem Wasser einfach wohler als im ewigen Sandmeer der Wüste. Aber die Reise in diese Hölle hatte sich gelohnt.

Beladen mit einer erheblichen Goldladung fuhr die ORKZAHN flussabwärts Richtung Delta, diesmal nahmen die Orks den Weg über Mokanesh.

Als Kirad endlich, nach Wochen, wieder das offene Meer vor sich sah und der salzhaltige nach Algen riechende Wind ihm durch die Haare fuhr, lächelte er.

"Welchen Kurs, Kapitän?", fragte Krune Drygvarrson.

"Heim nach Orkwegen", sagte Kirad. "Geradewegs Richtung Norden! Jeder von euch wird einen guten Anteil von diesem Gold bekommen. Es ist ja nicht unbedingt notwendig, dass wir unseren abergläubischen Landsleuten davon erzählen, dass es neben halb vertrockneten Mumien gefunden wurde."

Kirad dachte an das Juwel und die Schriftrolle. Er bereute es nicht, sie zurückgelassen zu haben.

Sein sicherer Instinkt sagte ihm, dass ein Fluch über diesen beiden Dingen lastete. Ein Fluch, der schließlich An-Shar getötet hatte.

So jedenfalls ordnete Kirad Kiradssohn Elbenschlächter die Geschehnisse in sein Weltbild ein.

"Bei Ork-Gott Elbenfolterer, diese Fahrt werde ich so schnell nicht vergessen."

Und dann flüsterte er einen Namen.

"Ta-Tekem."

Die Erinnerung daran, schien eigenartig zu verblassen wie bei einem Traum, den man langsam verlor.

Die Stimme Krune Drygvarrsons riss ihn aus seinen Gedanken heraus.

"Wir haben günstigen Wind!", rief der Steuermann der ORKZAHN. "Er trägt uns geradewegs nach Norden."

"Das ist gut", murmelte Kirad, während er hinaus auf die schäumende See blickte.

ENDE

KEDUAN - PLANET DER DRACHEN

Der interstellare Konzern-Ranger Gordon wird nach Keduan geschickt, auf den Planet der Drachenreiter, wo jegliche Fortbewegung mit Hilfe von Maschinen aus religiösen Gründen verboten ist.

Aus den Datenspeichern des galaktischen Archivs:

KEDUAN: *Trivialname für den vierten Planeten der Sonne Morimbeau, 12456 Lichtjahre vom galaktischen Zentrum entfernt. Die ersten menschlichen Siedler auf Keduan hingen dem Parombor-Kult an, was den Planeten kulturell nachhaltig prägte und zu manchen Besonderheiten führte. So ist jegliche Fortbewegung mit Hilfe von Maschinen aus rituellen Gründen untersagt. Lediglich für den Raumhafen PORT KEDUAN gilt eine Ausnahme. Keduans Atmosphäre ist erdähnlich. Der Planet ist wasserarm. Der Großteil seiner Landfläche wird durch Wüsten bedeckt.*

MARAGUI: *Bezeichnung für die humanoiden, blauhäutigen Ureinwohner Keduans. Es wird allgemein vermutet, dass sie keineswegs vom Planeten Keduan stammen, sondern Abkömmlinge einer bisher historisch nicht erwiesenen menschlichen Einwanderung sind, die nach ihrer Landung auf ein archaisches Kulturniveau herabsanken. Gen-Tests, die die Herkunft der Maragui einwandfrei erweisen könnten, werden von diesen mit Hinweis auf die informationelle Selbstbestimmung verweigert. Aus religiösen Gründen lassen sie niemals DNA-haltige Körpersubstanzen zurück. Nach Gefechten setzen sie alles daran, ihre Toten zu bergen und vollständig zu zerlasern.*

AUS DER CHRONIK DES ARANTES-IMPERIUMS:

Es war im 12. Jahr der Regentschaft des Managers Sorgan Londo, was dem Jahr 2567 seit Bestehen des Arantes-Konzerns entspricht, als der Planet Keduan zu einem Teil des Konzernimperiums wurde. Nach dem Zusammenbruch der Korial-Gruppe ergab sich die günstige Gelegenheit für das Management, diesen Planeten zu erwerben. Allerdings konnten die durch vielversprechende geologische Gutachten genährten Hoffnungen bislang nicht erfüllt werden. Die Konzernleitung begnügt sich damit, die Oberhoheit auszuüben. In innere Angelegenheiten der Bevölkerung mischt sie sich nur selten ein. Lediglich in Ausnahmefällen werden Ranger der Konzernpolizei auf den Planeten entsandt.

AUS DEN PERSONALDATEN DES ARANTES-KONZERNS:

Gordon, Lyon Robert - 36 Jahre alt, geboren auf der Erde, seit 6 Jahren Ranger der Konzernpolizei des Arantes-Imperiums.

1

"Dort ist es!"

Es war ein gutes Dutzend bis auf die Zähne bewaffneter Drachenreiter, das sich oben auf dem Hügelkamm gesammelt hatte...

Die zweibeinigen Sauroiden - im Volksmund einfach 'Drachen' genannt - gehorchten den Männern auf den geringsten Druck ihrer Schenkel hin. Nur ab und zu brauchte man die Zügel oder die scharfen Sporen, um die Tiere unter Kontrolle zu halten. Dumpfe, drohende Zischlaute drangen aus den mit messerscharfen Zähnen bewährten Mäulern, die groß genug waren, um einen Menschen mit einem Bissen vom Kopf bis zum Bauchnabel zu verschlingen.

Die Blicke der Drachenreiter waren den Hang hinab gerichtet, wo die Gebäude einer kleinen Ansiedlung zu sehen waren.

In den Augen dieser Männer loderte ein kaltes, grausames Feuer...

Einer nach dem anderen holte sein Strahlgewehr aus dem Futteral. Die Waffen wurden mit schnellen Bewegungen justiert. Manche der Männer trugen Helme, in deren heruntergelassenen Visieren sich Zieldisplays befanden.

"Okay, Leute!", rief ein einäugiger Mann, der seinem Verhalten nach der Anführer dieser Gruppe war. "Sie werden alle sterben und von der Dasang-Farm dort unten wird nichts bleiben, als ein Haufen Asche! Habt ihr mich verstanden?"

Von den Männern kam ein zustimmendes Gemurmel.

"Ist es denn wirklich nötig, alle umzubringen?", meldete sich dann einer der Drachenreiter. "Vielleicht reicht es, wenn wir denen da unten noch eine letzte Warnung zukommen lassen und sie etwas einschüchtern..."

Aber der Einäugige schüttelte entschieden den Kopf.

Dieses verdammte Weichei!, durchzuckte es ihn.

Dann sagte er:

"Nein, Yllib! Wenn wir hier nicht durchgreifen, dann wird man uns das als Schwäche auslegen und bald werden uns noch andere auf der Nase herumzutanzen versuchen..."

Yllib zuckte mit den Schultern.

"Wie du meinst..."

"Außerdem hat es Lord Navos so angeordnet. Und was er anordnet, das führen wir auch durch! Klar?"

Der Angesprochene verdrehte genervt die Augen.

Er nickte.

"Klar!"

"Also los, Leute! Mit drei erbärmlichen Dasang-Treibern und einer Frau dürften wir ja wohl keine Probleme bekommen!"

Der Einäugige gab das Zeichen und sofort stürmten sie den Hang hinab auf die Dasang-Farm zu...

In einem wilden Sturmritt preschten sie heran und ließen ihre Strahlgewehre losfeuern. Blitze zuckten durch die Luft und das Zischen dieser furchtbaren Waffen mischte sich mit dem metallischen Klackern, das die Nadelpistolen verursachten, die die Angreifer außerdem mitführten.

Es würde keinen langen Kampf geben, davon waren sie allesamt überzeugt.

2

DASANG - *etwa nilpferdgroßes Nutztier, das auf Keduan in Massen gehalten wird. Es dient in der ganzen Galaxis der Fleischgewinnung. Notfalls können die DASANG ohne Nahrung überleben. Ihre Energie bekommen sie durch Fotozellen, die ihnen auf dem Rücken wachsen.* (aus der GALAKTISCHEN ENZYKLOPÄDIE)

DASANGERO - *Bezeichnung für einen Dasang-Treiber. Auf einigen Welten auch ein Schimpfwort, das Rückständigkeit und Provinzialität bedeuten soll. Auf Keduan kommt der Begriff einem Ehrentitel gleich.* (A.W.Yrah, DIE KULTUR KEDUANS)

3

Gordon wischte sich mit dem Ärmel den Schweiß von der Stirn und blickte nach Süden.

Er war den ganzen Tag geritten und inzwischen war Keduans Sonne Morimbeau bereits milchig geworden.

Er tätschelte dem blauschuppigen Zweibeiner-Sauroiden den Nacken. Dabei war die Frage, in wie fern das Tier diese Berührung überhaupt spüren konnte, nicht eindeutig zu beantworten. Schließlich besaßen die Sauroiden eine von dicken Schuppen bedeckte Haut, die ausgesprochen widerstandsfähig gegen jegliche eventuell schmerzverursachenden Einflüsse von außen machte. Von besonderer Hautsensibilität konnte man da wohl nicht sprechen.

Eine instinktive Geste meinerseits, die wohl nichts mit den Bedürfnissen dieses fremden Organismus zu tun hat!, ging es Gordon durch den Kopf.

Das Tier hatte die Strapazen besser durchgehalten als sein Reiter. Aber in Anbetracht des an dieses extrem heiße und trockene Klima angepassten Metabolismus des Drachen, war das nicht weiter verwunderlich.

Der Sauroide war an diese Umgebung und die erbarmungslose Natur Keduans angepasst.

Der Mensch nicht.

Zumindest nicht ohne das eine oder andere technische Hilfsmittel.

Und deren Verwendung unterlag auf diesem Planeten ja gewissen, kulturell bedingten Einschränkungen.

Gordon blickte auf.

Er kniff die Augen zusammen. Trotz der speziellen Kontaktlinsen, die seine Augen schützten, empfand er es als sehr hell. Er hoffte nur, dass die Mikrochips von der Größe eines Staubkorns, die die Linsen steuerten, nicht den Geist aufgegeben hatten.

Vor ihm befand sich eine karge, trockene Einöde soweit das Auge reichte.

Irgendwo hinter dem Horizont, noch weiter im Süden, musste die Stadt Kolum liegen, aber es war fraglich, ob er heute noch so weit kommen würde.

Gordon hatte den Drachen, auf dem er ritt, ziemlich geschunden, aber bislang hielt sich das Tier tapfer.

Nicht mehr lange und es würde empfindlich kühl werden, aber noch brannte es heiß und erbarmungslos vom wolkenlosen Himmel herab.

Gordon ließ den Sauroiden jetzt in gemächlichem Tempo voranschreiten.

Etwa eine halbe Stunde war vergangen, da kam Gordon an ein Wasserloch. Der Drachen hatte das Wasser schon frühzeitig gewittert und war unruhig geworden, aber nun sah es auch Gordon.

Gordon lächelte müde.

Ja, du hast es dir verdient, mein Drachen!, dachte er.

Dann lenkte er den Sauroiden zum Wasser, stieg ab und ließ das Tier ausgiebig saufen.

Er selbst trank ebenfalls und füllte anschließend die Feldflasche auf.

Einen Augenblick lang steckte er sogar den Kopf in das angenehme Nass und schüttelte sich anschließend.

Ein Geräusch ließ Gordon dann abrupt hochfahren. Seine Rechte fuhr instinktiv in Richtung Hüfte, wo ein Nadlergriff aus dem Magnetholster ragte.

Gordon hörte sowohl das charakteristische Klackern, das von Nadlern verursacht wurde, als auch das scharfe Zischen, wie es von Strahlgewehren herrührte.

Gordon blickte sich nach allen Seiten um, aber zunächst war nirgends etwas zu sehen. Irgendwo hinter der nächsten Hügelkette gen Süden tobte ein furchtbarer Kampf...

Verdammter Mist, wo bin ich hier hineingeraten?

Gordon zögerte nicht lange, sondern schwang sich wieder auf den Rücken seines Drachen. Es sah ganz so aus, als müsste er ihm heute doch noch einiges abverlangen.

Bevor er dem Sauroiden die Sporen gab, langte er noch hinunter zum Sattel, riss das Strahlgewehr aus dem Futteral.

Dann preschte er mit dem Sauroiden vorwärts - dorthin, wo geschossen wurde.

Gordon hatte nicht die leiseste Ahnung, um was es hier ging oder was ihn hinter der nächsten Hügelkette erwarten würde.

Aber vielleicht brauchte dort jemand ziemlich dringend Hilfe...

Wenn du klug wärst, würdest du jetzt das letzte aus deinem Sauroiden herausholen und genau in die entgegengesetzte Richtung unterwegs sein!, ging es Gordon durch den Kopf.

Es dauerte nicht lange und Gordon sah hinter den Hügeln eine schwarze Rauchsäule in den strahlend blauen Himmel hinaufsteigen.

Unbarmherzig trieb er den Drachen vorwärts und hetzte ihn schließlich einen flach ansteigenden Hang hinauf. Ein dumpfer Grunzlaut entrang sich dem schuppigen Maul mit den drei Reihen messerscharfer Zähne. Oben, auf dem Hügelkamm angekommen, blickte Gordon hinab. Noch immer wurde wild hin und her geschossen.

Gordon sah eine mittelgroße Dasang-Farm, deren Wohnhaus in hellen Flammen stand.

Flammen schlugen bereits auch aus der Scheune und dem Drachenstall.

Einzig und allein ein etwas abseits gelegenes Gebäude, das wohl als Unterkunft für die Dasangeros diente, war bislang noch vom Feuer verschont geblieben, aber wenn es nach den Angreifern ging, dann würde sich auch das bald ändern.

Etwa ein Dutzend Männer schossen wie wild auf die Dasang-Farm und dabei vor allem auf die Unterkunftsbaracke, denn dort schien sich der letzte Widerstand zu halten...

Aus zweien der Fenster konnte man in steter Regelmäßigkeit die Laserblitze von Strahlgewehren zucken sehen, aber was war das schon gegen die Flut der Angreifer?

Gordon sah einige Leichen im trockenen Gras und beim nahegelegenen Sauroiden-Corral.

Es war nicht zu sehen, welcher Seite sie angehörten, aber sie zeugten davon, mit was für einer Verbissenheit hier gekämpft worden war.

Die Sache schien klar.

Ein Dasang-Farmer und seine Leute verteidigten sich hier mit dem Mut der Verzweiflung gegen eine Bande von Gesindel. Aber die Chancen der Verteidiger standen schlecht.

Gordons Augen wurden schmal.

Dann ließ er seinen Drachen den Hang hinunterstürmen, wobei er Schuss um Schuss aus seinem Strahlgewehr abgab.

Schon mit den ersten Laserblitzen holte er zwei der Kerle aus ihrer Deckung heraus.

Gordon konnte nicht genau sagen, wie schwer er sie erwischt hatte. Er hörte nur ihre Schreie.

Die Bande wurde jetzt auf den fremden Reiter aufmerksam, der aus dem Nichts aufgetaucht zu sein schien und sich da so unerwarteterweise eingemischt hatte.

Man hörte sie wild durcheinander rufen und dann pfiffen Gordon die ersten Nadeln um die Ohren, so dass er den Kopf einziehen musste.

Gordon ließ den Drachen einen Haken schlagen und hängte sich seitwärts an den Sattel, so dass der Drachen den größten Teil seines Körpers deckte.

Im vollen Lauf seines Reittieres ließ Gordon noch ein paar mal sein Strahlgewehr loszischen. Die Zieloptik wurde dabei auf seine Kontaktlinsen übertragen.

Einer der Kerle schrie auf und stürzte nieder. Es musste ihn schwer erwischt haben, denn er blieb reglos am Boden liegen.

Der Geruch von verbranntem Fleisch wurde penetrant.

Zur gleichen Zeit kam von der anderen Seite ein Schrei. Einen der letzten beiden Verteidiger musste es getroffen haben, denn fortan wurden nur noch aus einem Fenster Schüsse abgegeben.

Einer der Banditen hatte sich von hinten an die Baracke herangemacht und mit einer Brandbombe Feuer gelegt.

Bald schon fraßen sich die Flammen empor und begannen hell aufzulodern.

Alle Dasang-Farmgebäude waren aus dem Holz der dürreresistenten Gedo-Bäume. Wochenlang hatte die Sonne Morimbeau brennend heiß vom Himmel geschienen und das Holz pulvertrocken werden lassen.

Nun brannte es wie Zunder.

Ganz gleich, was jetzt auch noch geschehen mochte: Von der Dasang-Farm würde kaum bleiben als verkohlte Ruinen...

Plötzlich spürte Gordon, wie ein Ruck durch den kräftigen Körper seines Drachen ging.

Das Tier ließ ein markerschütterndes Brüllen hören und Gordon ahnte, was das zu bedeuten hatte.

Es hatte den Sauroiden erwischt.

Ein paar Drachenlängen strauchelte der Drachen noch voran, bevor er dann zu Boden kam.

Gordon warf sich gerade noch rechtzeitig aus dem Sattel, um nicht unter dem massigen Tierkörper begraben zu werden. Geschickt rollte er sich am Boden ab, während links und rechts von ihm der Sand von den einschlagenden Nadelgeschossen zu kleinen Staubfontänen aufgewirbelt wurde. Laserblitze ließen den Sand zu einer quarzartigen Masse verschmelzen.

Es war verdammt knapp.

Gordon drehte sich blitzartig um die eigene Achse, riss den Lauf des Strahlgewehrs hoch und feuerte. Sein Schuss traf einen Mann, der sich bei der brennenden Scheune verschanzt und gerade auf den fremden Reiter angelegt hatte.

Der Kerl schrie, während sich der brandheiße Strahl in seinen Körper fraß.

Der Mann klappte zusammen wie ein Taschenmesser und blieb regungslos liegen, während Gordon wieder hochgeschnellt war.

Gordon rettete sich vor dem aufbrausenden Geschosshagel hinter eine mit schäumendem Nährstoffkonzentrat gefüllte Drachentränke.

Innerhalb von Sekunden hatten Nadelprojektile ein Dutzend Löcher in die Tränke gestanzt. Das im Sonnenlicht grünlich schimmernde Nährkonzentrat rann heraus und versickerte im Boden. Ein ekeliger Schaum blieb zurück.

Gordon presste sich auf den Boden und nutzte die Gelegenheit, um neue Energiezellen in das Magazin seines Strahlgewehrs hineinzuschieben.

Dann wartete er ab, bis das wütende Gefecht etwas abgeebbt war, bevor er sich schließlich wieder aufrichtete und hinter der Tränke hervortauchte.

In schneller Folge schoss er sein Strahlgewehr ab und aus dem Barackenfenster bekam er Unterstützung. Messerscharf durchzuckten die Strahlen die Luft. Wie Blitze.

Zwei der Kerle wurden tödlich getroffen, einen dritten erwischte es an der Hand. Er blickte fassungslos auf den verkohlten Stumpf und schrie.

"Los, weg hier!", hörte man eine kehlige Stimme.

Die überlebenden Banditen rannten in Richtung ihrer Drachen, wobei sie weiter sporadisch in Gordons Richtung feuerten.

Dann schwangen sich die ersten von ihnen in die Sättel und trieben ihre zweibeinigen Sauroiden vorwärts.

Dunkle Laute drangen aus den Mäulern der Drachen.

Gordon jagte ihnen noch ein paar Strahlschüsse hinterher, griff dann nach dem Nadler und ließ ihn mehrfach losklackern. Aber die Flüchtenden waren bald schon außerhalb seiner Schussweite.

Gordon richtete sich nun zu voller Größe auf und legte sich den Lauf des Strahlgewehrs über die Schulter. Den Nadler steckte er ins Magnetholster.

Es war so, wie er vermutet hatte.

Diese Kerle hatten offenbar mit wenig Gegenwehr gerechnet und sich bei ihrem Überfall dementsprechend sicher gefühlt.

Aber in dem Moment, in dem ihnen jemand entschlossen gegenübertrat, liefen sie davon wie die Angsthasen.

Gordon ging ein paar Schritte zurück und wandte er den Blick zu der Dasangero-Baracke hin, deren Dach nun hell in Flammen stand.

Das sieht nicht gut aus...

In diesem Moment trat eine junge Frau durch die Tür, in deren zierlichen Händen sich ein Strahlgewehr befand. Sie war wohl die letzte überlebende Verteidigerin dieser Dasang-Farm, von der kaum etwas bleiben würde, als das Land selbst. Ihr eigenes Leben war mit Mühe und Not gerettet worden, aber das war auch schon alles. Sie trug Kleidung, die ihr viel zu groß war und ihre Figur sicherlich nicht betonte.

Aber selbst das Wenige, das die grobe Hose und das sehr weit geschnittene Hemd davon preisgaben, ließ Gordon unwillkürlich schlucken.

Nur zu schade, dass es bei meinen Kontaktlinsen keine Röntgenaugen-Applikation gibt!

Sie war eine aufregende Schönheit.

Ihr Haar war dick und blond und fiel ihr in einem mächtigen Schopf bis weit über die Schultern. Die Züge ihres Gesichts waren feingeschnitten und stolz, während die vollen Lippen ihr etwas Sinnliches gaben.

Aber auch etwas Selbstbewusstes.

Gordon registrierte das genau.

Sie kam etwas näher heran und dann sah Gordon in ihre meergrünen Augen, in denen ein wildes Feuer loderte.

"Ich danke dir, Fremder!", brachte sie heraus und atmete tief durch. Ihre vollen Brüste drückten sich dabei gegen Stoff des groben Hemdes. Sie musterte Gordon einige Augenblicke lang abschätzend.

Dann fragte sie: "Wie heißt du?"

"Mein Name ist Gordon."

"Wenn du nicht gewesen wärst, wäre ich jetzt wohl auch tot - so wie meine Dasangeros", sagte sie und in ihrem Tonfall schwang Bitterkeit und Wut mit.

"Da hast du wohl recht."

"Diese verdammten Casadenios!", zischte sie.

Gordon erinnerte sich dunkel daran, dass Casadenios eine einheimische Aasfresser-Spezies waren. Es handelte sich um vierbeinige, reptilienhafte Wesen, die für den bestialischen Gestank berüchtigt waren, den sie verbreiteten. Ein Gestank, der unter anderem auch dadurch hervorgerufen wurde, dass die Casadenios sich gerne im Blut toter Tiere suhlten, das dann in den tiefen Poren ihrer geschuppten Haut langsam verfaulte.

Gordon sah es plötzlich in den Augen der jungen Frau glitzern. Sie weinte still vor sich hin.

Gordon trat zu ihr und sie blickte zu dem hochgewachsenen Mann auf.

"Es war furchtbar...", flüsterte sie.

Gordon nickte verständnisvoll.

"Ich weiß", murmelte er. "Aber jetzt ist alles vorbei!"

Eine ganze Weile lang standen sie einfach nur so da, ohne ein Wort zu sagen.

Sie stand wohl unter einer Art Schock und brauchte ein bisschen Zeit, um sich zu erholen und wieder zu sich zu kommen.

4

Du sollst keine Bewegungsmaschinen bauen, denn sie waren auf der Alt-Erde in ferner Zeit ein Übel ohne gleichen. Sie verpesteten die Luft, verbreiteten Krankheiten und wurden zum Werkzeug des Bösen. Euch aber hat Gott eine neue Welt gegeben und so nutzet sie nun, ohne sie zu zerstören.

Aus der KEDUANITISCH-REFORMIERTEN BIBEL

5

"Ich bin Larina C'Imroc", brachte sie schließlich heraus, während sie sich mit dem Handrücken über die Augen wischte. "Und dies hier war einmal meine Dasang-Farm. Drei Dasangeros standen bei mir in Lohn und Brot. Die Kerle haben sie einfach niedergeschossen..."

"Es ist etwas ungewöhnlich, dass eine Frau auf einer Dasang-Farm der Chef ist!", meinte Gordon, während er sie immer noch bei den Schultern hielt. "Außerdem gibt es ein paar Stellen in der keduanitisch-reformierten Bibel, die..."

"Über die sich ein paar altgewordene Kirchenfürsten in der heiligen Stadt Hamraan die Köpfe heiß reden", unterbrach sie ihn. "Aber hier draußen geht es ums Überleben." Sie blickte zu ihm auf. "Glaubst du etwa, dass eine Frau so etwas nicht kann?", fragte sie. Gordon sah das Blitzen ihrer grünen Augen und lächelte leicht.

Er schüttelte den Kopf.

"Nein", meinte er. "Du kannst das bestimmt!" Und dabei fragte er sich, ob ihr Pragmatismus wohl auch so weit gehen würde, dass sie notfalls sogar eine sogenannte frevelhafte BEWEGUNGSMASCHINE benutzen würde...

"Die Kirchenfürsten haben sehr starre Vorstellungen davon, was ein Mann und was eine Frau tun oder lassen sollte", stieß sie hervor.

"Ich bin nicht besonders gläubig."

"Sag das besser nicht zu laut, Gordon."

"Warum nicht?"

"Man bekommt nur Ärger dadurch."

"Sprichst du aus Erfahrung?"

Sie zuckte mit den Achseln.

"Ich hatte keine andere Wahl, als gegen die Vorstellungen unserer Kirche in diesem Punkt zu verstoßen!", erklärte sie.

"In wie fern?"

"Vor zwei Jahren bin ich mit meinem Mann in diese Gegend gekommen und wir haben versucht, eine Dasang-Farm aufzubauen. Aber dann ist er bei einer Schießerei ums Leben gekommen und ich versuchte, die Dasang-Farm weiterzuführen. Es ist mir auch ganz gut gelungen. Zumindest bis jetzt!"

Ihre letzten Worte klangen sehr bitter und Gordon konnte nur zu gut verstehen, was sie meinte.

"Hast du eine Ahnung, was das für Leute waren?", fragte er.

Ihr Gesicht wurde zu einer steinernen Maske.

Sie schluckte.

"So etwas kann nur jemand fragen, der nicht aus der Gegend ist!"

Gordon nickte.

"Ich bin tatsächlich nicht aus der Gegend", gab er zu.

"Das waren die Leute von Ekai Navos! Diese mordgierigen Bastarde!"

Gordon horchte auf.

Ekai Navos!

Diesen Namen kannte er!

Wegen Ekai Navos war er hier her, in die Gegend um die Stadt Kolum im Lande Camata auf dem Planeten Keduan gekommen...

Navos war der Anführer einer üblen Bande von Banditen und Schutzgelderpressern die ganz Camata und ein noch größeres Gebiet auf der anderen Seite der Grenze, im Norden der palikanischen Provinz Auhauhich in Atem hielt...

Die Konzernleitung schätzte Navos als ernstzunehmende Gefahr für die Stabilität in diesem Teil von Keduan ein.

Und deswegen war Gordon hier.

Der Ranger des Arantes-Konzerns.

Sein Auftrag war, Ekai Navos entweder einem Konzerngericht zuzuführen oder auszuschalten, wenn es nicht anders ging.

Aber das war leichter gesagt als getan.

Ein Mann wie Ekai Navos verfügte über eine erhebliche Machtbasis und ließ sich nicht so einfach verhaften.

Konzernranger Lyon Robert Gordon fragte:

"Was hatten Navos und seine Männer für einen Anlass, deine Dasang-Farm niederzubrennen?"

Larina hob die Augenbrauen.

"Fremder, das verstehst du nicht!"

"Ach, nein?"

"Nein."

Ihre Stimme hatte jetzt einen Klang bekommen, der Lyon Robert Gordon an klirrendes Eis erinnerte.

Etwas, das es auf Keduan allenfalls an den Polkappen gab.

Und auch dort nicht besonders reichlich.

"Warum versuchst du nicht, es mir zu erklären, Larina?", fragte Gordon schließlich.

Er lächelte überraschend mild.

Ihre meergrünen Augen unterzogen Gordon einer kritischen Musterung. Dann schien Larina C'Imroc einen Moment lang nachdenken zu müssen, bevor sich schließlich doch ihre Lippen bewegten.

"Okay", meinte sie. "Die ganze Gegend zahlt an diesen Navos dafür, dass er sie in Ruhe lässt. Jeder Dasang-Farmer und auch die Leute in den Städten."

Gordon nickte.

Es ist immer dasselbe Lied!, ging es ihm den Kopf. Wird Zeit, dass jemand kommt und diesem Gangster Paroli bietet...

"Und du wolltest nicht mehr zahlen, nicht wahr?"

"Ja."

"Ich verstehe."

"Ich konnte nicht mehr, Gordon! Wir hatten eine Seuche unter unseren Dasang. Unsere Einnahmen waren schlecht... Ich habe ein bisschen Geld auf der Bank von Kolum, aber diese Rücklagen hätte ich gebraucht, um über dieses Jahr hinwegzukommen! Ich bat um Aufschub, aber sie wollten ihn mir nicht geben..."

Sie barg ihr Gesicht mit den Händen. "Was hätte ich denn tun sollen?", rief sie. "Wenn ich gezahlt hätte, wäre das das Ende der Dasang-Farm gewesen!"

So denken sie alle!, dachte Gordon. Und nur deshalb können Leute wie Ekai Navos derart mächtig werden.

Sie blickte wieder auf und fügte noch bitter hinzu: "Es war wohl dumm, zu glauben, dass wir allein gegen diese Banditen eine Chance haben könnten!"

"Allerdings."

Ja, dachte Gordon stumm bei sich. Das war tatsächlich nicht gerade besonders klug gewesen.

Mutig zwar, aber nicht klug.

Gordon wandte sich um und blickte zu den Toten, die überall auf dem Boden verstreut lagen.

Larinas Dasangeros waren ebenso darunter, wie ungefähr die Hälfte des Banditentrupps.

Aber nach allem, was Gordon über Ekai Navos' Meute erfahren hatte, konnte dies nur eine kleine Abteilung seiner Bande gewesen sein...

Vielleicht waren es fünfzig, vielleicht hundert Bewaffnete, die unter dem Befehl dieses Mannes standen.

Niemand wusste das so genau, aber Gordon schätzte, dass man mindestens so viele Drachenreiter brauchte, um ein derart großes Gebiet wirksam zu kontrollieren. So wirksam, dass es bisher offenbar niemandem gelungen war, sich mit Erfolg dagegen aufzulehnen.

"Gordon!", hörte er dann plötzlich Larinas Stimme.

"Ja?"

"Was hast du vor?"

Er deutete zum Horizont, wo die Sonne Morimbeau im Begriff war unterzugehen.

"Bevor es dunkel wird, will ich die Toten begraben haben", meinte er.

"Und dann?"

"Mein Ziel ist Kolum. Wenn du willst, nehme ich dich bis dorthin mit, Larina!"

Sie nickte.

"Gut!"

6

*Die Dasang sind die Grundlage jeden Lebens auf Keduan. Gott
gab sie dir. Darum sind sie heilig.*
　　Aus der KEDUANITISCH-REFORMIERTEN BIBEL

7

Es war schon fast Mitternacht, als Gordon und Larina die ersten Häuser der Stadt Kolum als dunkle Schemen aus der Dunkelheit auftauchen sahen.

Gordon hatte dem Drachen eines erschossenen Banditen seinen Sattel aufgelegt und auch Larina ritt auf einem dieser Drachen, denn ihre eigenen Tiere hatten die Angreifer schon vorher aus dem Pferch getrieben. Der Ritt durch die Dunkelheit war nicht einfach gewesen, aber Larina kannte sich vorzüglich in der Gegend aus. Das war auch notwendig, denn auf die Daten in dem kleinen Navigationscomputer, den Gordon bei sich trug, waren nicht immer auf dem neuesten Stand. Und bislang waren jegliche Versuche der Konzernleitung, Satelliten im Orbit um Keduan zu stationieren, am erbitterten Widerstand der keduanitisch-reformierten Kirche gescheitert.

Die Kirchenoberen sahen darin einen Frevel.

Der Himmel eines Planeten sei traditionell die Sphäre des Göttlichen.

Larina hätte allerdings den Weg von ihrer Dasang-Farm vermutlich auch blind gefunden, wenn es vonnöten gewesen wäre.

"Was wirst du tun, wenn wir gleich in Kolum ankommen, Larina?", fragte Gordon. "Hast du jemanden, wo du erst einmal unterkommen könntest?"

Sie schüttelte den Kopf.

"Nein."

"Niemanden?"

"Niemanden."

"Hm."

"Aber das macht nichts. Ich habe dir ja bereits gesagt, dass ich noch etwas Geld auf der Bank habe. Ich werde mich erst einmal im Hotel einmieten, um wieder zu mir zu kommen..." Sie zuckte mit den Schultern. "Wer weiß, vielleicht gebe ich auf."

Gordon runzelte die Stirn.

"Was soll das heißen?"

"Dass ich möglicherweise das Land verkaufen werde, auf dem die Dasang-Farm gestanden hat."

"Ist das dein Ernst?"

"Natürlich. Meinst du, ich rede einfach nur so dahin?"

"Ich weiß nicht."

"Viel werde ich im Augenblick wohl nicht dafür bekommen. Aber vielleicht reicht es, um irgendwo anders ein neues Leben zu beginnen."

"Überlege dir gut, was du tust", meinte er.

Wenig später ritten sie bereits durch die finsteren Straßen von Kolum.

Erst als sie sich auf der Hauptstraße befanden, wurde es etwas heller, denn in den Bars war noch Betrieb. Die Bars wurden zumeist von Tochter-Unternehmen oder Lizenznehmern des Arantes-Konzerns betrieben. Die Kirchenfürsten hielten sie für Brutstätten des Satans und so gab es immer mal wieder Anschläge von fundamentalistischen Fanatikern.

Gordon wandte sich an seine Begleiterin und meinte: "Du wirst am besten wissen, wohin wir uns jetzt wenden sollten. Ich brauche ebenfalls ein Zimmer."

Larina C'Imroc nickte und streckte den Arm aus.

"Dort hinten ist L'au Yornocs Hotel. Ich kenne den Besitzer. Er ist ein anständiger Kerl und so etwas wie ein Freund. Ihm gehört übrigens auch der BETRUNKENE DESANGERO in der unteren Etage des Gebäudes."

Gordon zuckte mit den Schultern.

Sein Blick glitt die anderen Kaschemmen an der Hauptstraße entlang, in denen um diese Zeit noch etwas los war, und blieb dann dort hängen, wo Larinas schlanker Arm hingedeutet hatte.

L'au Yornocs Laden machte von außen keinen schlechten Eindruck und so nickte er.

"In Ordnung, Larina!"

Sie lenkten ihre Sauroiden auf L'au Yornocs BETRUNKENEN DESANGERO zu. Mehr als zwei Dutzend Drachen standen schon davor.

Gordon und Larina stellten ihre Tiere dazu.

"Sehen wir erst einmal zu, dass wir Zimmer bekommen", murmelte Gordon. "Um die Drachen werde ich mich dann nachher schon noch kümmern."

Als Gordon ihr aus dem Sattel half, huschte zum erstenmal ein Lächeln über Larinas Gesicht. Es war ein entzückendes Lächeln.

Was für eine Frau!, dachte er.

Der Blick ihrer meergrünen Augen traf ihn und diesmal war dieser Blick nicht mehr wütend und zornig, sondern warm.

Gordon hielt ihre Hand einen Augenblick länger, als eigentlich nötig gewesen wäre.

Sie ließ es gewähren.

8

Drinnen herrschte viel Betrieb und ausgelassenes Treiben. An der Theke standen Leute und tranken, während ein graubärtiger Mann auf einem verstimmten Synthesizer herumklimperte, dessen Sound-Modul wohl etwas im Eimer war.

Ein paar Kerle sangen ziemlich schräg dazu.

Gordon ging mit Larina direkt zum Schanktisch.

Es war sicher das größte Etablissement weit und breit. Insgesamt drei Keeper standen hinter dem Tresen und füllten den Männern ihre Gläser auf.

"Yornoc!", rief Larina mit heller, klarer Stimme, die durch das sonore Gemurmel der Männer hindurchdrang. Einer der drei Keeper wandte den Kopf.

Es war ein massiger Kerl, wahrscheinlich schon weit über fünfzig. Er war so riesig, dass er selbst den hochgewachsenen Gordon noch um ein paar Zentimeter überragte.

L'au Yornoc kam herbei und in seinem feisten, etwas angestrengt wirkenden Gesicht breitete sich ein Lächeln aus.

"Sowas... Larina C'Imroc! Sie hier? An einem solchen Ort!"

"Ich brauche für die nächste Zeit ein Zimmer, Yornoc. Natürlich zahle ich dafür!"

Yornocs Gesicht veränderte sich.

Es wurde ernst, sehr ernst. Der Gasthaus- und Hotelbesitzer zog die Augenbrauen in die Höhe.

"Was ist geschehen?", erkundigte er sich. Aber sein Tonfall verriet, dass er die Antwort im Voraus ahnte.

"Es war Navos' Meute..." Larina C'Imroc versuchte weiter zu sprechen, aber ihre Stimme versagte ihr auf einmal den Dienst.

Ein Kloß schien ihr im Hals zu sitzen und sie am Reden zu hindern.

Das Geschehene musste sie ohne jeden Zweifel stark mitgenommen haben.

So sprach Gordon für sie.

"Sie haben die Dasang-Farm niedergebrannt. Es hat niemand überlebt. Ich kam dazu, aber da war das meiste schon geschehen..."

Der Keeper erschrak und wandte den Kopf zu Gordon herum.

"Oh, mein Gott!", stieß der dicke Mann hervor. "Diese Hunde! Diese verfluchten Hunde!"

Und dann schlug er mit der flachen Hand auf den zerkratzten Schanktisch. Einige der Kerle an der Theke blickten sich kurz zu ihm um, dann fuhren sie in ihren Gesprächen fort.

"Zahlen Sie auch an Ekai Navos?", erkundigte sich Gordon dann kühl.

Yornoc sah Gordon an, als wäre dieser ein exotisches Tier.

"Sie sind wohl nicht aus der Gegend, was?"

"Ich heiße Gordon."

Yornoc verzog das Gesicht.

"Wenn Sie aus der Gegend wären, würden Sie so etwas nicht fragen! Jeder zahlt hier an Ekai Navos! Jeder! Und alle die versucht haben, es nicht zu tun, liegen jetzt unter der Erde!"

Yornoc machte eine hilflose Geste. "Navos residiert auf einem Anwesen in Auhauhich. Dort ist er sicher, dieser verfluchte Bastard!"

"Wie sieht Navos aus?", fragte Gordon. "Sind Sie ihm schon einmal begegnet? So von Angesicht zu Angesicht..."

Aber Yornoc schüttelte den Kopf.

"Nein. Ich bin Navos nie begegnet. Er lässt die Drecksarbeit von seinen Leuten machen. Wenn du ein kleiner Gauner bist, Fremder, dann musst du deinen Arsch riskieren! Aber nicht, wenn man so groß ist wie Ekai Navos!"

"Ach ja?"

"Die Konzernleitung wird doch nie etwas gegen einen wie den unternehmen! Wahrscheinlich hat er seine dreckigen Gewinne schon in Konzernanteilen angelegt und ist längst Shareholder!"

Gordon lächelte.

Immerhin etwas, das wir gemeinsam hätten!

Yornoc stellte zwei Gläser auf den Schanktisch.

"Etwas zu trinken?", fragte er.

"Ja", kam es von Gordon.

"Und die Frau?"

Larina C'Imroc hatte sich inzwischen wieder etwas gefangen und nickte.

"Ja", meinte sie. "Ein Drink wird auch mir heute gut tun!"

Yornoc holte die Flasche mit dem braunen Saft und schenkte ein. "Geht auf Kosten des Hauses, Larina!", meinte er. "Genau wie Ihr Zimmer!"

Larina wollte protestieren, aber Yornoc winkte ab und erstickte ihren Protest schon im Keim. "Wir haben uns immer gut verstanden, Larina. Sie sind jetzt in einer bösen Lage. Da muss man sich gegenseitig helfen!"

"Ich danke Ihnen!"

9

Später gingen sie mit Yornoc die Treppe hinauf zu den Zimmern.

Yornoc öffnete eine Zimmertür und machte eine einladende Armbewegung.

"Hier, Larina! Dies ist mein bestes Zimmer! Es steht zu Ihrer Verfügung!"

"Ich danke Ihnen."

"Hoffentlich gefällt es Ihnen!"

"Es ist wunderbar, Yornoc!"

"Wenn Sie noch irgendeinen Wunsch haben sollten, dann sagen Sie es mir bitte!"

"In Ordnung."

Yornoc wandte sich nun an Gordon.

"Ihr Zimmer liegt genau gegenüber, Gordon... Wissen Sie schon, wie lange sie in Kolum bleiben werden?"

Gordon machte eine unbestimmte Miene.

"Wahrscheinlich nicht lange. Ich weiß es aber noch nicht genau. Wenn es Ihnen recht ist, werde ich für eine Nacht im Voraus bezahlen."

"In Ordnung. Ich nehme an, Sie haben Drachen dabei..."

"Ja."

"Dann stellen Sie die Sauroiden für die Nacht in meinen Stall. Der hiesige Mietstall gehört Giarg Remidrog und der ist, wie ich ihn kenne, längst im Bett und wäre ziemlich ärgerlich, wenn Sie ihn dort herausläuten würden!"

Gordon nickte.

"Okay, verstehe. Gibt es eigentlich einen Gesetzeshüter mit Konzernlizenz in der Stadt?"

Yornocs Augen wurden schmal, als er Gordon mit einem nachdenklichen Blick bedachte. Er zögerte einen Moment, bevor er sprach.

"Ja, Marson heißt der. Aber erwarten Sie nicht zuviel von ihm..."

"Wo ist dieser Marson jetzt?"

"Im Bett, schätze ich. Unten im Schankraum war er jedenfalls nicht mehr - und im Allgemeinen zieht er meine Taverne den anderen Kaschemmen vor, die es hier in Kolum gibt! Er wohnt direkt neben seinem Büro und der Gefängniszelle."

10

Später befand sich Gordon wieder draußen im Freien und schwang sich auf den Rücken seines Drachens.

Es war ihm nicht besonders wohl dabei, Larina in diesem Moment allein zulassen, aber es ging nicht anders.

Er hatte ihr eingeschärft, die Tür von innen verschlossen zu halten und niemandem aufzumachen. Außerdem hatte sie ihr Strahlgewehr dabei, mit dem sie ja vorzüglich umzugehen wusste, wie sie bei dem Gefecht gegen die Banditen bewiesen hatte.

Die Angreifer, die bei dem Überfall davongekommen waren, konnten es unmöglich schon über die palikanische Grenze geschafft haben und mussten sich noch irgendwo in der Umgebung aufhalten.

Einige von ihnen waren verletzt - was lag da näher, als eine Stadt wie Kolum aufzusuchen, wo es vielleicht sogar einen Arzt gab.

Wenn diese Männer Larina in die Hände bekommen würden, stand ihr sicher Schlimmes bevor...

Gordon lenkte seinen Drachen die Hauptstraße entlang, bis er zum Büro des hiesigen Konzern-Cops kam.

Dort stieg er ab und klopfte an jener Tür, hinter der er die Wohnung des Cops vermutete. Es dauerte ein bisschen, bis sich die Tür einen Spalt öffnete und ein verschlafenes, müdes Gesicht herausschaute.

"Was wollen Sie?"

"Sind Sie Marson, der Cop?"

Er fletschte die Zähne wie ein angriffslustiger Terrier.

"Erwarten Sie, dass ich für den lumpigen Konzern-Lohn auch noch nachts arbeite?", knurrte er bissig.

Gordon blieb gelassen.

"Nein, nur dass Sie Ihre Pflicht tun."

Marson kniff die Augen zu schmalen Schlitzen zusammen.

Gordon sah mit den Augenwinkeln, dass der Cop eine Waffe in der Rechten hielt - einen Nadler. Er ließ die Nadelpistole jetzt sinken.

Dann bewegte er den Kopf seitwärts und bedeutete Gordon damit einzutreten.

"Kommen Sie herein! Aber verdammt nochmal, machen Sie es kurz! Ich bin müde!", grunzte er.

Gordon trat ein.

Innen herrschte Halbdunkel.

Nur eine kleine Lampe brannte und gab etwas Licht.

Die Wohnung des Cops bestand aus einem einzigen Raum, in dem ein Bett und kaum Möbel standen und ein heilloses Chaos herrschte. Und jede Menge Unterhaltungselektronik.

"Ekai Navos' Meute hat die Dasang-Farm von Larina C'Imroc überfallen und niedergebrannt. Ich kam leider etwas zu spät..."

Marson verzog das Gesicht.

"Was Sie nicht sagen..."

"Larina C'Imroc ist die einzige Überlebende. Sie haben wie die Tiere da draußen gewütet!"

Der Cop zuckte die Achseln und wirkte merkwürdig desinteressiert.

"Bedauerlich, ..."

"Mein Name ist Gordon."

"Gordon..." Marson sprach den Namen sehr gedehnt aus, als müsste er überlegen, was er jetzt zu entgegnen hatte.

Gordon zog die Augenbrauen hoch.

Ein paar Augenblicke später sollte ihm klar werden, dass sein Gegenüber ihn im Grunde nur abwimmeln wollte. "Hören

Sie, Gordon...", begann der Cop, aber der Konzern-Ranger schnitt ihm das Wort ab.

"Nein, Sie hören erst einmal mir zu! Die Kerle, die das gemacht haben, können noch nicht allzuweit sein! Einige von ihnen sind verletzt... Es wäre doch möglich, dass sie erst einmal hier in Kolum untergekrochen sind!"

"Das glaube ich nicht! Personen mit Schusswunden, verursacht durch Nadler oder Strahler, so etwas fällt auf! Nein, die Leute hätten sich das Maul darüber zerrissen!"

"Wie wär's, wenn wir beide einmal eine Runde durch diese schöne Stadt machen, Marson?"

"Jetzt?"

Marson schaute verständnislos drein.

Gordon lächelte dünn.

"Ja, jetzt. Gibt es einen Arzt hier?"

"Nein. Nicht mehr. Der letzte Arzt, den wir hatten ist vor drei Monaten in einen Nadelhagel irreparabel beschädigt worden. War ein guter Medo-Robot, aber der Konzern könnte uns ja mal Ersatz besorgen. Warum sollten die Kerle also nach Kolum geritten sein? Wo ist übrigens Larina C'Imroc jetzt?"

"Bei Yornoc. Dort kann sie erst einmal unterkommen. Was werden Sie unternehmen, Marson?"

"Soll ich vielleicht ein Aufgebot zusammenstellen und gegen Ekai Navos zu Felde ziehen? Ich würde in der ganzen Stadt niemanden finden, Gordon! Die haben alle viel zuviel Angst!"

"Sie lassen Navos also freie Hand!", stellte Gordon mit bitterem Unterton fest. Es schien ganz so, als würde er in dem Konzern-Cop alles andere, als einen tatkräftigen Verbündeten haben.

Dazu müssten die Konzernleute diesen Gesetzeshütern wohl auch etwas mehr zahlen als ein paar lumpige Kapitalanteile!, ging es Gordon durch den Kopf.

"Nein", knurrte Marson ungehalten. "Ich sorge in dieser Stadt für Ordnung! Das ist alles!"

"Und was darüber hinaus passiert, da schauen Sie weg!"

Marson verzog verächtlich das Gesicht.

"Da tauchen Sie als Fremder einfach so vor mir auf und wollen mir Vorschriften machen! Das gefällt mir nicht! Gehen Sie schlafen, Gordon - und stecken Sie Ihren Kopf in eine Schüssel mit kaltem Wasser, damit Sie etwas abkühlen! In Kolum bin ich das Konzern-Gesetz! Merken Sie sich das!"

Gordon nickte.

"Das werde ich..."

Der Konzern-Ranger atmete tief durch.

Marson lohnte die Aufregung nicht.

Gordon spürte die nackte Furcht bei seinem Gegenüber. Konzern-Cop hin oder her - von diesem Mann hatte er nicht viel Hilfe zu erwarten.

Und irgendwie konnte Gordon ihn auch verstehen.

Dieser Mann wollte am Leben bleiben. Und er wollte so wenig Ärger wie möglich - genau wie die anderen Bürger in der Stadt und wie die Dasang-Farmer in der Provinz.

Und wenn ab und zu einer von ihnen dran glauben musste, dann sahen die anderen einfach weg...

Gordon wandte sich wortlos zum Gehen.

Als er dann wieder im Sattel seines Sauroiden saß und auf den halb angekleideten Marson herabblickte, knurrte er noch ironisch: "Wie gut, dass es hier einen Konzern-Cop gibt, der eine derart strenge Dienstauffassung hat! Man fühlt sich in Ihrer Stadt so sicher wie in Abrahams Schoß!"

Dann riss Gordon die Zügel herum und preschte davon, während Marson ihm eine lautstarke Verwünschung nachsandte.

11

Als Gordon zu Yornocs BETRUNKENEM DASANGERO zurückgekehrt war, kümmerte er sich erst einmal um die Drachen und stellte sie bei Yornoc in den Stall. Ein Roboter passte auf die Tiere auf. Yornoc warb damit auf einem großen Leuchtplakat.

Ob der Robot allerdings wirklich noch funktionstüchtig war, da hatte Lyon Robert Gordon seine Zweifel.

Dann nahm er Satteltaschen und Strahlgewehr und ging vorne durch den Schankraum.

Unterdessen hatte sich die Taverne ziemlich geleert. Kaum mehr als ein halbes Dutzend ziemlich einsam wirkender Zecher hing noch vor zumeist leeren Gläsern und Yornoc bemühte sich höchstpersönlich darum, einen nach dem anderen hinauszutreiben!

Gordon musste unwillkürlich grinsen, als er das sah. Yornoc achtete kaum auf den Ranger, der dann an ihm vorbeiging und die Treppe nach oben passierte.

Wenig später stand er bei den Zimmern, die Yornoc ihm und Larina zugewiesen hatte.

Gordon überlegte einen Moment, ob er an Larinas Tür klopfen und sich danach erkundigen sollte, ob bei ihr alles in Ordnung sei.

Vermutlich schlief sie längst...

Aber da er sich irgendwie für sie verantwortlich fühlte, tat er es dennoch.

"Larina?"

Er klopfte.

Und einen kurzen Augenblick später machte Larina ihm auf.

"Alles in Ordnung?", erkundigte sich Gordon.

Sie nickte.

"Ja."

Gordon blickte an ihrem Körper hinunter und stellte fest, dass sie noch vollständig angezogen war. In der Rechten hatte sie das Strahlgewehr.

Sie machte ganz und gar nicht den Eindruck, als hätte sie schon geschlafen, sondern wirkte eher etwas aufgekratzt.

Kein Wunder, wenn sie keine Ruhe findet!, dachte Gordon bei sich. Nach dem, was sie an diesem Tag hatte durchmachen müssen.

"Endlich bist du zurück! Ich habe die ganze Zeit auf dich gewartet!", sagte sie.

Gordon lachte.

"Das darf doch nicht wahr sein!"

"Ich möchte, dass du in dieser Nacht bei mir bleibst, Gordon! Ich fühle mich dann sicherer..."

Und ehe Gordon noch etwas hätte sagen oder tun können, hatte Larina bereits ihre schlanken Arme um seinen Hals geschlungen und damit begonnen, ihn leidenschaftlich zu küssen.

In einer solchen Situation ließ Gordon sich für gewöhnlich nicht zweimal bitten...

Noch eine Sekunde zuvor hatte er sich hundemüde von den Strapazen des Tages gefühlt, aber jetzt spürte er mit einem Mal seine Lebensgeister zurückkehren.

Er stellte das Strahlgewehr gegen die Wand und ließ die Satteltaschen zu Boden gleiten.

Mit dem Absatz beförderte die offenstehende Tür ins Schloss und schob dann den Riegel davor. Die ganze Zeit über tauschte er dabei mit Larina feurige Küsse.

Auch ihre Waffe war auf einmal nicht mehr da. Mit einem lauten Poltern kam das Laser-Gewehr auf den Bretterboden.

Die Hände der jungen Dasang-Farmerin waren geschickt und schon nach wenigen Augenblicken hatte Larina bereits die Magnetknöpfe seines Hemdes gelöst und seinen mächtigen, muskulösen Oberkörper entblößt.

Gordon hörte ihren Atem und dachte: Diese Frau hat Temperament! Seine Hände glitten über ihr Haar und ihren Nacken und zogen ihr dann das grobe Hemd aus.

Darunter trug sie nichts und ihre wunderschönen Brüste reckten sich Gordon entgegen.

"Komm!", hauchte sie und zog ihn mit sich in Richtung des breiten Bettes, in dem für zwei genug Platz war, um sich nach allen Regeln der Kunst zu tummeln.

12

Sie lagen Arm in Arm beieinander.

Larina legte ihren Kopf auf die Schulter des Konzern-Rangers, während Gordon ihr zärtlich über das wunderbare Haar strich.

Er wandte kurz den Kopf zum Fenster hin, durch das fahle Licht der Monde hereinschien.

Mein Gott! Was für eine Frau!, dachte Gordon voller Bewunderung. Sie hatte Temperament und Feuer und alles, was sie miteinander getan hatten, mit jeder Faser ihres Körpers genossen.

Sie schmiegte sich noch dichter an ihn, seufzte glücklich und hatte die Augen geschlossen.

Dann wurde ihr Atem regelmäßig.

Wahrscheinlich wären sie beide sehr bald in den Schlaf hinübergedämmert.

Aber dazu kam es nicht...

Schritte ließen Gordon aufhorchen. Es waren Schritte von mehreren Stiefelpaaren, das konnte der Konzern-Ranger deutlich hören.

Als die Schritte plötzlich endeten, schreckte Gordon hoch.

"Was ist?", fragte Larina verstört.

"Ich weiß es noch nicht!", murmelte er.

Dann war Yornocs Stimme zu hören. Sie klang seltsam ängstlich, ganz anders, als es sonst die Art dieses Mannes war.

Vielleicht hielt man ihm gerade eine Nadlermündung unter die Nase und hatte ihm seinen Text vorgeschrieben. Gordon sprang aus dem Bett und griff nach dem Nadler, der zusammen mit dem Magnetholster auf dem Boden lag, wo auch seine restlichen Sachen verstreut zu finden waren.

"Gordon! Ich muss Sie sprechen! Machen Sie die Tür auf!", sagte Yornocs Stimme.

Und dann klopfte jemand, aber nicht an die Tür von Larinas Zimmer, sondern an die des Zimmers gegenüber, das Yornoc Gordon eigentlich zugewiesen hatte...

Natürlich kam keine Antwort und so war einen Augenblick später das hässliche Geräusch von splitterndem Holz zu hören. Die Kerle schienen die Tür eingetreten zu haben.

Ihr Erstaunen war groß.

"Wo ist dieser Hundesohn! Wenn du mit uns ein Spiel treibst, Yornoc..."

"Er wird bei der Frau sein!", meinte ein anderer. "Die Frau muss auch sterben! Niemand soll uns ungestraft auf der Nase herumtanzen!"

Gordon hatte sich indessen rasch seine Hose übergestreift.

"Die wollen zu uns!", meinte Gordon und Larina war inzwischen wieder vollends zu sich gekommen. Sie stand auf und nahm ihre Strahlgewehr vom Boden.

Gordon warf einen kurzen, bewundernden Blick auf ihren nackten Körper, der im Halbdunkel als schwindelerregende Silhouette sichtbar war.

Aber schon in der nächsten Sekunde hatten sie beide ganz andere Sorgen.

Die Tür wurde eingetreten, der Riegel sprang aus seiner Halterung und dann blitzten auch schon die Strahlblitze. Nadler klackerten.

Ein wahrer Nadelhagel regnete in das Hotelzimmer hinein. Larina hatte sich gerade noch rechtzeitig in eine Ecke des Zimmers gerettet und sich bei einer Kommode verschanzt. Sie schoss zurück und erwischte einen der Kerle.

Währenddessen warf Gordon sich zu Boden, rollte sich herum, während links und rechts die Projektile den Bretterboden splittern ließ.

Sobald er konnte, schoss Gordon dann auch seine Waffe ab.

Schuss um Schuss ließ er aus seinem Nadler herauskrachen. Zwei Männer sanken getroffen zu Boden, einen Dritten traf er am Arm, woraufhin er sich schreiend davonmachte.

Gordon hörte ihn die Treppe hinunterlaufen und schnellte hoch, um ihm zu folgen.

Drei Männer lagen getroffen am Boden, als Gordon aus der Tür des Hotelzimmers trat. Einer von ihnen lebte noch und Yornoc hatte sich über ihn gebeugt.

"Ich konnte nicht anders...", rief Yornoc zu Gordon hoch. "Sie haben mich gezwungen..."

Gordon nickte.

"Ich weiß..."

Diese Männer waren sich ihrer Sache offenbar völlig sicher gewesen. Mit irgendeiner Gegenwehr schienen sie nicht gerechnet zu haben.

Jemanden im Schlaf zu erschießen war schließlich nicht allzu risikoreich.

Gordon schnellte die Treppe hinunter und kam dann in den verlassen wirkenden Schankraum.

Von den Schwingtüren her blitzte plötzlich ein Strahlenfeuer auf.

Instinktiv hatte Gordon sich geduckt, so dass die gebündelte Energie aus der Waffe seines Gegenübers Millimeter über ihn hinwegstrich.

Der Ranger des Arantes-Konzerns schoss fast augenblicklich zurück.

Seine Nadel durchschlug eine der beiden Schwingtüren und ließ sie hin und her pendeln.

Aber dort war niemand mehr.

Als Gordon durch die Schwingtüren hinaus ins Freie stürmte, sah er nur noch einen Reiter, der seinen Drachen voranzutreiben suchte.

Der Reiter wandte kurz den Blick.

Gordon sah im Licht der Monde ein hartgeschnittenes Gesicht, das von einem schwarzen Bart umrahmt wurde. Das rechte Auge wurde von einem elektronischen Sehorgan ersetzt.

Gordon hatte ihn an der linken Schulter erwischt und dort war das Hemd des Einäugigen dementsprechend von Blut durchtränkt.

Der Kerl feuerte sofort, als er Gordon sah, aber da er gleichzeitig versuchte, seinem Drachen die Sporen zu geben, ging seine Nadel irgendwo ins Nichts.

Sekundenbruchteile später preschte der Drachenreiter dann in die Nacht hinein.

Gordon feuerte ihm hinterher, bis sein Nadler leergeschossen war, aber die Aussicht, seinen Gegner dabei noch zu treffen war von vorn herein äußerst gering.

Nirgendwo in der Stadt brannte um diese Zeit - eher früher Morgen als späte Nacht - noch Licht. Und so dauerte es nicht lange, dass die Dunkelheit den Einäugigen gänzlich verschluckt hatte...

13

Nadel-Projektile sind dann eine abscheuliche Sünde, wenn sie mit Giften oder Explosivstoffen versehen sind. Das Töten ist nicht zu vermeiden. Aber es muss auf ehrliche Weise geschehen. Der Blitz eines Lasers, die Klinge eines Messers und das Projektil eines Nadlers. Das ist alles, worauf sich ein gläubiger Mensch dabei verlassen darf, will er nicht gegen Gott sündigen. Niemand soll das Gesetz anzweifeln, das schon Mose, Josua, Mormon und Smith verkündigten, als sie unsere Vorfahren aus der Unterdrückung auf der Alt-Erde zur gelobten Welt Keduan führten.

(Keduanitisch-reformierte Bibel)

14

Jesus Christus sagt: ‚Töte deinen Nächsten wie du es bei dir selbst tun würdest!'
(John Talaba'r, keduanitisch-reformierter Prediger)

15

Als Gordon zu Larina zurückkehrte, war diese bereits vollständig angezogen.

Den verletzten Angreifer hatte sie mit Hilfe des bärenstarken Yornoc auf das Bett gelegt. Aber da war nichts mehr zu machen...

Er hatte sein Leben ausgehaucht.

"Wie war das nur möglich, Gordon?", meinte Larina und machte eine hilflose Geste. "Woher wussten diese Kerle, wo sie uns finden konnten?"

Gordon zuckte mit den Schultern.

"Vielleicht hat einer der Kerle uns in die Stadt reiten sehen, Larina!"

"Ekai Navos hat seine Zuträger überall in der Stadt!", mischte sich nun Yornoc ein. "Manche werden gezwungen, andere tun es freiwillig und bekommen dafür die Gewissheit, dass sie und ihre Familien in Ruhe gelassen werden."

"Kein Wunder, dass sich niemand gegen diesen Ekai Navos aufzulehnen wagt!", meinte Gordon.

Yornoc nickte.

"Richtig. Man ist nirgendwo vor ihm und seinen Häschern sicher. Jedenfalls nicht, solange man sich in seinem Gebiet befindet!"

"Ich habe am Abend noch mit dem Cop gesprochen..."

Yornoc grinste nur säuerlich.

"Und? Wird er ein Aufgebot von hundert Drachenreitern zusammenstellen, um diesen miesen Kerl und seine Bande endlich in seinem Versteck zu holen?", zischte er dann mit ironischem Unterton.

Gordon schüttelte den Kopf.

"Nein, sieht nicht so aus..."

"Habe ich es mir doch gedacht! Ein verdammter Feigling ist das!"

"Er will am Leben bleiben!"

Yornoc machte eine wegwerfende Bewegung mit der Hand, in die er seine ganze Verachtung hineinlegte.

"Es würde mich nicht wundern, wenn es so eine Art Stillhalteabkommen zwischen Navos' Leuten und dem Hüter des Konzerngesetzes gäbe... Marson läßt Navos gewähren und dafür behält er in der Stadt freie Hand." Er fuhr sich mit der Hand über das Gesicht. "Marson ist nicht mehr der Jüngste, Gordon. Seine beste Zeit ist vorbei. Er ist nicht der Mann, von dem man etwas anderes erwarten könnte..."

Gordon nahm sein Hemd vom Boden auf und zog es sich über. Während er den Magnetverschluss schloss, fragte er an den Besitzer des BETRUNKENEM DESANGERO gewandt: "Kennen Sie einen Kerl, dem ein Auge fehlt und der auf der rechten Seite ein Kunstauge trägt? Sie müssten ihn auch gesehen haben, er war ja schließlich bei den Kerlen, die Sie gezwungen haben, die Meute hier heraufzuführen!"

Yornocs Gesicht veränderte sich und wurde sehr düster. Seine Augen verengten sich und seine Nasenflügel bebten ein wenig.

"Den kennt hier jeder in der Gegend, Gordon!"

Gordon zog die Augenbrauen hoch.

"So?"

"Er heißt Nyar'O Mot und ist einer von Navos' Geldeintreibern", war nun Larinas Stimme zu hören. "Man sieht ihn ziemlich regelmäßig in der Gegend. Und ich habe ihn auch bei jenen Männern gesehen, die meine Dasang-Farm in Schutt und Asche gelegt und meine Leute umgebracht haben!"

Gordon überlegte einen Moment.

Nyar'O Mot - dieser Name sagte ihm nicht das Geringste. Aber das Gesicht dieses Mannes...

Er konnte nicht sagen, weshalb, aber es kam ihm so vor, als hätte er dieses Gesicht irgendwo schon einmal gesehen. Bislang war es nur so etwas wie eine unbestimmte Ahnung, aber möglicherweise fiel ihm ja noch mehr ein.

Dann riss Yornocs Stimme ihn aus seinen Gedanken.

"Sie haben dieser Lady geholfen - und das war sicher sehr nobel. Vermutlich wussten Sie nicht, in welches Wespennest Sie da hineingetappt sind, aber jetzt sollten Sie es langsam begriffen haben und die entsprechenden Konsequenzen ziehen! Verschwinden Sie am besten aus dieser Gegend, solange man Sie noch lässt! Nyar'O Mot weiß von Ihnen - und dann kann es nur eine Frage der Zeit sein, dass auch Ekai Navos von Ihnen und ihrem Eingreifen bei dem Überfall erfährt..."

"Ich danke Ihnen für die Warnung, aber ich bin kein ängstlicher Mann, Yornoc!", erwiderte Gordon ruhig.

Yornoc verzog sein massiges Gesicht.

"Das sollten Sie aber! Vielleicht leben Sie dann etwas länger! Wenn Sie klug sind, dann zögern Sie nicht eine Sekunde! Wenn Sie hier in der Gegend bleiben, sind Sie so gut wie zum Tod verurteilt! Navos' Schergen werden Sie überall aufzustöbern wissen, in welchem Rattenloch Sie sich auch immer verkriechen mögen."

Aber es war ganz und gar nicht Gordons Art, so einfach davonzulaufen.

Außerdem musste er sich um Larina kümmern.

Er konnte sie unmöglich schutzlos zurücklassen, denn auch sie stand offensichtlich auf der Todesliste der Navos-Meute.

Yornoc drehte sich um und ging. Er zuckte dabei mit den Schultern.

"Entscheiden Sie selbst, wie es weitergeht, Gordon!"

Als er weg war, schlang Larina ihre Arme um Gordons Hals.

"Was soll ich jetzt nur tun, Gordon! Ich bin ratlos!"

Sie schmiegte ihren Kopf an ihn und er strich ihr sanft über das Haar.

In der Stadt konnten sie nicht bleiben, das wurde Gordon nun klar.

Andererseits hatte Gordon auch einen fast schon selbstmörderischen Auftrag zu erfüllen und dabei würde ihm die Frau eher hinderlich sein, selbst wenn sie mit dem Strahlgewehr umzugehen verstand wie Larina...

Gordon wollte auch in keinem Fall riskieren, dass sie doch noch in die Hände dieser Mörderbande fiel... Er mochte sie gern und wollte nicht, dass ihr etwas zustieß.

Aber was sollte er tun?

Zwischen Osaplé und Salgoud Trof war Kolum die einzige Stadt, die diese Bezeichnung auch verdiente. In weitem Umkreis gab es nichts als kleine Nester, in denen es unmöglich war, unterzutauchen.

Navos' Leute würden sie leicht aufstöbern können...

Es muss eine andere Lösung geben!, dachte Gordon.

Gordon spürte Larinas warmen Körper.

"Oh, Gordon... Für dich wird es das Beste sein, wenn du das tust, was Yornoc gesagt hat! Setz dich auf deinen Drachen und verschwinde! Allein hast du vielleicht eine Chance!"

Aber Gordon schüttelte energisch den Kopf.

"Nein", sagte er. "Ich werde dich auf keinen Fall im Stich lassen!"

"Aber, Gordon..."

Sie drückte sich an ihn.

"Hör zu, Larina. Vielleicht hat Yornoc recht. Vielleicht müssen wir als Erstes aus der Stadt verschwinden!"

"Ja", sagte sie. "Reiten wir bis Osaplé! Das sind zwei gute Wochen von hier, wenn wir uns beeilen! Und da sind wir wahrscheinlich sicher! Ekai Navos und seine Helfershelfer haben dort keine Macht mehr!"

"Da bin ich mir nicht so sicher, Larina! Außerdem wird Ekai Navos sich an ein paar Fingern abzählen können, dass wir dorthin zu kommen versuchen..."

"Aber wir könnten es doch versuchen!"

"Navos wird alles daransetzen uns beide über den Jordan zu schicken! Schließlich haben wir seine Männer bei der Arbeit gesehen. Du bist eine Zeugin, Larina! Eine Zeugin, die ihm irgendwann einmal gefährlich werden könnte!"

"Dann lass uns versuchen, nach Tarampia zu kommen!"

Aber Gordon schüttelte den Kopf.

"Nein, das geht auch nicht..."

"Aber warum? Wir könnten irgendwo zusammen ein neues Leben anfangen und..."

Irgend etwas steht zwischen uns!, dachte sie. Etwas, das er mir bisher nicht gesagt hat.

"Hör zu, ich kann es dir jetzt nicht erklären. Wir werden etwas anderes tun!", bestimmte er.

Sie hob die Augenbrauen.

"Was?"

"Ein paar Meilen westlich von hier beginnt das Hochland..."

Worauf will er hinaus?, fragte sich Larina.

"Ja, das weiß ich", murmelte sie.

"Wir werden dort etwas für dich finden, wo du untertauchen kannst... Vertrau mir!"

"Ich vertraue dir, Gordon!"

16

Die ersten Sonnenstrahlen schimmerten bereits über den fernen Horizont, als Gordon und Larina C'Imroc Kolum verließen.

Vor ihnen lag karges, flaches Land.

Der Boden war trocken und aufgesprungen, das Gras halbverdorrt.

Wenn am Tag die Sonne Morimbeau vom wolkenlosen Himmel herabbrannte konnte man hier einen Drachenreiter aus meilenweiter Entfernung ausmachen.

Sie mussten die verbleibenden letzten Nachtstunden nutzen, um den größten Teil dieser Ebene zu durchreiten, denn solange sie sich hier befanden, waren sie auf einem Präsentierteller.

"Gordon! Ich habe Angst!", sagte Larina, die sich immer wieder nach allen Seiten umdrehte.

Aber da war nirgends etwas im Dämmerlicht des frühen Tages zu sehen.

"Es wird eine Weile dauern, bis Nyar'O oder Navos ein paar Leute hinter uns herschicken können! Die Kerle haben sich erst einmal blutige Nasen geholt, Nyar'O ist verletzt. Ich habe ihn an der Schulter erwischt." Gordon zuckte mit den Achseln.

"Ich vermute, dass er nichts Eiligeres zu tun hatte, als auf direktem Weg zu seinem Anführer zu reiten... Und bis er dann mit neuen Leuten zurück ist, das dauert in jedem Fall etwas!"

Larina atmete tief durch.

"Ja, wahrscheinlich hast du recht, Gordon!"

"Bestimmt!"

"Wir haben also eine Galgenfrist..."

"Du solltest es nicht so düster sehen, Larina! Wir werden es schon schaffen!"

Sie machte ein zweifelndes Gesicht.

"Glaubst du das wirklich?"

"Ja."

Dann ritten sie eine Weile schweigend dahin.

Sie trieben ihre Drachen entschlossen voran, um die Morgenkühle zu nutzen.

Die Tiere würden später, wenn die Luft erst vor Hitze flimmerte, schneller ermüden...

Dann fragte Gordon plötzlich: "Was weißt du über Ekai Navos?"

Sie machte große Augen.

"Ist diese Frage dein Ernst?"

"Natürlich! Ich möchte gerne soviel wie möglich über den Mann wissen, mit dem wir es hier zu tun haben und der hinter allem steckt..."

"Nun, es tut mir leid, Gordon! Ich werde dir da wohl kaum weiterhelfen können. Ich weiß nämlich fast nichts über Ekai Navos."

"Du hast ihn nie gesehen? Er ist nie nach Kolum gekommen?"

"Nein. Ich kenne nur den Namen, mehr nicht. Er soll sein Hauptquartier irgendwo hinter der palikanischen Grenze haben."

"Wo genau?"

"Das weiß ich nicht..."

17

In den nächsten Stunden redeten sie kaum noch miteinander. Sie waren bei sehr müde und ließen sich von den Drachen voran tragen.

Gleichzeitig ging die Sonne Morimbeau auf und gewann mehr und mehr an Kraft. Ihr Licht tauchte alles in einen pastellfarbenen rötlichen Schimmer. Die Morgenkühle war bald davongejagt. Der neue Tag würde genauso heiß werden, wie der vergangene.

Am Horizont tauchten die ersten Anhöhen auf.

"Lass uns eine Pause machen, Gordon!", holte Larinas Stimme den Konzern-Ranger dann plötzlich aus seinen Gedanken.

Gordon schüttelte den Kopf.

"Nein, nicht hier. Erst wenn wir die ersten Anhöhen hinter uns haben... Vielleicht finden wir dann auch irgendwo ein schattiges Plätzchen, wo wir uns ein paar Stunden hinlegen können."

Das monotone Geräusch der Drachenfüße auf dem trockenen Boden wirkte einschläfernd und Gordon wusste nur zu gut, wie gefährlich das sein konnte.

Aber er musste unbedingt wachsam bleiben...

Schließlich kamen die ersten flach ansteigenden Hänge, die die Tiere noch leicht hinter sich lassen konnten. Aber je weiter sie ins Hochland eindrangen, desto schwieriger wurde es für die Drachen.

Das Gelände wurde zunehmend unwegsamer, aber für das, was sie im Sinn hatten, war das nur vorteilhaft. Wenn jemand ihren Spuren gefolgt war, und nach ihnen suchte, hätte er dieselben Hindernisse zu überwinden.

"Wir werden uns hoffnungslos verirren, Gordon!", meinte Larina. "Warum sind wir nur hier her geritten und sind nicht nach Osaplé gezogen?"

Gordon lächelte.

Von dem Navigationssystem seiner Kontaktlinsen sagte er ihr nichts. Es handelte sich um das typische Equipment eines Konzern-Rangers. Und seine wahre Identität wollte er noch nicht enthüllen.

"Wir werden uns nicht verlaufen, Larina. Ich habe eine vorzügliche Karte dabei!"

Einige Zeit später kamen sie an ein Wasserloch, an dem eine Gruppe halbvertrockneter, knorriger Bäume stand.

Dort machten sie halt und stiegen von den Sauroiden. Gordon ließ misstrauisch den Blick schweifen, aber es schien alles in Ordnung zu sein.

Nirgends eine Menschenseele.

Und das war gut so.

Nachdem die Drachen getränkt waren, legten sie sich in den Schatten der Bäume.

Als sie am frühen Nachmittag weiterzogen, flimmerte die Luft vor Hitze.

Gordon verwendete jetzt viel Sorgfalt darauf, die Spuren zu verwischen und es eventuellen Verfolgern so schwer wie möglich zu machen.

"Warum tust du das alles, Gordon?", fragte Larina. "Warum kümmerst du dich um mich und mein Schicksal? Es könnte dir doch gleichgültig sein!"

"Das ist es mir aber nicht!", erwiderte er. "Ich bin nun einmal in diese Geschichte hineingeraten und jetzt fühle ich mich verantwortlich für dich, Larina! Ich will nicht, dass dir etwas geschieht."

Larina tauschte mit Gordon einen Blick und musterte ihn dabei kritisch.

"Da ist noch etwas anderes!", meinte sie dann plötzlich. "Ich spüre es..."

Gordon schob sich den Hut in den Nachen.

"Wovon sprichst du?"

"Du interessierst dich sehr für Ekai Navos..."

Gordon zögerte eine Sekunde.

Dann nickte er.

"Ja, das stimmt." Er grinste. "Du bist eine kluge Frau, Larina!"

"Ich zähle nur zwei und zwei zusammen! Was willst du von Ekai Navos? Ihm doch wohl nicht einen Freundschaftsbesuch abstatten, oder?"

Gordon lachte.

"Natürlich nicht!"

"Was dann?"

"Ekai Navos wird vom Arantes-Konzern wegen mehrfachen Mordes und zahlreichen anderen Sachen gesucht. Zuletzt war er in der Provinz Rabana aktiv. Er befehligte eine Bande, die sich darauf spezialisiert hatte, Saltonium-Prospektoren die Erträge abzunehmen. Er war schon Dasangdieb und Waffenschieber. Immer wenn ihm das Konzerngesetz zu nahe auf die Pelle gerückt ist, hat er sich abgesetzt und anderswo neu begonnen..."

"Und jetzt ist er hier gelandet!"

"Ja, sehr richtig!"

"Warum erzählst du mir das, Gordon? Bist du ein lizenzierter Kopfgeldjäger der Provinzregierung oder ein Konzern-Cop...?"

Er lächelte.

Sie war ohnehin auf der richtigen Spur.

Warum sollte er es ihr dann nicht sagen?

"Ich bin ein Arantes-Ranger."

"Aber du trägst keinen ID-Chip des Konzerns!"

"Ich bin nicht lebensmüde."

"Du willst Navos also an den Kragen!"

"Ja, er soll endlich vor ein Gericht kommen!"

Sie atmete tief durch.

Dann stieß sie hervor: "Das ist Wahnsinn, Gordon!"

"Es ist mein Job."

"Für einen einzelnen Mann ist das einfach Wahnsinn! Selbst wenn eine Rangerschwadron daherkäme, wäre es noch schwierig genug, denn Navos verfügt über einen Haufen schießwütiger Killer!"

Gordon winkte ab.

"Eine Rangerschwadron könnte niemals in Navos' palikanisches Hauptquartier gelangen! Das gäbe schlimme diplomatische Verwicklungen! Du weißt wie eifersüchtig die Provinzregierungen über ihre Autonomie dem Konzern gegenüber wachen. Aber jemand wie ich kann schon bis zu Navos' Nest vordringen."

Sie sah den Arantes-Ranger verliebt an, doch ihre Züge verrieten auch ein gehöriges Maß an Besorgnis.

"Wahrscheinlich hat es wenig Zweck, dir das ausreden zu wollen, nicht wahr?"

Gordon nickte mild.

"Du hast recht, das ist zwecklos."

"Oh, Gordon, ich hoffe nur, dass dir nichts passiert."

"Keine Sorge... Aber zunächst einmal kümmere ich mich um deine Sicherheit! Wenn es dann dazu kommt, dass Ekai Navos endlich vor seinem Richter steht, dann wirst du gegen ihn vor einem Konzerngericht aussagen müssen!"

Sie nickte.

"Ja, ich weiß..."

Aber sie wusste auch, dass es soweit noch nicht war und bis dahin noch viel geschehen konnte...

18

"Und Josua sprach: Dies soll die gelobte Welt sein? Es ist ein Glutofen, ungeeignet für jede Saat!' Und Gott zürnte ob des Zweifels seines Dieners Josua. Und alle diese Worte sprach der Herr: ,So spricht dein Gott, der Gott deiner Väter, der dich von der Alt-Erde nach Keduan führte: Hast du immer noch nicht verstanden, dass du auf den Herrn vertrauen kannst? Denn siehe, ich gebe dir das neue Manna. Siehe, es ist ein Tier und du sollst es Dasang nennen. Halte es in Ehren, wenn du es tötest und gedenke des Herrn und seiner Gebote wann immer du sein Fleisch isst."

(Keduanitisch-reformierte Bibel)

19

Die Stunden des Nachmittags gingen zähflüssig dahin. Das Land, das sich vor ihnen ausbreitete wurde immer unwegsamer und bergiger.

Schroffe Felsmassive reckten sich zum Himmel und steile Hänge waren zu überwinden.

Manchmal ging das nur, indem die beiden Reiter von ihren Sauroiden stiegen und diese an den Zügeln hinter sich herzogen.

Wie ein Labyrinth aus Stein breitete sich eine wilde Canyon-Landschaft vor ihnen beiden aus, die fast wie ein von der Natur geschaffener Irrgarten wirkte.

"Was ist das nur für ein Land!", meinte Larina. "Die Götter der Maragui müssen es im Zorn erschaffen haben!"

Gordon grinste.

"Schätze, du kannst dir sicher sein, dass dich hier niemand finden wird."

Sie ritten bis es dunkel wurde, dann suchten sie sich einen Lagerplatz.

Gordon glaubte, dass man das Risiko eingehen könne, mit dem Strahlgewehr einen Stein zum Glühen zu bringen, den man natürlich in der Nacht ziemlich weit sehen konnte. Aber so hatten sie Wärme und Licht. Für ein Lagerfeuer wäre einfach nicht genügend brennbares Material dagewesen. So rollten sie sich die Nacht über in ihre Thermodecken.

Als sie die Morgenkühle weckte, setzten sie ihren Weg fort.

Es war schon fast Mittag, als sie eine langgezogene Schlucht durchquerten, zu deren beiden Seiten nackter Fels schroff hinaufragte.

Die Sonne stand schon fast im Zenit und doch gab es hier unten noch recht kühlen Schatten.

Gordon ließ den Blick umherschweifen.

Seine Bewegungen blieben ruhig und ein entfernter Beobachter konnte seinen Gesten nicht entnehmen, was in seinem Kopf vor sich ging.

"Wir werden beobachtet!", raunte er dann zu Larina hinüber, fast ohne die Lippen zu bewegen.

Ehe die junge Dasang-Farmerin etwas sagen konnte, setzte er dann hinzu: "Bleib ruhig, Larina! Beweg dich nicht, lass dir nichts anmerken! Tu, als wäre nichts geschehen und als hätte ich nichts gesagt!"

Larinas hübsches Gesicht wurde ernst, aber sie war klug genug, Gordons Rat zu folgen.

"Bist du dir sicher, Gordon?"

"Ja."

"Wo sind sie?"

"An mehreren Stellen oben auf den Felsen."

"Aber... Was sind das für Leute?"

Gordon zuckte mit den Schultern. "Ich bin mir noch nicht sicher..."

"Maragui?"

In Larinas Stimme schwang deutliches Entsetzen mit, als dieses Wort über ihre vollen Lippen kam.

"Vielleicht...", brummte Gordon.

Sie beide wussten, dass es hier oben im unwegsamen, unfruchtbaren Hochland, das sonst niemand haben wollte, vereinzelte Gruppen von Blauhäutigen gab...

Vielleicht hatten sich aber auch irgendwelche Banditen hier her verkrochen! Schließlich war dieses Land wie geschaffen dafür unterzutauchen und eine Weile im Nichts zu verschwinden!

Und da waren Larina und Gordon vielleicht nicht die einzigen, die das im Augenblick nötig hatten...

"Was sollen wir tun?", hauchte Larina.

Gordon kam jedoch nicht mehr dazu, seiner Gefährtin diese Frage zu beantworten.

Die Schlucht machte eine Biegung und irgendwo vor ihnen war jetzt Drachengetrappel zu hören, das zwischen den Felswänden widerhallte.

Brülllaute von Sauroiden hallten zwischen den Felsen wider.

Einen Augenblick später kamen Reiter um die Biegung herum.

Es waren Maragui. Ihre blauen Gesichter schimmerten im Licht Morimbeaus.

Gordon riss sein Drachen am Zügel halb herum und stoppte. Larina folgte seinem Beispiel.

Der Konzern-Ranger wandte den Blick nach rückwärts und sah auch von dort einige berittene Krieger herannahen. Hoch oben in den Felsen kam nun auch Bewegung auf.

"Gordon, wir sind umstellt!", rief Larina.

Sie bückte sich, um nach der Strahlgewehr zu greifen, dessen Kolben aus dem Futteral an ihrem Sattel herausragte.

Aber Gordon hielt sie zurück, indem er seinen Drachen einen Schritt zu ihr hin lenkte und ihren Arm packte.

"Nicht!", sagte er bestimmt.

Larina blickte ihn verständnislos an.

"Aber... Ich begreife nicht!"

Doch Gordon schien genau zu wissen, was er tat.

"Du wirst es gleich begreifen! Vertrau mir!"

Unterdessen hatten die ersten Krieger die beiden erreicht.

Ihre Bewaffnung war unterschiedlich. Manche von ihnen trugen nur Pfeil und Bogen oder Speere, andere hatten Nadler.

Aber nur eine Minderheit schien über moderne Strahlgewehre zu verfügen.

Dennoch wäre es für Gordon und Larina geradezu selbstmörderisch gewesen, jetzt zu den Waffen zu greifen, um sich den Weg freizuschießen.

Die Übermacht war einfach zu groß - und auch Pfeil und Bogen sowie Einhand-Armbrüste und primitive Feuerwaffen, wie sie teilweise bei den Maragui zu finden waren, konnten tödliche Waffen sein.

Außerdem befanden sich Gordon und seine Gefährtin für ihre Gegner wie auf einem Präsentierteller.

Nirgends gab es auch nur die geringste Möglichkeit, in Deckung zu gehen...

Aber Gordon blieb ruhig.

"Ich glaube nicht, dass wir etwas zu befürchten haben, Larina", murmelte er dann bestimmt.

Jener Krieger, der die von vorne herankommende Gruppe anführte, zügelte sein Drachen und hob die flache rechte Hand.

Es war das Zeichen des Friedens.

Der Krieger musterte Gordon mit einem entschlossen wirkenden Blick und der große Mann erwiderte den Gruß.

20

Panadoy - Lehmbauten, wie sie die Maragui errichten.
GALAKTISCHE ENZYKLOPÄDIE

21

Der Anführer der Maragui musterte Gordon und Larina. Er trug ein schlichtes rotes Stirnband, das sich deutlich von seiner blauen Haut abhob. In der Mitte seines Gesichts blitzten zwei intelligente Augen.

Kein Zweifel, dieser Mann war noch sehr jung. Nicht älter als zwanzig Jahre, so schätzte Gordon.

"Was tut ihr in unserem Land?", fragte er.

Gordon antwortete nicht, sondern stellte seinerseits eine Gegenfrage.

"Gehört ihr zu den Kriegern von König Ka-Wa-Teh?"

"Ka-Wa-Teh ist vor einem Sonnenumlauf in die jenseitige Welt gegangen. Ich bin sein Sohn Tawa-nah."

"Dann bist du jetzt König?"

"Ja. Und wir dulden keine Außenweltler in unserem Gebiet. Sie bringen nur Unfrieden."

In der Terminologie der Maragui waren alle anderen Siedler auf Keduan Außenweltler, weil sie später auf den Planeten gekommen waren. Eine andere Bezeichnung lautete Erdmenschen, obgleich viele der menschlichen Siedler die Erde nie gesehen hatten und auf anderen Kolonien geboren worden waren.

Für die Nachkommen der ersten menschlichen Siedler hingegen, die vor der Konzernherrschaft auf Keduan gelebt hatten, waren wiederum nur alle menschlichen Siedler der Konzernzeit Außenweltler, die überwiegend in der Nördlichen Hemisphäre des Planeten die Mehrheit der Bevölkerung stellten.

Speziell in der palikanischen Provinz stellten diese auch Alt-Siedler oder Alt-Keduaniter genannten Menschen die Mehrheit. Für viele von ihnen war sogar jeder, der von jenseits der palikanischen Grenze stammte ein Außenweltler - zumindest aber jeder Bewohner der nördlichen Hemisphäre Keduans, selbst wenn derjenige seine Ahnen bis zu den ersten Erdmenschen-Siedlern auf Keduan zurückverfolgen konnte. Ein Begriff mit unklarer Bedeutung also, der in vielen Landstrichen Keduans auch schlicht als Beleidigung benutzt wurde - gleichgültig gegen wen auch immer.

"Mein Name ist Gordon."

"Gordon..."

"Ich war ein Freund deines Vaters!"

Der junge Maragui blieb allerdings misstrauisch.

Er schien Gordon keinen rechten Glauben zu schenken und Bitterkeit sprach aus der Stimme des jungen Königs, als er schließlich antwortete.

"Viele Erdmenschen sprechen von Freundschaft. Aber in Wahrheit denken sie nur an ihren Vorteil oder wollen nach Rohstoffen suchen. Und am Ende versuchen sie dann, das blaue Volk zu vertreiben!"

"Vor vielen Jahren habe ich deinem Vater das Leben gerettet, als Erdmenschen-Siedler ihn des Drachendiebstahls beschuldigten und töten wollten!"

Tawa-nah schien das nicht sehr zu beeindrucken.

"Mein Vater ist tot. Niemand kann ihn mehr fragen, Erdmensch."

Gordon griff in seine Hosentasche und holte ein kleines Amulett heraus. Er warf es Tawa-nah hin und dieser fing es geschickt auf.

"Das hat mir Ka-Wa-Teh damals zum Zeichen seiner Freundschaft geschenkt... Vielleicht sagt dir das etwas!"

Und tatsächlich.

Tawa-nahs Körperhaltung entspannte sich.

Dann erklärte mit fast feierlichem Ton: "Du musst die Wahrheit sprechen! Dieses Amulett gehörte tatsächlich meinem Vater! Es hatte eine große Bedeutung für ihn und wenn du es ihm im Kampf abgenommen hättest, so hätte er nicht eher geruht, bis es wieder in seinem Besitz gewesen wäre!"

Gordon konnte aufatmen.

"Ich sehe, dass Tawa-nahs Sohn dieselbe Klugheit besitzt, wie sein Vater!"

Tawa-nahs Brust schien vor Stolz etwas anzuschwellen, sein ganzer Oberkörper straffte sich.

"Wenn du willst, dann sei unser Gast, Gordon! Du und die Frau, die an deiner Seite reitet! Ich weiß, dass dieses Amulett ein Versprechen bedeutet! Ein Versprechen, das mein Vater Ka-Wa-Teh gegeben hat - und das ich, sein Sohn Tawa-nah, halten werde!"

Gordon nickte zufrieden.

"Ich danke dir, Tawa-nah!"

Der junge König wandte den Kopf und gab seinen Kriegern ein Zeichen. Die Schar der Reiter setzte sich augenblicklich in Bewegung und auch oben in den Felsen bewegte sich etwas...

Gordon und Larina reihten ihre Drachen in den Zug ein.

"Ich war mir erst nicht sicher", begann Gordon dann an seine Gefährtin gewandt. "Wenn es sich um eine versprengte Gruppe von Nechapa-Maragui oder Nechnamoc-Maragui gehandelt hätte, dann sähe es jetzt schlimm für uns aus! Aber dies sind friedliche Panadoy-Maragui, die hauptsächlich vom Ackerbau leben..."

Larina hob die Augenbrauen und strich sich eine Strähne ihrer wunderschönen blonden Haare aus dem Gesicht.

"Ackerbau? In diesem unfruchtbaren Land?"

Gordon nickte.

"Ich verstehe, was du meinst. Aber man hat ihnen keine andere Wahl gelassen. Sie wurden immer wieder vertrieben und jetzt sind sie hier, in einem Gebiet, auf das im Augenblick noch niemand wert legt. Es ist hart für sie, aber sie schaffen es!"

"Du bist nicht zum erstenmal hier, nicht wahr?"

"Nein, das stimmt."

"Wann warst du zuletzt hier?"

"Das ist lange her..."

"Du hast gewusst, dass du hier auf Tawa-nah und seine Leute treffen würdest, nicht wahr, Gordon?"

Gordon grinste.

"Ich habe nicht gewusst, sondern nur gehofft! Tawa-nahs Panadoy ist einer der wenigen Orte, an dem du im Umkreis von fünfhundert Meilen einigermaßen sicher vor Ekai Navos und seinen Leuten bist!"

"Du Schuft!", rief Larina C'Imroc dann plötzlich in gespieltem Zorn. "Du hättest mir sagen können, wohin die Reise wirklich geht!"

Gordon lachte.

"Wärst du denn mitgekommen, wenn ich dir in Kolum den Vorschlag gemacht hätte, in ein Maragui-Panadoy umzuziehen?"

Sie musste nun ebenfalls lachen.

"Vermutlich nicht..."

"Na also!"

22

Nach einer guten Stunde erreichte der Zug das Panadoy von Tawa-nahs Leuten. Es war eine kleine Stadt aus mehrstöckigen Lehmbauten, die an einem steilen Felshang mit mehreren Plateaus lagen und untereinander durch Leitern verbunden waren.

Es war ein erstaunlicher Anblick!

Überall herrschte Leben. Blauhäutige Frauen, Kinder und Männer waren zu sehen. Viele von ihnen liefen den zurückkehrenden Kriegern entgegen.

Gordon und Larina wurden mit teils misstrauischen, teils verwunderten Blicken gemustert.

Tawa-nah erklärte ihnen etwas in der Sprache der Panadoy-Maragui, von der die beiden kein einziges Wort verstanden.

Dann wandte der König sich an Gordon.

"Es wird euch in unserem Dorf an nichts mangeln! Bei meiner Ehre!"

"Daran habe ich keinen Zweifel, König Tawa-nah!"

"Du hast einst das Leben meines Vaters gerettet. Ich stehe daher tief in deiner Schuld, Gordon! Worum immer du mich bitten wirst, ich werde es erfüllen!"

In diesem Moment hatten sie die ersten Gebäude des Panadoys erreicht. Sie stiegen aus den Sätteln und dann kamen einige junge Krieger heran, um sowohl dem König wie auch seinen weißen Gästen die Drachen abzunehmen.

"Da gibt es tatsächlich etwas, worum ich dich bitten möchte, Tawa-nah!", sagte Gordon dann.

Der König nickte freundlich.

"So magst du sprechen, weißer Mann!"

"Ich möchte, dass du die weiße Frau, die mit mir gekommen ist, für eine Weile in deinem Panadoy beherbergst! Sie wird von weißen Banditen gejagt, die sie töten würden, wenn sie ihnen in die Hände fiele... Sie ist Zeuge von Verbrechen geworden - und deshalb ist sie eine Gefahr für diese Männer!"

Tawa-nah schien nichts dagegen zu haben.

"In meinem Panadoy ist die weiße Frau sicher! Darauf kannst du dich verlassen, Gordon!"

"Ich danke dir!"

"Folgt mir jetzt!"

23

Tawa-nah führte sie in das Panadoy hinein. Überall in diesem Dorf herrschte wimmelndes Leben.

Eine Schar von blauhäutigen Kindern lief den beiden weißgesichtigen Humanoiden eine Weile lang hinterher.

Der König führte seine Gäste über mehrere Leitern auf immer höhere Plateaus, bis sie schließlich durch eine Tür traten.

"Hier mögt ihr wohnen und schlafen, solange ihr im Panadoy bleiben wollt!", erklärte Tawa-nah.

Der Raum in dem sie sich nun befanden war nicht sehr groß, aber gemütlich.

Es herrschte Halbdunkel. Licht fiel nur durch die Tür und eine offene Fensteröffnung.

An den Wänden hingen Wandteppiche.

Tawa-nah deutete auf das großzügige Lager aus Fellen, daß den größten Teil des Raumes einnahm.

Dann wandte er sich an Gordon.

"Ich nehme an, dass die weiße Frau deine Gefährtin ist und es dir lieber ist, dasselbe Lager mit ihr zu teilen..."

Gordon musste grinsen und legte Larina einen Arm um die Hüften, während sie ihn verliebt anlächelte.

Sie zwinkerte ihm zu und Gordon fühlte erneut Begehren nach dieser außergewöhnlichen Frau in sich aufsteigen.

Er wandte sich kurz an den König.

"Du hast recht, Tawa-nah!"

Der junge König verabschiedete sich sehr höflich und verließ dann den Raum. Gordons Augen hatten sich unterdessen mehr und mehr an das herrschende Halbdunkel gewöhnt.

Sie tauschten einen hungrigen Blick, der mehr sagte, als viele Worte.

Und dann begannen sie auch schon, sich gegenseitig auszuziehen. Ein Kleidungsstück nach dem anderen wurde abgestreift, ehe sie dann gemeinsam auf dem Fell-Lager niedersanken.

Später dann, als sich der Sturm ihrer Leidenschaft gelegt hatte und sie ermattet beieinander lagen, fragte Larina den großen Mann: "Wann wirst du aufbrechen, Gordon? Ich sehe es dir an, du kannst es kaum erwarten, Ekai Navos das Handwerk zu legen..."

Er nickte.

"Ja, das stimmt."

"Ich hoffe nur, dass dir nichts geschieht!"

"Ich bin ein zäher Brocken, Larina!"

"Ich weiß. Trotzdem..."

Er strich ihr über das lange, blonde Haar.

"Morgen breche ich auf!"

"Morgen schon?" Sie schien etwas enttäuscht.

"Ja. Ich will keine Zeit verlieren."

"Ich dachte wir könnten hier noch ein paar schöne Tage verleben, Gordon!"

Sie küsste ihn warm auf den Mund.

"Es ist eine große Versuchung...", murmelte er dann. "Aber es geht nicht!"

"Dann lass uns die Zeit nutzen, die uns bis morgen bleibt, Gordon!"

24

Es war sehr früh am Morgen des nächsten Tages, als Gordon aufbrach.

Die Sonne hatte kaum ihre ersten Strahlen über die Felsen gesandt und die meisten Panadoy-Maragui schliefen noch.

Nur einige gut bewaffnete Wächter standen auf ihren Posten und behielten alles im Auge.

Gordon hatte nicht lange gebraucht, um seine Sachen zusammenpacken und den Drachen zu satteln.

Jetzt saß er in den Steigbügeln und blickte zu Larina hinunter. "Du kommst doch wieder, nicht wahr, Gordon?"

Er beugte sich nieder und nahm ihre Hand.

"Du kannst dich auf mich verlassen! Ich komme zurück!"

"Ich habe alles auf eine Karte gesetzt! Und diese Karte bist du!"

"Ich weiß, Larina!"

Er sah es ihren Augen glitzern und strich ihr noch einmal über die Wange.

Dann lenkte er seinen Drachen herum und ließ ihn voranpreschen. Das Getrappel der dreizehigen Drachenfüße hallte in der Morgenstille zwischen den Felsen wider.

Larina sah dem einsamen Reiter nach, der in einiger Entfernung noch einmal kurz stoppte und sich im Sattel herumdrehte.

"Viel Glück, Gordon!", murmelte sie kaum hörbar vor sich hin.

Es dauerte nicht lange, und der Drachenreiter war endgültig zwischen den Felsen verschwunden.

25

RONES - *Begriff, der auf Keduan gebräuchlich ist und so viel wie HERR bedeutet. Sehr respektvolle Anrede.*

ZEDDOR - *Begriff, der auf Keduan einen Drachenreiter bezeichnet. Zumeist respektvoll verwendet.*

GALAKTISCHE ENZYKLOPÄDIE

26

In der flimmernden Luft tauchten die ersten Häuser der palikanischen Stadt Samola auf.

Weiße Sandsteinhäuser waren es. Die kleine Stadt wirkte wie ein dahingeworfener Haufen von Gebäuden, die Lücken dazwischen waren die Straßen.

Gordon hatte einen tagelangen, harten Ritt hinter sich.

Er war von Tawa-nahs Panadoy aus in einem weiten Bogen geritten und hatte dann irgendwann die Grenze nach Paliko überschritten.

Irgendwo hier im Norden von Auhauhich musste Ekai Navos sein Hauptquartier haben.

Samola war die größte Dasangero-Stadt in weitem Umkreis und daher hatte Gordon zunächst einmal vor, sich hier etwas umzuhören...

Sicher kamen die Dasangeros der umliegenden Festung in diese Stadt, um ihren Lohn in die Tavernen zu tragen. Und wenn Ekai Navos hier irgendwo in der Gegend zu finden war, dann würden diese Männer es wissen.

Ob sie auch Lust hatten, Gordon darüber Auskunft zu geben, war eine ganz andere Frage...

Gordon erreichte nun das, was in Samola der Hauptstraße entsprach. Es war nicht mehr als ein sandiger Pfad zwischen den Häusern. Wenn es regnete, stand man vermutlich bis zu den Waden im Schlamm.

Der Konzern-Ranger ließ aufmerksam den Blick umherschweifen.

Im Augenblick war es einfach zu heiß, um sich im Freien aufzuhalten. Die meisten Bewohner von Samola schienen sich in den Häusern verkrochen zu haben.

An der Hauptstraße gab es mehrere Tavernen, vor denen jeweils ein paar Drachen festgemacht waren.

Gordon suchte den Laden heraus, der ihm den vielversprechendsten Eindruck machte und lenkte seinen Drachen dorthin.

Die Taverne hieß 'Dasang' und vor den Schwingtüren waren mindestens ein Dutzend Drachen festgemacht. Das war für diese Tageszeit schon eine ganze Menge.

Gordon stieg aus dem Sattel.

Als er dann einen Augenblick später die Schwingtüren auseinander fliegen ließ und den Schankraum betrat, verstummten die Gespräche augenblicklich.

Gordon blickte schnell durch den Raum.

Die Männer, die hier an der Theke oder den einfachen, roh zusammengenagelten Tischen befanden, waren sämtlich Palikaner.

Die Männer sahen Gordon an, als wäre er exotisches Tier.

Ein paar Animiermädchen waren auch im Raum. Ein Außenweltler (also ein Nicht-Palikaner) hatte vermutlich Konzern-Dollars in den Taschen und war damit eine lohnende Beute für sie...

Keiner sagte auch nur eine Silbe.

Gordon trat gemessenen Schrittes zum Schanktisch. Der Tavernenwirt war ein kleiner, drahtiger Mann.

"Hast du Yksihw-Wein?", wandte sich Gordon an ihn.

Aber der Tavernenwirt schüttelte den Kopf.

"Nur Palikanischen Brandy!"

"Ich hoffe, er ist nicht gepanscht!"

"Und ich hoffe, dass du mich nicht beleidigen willst!"

Gordon grinste.

"Kein Gedanke!"

Der Tavernenwirt stellte ein Glas auf den rohen, verkratzten Schanktisch und goss dem großgewachsenen Mann ein. Gordon leerte das Glas in einem Zug und ließ sich gleich nachschenken.

Unterdessen hatten sich die anwesenden Palikaner wieder ihren eigenen Gesprächen zugewandt. Der Raum füllte sich mit Gesprächsfetzen.

Gordon winkte erneut den Tavernenwirt herbei.

"Was ist, Rones?"

"Warum haben mich die Männer so angestarrt?"

Er zuckte mit den Schultern.

"Was weiß ich, was in den Köpfen der Zeddors vor sich geht, Rones? Es geht mich auch nichts an! Hauptsache sie trinken viel..."

Gordon bemerkte, dass der Tavernenwirt seinem Blick auswich, so als sei ihm die Frage unangenehm.

"Kommen öfter Außenweltler in deine Taverne?"

"Manchmal... Ich frage nicht, woher sie kommen, Fremder! Und ich werde dich ebenso wenig fragen!"

"Ich habe gehört, dass hier in der Nähe ein Bandenführer leben soll. Er soll eine Festung besitzen und ein ganz großer Anführer hier im Norden von Auhauhich sein."

Der Tavernenwirt zog die Augenbrauen hoch.

"So?"

"Sein Name ist Ekai Navos."

Gordon studierte genau die Veränderung im Gesicht seines Gegenübers, das mit einem Mal zu erstarren schien und jetzt wie versteinert wirkte.

Er schluckte.

Dann hob er die Flasche und murmelte: "Noch ein etwas von diesem guten Tropfen, Rones?"

Gordon sah, wie die Hand des Tavernenwirts zitterte. Allein schon Navos' Name schien ihm Angst gemacht zu haben...

Der große Mann schüttelte den Kopf.

"Nein, danke. Aber du kannst mir etwas zu essen machen! Mein Magen knurrt wie verrückt!"

27

Etwas später saß Gordon mit ein paar Teigtaschen, die die Frau des Tavernenwirts gemacht hatte, an einem freien Tisch. Die Teigtaschen hatte er schnell hinuntergeschlungen.

Gordon war sich noch nicht ganz schlüssig darüber, was er jetzt tun sollte.

Offenbar saß die Angst bei den Leuten in der Stadt sehr tief. Vielleicht musste er Navos' Schergen auf irgendeine Art und Weise aus der Reserve locken! Aber das konnte gefährlich werden...

Die Männer im Schankraum interessierten sich nicht für Gordon, aber eines der Animiermädchen kam jetzt zu ihm an den Tisch.

Es war eine dunkelhaarige Schönheit, in deren dunklen Augen es hungrig blitzte.

"Hallo, Rones! Wie geht es dir?"

"Na, wie schon!"

Sie schlang ihre Arme um den Hals den Hals des Rangers und setzte sich ziemlich frech auf seinen Schoß. Gordon warf einen bewundernden Blick auf den großzügigen Ausschnitt ihres ziemlich enggeschnittenen Kleides.

Sie beugte sich ein wenig vor.

"Wie wär's mit uns beiden, schöner Außenweltler? Ich habe oben ein Zimmer! Dort wären wir ganz allein! Bestimmt bin ich dir ein paar Dollar wert! Du würdest es nicht bereuen!"

Gordon musterte sie kurz und grinste dann.

"Nein, bestimmt nicht! Aber leider habe ich dafür im Moment keine Zeit!"

"Oh, Rones! Das ist doch wohl nicht wahr!"

"Tut mir leid!"

"Du siehst nicht aus wie ein keduanitisch-reformierter Mönch!"

"Keine Sorge, das bin ich auch nicht!"

"Na, da bin ich ja beruhigt!"

Als dann die Schwingtüren auseinander flogen, warf die dunkle Schönheit einen kurzen Blick dorthin und erschrak.

Vier Außenweltler kamen herein.

Und wieder war es so, dass niemand in der Taverne sich zu rühren wagte.

Die Gespräche erstarben augenblicklich. Die Männer im Schankraum schienen großen Respekt vor den Eingetretenen zu haben.

Man hätte in diesem Moment eine Stecknadel fallen hören können...

Der Anführer der Kerle wandte den Blick in Gordons Richtung und die beiden Männer erkannten sich auf den ersten Blick.

Der finster wirkende Mann, den Gordon da vor sich hatte, war kein anderer als der einäugige Nyar'O Mot, der für Ekai Navos als Schutzgeldeintreiber tätig war.

Nyar'Os Gesicht veränderte sich.

Sein schmallippiger Mund verzog sich zynisch, während seine Rechte instinktiv zur Seite fuhr - dorthin, wo der Nadlergriff aus dem Holster ragte.

"Vielleicht gehst du besser aus der Schusslinie, Schätzchen!", raunte Gordon der dunklen Schönen auf seinem Schoß zu und diese gehorchte mit vor Schreck geweiteten Augen.

Sie erhob sich und wich zurück, bis sie sich in Sicherheit glaubte.

"Sieh mal an, wen haben wir denn da...", begann jetzt Nyar'O, dessen Verwundung offenbar einigermaßen verheilt war. Vielleicht trug er unter dem Hemd noch einen Verband, aber davon war nichts zu sehen.

"Ist das der Kerl, der euch bei der C'Imroc-Dasang-Farm in die Suppe gespuckt hat?", fragte einer der anderen Kerle.

Nyar'O nickte langsam.

"Ja, ganz genau, der ist das, Maharg!"

Der Mann, der Maharg genannt wurde, war ein Rotschopf mit zwei Nadlern von unterschiedlicher Größe am Gürtel. Er trat einen Schritt vor.

"Wie heißt du?", wandte er sich an Gordon.

"In Yornocs Hotel hat der Bastard sich als Gordon eingetragen!", brummte Nyar'O Mot an Gordons Stadt.

Maharg zuckte mit den Schultern.

"Noch nie gehört...", raunte er.

"Irgendwann ist es immer das erste Mal", gab Gordon zurück, während er sah, dass die beiden anderen Kerle sich im Raum verteilten.

Ein Teil der anwesenden Palikaner verließ nach und nach die Taverne. Die meisten Animiermädchen verschwanden, in dem sie die Treppe hinaufeilten.

Alles lief auf eine Schießerei hinaus, das war für jeden deutlich zu spüren.

Gordon wusste, dass er auf der Hut sein musste.

Diese Kerle würden keinen Kompromiss kennen! Er hatte Nyar'O bei dem Überfall auf die C'Imroc-Dasang-Farm gestört und als der Einäugige dann versucht hatte, ihn mit seinen Männern im Hotelzimmer zu überraschen, hatten sie sich auch dabei blutige Nasen geholt!

Gordon sah es ihm an! So etwas empfand dieser Mann als persönliche Niederlage, die er unmöglich auf sich beruhen lassen konnte...

Die einzige Frage, die noch offen war, schien zu sein, wann es losging...

Der rothaarige Maharg schob sich den Hut in den Nacken.

"Wenn man dem glauben schenken kann, was die Kerle über dich erzählen, die bei der Dasang-Farm dabei waren, dann musst du ziemlich gut sein, Gordon - oder wie immer dein richtiger Name auch sein mag!"

Gordon zuckte mit den Schultern,

Er blieb gelassen.

Wenn er durch einen weiteren Wortwechsel noch etwas Zeit gewinnen konnte - umso besser.

Im Augenblick war seine Position nämlich alles andere als glücklich...

Die Kerle vor ihm hatten ihn mehr oder weniger eingekreist.

Wenn sie jetzt zogen, dann würde es auch kaum etwas nützen, schneller zu sein als sie.

Gordon wusste, dass er seinen Nadler nicht schnell genug würde herumreißen können, wenn aus verschiedenen Richtungen gleichzeitig auf ihn geballert wurde.

Der große Mann schob den Tisch etwas noch vorne, so dass es knarrte und erhob sich dann zu voller Größe.

Ohne den Blick von seinen Gegnern zu lassen machte er dann ein paar vorsichtige Schritte in Richtung des Schanktisches.

Der Tavernenwirt hatte sich längst in irgendeiner Ecke verkrochen.

"Wie wär's, Nyar'O? Sollten wir den Kerl nicht bei uns anheuern?", meinte unterdessen der rothaarige Maharg.

Das Gesicht des Einäugigen verzog sich daraufhin zu einer furchtbaren Maske des Hasses.

"Nein, Maharg!", zischte er. "Diese Rechnung muss beglichen werden! Ich würde nie an der Seite von einem wie ihm reiten! Nie! Selbst wenn der große Ekai Navos es befehlen würde!"

Unterdessen hatte Gordon den Schanktisch erreicht. Von hinten hörte er dann Nyar'Os Stimme fortfahren: "Aber vielleicht überlege ich es mir auch anders und du bekommst noch eine Chance..."

Gordon hob die Augenbrauen.

Nyar'O blickte den großen Mann grimmig an.

"Wo ist die junge Frau von der Dasang-Farm!"

"Ich weiß nicht, wovon du redest!", erwiderte Gordon gelassen.

"Du solltest es besser sagen! Dann hast du eine Chance, am Leben zu bleiben!"

Gordon verzog das Gesicht zu einem dünnen Lächeln.

"Umgekehrt wird ein Schuh draus: Der Tatsache, dass ich darüber noch nichts gesagt habe, verdanke ich, dass noch hier stehe, ohne von euren Nadlern durchsiebt zu werden! In dem Augenblick, in dem ich den Mund aufmache, werdet ihr ziehen, das steht so fest wie das Amen in der Kirche..."

Nyar'O knurrte grimmig etwas Unverständliches vor sich hin.

Alles hing einen Moment lang in der Schwebe, aber Gordon schien es, als könnte er die Anspannung geradezu körperlich spüren.

Gordon blickte von einem zum anderen.

Die Hände waren bei den Nadlern, aber noch rührte sich niemand. Sie waren wie gut dressierte Jagdhunde und warteten auf ein Zeichen ihres Herrn. Und das war in diesem Fall Nyar'O...

Dann sah Gordon mit den Augenwinkeln plötzlich eine Bewegung in der Höhe von Nyar'Os Hüfte.

Einen Sekundenbruchteil später brach die Hölle in der kleinen Taverne los...

28

Alles ging blitzschnell.

Nyar'O riss an seinem Nadlergriff und das war das Signal, auf das die Schergen, die unter dem Kommando des Einäugigen standen, gewartet hatten.

Nyar'O zog als erster - und er war es auch, der als erster starb.

Er hatte die Waffe noch nicht einmal vollständig hochgerissen und in Gordons Richtung gebracht, da hatte der Konzern-Ranger seinen Nadler bereits zum erstenmal abgefeuert.

Der Nadler-Schuss traf Nyar'O mitten in der Stirn.

Ein kleines, rotes Loch hatte sich dort gebildet, während der Blick des Einäugigen erstarrte. Die Nadel war vollständig in den Schädel eingedrungen. Die Wucht des Schusses riss Nyar'O zurück und ließ ihn dann der Länge nach hinten schlagen.

Lange bevor der Einäugige schwer auf den Bretterboden gegangen war, hagelte es bereits tödliche Stahlnadeln in Gordons Richtung. Mit einem Hechtsprung warf sich der große Mann zur Seite, die Vorderfront des Schanktisches entlang. Links und rechts von ihm schlugen die Nadeln in das Holz und ließen es splittern, Gläser und Flaschen wurden von der Theke heruntergeholt und zersprangen.

Die drei Zeddors, die Nyar'O Mot im Gefolge gehabt hatte, feuerten wie verrückt.

Noch im Fallen ließ Gordon seinen Nadler zum zweiten Mal sprechen.

Einer der Angreifer, der gerade erneut mit seiner Waffe auf Gordon angelegt hatte, stieß im nächsten Moment einen Schrei aus.

Es hatte ihn an der Seite erwischt und im ersten Augenblick schien es, als würde er wie ein Taschenmesser zusammenklappen.

Er konnte sich aber doch halten und riss die Waffe erneut in die Höhe.

Ein Schuss löste sich.

Gordon rollte sich Boden herum, drückte ansatzlos zum dritten Mal seine Waffe ab, woraufhin der Kerl dann endgültig in sich zusammensank.

Eine Sekunde später war Gordon dann hinter dem Schanktisch. An dessen Ecke verschanzte er sich, feuerte noch einmal und musste dann den Kopf einziehen, weil seine Gegner eine Nadlersalve in seine Richtung feuerten.

Sekunden später versuchte Gordon dann, aus seiner Deckung hervorzutauchen.

Ein Schuss fuhr dann in das Regal hinter dem Schanktisch, in dem eine Reihe von Flaschen stand.

Zwei Flaschen zersprangen, der teure Tequila lief die Wand hinunter.

Annähernd im selben Moment feuerte Gordon seinen eigenen Nadler ab und traf den Mann, der geschossen hatte mitten in der Brust.

Im nächsten Augenblick musste Gordon sich wieder ducken, denn der rothaarige Maharg, feuerte seine beiden Nadler auf einmal ab.

Er stand in der Nähe der Schwingtüren und war der letzte von Nyar'Os Männern, der noch am Leben war.

Eine seiner Nadeln streifte Gordon am linken Oberarm und riss ihm das Hemd auf, die andere holte eine zweite Flasche aus dem Regal in seinem Rücken.

Und dann war Maharg auch schon mit ein paar mächtigen Sätzen hinaus ins Freie gestürmt.

Gordon hörte noch, wie sich der Flüchtende einen Drachen schnappte und davonpreschte.

Im ersten Augenblick dachte der große Mann daran, den Rothaarigen zu verfolgen, aber dann sah er, dass das sinnlos war...

Er erhob sich und fühlte die Blicke der Palikaner auf sich gerichtet, die sich noch im Raum befanden. Gordon steckte seinen Nadler zurück ins Holster und warf einen Blick zu dem Tavernenwirt, der am Boden kauerte.

"Alles vorbei!", meinte er.

Der Tavernenwirt schien es im ersten Moment nicht glauben zu wollen, aber dann erhob auch er sich.

Erst schien er erleichtert zu sein, dann bekam sein Gesicht einen zornigen Ausdruck.

"Wer bezahlt mir den Schaden, Rones?", rief er mit hartem Akzent und grimmig blitzenden Augen.

Gordon zuckte mit den Schultern.

"Wie wär's, wenn Sie diese Frage einmal einem gewissen Rones Navos stellen würden!"

Der Tavernenwirt schnappte erst einmal nach Luft.

Dann schluckte er.

29

Gordon untersuchte kurz die Wunde an seinem Oberarm. Es war nichts weiter als ein Nadler-Streifschuss. Er hatte ziemliches Glück gehabt.

Dann trat er ein paar Schritte vor in Richtung der Schwingtüren. Einer der Palikaner hatte sich über einen der von Gordons Nadeln hingestreckten Banditen gebeugt.

"Der Mann lebt noch!", meinte er.

Gordon wandte den Blick.

Der Rothaarige hatte tatsächlich noch einmal die Augen geöffnet, aber es sah nicht gut für ihn aus. Er würde sterben, das war so gut wie sicher.

Gordon beugte sich zu dem Mann nieder.

"Wo...?", hauchte es zwischen seinen Lippen hindurch.

Gordon verstand, was der Sterbende meinte.

"Deine Komplizen sind entweder tot oder geflohen!", sagte Gordon kühl.

"Bastarde!", fluchte der Mann.

"Ja, da stimme ich dir zu!"

"Ein Doc... Ich brauch 'nen Doc..."

Gordon glaubte nicht, dass es in Samola so etwas gab.

Und selbst wenn, dann würde er vermutlich zu spät kommen, denn dieser Mann hatte nicht mehr viel Zeit.

Trotzdem sagte Gordon: "Ich werde versuchen, einen Doc für dich aufzutreiben, wenn du mir sagst, wo Ekai Navos sein Hauptquartier hat!"

Der Mann keuchte erbärmlich.

Und dann schien es so, als wollte er etwas sagen. Er bewegte den Mund, doch niemand konnte verstehen, was da flüsternd über die Lippen des Sterbenden kam.

Dann war es ganz plötzlich zu Ende.

Der Sterbende schloss die Augen und Gordon erhob sich wieder.

30

Gordon war hinaus ins Freie gegangen und hatte die Zügel seines Drachens genommen, da bemerkte er, dass ihm jemand gefolgt war.

Der Konzernranger drehte sich herum und zog die Augenbrauen hoch. Eines der Barmädchen war es, das da durch die Schwingtüren hinausgetreten war und ihn jetzt mit großen, fragenden Augen ansah.

Es war nicht die dunkle Schönheit, die sich in der Taverne an ihn herangemacht hatte, sondern eine braunhaarige Frau mit hellerer Haut.

Sie war sehr schön, aber um ihre Mundwinkel spielte ein bitterer, etwas zu harter Zug.

Irgendetwas in ihrer Vergangenheit musste sie schwer mitgenommen haben. Sie sah aus wie eine Frau, der in ihrem Leben nichts geschenkt worden war.

Sie kam näher an ihn heran und blickte sich dabei um, so als ob sie etwas Verbotenes tat.

Dann sagte sie: "Komm mit!"

"Wohin?"

"Du wirst schon sehen! Deine Wunde blutet noch! Ich werde sie dir verbinden!"

Gordon verstand sofort, dass das nicht der einzige Grund war. Sie wollte ihm nicht nur einen Gefallen tun, sondern ihm vermutlich auch irgendetwas sagen.

Aber das schien sie in keinem Fall hier, in aller Öffentlichkeit tun zu wollen.

Sie trat an Gordon heran und legte ihren rechten Arm um die Hüften des großen Mannes.

"Komm jetzt!", sagte sie. "Und tu so, als würdest du mich für ein paar Konzern-Dollar mit dir nehmen!"

Einen kurzen Blick wandte sie noch zu den Palikanern, die über die Schwingtüren der Taverne gafften.

Gordon hatte nicht die geringste Ahnung, was ihm dieses Spiel einbringen würde, aber er entschied sich dafür, erst einmal darauf einzugehen.

31

"Wie heißt du?", fragte Gordon die junge Frau.

"Enidan!"

"Ist das dein echter Name?"

Sie lachte.

"Nein, natürlich nicht. Aber es klingt doch gut, nicht wahr?

Gordon war mit der braunhaarigen Enidan Arm in Arm ein Stück die Hauptstraße entlanggegangen, wobei er sein Drachen hinter sich hergezogen hatte.

Dann stoppte der Konzernranger abrupt.

"Wohin gehen wir?"

"Ich werde es dir zeigen..., Gordon! Ich schätze, dein Name ist so unecht wie meiner!"

Gordon wollte etwas erwidern, aber sie legte ihm einen Finger die Lippen und so schwieg er.

"Sag' nichts!", hauchte sie. "Wenn ein Außenweltler sich über die palikanische Grenze wagt und hier herumtreibt, dann trägt er einen falschen Namen und hat irgendetwas auf dem Kerbholz - darauf kann man wetten! Und ich glaube nicht, dass du da eine Ausnahme machst! Aber es ist mir gleichgültig, Gordon!"

Gordon zuckte mit den Achseln.

Sollte die junge Frau ruhig denken, was sie wollte und sich ihren eigenen Reim auf die Sache machen. Er schwang sich auf den Sauroiden und reichte ihr die Hand.

Eine Sekunde später saß sie dann hinter ihm und umfasste von hinten seine Hüften.

"Nun sag schon, wohin jetzt?"

"Dort, in die Nebenstraße!"

Gordon lenkte seinen Drachen in eine enge Nebenstraße hinein. Die Häuser, die zu beiden Seiten lagen, wirkten deutlich ärmlicher als die an der Hauptstraße.

Vor einem hellen zweistöckigen Sandsteingebäude blieben sie schließlich stehen.

Hier hatte Enidan, wie sich die schöne Frau nannte, ihr bescheidenes Zuhause.

"Mach dein Drachen irgendwo fest!", meinte sie und sprang vom Sattel. Wenig später gingen sie zusammen die Treppe hinauf, die von außen zum Obergeschoss führte.

"Es ist nicht gerade ein Palast, aber ich komme zurecht", meinte sie, als sie Gordon in ihr Zimmer geführt hatte. Es war nicht besonders groß und enthielt außer einem großen Bett und einer Kommode mit Spiegel keinerlei Möbel.

Sie ging zur der Waschschüssel hin, die auf der Kommode stand und Gordon folgte ihr. Anschließend begann sie, seine Wunde auszuwaschen.

"Es sieht nicht so schlimm aus", meinte sie. "Aber ich werde dir dennoch einen Verband anlegen!"

"Warum tust du das?", fragte Gordon.

Sie schien nicht zu verstehen.

"Was meinst du?"

"Dass du mir hilfst!" Er grinste. "Obwohl du mich doch für einen Schurken hältst!"

"Es gibt Schurken und Schurken!", meinte sie.

"So?"

"Wenn jemand den Mut hat, sich gegen einen von Ekai Navos' Schergen zu wehren, dann ist er mir sympathisch - ganz gleich, was er sonst noch getan haben mag!"

Plötzlich veränderte sich der Klang ihrer Stimme. "Mein Mann und ich hatten ein Mietstall in Samola!", murmelte sie dann mit einem harten, traurigen Unterton. "Alles war schön und gut, da tauchte eines Tages dieser Gringo namens Ekai Navos auf. Er kam mit viel Geld, baute sich eine Festung auf und behandelte fortan die ganze Umgegend wie sein persönliches Fürstentum. Überall auf dieser Seite der Grenze und bei euch begann er den Leuten Schutzgelder abzupressen. Auch uns..."

Sie schlug die Hände vor das Gesicht und es dauerte etwas, bis sie sich wieder gefasst hatte.

Gordon fasste sie bei den Schultern und versuchte sie ein wenig zu trösten.

Dann endlich konnte sie fortfahren.

"Mein Mann war sehr mutig. Er dachte, Ekai Navos und seiner Meute etwas entgegensetzen können. Sie haben ihn einfach erschossen. Allein konnte ich den Mietstall nicht halten..." Sie machte eine hilflose Geste. "Du siehst ja, was aus mir geworden ist!" Sie sah ihn angriffslustig an. "Verstehst du nun, warum ich dir helfen will?"

Gordon nickte.

"Ich glaube schon."

"Ich hasse Navos, Gordon! Seit diese Bastarde meinen Mann erschossen haben bin ich innerlich tot! Nur dieser Hass, der lebt noch! Und wenn es irgendetwas gibt, womit ich Navos schaden kann, dann werde ich es tun, sofern es in meiner Macht steht!"

Sie machte sich wieder an seiner Wunde zu schaffen.

"Du willst wissen, wo Navos sein Hauptquartier hat?"

"Ja."

"Ich werde es dir zeigen, Gordon! Es ist mir gleichgültig, was für eine Rechnung du mit diesem Verbrecher zu begleichen hast! Es ist auch meine Rechnung!"

Gordon sah ihr ins Gesicht.

"Navos wird bezahlen, Enidan!", sagte er ihr dann im Brustton der Überzeugung. "Er wird für alles bezahlen, was er getan hat!"

Enidan atmete tief durch.

"Wenn du das sagst, dann klingt es so, als würde es auch eintreten!", flüsterte sie dann.

Gordon lächelte dünn.

"Verlass dich drauf!"

32

Ekai Navos war ein kräftig gebauter Mann in den Fünfzigern, dessen Schläfen bereits deutlich ergraut waren. Seine Haut war dunkel und wettergegerbt und in der Mitte seines kantigen, harten Gesichtes blitzten zwei ebenso intelligente wie kalte blaue Augen.

Eiskalt waren diese Augen und sie schienen jedem bis auf den Grund blicken zu können.

Navos war ein Mann, dem es gefiel, seine Umgebung in Angst und Furcht zu halten. Nur so glaubte er auf Dauer sein hartes Regiment durchsetzen zu können.

Außerdem gefiel es ihm auch.

Navos war ein grausamer Mann und so nahm sich jeder vor ihm in Acht, auch diejenigen, die er seine Freunde nannte.

Etwa einen halben Tagesritt von Samola entfernt lag ein langgezogener See, der sogenannte See der großen Häuser, benannt nach einigen Ruinen, die aus der Wasseroberfläche herausragten.

Das Wasser des Sees machte das umliegende Land fruchtbar; und damit war es wie geschaffen, um eine Festung zu errichten.

Und so war es auch kein Wunder, dass auf einer gen Westen gelegenen Anhöhe seit mehr als hundert Jahren ein solches Anwesen stand. Es war noch vor der Epoche der direkten Konzernherrschaft über Keduan errichtet worden und hatte einem dekadenten, aristokratisch wirkenden Konzernlizenzlehen-Junker gehört.

Und dann waren eines Tages Ekai Navos und seine kompromisslosen Schergen gekommen und hatten die Herrschaft über den Besitz einfach an sich gerissen.

Die geringe Zahl von Dasangeros hatten die Festung nicht schützen können und von den palikanischen Behörden war auf absehbare Zeit kaum Hilfe zu erwarten.

Seitdem herrschte Ekai Navos hier soweit das Auge reichte und noch weiter.

Navos hatte es sich gut eingerichtet hier oben.

Die Festung war aus massivem Sandstein gebaut. Navos stand jetzt oben auf dem Balkon des zweistöckigen, großzügig angelegten Wohnhauses, von wo aus er weit über die Mauern hinwegsehen konnte, die das Anwesen umgaben.

Derjenige musste noch geboren werden, der es wagen konnte, ihn hier anzugreifen!

Über Ekai Navos' Lippen ging ein Lächeln, als er daran dachte.

Mit den Augenwinkeln sah er dann die schlanke, grazile Gestalt einer ungewöhnlich hübschen jungen Frau herankommen. Er drehte sich zu ihr um und verzog den Mund.

Ihr Gang war so leicht, dass er kaum gehört hatte, wie sie sich ihm genähert hatte. Sie hatte etwas Katzenhaftes an sich, nicht nur in ihrem Gang...

Das Haar fiel schwarz und lang über die schmalen Schultern. Von Zeit zu Zeit pflegte sie es kokett nach hinten zu werfen.

Als sie ihn erreicht hatte, legte Navos besitzergreifend den Arm um ihre Schulter. Sie ließ es geschehen. Warum sollte sie auch nicht?

Schließlich gehörte sie gewissermaßen - so wie alles andere hier - zu seinem Besitz.

Sie hieß Atilebasi und Navos hatte sie in einer Bar in Samola aufgelesen.

Atilebasi hatte ziemlich schnell begriffen, dass dieser Mann ihr viel mehr bieten konnte, als sie von einem im palikanischen Provinznest Samola je erwarten durfte.

Es war für sie nicht allzu schwer gewesen, den großen Anführer davon zu überzeugen, was für eine außergewöhnliche Frau sie war.

Und so hatte er sie mitgenommen.

Vor einigen Wochen war das gewesen - und wenn die schöne Atilebasi nach dem Leuchten in Ekai Navos' Augen ging, das sich jedes Mal einstellte, wenn er den Blick begehrlich nach ihr warf, dann hatte er es bisher noch nicht bereut...

Doch in diesem Augenblick wurde Navos' Aufmerksamkeit von etwas anderem in Beschlag genommen.

"Hey, Anführer! Dahinten kommt ein Drachenreiter!"

Es war einer seiner Wachtposten, der das rief. Ekai Navos kniff die Augen zusammen und blickte in die Ferne. Und tatsächlich! Eine kleine, sich bewegende Staubwolke war dort zu sehen.

Wer kann das sein?, fragte er sich. Nyar'O vielleicht? Aber wenn er es war, wo waren dann seine Leute?

Der Reiter kam langsam näher und bald wurde es Navos klar, wer da herangeritten kam.

Es war der rothaarige Maharg!

Navos runzelte die Stirn.

Der Reiter kam in vollem Galopp daher. Als er bei den weißen Mauern anlangte, die die Gebäude der Festung einschlossen, machte man ihm sofort das Tor auf und dann kam er wild in den Innenhof hineingeprescht. Dort erst zügelte er seinen Drachen.

Navos blickte hinab.

"Wo ist Nyar'O? Und die anderen?"

"Es hat sie alle erwischt!"

"Was? Hatte ich euch nicht losgeschickt, um das Geld vom alten Perez einzutreiben? Sagt bloß, dass er so mit euch umgesprungen ist!"

Maharg atmete heftig.

"Nein, kein Gedanke..."

"Was ist dann geschehen?"

"Wir haben das Geld von Perez eingetrieben und waren dann auf einen Tequila in Samola... Da trafen wir auf diesen Kerl, der Nyar'O schon in Kolum Schwierigkeiten gemacht hat!"

"Gordon...", murmelte Ekai Navos.

"Die anderen sind tot. Er hat sie erschossen!"

Navos atmete tief durch.

Sein Ärger war ihm deutlich anzusehen.

"Ihr wart zu viert, Maharg! Und da werdet ihr mit einem einzelnen Mann nicht fertig?"

"Anführer, das ist kein gewöhnlicher Drachenreiter-Tramp, den man einfach so über den Haufen schießen kann!"

Navos machte eine abweisende Geste und wandte sich ab.

Der Anblick von Atilebasi ließ ihn dann wieder etwas sanfter werden.

"Irgend etwas führt dieser Fremde im Schilde", murmelte er, wobei er unwillkürlich die Faust ballte.

Was dachte dieser Gordon sich dabei, einem Mann wie Ekai Navos auf der Nase herumzutanzen!

Aber da gab es noch eine Frage, die noch viel wichtiger war: Wer hatte den Fremden geschickt?

Irgendwer muss dahinter stecken, dachte Navos grimmig. Denn, dass ein Einzelner sich aufmachte, um gegen ihn, den großen Ekai Navos, anzutreten, erschien ihm als völlig ausgeschlossen.

Irgendetwas Größeres musste da im Gange sein...

Fragte sich nur, wer die Fäden zog!

Ekai Navos dachte angestrengt nach.

Ein Name ging ihm durch den Kopf und setzte sich dort fest: Don Odnanref Yer Led!

Verflucht!, durchschoss es Navos dann eisig.

Aber im Grunde spielte es keine Rolle, wer letztlich dahinter steckte. Jeder, der Leute wie diesen Gordon anheuerte, musste über kurz oder lang ein gefährlicher Gegner werden...

Von hinten spürte er den warmen Atem der schönen Atilebasi.

Ihre Hände gingen über seinen Rücken und dann ließ Ekai Navos sich bereitwillig von ihr mitziehen...

"Komm!", sagte sie, während sein Blick jetzt ihre aufregenden Konturen studierte.

"Warum nicht?", murmelte er kaum hörbar. Etwas Ablenkung konnte jetzt nicht schaden.

Und Atilebasi war eine hinreißende Ablenkung!

33

Gordon war nicht lange bei Enidan geblieben - wenn er es auch unter anderen Umständen gern getan hätte.

Ziemlich bald hatte er Samola verlassen, nachdem Enidan ihm den Weg zum See der großen Häuser und Ekai Navos' Festung beschrieben hatte.

Wenn er sich ranhielt, würde er sein Ziel noch bis zum Abend erreichen. Als erstes würde er sich dann einmal genauer ansehen, wo Navos sich versteckt hielt. Dann würde man weitersehen...

Irgendeinen Weg würde es schon geben, Ekai Navos in die Hände zu bekommen und über die Grenze zu bringen, so dass ihm der Prozess gemacht werden konnte - und zwar an einem Ort, bis zu dem sein Einfluss nicht reichte.

Navos war der Kopf von allem.

Wenn er nicht mehr da wär, würde die Bande schnell auseinanderfallen.

Gordon kam zunächst durch karges, trostloses Land, das von der Sonne verbrannt und ausgetrocknet war.

Schroffe Felsen ragten in dem Himmel, die Vegetation war spärlich.

Die Stunden gingen langsam dahin, während Gordon seinen Drachen unbarmherzig vorantrieb.

Als die Sonne bereits milchig wurde und sich der Abend ankündigte, erreichte er dann offensichtlich fruchtbareres Gebiet. Gordon sah grasbewachsene Hügel und ab und zu auch einige Bäume.

Wenig später kam er dann an das Ufer des Sees, der blau in der Sonne funkelte.

Wenn man aus einer derartigen Einöde kam, dann war das ein faszinierender Anblick.

Vom gegenüberliegenden Ufer waren kaum mehr als ein paar Schemen von Bergen und Hügeln zu sehen.

Gordon atmete tief durch, ließ den Drachen dann zum Wasser traben und erst einmal ausgiebig saufen. Das Tier hatte es sich verdient und auch Gordon selbst ließ sich vom Drachen herab und beugte sich zu dem kostbaren Nass hinunter - erst um zu trinken, dann um die Feldflasche aufzufüllen, die er am Sattelhorn hängen hatte.

Ekai Navos' Festung lag ebenfalls am Ufer des Sees der großen Häuser - allerdings einige Meilen weiter westlich, wenn Enidans Beschreibung stimmte.

Nachdem er sich und dem Drachen eine kleine Pause gegönnt hatte, schwang sich der große Mann wieder in den Sattel und ritt dann in Ufernähe gen Westen.

In der bewachsenen Uferzone würde er leichter Deckung finden, als in der Ödnis, die hinter ihm lag. Und das konnte möglicherweise wichtig sein... Schließlich wollte er es nicht darauf anlegen, von Navos' Leuten frühzeitig entdeckt zu werden.

34

Die Dämmerung hatte sich bereits grau über das Land gelegt und es würde nicht mehr allzu lange dauern, bis die Nacht hereinbrach, da hörte Gordon plötzlich ein paar Schüsse, ganz in seiner Nähe.

Und dann einen Schrei.

Sein Drachen scheute ein wenig und wurde unruhig, aber es gelang Gordon, ihn unter Kontrolle zu halten.

Seine Hand ging zur Hüfte.

Er nahm den Nadler heraus und spannte den Hahn. Dann ging sein Blick herum, aber nirgends bewegte sich etwas.

Gordon ließ sich aus dem Sattel gleiten und machte den Drachen an einem Baum fest.

Vor ihm befanden sich ein paar Felsen und einige Bäume, die ihm die Sicht nahmen. Aber irgendwo dahinter musste ein verbissener Kampf im Gange sein!

Gordon hatte die Felsen umrundet und verschanzte sich hinter einem Gebüsch und sah er, was hier im Gange war! Drei oder vier Männer hatten es auf einen einzelnen Palikaner abgesehen.

Gordon fluchte innerlich.

Er schien zu spät gekommen zu sein. Der Kampf war wohl schon entschieden, und zwar - wie hätte es anders sein können? - zu Gunsten der Übermacht.

Der Palikaner stöhnte. Sein Bein war rot. Er schien verletzt zu sein.

Sein Nadler war leergeschossen und machte 'klick!'.

Und wie es schien, würde der arme Kerl auch keine Gelegenheit mehr haben nachzuladen.

"Dasangmist!", hörte Gordon ihn ausrufen. Der blanke Schrecken stand ihm im Gesicht geschrieben, während die Wölfe, die es auf ihn abgesehen hatten, jetzt aus den Büschen kamen.

Ihrer Kleidung und Sprache nach waren es Außenweltler. Und das hieß, dass es sich aller Wahrscheinlichkeit nach um Ekai Navos' Leute handelte.

Schließlich lag der ergaunerte Besitz des großen Bosses ja ganz in der Nähe...

Mit den Waffen im Anschlag kamen sie auf den am Boden Liegenden zu.

Ein riesiger Mann mit zwei unterschiedlich großen Nadlern um die Hüften, schien die Gruppe anzuführen.

Ein hässliches, triumphierendes Grinsen spielte um seine Lippen...

Gordon hielt den Nadler in seiner Hand fest umklammert. Jeder Muskel, jede Sehne seines Körpers waren jetzt in voller Anspannung und einen Moment lang überlegte er, jetzt einzugreifen.

Doch dann zögerte er, als der die Stimme des Zwei-Nadlermannes hörte. Vielleicht konnte er noch etwas erfahren, wenn er abwartete...

Der Zwei-Nadlermann blickte auf den verletzten Palikaner herab.

"Was machst du hier?"

"Ich wollte mein Drachen im See tränken, Rones!", kam es schwach von dem Palikaner. "Es ist die Wahrheit, Rones!"

Der Zwei-Nadlermann verengte die Augen zu schmalen Schlitzen und schob sich den Stetson in den Nacken.

"Wer bist du?"

Der Palikaner schwieg.

Da trat der Zwei-Nadlermann mit einer schnellen Bewegung heran und versetzte dem am Boden Liegenden einen

Tritt, der diesen genau an seinem verletzten Bein traf. Der Palikaner stöhnte auf.

"Wir können dich zum Reden bringen! Verdammter Bastard! Also! Willst du weiter den Schwerhörigen spielen?"

Die anderen lachten schallend.

Der Palikaner erholte langsam wieder und als er dann aufblickte, war sein Gesicht von blankem Hass gezeichnet!

"Mein Name ist Ocap!"

Der Zwei-Nadlermann verzog das Gesicht.

"Hört, hört! Ocap willst du also heißen! Manchmal scheint es mir, als würden zwei Drittel aller männlichen Palikaner diesen Namen tragen! Wer schickt dich?"

"Niemand, Rones!"

"Wir haben dich schon mehrfach hier in der Gegend herumschleichen sehen! Leider haben wir dich nie gekriegt, aber jetzt bist du in unserer Hand! Du willst hier irgendetwas ausspionieren, nicht wahr?"

"Nein, Rones!"

"Hör auf zu Lügen, das hat ohnehin keinen Zweck! Gib es zu, Yer Led schickt dich, nicht wahr?"

"Ich kenne keinen Yer Led!"

Der Zwei-Nadlermann packte ihn beim Kragen und versetzte dem Palikaner dann einen furchtbaren Fausthieb.

Der Verletzte sank benommen zurück.

"Dein Drachen trägt das Zeichen von Yer Led! Willst du vielleicht behaupten, dass du nur ein Drachendieb bist?"

"Wir hören uns das Geschwätz nicht länger an", meinte einer der beiden anderen Kerle. "Wollen wir ihn zu Navos bringen? Oder willst du gleich ein Ende machen?"

In diesem Moment kam Gordon mit dem Nadler im Anschlag aus seinem Versteck hervor.

"Hände hoch und Waffen weg!", zischte er.

Die drei Navos-Männer wirbelten herum und stierten den großen Mann einen Augenblick lang mit schreckgeweiteten Augen an.

Sie waren völlig überrascht.

Gordon taxierte sie einen nach dem anderen. Der Zwei-Nadlermann hatte seine Nadler in den beiden Holstern stecken, die er um die Hüfte gegürtet trug.

Die beiden anderen hielten Gewehre in den Händen. Gordon sah ihnen an, dass sie noch unentschlossen waren, was zu tun sei.

Noch schienen sie mit dem Gedanken zu spielen, die Gewehrläufe blitzartig hochzureißen und dann zu schießen.

Doch das war im wahrsten Sinne des Wortes ein Spiel mit dem Feuer...

"Ich warte nicht länger", meinte Gordon dann und brannte dem Zwei-Nadlermann ein Projektil direkt vor die Stiefelspitzen. "Gewehre weg und Nadlergurte abschnallen!"

Eine Sekunde noch hing alles in der Schwebe, dann schienen die drei Navos-Leute begriffen zu haben, dass ihr Gegenüber es durchaus ernst meinte.

Der Zwei-Nadlermann machte eine beschwichtigende Geste.

"Okay, okay...", murmelte er dann. "Tut, was er sagt, Männer!"

Die Gewehre flogen zu Boden.

Der Zwei-Nadlermann ging mit den Händen zur Gürtelschnalle.

Dann ging alles unwahrscheinlich schnell und ehe Gordon sich versah, brach die Hölle über ihn herein...

Zunächst waren die mächtigen Hände des Zwei-Nadlermannes zur Gürtelschnalle gegangen und er hatte damit den Eindruck erweckt, als wollte er tatsächlich den Nadlergurt abschnallen.

Doch dann waren seine Pranken blitzartig zu den Seiten geschnellt - dorthin, wo die Nadlergriffe aus den Holstern ragten...

Gleichzeitig riss er innerhalb eines Sekundenbruchteils die Nadler heraus und schoss noch annähernd im selben Moment auf Gordon.

Aber die Schüsse gingen über Gordon hinweg, denn der Ranger war schneller gewesen.

Ein Schuss traf den Zwei-Nadlermann mitten in der Stirn. Ein kleines, rotes Loch bildete sich und er wurde von der Wucht des Geschosses nach hinten gerissen.

Einen Augenaufschlag taumelte er noch, dann schlug er der Länge nach auf den Rücken.

Unterdessen hatten auch die beiden anderen die Nadler aus den Holstern gerissen und ballerten nun wie verrückt in Gordons Richtung.

Doch dieser hatte sich sofort fallengelassen, rollte sich am Boden herum und riss dann seinen Nadlerlauf hoch, während links und rechts von ihm die Nadeln seiner Gegner einschlugen.

Gordon brauchte nicht mehr als zwei Schüsse, um die beiden Navos-Leute niederzustrecken. Er atmete auf und erhob sich.

Dann steckte er seinen Nadler zurück ins Holster.

Sein Blick ging zu den getöteten Gegnern hin. Sie hatten ihm keine andere Wahl gelassen.

Und auf Grund ihrer Übermacht hatte Gordon auf Nummer sicher gehen müssen.

Keiner von ihnen lebte noch.

"Danke, Zeddor!", kam es von dem am Boden liegenden Palikaner. "Schätze, du hast mir das Leben gerettet..."

Gordon wandte sich zu ihm um und nickte.

"Das sehe ich auch so."

"Dann bist du keiner von den Bluthunden dieses Außenweltlers..."

"Sprichst du von Ekai Navos?"

"Ja! Ekai Navos, so ist sein Name!"

"Ich hätte dir sonst wohl kaum geholfen, oder?"

Der Palikaner hielt Gordon die Hand hin.

"Hilf mir!"

Gordon zog ihn hoch.

"Dein Bein sieht übel aus!", meinte er.

Das Gesicht des Palikaners war eine Maske des Schmerzes. "Es wird schon gehen... Du könntest mir einen Gefallen tun, Zeddor! Mein Drachen ist vor der Schießerei davongelaufen! Muss wohl noch irgendwo hier in der Gegend sein..."

"Ich werde ihn dir einfangen, kein Problem."

"Danke."

Gordon zog die Augenbrauen hoch.

"Dann sag du mir, wer dieser Yer Led ist, für den du arbeitest..."

Der Palikaner bedachte Gordon mit einem langen, nachdenklichen Blick.

Dann fragte er: "Du bist ein Außenweltler und wahrscheinlich bist du noch nicht allzu lange hier in der Provinz von Auhauhich."

"Das ist richtig."

"Dann ist es kein Wunder, dass du noch nie etwas von Yer Led gehört hast... Aber hier in der Gegend weiß eigentlich jeder, wer das ist! Bevor Ekai Navos und seine Nadlerschwinger hier auftauchten, gehörte das ganze Land auf dieser Seite des Sees der Familie von Don Odnanref Yer Led."

"Und jetzt hat sich dieser Navos auf dem Anwesen der Yer Leds breitgemacht, nicht wahr?"

"Aye, Zeddor. So ist es!"

Für Gordon setzte sich langsam ein Bild zusammen. Yer Led war von seinem Besitz mit roher Gewalt vertrieben worden und schien nun auf eine Gelegenheit zu warten, Navos und seine Leute wieder vertreiben zu können...

Und dieser Mann hier war nichts weiter, als ein Kundschafter...

Allerdings ein ziemlich leichtsinniger Kundschafter, wenn es stimmte, was einer der Navos-Männer behauptet hatte - dass Ocap nämlich mit einem Drachen gekommen war, an dem das Brandzeichen Yer Leds zu finden war!

Dieser Mann musste wahnsinnig oder unerfahren sein! Vielleicht auch beides zugleich.

"Was hat dein Anführer vor?", fragte Gordon dann den Palikaner, während er sich kurz die Wunde an dessen Bein ansah. Vielleicht würde er sie ihm notdürftig verbinden müssen...

"Ich weiß es nicht. Ich weiß nur, dass die Tage von Ekai Navos' Herrschaft in diesem Lande gezählt sind! Wie wär's? Du bist ein guter Schütze wahrscheinlich besser als alle Reiter, die Yer Led unter seinem Befehl hat - mich eingeschlossen! Du könntest dich uns anschließen!"

Aber Gordon schüttelte den Kopf.

"Nein danke. Solche Art Killerjobs sind nichts für mich!"

"Yer Led wird dich gut bezahlen!"

"Trotzdem."

Gordon und die Männer, die Yer Led um sich geschart hatte, schienen dasselbe Ziel zu verfolgen. Aber das hieß noch lange nicht, dass es sinnvoll war, an der Seite dieser Leute zu reiten...

"Dein Bein muss verbunden werden!", meinte Gordon dann. "Ich habe Verbandszeug in meinen Satteltaschen!"

35

Nachdem Gordon den Palikaner verbunden und ihm sein Drachen wieder eingefangen hatte, hatten sie sich getrennt und Gordon war weiter in Richtung der Festung geritten.

Es wurde dunkel.

Aber das war für Gordon kein besonderes Problem, da er mehr oder weniger parallel zum Ufer des Sees der großen Häuser ritt und sich an ihm orientieren konnte.

Die Finsternis war sogar eher ein Vorteil für den großen Mann, denn so war seine Chance größer, unbemerkt in die Nähe von Navos' Hauptquartier zu gelangen.

Er würde schon einen Weg finden, um den Bandenführer aus seinem Nest zu holen und über die Grenze zu bringen, so dass man ihn vor Gericht stellen konnte.

Um den Rest der Bande mochten sich dann die Reiter von Yer Led kümmern, sofern ihnen der Sinn danach stand...

In der Ferne tauchte schließlich jene Anhöhe auf, auf der die ehemalige Festung der Yer Leds errichtet war.

Dunkel hoben sich die von massiven Mauern umgebenden Gebäude gegen den mondhellen Himmel ab. Gordon wusste, dass er jetzt sehr auf der Hut sein musste.

Bestimmt hatte Navos Wachen aufgestellt, die alles beobachteten...

Vielleicht waren sogar Patrouillen unterwegs.

Schließlich war Navos ja zu Genüge gewarnt!

Der rothaarige Bandit, der die Schießerei in Samola überlebt hatte, war sicher auf direktem Wege zu seinem Anführer geritten, um diesem zu erzählen, was geschehen war.

Und dann war da noch die Sache mit Yer Led und seinen Leuten. Ein Mann wie Ekai Navos wusste vermutlich, dass da irgendetwas gegen ihn im Gange war - und er würde wachsam sein!

Gordon näherte sich dem Anwesen auf einige hundert Konzernmeter. An einer von ein paar Felsen und einer Baumgruppe geschützen Stelle stoppte er dann und stieg von seinem Drachen herunter.

Oben, in den Gebäuden auf der Anhöhe brannten Lichter und manchmal drangen sogar Stimmen bis zu Gordon herüber.

Nein, jetzt hatte es wenig Sinn, irgendetwas zu versuchen.

Gordon wusste, dass er warten musste.

Er musste Geduld haben, bis seine Stunde gekommen war.

36

Gordon wartete.

Irgendwann nach Mitternacht schien dann das Leben auf der Festung langsam einzuschlafen. Die Lichter gingen aus und die Stimmen wurden stumm.

Aber hinter den Sandsteinmauern patrouillierten nach wie vor Wachposten herum.

Gordon nahm das Wurfseil vom Sattel und hängte es sich über die Schulter. Und dann machte er sich auf den Weg.

Seinen Drachen würde er hier zurücklassen, denn wenn er auf dem Drachen angeritten kam, würde das einfach zu viel Aufsehen erregen. Schon so war es schwierig genug, an den Wachtposten vorbeizukommen.

Gordon schlich sich in geduckter Haltung vorwärts.

Als er sich die Anhöhe hinaufgearbeitet hatte, auf der die Festung lag, hatte er nur noch ein paar Dutzend Konzernmeter bis zu den Sandsteinmauern vor sich, die das imposante Anwesen umgaben.

Aber dieses letzte Stück würde auch das Schwierigste sein, denn dort gab es nicht die geringste Deckung. Nur kniehohes Gras, sonst nichts.

Gordon kauerte hinter einem Strauch und blickte hinauf zu den Wachen.

Einer der Posten blickte direkt in seine Richtung.

Gordon sah das Gesicht des Mannes im fahlen Mondlicht. Aber der Kerl schien nichts bemerkt zu haben. Es war wohl einfach zu dunkel.

Gordon ließ den Blick die Brüstung entlang schweifen. Als er seinen Augenblick für gekommen hielt, schnellte er geduckt voran und lief mit schnellen Schritten bis zu den mächtigen Sandsteinmauern.

Er presste sich an den kalten Stein und hoffte, dass keiner der Posten auf die Idee kam, von oben auf ihn hinabzublicken.

Gordon schlich ein Stück die Mauer entlang. Unterdessen bewegte sich der Wachposten hinter der Brustwehr ein Stück in die andere Richtung.

Einen besonders aufmerksamen Eindruck machte er auf Gordon auf jeden Fall nicht.

Er schien seinen Dienst eher nachlässig zu versehen.

Schließlich war es ja auch alles andere als ein Vergnügen, um diese Nachtzeit die Füße plattzustehen und gegen die Müdigkeit zu kämpfen.

Wahrscheinlich wartete der Kerl auf nichts so sehnlich, wie auf seine Ablösung.

Gordon knüpfte das eine Ende seines Wurfseils zu einer Schlinge und schleuderte diese dann mit einer schnellen, sicheren Bewegung in die Höhe.

Sie legte sich um eine der Mauerzinnen und Gordon zog das Wurfseil an.

Das würde halten!

Fast lautlos zog Gordon sich dann an dem Seil nach oben. Er wusste, dass er verdammt vorsichtig sein musste. Im Augenblick war er eine geradezu ideale Zielscheibe. Wenn irgendjemand etwas bemerkte, war er geliefert...

Dann hatte er es geschafft.

Mit einer letzten, kraftvollen Bewegung kam über die Brustwehr.

Ein paar Konzernmeter nur von ihm entfernt stand der Wachposten, den er von unten gesehen hatte. Er wandte ihm den Rücken zu, aber in diesem Moment wirbelte er herum und riss den Lauf des Strahlgewehrs hoch, das er mit der Rechten gehalten hatte.

Doch Gordon hatte das vorausgeahnt.

Der Mann vor ihm ließ eine Schrecksekunde verstreichen, ehe er wirklich begriff, was sich hier abspielte.

Ehe sein Gegenüber noch seine Fassung zurückerlangt hatte, war Gordon mit einem Satz nach vorne gekommen, hatte den Gewehrlauf hochgerissen und dem Wächter einen furchtbaren Faustschlag versetzt.

Der Mann schlug nach hinten.

Gordons Fausthieb hatte gesessen!

Sein Gegenüber war augenblicklich bewusstlos gewesen und es schien ganz so, als würde er für eine ganze Weile im Land der Träume bleiben.

Glücklicherweise war es nicht mehr dazu gekommen, dass sich ein Schuss aus dem Strahlgewehr löste. Aber auch so wurde es jetzt kritisch...

"Hey, Ybbud! Was ist da auf deiner Seite los?", tönte eine kehlige Stimme.

Die Stimme kam von der anderen Seite der Festung. Gordon konnte kaum mehr als eine vage Bewegung erkennen.

Da half alles nichts.

Er musste die Flucht nach vorn antreten.

So richtete er sich zu voller Größe auf. Gegen das Mondlicht würde er nur als schwarzer Schemen zu sehen sein. Darauf setzte er.

Und der ausgeknockte Wachtposten lag im Schatten der Brustwehr und war daher für einen Beobachter von der anderen Seite wohl unsichtbar.

"Alles in Ordnung!", rief Gordon zurück, wobei er die Hand ein wenig vor den Mund nahm, damit sein Gegenüber die Stimme nicht gleich als die eines Fremden erkennen würde...

"Dann ist es ja gut! Ich dachte schon, auf deiner Seite wäre irgend etwas los!"

Gordon nahm das Strahlgewehr des am Boden liegenden Wachpostens an sich und ließ dann den Blick über das herrschaftliche Anwesen schweifen.

Alle Achtung!, dachte der Ranger. Eine feine Residenz hat Ekai Navos sich da ausgesucht!

Und es war auch alles andere als ein Wunder, dass der von hier fortgejagte Yer Led alles daransetzte, um diesen Besitz wieder in seine Hand zu bekommen!

Gordon sah Unterkünfte und Stallungen. Und natürlich das großzügige Wohnhaus mit dem prächtigen Portal. Es war selbst bei Dunkelheit schwer zu übersehen.

Dort wird der große Anführer sich selbst einquartiert haben!, schloss Gordon.

37

Es war ihr nicht klar, was sie geweckt hatte, aber mit einem Mal hatte Atilebasi es nicht mehr in dem großen, breiten Bett ausgehalten, das sie mit Ekai Navos teilte.

Das Fenster stand auf und ein kühler Luftzug kam herein. Atilebasi sah den Mond leuchten.

Ansonsten war es dunkel.

Sie wandte kurz den Kopf und blickte zu dem Mann an ihrer Seite.

Ekai Navos schnarchte laut und vernehmlich. Atilebasi schlug die Decke zur Seite und stand auf.

Sie war nackt.

Ihr wohlgeformter Körper stand als eine einzige, schwindelerregende Kurve im Raum, aber im Augenblick war niemand da, der dies bewundern konnte.

So, wie sie war, trat sie dann an das offene Fenster und blickte hinaus.

Bis jetzt ist alles glattgegangen!, dachte sie.

Ekai Navos, der Herr über diesen Landstrich, hatte sie zufällig in einer Bar in Samola aufgegabelt - so glaubte der große Anführer jedenfalls.

In Wahrheit war es etwas anders.

Es steckte viel mehr dahinter, als Ekai Navos selbst in seinen Alpträumen für möglich gehalten hätte!

Yer Led hatte sie auf Navos angesetzt. Und jetzt war sie seine Spionin hier auf der Festung.

Der Don zahlte gut, es war ihm einiges Wert, immer auf dem Laufenden zu sein, was Ekai Navos und seine Killerhorde anbetraf.

Und Atilebasi hatte auch ihren Vorteil davon.

Sie kassierte doppelt.

Einmal von Yer Led und zum zweiten von Navos.

Atilebasi atmete tief durch, so dass sich ihre Brüste hoben und wieder senkten. Ihr Blick ging zurück zu dem breiten Bett in dem Navos nach wie vor schnarchte.

Der Bandenführer schien nicht den geringsten Verdacht zu schöpfen. Sie war ein Freudenmädchen, nichts weiter. Und so jemanden nahm Navos nicht weiter ernst.

Navos war ein roher Kerl.

Und oft genug schon hatte er seine schlechte Laune an ihr ausgelassen. Sie betastete verschiedene Stellen an Armen und Beinen, an denen sie blaue Flecken hatte.

Aber Atilebasi hatte es alles ertragen und würde es auch weiterhin tun.

Auf ihrem Konto bei der Bank von Samola gingen Arantes-Dollar ein, die von Yer Led kamen.

Und außerdem hatte der ihr eine gute Stellung auf dem Anwesen versprochen, wenn er die Herrschaft über seine Ländereien wieder an sich gerissen hätte und es mit Navos aus und vorbei war...

Vielleicht war es ja schon bald soweit!

Am Nachmittag hatte sie einen kleinen Ausritt entlang des Seeufers unternommen und dabei an einem bestimmten Punkt eine Nachricht hinterlassen, die dann ein Kundschafter des Dons an sich nehmen würde...

In dieser Nachricht hatte sie Yer Led wissen lassen, dass Ekai Navos einen Teil seiner Leute ausgeschickt hatte, um eine Gruppe von aufmüpfigen Dasang-Farmern auf der anderen Seite der Grenze zu disziplinieren, die keine Lust mehr hatten, an den großen Anführer zu zahlen.

Frühestens in zwei Tagen würde der Trupp wieder zurück sein, was bedeutete, dass die Mannschaft, die Navos um sich versammelt hatte, rein zahlenmäßig nicht so stark wie sonst war.

Ich hoffe nur, dass die Nachricht auch durchgekommen ist!, ging es ihr durch den Kopf.

Einmal wäre es fast passiert, dass Navos' Leute einen Kundschafter aufgegriffen hätten...

Aber ob Yer Led sich zu einem Angriff entschließen konnte, das stand auf einem anderen Blatt.

Das war seine Entscheidung und die hing in erster Linie davon ab, ob er selbst genug Männer hatte, um ein solches Unternehmen zu wagen...

Eine Bewegung riss Atilebasi dann plötzlich aus ihren Gedanken heraus...

Sie sah kaum mehr als den Schatten eines Mannes, der von der Brustwehr zum Balkon des Wohnhauses geklettert sein musste.

Sie hatte ihn nicht bemerkt, bis er plötzlich bei ihrem Fenster auftauchte und mit einem Mal neben ihr im Raum stand und ihr seine mächtige Pranke auf den Mund drückte.

Sie schluckte.

"Schön ruhig", flüsterte der große Mann, der durch das Fenster hereingekommen war. Atilebasi konnte in der Dunkelheit nicht sehen, ob es einer aus der Navos-Mannschaft war - zumal sie auch nicht alle seine Leute so genau kannte, dass sie sie überall wiedererkennen würde.

Aber wenn es einer aus Navos' eigener Mannschaft war, was hatte er dann hier zu suchen? Warum schlich er sich in das Zimmer seines Bosses?

Nein, dachte sie. Viel wahrscheinlicher ist, dass Yer Led ihn geschickt hat!

Ihre Augen trafen sich mit denen des großgewachsenen Mannes, der sie mit eisernem Griff hielt und dessen Blick dann mit unverhohlener Bewunderung an ihrem nackten Körper hinabglitt.

38

Gordon hatte mit allem Möglichen gerechnet, als er durch das Fenster gestiegen war, aber zu allerletzt wohl damit, dass ihm eine dunkelhaarige Schönheit in die Arme lief, die nicht einen Faden am Leib trug.

Sein Blick ging zu dem breiten Bett.

Dort musste Ekai Navos liegen, der hier der große Anführer war. Jedenfalls hörte man sein vernehmliches Schnarchen.

Es würde ein böses Erwachen für ihn geben...

Im ersten Moment hatte die nackte Schöne sich etwas gewehrt, aber das hatte sie nun längst aufgegeben.

Sie sah Gordon mit großen Augen an und nickte ihm zu. Gordon nahm ihr die Hand vom Mund.

"Schickt Yer Led dich?", flüsterte sie.

Aber Gordon gab ihr keine Antwort, sondern machte einen Schritt auf das Bett zu. Er warf einen Blick auf den schnarchenden Navos, in dessen Gesicht jetzt von draußen das Mondlicht fiel.

Gordon war sich sicher.

Es konnte keinerlei Zweifel geben!

Diesen Mann hatte er schon auf Dutzenden von Steckbriefen gesehen.

Unterdessen griff Atilebasi nach einem Morgenrock, der über einer Stuhllehne hing und zog ihn sich über.

"Es muss so sein! Yer Led schickt dich! Ich habe schon geglaubt, dass er nie den Angriff befehlen würde!"

Gordon zog den Nadler heraus und stieß dann den schlafenden Ekai Navos mit dem Lauf an.

Der große Anführer grunzte etwas Unverständliches und schnellte dann augenblicklich hoch.

Als er in die Mündung von Gordons Nadler blickte, erstarrte er.

"Was soll das heißen?", stammelte er.

"Ziehen Sie sich an, Navos!"

"Was fällt Ihnen ein? Wer sind Sie?"

"Das spielt im Moment keine Rolle!"

"Schickt dieser Yer Led Sie?"

Gordon schüttelte den Kopf.

"Nein. Dann wären Sie jetzt wohl auch schon tot, meinen Sie nicht auch?"

"Ja, das mag stimmen. Aber..."

"Nun machen Sie schon, dass Sie in ihre Klamotten kommen!"

"Warum machen Sie sich solche Mühe? Sie könnten mich doch auch im Nachthemd umbringen, nicht wahr?"

"Wie ich schon sagte: Yer Led oder einer der zahlreichen anderen Feinde, die Sie sich geschaffen haben schickt mich nicht. Und deshalb will ich Sie auch nicht umbringen - sofern Sie mir eine andere Wahl lassen! Also keine Dummheiten!"

Ekai Navos stieg zögernd aus dem Bett. Ein kurzer Blick ging zu der reglos dastehenden Atilebasi hin. Dann bleckte er die Zähne wie ein Raubtier und knurrte Gordon an: "Was haben Sie vor?"

"Ich bringe Sie über die Grenze, Navos. Dorthin, wo Ihr Einfluss zu Ende ist und Sie mir jeder Cop dankend abnehmen wird. Sie kommen vor Gericht!"

"Sie müssen wahnsinnig sein!", zischte der Bandenführer.

Er schüttelte fassungslos den Kopf, während er in seine Hose stieg.

"Was gegen Sie vorliegt reicht, um Sie dreimal an den Galgen zu bringen!", meinte Gordon kalt.

Er ließ den Blick zunächst nicht von seinem Gegenüber, denn er wusste, dass er höllisch aufpassen musste. Dieser Mann würde alles versuchen, das lag auf der Hand.

"Glauben Sie wirklich, dass Sie hier herauskommen? Überall sind meine Männer!"

Gordon grinste breit.

"Abwarten, Navos... Ich bin ja schließlich auch herein gekommen, oder?"

Dann hob Navos plötzlich den Kopf.

"Von der Beschreibung her könnten Sie dieser Gordon sein, der Nyar'O Mot, meinen besten Mann, umgelegt hat!"

Gordon nickte.

"Ich bin Gordon. Ich bin mit Ihren Leuten fertiggeworden und werde es auch mit Ihnen, wenn es sein muss! Versuchen Sie also keine Tricks."

Navos schluckte.

Er schien im ersten Moment wirklich beeindruckt zu sein.

Als er sich dann die Magnetleiste seiner Weste schloss, meinte er: "Hören Sie mir gut zu, Gordon! Sie scheinen mir ein vernünftiger Mann zu sein, der nicht auf den Kopf gefallen ist! Ganz gleich, für wen Sie auch immer hier sind - ob im Auftrag des Gesetzes oder doch für diesen verdammten palikanischen Konzernlizenzlehen-Junker - wenn Sie sich auf meine Seite schlagen, springt in jedem Fall mehr dabei heraus! Glauben Sie mir!"

Gordon verzog das Gesicht.

"Ich glaube Ihnen sofort, Navos! Aber meine Antwort ist: Nein!"

Navos zeigte jetzt die Zähne bei einem zynischen Grinsen. Er war jetzt vollständig angezogen.

"Ich verstehe! Sie wollen handeln!"

"Sie verstehen überhaupt nichts, Navos!"

"Verflucht! Können wir uns nicht irgendwie einigen?"

Gordon schüttelte den Kopf.

"Das glaube ich kaum. Es mag Sie überraschen, aber ich bin nicht käuflich!"

Ekai Navos atmete tief durch.

Sein Gesicht bekam einen eisigen Ausdruck. Er schluckte. Jetzt endlich schien er zu begreifen, dass Gordon es ernst meinte.

39

Mit den Augenwinkeln nahm Gordon eine Bewegung wahr, die ihn für einen kurzen Augenblick ablenkte.

Es war die schöne Atilebasi, die ein Streichholz angerissen hatte, um eine Lampe zu entzünden.

"Kein Licht!", befahl Gordon.

Sie gehorchte.

Aber dieser kurze Augenblick genügte.

Ekai Navos war nach vorne geschnellt. Seine Linke packte Gordons Nadlerarm, während er die Rechte als Haken zu spüren bekam.

Gemeinsam kamen die beiden Männer zu Boden und rollten übereinander. Aber keiner von ihnen konnte zunächst eindeutig die Oberhand gewinnen.

Ekai Navos schlug Gordon den Nadler aus der Hand. Die Waffe rutschte über den Boden, während beide Männer vergeblich versuchten zu erreichen.

Ineinander verkrallt rollten sie erneut herum.

Navos war ein kräftiger Mann. Er schien Gordon ziemlich ebenbürtig zu sein.

Dies war ein Kampf ohne Gnade.

Mit beiden Fäusten trommelte der Bandenchef auf Gordon ein, der sich so gut wie möglich zu schützen suchte. Dann gelang es Navos, sich von Gordon zu befreien.

Navos rappelte sich hoch und machte einen Satz.

Gordon kannte das Ziel.

Auf der anderen Seite des Raumes hing nämlich Navos' Nadlergurt an einem Haken an der Wand. Und dorthin wollte er.

Doch Gordon ließ das nicht geschehen.

Blitzschnell kam er hinterher, setzte zu einem pantherhaften Hechtsprung an und bekam Navos' Beine zu fassen.

Navos schlug hin und fluchte fürchterlich.

Beide waren sie nun wieder am Boden und wahrscheinlich wäre das furchtbare, tödliche Ringen weitergegangen...

Aber da machte es plötzlich 'klick!' und beide Männer kannten dieses Geräusch nur zu gut!

Es war der Aktivierungsschalter eines Nadlers, der scharf gemacht worden war

Gleichzeitig wirbelten Gordon und Navos herum und blickten in die blanke Mündung des Nadlers, den Atilebasi vom Boden aufgenommen hatte.

Die dunkle Schöne atmete tief durch und vielleicht zitterte ihre Hand sogar ein wenig.

Sie schluckte.

Über Ekai Navos' Gesicht ging ein breites Grinsen.

"Braves Mädchen, Atilebasi!", zischte er. "Ich dachte, du wärst nur ein billiges Flittchen mit Stroh im Kopf!" Er lachte zynisch. "Aber wie es scheint, taugst du ja auch als Leibwächter, Schätzchen!"

Ekai Navos erhob sich und wollte jetzt zu dem Nadlergurt am Haken, aber der kühle Ton von Atilebasis Stimme hielt ihn zurück.

"Bleib, wo du bist, Ekai Navos! Oder ich brenne dir ein Loch in deinen verfluchten Schädel!"

Navos erstarrte mitten in der Bewegung.

Sein Gesicht wurde zu einer steinernen Grimasse. Eben noch war blanker Triumph darin zu lesen gewesen. Jetzt war eine deutliche Spur Entsetzen darin.

Der Lauf des Nadlers in Atilebasis zarter Hand war eindeutig auf Navos gerichtet. Und sie machte einen sehr entschlossenen Eindruck!

"Was fällt dir ein, Atilebasi?", schimpfte Navos. "Bist du verrückt geworden?" Doch Atilebasi schien jetzt immer ruhiger zu werden.

"Mein Verstand war noch nie so klar, wie in diesem Augenblick!" sagte sie.

Navos ballte unwillkürlich die Hände zu Fäusten.

"Dann steckst du also mit diesem Hund unter einer Decke! Hat er dich auf mich angesetzt - oder Yer Led?"

"Deine Hände sind noch immer nicht oben!", erwiderte sie kalt und da ihm nun zu dämmern begann, dass sie es mit blutigem Ernst sagte, hob er seine mächtigen Pranken nun in die Höhe.

"Das wirst du noch bereuen!", zischte er ihr entgegen. Gordon ging unterdessen unbehelligt zu jenem Haken an der Wand, an dem Ekai Navos' Nadler hing und nahm die Waffe an sich.

Dann trat er zu Atilebasi hin, während sein Nadler auf Navos zeigte.

"Du wirst mich mitnehmen müssen!", sagte sie zu dem großgewachsenen Mann. Gordon gefiel der Gedanke nicht, auch noch eine Frau auf dieser Flucht dabeizuhaben.

Das würde alles nur noch komplizierter machen, als es ohnehin schon war.

Sie schien seine Gedanken zu erraten, denn sie sagte: "Du kannst mich jetzt nicht hier lassen! Nicht nach dem, was ich getan habe!" Und bei sich dachte sie: Wenn Yer Led und seine Reiter kommen und hier alles kurz und klein machen, dann will ich nicht mehr hier sein!

Gordon nickte.

Er verstand, dass sie hier nicht bleiben konnte.

"Zieh dir etwas an!", sagte er "Aber mach schnell!"

Sie gab Gordon den Nadler, den sie bis jetzt gehalten hatte.

"Ich werde mich beeilen!"

"Du verfluchte Schlampe!", rief unterdessen der wütende Ekai Navos. "Wenn ich dich in die Finger bekomme!"

40

"Ihr kommt hier nicht raus!", rief Navos wütend. "Meine Männer werden das nicht zulassen!"

"Abwarten", erwiderte Gordon kalt.

Unterdessen hatte Atilebasi sich ein Paar Hosen und ein Hemd übergeworfen. Sie verließen das Schlafzimmer. Bevor sie die Treppe ins Erdgeschoss hinuntergingen wandte sich Gordon an Atilebasi und fragte: "Ist noch jemand im Haus?"

"Nein, niemand. Navos bewohnte es allein mit mir. Er wollte ungestört sein. Die Männer schlafen draußen in den Baracken..."

Gordon hielt Navos' Nadler in der Hand. Seine eigene Waffe steckte im Magnetholster an der Seite. Navos musste vor ihm hergehen. Sie durchquerten ein großzügig ausgestattetes Wohnzimmer und dann noch einen weiteren Raum. Schließlich traten sie durch das Portal ins Freie. Das Portal des Wohnhauses wurde von einem Bewaffneten bewacht, aber der hatte es sich neben der Tür bequem gemacht und war mit seinem Strahlgewehr im Arm eingenickt. Offensichtlich nahm er seine Aufgabe nicht allzu ernst. Und ebenso offensichtlich schien niemand mit der Möglichkeit gerechnet zu haben, dass überhaupt jemand von außen bis hier her kommen konnte.

Im Mondschein war die Silhouette eines Wächters zu sehen, der auf der Brustwehr herumpatrouillierte.

"Wenn Sie auch nur einen Ton sagen, Navos - dann sind Sie ein toter Mann!"

"Sie aber auch!", zischte der Bandenführer zurück.

"Sie sollten es nicht darauf ankommen lassen!", gab Gordon zurück. Er lief dicht hinter seinem Gefangenen. Die Nadlermündung berührte Navos' Rücken.

"Wo geht es jetzt hin?", fragte Atilebasi.

"Zu den Sauroiden!", war Gordons knappe Antwort. Dann fragte er die dunkelhaarige Schöne: "Wo sind die Stallungen?" Ihr schlanker Arm deutete in die entsprechende Richtung.

"Dorthin müssen wir!"

Sie mussten quer über den Innenhof der Festung.

Einer der Wachen schien jetzt etwas bemerkt zu haben.

"Hey! Wer ist da?", rief jemand von der Brustwehr herunter.

Gordon blickte hoch und sah den Umriss eines Mannes, in dessen Händen sich ein Gewehr befinden musste.

Gordon drückte den Lauf des Nadlers in seiner Rechten Ekai Navos ziemlich unsanft in den Rücken.

"Sagen Sie einen passenden Spruch auf, Navos! Ich warne Sie..."

Kaum mehr als ein Zischen war es, was da über Gordons Lippen ging. Eine schreckliche Sekunde lang schien Navos zu überlegen. Gordon spürte die Anspannung, die den ganzen Körper des Bandenchefs erfasst hatte. Aber dann besann er sich doch. "Alles in Ordnung! Ich bin's, der Boss!"

Der Mann kam von oben herunter. Mit geschwinden Bewegungen war er eine Leiter herabgestiegen und jetzt trat er den Dreien entgegen. Das Mondlicht fiel auf ein unrasiertes, raues Gesicht, in dem eine deutliche Spur von Misstrauen stand.

"Ah, Sie sind's wirklich, Boss!"

"Sag ich doch!"

"Ich dachte schon..."

Gordon hatte sich den Hut tief ins Gesicht gezogen, so dass seine Züge im Schatten lagen und für den Wächter nicht zu erkennen waren. Von dem Nadler, den Gordon Navos in den

Rücken drückte, konnte der Wachhund selbstverständlich nichts sehen.

"Geh wieder auf deinen Posten, Eilyw!", sagte Navos dann in einem merkwürdigen Tonfall.

Der Mann blickte zu Gordon herüber.

Dann nickte er.

"Okay, Boss!"

Er tat so, als würde er sich umdrehen. Einen Augenaufschlag später blitzte dann sein Gewehrlauf in der Finsternis auf.

41

Die Erklärung war vermutlich ganz einfach. Der Mann, dessen Gewehr in diesem Moment aufblitzte, hieß aller Wahrscheinlichkeit nach überhaupt nicht Eilyw - und als sein Boss ihn so anredete, hatte ihn das natürlich misstrauisch gemacht. Navos wich zur Seite und setzte plötzlich zu einem Spurt an. Gordon ließ sich seitwärts fallen und riss Atilebasi dabei mit, während die Schüsse aus dem Strahlgewehr ihres Gegenübers knapp über sie hinwegpfiffen. Dann drückte Gordon seinen Nadler ab. Der Schuss traf den Schützen im Leib. Er krümmte sich zusammen, während aus seiner Waffe ein letzter, fast schon ungezielter Schuss krachte. Dann ging er zu Boden, während Gordon sich im selben Moment hoch rappelte. Hinter dem flüchtenden Navos herzuhetzen war indessen sinnlos geworden. Der Bandenchef machte einen Riesenlärm und alarmierte seine Leute damit. Navos war kein guter Läufer, aber Gordon hätte ihn trotzdem nicht mehr schnell genug erreicht. Außerdem hatte er nun erst einmal andere Sorgen. Von der Brustwehr herunter wurde jetzt in seine Richtung geschossen und in den Baracken ging das Licht an. Sekunden später kamen einige der Banditen halb angezogen heraus...

"Dort hinten!", rief Navos und die Kerle ballerten wild drauflos.

Gordon packte Atilebasi am Arm, zog sie hoch und riss sie mit sich, während er gleichzeitig mit dem Nadler in Richtung der Banditen feuerte.

"Komm!", rief Gordon.

Zusammen rannten sie über den Innenhof des Anwesens.

Sie hetzten einfach in geduckter Haltung vorwärts, während ein wahrer Nadelhagel hinter ihnen hergeschickt wurde.

Ein paar Dutzend Schritte weit ging das gut, dann retteten sie sich hinter eine Drachentränke. Sie pressten sich dicht an den Boden, während die Nadeln in die Tränke schlugen und sie dutzendfach durchlöcherte.

Für ein paar Augenblicke konnten sie nichts weiter tun, als die Köpfe einzuziehen, so wütend war das Nadelfeuer, das ihnen entgegenschlug.

Gordon lud Navos' Nadler nach, den er noch immer in der Hand hielt und gab die Waffe dann Atilebasi.

"Hier!", meinte er. "Es wird jetzt ums Ganze gehen!"

Sie nahm die Waffe und nickte, während Gordons Hand zum Holster ging, um seinen eigenen Nadler zu ziehen.

Der Nadelhagel ließ etwas nach.

"Los, vorwärts, Leute!", hörte man Navos lauthals rufen.

Sie stürmten heran.

Gordon tauchte hinter der Tränke hervor und ließ den Nadler zweimal krachen. Schreie gellten. Gestalten sanken in den Staub. Gordon nahm Atilebasi erneut beim Arm. Auch sie feuerte ihren Nadler ab. Die Banditen hielten jetzt Abstand. Erneut pfiffen Nadeln durch die Luft. Und dann hatte Gordon mit seiner Begleiterin ein Gebäude erreicht. Es war ein Drachenstall. Wie die gesamten Gebäude war er aus hellem Stein errichtet - und das war gut so, denn es bedeutete, dass Navos und seine Leute die Wände nicht einfach mit einer Nadlersalve durchlöchern konnten. Gordon trat die Holztür auf und stieß Atilebasi hindurch. Er selbst feuerte noch ein paar Mal hinüber zu den Verfolgern, ehe er ihr folgte. Kaum hatte er die Tür zugeschlagen, da wurde sie auch schon von Geschossen durchschlagen.

"Es war eine kurze Flucht", meinte Gordon an Atilebasi gewandt. Es war ziemlich dunkel hier. Er sah von ihr nicht mehr, als einen Schatten. "Sieht aus, als hättest du dich auf die falsche Seite geschlagen..."

"Ja, scheint so", meinte sie und atmete tief und hörbar durch. "Aber es ist jetzt nicht mehr zu ändern!"

"Nein, vermutlich nicht."

"Navos wird keine Gnade kennen, wenn er mich in die Finger kriegt! Schließlich habe ich für Yer Led spioniert!"

Gordon ging zu einer glaslosen Fensteröffnung. Die Läden standen offen. Gordon blickte hinaus zu den Navos-Leuten.

Er sah flüchtig ein paar Schatten durch die Nacht huschen. Sie schossen jetzt nicht mehr.

"Was tun sie?", fragte Atilebasi.

"Sie verteilen sich!", war Gordons knappe Antwort.

In ihrem Rücken schnaubten Sauroiden. Aber die Tiere würden ihnen im Augenblick wohl nicht viel nützen...

Sie konnten ja schließlich nicht einfach an den Navos-Leuten vorbeireiten!

"Was machen wir jetzt?", fragte Atilebasi.

Gordon zuckte mit Schultern. Sie kam zu ihm und legte den Kopf an seine Brust und seufzte. Gordon strich ihr über das wunderbare schwarze Haar und dachte: Wir hätten uns unter anderen Umständen treffen sollen! Mit den Augenwinkeln nahm Gordon eine Bewegung wahr. Die Kerle arbeiteten sich an den Drachenstall heran und einer von ihnen hatte es schon ziemlich weit gebracht. Gordon reagierte blitzschnell und feuerte den Nadler ab. Der Mann sank getroffen zu Boden. Im nächsten Moment schon fing das Gefecht von neuem an. Gordon und Atilebasi gingen in Deckung, während die Geschosse am Sandstein kratzten. Einige wurden als gefährliche Querschläger ein zweites Mal auf die Reise geschickt. Man musste sehr aufpassen. Zwischendurch tauchte Gordon ein paar Mal hervor, um dem Nadelhagel der Navos-Leute etwas entgegenzusetzen. Atilebasi schoss auch.

42

Ekai Navos hatte von einem seiner Leute eine Strahlgewehr genommen und in diesem Moment lud er die Waffe mit einer energischen Bewegung durch. Sein Gesicht drückte Wut aus. "Holt sie dort heraus, Männer! Hört ihr? Auch das Mädchen! Es wird kein Pardon geben! Sie hat für unsere Feinde spioniert!"

Er kauerte an der Ecke einer Unterkunftsbaracke und blickte hinüber zum Drachenstall, wo dieser Fremde und Atilebasi sich verkrochen hatten!

Seine Leute hatten sich gut verteilt.

Es wurde hin und her geschossen.

"Sie kommen dort nicht heraus!", meinte der Mann zu Navos' Rechten.

Es war der rothaarige Maharg.

Ekai Navos fluchte lauthals, bevor er dann sein Gewehr anlegte und wild drauflos feuerte.

Er sah selbst, dass die ganze Knallerei im Moment nicht viel brachte.

"Sie werden sich dort eine ganze Weile halten können!", meinte Navos grimmig. Wieder gingen die Schüsse hin und her. Und dann ein Schrei. Einer von Navos' Leuten taumelte in seine Deckung zurück und hielt sich laut stöhnend den Arm.

"Ein verflucht guter Schütze!", meinte Maharg.

Navos bleckte die Zähne wie ein Raubtier.

"Vorwärts, Leute!", rief er. "Holt die Bastarde aus ihrem Loch heraus!"

Doch was dann geschah, verschlug ihm im ersten Moment den Atem. Es begann damit, dass das Drachengetrappel und Brüllen an sein Ohr drangen.

"Dieser verrückte Kerl!", flüsterte er dann.

43

"Es ist riskant!", meinte Atilebasi zweifelnd.

Doch Gordon schüttelte den Kopf.

"Sie werden höllisch aufpassen, nicht ihre eigenen Drachen abzuknallen, wenn wir an ihnen vorbeikommen!", meinte er.

"Hoffentlich hast du recht!"

"Heya!", rief Gordon dann und gab dem Sauroiden, den er gerade aus dem Stall gezogen hatte einen Klaps.

Das Tier ging mit den anderen hinaus und stürmte in die Nacht hinein - geradewegs auf den Innenhof.

Die Drachen waren halb wahnsinnig vor Angst wegen der Schießerei.

Dann nahm er einen der Drachen beim Zügel und schwang sich hinauf. Das Tier hatte keinen Sattel, aber jetzt war keine Zeit zu verlieren.

Es würde auch so gehen.

Er ließ den Drachen ein paar Schritte nach vorn gehen und reichte Atilebasi die Hand.

Mit einer kräftigen Bewegung zog er sie zu sich hoch und einen Moment später saß sie vor ihm auf dem Drachenrücken.

Sie trieben das Tier mit den anderen hinaus. Mindestens zwanzig Sauroiden waren es, die da völlig kopflos in Richtung von Navos und seinen Leuten stoben.

Gordon gab dem Drachen unter sich die Sporen und drückte Atilebasi nieder, so dass sie an den Hals des Tiers kam.

Er selbst beugte sich über sie.

In der Rechten hielt er dabei den schussbereiten Nadler, in der Linken die Zügel.

Eine Schrecksekunde lang machten die Navos-Männer überhaupt nichts. Sie schienen erst einmal einen Moment zu brauchen, um zu begreifen, was da im Gange war.

Eine Horde wildgewordener, in Panik versetzter Sauroiden stürmte durch den Innenhof.

Gordon hoffte, dass er es mit Atilebasi im Schutz dieser Herde bis zu dem großen Holztor schaffen würde.

In diesem Moment ging die Schießerei wieder los. Navos und seine Leute schienen alles daransetzen zu wollen, dass sie nicht durchkamen sondern stattdessen durchnadelt wurden.

Sie versuchten gut zu zielen, um die Sauroiden nicht zu treffen, aber das war gar nicht so einfach. Die Nadeln pfiffen dicht über ihren Köpfen hinweg.

Gordon verzichtete darauf, zurückzufeuern. Er hatte alle Hände voll zu tun, den halb wahnsinnig gewordenen Drachen unter seinem Gesäß zu bändigen. Das Tier stellte sich zwischenzeitlich sogar auf die Hinterbeine und Gordon musste sein ganzes Können aufbieten, um das verschreckte Tier wieder unter seinen Willen zu zwingen und weiter nach vorne zu treiben. Das neu aufflackernde Nadelfeuer brachte indessen auch die anderen Drachen um den letzten Funken Vernunft in ihren großen Sauroidenköpfen. Sie rannten jetzt wild durcheinander in alle Richtungen, was das Chaos noch vergrößerte.

Gordon konnte das nur recht sein.

Mit den Augenwinkeln sah er Männer, die von den wildgewordenen Tieren aus ihren Deckungen getrieben wurden und ihnen nun verzweifelt auszuweichen suchten. Dann merkte Gordon mit einem Mal, dass irgendetwas nicht stimmte. Noch immer peitschen ihnen die Schüsse um die Ohren. Gordon warf einen Blick hinab und sah, dass sein Hosenbein blutrot war.

Doch war es nicht sein eigenes Menschenblut, das den Stoff gefärbt hatte - es war das Blut des Sauroiden, auf dem er mit Atilebasi saß. Es hatte das Tier an der Seite böse erwischt.

Ein paar Sätze machte der Drachen noch nach vorn, strauchelte und ließ dann ein markerschütterndes Brüllen hören, das einem durch Mark und Bein gehen konnte. Gerade noch rechtzeitig sprang Gordon von dem Sauroidenrücken herunter, wobei er Atilebasi mit sich riss.

Ziemlich unsanft kamen sie beide zu Boden, während um sie herum die scharfen Hufe der Sauroiden den Boden aufpflügten.

Nicht einmal ein Dutzend Konzernmeter waren es noch bis zu dem großen Holztor.

Gordon wirbelte herum und feuerte seinen Nadler ab. Einer von Navos' Leuten, der gerade auf die Flüchtenden angelegt hatte, sank getroffen zu Boden.

Dann kam der große Mann wieder auf die Beine, zog Atilebasi mit sich und einen Augenblick später hatten sie das Tor erreicht.

Der große Holzriegel wurde zurückgeschoben. Das Tor öffnete sich knarrend und sie liefen hinaus in die Nacht.

Ein breiter, steiniger Weg führte von der Anhöhe herunter, auf dem die Gebäude errichtet waren. Doch dort wären sie eine wahre Zielscheibe für Navos' Meute gewesen.

So schlugen sie sich seitwärts in die Büsche.

"Wohin gehen wir?", fragte Atilebasi.

Gordon deutete gen Osten.

"Ich habe hier in der Nähe meinen Drachen festgemacht!"

In geduckter Haltung liefen sie vorwärts. Zwischen den Büschen und Bäumen würde man sie in der Dunkelheit schwer finden.

Und dennoch mussten sie auf der Hut bleiben.

Von hinten drangen Stimmen an ihre Ohren.

Navos und seine Leute hatten nicht aufgegeben. Aber Gordon auch nicht.

44

Nach einer Weile hatten sie Gordons Sauroiden erreicht, der noch immer dort angebunden stand, wo der Ranger des Arantes-Konzerns ihn festgemacht hatte.

Gordon schwang sich hinauf und wenig später saß Atilebasi hinter ihm und schlang ihre Arme um seine Hüften.

Gordon warf einen Blick zurück.

Dort schien jetzt der Teufel los zu sein.

"Es wird ein bisschen dauern, bis sie ihre Sauroiden wieder beruhigt haben, aber wir werden diesen Vorsprung auch bitter nötig haben!", meinte er und lenkte das Sauroiden herum.

"Du musst wahnsinnig gewesen sein, als du glaubtest, Ekai Navos aus seinem eigenen Nest herausholen zu können!", meinte Atilebasi.

Gordon grinste.

"Weshalb? Es hätte doch beinahe geklappt! Und solange er in unserer Gewalt war, konnte ich sicher sein, dass keiner seiner Männer auch nur einen Finger krümmen würde..." Er zuckte die breiten Schultern. "Leider ist es anders gekommen. Er hat mich aufs Kreuz gelegt!"

Dann sah er sie über die Schulter hinweg an und meinte: "Vielleicht bist du auch die Wahnsinnige von uns beiden gewesen. Du hättest einfach nur Navos den Nadler zu geben brauchen - dort oben im Schlafzimmer. Oder gar nichts tun, vielleicht wäre das das Beste gewesen! Dann wäre für dich diese Nacht in einem warmen Bett zu Ende gegangen!"

"Es ist nicht zu ändern, was geschehen ist!", meinte sie und lächelte.

Gordon nickte.

"Das stimmt allerdings!"

"Wohin werden wir reiten?"

"Halte dich ostwärts. Das Seeufer entlang."

"Weshalb?"

"Weil Yer Led und seine Leute dort irgendwo kampieren!"

Gordon überlegte. Es konnte stimmen, was sie sagte, schließlich war der Kundschafter, den Gordon vor Navos' Schergen gerettet hatte, ebenfalls nach Osten davon geritten.

"Vielleicht ist das gar keine schlechte Idee", meinte Gordon dann nachdenklich. "Selbst wenn wir nicht auf Yer Led und seine Meute treffen. Schließlich ist das Gebiet um den See herum dicht bewachsen. Dort kann man sich besser verstecken!"

Atilebasi lachte und ihre Augen funkelten dabei.

"Und außerdem hast du deinen verrückten Plan, Navos in die Finger zu bekommen, bestimmt noch nicht aufgegeben, was?"

"Woher weißt du das?"

"Ich kenne deine Sorte, Zeddor! Du wirst nicht eher Ruhe geben, bis du erreicht hast, was du willst! Und da wäre es doch dumm, allzu weit davon zu reiten, nicht wahr?"

Gordon sagte nichts darauf.

Stumm ritten sie durch den Mondschein. Nicht mehr lange und die ersten Strahlen des neuen Tages würden über den Horizont kriechen.

Bis soweit war konnten sie noch ein paar Meilen zwischen sich und die Männer, die ihnen folgten, legen.

Aber spätestens dann würde es ernst werden.

Die Spuren am Boden würden für die Verfolger in ihrem Rücken wie ein offenes Buch sein, sobald es hell wurde.

45

Das Gebiet, durch das sie kamen war dicht bewachsen und ziemlich unwegsam.

Aber der langgezogene See der großen Häuser im Süden bot ihnen einen Orientierungspunkt, der verhinderte, dass sie bei der Dunkelheit womöglich im Kreis ritten und ihren Verfolgern direkt in die Arme liefen. Zwischendurch gönnten sie sich eine kurze Pause am Ufer des Sees, auf deren Wasseroberfläche sich das Mondlicht spiegelte. Sie stiegen beide aus dem Sattel. Atilebasi machte einen ziemlich erschöpften Eindruck. Sie seufzte. Gordon hingegen waren die hinter ihnen liegenden Strapazen nicht anzusehen.

"Können wir uns diesen Aufenthalt überhaupt erlauben, Zeddor?", fragte Atilebasi nicht ohne Furcht in der Stimme.

Der Sauroide steckte indessen den Kopf ins Wasser, um zu trinken. Gordon hob den Blick und bedachte sie mit einem nachdenklichen Blick. Dann lächelte er selbstsicher.

"Wir müssen aufpassen, dass wir das Tier nicht zu Schanden reiten!", meinte Gordon, während er die Decke vom Sattel schnallte und sie Atilebasi um die Schultern legte.

Jetzt, in den frühen Morgenstunden war es verdammt kalt.

Nicht lange und sie brachen wieder auf.

"Es wird bereits hell!", erklärte Atilebasi und ihr schlanker Arm deutete dabei zum Horizont.

Gordon nickte.

Es bedeutete nichts anderes, als dass ihre Schonfrist nun bald zu Ende wäre.

46

Weitere Stunden vergingen. Der Tag begann Oberhand über die Nacht zu gewinnen.

Es wurde hell.

Nebel stiegen von der Seeoberfläche auf, aber es würde nicht mehr lange dauern und die Sonne würde sie vertreiben.

Gordon trieb den Sauroiden unbarmherzig vorwärts, obgleich er spürte, dass es so nicht lange weitergehen konnte. Das Tier wurde immer langsamer und irgendwann würde es unweigerlich unter ihnen beiden zusammenbrechen.

"Siehst du Felsen dort am Horizont?", fragte Gordon an seine Gefährtin gewandt.

Sie nickte.

"Ja."

"Bis dorthin müssen wir es noch schaffen!"

"Und dann?"

"Wir werden uns irgendwo einen Platz suchen, an dem man sich gut verschanzen kann. Eine andere Möglichkeit haben wir nicht mehr. Wir können froh sein, wenn der Drachen so lange mitmacht."

Sie atmete tief durch.

"Ich vertraue dir, Zeddor!"

Immer näher kamen sie an die Felsen heran. Das fruchtbare Gebiet um den See herum ging hier in eine steinige und zerklüftete Ödnis über.

Es war eine Art Labyrinth, das die Natur geschaffen hatte und in dem es sicher jede Menge Möglichkeiten gab, um Deckung zu finden und sich zu verstecken.

Atilebasis Arm deutete plötzlich nach hinten. Sie hatte sich im Sattel herumgedreht und offenbar etwas gesehen.

"Mein Gott...", flüsterte sie.

Und jetzt sah auch Gordon es.

Es waren ein paar sich bewegende schwarze Punkte, die über einen der Hügel krochen, die sie bereits hinter sich gelassen hatten. Die Punkte wurden größer und verschwanden dann in der folgenden Senke.

Kein Zweifel, das waren Reiter.

Navos' Leute!

"Verflucht!", murmelte Gordon. "Ich hätte nicht gedacht, dass sie so verdammt schnell sind!"

"Sie werden uns bald eingeholt haben, nicht wahr?"

"Ja, sieht so aus!"

Gordon sah sie an.

"Vielleicht sollten wir uns trennen!"

"Nein, Zeddor, kommt nicht in Frage! Oder willst du mich etwa loswerden?"

Gordon grinste schwach.

"Kein Gedanke, Lady! Ich denke nur daran, wie wenigstens du am Leben bleiben kannst! Mich werden sie über den Haufen schießen, sobald sie eine Gelegenheit dazu haben. Das steht so fest wie das Amen in der Kirche. Aber mit dir werden sie vielleicht Gnade haben, wenn du freiwillig zu Navos zurückgehst!"

Aber sie schüttelte energisch den Kopf.

"Du kennst Ekai Navos nicht, Zeddor! Du weißt nicht, was für ein rachsüchtiger Mensch er ist! Nein, was geschehen ist, ist nicht mehr zu ändern. Und wenn ich jetzt in seine Hände geriete, wäre das das Ende. Gnade ist ein Fremdwort für ihn, glaub mir!"

Gordon zuckte mit den Schultern.

"Du wirst das wohl am besten wissen..."

"Ja, das stimmt."

"Nun, wenn sie uns holen wollen, dann werden sie jedenfalls einen hohen Preis dafür bezahlen müssen!", erklärte Gordon mit dem Brustton der Überzeugung.

Sie hatten die Felsen fast erreicht, da tauchten Navos und seine Leute erneut in ihrem Rücken auf.

Zwei Dutzend Mann waren es mindestens - und sie kamen auf frischen Sauroiden im Galopp heran.

Sie hatten die Flüchtenden längst gesehen, daran konnte es keinen Zweifel geben.

"Heya! Vorwärts!", Gordon gab dem Sauroiden auf dem er zusammen mit Atilebasi saß brutal die Elektroschock-Sporen. Ein Stück noch musste das Tier durchhalten.

Jeder Meter war kostbar.

Unterdessen hatte die schöne Frau bereits den Hahn ihres Nadlers gespannt und richtete ihn nach hinten.

Doch Gordon schüttelte den Kopf.

"Sie sind noch nicht nahe genug heran!", meinte er. "Das wäre reine Munitionsverschwendung!"

Und dann geschah es!

Der Drachen ging vor Erschöpfung zu Boden. Er war einfach zu Schanden geritten worden und jetzt knickten ihm die Beine weg. Ein furchtbares Brüllen ertönte.

Gordon und Atilebasi fanden sich einen Augenblick später im Sand wieder, während der Sauroide verzweifelt strampelte, um wieder auf die Beine zu kommen.

Gordon sprang auf und zog das Strahlgewehr aus dem Futteral heraus. Dann wandte er sich an Atilebasi, fasste sich am Arm und zog sie mit sich, während die Meute hinter ihnen unbarmherzig näherrückte.

Die ersten Strahlschüsse zischten los.

Navos' Leute eröffneten das Feuer und wenig später prasselte ein wahrer Nadelhagel hinter den Flüchtenden her. Das meiste davon ging irgendwo ins Nichts, denn noch waren die Verfolger zu weit entfernt, um wirklich gezielt schießen zu können.

Gordon und seine Begleiterin hetzten verzweifelt vorwärts in Richtung der Felsen.

Gordon wies mit dem Strahlgewehrlauf voran.

"Dort, den Hang hinauf!"

47

Es ging steil hinauf. Der Hang war geröllhaltig und sie rutschten etwas.

Dann hatten sie ein Plateau erreicht. Ein paar Felsblöcke boten einigermaßen Deckung.

Gordon justierte die Zielerfassung des Strahlgewehrs und blickte hinab - dorthin, wo jetzt die Verfolger herankamen.

"Dort oben sind sie!", hörte man einen von ihnen rufen und dann wurde auch schon sofort geschossen.

"Runter mit dir!", befahl Gordon und zog Atilebasi noch im selben Moment hinter einen der Felsblöcke.

Indessen ging die erste Salve der Navos-Leute über sie beide hinweg.

Gordon wartete das ab, bevor er dann selbst blitzartig hervortauchte und feuerte. Dreimal kurz hintereinander ließ er das Strahlgewehr aufblitzen und eine Sekunde später waren ebenso viele der Angreifer aus den Sätteln ihrer Sauroiden geholt. Ehe Navos' Leute erneut feuerten, hatte er sich aber bereits wieder geduckt, so dass die Nadeln über ihn hinwegpfiffen. Navos' Leute sprangen aus den Sätteln, trieben ihre Tiere davon und suchten ebenfalls Deckung. Sie verteilten sich zwischen den umliegenden Felsen, während die Verletzten sich davon schleppten.

"Was werden sie tun?", flüsterte Atilebasi.

"Sie verteilen sich", erwiderte Gordon. "Vielleicht wollen sie uns einkreisen..."

Schon im nächsten Moment war der große Mann erneut hochgeschnellt und hatte einen der Kerle aus den Felsen geholt. Mit einem markerschütternden Schrei rutschte er aus seiner Deckung und blieb reglos liegen.

Auch Atilebasi feuerte jetzt ihren Nadler ab.

Wütend kam das Gegenfeuer.

Gordons Blick ging herum.

Von allen Seiten waren die Laserblitze zu sehen. Überall schien sich etwas zu bewegen. Wie wild wurde hin und her geschossen.

Gordon schwenkte den Gewehrlauf herum.

Das Strahlgewehr zischte und einer der Kerle ließ schreiend seine Waffe fallen, die er gerade auf Gordon gerichtet hatte.

Dann versuchten plötzlich einige der Navos-Leute einen Ausfall.

Gordon hörte, wie Ekai Navos sie anfeuerte und nach vorne trieb, aber die Schüsse, die der große Mann und seine Gefährtin ihnen entgegenschickten, ließen sie schleunigst wieder in Deckung gehen.

Als das Gefecht etwas abebbte, verschwanden sie beide wieder hinter den Felsblöcken.

Gordon nutzte die Gelegenheit und schob ein neues Magazin in das Strahlgewehr hinein.

Atilebasi gab er auch etwas Munition, damit sie den Nadler nachladen konnte.

Dann geschah eine Weile lang gar nichts.

Aber die Ruhe war trügerisch. Gordon konnte das förmlich fühlen.

"Was haben die vor?", fragte Atilebasi, während sie das Nadlermagazin schloss und die Waffe fest mit der Rechten umfasste.

Sie wirkte entschlossen und sehr stark, obwohl auch ihr klar sein musste, wie aussichtslos ihre Lage war.

"Die kreisen uns ein!", meinte Gordon. Er zuckte mit den Schultern, kam hoch und warf einen Blick hinunter, wo sich die Navos-Meute verschanzt hatte.

Aber keiner der Kerle steckte im Augenblick seinen Kopf hervor. Und auch von Ekai Navos selbst sah Gordon im Augenblick nichts.

"Wir können nur auf ein Wunder hoffen, nicht wahr, Zeddor?", meinte sie zu Gordon.

Der großgewachsene Mann verengte die Augen.

"So einfach ist es nicht, uns hier herauszuholen, Lady!"

"Die Nadel- und Energiepatronen an deinem Gurt sind fast verbraucht, Zeddor!", stellte Atilebasi fest.

Gordon beugte sich zu der dunkelhaarigen Schönen nieder und blickte sie an.

Dann nickte er.

"Ja."

"Wie viel noch? Wie viel Schuss?"

Gordon seufzte.

Das Gefecht hatte eine Menge Munition gekostet.

Mit genug Austausch-Energiereservoiren für das Strahlengewehr und Nadelmunition hätten sie sich noch lange hier oben halten können - vorausgesetzt, keiner von ihnen wurde durch irgendein verirrtes Projektil erwischt.

Aber die Munition ging zu Ende.

"Wie viel?", fragte sie noch einmal.

Er hatte es ihr eigentlich nicht sagen wollen, um ihr nicht den letzten Rest von Mut zu nehmen.

Aber jetzt tat er es doch. Welchen Sinn hatte es nun noch, darum herum zu reden?

"Das Energiereservoir des Strahlgewehrs geht zur Neige und dasselbe gilt für das Magazin des Nadlers!", sagte Gordon dann. "Wir müssen verdammt sparsam sein!"

48

Es war nur die kurze Ruhe vor dem nächsten Sturm.

Einige der der Kerle hatten einen weiten Bogen gemacht und waren durch die Felsen geklettert.

Und jetzt kamen sie von hinten.

Mit den Augenwinkeln nahm Gordon eine Bewegung war und selben Moment warf er sich auch schon nach vorn, so dass er Atilebasi mit seinem Körper abdeckte. Schon wurden die ersten Schüsse abgegeben, sowohl aus Nadlern als auch aus Strahlgewehren. Sie gingen dicht über Gordon und Atilebasi hinweg.

Nadelprojektile und Strahlschüsse schlugen links und rechts von ihnen ein.

Blitzartig rollte Gordon sich herum, riss das Strahlgewehr hoch und drückte.

Strahlenblitze zuckten durch die Luft.

Zwei Männer sanken getroffen zusammen und rutschten den Hang hinunter.

Und im selben Moment kamen sie auch von unten aus ihren Deckungen heraus und versuchten einen weiteren Sturmangriff.

Atilebasi schoss mit dem Nadler den Hang hinab und so zogen sie erst einmal die Köpfe ein.

Dann machte es 'klick!', ohne dass eine Nadel aus der Mündung herausschoss.

Ihr Nadler war leergeschossen. Die junge Frau fluchte verzweifelt.

"Hier!", rief Gordon und warf ihr den Nadler zu, den er selbst am Gürtel trug.

Sie fing die Waffe auf und fing erneut an zu schießen.

Währenddessen ließ Gordon das Strahlgewehr sprechen. Der große Mann nahm sich die Kerle vor, die sich von hinten an sie beide herangepirscht hatten, Atilebasi feuerte den Hang hinab.

Gegenseitig deckten sie sich so den Rücken.

Aber lange konnte das so nicht mehr weitergehen.

Schuss um Schuss löste sich aus Gordons Strahlgewehr. Ein weiterer von Navos' Männern schrie getroffen auf. Aber es waren einfach zu viele, um sich auf Dauer gegen diese Übermacht verteidigen zu können!

Selbst wenn jeder seiner Schüsse ein Treffer gewesen wäre - Gordon hätte nicht einmal für jeden seiner Gegner eine Nadel gehabt!

Und dann sah der große Mann plötzlich Ekai Navos selbst, der mit grimmigem Gesicht hinter einem Felsblock aufgetaucht war, in der Hand einen Nadler.

Navos schoss und fast im selben Moment feuerte Gordon sein Strahlgewehr ab.

Aber Navos war schneller.

Und er war ein verdammt guter Schütze!

Gordon spürte, wie es ihn an der Schulter erwischte. Die Wucht des Geschosses riss ihn zur Seite, so dass der Blitz seines Strahlgewehrs ins Nichts zuckte.

Er taumelte zurück, direkt gegen den Felsen hinter dem er sich mit Atilebasi versteckt hatte.

Eine Welle des Schmerzes durchflutete seinen ganzen Körper. Sein Hemd färbte sich blutrot.

Undeutlich nahm Gordon dann wahr, wie Ekai Navos erneut den Nadler hob.

Doch bevor er den zweiten, wahrscheinlich tödlichen Schuss auf Gordon abgeben konnte, hatte dieser sich soweit gefangen, dass er das Strahlgewehr hochgerissen und erneut geschossen hatte.

Es war praktisch ein Schuss aus der Hüfte, nur ganz kurz gezielt. Doch er saß. Und er hätte keine Sekunde später kommen dürfen! Auf Ekai Navos' Stirn bildete sich ein kleines, rotes Loch. Der Bandenführer wurde nach hinten gerissen und schlug schwer auf den Rücken. Reglos blieb er zwischen den Steinen liegen.

Gordon suchte dann wieder Deckung.

Aber mit Navos' Tod war die Sache noch nicht ausgestanden. Es wurde weiter geschossen und als zwei der Navos-Leute sich den felsigen Hang hinunterzuarbeiten begannen, erwischte Gordon den einen tödlich, der andere bekam eine Nadel ins Bein und humpelte jämmerlich davon.

Und dann trat das ein, wovor er sich schon die ganze Zeit insgeheim gefürchtet hatte.

Es klickte.

Das Strahlgewehr zischte nicht los, obwohl er den Abzug betätigt hatte.

Das Energiereservoir war verbraucht.

Wütend warf er die Waffe weg.

Dann blickte er zu Atilebasi hinüber, die sich stumm hinter einen Felsen gekauert hatte. Auch ihre Waffe schien leer zu sein. Die dunkelhaarige Frau schoss nicht mehr und hatte den Nadler zu Boden sinken lassen.

Gordon kam zu ihr.

"Es ist zu Ende!", sagte sie. "Mein Gott, es ist zu Ende!"

Gordon nahm sie in den Arm und sie schluchzte hemmungslos.

Die Gegner schienen begriffen zu haben, wie die Lage der Flüchtenden war. Sie kamen jetzt grinsend aus ihren Deckungen heraus.

"Der Bastard hat den Boss erschossen!", hörte Gordon einen von ihnen sagen.

Von überall her kamen sie heran.

Wut stand in ihren Gesichtern

Einer der Kerle, die oben von den Felsen herunterkam, legte seinen Nadler auf Gordon und Atilebasi an.

Aber mit dem, was in der nächsten Sekunde geschah, hatte allerdings keiner gerechnet!

49

Ein Nadelschuss zischte von irgendwoher.

Der Mann, der seinen Nadler angelegt hatte, bekam ihn in den Leib und klappte daraufhin zusammen wie ein Taschenmesser.

Dann fielen weitere Schüsse.

Die Navos-Leute wirbelten mit grimmigen Gesichtern herum und sahen, wie ein Trupp von Reitern auf ihren Sauroiden herangeprescht kam.

Etwa dreißig Mann waren es.

Und das bedeutete, dass die in der Übermacht waren.

Sie sprangen von ihren Sauroiden, verteilten sich und eröffneten wie wild das Feuer.

"Das sind Yer Leds Leute!", rief Atilebasi.

Es war ein kurzer Kampf. Einige von Navos' Männern fielen noch unter dem Nadelhagel der Angreifer, der Rest ergriff eine heillose Flucht. Als die Überlebenden von Navos' Bande eilig auf den Rücken ihrer Sauroiden davon geprescht waren, erhoben Gordon und Atilebasi sich aus ihrer Deckung.

Atilebasi untersuchte kurz Gordons Verwundung.

"Sieht schlimm aus, Zeddor!", meinte sie.

Gordon lächelte matt.

"Halb so wild!", meinte er. "Scheint mir nur eine Fleischwunde zu sein."

Und dann blickte er hinab zu den Palikanern, die jetzt ebenfalls hervorkamen. Unter ihnen sah Gordon auch Ocap, jenen Kundschafter, den er vor Ekai Navos' Schergen gerettet hatte. Ein hochgewachsener, schlanker Mann führte den Trupp an. Er war dunkelhaarig und trug einen Oberlippenbart

- ganz nach Art eines palikanischen Konzernjunkers. Das musste Yer Led sein. Er kommandierte einen Teil seiner Leute ab, um die Banditen zu verfolgen. Dann stieg er den Hang hinauf zu Gordon und Atilebasi. Er musterte die dunkelhaarige Frau etwas irritiert.

"Was machst du hier? Hatte ich dich nicht für eine andere Aufgabe engagiert?"

"Ja. Und die habe ich auch erfüllt."

Gordon deutete mit dem Arm und warf dann ein: "Ekai Navos ist tot!"

Und dann sah auch Yer Led den toten Bandenchef. Er wandte sich an Gordon. "Mein Name ist Yer Led! Sind Sie dafür verantwortlich?"

Gordon nickte.

"Ja, er ließ mir keine andere Wahl!"

"Dann bin ich Ihnen zu Dank verpflichtet! Jetzt, da Ekai Navos tot ist, hat diese Meute, die mir meinen Besitz weggenommen hat, keinen Kopf mehr. Wir werden mit dem Rest leichtes Spiel haben!"

Gordon nickte.

"Das glaube ich auch."

Er dachte an Larina C'Imroc, die sich noch immer in dem Dorf der Panadoy-Maragui versteckt hielt und auf ihn wartete.

Sie konnte jetzt aufatmen und einen Neuanfang wagen.

Ekai Navos konnte ihr nichts mehr anhaben.

Vielleicht lagen ja noch ein paar schöne Tage mit Larina vor ihm, in denen sie gemeinsam die Gastfreundschaft der Panadoy-Maragui genießen konnten... Larina würde bestimmt einverstanden sein. Gordon musste bei dem Gedanken unwillkürlich lächeln. Er würde sich den Sauroiden eines erschossenen Banditen nehmen und sich dann so schnell wie möglich auf den Weg machen. Gordon bückte sich, um seinen Nadler vom Boden aufzunehmen. Dann wandte er sich an die

dunkelhaarige Atilebasi und meinte: "Ich werde über Samola reiten. Soll ich dich bis dorthin mitnehmen?"
    ENDE

NEBELWELT - Das Buch Whuon

Thagon, der Magier von Aruba, beschwört die Schattenkreaturen der Hölle. Grausige, orkähnliche Schattenkreaturen und Wolfskrieger stehen in seinem Dienst. Schonungslos greift er nach der Macht in den Reichen der Menschen, indem er deren Herrscher durch willfährige Doppelgänger zu ersetzen versucht. Der Barbar Whuon und seine Gefährten treten ihm entgegen - und werden bald selbst zu Gejagten...

Die Stadt der Magier

Die Karawane war endlos.

Langsam schleppte sie sich durch die große Wüste Tykiens. Gorich saß müde auf seinem Rappen und ließ sich daherschaukeln. Unbarmherzig brannte die Sonne auf die Erde herab. Der Wüstensand wurde durch den Hufschlag der Pferde aufgewirbelt.

Neben Gorich ritt Whuon, der, wie Gorich, nicht aus Tykien, sondern aus Thyrien stammte. Zusammen waren sie aus ihrem Heimatland ausgezogen, um ferne Länder kennenzulernen.

Die Karawane war von Himora, der Stadt am Rande der Wüste, aufgebrochen und ihr Ziel war Sorgarth, an der hügeligen Küste Tykiens.

„Hast du schon von den Wolfsmenschen gehört, Whuon?", wollte Gorich wissen. Der andere nickte.

„Ja! Sie sollen angeblich in der großen Wüste leben. Aber gesehen hat sie noch niemand!"

„Die Geschichte der Wolfsmenschen wird wohl nur reine Dichtung sein, Whuon."

Whuon nickte wieder.

„Es gibt so viele Mythen und Legenden über dieses Land. Eine Legende besagt zum Beispiel, dass der ganze Kontinent, auf dem die bekannte Welt liegt, vor Jahrtausenden einmal eine Eiswüste war."

Gorich blinzelte in die Sonne.

„Eine Eiswüste, sagst du?"

„Ja! Auch so ein Märchen, das man sich in der Gegend von Himora seit Jahrhunderten erzählt."

„Aber die meisten Legenden enthalten einen Kern Wahrheit!"

„Es ist bei dieser kaum anzunehmen, Gorich."

„Der Mensch neigt dazu, das Phantastische und ihm Ungewohnte abzulehnen."

Langsam begann sich ein heftiger Wind zu erheben, der den Sand hoch emporschleuderte.

„Hoffentlich gibt es keinen Sturm", meinte einer der anderen Männer. Gorich zuckte mit den Schultern. Er hatte einen Sandsturm in der tykischen Wüste noch nie erlebt, aber aus Berichten von Einheimischen wusste er, wie wild und zerstörerisch sie sein konnten.

„Wir dürfen uns auf keinen Fall verlieren!", rief Yarum, der Führer der Karawane. Der Wind wurde rasch heftiger. Schon konnte man kaum noch etwas erkennen. Wie ein dichter Nebel hüllte der aufgewirbelte Sand Gorichs Umgebung ein. Sein Pferd galoppierte, wild zerrte der Wind an seinen Kleidern. Vor sich vermochte er gerade noch Whuon zu erkennen. Gorich durfte auf keinen Fall den Kontakt zu den anderen verlieren. Wer den Kontakt verlor, für den gab es kein Überleben. Verzweifelt versuchten Gorichs Augen den aufgewirbelten Sand zu durchdringen.

Und dann war er allein.

Er konnte niemanden mehr sehen.

„Whuon!", schrie er verzweifelt.

„Whuon! Wo bist du?"

Aber seine Schreie wurden vom Wind verschluckt.

Unbarmherzig gab er seinem Rappen die Sporen, in der Hoffnung, doch noch auf die anderen zu stoßen.

Gorich hielt den Arm vor das Gesicht, um sich vor dem Sand zu schützen, der auf ihn herniederprasselte.

Sein Pferd galoppierte noch immer vorwärts.

Wenn er die anderen nicht wiederfand, dann war es mit ihm vorbei!

„Whuon!", schrie er in höchster Verzweiflung.

Brutal trieb er seinen Rappen weiter.

Mit aller Kraft krallte er sich an seinem Reittier fest, denn der Wind war so heftig geworden, dass er ihn fast aus dem Sattel riss. Er sah und hörte nichts mehr. Er spürte nur noch den Schweiß seines Rappen, an den er sich mit letzter Kraft klammerte.

Gorich wusste nicht, wohin er ritt. Wenn der Sturm zu Ende war, dann würde er sich irgendwo in der Wüste wiederfinden.

Er wusste nicht, ob er vielleicht die ganze Zeit im Kreis geritten war. Der Gedanke ließ ihn erschauern. Er versuchte, an etwas anderes zu denken.

Da erkannte er vor sich das Hinterteil eines Pferdes und wenig später den ganzen Reiter. Es war Yarum, der Karawanenführer.

„Yarum!", rief Gorich. Der Karawanenführer drehte sich zu dem Thyrer um. Gorich trieb seinen Rappen zu noch größerer Eile an und hatte Yarum bald eingeholt. Da sah er auch Whuons hagere Gestalt. Aber sonst sah er niemanden mehr.

„Wo sind die anderen?", rief er zu Yarum hinüber.

„Ich weiß es nicht! Wir haben sie verloren!"

„Wohin reiten wir?"

„Ich weiß es nicht! Vielleicht nach Himora zurück, vielleicht in Richtung Sorgarth oder direkt in die Wüste hinein. Vielleicht aber auch im Kreis!"

Angst ergriff Gorich. Sollte ihre Lage wirklich so aussichtslos sein?

„Können wir denn nichts tun?", rief er.

„Wir können nur hoffen", meinte Whuon lakonisch.

Hoffen, was war das schon. Was konnte Hoffen nützen?

Ein Schrei gellte. Man konnte ihn kaum hören, denn der Wind verschluckte ihn. Es war ein Todesschrei! Jemand musste von seinem Reittier abgeworfen worden sein – für ihn würde es keine Rettung mehr geben.

Aber der Schrei beruhigte Gorich eigentümlicherweise auch. So wusste er wenigstens, dass die anderen noch in der Nähe waren. Sie alle ritten dahin – ohne Sinn und ohne Ziel. Gorich hoffte nur eines: Dass diese Spuk bald ein Ende hätte.

„Wir müssen langsamer werden!", rief Whuon.

„Warum?", wollte Gorich wissen.

„Weil wir doch nicht wissen, wohin wir reiten!"

Yarum nickte und zügelte sein Pferd. Die anderen folgten seinem Beispiel. Aber die Pferde ließen sich nicht wirklich beruhigen.

Sie waren jetzt etwas langsamer, aber noch immer schnell genug. Mit fliegenden Mänteln hetzten sie durch die endlose Wüste. Von den anderen vernahmen sie kein Lebenszeichen mehr.

Und dann – es war wie ein Wunder – ließ der Wind auf einmal nach. Es vergingen nur wenige Minuten, und der Spuk war ebenso schnell vergangen, wie er gekommen war. Die Wüste war wieder glatt. Blutrot leuchtete am Horizont die Sonne.

„Die Stürme Tykiens sind nur kurz in der Dauer – dagegen umso heftiger in der Wirkung", meinte Yarum. Gorich nickte matt.

„Das habe ich zu spüren bekommen. Weißt du, wo wir sind?"

„Ich glaube, dass wir direkt in die Wüste hineingeritten sind."

Die Vermutung des Karawanenführers wirkte auf Gorich nicht gerade ermutigend.

„Seht! Dort hinten!" Whuon deutete zum Horizont. Dort waren die verwitterten Ruinen einer Stadt zu sehen.

„Ob dieser Ort noch bewohnt ist?", fragte Gorich.

Yarum zuckte mit den Schultern.

„Hier bin ich noch nie gewesen", bekannte er.

Gorich blickte zur Sonne, die blutrot am Horizont stand.

„Bald wird es Nacht sein! In den Ruinen könnten wir übernachten", meinte der Thyrer.

Yarum machte ein besorgtes Gesicht. Seine Stirn legte sich in Falten.

„Man erzählt sich so allerhand über die Ruinen in der Wüste", brachte Yarum schließlich heraus.

„Was denn zum Beispiel?", fragte Whuon mit einem spöttischen Unterton, den Yarum nicht bemerkte.

„Man sagt, dass es dort Zauberer und Monstren gäbe!"

„Und du glaubst es, nicht wahr?", lachte Whuon.

„Egal! Wir übernachten in den Ruinen. Dort sind wir vor wilden Tieren sicher", sagte jetzt Gorich.

Wenig später hatten sie die Stadt erreicht. Sie war vollkommen verfallen und es sah nicht so aus, als würde hier noch jemand leben. Dennoch machte Yarum einen zunehmend unruhigeren Eindruck.

Er schien die Legenden, die man sich in der Gegend um Himora erzählte, wirklich ernstzunehmen.

In einem halb verfallenen Gebäude schlugen sie ihr Lager auf. Vor der Tür zündeten sie ein Feuer an.

Schweigend aßen sie ihre mitgebrachten Vorräte.

Langsam versank die Sonne am Horizont und es wurde dunkel. Nur der Mond strahlte hell und unnatürlich.

„Wir sollten uns nun hinlegen. Morgen haben wir einen anstrengenden Ritt vor uns", mahnte Whuon. Aber Yarum schüttelte den Kopf.

„Ich bin dafür, dass wir eine Wache einteilen", sagte der Karawanenführer.

„Vollkommen unnötig!", entfuhr es Whuon und Gorich nickte. Yarum zuckte mit den Schultern.

„Wie ihr meint ..."

Er wickelte sich in seine Decke. Auch die anderen legten sich zurecht und schliefen ein.

Etwas hatte Whuon geweckt!

Er sah unter seiner Decke hervor: Es war nichts zu sehen, aber etwas zu hören. Er vernahm ein Geräusch, wie menschliche Schritte es verursachten.

Whuon warf die Decke zur Seite und griff nach seinem Schwert. Schweigend blickte er auf seine Gefährten hinab – sie lagen schlafend zu seinen Füßen.

Wer konnte außer ihnen das Geräusch verursacht haben? Befand sich am Ende doch noch jemand außer ihnen hier in dieser verfallenen Wüstenstadt?

Da! Da war es wieder!

Ja, es waren eindeutig Schritte. Doch sie waren schneller. Und was war das? Huschte da nicht eine schwarze Gestalt zwischen den Ruinen umher?

Whuon weckte die anderen.

„Was ist, Whuon?", schimpfte Gorich ungehalten.

„Wir sind nicht allein in den Ruinen", gab Whuon zur Antwort.

„Dann sind die alten Legenden also doch wahr!", entfuhr es Yarum.

„So ein Unsinn!", rief Gorich.

„Ich habe sie gehört – und einen von ihnen gesehen!"

„Du hast geträumt, das wird alles sein!"

„Still, Gorich!"

Die drei schwiegen. Im Hintergrund hörte man leise Schritte.

„Wahrhaftig!", entfuhr es Gorich. Er sprang auf und griff nach seinem Schwert. Er nickte Whuon zu, was dieser mit Genugtuung zur Kenntnis nahm.

„Du hattest doch recht, Whuon. Was tun wir nun?"

„Wir satteln unsere Pferde. Im Notfall müssen wir schnellstens von hier verschwinden können."

Yarum nickte heftig und packte seine Sachen zusammen.

Die anderen folgten seinem Beispiel.

Whuon schwang sich dann auf sein Pferd.

„Wir werden jetzt die Stadt durchreiten und nach diesen oder dem Wesen suchen."

Langsam durchritten sie verfallene Straßen, die an sich schon ein geisterhaftes Bild lieferten.

Auf einer Sanddüne am Rande der Stadt sahen sie dann schließlich eine Gruppe von Reitern. Sie waren in schwere Mäntel gewickelt und in den Händen hielten sie gefährliche Schwerter und Lanzen. Langsam bewegten sie sich auf die Stadt zu.

Ihre Köpfe! Whuon erschrak! Sie besaßen Köpfe wie sie Wölfe besaßen!

Die Wolfsmenschen!

„Was machen wir nun?", wollte Gorich von Whuon wissen, doch dieser wusste es auch nicht.

„Ihren Gebärden nach kommen sie nicht in friedlicher Absicht", meinte Whuon schließlich.

„Verschwinden wir!", rief Yarum in panischer Angst. Whuon nickte. Die drei sprengten also in entgegengesetzter Richtung zurück. Doch auch von dieser Seite kam ein Trupp Wolfsmenschen langsam auf sie zu. Es gab kein Entrinnen mehr.

„Wir werden uns wehren!", rief Yarum wütend.

„Nein", erwiderte Whuon. „Es wäre zwecklos!"

„Was sollen wir dann tun? Uns vielleicht ergeben?", rief Yarum spöttisch. Whuon zuckte mit den Schultern.

„Kämpfen ist auf jeden Fall zwecklos, Yarum!"

Die unheimlichen Wolfsmenschen kamen immer näher.

„Ich möchte nur wissen, was die von uns wollen?", meinte Gorich.

Whuon blickte stumm zu den unheimlichen Gestalten hin.

„Ergebt euch!", hallte eine gewaltige Stimme durch die Ruinen.

„Es ist die einzige Möglichkeit", meinte Gorich und Whuon nickte zustimmend.

„Wir ergeben uns!", rief Whuon zu dem Monstrum.

Einige der Monstren stiegen von ihren Pferden herab und entwaffneten die drei. Dann nahmen die Wolfsköpfigen sie in die Mitte und führten sie in die Wüste. Es war erstaunlich, wie gut sie sich trotz der Dunkelheit zurechtfanden. Sie schienen den Weg genau zu kennen. Whuon fiel auf, dass keiner der Wölfe sprach. Sie wankten alle stumm auf ihren Reittieren dahin und gaben keinen Laut von sich. Auch die Pferde gaben nichts von sich. Sie wieherten nicht, sie schnaubten nicht. Sie setzten einfach stur ein Bein vor das andere – sie bewegten sich wie Maschinen, nicht wie lebende Wesen. Schweigend zog diese Karawane des Grauens daher. Stunden vergingen. Am Horizont ging die Sonne langsam auf – in wenigen Augenblicken würde es wieder drückend heiß sein.

Aber am Horizont tauchte auch noch etwas anderes auf!

Es war eine riesige Kuppel. Sie mochte so groß wie eine ganze Stadt sein.

„Das ist Aruba!", rief Yarum aus.

„Was ist das?", wollte Whuon wissen.

„Die Stadt des Magiers. Sie spielt in den tykischen Sagen eine große Rolle."

„Bist du dir sicher?"

„Ja, Whuon! In der Sage wird sie stets als großer Kuppelbau beschrieben. Ich hätte es kaum für möglich gehalten, dass sie tatsächlich existiert!"

In der Kuppel öffnete sich ein großes Tor, als der Trupp der Wolfsmenschen sie erreichte.

Whuon und seine Freunde wurden hineingeführt. Das Tor schloss sich blitzschnell. Der Raum, in dem sie sich nun befanden, war in einem Halbdunkel gehalten. Hell loderten

Fackeln an den Wänden. Whuon und die anderen wurden angewiesen, von ihren Pferden zu steigen. Gespenstisch anmutende Wolfsmenschen führten sie eine schmale Treppe hinauf.

Eine Tür wurde aufgestoßen, ein dunkles Verlies offenbarte sich. Die Tür wurde zugemacht und verschlossen – die drei befanden sich jetzt allein in ihrem Gefängnis.

Dieser Raum war düster – nur einige Fackeln spendeten etwas Licht.

„Das haben wir nun davon, dass wir uns ergeben haben!", schimpfte Yarum.

„Wenn wir ihnen Widerstand geleistet hätten, dann hätten sie uns schon in der Stadt umgebracht", gab Whuon zu bedenken.

Gorich ging ratlos hin und her.

„Es ergibt sich die Frage, was wir jetzt tun", meinte er zu Whuon.

„Ich würde sagen, dass wir erst abwarten, bevor wir etwas tun!"

„Abwarten! Abwarten! Wir müssen etwas tun!", rief Yarum.

„Und was soll deiner Meinung nach getan werden, Yarum?", erkundigte sich Whuon ruhig. Aber der Karawanenführer zuckte mit den Schultern.

Gorich klatschte wütend seine Hände zusammen.

„Wir können wirklich nichts tun", sagte er leise, wobei er sich in die Lippe biss.

„Da wir jetzt nichts zu tun haben, können wir uns in unserem Gefängnis ja ein wenig umsehen. Wer weiß, ob es uns später einmal nützlich sein kann, wenn wir uns hier zurechtfinden", meinte Whuon. Gorich und Yarum nickten langsam.

Whuon nahm eine Fackel von der Wand und ging vorne weg – die anderen folgten.

Aus der Ferne hörten die drei eine Musik erklingen. Sie war nur sehr leise, aber dennoch deutlich zu hören.

Whuon leuchtete auf einen Haufen menschlicher Gebeine.

„Wir waren offenbar nicht die ersten, die man hierher brachte und ermordete", meinte er kaum hörbar.

„Woran mögen sie gestorben sein?", erkundigte sich Gorich.

Whuon zuckte mit den Schultern.

„Wir werden es wohl bald erfahren", prophezeite er.

Sie gingen weiter. Und wieder war diese Musik da – es war eine geheimnisvolle, mystische Melodie, die man aus weiter Ferne hören konnte. Die Melodie schien immer gleich weit entfernt zu sein.

„Diese Musik – woher kommt sie?", fragte Gorich.

„Es ist der Gesang der Gorgosch", sagte Yarum abwesend.

Whuon blickte den Karawanenführer erstaunt an.

„Wer sind die Gorgosch?", fragte er.

„In den Sagen sind die Gorgosch eine Rasse von Ungeheuern und Monstren, die von den Magiern von Aruba gezüchtet worden ist – genau wie die Wolfsmenschen. Sie erzeugen diesen Gesang."

„Hoffen wir, dass die alten tykischen Sagen diesmal unwahr sind", sagte Gorich.

Da ertönte plötzlich ein Brüllen!

Aus dem Dunkel trat ein gigantisches Monstrum!

Es besaß sechs riesige Arme und zwei stämmige Beine.

Der Kopf war im Verhältnis zum Körper sehr groß.

Riesige gelbe Zähne guckten aus dem Maul hervor.

Whuon kam es so vor, als ob die Musik lauter und heftiger geworden war. Aber das konnte natürlich Einbildung sein.

Schweigend wichen die drei vor dem grauenhaften Monstrum zurück, während es Schritt für Schritt näherkam. Es war unverkennbar, dass dieses Wesen nicht in friedlicher Absicht kam.

Da blieb Whuon stehen.

Mutig hielt er dem Untier die Fackel entgegen und berührte es mit ihr. Schmerzerfüllt zuckte das Monstrum zurück und ließ ein markerschütterndes Brüllen hören.

Whuon trat einen Schritt vor und berührte das Untier wieder mit der brennenden Fackel.

Zuerst war es sehr erschrocken, doch dann schlug es wild um sich. Whuon musste sich Mühe geben, der gefährlichen Pranke des Monstrums auszuweichen.

Gorich und Yarum sahen gebannt zu, wie Whuon mit dem Untier Katz und Maus zu spielen begann.

Der Thyrer wurde immer tollkühner und wagte sich immer dichter und dichter an seinen Gegner heran.

Dann fing der Arm des Untiers Feuer.

Wütend und brüllend und sich verzweifelt windend lief der Gorgosch in die Dunkelheit hinein.

„Ihm nach!", rief Whuon.

Die drei rannten dem Gorgosch in die Dunkelheit nach.

Sie folgten dem Gebrüll und der Musik, die stets aus der gleichen Entfernung zu kommen schien.

Man sah den brennenden Arm als Fackel in der Dunkelheit zucken. Der Gorgosch rannte in einen Stollen hinein, der mitten in der Wand seinen Eingang hatte.

„Wir müssen ihm folgen! Vielleicht weiß er, wie man aus diesem Verlies herauskommt", meinte Whuon. Es schien jetzt alles sehr einleuchtend: Man hatte sie offensichtlich in dieses Verlies gesperrt, damit sie als Frischnahrung für das Monstrum dienen konnten.

Der Gorgosch rannte den langen Gang entlang – und die drei Menschen ihm nach. Doch das Ungeheuer wurde immer langsamer, bis es zusammenbrach. Erbarmungslos wurde es von den Flammen verzehrt.

Schweigend gingen Whuon und die anderen an dem brennenden Kadaver vorbei. Ein übler Geruch verbreitete sich in dem nun plötzlich hell erleuchteten Gang.

„Vielleicht gibt es noch mehr von ihnen", meinte Yarum. Whuon wagte gar nicht, daran zu denken. Schweigend wandten sie sich ab und gingen den Gang weiter. Es blieb abzuwarten, welche Überraschungen noch in diesen finsteren Gängen auf sie warteten. Der Gang endete dann schließlich mit einer verschlossenen hölzernen Tür. Vorsichtig versuchte Whuon sie zu öffnen. Was mochte sich hinter ihr befinden? Ein Nest der Gorgosch? Oder noch etwas viel Schlimmeres, das selbst diese Monstren in den Schatten stellte?

Jedenfalls ließ sich die Tür nicht öffnen. Sie brachen, ohne viel Geräusch, das Schloss heraus – und traten in einen gigantischen Saal!

Die drei befanden sich auf einem riesigen Balkon in diesem Saal. Von dem Balkon führte eine schmale Treppe hinunter. Whuon spähte nach unten. Er sah, wie sich einige Dutzend Männer an einem Tisch versammelt hatten. Sie wurden von Wolfsmenschen bewirtet.

„Das müssen die Magier sein!", flüsterte Yarum.

„Es gab vor langer Zeit einmal einen Magier, und es spricht alles dafür, dass es ihn heute auch noch gibt. Sein Name war Thagon. Zunächst führte er ein ganz normales Leben. Er heiratete und hatte Kinder und ging seinen Geschäften nach. Aber dann – er war rund 40 Jahre alt – bemerkte er seine außergewöhnlichen Fähigkeiten und auch die seiner Kinder, die einen Teil seiner Fähigkeiten geerbt hatten. Die Leute trieben ihn in die Wüste, als sie seine Fähigkeiten bemerkten. Zunächst zog er mit seinen Kindern dann in der Welt herum und scharte andere Magier um sich, die sich ihm gern anschlossen, da auch sie auf Unverständnis stießen. Mit ihnen zog er dann in die abgelegene tykische Wüste und gründete die Stadt Aruba!"

Whuon blickte auf die Schar von merkwürdigen Gestalten unter ihm. Es schien zu stimmen, was der Karawanenführer ihm da erzählte. Die alten Mythen waren wahr!

Whuon hatte den Mythen nie geglaubt, und vielen Menschen musste es wie ihm gehen. Aber nun musste er wohl an sie glauben und ihren Wahrheitsgehalt anerkennen.

„Nun hört mir zu!", brüllte ein ausgesprochen langer und dürrer Mann. Er war in einen schweren Kapuzenmantel gehüllt wie die Wolfsmenschen ihn trugen.

Die anderen hörten auf, sich untereinander zu unterhalten. Ihre Blicke waren auf den Dürren gerichtet.

„Das muss Thagon sein!", murmelte Yarum zu Whuon gewandt.

„Ich habe nun einen Weg gefunden, wie wir den tykischen Staat unter unsere Kontrolle bringen könnten!", rief Thagon. Er wandte seinen Blick von einem Magier zum anderen.

„Aber das setzt voraus, dass wir zusammenhalten!"

Thagons Züge drückten eine maßlose Gier aus.

„Wie willst du das schaffen, Thagon?", fragte ein anderer laut.

Thagon sah ihn scharf an.

„Das wirst du gleich zu sehen bekommen!" Er lachte leise in sich hinein und rief einem der Wolfsmenschen einige unverständliche Worte zu. Das Monstrum nickte hierauf höflich und verließ den Saal.

„Es ist vermessen, gegen den König in Tyk ankämpfen zu wollen! Er ist der mächtigste Herrscher der bekannten Welt. Was sollen wir mit unserem Zauber gegen ihn tun? Wir könnten seine Gedanken lesen und ähnliche Scherze mit ihm treiben, aber ..."

Thagon unterbrach selbstgefällig den Redner.

„Ja, ihr Schwachköpfe! Ihr könnt wirklich nur unnütze, naive Scherze treiben, die mit wirklicher Macht noch nichts zu tun haben. Und das ist auch gut so! Wer weiß, was ihr mit dieser Macht anstellen würdet? Aber ich bin mit euch auch nicht zu vergleichen! Ich habe Macht! Ich habe mehr Macht, als ihr euch auch nur vorstellen könnt! Seht die

Wolfsmenschen an! Wärt ihr in der Lage, so etwas herzustellen und zu steuern? Und die Gorgosch! Für sie gilt das Gleiche! Und ich bin noch zu viel mehr imstande! Ich kann noch ganz andere Monstren erschaffen! Allein durch meine Phantasie kann ich zum Beispiel Trugbilder herstellen, die für jeden, der sie nicht erkennt, absolut tödlich sein können."

Der Wolfsmensch kam mit einer großen, schwarzen Kiste zurück, die er auf dem Boden absetzte.

„Und nun seht! Hiermit will ich die Macht in Tykien übernehmen!" Thagon deutete auf die Kiste.

Der Magier wies einen der Wolfsmenschen an, die Kiste zu öffnen. Vorsichtig wurde der Deckel von ihr genommen und ein menschlicher Körper wurde sichtbar. Es war ein weißhaariger Mann. Er trug die Kleider eines Königs – die Kleider des Königs von Tykien!

Einer der anderen Magier beugte sich über den Körper.

„Kein Zweifel", sagte er, „es ist Rakiss, der König von Tykien. Aber er ist tot!"

Der Magier stand auf und wandte sich an Thagon.

„Du hast ihn umbringen lassen!", rief er aus. Heftig schüttelte er den Kopf.

„Und damit willst du uns helfen? So willst du die Macht übernehmen – mit einem Mord? Ich glaube, du hast dich verrechnet!"

„Du irrst, Lugolo!", sagte Thagon kalt. „Zunächst will ich euch gar nicht helfen. Ich helfe immer nur mir selbst. Und zweitens habe ich König Rakiss nicht ermorden lassen!"

„Aber er ist tot!", schrie Lugolo.

„Soll ich ihn zum Leben erwecken?"

Lugolo wurde bleich.

König Rakiss stieg nun aus der Kiste.

„Sein Herz war bestimmt tot!", rief Lugolo.

„Es schlägt auch jetzt nicht. Es wird nie schlagen!"

„Aber ..."

„Dies ist nicht König Rakiss, sondern eine Kopie von ihm. Ich gedenke, sie gegen das Original in Tyk auszutauschen."

„Wie willst du die Kopie in den schwerbewachten Hof von Tyk bringen?", fragte eine Stimme, aber Thagon ging nicht auf den Frager ein.

Der Magier stellte sich statt dessen großmächtig auf.

„Ich werde noch weitere Kopien von anderen wichtigen Personen des tykischen Staates produzieren und sie gegen die Originale eintauschen. So werde ich die Kontrolle über Tykien bekommen!"

„Und woher weißt du, dass deine Kopien in deinem Sinne handeln?", fragte jemand.

Thagon grinste.

„Ich lenke sie direkt durch geistige Befehle. Was diese Kopien sehen, sehe ich mit. Was sie wissen, weiß ich auch."

Thagon hörte abrupt zu reden auf. Alle starrten ihn gespannt an. „Ich spüre die Anwesenheit von jemandem, der nicht in diesen Saal gehört", sagte Thagon ganz leise.

Whuon erstarrte. Der Thyrer blickte auf den zunächst ratlosen Magier herab.

„Wir müssen weg!", flüsterte Yarum. Whuon nickte nur.

In diesem Moment trafen sich die Blicke des Magiers und die Whuons. Es war ein hasserfüllter Blick, den Whuon empfing.

Hastig sprangen der Thyrer und seine Gefährten auf und wollten weg. Doch sie rannten gegen eine unsichtbare Mauer, die sie nicht zu bezwingen vermochten. Sie war hart wie Stein und doch unsichtbar.

„Kommt zu mir!", rief Thagons befehlende Stimme an die drei Verzweifelten gewandt.

Langsam stiegen Whuon und die zwei anderen die schmale Treppe hinunter.

Die versammelten Magier blickten sie stumm an.

„Sie werden alles mitangehört haben", meinte Thagon kaum hörbar.

„Wir müssen sie in die Tiefschlafkammern bringen!", rief eine Stimme dazwischen. Und Thagon nickte grimmig.

„Ja! Da können sie uns keinen Schaden antun." Thagon wandte sich an die herumstehenden Wolfsmenschen.

„Bringt sie in die Schlafkammern!", befahl er.

Die Wolfsköpfigen nahmen die drei in ihre Mitte und führten sie durch ein Labyrinth von Gängen und Türen in einen Raum, der vollkommen mit Glaskammern angefüllt war.

In diesen Glaskammern lagen Menschenkörper. Sie lagen starr da, als schliefen sie. Einige dieser Menschen hatte Whuon gekannt. Sie hatten ihn auf der Karawane begleitet.

Nein! Er wollte nicht eingeschläfert werden!

Brutal rannte Whuon den nächsten Wolfsmenschen neben sich um und entriss ihm sein Schwert. Mit einem gewaltigen Fußtritt schleuderte er dann diesen Wolfsmenschen gegen seine Artgenossen.

Zuerst waren die Monstren unentschlossen, aber dann stürmten sie mit vereinter Kraft auf Whuon ein, der sich nur mit Mühe ihrer Schwertstreiche erwehren konnte.

Wieder und wieder musste er ihre wütenden Hiebe parieren, doch er brauchte keinen Schritt zurückzuweichen.

Yarum und Gorich, die sich inzwischen auch bewaffnet hatten, versuchten nun Whuon zu helfen. Heftig wütete der Kampf, und keine Seite war bereit nachzugeben.

Dicht an Whuons Ohr zischte eine Lanze vorbei und über sich sah der Thyrer ein Schwert.

Mit letzter Kraft gelang es ihm, den furchtbaren Hieb abzufangen.

Seine Gegner ließen ihn nicht zur Ruhe kommen.

„Wir müssen hier heraus!", rief Yarum. Der Karawanenführer blickte sich nach einer Tür um, und seine Augen fanden schließlich auch eine. Laut schreiend lief Yarum zur Tür – die anderen folgten ihm zögernd. Hinter der Tür eröffnete sich wieder ein langer Gang, den die drei nun entlanghasteten – immer gefolgt von den Wolfsmenschen. Whuons Geist wurde nur von einem Gedanken beherrscht.

Er musste nach Tyk, der mächtigen Hauptstadt Tykiens, gelangen und den echten König Rakiss warnen!

Hinter sich hörte er das wilde Brüllen der Wolfsmenschen und vor sich hatte er den Gang, von dem er nicht wusste, wohin er führte.

Schließlich erreichten sie eine Halle, in der Hunderte von Pferden standen. Ein Tor, welches nach draußen führte, stand weit offen. Ein Trupp Wolfsmenschen führte gerade einige Gefangene nach Aruba.

„Nehmen wir uns Pferde!", rief Gorich. Whuon machte einen Satz und landete auf dem Rücken eines Schimmels. Auch die anderen nahmen sich Pferde. Mit ihnen preschten sie an den Wolfsmenschen vorbei in die Wüste. Blitzschnell schloss sich das Tor von Aruba – aber um den Bruchteil einer Sekunde zu spät.

Die drei Reiter trieben ihre Pferde der aufgehenden Sonne entgegen.

Nichts konnte sie aufhalten.

Whuon wusste, was sie als nächstes tun würden.

Sie mussten Rakiss von Tyk warnen.

Sie waren vermutlich die einzigen, die von dem Komplott gegen die Menschheit etwas wussten.

Hoffentlich war es noch nicht zu spät.

Hoffentlich erreichten sie die Stadt Tyk rechtzeitig.

Hoch wirbelte der Sand auf, als Whuon und die anderen daher eilten.

Thagon

„Thagon ist in der letzten Zeit merkwürdig geworden", meinte Lugolo zu Voilad.

„Ja! Er verbringt viel Zeit in seinen geheimen Räumen, von denen niemand weiß, was in ihnen ist", seufzte Voilad.

„Ich habe das Gefühl, dass Thagon uns alle, die wir hier in Aruba sind, in der Hand hat."

„Du übertreibst, Lugolo."

„Nein, das tue ich nicht. Sieh dir doch nur diese Kopie von König Rakiss an!"

„Wer sagt denn, dass dies auch wirklich eine Kopie ist? Vielleicht ist es am Ende doch der echte König."

„Das glaube ich nicht, Voilad!"

„Vielleicht hast du ja recht, aber, wenn er wirklich so mächtig wäre, wie er immer tut, dann frage ich mich, warum er sich unserer nicht schon lange entledigt hat."

„Vermutlich braucht er uns noch!"

„Aber wozu? Bis jetzt hat er uns noch nie richtig in Anspruch genommen. Seine Pläne von der Eroberung Tykiens und so weiter sind ja ganz gut. Es fragt sich nur, für wen sie gut sind! Für Thagon auf jeden Fall. Aber wie steht es mit uns? Was springt für uns dabei heraus? Gar nichts, sage ich! Gar nichts!"

Lugolo zuckte mit den Schultern.

„Ich würde zunächst abwarten!", sagte er wenig überzeugend.

Der Magier schüttelte den Kopf.

„Aber wir dürfen ihn nicht aus den Augen verlieren!"

„Ja!", sagte Voilad bedächtig. „Eigentlich wäre es das Beste, ihn zu beseitigen!"

„Bis jetzt gäbe es keinen Ersatz für ihn. Er hat von uns allen die größten Kräfte. Ich weiß nicht, ob es uns überhaupt gelingen würde, ihn auszuschalten", sagte Lugolo besonnen.

„Der Doppelgänger von Rakiss von Tyk darf auf keinen Fall in Tyk ankommen!"

„Warum nicht, Voilad?"

„Weil Thagon dann das Land von Tykien ganz allein unter seiner Kontrolle hätte. Es wäre für uns dann um so schwieriger, ihn zu erledigen. Mit dem Abwarten ist es also nichts. Wir müssen handeln. Jetzt müssen wir handeln, ehe es zu spät ist!"

Lugolo kratzte sich nachdenklich an seinem spitzen Kinnbart.

„So gesehen hast du recht. Aber was können wir schon gegen ihn tun? Er hat die Wolfsmenschen und die Gorgosch!"

„Das ist noch eine Schwierigkeit. Vielleicht geht Thagons Geist in einen der Wolfsmenschen über, wenn man ihn tötet. Wer weiß? Aber wir müssen natürlich sicher sein, dass es stimmt. Wir dürfen kein Risiko eingehen!"

„Nein, Voilad. Ein Risiko können wir uns nicht leisten. Und einen Fehlschlag noch viel weniger. Es muss absolute Sicherheit geben!"

„Absolute Sicherheit gibt es nie", gab Voilad zu bedenken.

Lugolo lächelte. Aus seiner Kleidung holte er einen leicht gebogenen Stab mit einem Knopf daran.

„Hiermit werden wir ihn ganz sicher zur Strecke bringen können!"

„Was ist das?"

„Eine Waffe aus längst vergangener Zeit – aber äußerst wirksam. Wenn man auf den Knopf drückt, schießen vorne Feuerstrahlen heraus!"

„Das wird ihn zu Fall bringen! Einer solchen Waffe hat er nichts entgegenzusetzen!"

„Machen wir die Sache gleich ab!"

Voilad machte ein ernstes Gesicht.

„Wir dürfen nichts übereilen", sagte er.

„Je länger wir zögern, desto größer die Möglichkeit, dass Thagon uns entlarvt. Wir müssen blitzschnell und völlig unerwartet handeln. Nur so können wir zum Erfolg kommen", gab Lugolo zu bedenken. Dabei fuchtelte er mit der Waffe in der Luft herum.

„Nun gut", gab Voilad nach. Mit dem Finger deutete er auf Lugolos Waffe.

„Aber du wirst schießen, Lugolo!"

„Ich?", tat er erstaunt.

„Ja, du!"

„Oh nein, mein Freund. So einfach kommst du nicht davon. Jeder von uns muss seinen Teil beitragen. Mein Teil ist die Waffe."

Voilad nickte düster.

„Gut! Dann werde ich es tun", sagte er kaum hörbar.

Behutsam öffnete Voilad die Tür zu Thagons geheimen Zimmern. Lugolos Waffe hielt er unruhig in der Hand.

Voilad blickte in ein relativ kleines Zimmer.

Thagon saß auf einem Schemel und betätigte sich an einer merkwürdigen Maschine, die Voilads Aufmerksamkeit auf sich lenkte. Der Magier sah Voilad scheinbar ahnungslos an.

„Was willst du, Voilad?", fragte er mit einem Lächeln auf den Lippen. Voilad besann sich auf seine Aufgabe. Er hob Lugolos Waffe und hielt sie auf Thagon. Die Lippen des Magiers waren noch immer zu einem spöttischen Lächeln geformt.

Voilad drückte ab und der Strahl, der aus der Waffe geschossen kam, traf Thagon, der als verkohlte Leiche zu Boden fiel.

Zuerst war Voilad über seine Tat erschrocken.

Aber dann machte dieses Gefühl einer tiefen Befriedigung Platz.

Er hatte es geschafft!

In diesem Augenblick ertönte hinter ihm ein hässliches Lachen. Blitzartig drehte Voilad sich um. Vor ihm stand Thagons Gestalt.

„Nein!", rief er.

Eine Hand legte sich von hinten auf seine Schulter.

Voilad zuckte zusammen.

Er drehte sich erneut um und blickte wieder in Thagons Augen. Voilad wich fluchtartig einige Schritte zurück, aber die beiden Thagon-Gestalten folgten ihm.

„Warum wolltest du mich umbringen?", fragte einer der beiden Thagons.

Entsetzt blickte Voilad auf die verkohlte Leiche auf dem Boden.

„Warum wolltest du mich töten?", wiederholte der andere Thagon die Frage.

„Ich ... ich wollte dich nicht töten, ich ..."

Wieder legte sich eine Hand auf seine Schulter. Sie war kalt – unmenschlich kalt.

Zuckend drehte Voilad sich wieder um und er sah einen weiteren Thagon.

„Warum lügst du mich an?", fragte dieser ruhig.

„Es ... es stimmt doch, was ich ..."

„Du lügst schon wieder!", rief einer der anderen Thagons.

Voilad beobachtete die verkohlte Leiche am Boden. Sie regte sich! Stolpernd und taumelnd stand sie auf.

Ihr Gesicht war vollkommen entstellt und kaum noch zu erkennen.

„Was habe ich dir getan?", fragte der entstellte Thagon.

Voilad wollte zur Tür hinausstürmen, aber zwei der Thagons hielten ihn brutal fest.

„Du bleibst hier", sagte der entstellte Thagon.

„Wer ... wer von euch ist denn nun Thagon?", keuchte Voilad.

„Wir alle sind Thagon. Und doch ist niemand von uns Thagon", sagte eine Stimme.

Unsichtbare Hände entrissen ihm Lugolos Waffe.

Eines wusste Voilad.

Diese Dinge, die er hier sah, waren keine Trugbilder, sonst hätte er sie als Magier sofort erkannt. Jeder dieser Thagons musste absolut echt sein.

„Was ... was habt ihr mit mir vor?", fragte Voilad.

Er blickte von einem Thagon zum anderen. Seine Blicke blieben dann schließlich an dem Entstellten hängen.

„Ihr wollt mich töten!", stellte er fest, wobei ihm gar nicht auffiel, dass er den Plural benutzte.

Angsterfüllt wollte er sich aus der Umklammerung der beiden Thagons losreißen, aber sie hielten ihn mit eisernem Griff. Langsam und unbeholfen trat der entstellte Thagon dicht an Voilad heran.

Der Magier roch den Geruch von verbranntem Menschenfleisch.

Zwei blinde Augen starrten ihn an.

„Wir wollen dich nicht töten. Wir verbannen dich!"

„Verbannen? Wohin?"

„In ein Land, aus dem du nie wieder zurückkehren kannst, da es in einer anderen Zeitstufe liegt. Lugolo wird dir in dieses Land folgen, denn er wollte mich auch töten."

Vor ihnen materialisierte ein schwarzes Dreieck. Es stand im Nichts wie auf festem Boden.

Es schien eine Art Tor durch die Zeit und den Raum zu sein. Die beiden Thagons packten Voilad und warfen ihn in die Schwärze des Dreiecks. Wenige Sekunden später war von ihm keine Spur mehr zu sehen. Das Dreieck war wieder schwarz und leer. Langsam entmaterialisierte es.

Thagon saß in seinem finsteren Raum.

Vor ihm stand die Reihe seiner Doppelgänger. Sie standen leblos da – Puppen gleich.

Thagon benötigte nur einen geistigen Impuls, um sie zum Leben zu erwecken.

Diese Doppelgänger standen immer unter Thagons direkter Kontrolle. Einem der Kunstmenschen dieser Reihe gehörte zur Zeit sein besonderes Augenmerk. Es war kein Doppelgänger, der ihn darstellte, sondern der Doppelgänger von Rakiss von Tyk.

Auf diese Puppe setzte er seine ganze Hoffnung.

Wenn sie in Tyk die Herrschaft übernehmen würde, dann würde damit er die Herrschaft übernehmen. Niemand würde etwas merken.

Aber da waren Whuon, Gorich und Yarum. Sie wussten über alles Bescheid. Sie konnten ihm eventuell gefährlich werden.

Allein schon ihr Wissen über die Stadt Aruba bedeutete für Thagon eine gewisse Bedrohung. Gegen sie musste er etwas unternehmen. Er wusste, wo sich die drei befanden, denn er konnte ihre Gedanken lesen. Er fragte sich, wie er sie bekämpfen sollte.

Vielleicht sollte er ihnen Trugbilder schicken.

Thagon überlegte. Stumm besah er sich die Reihen der Doppelgänger der verschiedensten Leute. Darunter befanden sich auch Doppelgänger seiner selbst.

Thagon lachte in sich hinein.

Es war immer wieder merkwürdig, sich selbst als Puppe zu sehen.

Und wenn er dann in seine eigenen Augen starrte, dann fragte Thagon sich immer wieder, ob seine Puppen auch wirklich kein eigenes Bewusstsein besaßen.

Er hatte Hunderte von Kontrollen durchgeführt, aber ganz sicher war er sich nie.

Was wäre nun, wenn diese Puppen eigene Seelen hätten?, dachte er. Es war ja möglich, dass sie nur unterdrückt existierten und er sie nicht wahrnehmen konnte.

Schaudern packte den Magier.

Welch unvorstellbaren Vergewaltigungen wären diese Bewusstseine ausgesetzt?

Würden sie sich dann nicht eines Tages gegen ihn auflehnen?

Thagon schüttelte diese Vision von sich.

Diese Puppen konnten kein Bewusstsein haben! Er hatte es so oft überprüft, es konnte kein Versehen geben.

Dennoch musste er vorsichtig sein. Besonders gegenüber seinen eigenen Doppelgängern, denn sie hätten ja (mit einem eigenen Ich) sein Wissen übernommen.

Zunächst gab es andere Gefahrenherde abzuwehren.

Einer dieser Gefahrenherde befand sich jetzt irgendwo in der Wüste zwischen Himora und Sorgarth ...

Wüstenstaub

Staub wirbelte auf, als die drei Reiter durch die Wüste preschten.

Brutal trieben sie ihre Pferde an – sie befanden sich in höchster Eile.

Whuon wusste, dass sie nicht weit kommen würden, wenn sie nicht bald auf eine Karawane oder eine Oase trafen. Er wusste dies, aber er wusste auch, wie aussichtslos die Hoffnung darauf war, dass sie tatsächlich auch nur irgendeinen Menschen trafen. Sie mussten so lange durchhalten, bis sie in Gebiete kamen, in denen Yarum sich sicher auskannte.

Aber in dieser Einöde wusste nicht einmal der Karawanenführer Bescheid.

Gnadenlos trieben die drei ihre Pferde in die Wüste.

Wie lange würden die Tiere noch durchhalten?

Die ganze Nacht und den ganzen Tag schon waren sie gehetzt worden. Die Männer hatten ihnen kaum eine Pause gegönnt, da sie fürchteten, dass die Wolfsmenschen ihnen in die Wüste folgen würden.

Whuon war klar, dass die Tiere bald am Ende ihrer Kräfte waren.

Zunehmend wurden sie langsamer, und immer öfter musste ihnen eine kurze Pause zugestanden werden.

Es war ein Wunder, dass sie überhaupt so lange mitgemacht hatten, dachte Whuon.

Aber sie mussten durchhalten!

Nach der Sonne bestimmten sie ungefähr die Richtung, in die sie reiten mussten, wenn sie Sorgarth erreichen wollten. Aber sonst hatten sie keine Möglichkeiten zur Orientierung.

Nicht nur bei den Tieren hatte der Ritt Spuren hinterlassen, sondern auch bei den Menschen.

Sie hingen müde im Sattel und ließen sich von ihren Pferden daherschleppen.

Gorich war der einzige unter ihnen, dem es gelang, ein wenig im Sattel zu schlafen.

Gewaltsam versuchte Whuon, seine Augen offenzuhalten.

Überall konnten Gefahren lauern. Schon im nächsten Moment konnten am Horizont Wolfsmenschen oder gar Gorgasch erscheinen.

Er durfte nicht schlafen, so sehr er sich auch danach sehnte. Leise fluchend trieb er sein Pferd zu noch größerer Eile an. Aber sein Reittier wurde von Schritt zu Schritt schwächer. Es würde nicht mehr lange dauern, und es würde zusammenbrechen und nie wieder aufstehen.

Müde blinzelte Whuon in die Sonne.

Niemand sagte ein Wort. Schweigend und zu Tode erschöpft zogen sie daher. Ohne Mut und ohne Hoffnung.

Da!

Whuon wollte seinen Augen nicht trauen!

Am Horizont tauchte eine Ruinenstadt auf.

Whuon rieb sich die Augen. Aber die Stadt blieb. Der Thyrer glaubte nicht daran, dass noch Menschen in ihr lebten. Aber vielleicht gab es noch einen Brunnen.

„Seht!", rief er erfreut.

Jetzt erst bemerkten die anderen die Ruinen. Müde und mit einem Schimmer der Hoffnung in ihren Zügen blickten sie auf die verwitterten Ruinen.

„Wir sind in die falsche Richtung geritten!", stellte Gorich bitter fest. Er wandte sich an Whuon.

„Dies wird die Stadt sein, in der uns die Wolfsmenschen gefangen nahmen."

Whuon blickte misstrauisch zu den Ruinen.

„Da bin ich mir nicht sicher", sagte er zuversichtlich.

Der Hoffnungsschimmer, der aufgeglimmt war, war nach Gorichs Bemerkung fast ganz wieder zertreten worden.

Rasch rückte die Stadt näher. Es musste früher eine große Stadt gewesen sein – gewiss so groß wie Himora.

„Nein, dies ist eine andere Stadt", behauptete Whuon, als sie durch die öden und verkommenen Straßen ritten.

„Die könnte Gral-Syrrha sein. In den alten Schriften wird von dieser Stadt berichtet. Sie soll so groß wie Sorgarth gewesen sein. Eines Tages ist sie von einem Sandsturm verschlungen worden", erklärte Yarum.

Gorich zuckte mit den Schultern.

„Dieses Schicksal scheint Gral-Syrrha mit vielen Städten in dieser Region zu teilen." Yarum nickte. „Die Wüste rückt unaufhaltsam vor. Nach und nach wird sie auch die letzten Inseln menschlicher Zivilisation, die sich bisher in diesem Meer des Chaos halten konnten, verschlingen."

„Da! Ein Brunnen!", rief Whuon.

Tatsächlich befand sich auf einem etwas größeren Platz ein Brunnen.

Whuon sprengte auf den Brunnen zu.

Er sprang von seinem Tier und blickte in den Brunnen.

„Es ist noch Wasser in ihm. Nicht viel, aber es wird für uns reichen", stellte der Thyrer fest. Er nahm einen der herumliegenden Eimer und ließ ihn an einem an einer Winde befestigten Seil hinunter. Glücklich zog er den ersten Eimer Wasser hoch, den er seinem Pferd überließ.

„Weißt du, wo Gral-Syrrha lag, Yarum?", fragte Gorich.

Der Karawanenführer nickte.

„Ja. Ich habe jetzt einen Anhaltspunkt für unsere Position."

Gorich und Yarum stiegen nun auch von ihren Pferden und tränkten sich und ihre Tiere.

„Ich denke, dass wir es riskieren können, die Nacht hier zu verbringen", meinte Whuon zuversichtlich.

Gorich nickte ihm zu.

„Es sieht alles ungefährlich und ruhig aus", bestätigte er.

„Es sieht so aus. Aber der Schein kann trügen", warnte Yarum.

„Wir werden Wachen einteilen müssen", kündigte Whuon an.

Am Horizont senkte sich blutrot die Sonne. Sie sandte ihre letzten Strahlen über die ewig wandernden Sanddünen der großen Wüste von Tykien.

„Ich bin todmüde", bekannte Gorich.

„Das sind wir alle", gab Whuon bissig zurück.

„Wo schlagen wir unser Lager auf?", fragte Gorich.

Whuon blickte sich um. Da erblickte er ein langes schwarzes Katzenwesen von ungewöhnlicher Größe, das sich von hinten angeschlichen hatte. Auf 12 Beinen lief es auf sie zu. Es war ein mächtiges Tier. Spitze Reißzähne blitzten in dem gefräßigen Maul, und die roten Augen funkelten hässlich und grausam.

Whuon fragte sich, woher dieses Tier so plötzlich gekommen war. Lebte es in der Wüste?

Oder in den Ruinen von Gral-Syrrha?

Gorich riss sein Schwert aus dem Gürtel und stapfte grimmig auf das Tier zu, während Yarum die Pferde zu beruhigen suchte.

Das Katzenwesen stieß ein barbarisches Schreien aus.

Mit einem gewaltigen Satz war es bei Gorich. Die scharfen Krallen des Untiers schlugen nach dem Thyrer.

Für einen Moment trafen sich Gorichs Blicke mit denen der Raubkatze. Das Tier entblößte die mörderischen Reißzähne.

Gorich stieß einen Schrei aus und stürmte mit dem Schwert in der Hand auf das Katzenwesen zu. Seine Klinge schnitt den Pelz des Tieres auf.

Erschrocken wich das Monstrum einige Schritt zurück und stieß ein markerschütterndes Fauchen aus.

Yarum kostete es viel Mühe, die Pferde unter Kontrolle zu halten.

Wütend trat das Katzenwesen einen Schritt auf Gorich zu.

Auch Whuon näherte sich nun dem Kampfgeschehen. Er postierte sich breitbeinig hinter Gorich.

In den Augen des Tieres blitzte nackte Mordlust.

Kostbare Sekunden vergingen mit Nichtstun.

Da plötzlich sprang das Katzenwesen. Gorich stolperte und da war das Monstrum direkt über ihm.

Es hob die Pranke zum tödlichen Schlag.

Aber Whuon war schneller.

Wütend war er herangestürmt und hatte dem Wesen mit einem Hieb die Pranke vom Restkörper getrennt.

Dadurch fand Gorich Gelegenheit, dem Untier sein Schwert in den Körper zu rammen. Leblos sackte der massige Körper zur Seite. Gorich zog seine Waffe aus dem Leib der Katze und stand auf.

Langsam beruhigten sich die Pferde.

„Das war Rettung in letzter Minute", gestand Gorich. Whuon nickte müde. „So ungefährlich scheint diese Stadt doch nicht zu sein", brummte er düster. Grimmig blinzelte er zur untergehenden Sonne.

„Wir können nur hoffen, dass uns heute Nacht nicht noch mehr von diesen Bestien begegnen!", rief Yarum.

Whuon deutet mit dem Schwert auf den Kadaver des Katzenwesens.

„Wir könnten ihn essen", sagte er leise.

„Essen?", empörte sich Yarum.

„Ja!"

Der Karawanenführer verzog missmutig das Gesicht. Der Gedanke an diesen Braten schien ihm nicht zu gefallen.

„Mir scheint, Yarum, du willst lieber verhungern als eine unappetitliche Speise zu dir nehmen", stellte Whuon spottend fest. Gorich hatte unterdessen einige der Holzeimer zu Brennholz verarbeitet und sie schön aufgeschichtet.

Späte brieten sie dann das Fleisch des Katzenwesens.

Als sie dann aßen, stellte sich Yarum zwar zunächst etwas an, sah dann aber auch ein, dass er ohne Essen nicht leben konnte. Missmutig würgte er einen Brocken nach dem anderen hinunter. Auch Whuon musste zugeben, dass das Fleisch der Bestie nicht gerade schmackhaft war, aber im Augenblick besser als nichts.

„Hoffentlich stört uns heute Nacht niemand", sagte Gorich.

„Wir müssen Wachen einteilen", stellte Whuon nur fest. Aber diese Feststellung genügte, um bei Yarum Erregung hervorzurufen.

„Hör mal, Whuon! Ich bin todmüde!"

Whuon nickte.

„Das bin ich allerdings auch."

„Ich kann unmöglich ..."

„Keine Sorge, Yarum. Ich werde sowieso die erste Wache übernehmen. Du kannst von mir aus gegen Morgen dran kommen", beruhigte der Thyrer. Yarum nickte erleichtert.

Die anderen legten sich also hin und Whuon hielt Wache.

Er saß da und spähte in die Dunkelheit.

Hinter jeder der alten Ruinen konnte in diesem Augenblick ein Monstrum hervorschauen.

Whuon hatte das Schwert griffbereit im Gürtel.

Whuon war wohl etwas eingenickt. Mit Schrecken bemerkte er dies. Hastig blickte er sich um. Eine riesenhafte Tarantel schlich sich durch die Straßen auf die drei Freunde zu.

Whuon weckte eilig die anderen. Gebannt sahen sie auf das Untier. Nein! Das konnte es nicht geben, das konnte nicht sein! Aber es gab die Tarantel doch. Oder etwa nicht?

Hatte Thagon nicht etwas von Trugbildern gesagt, die er erzeugen konnte und die für jeden, der sie nicht erkannte, absolut tödlich waren? Whuon versuchte sich zu erinnern.

Und das Katzenwesen! Wenn es ein Trugbild gewesen war, welches absolut tödlich war, wie hatten Gorich und Whuon es dann besiegen können?

Auf der anderen Seite hätte Thagon ihnen ja auch zehn dieser Bestien auf einmal schicken können. In diesem Falle hätten sie keine Chance gehabt. Aber Thagon schien mit ihnen spielen zu wollen.

Diese Tarantel! Auch sie musste ein Trugbild sein. Wie hätte sie in dieser todbringenden Einöde überleben können?

Diese Tarantel muss ein Trugbild sein!

Seine Gedanken schrien es förmlich.

Ein Trugbild! Die Tarantel ist ein Trugbild!

„Ein Trugbild!", schrie er schließlich, wobei er die Augen für einen Moment angestrengt zukniff. Yarum und Gorich sahen ihn kopfschüttelnd an.

„Steh auf und hilf uns!", riefen sie. Aber Whuon ließ sich nicht beirren. Wenn die Tarantel ein Trugbild war, dann konnte er dieses Trugbild auch aus seinem Geist verbannen.

Der Thyrer öffnete nun die Augen.

Die Tarantel war nun nur noch eine transparente Masse. Sie schien wie eine Projektion. Er sah auch, wie Yarum und Gorich auf das Tier zustürmten.

„Bleibt hier!", rief Whuon.

„Habt ihr nicht gehört? Ihr sollt stehenbleiben!"

Aber es hörte niemand auf ihn. Da lief Whuon mit großen Sätzen den beiden nach. Gorich packte er von hinten und schleuderte ihn einige Meter zurück. Yarum bekam die gleiche Abreibung.

„Bist du wahnsinnig?", brachte Yarum heraus.

„Hört mir gut zu! Die Tarantel da ist ein Trugbild! Sie existiert nicht in der Wirklichkeit und sie kann euch auch nichts anhaben. Aber nur dann, wenn ihr mir glaubt!"

„Da ist sie! Hinter dir, Whuon!", rief Yarum, von Angst gepackt.

„Hör mir doch wenigstens zu, du Narr!", war Whuons Antwort.

Er wandte sich in höchster Verzweiflung an Gorich.

„Versucht so zu tun, als ob die Bestie gar nicht da wäre!"

Whuon war verzweifelt. Wenn es ihm nicht gelang, seine Freunde zu überzeugen, dann war es um sie geschehen.

Die transparent gewordene Tarantel kam immer näher.

„Die Bestie gibt es nicht! Ihr müsst mir glauben!"

„Halt den Mund, du Idiot!", rief Yarum. Er griff nach seinem Schwert und wollte an Whuon vorbeistürmen. Aber der Thyrer hielt ihn mit eisernen Griffen fest. Mit einem Fußtritt schleuderte er Yarum wieder zu Boden. Er fiel etwas unglücklich, schlug hart gegen einen Holzeimer und sackte bewusstlos zusammen – und das war sein Glück.

Gorich versuchte inzwischen, sich die grauenhafte Bestie wegzudenken. Es war schwer. Sehr schwer, aber es gelang ihm schließlich. Die Tarantel wurde auch vor seinen Augen transparent, durchsichtig, blass.

„Sie ist weg", sagte Gorich leise.

Er wandte sich an Whuon. „Du hast mir schon wieder das Leben gerettet."

Whuon lächelte nur.

„Sag mir, wie bist du bloß auf die Idee mit dem Trugbild gekommen?", fragte Gorich nun.

„Thagon, der Magier aus Aruba, sagte etwas von tödlichen Trugbildern. Und ich konnte mir einfach nicht vorstellen, dass in dieser öden Gegend ein so großes Tier leben kann."

Gorich und Whuon gingen zusammen zu Yarum, der reglos am Boden lag.

„Er wollte kämpfen. Aber er hätte diesen Kampf nie gewonnen", stellte Whuon fest. Gorichs Blick suchte den Kadaver des Katzenwesens. Trotz der tiefen Schwärze der Nacht hätte man den riesigen Fleischbrocken, von dem sie nur einen kleinen Teil gegessen hatten, sehen müssen. Aber er war nicht da.

„Wo ist unser Braten?", fragte Gorich beunruhigt.

Whuon blickte zu der Stelle, wo der Kadaver gelegen hatte.

„Er war auch nur ein Trugbild. Aber unsere Bewusstseine haben die Trugbilder besiegt."

Whuon legte sich bequem hin.

„Ich glaube, Gorich, dass du jetzt an der Reihe bist mit der Wache", sagte er.

Ja, dachte Gorich, dies war ihr erster Sieg gegen die Magier von Aruba. Er würde der erste von vielen Siegen sein.

Thagon stützte den Kopf mit den Händen ab.

Er saß noch immer in seinem geheimen Zimmer. Vor ihm standen die Reihen der Doppelgänger – stumm und leblos.

Thagon hatte eine schlimme Niederlage erlitten. Eine Niederlage, wie sie schlimmer nicht hätte sein können.

Er war es gewöhnt zu siegen. Diesmal hatte er verloren. Jemand hatte seine Trugbilder erkannt und besiegt.

So etwas war noch nie vorgekommen.

Zumindest Whuon würde in Zukunft seine Trugbilder auf Anhieb erntlarven können. Damit war Thagons Hauptwaffe erledigt.

Er konnte sie nicht mehr oder zumindest nur sehr eingeschränkt gegen seine Hauptfeinde und Mitwisser einsetzen.

Aber Thagon besaß andere Waffen, die er noch einsetzen konnte. Und sie waren nicht minder gefährlich.

Der Blick des Magiers fiel auf das schimmernde Dreieck, das im Nichts stand wie auf einem festen Untergrund. Es war seine neueste Schöpfung. Es war ein Tor durch Raum und Zeit. Wenn man durch dieses Dreieck sprang, konnte man in jede beliebige Zeit und an jeden beliebigen Ort gelangen. Thagon war stolz auf das Tor durch Raum und Zeit. Es war von so komplizierter Beschaffenheit, dass nicht einmal die anderen Magier von Aruba es begreifen würden, wenn er es ihnen zeigte. Aber Thagon hielt seine Erfindung geheim. Die einzigen, die sie gesehen hatten, waren Lugolo und Voilad. Aber die beiden Rebellen waren beide in einer Zeitstufe der Vergangenheit gefangen. Sie konnten ihm nicht mehr gefährlich werden. Mit diesem Tor würde er auch Rakiss' Doppelgänger nach Tyk bringen.

Seine Gedanken konzentrierten sich jetzt wieder auf Whuon, Yarum und Gorich. Er musste irgendwas gegen sie tun.

Nein! Es durfte nicht irgendwas sein. Es musste sorgsam durchdacht sein.

Er rieb sich mit der Hand das Kinn und zupfte an seinem kurzen Bart. Sorgarth – das war das Ziel Whuons.

Thagon wusste, was er tun würde. Er wandte sich an eine der Puppen, die in einer langen Reihe vor ihm standen. Viele von ihnen waren die Doppelgänger anderer, aber ebenso viele besaßen nur ein konturenloses, weißes Gesicht. Sie stellten niemanden dar. Sie mussten erst geformt werden.

Der Magier nahm eine dieser Puppen über die Schulter und legte sie auf einen großen Holztisch.

Nun ging er daran, die Puppe zu formen. Er setzte ihr Haare auf den Kopf und formte ihre Gesichtszüge.

Zum Schluss gab er der Puppe auch noch einen Namen.

„Ich werde dich Branton nennen", murmelte er.

Thagon ließ die Puppe durch einen geistigen Impuls aufstehen und auf das Tor durch Raum und Zeit zugehen.

Bevor er diese Puppe durch das Tor gehen lassen würde, musste er sie genau überprüfen. Es konnte ihm ja trotz aller Vorsicht passiert sein, dass er ein Wesen mit eigenem Bewusstsein erzeugt hatte – und nicht nur eine seelenlose Puppe.

Thagons geistige Fühler drangen in Brantons Körper ein und tasteten in ihm nach einem Bewusstsein. Er ging äußerst genau und sorgfältig vor. Es durfte kein Vertun geben.

Da spürte sein geistiger Fühler einen Kontakt mit einem fremden Gedanken!

Thagon erschauerte.

Der Magier begann, noch intensiver zu fühlen. Dennoch verlor er den Kontakt zu dem fremden Gedanken wieder und dann spürten seine Geistesfühler nichts mehr.

Nein, er konnte Branton nur durch das Tor gehen lassen, wenn es keine Zweifel daran gab, dass er wirklich keine Seele besaß.

Mit Hilfe eines geistigen Impulses ließ Thagon die Puppe wieder zurück in ihre Reihe treten. Es fiel dem Magier auf, wie schwer Branton auf seinen Impuls reagierte.

Oder war es Einbildung? Thagon hoffte es zumindest.

Stumm starrte er Branton an – und seine Puppe starrte zurück. Der Magier musste sich auf Branton absolut verlassen können, sonst konnte er ihn nicht gebrauchen.

Der Branton-Körper musste ebenso schnell auf seine geistigen Impulse reagieren, wie es sein eigener tat.

Wieder durchstreiften Thagons geistige Fühler Branton. Aber diesmal wurden sie nicht fündig. Thagon durchströmte ein Gefühl der Erleichterung, aber er blieb beunruhigt. Aus einem Schrank holte er Kleider, wie sie in Sorgarth Mode waren, und gab sie Branton zum Anziehen. Als die Puppe sich angekleidet hatte, gab ihr Thagon noch ein kleines Fläschchen.

„Hier", sagte er dazu.

Die Puppe würde wissen, was sie mit dem Inhalt der Flasche anzustellen hatte, denn Brantons Gedanken waren Thagons Gedanken. Dann ließ Thagon die Puppe durch das Tor gehen. In Nullzeit würde sie Sorgarth erreichen und auf Whuon und seine Freunde warten.

Die drei würden Sorgarth nicht verlassen, dessen war sich der Magier sicher.

Er wandte sich vom Tor ab und setzte sich wieder. Er stützte seinen Kopf mit den Händen ab und konzentrierte sich. Er konzentrierte sich auf seine Arbeit – auf seine teuflischen Erfindungen.

Whuon, Yarum und Gorich hatten in dem kleinen Dorf Kwua-nema übernachtet.

Für Whuon grenzte es an ein Wunder, dass die Eingeborenen von Kwua-nema in dieser Wüste überleben konnten.

Und die Leute von Kwua-nema machten durchaus nicht den Eindruck von Menschen, die täglich um ihre Existenz bangen mussten. Sie waren fröhlich und guter Dinge. Man hatte sie in Kwua-nema freundlich aufgenommen, gut versorgt und ihnen sogar noch Proviant mitgegeben.

Zunächst hatte Yarum geglaubt, auch dieses friedliche Dorf sei eine weitere Falle des einsamen Magiers von Aruba. Aber es hatte sich als anders herausgestellt.

Nun ritten die drei weiter in Richtung Sorgarth. Sie kamen jetzt zunehmend in Gebiete, in denen sich Yarum auskannte. Sie hatten jetzt keine Angst mehr, die Wolfsmenschen könnten ihnen gefolgt sein, und so gönnten sie sich in der Nacht etwas Ruhe. Die Reise verlief friedlich und normal – fast zu friedlich.

Stück um Stück kamen sie Sorgarth näher.

Schon sah man im Sand die ersten Gräser wachsen und aus der Wüste wurde langsam eine riesige Savanne.

Sie näherten sich jetzt offenbar dem fruchtbaren Küstenland von Tykien. Am Himmel tauchten kleine Gebirgszüge auf.

Von Tag zu Tag verbesserte sich die Stimmung der drei Abenteurer. Nun sahen sie auch schon ab und zu Antilopen-Herden an Wasserstellen trinken und Wildpferde über die Ebene donnern.

Die Nächte verbrachten sie in Gasthäusern, die es in den kleinen Städten dieser Gegend zu Genüge gab.

Und dann gelangten sie nach Sorgarth.

Der Lärm der Großstadt betäubte sie fast.

Stumm staunend ritten sie durch die breiten Straßen der Stadt. Gegen Sorgarth war Himora nur ein kleines Dorf!

Doch Whuon verlor über all diesem Trubel das Ziel nicht aus den Augen.

„Reiten wir zum Hafen", sagte er zu den anderen.

„Wollen wir nicht noch in Sorgarth übernachten?", fragte Yarum gähnend. Aber Whuon schüttelte den Kopf.

„Wir müssen so schnell wie möglich nach Tyk!"

„Morgen ist auch noch ein Tag, Whuon. Lass uns nun ein Quartier suchen!"

„Wir gehen zum Hafen, Yarum!"

Der Karawanenführer nickte. Er hätte sich gern noch am Trubel der Großstadt berauscht.

Sie gelangten an den Hafen. Hunderte von Segelschiffen lagen hier. Whuon stieg ab und wandte sich an einen im Hafen patrouillierenden Soldaten. Er schwitzte unter seiner schweren Rüstung. Missmutig und verdrossen stand er da und sah den Fischern zu, wie sie ihre Netze flickten.

„Heh!", sprach Whuon den Soldaten an. Der Mann drehte sich um. Auf seinem Brustpanzer war das Wappen Tykiens aufgetragen.

„Was ist?"

„Wann fährt das nächste Schiff nach Tyk?"

„In die Hauptstadt?"

„Ja!"

„Dort! Die SEDELLAH läuft jeden Moment aus."

Der Soldat hatte auf ein mittelgroßes Schiff gedeutet.

„Danke", rief Whuon flüchtig. Er ging zusammen mit seinen Freunden zum Anlegeplatz der SEDELLAH. Ihre Pferde hatten die drei mitgenommen.

„Fährt dieses Schiff zur Hauptstadt?", wollte Whuon von dem herumlungernden Bootsmann wissen. Dieser nickte.

„Ja, wir fahren nach Tyk. Warum? Wollt ihr mit?"

„Ja!"

„Was ist mit den Tieren?"

Der Bootsmann deutete flüchtig auf die Pferde der drei.

„Sollen sie die Reise mitmachen?", fragte er.

„Ja!", sagte Whuon entschlossen. Der Bootsmann nickte bedächtig. Er nannte einen Preis und die drei legten ihr letztes Geld zusammen, um ihn zu bezahlen. Dann gingen sie mit ihren Tieren an Bord.

Ein Mann stürmte den Landesteg entlang. Am Liegeplatz der SEDELLAH blieb er stehen. Er trug die typische Kleidung eines Kaufmanns aus Sorgarth.

„Ich bin Branton, ein reicher Kaufmann von hier", sagte der Kaufmann, wobei er sich breitbeinig aufstellte.

Der Bootsmann sah ihn an.

„Mir ist es egal, wer du bist. Was willst du?"

„Fährt dieses Schiff nach Tyk?"

„Ja!"

„So bin ich richtig hier! Ich bezahle gut, wenn ich mitgenommen werde!"

Der Bootsmann nickte.

„Komm her!"

Whuon konnte seine Blicke nicht von dem Fremden abwenden, der sich Branton nannte. Irgendetwas an seinen Bewegungen erinnerte ihn an jemanden. Wenn ihm doch nur einfiele, an wen ihn Branton erinnerte! Aber sein Gedächtnis schwieg.

Die SEDELLAH stach nun in See.

Der mächtige Bug durchschnitt die See wie ein Pflug die Erde.

Die Reise hatte erst wenige Tage gedauert und Whuon und die anderen waren am Essen, da setzte Branton sich zu ihnen.

Und wieder erinnerten ihn seine Bewegungen an jemanden. Diesmal ließ ihn sein Gedächtnis nicht im Stich! Diese Bewegungen! Sie erinnerten ihn an Thagon, den Magier.

Whuons Gesicht verfinsterte sich unwillkürlich.

Sollte ein Agent des Magiers hier auf dem Schiff sein?

Es war möglich, aber es konnte auch Einbildung sein. Es war so vieles Einbildung. Whuon versuchte also, wieder ein freundliches Gesicht zu machen. Er wollte sich nichts anmerken lassen.

„Wer seid Ihr, mein Freund?", fragte Branton mit einer sanften, tiefen, aber doch bestimmten Stimme.

„Mein Name ist Whuon. Und wer seid Ihr?"

„Branton. Ich bin Kaufmann in Sorgarth. Und woher kommt Ihr?"

„Meine Heimat ist Simacra, das liegt in Thyrien."

Der Thyrer wechselte einen sorgenvollen Blick mit Yarum und stopfte sich dann einen Bissen in den Mund.

„Mit welchem Ziel wollt Ihr nach Tyk?", fragte Gorich nun an Branton gewandt.

„Oh, ich habe in der Hauptstadt Geschäftspartner, mit denen ich verhandeln will." Der Kaufmann ließ ein verlegenes

Lächeln über seine Lippen huschen. Mit einem Tuch wedelte er sich frische Luft zu.

Branton holte eine Flasche hervor.

„Hier, meine Herren! Echter Wein aus Lakornidien. Wollt Ihr auch kosten, meine Freunde?"

Whuon schüttelte den Kopf.

„Nein danke. Ich bin nicht durstig. Später vielleicht."

Branton wandte sich an die anderen.

„Und was ist mit Euch?"

„Gut, wir trinken etwas", sagte Gorich. Er sandte einen strafenden Blick an Whuon.

„Stell dich nicht so an und trink auch etwas. Es wäre sonst unhöflich gegenüber unserem tykischen Freund."

Freund?

Whuon wusste nicht so recht, ob er Branton als seinen Freund akzeptieren sollte oder nicht.

Schließlich stimmte er einem Wein aber doch zu.

Branton schenkte aus und dann hoben sie die Gläser.

Whuon nahm einen Schluck. Der Wein war tatsächlich gut. Er schien wirklich aus den lakornidischen Anbaugebieten um Lethrea zu stammen.

Aber was war das?

Vor Whuons Augen verschwamm Brantons Gestalt. Für den Bruchteil einer Sekunde umhüllte tiefe Schwärze ihn. Dann merkte er, wie sich sei Geist von seinem Körper trennte. Er schwebte zur Decke des Essraums und sah seinen Körper am Boden liegen. Aber nicht nur seinen Körper sah er dort liegen, sondern auch die seiner Gefährten. Und er sah noch mehr! Er sah, wie Branton sich über die Körper beugte und sich davon überzeugte, dass sie tot waren. Aber Whuon hatte nicht viel Zeit, sich dieses merkwürdige Schauspiel anzusehen. Sein Geist wurde durch eine unsichtbare Kraft nach oben hin beschleunigt. Er durchdrang die Wände, als wären sie nicht vorhanden.

Dann hatte er das Schiff verlassen. Er sah es wie ein Beobachter aus der Luft. Aber auch das Schiff wurde schnell, sehr schnell immer kleiner und verschwand schließlich. Um ihn herum waren nur Wolken. Er flog mit ungeheuerlicher Geschwindigkeit, einer Geschwindigkeit, so groß, dass die Menschen in Tykien, Lakornidien oder Thyrien sie sich nicht vorzustellen vermochten.

Ein Gefühl der Freiheit durchströmte ihn. Er war frei wie ein Vogel. Aber er war auch ein Gefangener, denn er konnte die Beschleunigung seines „Geistkörpers" nicht abbremsen. Er wurde von einer geheimnisvollen Macht in die Höhe geschleudert, und er, Whuon, hatte dieser Macht nichts entgegenzusetzen.

Die Erde war weit unter ihm.

Die Schwärze des Weltraums umhüllte Whuon. Die Erde wurde immer kleiner. Auch sie verschwand schließlich im unendlichen Meer der Sterne. Mit einer ungeheuren Geschwindigkeit schoss er durch das Universum. Und diese Geschwindigkeit wurde laufend erhöht! Whuon war sich bewusst, dass er keinen Körper mehr besaß. Er war jetzt nur noch Geist.

Die Erde war weit unter ihm.

Jetzt ließ er die ganze Milchstraße hinter sich und seine Geschwindigkeit steigerte sich noch immer.

Es war ein berauschendes Gefühl, so frei und ohne Körper durch das Universum zu fliegen.

Und dann war es Whuon, als stieße er gegen eine unsichtbare Mauer und durchbräche sie. Die Schwärze um ihn herum war weg. Helle Lichterscheinungen blitzten auf.

Aber Whuon hatte das Gefühl, immer noch zu schweben.

Die Leuchterscheinungen verschwanden allmählich.

Der Thyrer vermochte wieder sich zu orientieren. Zu seiner Verwunderung sah er einen Menschen. So sehr Whuon sich auch Mühe gab, er konnte das Gesicht dieses Mannes nicht erkennen.

Der Mensch saß da und starrte auf etwas, das vor ihm auf dem Boden lag.

Mit Schrecken erkannte Whuon, worauf dieser Mensch blickte!

Es war das Universum! Es war sein Universum, das Universum, in dem die Erde lag!

Whuon wusste nicht, warum er dies erkannte. Irgendwelche fremden Gedanken sagten es ihm.

Dieser Mann ohne Gesicht! Sollte er der Schöpfer des Universums sein?

Der Mann kam Whuon vertraut vor. Irgendwie spürte der Thyrer eine gewisse Verbundenheit mit ihm.

Erst jetzt bemerkte Whuon, dass es nicht nur ein Mann war, sondern drei. Sie waren plötzlich zu beiden Seiten des Gesichtslosen aufgetaucht. Sie schienen die gleiche Gestalt wie der Gesichtslose zu haben, die gleiche Figur, die gleichen Haare.

Aber eines hatten sie dem Gesichtslosen voraus!

Sie besaßen ein Gesicht. Sie hatten dasselbe Gesicht, aber es sagte bei jedem etwas anderes aus.

Bei dem einen war es zu einem liebevollen Lächeln geformt. Seine Augen leuchteten freundlich.

Der andere war hingegen das glatte Gegenteil. Sein Blick war hasserfüllt und grimmig. Seine Stirn lag in tiefen Falten. Der Gesichtslose musste sich vor langer Zeit gespalten haben. Er war jetzt zwei Persönlichkeiten: Gut und Böse.

Das Böse zog Whuons Geist förmlich an. Er konnte dem Sog nicht widerstehen, so sehr er auch wollte.

Er wurde in den Körper des Bösen aufgenommen.

Whuon lauschte den Geistern, die in dem Körper des Bösen zu Hause waren. Es waren grimmige, feindselige Stimmen.

„Wir sind die bösen Gedanken des Universums. Wir sind alles Böse im Universum."

„Er gehört zu den guten Gedanken! Was will er hier?"

„Ja! Was will er hier? Soll er doch zu den guten Gedanken gehen und uns in Ruhe lassen!"

Die Geister kamen auf Whuon zu. Er konnte sie direkt „fühlen".

„Er ist gut. Er passt nicht hier her!"

„Er muss weg!"

„Ja! Er muss weg!"

„Tod den guten Gedanken! Es lebe das Böse!"

„Es lebe das Böse!"

„Geh, Whuon! Du bist ein guter Gedanke. Du passt nicht zu uns."

„Ich bin überhaupt kein Gedanke! Ich bin ein Mensch!" Whuon schrie es den Geistern entgegen.

„Alle Menschen sind nicht mehr als Gedanken. Entweder sind sie Gedanken des Guten oder Gedanken des Bösen. Du bist ein Gedanke des Guten und deshalb kannst du nicht hierblieben!" Whuon wurde wieder aus dem Körper des Bösen verdrängt, in den man ihn unfreiwillig hineingebracht hatte.

Sein Geist schwebte nun auf den Guten zu.

„Komm zu mir", sagte der Mann mit dem freundlichen Lächeln zu Whuon. Der Thyrer folgte der Einladung gerne. Er ging in den Körper des guten Mannes ein.

Wieder lauschte Whuon den Geistern. Aber diese hier waren viel freundlicher als die, die er zuvor kennengelernt hatte.

„Er ist ein guter Gedanke! Er ist einer von uns!"

„Ja! Er ist einer von uns."

„Lasst ihn bei uns!"

„Seid ihr Gedanken?", fragte Whuon.

„Ja. Und du bist auch einer. Alles im Universum besteht aus Gedanken."

„Aus Gedanken? Aus wessen Gedanken? Wer denkt?"

„Aus den Gedanken des Bösen und des Guten."

„Wart ihr auch einmal Menschen?"

„Ja! Und wir werden auch wieder Menschen werden. Unsere Reinkarnation steht bevor. Unsere Wiedergeburt kommt bestimmt."

„Wann werdet ihr wiedergeboren?"

„Das ist bei jedem verschieden. Aber du, Whuon, du bist nicht gestorben und deshalb kannst du hier nicht hin. Du musst zurück zur Erde. Du musst zurück zu deinem Körper."

„Aber ich will nicht."

„Es geht nicht danach, was du willst. Du hast dich den Gesetzen des Universums zu beugen. Du hast eine Lebensaufgabe. Sie ist gelöst, wenn dein Gedanke zu Ende gedacht ist. Wenn dein Gedanke, also du, zu Ende gedacht ist, dann kannst du hierhin kommen, um für eine neue Lebensaufgabe konditioniert zu werden, die du dann nach deiner Reinkarnation wahrnehmen kannst."

„Noch eine Frage! Wie oft bin ich schon hier bei euch gewesen? Wie oft bin ich schon wiedergeboren worden?"

„Du hast unzählige Leben gelebt. Durch deine Person wurden unzählige Gedanken zu Ende gedacht – genau wie bei uns allen."

„Aber warum erinnere ich mich nicht an meine früheren Leben?"

„Wenn ein Gedanke zu Ende gedacht ist und für ein neues Leben konditioniert wird, dann braucht er seine Erinnerungen nicht mehr. Sie würden ihm beim Denken seines Gedankens, beim Leben seines Lebens hinderlich sein."

Whuon schwieg eine Weile. Er musste das neu erfahrene Wissen erst verarbeiten.

Schließlich fragte seine geistige Stimme: „Wessen Gedanken sind wir denn nun? Wer denkt uns?"

„Wir sind die Gedanken des guten, der Hoffnung, der Ordnung, des Lichts und des Lebens. Die anderen aber sind die Gedanken des Bösen, der Finsternis, des Chaos, der Verzweiflung, der Dunkelheit und des Todes."

„Wer ist das Gute? Wer ist das Böse? Ist das Gute eine Art Gott?"

Doch Whuon bekam diesmal keine Antwort. Seine geistige Stimme blieb ungehört. Statt dessen murmelten die Geister: „Du musst zurück in deinen Kosmos und deine Erde und deinen Körper! Komme wieder, wenn du gestorben bist, wenn dein Leben gelebt, dein Gedanke gedacht ist."

„Aber warum?"

„Stelle jetzt keine Fragen mehr! Du musst zurück, wir flehen dich an!"

„Was hätte es für euch für Folgen, wenn ich doch bliebe?"

„Keine. Aber für deinen Kosmos hätte es Folgen. Befolge unseren Rat und geh. Grundsätzlich wollen die Gedanken des Guten niemanden zu etwas zwingen, aber in diesem Fall würden wir es tun – um des Universums willen. Geh nun, Whuon aus Thyrien!"

„Ich will aber nicht!"

„Du musst, Whuon! Deine Lebensaufgabe ist nicht erfüllt, dein Gedanke nicht zu Ende gedacht."

„Dann denkt ihr ihn zu Ende!"

„Du musst deine Aufgabe selbst erfüllen, das nimmt dir niemand ab!"

Whuon wurde aus dem Körper des Guten hinausgestoßen.

Er sah das Etwas, das sein Universum darstellte und merkte, wie es ihn anzog. Er stürzte förmlich in dieses Universum hinein.

Wieder trat sein Geist die lange Reise durch den Weltraum an. Langsam sah er die Galaxis, in der die Erde sein musste. Und bald sah er auch seine Sonne – eine von vielen Sonnen im unendlichen Sternenmeer.

Und dann sah er seine Welt: die Erde!

Er sah sie als blaue Kugel im schwarzen Universum schimmern.

Und schon tauchte er in die Atmosphäre der Erde ein. Schnell ging es hinab. Unter sich nahm Whuon das weite, klare Meer wahr und eine Küste. Ob es die Küste Tykiens war?

Als er weiter hinabgegangen war, erkannte er ein Schiff, wie es sich von den Wellen hin und herschaukeln ließ und wie es mit ihnen kämpfte.

Sein Geist fiel genau auf das Schiff, durchdrang die Planken und gelangte in einen der Schiffräume. Hier fand er seinen Körper wieder. Er lag auf einem Lager aus Decken. Zwei Gestalten beugten sich über ihn. Es waren Gorich und Yarum.

Whuon sah sich nun seinem Körper gegenüber. Er stürzte direkt auf ihn zu – und in ihn hinein.

Whuon öffnete die Augen. Er blickte in die Augen seiner Gefährten. War das, was er soeben erlebt hatte, Traum oder Wirklichkeit? Oder war es beides?

Im Augenblick sah es nach einem Traum aus. Das Erlebte schien für Whuon in eine Vergangenheit zu rücken, eine ferne Vergangenheit.

„Was war mit mir?", erkundigte er sich bei seinen Freunden.

Gorich holte die Flasche mit dem Wein hervor. Sie war noch halb voll und ein köstlicher Duft stieg Whuon in die Nase.

„In diesem Wein war eine Droge, die unsere Bewusstseine durch die Dimensionen reisen ließ. So konnte Branton unsere Körper überwältigen und ..."

„Wo sind wir?", fragte Whuon hastig.

„Auf der Rückreise nach Sorgarth!"

„Was?"

„Ja, Branton hat die Mannschaft dazu überredet. Er bot ihnen einen Batzen Geld dafür."

Whuon nickte düster.

„Und was ist dieses für ein Raum?"

„Es ist der Essraum! Erkennst du ihn nicht?"

Whuon blickte sich langsam und bedächtig um. Tatsächlich! Es war der Raum, in dem sie gegessen hatten.

„Ich werde etwas gegen Branton unternehmen!", knirschte Whuon grimmig. Er sprang auf und marschierte in Richtung Tür.

Doch Yarum hielt ihn bei der Schulter.

„Wir können hier nicht raus, Whuon!"

„Nein! Wieso nicht?"

„Eine unsichtbare Mauer verhindert es. Sie ist an allen Ausgängen vorhanden. Du kannst mir glauben."

Whuon ließ sich wieder auf das Lager fallen.

„Wir können nichts tun?", fragte er.

„Nein. Wir können nichts tun."

„Dann sagt mir, was ihr auf eurer Reise durch die Dimensionen erlebt habt. Wart ihr auch bei dem Schöpfer des Universums?"

„Du warst bei dem Schöpfer des Universums, Whuon? Erzähle uns!", rief Gorich.

„Wie sah er aus, der Schöpfer?", fragte Yarum.

„Es war ein Mann."

„Ein Mann?", fragte Gorich.

„Ja. Aber er hatte kein Gesicht. Und im Grunde war es auch nicht ein Mann, sondern zwei. Vor vielen Ewigkeiten musste sich der eine Mann geteilt haben, in einen guten Teil und einen bösen. Ich lernte, dass alle Menschen nur Gedanken sind. Gedanken des Bösen oder des Guten. Und ich lernte auch, dass jeder Gedanke zu Ende gedacht werden muss, oder anders gesprochen: Wenn ein Mensch stirbt, dann ist sein Gedanke zu Ende gedacht. Sein Gedanke, sein Bewusstsein, sein Geist oder wie immer man es nennen mag, kehrt dann zurück zu dem Geist des Bösen oder des Guten, je nach dem, woher er kam. Dort werden den Bewusstseinen, deren Körper tot sind, die Erinnerungen gelöscht, und sie werden für eine neue Lebensaufgabe konditioniert, für einen neuen Gedanken, den sie dann nach ihrer Reinkarnation, ihrer Wiedergeburt, darstellen werden."

Gorich sah Whuon ernst an.

„Wenn das wahr ist, was du sagst, wenn wir wirklich nur Gedanken sind, dann müsste jeder von uns ja allein durch das Denken einen eigenen Kosmos, ein eigenes Universum geschaffen haben, von dem ich nichts ahne, von dem auch ihr nichts ahnt."

„Es würde alles nach dem selben Prinzip gehen, Gorich. Denn auch du hast deine gute und deine schlechte Seite, auch wenn du vielleicht ein Gedanke des Guten bist!", behauptete Whuon.

„Aber wo hätte da der Mann ohne Gesicht seinen Platz?", fragte Yarum.

Whuon zuckte mit den Schultern.

„Ich glaube, dass dieser Mann nicht wirklich so existierte, wie ich ihn sah, sondern dass er vielmehr ein Symbol war."

Whuon wandte sich nach diesen Worten an Gorich.

„Was hast du erlebt, Gorich?"

Der Thyrer setzte sich auf einen der herumstehenden Stühle.

„Meine Erlebnisse sind nicht so interessant wie deine, Whuon. Aber vielleicht sind sie es doch wert, dass ich sie weitergebe. Ich bin nicht wie du, Whuon, durch den Raum, sondern durch die Zeit gereist, und zwar in die Vergangenheit.

Und zwar erlebte ich die Vergangenheit als eine Art Beobachter. Es war eine schillernde, märchenhafte Welt, in die ich verschlagen worden war. Es gab Wagen, die von selbst fuhren, ohne dass sie von Tieren gezogen wurden. Es gab metallene Vögel, in denen die Menschen flogen. Aber es gab auch Schiffe, mit denen man bis zu den Sternen segeln konnte. Aber es machte mir den Eindruck, als wäre der Mensch jener Zeit für seine eigene Zeit nicht reif genug, denn er baute nicht nur schöne Dinge, sondern auch Waffen. Waffen, so schrecklich, dass es sich heute niemand mehr vorstellen könnte, wie schrecklich sie waren.

Auf der Erde entstanden schließlich zwei große Machtblöcke, welche sich gegenseitig in ihren Waffen zu übertreffen versuchten. Es gab einige vernünftige Leute auf beiden Seiten, die vor einem weiteren Wettrüsten warnten, aber sie wurden nicht gehört. Man tat sie als Weichlinge oder Feindspione ab.

Man störte sich nicht an ihren Warnungen. Man rüstete weiter, erfand immer bessere, schnellere, schrecklichere, tödlichere Waffen. Aber keiner der beiden Machtblöcke wagte schließlich den entscheidenden Schritt, den Schritt zum Krieg. Die Verantwortlichen schreckten vor der Kraft ihrer eigenen Waffen zurück. Doch durch einen schrecklichen Zufall kam es dann doch zum Krieg. Man setzte die schrecklichen Waffen ein und sie waren noch furchtbarer als man gedacht hatte. Für die Menschheit ging das Licht aus. Die blühenden Zivilisationen der Erde sanken in Schutt und Asche. Aber die Waffen waren so mächtig, dass sie nicht nur die Städte der Menschen in Schutt sinken ließen, sondern ganze Kontinente mit ihren Strahlen verseuchten. In dieser Zeit entstanden auch die ersten Magier und Wüstenmonstren.

Gegen Ende des Krieges, der übrigens nur von sehr kurzer Dauer war, fand dann noch eine kosmische Katastrophe statt. Ein anderer Himmelskörper prallte gegen die Erde und veränderte ihre Lage im Kosmos. Dadurch veränderte sich das Klima der Erde. Zu der Zeit des großen Krieges lag die Insel, auf der die heute bekannte Welt liegt, tatsächlich unter einer Eisschicht. Wo heute Lutonien liegt, das war früher der Südpol der Erde. Heute liegt er ganz woanders. Jedenfalls flohen die Menschen von den anderen Ländern auf die heute bekannte Welt, denn sie war als einziger Kontinent kaum vom Kriege betroffen. Zudem schmolz das Eis sehr rasch und innerhalb weniger Jahrzehnte war es ganz zerschmolzen. Jenseits des Tralonischen Meeres bildete sich dann eine neue Polkappe, und sie existiert heute noch.

Die Menschen, die den schrecklichen Krieg überlebt hatten, flohen also hierher - und sie sind unsere Vorfahren. Viele von denen, die in dieses Land kamen, waren aber schon durch die harte Strahlung, welche die alten Waffen hinterließen, verdorben. Sie waren die Magier oder zumindest ihre Vorfahren."

Die anderen schwiegen einen Augenblick. Schließlich sagte Yarum: „Die alten Mythen sind demnach also wahr!"

Gorich nickte schwer. Auch ihm schien diese Einsicht gekommen zu sein, wenn sie sich auch bei dem Thyrer nur schwer durchzusetzen vermochte.

Nun ergriff Whuon das Wort. Er wandte sich an Yarum.

„Und was hast du gesehen, Yarum?", fragte er den Karawanenführer. Das Gesicht des Mannes aus der Wüste verdüsterte sich.

„Ich sah in die Zukunft, in eine unvorstellbar ferne Zukunft, in der es keine Menschen mehr gibt, in der die Erde wüst und leer ist." Mehr sagte der Karawanenführer nicht.

Thagon lag mit geschlossenen Augen auf seinem Lager. Er steuerte den Branton-Körper durch seine geistigen Impulse – für sie spielten Entfernungen keine Rolle.

Der einsame Magier war zufrieden. Er hatte Whuon und die anderen gefangennehmen können. Er hatte alles erreicht, was er hätte erreichen können.

Er musste den Körper, den er Branton nannte, für einen Moment aus seiner direkten Kontrolle entlassen, denn es gab noch andere Dinge, die er zu tun hatte. Er stand von seinem Lager auf und ging zu der langen Reihe der Doppelgänger und Kunstmenschen. Er wandte sich an den Doppelgänger des Rakiss von Tyk. Durch geistige Impulse veranlasste er ihn, durch das Tor durch Raum und Zeit zu gehen, das leicht flackerte.

Thagon rieb sich die Hände. Jetzt würde er die Herrschaft übernehmen – zunächst nur über Tykien, aber später über die ganze Welt.

Befriedigt sah er zu, wie Rakiss in das schwarze Dreieck stürzte, das das Tor durch Raum und Zeit war oder einfach das Tor. Er legte sich wieder auf sein Lager.

Seine Gedanken suchten nach Branton und versuchten die Kontrolle zu übernehmen. Aber was war das?

Da war etwas, was sich dem Geist des Magiers widersetzte und ihn aus dem Körper Brantons hinauszutreiben suchte.

Thagon schauderte. Dann hatte Branton also doch ein eigenes Bewusstsein!

Mit geistiger Gewalt zwang er das fremde Bewusstsein nieder und übernahm schließlich doch die Kontrolle.

„Ich muss noch viel vorsichtiger sein", murmelte er zu sich selbst. Er durfte Branton keinen Moment mehr aus der Gedankenkontrolle entlassen. Er konnte nicht wissen, wie das fremde Bewusstsein reagieren würde, was mit seinem Körper tun würde. Der einsame Magier wagte gar nicht daran zu denken, dass die Möglichkeit bestand, dass alle seine Doppelgänger und Puppen eigene Bewusstseine besaßen.

Thagon hoffte nur, dass es anders war, als er befürchtete.

Yarum

„Wie kommen wir hier nun bloß heraus?", rief Yarum.

„Es würde uns wenig nützen, wenn wir nun ausbrächen. Wo sollten wir hin? Sollten wir vielleicht nach Tyk schwimmen?", fragte Gorich.

Ein spöttisches Lächeln legte sich um seine Lippen.

Whuon blickte aus dem Fenster. Es war offen, aber er konnte dennoch nicht hindurch. Er blickte auf die See.

Am Horizont schimmerte etwas. Es sah wie ein kleines Dreieck aus. Dieses Dreieck stand in der Luft wie auf festem Boden.

„Seht!", rief er zu den anderen. Sie eilten herbei und staunten mit Whuon über dieses merkwürdige Gebilde, das rasch größer wurde.

Ob dies Brantons Ziel war?

„Hat einer von euch dieses Dreieck schon gesehen?", erkundigte sich Gorich.

„Nein", rief Whuon entschlossen. „Ich habe es bestimmt noch nicht gesehen."

„Ich auch nicht", gab Yarum zu erkennen.

Das Dreieck wuchs nun zu monströser Größe heran. Es war jetzt viel größer als das Schiff.

Die SEDELLAH hielt genau auf das monströse Dreieck zu.

Merkwürdig, dachte Whuon. Das Dreieck strahlte schwarzes Licht ab. Nur noch wenige Augenblicke, dann würde die unergründliche Schwärze des Dreiecks die SEDELLAH verschlingen.

Whuon war nicht wohl bei dem Gedanken. Aber was konnte er tun? Machtlos musste er zusehen, wie die

SEDELLAH auf das Dreieck zusegelte und ihm entgegenstrebte.

Whuon lief zur Tür und wollte hinausstürzen, aber da hielt ihn die unsichtbare Mauer zurück.

Es war wahr, was ihm die anderen gesagt hatten: Sie war hart wie Stein, aber dennoch durchsichtig.

„Wir müssen etwas tun!", rief er, aber für diesen Ausruf erntete er von Gorich und Yarum nur verständnislose Blicke.

Die SEDELLAH fuhr jetzt in das schwarze Dreieck hinein.

Schwärze umgab Whuon, undurchdringliche, tiefe Schwärze. Der Thyrer konnte nicht einmal seine eigenen Hände erkennen, wenn er sie vor seine Augen hielt.

Die Dunkelheit war schrecklich.

Da wurde es plötzlich etwas heller. Man konnte wieder alles erkennen. Die anderen, die an Deck waren, liefen jetzt scharenweise zu Whuon und den anderen in die Kajüte. Sie passierten die unsichtbare Mauer, als wäre sie nicht vorhanden.

„Was wollt ihr hier?", fragte Whuon einen der Seeleute.

Aber er bekam keine Antwort. Der Mann sah ihn nur mit leeren Augen an. Die Fenster waren von den Seeleuten geschlossen worden, aber durch die offene Tür sah Whuon den dichten Nebel, der das Schiff umgab.

Schließlich wurde die Tür geschlossen. Whuon sah sich um, aber Branton fand er nirgends.

Müde setzte er sich wieder zu Yarum und Gorich.

„Wo sind wir nur?", fragte Yarum.

„Ich weiß es nicht. Habt ihr den Nebel gesehen?", meinte Whuon.

Die anderen nickten.

„Er sah nicht wie normaler Nebel aus. Es war eine besondere Art von Nebel", sagte Whuon.

„Wo ist Branton?", fragte Whuon einen anderen Mann.

„Er ist draußen!", gab der Mann Antwort.

Der Thyrer erhob sich, um den merkwürdigen Kaufmann aus Sorgarth aufzusuchen.

„Geht nicht zu ihm!", rief der Seemann beschwörend. Seine Augen hatten einen ängstlichen Glanz.

Whuon achtete nicht auf ihn. Er ging zur Tür und riss sie auf. Er konnte nur hoffen, dass ihn die unsichtbare Mauer diesmal nicht aufhalten würde.

Er ging durch die Tür hindurch, als wäre sie gar nicht da, die unsichtbare Mauer, die er fürchtete. Er schlug die Tür hinter sich zu. Dichter Nebel hüllte das Schiff ein. Die Sichtweite betrug nur wenige Meter. An der Reling stand eine finstere Gestalt. Es war Branton.

Sie lehnte sich über die Reling und blickte in den endlosen Nebel. Hier draußen war es beißend kalt, aber der Thyrer ließ sich dadurch nicht stören. Er stellte sich neben Branton an die Reling. Dieser schien ihn gar nicht zu bemerken.

Whuon blickte über die Reling hinab in die Tiefe. Aber er konnte kein Wasser sehen. Ebenso vernahm er nicht das Rauschen des Meeres und das Schlagen der Wellen gegen den Schiffsrumpf. Er sah nur Nebel, undurchdringlichen Nebel.

„Wo sind wir hier?", wandte sich der Thyrer an Branton.

Der Tyker aus Sorgarth drehte sich zu ihm um.

„Zwischen den Dimensionen", antwortete Branton. Und wieder erinnerten Whuon die Züge des Kaufmanns an die Thagons, des Magiers.

„Was hast du mit uns vor, Branton?", fragte Whuon nicht gerade freundlich.

„Kannst du dir das nicht selbst denken?" Branton lachte schallend.

„Wir reisen zusammen in eine andere Zeit", sagte er schließlich.

„In eine andere Zeit?"

„Ja! Oder auch auf eine Welt in einer anderen Dimension. Ich weiß es nicht genau. Du wirst schon sehen, wenn wir unser Ziel erreicht haben!"

„Dann war das Dreieck eine Art Tor durch die Dimensionen"

„Ja."

Whuon beobachtete, wie das Schiff scheinbar von selbst dahergondelte. Die Segel hingen schlaff von den Masten, aber dennoch fuhr die SEDELLAH.

„Wer steuert das Schiff eigentlich?"

„Ich."

„Du? Du stehst doch nur hier an der Reling herum und döst in den Nebel."

„Trotzdem steuere ich dieses Schiff. Schiffe, mit denen ich fahre, berühren selten Wasser."

Branton wandte sich von dem Thyrer ab und ging weiter das Deck entlang. Der Wind zerrte an seinen Kleidern, obwohl gar kein Wind vorhanden war!

Whuon schüttelte den Kopf und ging wieder zu den anderen in die Kajüte. Hier war die Stimmung sichtlich gedrückt. Die Seeleute brummten mürrisch vor sich hin. Und auch Whuons Laune war nicht gerade die beste.

Der Thyrer wandte sich an einen Mann, der in der Nähe von Yarum und Gorich saß.

„Wer ist hier der Kapitän?", fragte Whuon.

„Dort, der Mann mit den weißen Haaren, das ist Aworn, unser Schiffsführer."

Whuon ging zu dem Mann, den man ihm beschrieben hatte.

„Du bist Aworn?"

„Ja, der bin ich. Was gibt es?"

„Welches Ziel hat dir dieser Branton gegeben?"

„Ich sollte zurück nach Sorgarth segeln. Aber ich fürchte, dass wir uns des Nebels wegen hoffnungslos verirren werden."

„Wer steuert zur Zeit das Schiff?"

„Branton. Er erklärte sich bereit, den Kahn durch den Nebel zu steuern. Du warst doch gerade bei ihm. War er etwa nicht am Ruder?"

„Nein, dort war er nicht."

„Nicht?" Aworn blickte sich angstvoll um.

„Ich habe ihn gefragt, wer das Schiff steuere. Er antwortete mir, dass er es steuere."

Aworn sah Whuon mit einem merkwürdigen Leuchten in den Augen an.

„Er machte mir gleich einen merkwürdigen Eindruck. Aber er bezahlt mich und meine Leute gut und das ist das einzige, was zählt."

„Weißt du, wo wir uns jetzt befinden, Aworn?"

Der Kapitän zuckte mit den Schultern.

„Niemand weiß das jetzt genau. Irgendwo vor der tykischen Küste müssten wir jetzt sein, obwohl ich zugeben muss, dass dieser Nebel für diese Gegend äußerst merkwürdig ist."

„Dieses Schiff befindet sich ganz sicher nicht vor der tykischen Küste. Auch vor keiner anderen Küste dieser Welt."

„Du machst Scherze." Aworn ließ ein Gelächter erklingen.

„Ich mache keine Scherze, Aworn", sagte Whuon ernst.

Er sah den Kapitän scharf an. Die Augen des Thyrers funkelten wild.

„Der Rumpf dieses Schiffes schwimmt nicht im Wasser. Ich habe es mit eigenen Augen gesehen."

Aworn wandte sich lachend an den Bootsmann.

„Hast du das gehört, Shunock?"

Shunock nickte lächelnd.

„Geht selbst nach draußen und beugt euch über die Reling, bevor ihr urteilt!", rief Whuon wütend.

Aworn warf Shunock einen amüsierten Blick zu und nickte schließlich spöttisch.

„Gut, wir werden mit dir nach draußen gehen und sehen, ob es stimmt, was du uns erzählst. Aber ich warne dich! Es geht dir an den Kragen, wenn du die Unwahrheit gesagt hast!" Aworn funkelte Whuon bei diesen Worten belustigt an.

„Also los! Zeige uns, was du uns zeigen wolltest."

Aworn und Shunock folgten Whuon nach draußen.

Sie gingen zu Reling und blickten hinunter.

„Du hattest doch recht!", entfuhr es Aworn. „Wir schwimmen im Nebel."

Der Schiffsführer drehte sich um.

„Wo ist Branton?", fragte er schließlich Shunock.

„Ich weiß nicht. Er muss hier irgendwo sein."

„Branton!", rief Aworn.

Shunock wandte sich unterdessen an Whuon.

„Als wir alle vor dem Nebel und der Kälte in die Kajüte flüchteten, da berührten wir mit Sicherheit noch richtiges Wasser, Whuon!"

Der Thyrer nickte. Er konnte Shunocks Aufgewühltheit wohl verstehen.

„Branton!", hallte Aworns Stimme durch den alles verschlingenden Nebel.

„Hier bin ich!", rief Branton zurück. Die finstere Gestalt kam auf die drei zu. Die schweren Schritte ließen die Planken geisterhaft knarren.

„Branton, du bist uns eine Erklärung schuldig!", knurrte der Kapitän. Branton blieb in einiger Entfernung stehen.

„Warum seid ihr nicht in der Kajüte?", fragte er ruhig.

„Schau einmal über die Reling, Branton!", befahl Aworn nicht gerade freundlich.

„Was soll dort schon sein?", wollte Branton wissen.

„Eben, dort ist nichts! Kein Wasser!"

„Das ist mir bekannt."

„Du hast mir versprochen, dass das große Dreieck dem Schiff nicht schaden würde."

„Es schadet ihm doch auch nicht, wenn es einmal nicht auf Wasser segelt, oder?"

„Wo sind wir?" Aworns Stimme klang drohend, aber Branton ließ sich nicht aus der Ruhe bringen.

„Wir sind auf einer Reise."

„Das kann ich mir auch denken. Ich will eine genaue Auskunft!"

„Die kann ich dir nicht geben, Aworn."

Die Hand des Schiffsführers glitt zu seinem Schwert. Mit einer schnellen Bewegung zog er es aus dem Gürtel.

„Es ist mein Schiff, Branton, und deshalb kann ich eine genaue Auskunft von dir erwarten. Sprich also! Was ist mit uns geschehen, als wir durch das riesige Dreieck gingen?"

Branton sah die Klinge des Seemannes, aber sie schien ihn kaum zu beeindrucken.

„Rede, oder ich werfe dich über die Reling!", rief Aworn. Die finstere Gestalt blickte unbeteiligt auf den Kapitän. Dann brach Branton zusammen. Er stürzte auf die knarrenden Schiffsplanken.

„Was ist mit ihm?", fragte Shunock.

Whuon beugte sich über den seltsamen Mann.

„Er ist tot", stellte er fest. Aworn und Shunock wechselten einen entsetzten Blick.

„Wodurch könnte er gestorben sein?", erkundigte sich Aworn langsam.

Whuon zuckte mit den Schultern.

„Er ist nicht verwundet oder so. Er scheint völlig in Ordnung zu sein, aber sein Herz steht still – ganz eindeutig."

Das Schiff begann jetzt merklich zu schwanken.

Es änderte häufig die Richtung und kämpfte mit unsichtbaren Wellen. Der Steuermann! Branton hatte die SEDELLAH gesteuert – auf welche Art auch immer. Und nun war Branton tot – und niemand steuerte mehr das Schiff.

Ja!, dachte Whuon. Das musste es sein. Deshalb schwankte das Schiff so und änderte so oft seinen Kurs.

Durch den Nebel sah Whuon grelle Blitze zucken. Es war schwer zu sagen, wie weit sie entfernt sein mochten. Jedenfalls fuhr die SEDELLAH direkt auf diese Blitze zu.

Verzweifelt sah der Thyrer zu Branton. Er würde dieses Schiff nicht mehr steuern können.

„Die Blitze! Wir fahren genau auf die Blitze zu!", schrie Shunock. Whuon rannte mit großen Sätzen zum Ruder.

Mit schnellen Bewegungen drehte er es hin und her. Doch die SEDELLAH ließ sich nicht steuern. Das Steuerblatt hing im Nebel – es hatte keinen Einfluss auf den Kurs des Schiffes.

Verzweifelt und ohnmächtig sah Whuon zu den näherkommenden Blitzen hinüber.

Wegen der gewaltigen Schwankungen, die man natürlich auch im Innern des Schiffes spüren konnte, waren einige Seeleute wieder an Deck erschienen. Unschlüssig und unbeholfen starrten sie durch den Nebel zu den immer greller werdenden Blitzen.

Whuon kam unterdessen zurück zu Aworn und Shunock.

„Warum hat das Ruder nicht reagiert?", fragte Aworn grimmig an den Thyrer gewandt. Whuon zuckte mit den Schultern.

„Ich weiß es nicht. Es hing im Nebel. Es konnte gar nicht wirksam sein."

„Aber wie hat Branton denn den Kahn gelenkt?"

„Jedenfalls nicht mit dem Ruder."

„Seht!", rief Shunock plötzlich aus. Seine langen Finger deuteten auf die Leiche Brantons. Sie hatte sich bewegt.

„Er lebt!", entfuhr es einem der anderen.

Aworn beugte sich über den geheimnisvollen Tyker aus Sorgarth. Langsam und zögernd öffnete Branton die Augen.

Sein Gesicht nahm sofort wilde Züge an.

Mit einer ruckartigen Bewegung stand er auf.

„Habe ich euch nicht gesagt, dass ihr in der Kajüte bleiben könnt? Was tut ihr hier?"

„Aber das Schiff schaukelt und ändert oft den Kurs. Und vor uns haben wir die gefährlichen Blitze." Aworn hatte dies gesagt.

Branton wandte seine Blicke zu den Blitzen hin und nickte langsam.

„Und außerdem warst du tot, Branton", fügte Shunock noch hinzu.

„Tot?", rief der Kaufmann verwundert aus. „Ich war tot?"

„Jedenfalls hatte es den Anschein", berichtigte sich der Bootsmann. Der düstere Kaufmann nickte wieder. Da packte Aworn ihn bei den Schultern.

„Jetzt steuere unser Schiff an den Blitzen vorbei! Hast du mich verstanden?", brüllte Aworn. Branton nickte ein weiteres Mal und riss sich aus Aworns festem Griff. Im nächsten Augenblick schon änderte die SEDELLAH den Kurs. Sie fuhr jetzt nicht mehr auf die Blitze zu.

„Nun zufrieden?", fragte der Kaufmann an Aworn gewandt.

„Nein!", antwortete der Schiffsführer entschlossen.

„Nein?"

„Du bist mir noch eine Antwort auf die Frage schuldig, wo wir uns befinden, Branton!"

Die Blicke derer, die an Deck gekommen waren, richteten sich auf den Kaufmann aus Sorgarth.

Dieser zuckte nur mit den Schultern.

„Wenn ihr es gerne wissen möchtet, so will ich es euch sagen."

Merkwürdig, dachte Whuon, welche Wandlung sich im Charakter des Kaufmannes abgespielt hatte. Er war nicht mehr der alte. Er war wesentlich freundlicher, und er hatte auch nicht mehr dieses hinterhältige Lächeln.

„Wir befinden uns auf einer Reise durch den Raum zwischen den Dimensionen. Hier gibt es keine Zeit, keinen

Raum, keinen Stoff. Das große Dreieck, das Tor durch Raum und Zeit oder einfach nur das TOR, brachte uns in diesen Zwischenraum, der im eigentlichen Sinne gar kein Raum ist. Mit dem Tor kann man nun in Nullzeit von einem Ort zum anderen oder von einer Zeit in die andere reisen. Wir meinen zwar, dass wir eine lange Reise zurücklegen müssten, aber das ist Einbildung. Es kommt uns lediglich so vor. In Wirklichkeit vergeht keine Sekunde, wenn man von Ort zu Ort, von Zeit zu Zeit reist. Ein Beweis für das eben Gesagte: Hat einer von euch bis jetzt Hunger verspürt? Wir reisen schon eine ganze Weile in diesem Raum-Zeit-Korridor und normalerweise hättet ihr längst etwas gegessen. Also, wer verspürt Hunger?"

Niemand meldete sich.

„Seht ihr? Ihr könnt gar keinen Hunger bekommen haben, denn seit unserem Durchgang durch das Tor ist ja noch keine Sekunde vergangen. Für unser subjektives Empfinden hingegen ist eine Menge Zeit verstrichen.

Nun, jedenfalls ist das Tor die Schöpfung eines Magiers aus der Wüste Tykiens. Er versteht es auch zu bedienen. Bis eben war ich nur eine lebendige Puppe dieses Magiers, nichts weiter. Doch dieser Magier hatte aus Versehen nicht nur einen Körper, sondern mit diesem Körper auch einen Geist geschaffen. Ich habe mich jetzt aus der Geisteskontrolle dieses Magiers entwunden. Ihm ist es dennoch gelungen, mir den größten und wichtigsten Teil meiner Erinnerungen zu löschen. So habe ich den größten Teil des Wissens des Magiers nicht mehr, insbesondere, wie man mit dem Tor umgeht. Aber ich habe die Kraft behalten, dieses Schiff mit Hilfe meines Geistes durch den Korridor der Dimensionen zu führen.

Nach dem ursprünglichen Plan des Magiers sollte die SEDELLAH in der Wüste Tykiens wieder aus dem Korridor auftauchen. Denn er sucht drei Leute, die sich auf diesem Schiff befinden und die seine Mitwisser sind. Jetzt bin ich auch einer dieser Mitwisser und ihr alle seid ebenfalls zu Mitwissern geworden."

Ein kleines Gemurmel entstand unter den Seefahrern, welchem aber durch Aworn sofort ein Ende bereitet wurde. Branton fuhr fort: „Dieser Magier, Thagon ist sein Name, strebt die Herrschaft über die ganze Welt an. Der König von Tykien ist bereits gegen eine Puppe mit seinem Aussehen ausgetauscht und damit hat er in diesem Lande praktisch die Macht übernommen. Wir können also unmöglich dorthin zurückkehren. Was wir aber tun müssen, das ist, dass wir die anderen Länder vor Thagons expansiven Plänen warnen."

Ein Gemurmel der Zustimmung entstand.

„Dazu müssen wir aber erst aus diesem Korridor zwischen Raum und Zeit, wie du es nennst, heraus", rief einer der Seeleute.

Branton nickte betrübt.

„Und dies wird uns vermutlich niemals gelingen."

„Warum nicht?", fragte Shunock aufgebracht.

„Weil ich dieses Schiff zwar innerhalb dieses Korridors lenken kann, aber nicht aus ihm heraus. Dazu wäre das TOR nötig, und das ist in Thagons Besitz. Ich kann mir jedenfalls nicht vorstellen, wie der Magier daran interessiert sein könnte, uns aus dem Korridor zu entlassen."

„Dann sind wir also Verbannte", murmelte Aworn.

„Verbannte für alle Zeiten", fügte Whuon hinzu. „Denn hier gibt es ja keine Zeit, also werden wir auch nicht altern!"

Branton wandte sich an die anderen.

„Gehen wir in die Kajüte", forderte er auf.

„Aber das Schiff! Wer steuert das Schiff?", fragte Aworn.

„Ich. Aber was soll uns schon passieren? Hier gibt es nichts, was uns gefährlich werden könnte", lachte der Kaufmann. Aber sein Lachen wirkte etwas gezwungen.

„Und die Blitze?", fragte Whuon.

„Die Blitze? Das waren nur Risse im Korridor."

„Wäre es nicht möglich, durch einen dieser Risse zurück in unsere Welt zu kommen?"

„Oh, Whuon! Es ist sehr unwahrscheinlich, dass es uns gelingt, überhaupt einen der Risse zu erreichen. Wenn wir einen gefunden haben, der groß genug für uns ist, dann brauchen wir durch diesen Riss nicht unbedingt auf die Erde zu kommen. Wer weiß, vielleicht werden wir auf einer anderen Welt abgesetzt!"

Betrübt gingen die Männer in die Kajüte. Whuon sah jetzt, dass alle an Deck gekommen waren, um Branton anzuhören. Niemand war in der Kajüte geblieben.

„Wir sind immer noch besser dran als die Leute, die auf der Erde geblieben sind. So sind wir wenigstens nicht dem Machthunger dieses Magiers ausgesetzt", meinte Gorich ironisch.

Die SEDELLAH bewegte sich noch immer durch den geisterhaft und unheimlich erscheinenden Nebel.

Whuon wollte sich nicht damit abfinden, für alle Ewigkeiten im Korridor zwischen den Dimensionen gefangen zu sein.

Aber es gab keine Chance zur Rückkehr zur Erde.

Oft stand Whuon an der Reling der SEDELLAH und sah den Blitzen, den Rissen im Korridor der Dimensionen, zu. Unruhig und unregelmäßig zuckten sie durch die ewige Nacht und den ewigen Nebel des Korridors. Der Thyrer wünschte sich nichts mehr als das, dass die SEDELLAH doch von einer solchen Spalte zwischen den Dimensionen verschlungen würde. Und dabei war es ihm schon fast egal, auf welche Welt er verschlagen würde. Jede Welt musste besser sein als der nebelige Korridor.

Wie so oft, so stand er auch diesmal draußen an der Reling. Er ließ sich durch die beißende Kälte nicht stören.

„Eine schlimme Sache, in die wir da hineingeraten sind", hörte er hinter sich eine Stimme. Es war Aworns Stimme, es war die Stimme des Schiffsführers.

Aworn trat neben Whuon an die Reling, während sich der Thyrer etwas verstört umdrehte.

„Branton sagt, dass wir keine Chance hätten, einmal zurückzukehren", murmelte Aworn.

„Und er hat auch wohl recht damit", setzte Whuon noch lustlos und mürrisch hinzu.

Aworn zuckte mit den Schultern.

„Ich meine, dass es zu früh zum Aufgeben ist. Vielleicht gelingt es uns trotz allem, einen der Risse im Korridor zu erreichen, Whuon."

„Das ist unwahrscheinlich, Aworn!", stieß Whuon hervor.

„Wir haben ja auch viel Zeit, es immer und immer wieder zu probieren, mein Freund. Eins steht jedenfalls fest: Wenn wir nichts unternehmen, haben wir überhaupt keine Chance, unsere Heimatwelt je wieder zu erreichen."

„Und was soll deiner Meinung nach getan werden?"

„Wir müssen Branton davon überzeugen, dass es unbedingt notwendig ist, dass wir einen der Risse ansteuern."

„Und wenn uns dieser Riss nicht in unsere Welt, sondern in eine ganz andere führt?"

Aworn zuckte mit den Schultern.

„Kann es schlechtere Welten geben als diesen Korridor zwischen den Dimensionen, der streng genommen gar keine Welt ist?"

„Was wissen wir von anderen Welten, Aworn? Was haben wir für eine Vorstellung davon, was es für Welten geben könnte? Nein. Es wäre nicht gut, wenn wir uns auf einen Sprung ins Ungewisse einließen."

„Natürlich ist das nicht gut, wenn wir ins Ungewisse springen, aber willst du für alle Ewigkeiten hier in diesem Zwischenraum hausen?"

„Das gewiss nicht. Mich zieht es auch zurück zur Erde, besonders weil ich dort eine Aufgabe zu erledigen habe – und ihr alle mit mir! Wir müssen die anderen Länder vor Thagon warnen, denn er wird nicht lang brauchen, um die vollständige Macht in Tykien an sich zu reißen. Und dann wird er mit Hilfe der tykischen Heere und seiner magischen Waffen über die anderen Länder herfallen und sie unterwerfen. Gegen seine Kreaturen haben die Menschen kaum eine Chance."

Whuons Gesicht hatte sich bei diesen Worten verfinstert, und Aworn bemerkte dies.

„Hoffentlich ist es nicht ganz so schlimm, wie du sagtest."

„Es ist so schlimm, Aworn. Du kannst mir glauben."

„Ich kann mir diese Sachen schlecht vorstellen, den Magier ..."

„Ich verstehe dich, Schiffsführer, aber wenn du auch nur einmal einen Wolfsmenschen oder einen Gorgasch oder sonst eine von den Kreaturen dieses Magiers gesehen hättest, dann würdest du ebenso reden wie ich."

Aworn nickte nur.

„Das kann schon sein."

Die beiden Männer schwiegen eine Weile. Gedankenverloren starrten sie beide in den unergründlichen Nebel.

Unbeirrbar bahnte sich die SEDELLAH ihren Weg durch das Nichts. Wild zuckten die Blitze durch den Nebel – sie waren blitzschnell da und genauso schnell wieder verschwunden.

Sie würden sehr viel Glück brauchen, wenn sie durch einen der Risse der Unendlichkeit des Korridors entfliehen wollten, dachte Aworn bei sich. Whuon hingegen wurde von einem Schuldgefühl zerrissen. Waren nicht er und seine Freunde daran schuld, dass die SEDELLAH nun bis in alle Ewigkeit in der Unendlichkeit herumgondeln würde? Wild zuckten die Blitze durch den Nebel des Zwischenraums – und sie ließen grelles Licht in das Halbdunkel des Korridors. Grimmig sah der Thyrer den Blitzen zu, von denen er wusste, dass sie kaum einen von ihnen erreichen würden.

Aber was war das?

Whuon erschrak.

In der Ferne tauchte etwas Steinfarbenes aus dem Nebel auf. Waren es nicht die Zinnen einer Burg?

„Aworn!", stieß er hervor und deutete in die Richtung, wo er das Steinfarbene wahrgenommen hatte. Der Schiffsführer sah in die angegebene Richtung und erschrak ebenfalls.

„Was ist das?", rief er aus. Doch Whuon zuckte mit den Schultern.

„Ich weiß es nicht", bekannte er.

„Es werden unsere überreizten Sinne sein, die uns zu täuschen versuchen", sagte Aworn schließlich entschlossen. Aber Whuon konnte es nicht glauben. Das, was die beiden zu sehen geglaubt hatten, verschwand nun hinter den dichten Nebelschwaden und wurde für Whuon und Aworn unsichtbar.

„Es war wohl doch nur eine Sinnestäuschung", meinte schließlich auch der Thyrer.

„Es muss eine Täuschung gewesen sein", fügte Aworn hinzu. „Oder was könnte deiner Meinung nach hier im Nichts sein?"

„Nun, wir sind ja auch auf irgendeine Art und Weise hier", erinnerte Whuon. Der Thyrer schritt langsam zu dem mächtigen Bug der SEDELLAH und Aworn folgte ihm.

Whuon ließ die eben gesehene Erscheinung nicht los. Hatte das Ding nicht wie ein Teil einer Burg ausgesehen?

Er wusste, dass dies nicht sein konnte, und so verscheuchte er rasch solcherlei Gedanken wieder.

Irgendwie sträubte er sich dagegen, die Erscheinung als
Wirklichkeit zu akzeptieren – und er fühlte, dass es Aworn
ebenso erging.

Aworn

Whuon und Aworn standen noch immer am Bug der SEDELLAH und sahen den Blitzen zu, wie sie sich ihren Weg durch den Nebel des Korridors bahnten und sich durch nichts aufhalten ließen. Irgendwo im Nichts würde ihr Weg dann enden.

Da!

Whuon erstarrte.

Da war es wieder! Durch den Nebel schimmerten die Zinnen einer Burg.

„Da!", rief Whuon, und jetzt hatte es auch Aworn gesehen. Der Nebel gab immer größere Teile der Burg frei.

„Es ist tatsächlich eine Burg", stieß Aworn hervor.

„Branton!", schrie Whuons kräftige Stimme. Der Thyrer wiederholte seinen Ruf.

Der seltsame Tyker kam an Deck – und die anderen Besatzungsmitglieder waren ihm gefolgt. Sie hofften, dass endlich etwas passieren würde, denn in der engen Kajüte war es sehr langweilig.

„Was ist?", rief Branton herüber, aber er konnte sich seine Frage sehr bald selbst beantworten, als er die mächtigen Zinnen einer Burg aus dem Nebel auftauchen sah. Wie erstarrt blieben die Männer stehen.

Aworn wandte sich an Branton.

„Weißt du, was dies für eine Burg sein könnte?", fragte er.

Aber der Tyker zuckte nur mit seinen Schultern.

„Wie soll ich es wissen?"

„Ich dachte, im Korridor gäbe es nichts als Nebel", nörgelte Shunock, der Bootsmann.

„Das dachte ich auch", zischte Branton.

Die Burg war nun vollständig zu sehen. Hell leuchteten ihre Zinnen und Türme in der Dunkelheit.

Eine Felsbrücke führte durch das Nichts zu ihr hin.

„Vielleicht gibt uns diese Burg eine Möglichkeit zur Rückkehr in unsere Welt", rief Gorich strahlend aus. Und als er sah, wie sich Yarums und Shunocks Gesichter bei diesem Ausruf erhellten, da schöpfte er wieder Hoffnung.

„Kannst du machen, dass die SEDELLAH an der Brücke anlegt?", wandte Aworn sich an Branton. Dessen Gesicht verfinsterte sich.

„Du willst doch nicht etwa diese Burg betreten?", fragte er besorgt. Doch der Schiffsführer begegnete ihm nur mit einem hoffnungsvollen Lächeln.

„Doch, Branton. Ich will dort hin!"

„Hast du dir deinen Schritt gut überlegt?", fragte der Mann aus Sorgarth.

Aworn nickte heftig.

„Gut", sagte Branton, wobei er die SEDELLAH auf die Brücke zulenkte. Die Pfeiler dieser merkwürdigen Brücke standen im Nichts, genau wie auch die Burg.

Shunock schlang ein Tau um einen der Pfeiler und machte die SEDELLAH so fest.

„Wen es nun in diese Burg zieht, der möge gehen", sagte Branton leise, fast flüsternd.

Aworn ging als erster. Mutig, aber dennoch vorsichtig, betrat er die Brücke. Sie hielt stand, ja, sie schwankte nicht ein bisschen. Whuon, Gorich und Yarum folgten dem Schiffsführer. Sonst schien sich niemand dazu bereitzufinden, die Nebelburg zu besuchen. Man sah Aworns Zügen an, dass er es lieber gehabt hätte, wenn ihm mehr gefolgt wären. Der Schiffsführer wandte sich an Shunock.

„Pass mir auf das Schiff auf, Bootsmann."

Und an die anderen gewandt: „Ihr werdet sehen, wir kommen zurück!"

Ein letztes Mal grüßte Aworn, dann drehte er sich um und ging zusammen mit seinen Gefährten die nebelige Brücke entlang. Vorsichtig setzten sie einen Fuß vor den anderen. Wer wusste schon, was hier für Fallen lauerten.

Yarums Hand griff zum Schwertknauf.

„Ob in diesen Gefilden jemand lebt?", fragte der Karawanenführer.

„Was viel interessanter wäre: Wie hat man sie hier im Nichts erbauen können?", meinte Gorich.

„Sie könnte aus unserer Welt stammen. Oder aus einer Welt, die der unsrigen ähnlich ist", meinte Whuon.

„Wie sollte sie hierher gelangt sein?", wollte Gorich wissen.

„Wahrscheinlich auf dieselbe Art und Weise, auf die wir auch hierher gelangten", ließ sich Aworn vernehmen. Whuon zuckte mit den Schultern.

„Das wäre eine Möglichkeit. Eine andere wäre, dass diese Burg durch einen der Raum-Zeit-Risse hierher gelangte."

„Diese ganze Geschichte gewinnt in meinen Ohren immer mehr an Glaubwürdigkeit. In allen Epochen der Geschichte der Menschheit sind Menschen oder Dinge auf ungeklärte Weise verschwunden", sagte Gorich.

„Dann müsste diese Zwischenwelt ja voll von verschwundenen Dingen und Menschen sein", stieß Yarum erschrocken hervor.

Gorich nickte leicht. Ihm war selbst nicht ganz wohl bei dem Gedanken.

Die vier Männer hatten nun die Burg erreicht. Ihre mächtigen Türme und Mauern ragten weit in den Nebel hinein. Das Tor stand weit auf. Die Burg machte einen verlassenen Eindruck.

„Ich bezweifle, dass hier noch eine Menschenseele lebt", bekannte Yarum. Die anderen hatten die Hoffnung noch nicht aufgegeben. Sie sagten nichts zu der Bemerkung des Karawanenführers.

Die Vier betraten jetzt den großen Burghof, in dessen Mitte ein Brunnen stand.

Aus einem der Häuser kam jetzt gut ein Dutzend Krieger.

Sie trugen merkwürdige Rüstungen, und auch ihr Aussehen war nicht das Aussehen normaler Menschen. Sie besaßen eine grüne Haut! Mit gezückten Lanzen und Schwertern kamen sie auf die vier Männer von der SEDELLAH zu. Diese blieben stehen.

„Die sehen nicht gerade friedlich aus", brummte Aworn, sein Schwert aus dem Gürtel ziehend. Gorich folgte seinem Beispiel, und Yarum hatte die ganze Zeit über seine Hand schon am Schwert gehabt.

Nur Whuon zögerte.

„Sollten wir nicht erst mit ihnen versuchen zu reden?", fragte er. Der Thyrer verabscheute die Gewalt und ging einem Kampf wann immer es ging aus dem Wege. Doch jetzt schien es so, als gäbe es an diesen Männern keinen Weg vorbei, die da in kriegerischer Haltung, die Hand an der Waffe, auf sie zukamen.

„Sie sehen nicht so aus, als kämen sie aus unserer Welt", meinte Aworn dazu.

„Mag sein, dass sie aus einer anderen Welt stammen. Hier ist alles möglich", fügte Gorich hinzu.

Der Trupp der grimmigen Krieger vor ihnen hielt an. Inzwischen hatte auch Whuon sein Schwert gezogen.

Der Thyrer und die anderen blickten in angsterfüllte Augen, in Augen, die schon so manch Schreckliches gesehen haben mochten. Ein großer, mächtiger Mann trat vor. Er überragte alle seine Leute um mindestens einen Kopf. Er schien ihr Anführer zu sein.

„Wer seid ihr?", rief er.

„Mein Name ist Aworn, und wir sind mit einem Schiff gekommen", rief der Schiffsführer zurück.

„Und ich bin Thrak von Aggrgor, der Lord dieser Burg!"

„Wir sind in friedlicher Absicht hier!" Wie zur Bekräftigung seiner Worte steckte Aworn sein Schwert wieder in den Gürtel. Zögernd folgte Thrak von Aggrgor seinem Beispiel. Und nach und nach steckten alle ihre Waffen wieder ein.

Thrak schritt nun mit freundlicher Miene auf Aworn zu. Sein grünes Gesicht mutete merkwürdig fremdartig an.

„Dies ist Burg Aggrgor", stellte er die Burg vor. Thraks Blicke gingen von einem zum anderen. Er musterte sie durchdringend.

Schließlich blieben seine Augen auf Aworn hängen.

„Ihr kommt mit einem Schiff, sagst du?"

Aworn nickte nur.

„Könntet ihr uns nicht mitnehmen? Wir sind nicht viele."

„Du willst Burg Aggrgor verlassen?", fragte Whuon erstaunt.

Thrak nickte.

„Ja. Wir wollen raus aus diesem Korridor zwischen den Dimensionen. Wir wollen in unsere Welt und Zeit zurück."

„Das wollen wir auch. Weißt du denn, wie man in seine Welt zurückkehren kann?", erkundigte sich Aworn.

Thrak von Aggrgor nickte.

„Ja, das weiß ich. Es gibt im Korridor zwischen den Dimensionen eine Stadt, sie heißt Aryn. In dieser Stadt oder Burg lebt ein Magier, der es versteht, zwischen den Dimensionen zu reisen. Sein Name ist Yllon."

„Mit Magiern haben wir schlechte Erfahrungen", brummte Whuon. „Aber ich fürchte, dass es für uns die einzige Möglichkeit ist, in unsere Welten zurückzukehren – wenn es überhaupt eine Möglichkeit gibt."

Thrak von Aggrgors Gesicht war ernst geworden. Seine grüne Stirn hatte sich in tiefe Falten gelegt.

„Es wird uns wohl nichts anderes übrigbleiben, als diesem Magier einen Besuch abzustatten", murmelte Aworn. Er wandte sich wieder an Thrak von Aggrgor.

„Weißt du den Weg nach Aryn, Thrak?"

Der Herr von Burg Aggrgor schüttelte betrübt den Kopf.

„Nein, wir werden Aryn suchen müssen. Aber es wird ein gefahrvoller Weg sein. In diesem Korridor der Dimensionen lauern ungeahnte Gefahren."

„Gefahren?", tat Whuon erstaunt.

„Ja. So unwahrscheinlich es auch klingen mag, aber diese Zwischenwelt hat auch Lebensformen hervorgebracht. Sie sind düster und gefährlich."

„Gut, Thrak. Dann kommt jetzt mit zum Schiff!", rief Aworn.

Sie erreichten wieder die gespenstische Nebelbrücke. In der Ferne sahen sie die Silhouette der SEDELLAH.

Schritt um Schritt kamen sie dem Schiff näher, bis sie es schließlich erreicht hatten. Sie sprangen an Deck und wurden von den an Bord Gebliebenen freudig begrüßt. Dennoch war die Freude gedämpft. Die Leute vom Schiff machten bedenkliche Gesichter.

„Was ist mit euch los?", fragte Whuon hierauf verwundert.

„Branton ist krank", antwortete Shunock. „Er wird kaum imstande sein, die SEDELLAH zu steuern."

„Wo befindet er sich?", fragte Whuon spontan.

Shunock deutete mit der flachen Hand auf die Kajüte. „Wir haben ihm ein Lager zurechtgemacht. Er schläft jetzt. Es wäre besser, wenn er jetzt von niemandem gestört würde."

Whuon nickte nur. Wer außer Branton war dazu imstande, die SEDELLAH durch den Strom der Dimensionen zu lenken?

Ohne Branton würden sie nie nach Aryn kommen.

Unterdessen berichtete Aworn den anderen von Aryn und dem Magier, der dort wohnen sollte – Yllon.

Aber der Schiffsführer berichtete auch von den Gefahren, die hier angeblich lauern sollten.

Whuon hörte Aworn nicht zu. Er wandte seinen Blick nach Burg Aggrgor. Eines stand fest: Ohne Branton würden sie nie von hier weg können.

„Shunock!", rief der Thyrer. Der Bootsmann kam herbei. „Shunock, was ist es für eine Krankheit, die Branton befallen hat?"

Das Gesicht des Bootsmannes verdüsterte sich.

„Es ist keine normale Krankheit, keine, die wir kennen. Aber sieh selbst ..."

Shunock führte Whuon in die Kajüte, wo der Mann aus Sorgarth lag. Sein Gesicht war fast weiß, seine Augen glühten sonderbar. Er starrte ins Leere und murmelte hin und wieder unverständliche Worte. Oder waren es überhaupt Worte?

Dann wand sich Branton wieder und fasste sich an den Kopf und schrie. Sein Gesicht war angstverzerrt.

Der Tyker bäumte sich auf und ließ sich wieder zurücksinken. Reglos blieb er dann liegen.

Der Magier von Aruba holte sich seine Puppe zurück!

Whuon erschreckten seine eigenen Gedanken. Schweigend setzte er sich. Sein Blick war noch immer auf den Kranken gerichtet.

Mit düsteren Gedanken saßen Aworn und Whuon in der Kajüte. Wieder bäumte Branton sich auf, schlug um sich, schrie und ließ sich dann wieder zurück auf sein Lager sinken.

„Können wir denn gar nichts für ihn tun?", rief Whuon voller Verzweiflung aus.

„Ich fürchte, dass wir machtlos sind", bekannte Aworn.

„Wenn er stirbt, haben wir keine Chance, je nach Aryn zu gelangen. Wir würden für alle Zeiten auf Burg Aggrgor verbannt sein", stieß Whuon grimmig hervor.

Die Blicke des Thyrers waren wie gebannt auf Branton gerichtet.

„Hoffentlich kommt er durch."

„Das hoffe ich auch, Whuon. Aber wir sollten dennoch versuchen, dieses Schiff selbst steuern zu lernen."

„Wie stellst du dir das vor, Aworn?"

Der Schiffsführer zuckte mit den Schultern.

„Wir können es wenigstens probieren."

Aber Whuon schüttelte verbissen den Kopf.

„Wir haben ja nicht einmal einen Anhaltspunkt, wo wir anfangen könnten. Wir haben ja keinen blassen Schimmer davon, wie Branton uns bisher durch das Meer der Dimensionen geschleust hat."

„Wir wissen aber mit ziemlicher Sicherheit, dass er mit Hilfe seines Geistes uns zu steuern vermochte. Warum sollte es uns nicht auch gelingen?"

„Branton ist das Geschöpf eines Magiers. Es wäre nicht unwahrscheinlich, wenn er auch einen Teil der Fähigkeiten dieses Zauberers geerbt hätte."

Aworn nickte.

„Das ist möglich", bekannte er.

Seine Augen funkelten Whuon an.

„Irgendetwas müssen wir doch tun! Wir können doch nicht tatenlos zusehen, wie ... wie ... Er sprach den Satz nicht zu Ende, sondern schlug mit der Faust auf den Tisch.

Branton murmelte wieder unverständliche Worte und stieß ab und zu einen gellenden Schrei aus. Aworn sprang auf und ging auf Brantons Lager zu. Es zermürbte ihn, dass er nicht helfen konnte. Er wagte es nicht, den Mann aus Sorgarth anzufassen.

Mit leeren Augen starrte Branton den Schiffsführer an. Es war ein verzweifelter, angsterfüllter Blick, der sich in Aworns Augen bohrte.

Schließlich fasste er den Kranken doch an. Er versuchte ihn zu beruhigen. Doch Branton schien Aworn nicht zu erkennen. Wütend riss er sich los und schleuderte den Kapitän mit ungeheurer Wucht durch den Raum.

Branton stand von seinem Lager auf und taumelte durch die Kajüte. Dabei stieß er grunzende Laute aus und hin und wieder einen Schrei.

Er nahm einen der Tische, hob ihn hoch und schleuderte ihn durch das Zimmer – in Aworns Richtung. Im letzten Moment konnte der Schiffsführer ausweichen.

Whuon versuchte, Branton zu halten, aber der Mann aus Sorgarth riss sich mit einem einzigen Ruck los und stürmte weiter durch die Kajüte. Er schien ohne Ziel, ohne Sinn zu laufen. Er lief im Kreis, stolperte, lief gegen die Wände, stolperte wieder ...

Es war ein grauenhaftes Bild.

Aworn nahm nun alle seine Kräfte zusammen und sprang.

Er stürzte Branton zu Boden, aber schon versuchte dieser, sich den Griffen des Kapitäns zu entwinden.

Whuon kam herbei und half Aworn. Gemeinsam zerrten sie den Kranken auf das Lager und hielten ihn fest. Mit blutunterlaufenen Augen starrte er sie wütend an.

Hätten sie nur ein wenig ihre Griffe gelockert, so hätte er sofort wieder versucht auf die beiden loszugehen.

Whuon erschreckte die Wut in den Zügen des Kranken. Es war eine Wut, die aus der Verzweiflung geboren war.

Langsam erlahmte Brantons Widerstand. Seine Kraft ließ nach und er fiel in einen unruhigen Schlaf.

Whuon und Aworn ließen ihn los und setzten sich wieder.

„Wir werden in Zukunft auf ihn aufpassen müssen", murmelte Whuon ernst. Man sah ihm an, wie ihn diese Bilder erschüttert hatten.

Thagons geistige Fühler drangen in Brantons Körper ein und versuchten, Besitz von ihm zu ergreifen.

Zu dumm, dachte der einsame Magier, dass sich Branton jetzt im Korridor zwischen den Dimensionen aufhielt. Dort konnten seine Kräfte nicht zur Gänze wirksam werden. Aber auf der anderen Seite war es auch wieder gut.

Brantons Bewusstsein setzte dem Magier erbitterten Widerstand entgegen. Es war einfach nicht aus dem Körper zu verdrängen. Verdammt! Wäre er doch nur vorsichtiger gewesen! Hätte er doch besser aufgepasst und alles nachgeprüft!

Aber was nützten diese Vorwürfe nun? Gar nichts. Er musste sich jetzt voll auf den geistigen Kampf mit Brantons Bewusstsein konzentrieren. Der Widerstand war ungewöhnlich groß.

Woher nahm Branton nur diese Kraft?

Woher diese geistigen Energien?

Es war Thagon unerklärlich, wie ein ganz normaler Mensch ihm solchen Widerstand entgegensetzen konnte.

Aber Branton war eben doch kein ganz normaler Mensch. Er war eine Puppe. Oder zumindest war er einst eine von Thagons Puppen.

Jedem seiner geistigen Angriffe kam die ehemalige Puppe zuvor. Als ob die Puppe vorausahnen könnte, was Thagon als nächstes tun würde!

Natürlich, das war es!

Die Puppe war ein Teil seiner selbst oder ihm doch sehr ähnlich. Sie besaß einen großen Teil seiner Erinnerungen, sie schien zu wissen, wer sie geschaffen hatte. Sie schien überhaupt mehr zu wissen als dem einsamen Magier lieb sein konnte.

Der geistige Kampf hatte ihn matt und müde gemacht. Noch einmal nahm er alle seine geistigen Kräfte zusammen und versuchte gegen Brantons Barrieren anzurennen. Aber auch dieser Angriff blieb erfolglos. Einen weiteren Angriff konnte Thagon nicht wagen. Er war zu geschwächt. Er gab Branton also frei, aber er würde nicht aufgeben. Er würde nicht aufgeben, bis er Brantons Bewusstsein aus seiner Puppe verbannt hatte. Zunächst musste er sich jedoch zurückziehen.

Branton schlug die Augen auf. Er richtete sich auf und sah sich um. Er lag auf einem weichen Lager. Sein Blick fiel auf Whuon und Aworn, die ihn erstaunt anstarrten.

„Wie geht es dir, Branton?", erkundigte sich Whuon besorgt.

„Mir geht es gut", antwortete Branton lakonisch. Er versuchte aufzustehen, doch schien er zu schwach.

Das erste Mal seit unserer Rückkehr von Burg Aggrgor, dass er sich normal benimmt, dachte Aworn.

„Was war mit dir, Branton?", fragte jetzt Whuon.

Branton sah den Thyrer wild an.

„Ich habe gekämpft! Mein Geist hat um seinen Körper gekämpft, den mir Thagon wieder entreißen wollte."

„Dann steckt Thagon also dahinter", stellte Whuon grimmig fest.

„Ja. Er wollte aus mir wieder eine Puppe machen!"

„Er kann dich auch hier noch erreichen?", tat Aworn erstaunt.

Branton nickte.

„Er erreicht mich überall."

„Nun hör mir mal zu", gebot Aworn. „Wir haben auf dieser Nebelburg Menschen getroffen, die ebenfalls in ihre Welt zurückkehren wollen. Sie sind an Bord und sie wissen, wo es eine Möglichkeit zur Rückkehr gibt."

Branton schien von dem Gedanken an Rückkehr gar nicht sonderlich begeistert zu sein.

„Aber", fuhr Aworn fort, „wir brauchen deine Hilfe. Du musst die SEDELLAH nach Aryn, der Stadt zwischen den Dimensionen, steuern. Dort soll der Magier Yllon leben, und dieser soll uns in unsere Welt zurückbringen können. Wirst du die SEDELLAH steuern können?" Branton machte einen sehr schwachen Eindruck. Dennoch nickte er.

„Ich werde es versuchen", hauchte er.

„Wann, meinst du, können wir ablegen?", wollte Whuon wissen.

„Jetzt gleich!"

Seit einer guten halben Stunde hatte die SEDELLAH die Brücke von Burg Aggrgor zurückgelassen. Schon lange war sie nicht mehr zu sehen – dichter Nebel hatte sie eingehüllt.

Branton steuerte das Schiff sicher durch den Nebel – von seinem Lager aus. Sein Geist bahnte ihm einen Weg durch das Meer der Dimensionen. Zu Aworn und Whuon, die noch immer in der Kajüte saßen, hatte sich nun auch Thrak von Aggrgor gesellt. Seine grüne Haut glänzte matt.

„Was weißt du über Aryn?", wurde er von Whuon gefragt.

„Nicht mehr, als ihr auch schon wisst."

„Und den Weg dorthin?"

„Mein lieber Whuon! Hier gibt es keine Zeit und keinen Raum. Es gibt also auch keine Richtungen. Es ist völlig egal, wohin wir fliegen. Wir müssen hier im Korridor der Dimensionen unserem Willen folgen, nicht einer Richtung.

Wenn wir den Willen dazu haben, Aryn zu finden, dann werden wir es auch – aber zuvor werden wir noch einige Gefahren zu bewältigen haben."

Whuon nickte.

„Du sprachst bereits davon. Wie sehen sie konkret aus?"

„Oh, sie sind vielfältig ..." Der Lord von Burg Aggrgor sprach den Satz nicht zu Ende, denn nun stürmte Shunock in die Kajüte.

„Schnell! Kommt nach draußen! Wir werden von merkwürdigen ... Wesen ... angegriffen!"

Whuon und Aworn erhoben sich rasch und wollten mit Shunock nach draußen stürmen, da hörten sie Brantons Stimme.

„Nehmt mich mit!", riefen seine bleichen Lippen, aus denen jeder Blutstropfen geschwunden zu sein schien.

Aworn und Shunock kehrten von der Tür zurück und halfen dem blassen, kranken Mann beim Gehen. Langsam gingen sie mit ihm nach draußen – Whuon und Thrak folgten.

Branton zitterte vor Kälte – trotz seines warmen Mantels. Er lehnte sich an den Mast.

In der Ferne sahen die Männer einige Dutzend Reiter durch den Nebel reiten. Sie ritten auf dem Nebel, als wäre er fester Grund. Es waren grauenerregende Gestalten. Ihre schwarzen Mäntel flatterten ihnen nach, ihre mächtigen Äxte schwangen sie über dem Kopf. Es war unverkennbar, welches Ziel sie hatten. Ihr Ziel musste die SEDELLAH sein.

Whuon wandte sich an Thrak.

„Waren das die Gefahren, von denen du sprachst?"

„Ja."

„Wer sind sie?"

„Sie sind die Räuber des Kosmos. Sie suchen ganze Welten heim und rauben sie aus."

„Dann ist es ihnen möglich, zwischen den Dimensionen zu reisen?"

„Ja. Leider. Irgendwo zwischen den Dimensionen sollen sie ihr Schloss haben, wo sie ihre Reichtümer angehäuft haben."

Whuon wandte den Blick sinnend zu den Reitern hin.

„Sie reiten daher, wie auf festem Boden ..."

„Aber in Wirklichkeit berühren die Hufe ihrer Pferde nur selten feste Erde", meinte Thrak dazu. Er zog mit einer schnellen Bewegung sein Schwert, denn die schwarzen Reiter waren jetzt nahe herangekommen.

Ein markerschütternder Schlachtruf gellte aus der Kehle eines der gespenstischen Reiter.

„Wehrt euch!", hörte Whuon danach die Stimme Gorichs rufen.

Triumphierend schwenkte der erste Reiter seine Axt. Er holte zu einem gewaltigen Hieb gegen die Leute auf dem Schiff aus. Doch unsichtbare Hände entrissen ihm seine Waffe. Der düstere Krieger fluchte in einer unbekannten Sprache.

Branton schleppte sich weiter an den düsteren Krieger heran. Die Männer vom Schiff sahen, wie Brantons blasses Gesicht grün anlief. Es war ein unnatürliches, giftiges Grün. Dann hielt er seine flache Hand dem Reiter entgegen.

Der düstere Krieger achtete nicht darauf. Statt dessen zog er mit einer raschen Bewegung ein Schwert hervor.

Da kam ein greller Strahl aus Brantons Hand, der den schwarzen Ritter direkt traf. Leblos stürzten Pferd und Reiter in die Unendlichkeit des Nebels. Plötzlich wurden sie nicht mehr von ihm getragen, als wäre er fester Boden.

Die anderen Reiter schien dies zu erschrecken. Zögernd wichen sie zurück. Bald waren sie nicht mehr zu sehen.

Branton fiel hierauf kraftlos zu Boden.

Gorich und Shunock bemühten sich um ihn und trugen ihn in die Kajüte zurück.

„Jetzt wissen wir es: Branton ist ein Magier!", sagte Gorich leise.

Whuon nickte leicht.

„Aber er hat uns allen das Leben gerettet, das sollten wir nie vergessen – was für ein Monstrum dieser Branton auch sein mag", fiel Thrak von Aggrgor ein.

Whuon musste dem Burgherrn von Aggrgor zustimmen, wenn er auch gegen jede Art von Magiern ein gewisses Misstrauen hegte.

„Hoffentlich kehren diese schwarzen Reiter nicht zurück", gab Whuon seiner Hoffnung Ausdruck.

„Ja", stimmte Gorich ihm zu. „Wir wissen nicht, ob Branton einen zweiten Angriff auch noch abwehren könnte. Er sieht ziemlich krank und erschöpft aus."

„Sie werden zurückkehren", murmelte Thrak.

„Du bist schon mit ihnen in Berührung gekommen, Thrak?", rief Whuon erstaunt aus. Der Lord nickte, und seine Züge verdüsterten sich.

„Nur ein Einziger von ihnen griff einst Burg Aggrgor an. Zehn meiner besten Leute fielen in diesem Kampf. Es war grauenvoll, wie er gewütet hat."

Whuon bemerkte, wie sich die Hände des Lords zu Fäusten ballten. Er konnte ihn wohl verstehen.

Branton hatte sich zum Bug der SEDELLAH geschleppt. Er lehnte sich an die Reling, um nicht zusammenzubrechen.

Es waren nur wenige an Deck. Die meisten waren in der Kajüte und vergnügten sich mit Kartenspielen und anderen Dingen.

Whuon beteiligte sich nicht an solchen Dingen. In jedem anderen Fall hätte er gern mitgespielt, aber die Lage erschien ihm als zu ernst, als dass er jetzt spielen konnte. Er lief an Deck hin und her und warf manchmal einen Blick zu Branton, dem Magier.

In seinem Mantel und mit seinem bleichen Gesicht wirkte er wie ein Gespenst. Vielleicht war er auch eines, überlegte Whuon.

Schwankend stand Branton an der Reling.

Nun ging Whuon auf den Magier zu. Der Thyrer stellte sich neben ihn an die Reling.

Branton schien ihn nicht zu bemerken. Seine Blicke waren in den Nebel gerichtet.

„Wie fühlst du dich, Branton?", erkundigte sich Whuon.

„Es geht mir besser. Ich werde stärker, das spüre ich", gab der Magier zur Auskunft.

„Und was ist mit Thagon?"

„Er wird es nicht wagen, mich ein zweites Mal anzugreifen. Es wird nicht mehr lange dauern, dann werde ich stärker sein als Thagon – vielleicht bin ich es auch schon."

Whuon graute bei diesen Worten. Es war gut möglich, dass Branton seine Macht ebenso missbrauchen würde, wie Thagon es getan hatte. Aber auf der anderen Seite hatte der Magier sie vor den schwarzen Reitern gerettet und damit seine Loyalität zu den anderen auf dem Schiff bewiesen.

Whuon starrte wieder in den Nebel und sah den vorbeiziehenden Schwaden zu.

Schimmerte durch den Nebel nicht etwas Schwarzes? Hatten sich die schwarzen Reiter doch noch nicht vollständig zurückgezogen? Verfolgten sie die SEDELLAH?

Branton schien Whuons Erwägungen zu erahnen, denn er sagte: „Solange ich lebe, werden sie es nicht wagen, die SEDELLAH ein zweites Mal anzugreifen."

Seine Stimme verriet Entschlossenheit.

Solange er lebt, dachte Whuon. Aber wie lange lebte Branton noch? Sein Zustand konnte sich jeden Augenblick wieder verschlechtern, und was dann?

Ein markerschütternder Kriegsruf hallte durch den Nebel. Er ließ Whuon erstarren.

„Sie greifen doch an", murmelte der Magier tonlos. Seine schwachen Hände ballten sich grimmig zu Fäusten. Er wandte sich an den Thyrer.

„Geh! Zieh dich zurück!", rief er. Whuon sah ihn fassungslos an.

„Tu was ich dir sage! Hast du nicht gehört?"

Zögernd wich Whuon zurück. Er spürte, dass eine große Gefahr in der Luft lag – und das schien auch der Magier zu ahnen.

Einige Seeleute kamen aus der Kajüte gepoltert. Sie hatten den dämonischen Schrei gehört.

Branton drehte sich zu ihnen um.

„Bleibt wo ihr seid!", riefen seine bleichen Lippen.

Dann drehte er sich wieder in die Richtung, aus der der Schrei gekommen war – dort vermutete er seinen Gegner.

Für den Bruchteil einer Sekunde lief des Magiers Gesicht wieder grün an – er schien seine Kräfte zu sammeln.

Wieder hallte ein markerschütternder Kriegsruf durch den Nebel.

Diesmal war er lauter als vorher. Etwas Schwarzes flatterte und schimmerte durch die Nebelwand. Ein Krächzen war zu hören.

Ein schwarzer, grauenerregender Vogel kam aus dem Nebel zum Vorschein. Er hatte gewisse Ähnlichkeiten mit einem Geier und war so groß wie ein erwachsener Mann. Dem Vogel folgte ein ebenso schwarzer Reiter. In der Hand schwang er eine rot leuchtende Axt, die wohl schon so manchen auf dem Gewissen hatte. Auch dieser Reiter war relativ groß. Der Vogel krächzte und der Reiter schrie seine schrecklichen Rufe in den Nebel.

Es war kein gewöhnlicher schwarzer Reiter – und Branton erkannte dies. Sein blasses, krankes Gesicht färbte sich grün, seine Hand streckte sich dem Reiter entgegen – wie er es schon einmal getan hatte. Wieder fuhr ein unnatürlich greller

Lichtstrahl aus der Hand und traf den düsteren Mann. Das Pferd stoppte in seinem Lauf, aber der Reiter saß noch immer auf ihm und schwenkte seine Axt. Brutal trat er seinem Pferd in die Weichen und trieb es vorwärts – auf den Magier zu, der seine Hand immer noch erhoben hielt. Ein weiterer Strahl fuhr aus der Hand auf den Reiter. Mit einer tödlichen Sicherheit traf er den Reiter. Wieder wurde er gestoppt, aber der Strahl gefährdete ihn nicht ernstlich. Ob es unter den schwarzen Reitern auch so etwas wie Magier gab?, überlegte Whuon besorgt.

Zumindest musste dieser hier sehr viel mehr Energie besitzen als seine schwachen Artgenossen.

Der Düstere war jetzt nahe an der SEDELLAH. Er hob seine Axt zu einem schrecklichen Hieb, aber er schlug nicht. Stattdessen entfuhr der Axt ein grüner Strahl, der für Branton bestimmt war. Getroffen brach der Magier zusammen.

Branton wand sich verzweifelt am Boden. Mit letzter Kraft wandte er sich dem schwarzen Reiter zu und hielt ihm zitternd und bleich seine flache Hand entgegen. Der Strahl, der diesmal aus ihr herausgeschossen kam, war nicht in grellem Weiß wie die anderen, sondern rot. Der Strahl traf den Reiter.

Ein Schrei gellte aus der jetzt heiseren Kehle des Schrecklichen. Doch war es nun kein Kriegsgeschrei, sondern ein Todesschrei. Krampfhaft hielt er sich an seinem Pferd fest und zerfiel zu Staub. Wenige Augenblicke später geschah mit dem Pferd dasselbe. Aber auch Branton regte sich nicht mehr.

Whuon sprang zu dem Magier hin, aber er war schon tot.

Über sich vernahmen die Leute von der SEDELLAH ein Krächzen. Angsterfüllt blickten sie in die Höhe und sahen den mannsgroßen Vogel des Reiters, der sie mit wütenden Augen von oben herab anstarrte.

Die Bestie stürzte sich auf den toten Branton und hackte auf die Leiche ein. Whuon gelang es im letzten Moment, aus dem Weg zu springen.

Es war so, als wollte sich der Vogel an dem Magier noch nach seinem Tod für den Tod des Reiters rächen. Als er jedoch merkte, dass kein Leben mehr in der bleichen Gestalt Brantons war, da wandte sich die finstere Bestie den anderen zu. Wild flatterte sie mit den Flügeln, und aus ihrem Schnabel drang wieder ein lautes Krächzen. Die Männer vom Schiff zogen zur Vorsicht ihre Schwerter und Whuon wich zu den anderen zurück.

„Ohne Branton sind wir machtlos", murmelte Aworn grimmig. Der Schiffsführer packte seine Waffe fester.

Die Augen der schwarzen Bestie leuchteten rot und wild. Auf ihren plumpen Beinen kam sie einige Schritte näher an die anderen heran.

„Es hilft nichts, wir müssen sie erschlagen", hörte Whuon Gorich sagen.

Noch einen Schritt kam das Ungeheuer näher und noch einen. Mutig und entschlossen stürmte Gorich auf das Biest zu. Wild hackte der überdimensionale Schnabel nach ihm, aber er verstand es, auszuweichen und den Gegner zu täuschen.

In grimmiger Verzweiflung kamen nun auch die anderen herbei. Whuon folgte Gorich, und auch Thrak von Aggrgor und Awonr machten Anstalten, sich dem Monstrum zu nähern.

Wild bäumte sich der Riesenvogel auf, wild krächzte er und noch viel wilder stieß sein Schnabel nach den Angreifern.

Gorich gelang es, einige platzierte Hiebe anzubringen und dadurch das Ungeheuer zu schwächen. Zum ersten Male musste es etwas zurückweichen.

Wütend hieb nun auch Thrak auf das Monstrum ein.

Schließlich gelang es Gorich, dem Tier den Todesstoß zu versetzen. Leblos fiel es auf die Planken. Wie auch der düstere Reiter, so zerfiel auch der Vogel zu Staub.

„Der Kampf hat uns Branton gekostet. Wer soll nun die SEDELLAH steuern?", fragte Gorich besorgt.

Verwundert sah der Thyrer dann aber, dass die SEDELLAH auch nach Brantons Tod noch unbeirrbar in einer Richtung durch das Meer der Dimensionen fuhr.

„Dann ... dann lebt der Magier noch", rief Gorich überrascht aus. Thrak von Aggrgor legte ihm eine Hand auf die Schulter.

„Nein, er ist tot."

„Aber wer steuert dann das Schiff, Thrak?"

„Wir, Gorich."

„Wer ist ‚wir'?"

„Wir alle steuern die SEDELLAH nach Aryn. Durch unseren Willen, dorthin zu gelangen. Anders kann ich es mir jedenfalls nicht vorstellen."

Der Mann von Burg Aggrgor nahm die Hand wieder von Gorichs Schulter und betrachtete nachdenklich den weißen Staub, zu dem der Vogel zerfallen war.

„Wir sollten den Staub von Bord schaffen", meinte er.

Jetzt, nach dem Tod des Magiers, wurden Wachen eingeteilt. Sie patrouillierten zu jeder Zeit auf der SEDELLAH herum, denn nun waren sie schutzlos den schwarzen Reitern ausgeliefert. Als einzige Waffen gegen diese finsteren Gestalten besaßen sie ihre Schwerter, aber was mochten die schon ausrichten?

Man hatte die Leiche des Magiers in die Kajüte tragen wollen, aber sie war zuvor zu Staub zerfallen wie der schwarze Reiter und seine Vogelbestie.

Es dauerte nicht lange, da tauchten aus dem Nebel auch schon düstere Gestalten auf – die schwarzen Reiter!

Branton brauchten sie nicht mehr zu fürchten – der Magier war tot. Mit ihren furchterregenden Äxten ritten sie durch den Nebel. Ein unmenschliches Kriegsgeheul begleitete sie.

Die Wachen schlugen Alarm, aber es war schon zu spät. Der erste Reiter befand sich bereits auf der SEDELLAH. Mit einer erschreckenden Leichtigkeit kämpfte er die Wachen nieder. Seine riesige Axt erhob sich und schnellte hinunter und streute Tod und Verderben über die Männer der SEDELLAH. Ein zweiter Reiter setzte die Hufen seines Pferdes auf die Planken der SEDELLAH. Und richtete nicht weniger Schaden an.

Verzweifelt suchte man sich zu wehren.

Whuon schlug einem der Pferde in die Beine, und es stürzte zu Boden. Sein Reiter glitt von seinem Rücken auf die rutschigen Planken. Mit Schrecken bemerkte Whuon, dass kein Blut aus den Wunden des zum Krüppel geschlagenen Pferdes troff.

Doch der Thyrer überwand den Schrecken und wandte sich der furchterregenden Gestalt des gestürzten Reiters zu, der sich von dem Sturz rasch erholte. Er griff nach seiner Axt und stürmte mit gewaltiger Wucht auf den Thyrer zu, der im letzten Moment dem tödlichen Schlag des schwarzen Mannes ausweichen konnte. Das Schwert Whuons und die Axt des Reiters prallten erbarmungslos aufeinander. Es lag eine unmenschliche Kraft in dem Düsteren, der sein Gesicht durch eine schwarze, düstere Maske schützte, so dass Whuon sein Gesicht nicht erkennen konnte.

Grimmig standen sich die beiden Gegner gegenüber und schlugen aufeinander ein.

Der Düstere wagte einen überraschenden Ausfall gegen den Thyrer, welcher einige Schritte zurückweichen musste. Dabei stolperte er über den herumliegenden Leib eines Erschlagenen und fiel zu Boden.

Über sich sah er die Maske des Reiters. Und er sah die schwarze, grauenhafte Axt über sich und auf ihn zuschnellen. Im letzten Augenblick gelang es ihm, sich zur Seite zu rollen, und die Axt des Finsteren schlug in die Holzplanken der SEDELLAH.

Noch bevor der Reiter seine Waffe aus dem Holz gezogen hatte, sprang Whuon auf und stieß ihm sein Schwert in den Leib.

Doch was war das?

Aus der Wunde floss nicht ein Tropfen Blut!

Schnell riss Whuon sein Schwert aus dem Leib des anderen, als er sah, dass sein Schlag wirkungslos war. Bei einem normalen Menschen hätte dieser Hieb den sicheren Tod zur Folge gehabt. Aber nicht bei diesem finsteren Gesellen. Er riss seine Axt aus dem Holz und holte zu einem erneuten Schlage aus. Mit letzter Kraft gelang es Whuon, den Hieb zu parieren.

Er wusste, dass er gegen einen solchen, schier unverwundbaren Gegner kaum eine Chance hatte.

Drohend kam die düstere Gestalt auf den Thyrer zu. Wieder holte der Reiter zu einem seiner gefährlichen Schläge aus und auch diesmal konnte Whuon nur mühsam parieren. Eine ungeheure Wucht lag hinter den Schlägen dieses Monstrums.

Das Grauen packte den Thyrer. Wieder musste er einige Schritt zurückweichen. In einem Augenblick, da sich der Reiter eine Blöße gab, holte Whuon zu einem gewaltigen Hieb aus und schlug dem Düsteren den Kopf vom Leibe.

In einem hohen Bogen flog sein Haupt in den Nebel. Noch bei seinem Flug zerfiel es zu Staub.

Der Reiter schwankte etwas. Die Axt schlenkerte unkontrolliert in seiner Hand. Doch er fiel nicht zu Boden, sondern torkelte weiter auf Whuon zu. Er war jetzt blind – seine Augen waren mit seinem Haupt von seinem Körper getrennt worden.

Der Thyrer erkannte dies, steckte sein Schwert wieder an seinen Ort und warf sich mit aller Gewalt gegen den Reiter.

Der versuchte verzweifelt, die Reling zu ertasten und sich an ihr festzuhalten. Doch er fand sie in seiner Blindheit nicht.

Whuon hatte all seine Kräfte zusammengenommen. Mit dieser Wucht schleuderte er das Monstrum gegen die Reling. Sie brach und der Düstere stürzte in den Nebel. Whuon musste sich sehr bremsen, um nicht mit dem Reiter in die Unendlichkeit zu fallen.

Der Thyrer atmete für einen Moment auf.

Aber da sah er den zweiten Reiter, der die SEDELLAH erreicht hatte. Auch sein Pferd war wohl schon zerstückelt worden, denn er lief zu Fuß.

Gorich, Thrak von Aggrgor, Aworn und einige andere umringten ihn und kämpften mit ihm.

In seinem Körper steckten schon mehrere Lanzen, aber sie schienen den düsteren Reiter nicht zu stören. Kein Blut floss aus seinen Wunden.

Mit furchtbaren Hieben lichtete er die Reihen derer, die ihn umringten.

Immer wieder bohrten sich Lanzen in seinen Körper, aber sie machten ihm nichts aus, außer, dass sie ihm seinen schwarzen Umhang zerfetzten und aufrissen.

Da hieb Gorich dem Monstrum den Kopf vom Leib, und das Ungeheuer torkelte blind umher.

Jetzt hatten die Männer leichtes Spiel mit ihm.

Whuon sah erschrocken, wie einige Dutzend der schwarzen Reiter nun aus dem Nichts auftauchten. Aber sie waren offenbar nicht zum Kämpfen gekommen. Einer von ihnen schwang ein Seil über dem Kopf, was er dann am Bug der SEDELLAH befestigte. Andere Reiter, die ebenfalls Seile hatten, taten dasselbe.

Mit einer dämonischen Kraft zogen die schwarzen Pferde der Finsteren die SEDELLAH durch den Nebel.

Wohin mochten sie das Schiff bringen?

Schwarze Reiter

Tatenlos mussten die Männer der SEDELLAH zusehen, wie die mächtigen Pferde der schwarzen Reiter das Schiff durch den Nebel zogen. Es war ungewiss, wohin der Weg ging. Zumindest war es für Whuon und die anderen eine große Erleichterung, dass sie jetzt nicht mehr den peinigenden Angriffen der Reiter ausgesetzt waren. Aber die Bedrohung war noch lange nicht aus der Welt geschafft.

Whuon wandte sich an Thrak von Aggrgor.

„Du weißt mehr über die finsteren Reiter als ich. Hast du nicht eine Ahnung, wohin man uns bringen könnte?"

Thrak zuckte mit den Schultern.

„Ich weiß leider in diesem Punkt nicht mehr als du. Sie können uns überall hinbringen – in jede Welt und jede Zeit."

„Aber wir brauchen wohl nicht darauf zu hoffen, dass man uns nach Aryn bringt", grinste Gorich.

„Sind diese Reiter überhaupt lebende Wesen?", fragte Whuon jetzt wie zu sich selbst.

„Ich habe mir die Frage auch schon gestellt", gab Thrak zu erkennen. „Aber ich bin zu keinem Schluss gekommen. Es ist einiges an diesen Reitern, was merkwürdig ist und was nicht in das Bild passt, das ich mir von lebenden Wesen mache. Zum Beispiel ihre Unverwundbarkeit."

„Nein, das spricht doch nicht dagegen, dass diese Reiter Lebewesen sind. Andere Welten, andere Wesen", meinte Whuon.

„Ist das nicht alles egal?", fragte Gorich gelangweilt.

„Durchaus nicht. Vielleicht sind sie nur Trugbilder", spekulierte Thrak.

Whuon wollte dazu etwas sagen, aber in diesem Moment sah er in der Ferne etwas Schwarzes auftauchen.

„Dort!", rief der Thyrer.

Die anderen blickten in die Richtung, in die er mit der Hand deutete.

„Ob das unser Ziel ist?", fragte Gorich.

„Verdammt! Man kann nicht genau erkennen, was es ist!", fluchte Thrak. Sein grünes Gesicht zeugte von Neugier.

Langsam erkannten die drei etwas mehr. Aus dem Nebel tauchten schwarze Männer auf. Sie waren pechschwarz – genau wie die Reiter.

„Ob dies die Heimat der schwarzen Reiter ist?", fragte Gorich.

Zwischen den düsteren Gebäuden liefen düstere Gestalten herum und ab und zu sah man auch eines der tiefschwarzen Pferde.

Als die Reiter mit der SEDELLAH hinter sich in die schwarze Stadt kamen, wurden sie durch ein freudiges Gebrüll begrüßt.

Merkwürdige, nachtschwarze Gestalten umringten das Schiff und begafften es. Aber sie ließen es im Übrigen in Ruhe.

Die Reiter lösten das Seil, an dem sie das Schiff gezogen hatten und ließen die SEDELLAH stehen. Sie stand tatsächlich auf festem Boden – der natürlich, wie alles in dieser schwarzen Stadt, schwarz war.

„Dieses scheint tatsächlich die Heimat der Reiter zu sein", stimmte Whuon Gorich jetzt zu. Er wusste nicht, ob er glücklich oder besorgt darüber sein sollte, dass man sie hierhergebracht hatte. Der Thyrer fragte sich, warum die finsteren Reiter nicht weitergekämpft hatten. Sie hatten die besten Aussichten, diesen Kampf zu gewinnen – die Zahl der Gefallenen bewies es.

Ein schwarzer Mann, der seine Artgenossen um mindestens einen Kopf überragte, kam jetzt auf die SEDELLAH zu.

Hinter seinem Gürtel steckte eine furchteinflößende Axt und auf seiner Schulter hockte ein kleiner Vogel – einem Geier sehr ähnlich.

In einiger Entfernung blieb er stehen und schrie zu den Leuten der SEDELLAH: „Folgt mir!"

Die Stimme war laut und befehlend, aber sie war besser als der wilde Kriegsruf, den diese Kreaturen außerdem noch auszustoßen vermochten.

Zögernd kletterten die Überlebenden des Kampfes mit den beiden schwarzen Reitern von Bord – Aworn ging als erster, danach folgte Whuon.

Whuon blickte in die kalten starren Züge der Maske, die der Düstere trug, und diese Züge ließen ihn erschrecken. Ein seltsames Feuer brannte in den Augen des Düsteren.

Mit gemischten Gefühlen verließen sie ihr Schiff und folgten dem nicht gerade freundlichen Reiter.

„Ich bin gespannt, wo man uns nun hinbringt", gestand Gorich an Whuon gewandt.

Der schwarze Riese bahnte den Leuten vom Schiff einen Weg durch die glotzende Menge der schwarzen Menschen.

Whuon besah sich die Häuser dieser Düsteren. Sie wirkten ruinenhaft, zumindest aber sehr alt. Nirgends sah er Gebäude jüngeren Jahrgangs.

„Wie alt mag diese Stadt sein?", flüsterte der Thyrer.

„So alt wie das Universum oder noch älter", kam die Antwort von Gorich. „Jedenfalls hat es den Anschein", verbesserte er sich rasch.

„Älter als das Universum?", fragte Whuon skeptisch. Er dachte an die Dinge, die er beim Schöpfer des Universums erlebt hatte.

„Aber dieser Zwischenraum gehört doch auch zum Universum!"

Gorich zuckte mit den Schultern. Ihm waren diese Dinge im Moment egal. Er fragte sich in seinem Innern verzweifelt, wie Whuon jetzt über solche Dinge nachdenken konnte. Es war für ihn fast unbegreiflich.

Der Finstere führte die Abenteurer vor ein Haus, das sich nicht merklich von den übrigen unterschied. Dennoch schien es eine besondere Funktion innezuhaben.

Der Finstere öffnete die Tür, und hinter ihr offenbarte sich eine undurchdringbare Finsternis.

Der schwarze Reiter hieß sie eintreten, doch die Männer scheuten davor zurück. Was mochte sich in dieser Finsternis befinden?

Schließlich nahm sich Aworn ein Herz und trat in die Finsternis ein, in der er auf der Stelle verschwand. Ein Schrei folgte seinem Verschwinden, aber es mochte eher ein Schrei der Verwunderung als ein Schrei des Schmerzes oder des Entsetzens sein.

Als zweiter kam Whuon an die Reihe. Auch er betrat den finsteren Raum. Doch was war das?

Nicht länger hielt ihn fester Boden. Er stürzte. Er stürzte in den gähnenden Schlund der Dunkelheit.

Eine unendlich lange Zeit verging, bis er schließlich wieder Boden unter den Füßen spürte.

Doch um ihn herum war es weiterhin dunkel und schwarz. So weit er seine Augen auch aufsperrte, er konnte nichts sehen.

Es war ein schreckliches Gefühl, blind zu sein.

„Ist hier jemand?", rief Whuon aus. Aber niemand meldete sich, niemand antwortete ihm. Er war allein.

„Aworn! Gorich! Wo seid ihr?", rief er verzweifelt aus. Aber seine Freunde waren offenbar nicht da. Es war absolut kein Laut zu hören.

Verzweiflung und Grauen packten Whuon. Wo befand er sich?

Vorsichtig setzte er einen Fuß vor den anderen. Der Boden hielt seinen Schritten stand.

Tastend streckte der Thyrer seine Hände voraus. Aber da war nichts, was man anfassen konnte.

Er lief weiter durch die Dunkelheit – ohne Ziel.

Da stieß er plötzlich gegen etwas an. Es schien eine Art Wand zu sein. Seine Hände betasteten diese Wand, die sich feucht und glitschig anfühlte. Bei der Berührung überkam Whuon Ekel.

Aber er zog seine Arme nicht zurück, sondern drückte mit aller Gewalt gegen die Wand, als wollte er durch sie hindurch. Und tatsächlich gab sie nach. Knarrend und quietschend wich sie zur Seite wie eine Tür.

Hinter der Wand befand sich ein Raum im Halbdunkel. Für Whuon wirkte das Halbdunkel wie grelles Licht.

Der Thyrer war glücklich darüber, sich wieder orientieren zu können. Er betrat eine graue Felsgrotte, und er sah Wasser. Er sah einen ganzen Strom von Wasser, der durch die Grotte floss.

Zu seinem Schrecken erkannte er in der Nähe des Wassers eine düstere Gestalt – einen schwarzen Reiter. Drohend hielt er seine schwarze Axt bereit zum Kampf, und eine finstere Maske verhüllte sein Angesicht.

Und nun erkannte Whuon auch die Schar merkwürdiger Gestalten, die kauernd und schweigend auf dem Felsen saßen. Aworn war unter ihnen! Er saß etwas abseits und grübelte vor sich hin. Als er Whuon sah, sprang er auf und rannte ihm entgegen.

„Hallo!", rief er, doch Whuon nickte nur. Er deutete auf die Gruppe der grimmigen Gestalten, von denen viele ein recht sonderbares Aussehen besaßen.

„Wer sind sie?", erkundigte sich der Thyrer.

„Gefangene aus tausend Welten. Sieh dir ihre Gestalten an! Sie stammen alle aus verschiedenen Welten. Hier werden sie gefangen gehalten. Offenbar haben sie auch irgendwann den

Weg der schwarzen Reiter gekreuzt. Es ist schwierig, mit ihnen auszukommen. Sie sprechen allesamt verschiedene Sprachen."

„Aber wir konnten Thrak von Aggrgor doch auch verstehen! Und den schwarzen Reiter!", empörte sich Whuon.

Aworn zuckte mit den Schultern.

„Vermutlich liegt das daran, dass wir uns nicht mehr im Korridor der Dimensionen befinden, sondern auf einer richtigen Welt! Auf einer Gefangenenwelt!"

Die beiden gingen zu den anderen. Diejenigen, welche aus gleichen Welten stammten, unterhielten sich lebhaft und lautstark, die anderen saßen abseits.

Aworn deutete auf drei Männer, die ihre Blicke gespannt auf Aworn gerichtet hatten. Sie schienen ganz normale Menschen zu sein.

„Das sind die einzigen, die aus unserer Welt stammen."

Aworn erklärte dies und stellte die drei vor.

„Dies sind Omshun, Ynur und Orleif. Sie stammen alle drei aus Lakornidien: Omshun hat ein Geschäft in Lakor, Ynur ist ein Reeder aus Krigath und Orleif ist in Degath zu Hause."

Die drei Männer nickten Whuon freundlich zu.

„So sind wir also auf einer Welt und nicht mehr im Korridor", murmelte Whuon.

Orleif nickte heftig.

„Und wir werden kaum eine Chance zur Rückkehr haben", brummte der Lakornide.

Und Whuon wusste, dass Orleif recht hatte.

Der Thyrer blickte dorthin zurück, woher er gekommen war. Es war eine finstere Hütte, die mitten in der Grotte war. Da öffnete sich ihre feuchte und schleimige Tür, und Gorich trat hervor. Er war sehr verwundert, die anderen anzutreffen.

So nach und nach kamen auch die anderen. Yarum, Thrak von Aggrgor, Shunock und die gesamte Besatzung.

Als sie alle vollzählig waren, da ging der schwarze Reiter, der vorher auf einem der Felsen gewacht hatte, vor die Hütte und stellte sich vor ihr auf – die riesenhafte Axt in der Hand.

„Was geschieht hier mit uns?", wandte sich Gorich an Orleif.

„Nichts. Man lässt uns in Ruhe. Wenn wir etwas zum Leben brauchen, dann bekommen wir es von dem schwarzen Reiter."

„Kann er verstehen, was wir sagen?", erkundigte sich Whuon.

„Nein", meinte Orleif. „Er versteht unsere Sprache bestimmt nicht. Aber ich weiß nicht, ob er vielleicht Gedanken lesen kann."

„Das sind ja schöne Aussichten", brummte Aworn verdrossen.

„Haben wir irgendeine Chance, hier rauszukommen?", erkundigte sich Thrak von Aggrgor.

„Es haben schon viele von uns versucht", sagte Omshun. Er deutete auf einen Haufen menschlicher und nichtmenschlicher Knochen im Wasser.

„So haben sie geendet. Die Reiter sind schier unbesiegbar."

Tiefe Resignation sprach aus Omshuns Worten.

Whuon blickte von einem grimmigen, verzweifelten Gesicht zum anderen. Verzweiflung und Wut und Hass sprachen aus ihnen.

Whuon fasste verwundert an sein Schwert. Man hatte keine Anstalten gemacht, es ihm wegzunehmen. Aber was konnte er mit einem Schwert schon gegen einen schwarzen Reiter ausrichten?

Fast nichts.

Nein, sie mussten andere Wege finden.

Und wenn der Düstere nun doch Gedanken wie andere ein Buch lesen konnte? Was war dann?

Dann konnten sie praktisch nichts tun.

Aber es war ihm doch auch gelungen, den Reiter zu erledigen, der die SEDELLAH betreten hatte. Warum sollte er es nicht mit diesem hier aufnehmen können? Der Thyrer wollte schon zum Schwert greifen, aber da fiel ihm ein, was Omshun gesagt hatte: Es hatten schon viele vor ihm versucht und sie waren gescheitert.

Whuons Blick fiel auf den Haufen menschlicher und nichtmenschlicher Gebeine.

Nein, er konnte nicht irgendwie angreifen. Wenn er es schon tat, dann musste jeder Schritt bis ins Detail genau überlegt sein. Er wandte sich an Orleif.

„Weißt du, wie man von hier wieder in den Korridor gelangen kann?"

Der Lakornide zuckte mit den Schultern.

„Ich nehme an, auf dieselbe Art und Weise, wie wir gekommen sind. Aber das ist nicht sicher. Vielleicht gibt es keine Möglichkeit. Welches Interesse könnten die schwarzen Reiter daran haben, dass wir hier jemals wieder rauskommen?"

Whuon wandte sich zum Ausgang der Grotte, durch den helles Tageslicht in die Dunkelheit der Grotte fiel.

„Ist es uns erlaubt, diese Grotte zu verlassen, Orleif?"

„Ja!"

„Dann werde ich gehen." Whuon sprang auf, rückte sein Schwert zurecht und wollte gehen. Doch Orleif hielt ihn am Arm.

„Es hat keinen Zweck, wenn du fliehst! Wo willst du hin?"

„Ich will auch gar nicht fliehen, Orleif. Ich will mich nur umsehen."

De Lakornide nickte.

„Gut! Ich werde mitkommen. Erlaubst du es?"

„Ich habe nichts dagegen."

„Ich möchte auch mitkommen", rief Gorich, der das Gespräch mitangehört hatte.

Die drei brachen also auf – von den anderen kaum beachtet. Durch den Ausgang der Grotte konnten sie ein weites Land sehen, welches vertraut und fremdartig zugleich schien. Riesige Farne wehten im Wind, und Flüsse schlängelten sich durch die Täler.

Sie traten nun aus der Grotte und besahen sich mit großem Interesse die merkwürdigen Pflanzen, die hier wucherten. Orleif erklärte ihnen manches.

„Es ist eine wunderschöne Welt", stieß Whuon hervor. Doch Orleif dämpfte seine spontane Begeisterung.

„Am Tag schläft diese Welt und im Schlaf wirkt sie schön. Aber in der Nacht, da zeigt sie ihr wahres Gesicht. Da ist dieser Wald voll von Gefahren. Deshalb ziehen wir uns des Nachts auch in die Grotte zurück."

„Was sind das für Gefahren, Orleif?", wollte Gorich wissen.

„Wir haben ihnen noch nie gegenüber gestanden. Aber nachts hören wir Schreie und Laute. Der schwarze Reiter machte uns klar, dass man sich vor diesen Geschöpfen der Nacht hüten müsse. Ich weiß nicht, wie sie aussehen, aber ihre Schreie lassen einem das Blut in den Adern gefrieren."

Whuon wusste nicht, ob er diese mystischen Geschichten glauben sollte.

Aber er hütete sich davor, sie allzu schnell als Märchen abzutun. Seit er erlebt hatte, wie wahr auch phantastisch anmutende Sagen und Geschichten sein konnten, wurde er in seinen Beurteilungen über solche Dinge vorsichtiger.

„Wie viele Bewohner gibt es hier?", fragte nun Gorich.

Orleif wusste es nicht genau.

„Gesehen habe ich bis jetzt nur den in der Grotte. Ich weiß nicht, ob sich hier sonst noch welche dieser Kreaturen herumtreiben."

Langsam gingen sie zurück zur Grotte. Als sie sie erreicht hatten, kam Whuon das Halbdunkel bedrückend vor. Er wäre am liebsten wieder fortgelaufen, aber er beherrschte sich.

Bald wurde es draußen auch dunkel. Die Nacht brach herein und das Halbdunkel der Grotte verwandelte sich rasch in eine annähernde Finsternis.

Man legte sich auf den harten Boden, um zu schlafen. Selbst der schwarze Reiter ließ sich herab. Aber die finstere Gestalt würde nicht schlafen. Sie würde auch in der Nacht wachen.

Whuon versuchte auch zu schlafen. Aber zu sehr war er in seinen Gedanken, als dass er hätte schlafen können.

Da hörte er einen dämonischen Schrei von draußen. Orleif hatte also recht behalten.

Ein zweiter Schrei – diesmal etwas leiser. Whuon hätte zu gern gewusst, wer der Schreier war. Er wartete also, bis auch der letzte eingeschlafen war. Die düstere Wache saß auf dem kalten Felsen. Sie hatte das Gesicht von dem Thyrer abgewandt. Gut so, dachte Whuon. Vorsichtig und mit Bedacht stand er auf und schlich sich zum Ausgang der Grotte. Die Nacht war klar und am Himmel leuchteten die Sterne. Doch er erblickte kein ihm vertrautes Sternbild. Die Konstellationen waren fremd. Es war eben nicht der Sternenhimmel der Erde, unter dem er stand. Mit einigen raschen Sätzen hatte er die düstere Grotte verlassen. Die Welt bei Nacht wirkte tatsächlich gespenstisch. Wieder einer dieser Schreie!

Whuon zog sein Schwert und lief in die Richtung, aus der der Schrei gekommen war. Was für Wesen mochten in diesen dunklen Wäldern lauern?

Mit dem Schwert schlug er sich eine Bresche durch die dichten Farne. Dann erreichte er einen der vielen Trampelpfade durch den Wald.

Plötzlich ertönte über ihm ein furchtbares Kreischen und Krächzen. Whuon blickte auf und erblickte einen mannsgroßen schwarzen Vogel, der dämonenhaft durch die

Luft glitt. Er schien Whuon nicht zu bemerken. Kreischend flog er in die Höhe.

Whuon hatte Glück gehabt. Doch er ließ sich nicht erschrecken. Weiter bahnte er sich seinen Weg durch den Wald. Hin und wieder sah er Fledermäusen ähnliche Tiere durch die Luft jagen und nach Beute schnappen. Aber sie stellten für den Thyrer keine Bedeutung dar.

Und wieder hallte er durch die kühle Nachtluft dieser Welt: der Schrei! Es schien Whuon so, als würden selbst die Fledermausähnlichen zusammenschrecken.

Der Thyrer folgte unbeirrbar der Richtung des Schreis. Der Schreier, dachte Whuon, konnte in keinem Fall schlimmer als ein schwarzer Reiter sein. Und mit diesen hatte er schon gekämpft. Vielleicht war es auch ein schwarzer Reiter.

Aber Whuon schüttelte den Gedanken wieder ab. Was für Gründe könnten diese düsteren Gesellen haben, ihre Gefangenen zu erschrecken? Was konnten sie dagegen haben, wenn diese des Nachts in den Wald liefen? Nein, diese konnten diesmal nicht dahinterstecken, dessen war Whuon sich sicher.

Nochmals ertönte der Schrei und es schien dem Thyrer so, als sei die Quelle des Schreis wesentlich näher gerückt.

Doch da ertönte wieder ein Schrei. Nur kam dieser aus einer total entgegengesetzten Richtung!

Also musste es mehrere dieser Kreaturen geben, dachte Whuon.

Aber bald würde er dem ersten dieser Wesen gegenüberstehen, dann würde er sie kennen lernen.

Grimmig fasste er seine Waffe fester.

Mit schnellen Sätzen huschte er durch den Wald. Da ertönte schon wieder ein Schrei. Diesmal nicht mehr als zwanzig Meter von ihm entfernt. Whuon blieb erstarrt stehen. Langsam setzte er dann einen Fuß vor den anderen. Hinter jedem Strauch mochte jetzt ein missgestaltetes Monstrum sitzen und auf ihn lauern.

Da! Bewegte sich nicht dort etwas hinter den Büschen? Whuon konnte es nicht genau sehen. Zur Vorsicht hielt er jedoch seine Klinge zum Schlage bereit.

Da stürzte etwas aus den Büschen hervor. Es war eine Axt, wie die schwarzen Reiter sie besaßen. Aber wo war der Kämpfer, der sie führte?

Die Axt schwebte, ohne von irgendeiner Hand gehalten zu werden in der Luft. Whuon verschlug es fast den Atem.

Drohend kam die Waffe auf ihn zu. Ein Schreien ging von der Axt aus. Kein Zweifel! Die Axt lebte!

Sie zuckte hoch und wollte auf Whuon herniederfahren und ihm den Schädel spalten, doch der Thyrer reagierte blitzschnell und parierte den Hieb.

Wieder hieb die Axt auf ihn ein, und er hatte alle Mühe, auszuweichen.

Hart prallte die Axt gegen Whuons Schwert. Die Axt besaß eine übermenschliche Kraft, die den Thyrer zu erdrücken drohte. Whuon musste Schritt um Schritt zurückweichen und die Axt folgte ihm unbarmherzig und ohne einen Gedanken an Nachgeben.

Whuon stolperte über eine Schlingpflanze und die Axt war über ihm. Von unsichtbarer Hand geleitet, hob sie sich zum einschneidenden Schlag.

Durch ein rasches Wegrollen entging Whuon dem Hieb. Aber da war die Axt schon wieder über ihm. Mit letzter Kraft konnte er sie mit Hilfe seines Schwertes von ihm fernhalten. Er sprang auf und warf sich der Axt entgegen. Mit einem furchtbaren Hieb spaltete er sie. Die beiden Teile der Waffe fielen zu Boden und rührten sich nicht mehr. Statt dessen erklang ein klagender Ruf, der offenbar von der zerbrochenen Axt ausging. Es war fast ein Weinen und es erschütterte Whuon. So etwas hatte er noch nie gehört.

Irgendwo in den Tiefen des Waldes antworteten der zerbrochenen Axt dann Stimmen. Wütende, schreiende Stimmen, wie er sie den ganzen Weg über gehört hatte. Nur waren sie jetzt viel mehr und heftiger. Whuon erschrak, als er merkte, dass die Stimmen näherkamen.

Sie wurden von Sekunde zu Sekunde, die er dastand und sich nicht entschließen konnte etwas zu tun, stärker, lauter und wütender. Die Stimmen schienen nun von allen Seiten zu kommen. Es schien keinen Ausweg mehr zu geben.

Aus dem Gebüsch kamen jetzt zwei Äxte – kampfbereit, doch ohne einen Krieger, der sie führte.

Whuon fragte nicht lange, sondern schlug sofort auf die Waffen ein. Die erste konnte er sofort spalten, die zweite Axt jedoch bereitete ihm Schwierigkeiten. Oft wild schreiend brachte sie den Thyrer in Bedrängnis. Hieb auf Hieb folgte und Whuon hatte sichtlich Mühe sie zu parieren.

Immer heftiger wurden die Hiebe und Whuons Arm immer schwächer. Es war eine übermenschliche Kraft, die diese Axt vorwärts trieb, und Whuon hatte dieser geballten Kraft wenig entgegenzusetzen. Er kam sich schwach, verlassen und hilflos vor, besonders, als nun noch zwei weitere dieser dämonischen Äxte von den Seiten auf ihn losgingen. Wütend kämpfte Whuon um sein Leben. Mit einem Hieb, bei dem er all seine Kraft und Geschicklichkeit zusammennehmen musste, gelang es ihm schließlich, einen seiner Gegner zu spalten. Das Holz gab einen dumpfen Laut von sich, als es splitterte. Doch was nützte der Fall dieses einen Gegners schon?

Wieder kamen zwei weitere Äxte aus den Tiefen des Waldes. Auch sie waren dem Klagen der zerbrochenen Axt gefolgt. Whuon sah ein, dass er gegen so viele Gegner keine Chance hatte. Mit weiten Sätzen rannte er in den Wald hinein – doch die grauenvollen Waffen folgten ihm wie Schatten.

Mehrmals stolperte der Thyrer über Wurzeln, die er in der Dunkelheit nicht erkennen konnte.

Seine Verfolger stießen bestialische Schreie aus. Sie hatten es leichter, durch das Gebüsch zu huschen.

Whuon lief. Er lief um sein Leben, aber er wusste nicht, wohin er lief. Er lief einfach. Er floh.

Seine Beine drohten schon zu erlahmen, aber er zwang sich zum Weiterlaufen. Er musste weiter, wenn er den nächsten Morgen noch erleben wollte. In diesen Augenblicken vergaß er alles, was er beim Schöpfer des Universums erfahren hatte über das Leben nach dem Tod, die Formung eines neuen Gedankens und die Wiedergeburt.

In ihm war nur Platz für Angst. Und für Entsetzen – für Grauen. Da sah er mit Schrecken, dass von vorne auch einige Äxte auf ihn zukamen. Er sah sie nur undeutlich durch die Büsche und das Unterholz huschen, aber er wusste, dass sie da waren.

Mit einer namenlosen Wut rannte er auf seine Widersacher zu. Die Axtwesen waren von der ungestümen Art des Thyrers so überrascht, dass sie für einige Sekunden nichts taten. Aber diese wenigen Sekunden genügten Whuon schon. Weit holte der Thyrer sein Schwert zum Schlage aus. Vergessen war alle Müdigkeit. Er musste sie vergessen, wenn er den Morgen noch erleben wollte. Er schlug und spaltete auf Anhieb eines der Axtwesen. Sofort ertönte wieder die lautstarke Klage, die zerbrochene Axtwesen von sich zu geben pflegten.

Einen sehr gefährlichen Hieb konnte er im letzten Augenblick abwehren, und dann schlug er wieder zu. Brutal und grausam. Aber er war nicht schlechter als seine Gegner. Was hatte er denn für eine Wahl? Wenn er am Leben bleiben wollte, dann hatte er keine. Whuon tat es jedes Mal in der Seele weh, wenn er den Schrei eines Axtwesens hörte. Aber was sollte er tun? Er wäre diesem Kampf so gern aus dem Weg gegangen, aber was nützte es nun? Das Holz der Axt splitterte und sie zerbrach. Kurz darauf folgte das Weinen, das Klagen der zerbrochenen Axt.

Dieses Klagen schien die anderen Äxte in eine noch größere Wut zu treiben. Sie kämpften noch verbissener, noch unnachgiebiger. Und in ihrer Wut wurden sie immer geschickter. Flink wichen sie Whuons Schwerthieben aus. Verdammt! Whuon war verzweifelt. Wenn er diese Axtwesen hier nicht bald besiegen konnte, dann rückten ihm seine Verfolger auf den Pelz, und dann ...

Wieder spaltete er das Holz eines Axtwesens und wieder und dann waren keine mehr übrig. Aber das Weinen der Zerbrochenen musste die anderen bald anlocken.

So rannte Whuon in großen Sätzen durch den Wald, immer in der Erwartung, dass plötzlich einige Äxte aus einem Busch schnellen konnten. Er hoffte, dass sein Vorsprung groß genug sein würde, um die Axtwesen abzuschütteln. Aber er wusste, dass seine Hoffnung unbegründet war.

So taumelte er dann durch den dichten Wald und die endlose Nacht. Er wusste schon längst nicht mehr, wo er war, und er war sich auch nicht sicher, ob er zur Grotte zurückfinden würde.

Schließlich erlahmten seine Beine. Er wusste nicht mehr, wie lange er schon gelaufen war. Es musste sehr lange sein. Er ließ sich zu Boden sinken. Am liebsten wäre er sofort eingeschlafen, aber er zwang sich zum Wachbleiben. Überall konnten Äxte sein. Müde steckte er sein Schwert in den Gürtel und setzte sich neben einen großen und mächtigen Baum, an den er sich anlehnte. Es war der erste Moment der Ruhe, den er sich in dieser Nacht erlaubte.

Aber einschlafen durfte er auf keinen Fall, so sehr er sich danach auch sehnte.

Da hörte er von Ferne wieder die dämonischen Schreie der Axtwesen. Sofort fuhr Whuons Hand zum Schwert. Und da waren sie auch schon heran, die schrecklichen Äxte. Der Thyrer war schwach und unsagbar müde. Dennoch zwang er sich zum Aufstehen. Schwankend und unsicher stellte er sich den Axtwesen gegenüber. Diese stimmten ein triumphierendes Gebrüll an. Es waren mindestens zehn, wenn nicht noch mehr. Whuon wusste, dass er gegen so viele Gegner keine Chance hatte – zumal nicht in seinem Zustand. Dennoch focht er. Aber er vermochte seinen Gegnern nicht mehr ernsthaft etwas anzuhaben. Immer mehr drängten sie ihn zurück. Sie umkreisten ihn und versuchten ihn von hinten zu erschlagen. Whuon hatte im Eifer des Gefechts nicht bemerkt, wie die Sonne emporgestiegen war. Jetzt fiel das erste Licht in die Düsternis des Waldes. Als das Licht auf die lebenden Äxte fiel, da hörten sie plötzlich zu kämpfen auf und fielen leblos zu Boden. Sie waren jetzt nicht mehr als normale Streitäxte – tot und friedlich lagen sie da und rührten sich nicht mehr. Erleichtert steckte der Thyrer seine Waffe wieder in den Gürtel. Der Alptraum dieser Nacht steckte ihm tief in den Knochen.

Er blickte sich um. Der Wald war wieder so friedlich, wie er ihn am Vortage gesehen hatte. Langsam glitt er neben einem Baum zu Boden.

Er war müde, unsagbar müde, und er wollte schlafen.

Er sah zu dem Haufen Äxte hinüber. Er lachte. Er hatte es tatsächlich geschafft, den Morgen zu erleben. Nun lagen die geisterhaften Äxte stumm und tot da.

Ehe sie zu neuem Leben erwachen würden, wäre Whuon längst wieder erwacht.

Der Thyrer fiel in einen tiefen, traumlosen Schlaf. Angenehme Schwärze umhüllte ihn.

Erwachen

Whuon erwachte. Sein erster Blick galt den Äxten, die vor ihm auf einem Haufen lagen. Aber sie regten sich nicht.

Whuon stand auf und rückte sein Schwert zurecht. Er fühlte sich wieder frisch und stark.

Doch er stellte resigniert fest, dass er den Weg zur Grotte wohl nicht mehr finden würde.

Es war kein schönes Gefühl, sich verirrt zu haben. Dennoch entschloss sich der Thyrer zum Weiterlaufen. Die Äxte! Wenn es Abend würde, dann würden sie zu neuem Leben erwachen.

Er wanderte also weiter. Dichtes Gestrüpp versperrte ihm den Weg und knorrige Baumwurzeln ließen ihn stolpern.

Aber er bahnte sich seinen Weg durch den Wald. Er beeilte sich, denn er wollte nicht, dass die Äxte ihn noch fanden, wenn sie am Abend wieder erwachten.

Der Weg war beschwerlich. Dornen bohrten sich in seine Haut und zerrissen ihm seine Arme.

Was mochte dies für ein Zauberwald sein, so fragte sich Whuon. Und was mochte jenseits von ihm liegen?

Das Gestrüpp wucherte jetzt, etwa eine Stunde nach seinem Aufbruch, nicht mehr so stark. Auch sonst schien der Wald nicht mehr so dicht zu sein.

Schließlich erreichte Whuon eine Lichtung.

Ein schwarzer Reiter saß im Gras und besah sich seine Axt. Sein Pferd stand etwas abseits.

Whuon fuhr augenblicklich zu Boden. Wenn ihn dieser Reiter bemerkte, dann war er verloren.

Der Thyrer blickte zu dem schwarzen Pferd hinüber. Es stand friedlich und unbeteiligt da.

Wenn es ihm gelingen würde, dieses Pferd zu erobern, dachte Whuon bei sich. Er zog sein Schwert und betrat die Lichtung. Der schwarze Reiter hatte ihn noch immer nicht bemerkt. Whuon bewegte sich leicht auf das Pferd zu, das mit keiner Wimper zuckte. Es wirkte wie eine Maschine. Mit einem flotten Satz war Whuon auf dem Tier. Dies verursachte ein Geräusch, so dass sich der schwarze Reiter herumdrehte. Als er sah, was passiert war, stieß er einen gellenden Schrei des Entsetzens aus. Er holte seine große Axt hervor und ging damit drohend auf Whuon zu. Seine undurchdringliche Maske verriet nichts von dem, was er dachte. „Lauf!", zischte Whuon zu dem Pferd und gab ihm mit dem Fuß einen Tritt in die Seite. Da setzte sich das pechschwarze Tier mit einer rasenden Geschwindigkeit in Bewegung. Es war so schnell, dass Whuon fast schwindelig wurde. Hinter sich hörte er den eigentlichen Besitzer des Pferdes wild fluchen.

Nur ganz zufällig streichelte Whuon den Nacken des Tieres. Und im selben Moment dachte er daran, wie es wohl sein würde, mit diesem Tier durch den Korridor der Dimensionen zu reiten.

Aber was war das?

Die Bäume und der fluchende Reiter verschwammen vor seinen Augen und der ewige Nebel des Korridors trat an ihre Stelle.

Whuon war überrascht. Mit weiten Sätzen trug ihn sein Pferd durch den Nebel.

Jetzt weiß ich, auf welche Weise sie zwischen den Welten zu reisen verstehen, dachte der Thyrer bei sich. Er wollte zu der schwarzen Stadt der Reiter. Er dachte ganz intensiv und sehr bewusst. Er war sich sicher, dass ihn das schwarze Tier dann auch dorthin bringen konnte. Und tatsächlich! Aus dem Nebel tauchten die schwarzen Gebäude wie Gespenster auf.

Er ritt mit gezogenem Schwert in die schwarze Stadt. Die Menschen, die hier lebten, sahen ihn verwundert an.

Whuon sah die SEDELLAH. Er sah, wie einige schwarze Reiter damit beschäftigt waren, die Reichtümer, die sich an Bord befunden hatten, auszuräumen.

Grimmig sah er ihnen zu. Als sie ihn bemerkten, fuhren sie von ihrer Tätigkeit auf und zogen sofort ihre Waffen.

Ihre mörderischen Äxte funkelten, und mit kühnen Sätzen schwangen sie sich auf ihre schwarzen Pferde.

In loser Formation ritten sie auf Whuon zu.

Und schon kreuzte sich das Schwert des Thyrers mit den Äxten der Düsteren.

Dabei erschreckte Whuon seine eigene Kraft. Er schleuderte mit einem einzigen Fußtritt den ersten Reiter aus dem Sattel. Dem Nächsten hieb er den Kopf ab, so dass er blind umherlief. Whuon entriss dem Blinden die Axt. Sie war erstaunlich leicht. Der Thyrer schauderte ein wenig. Er dachte an die lebenden Beile, die ihm auf der Gefangenenwelt begegnet waren.

Und da kam schon der nächste Gegner heran. Er zögerte etwas, als er die grauenhafte Axt der schwarzen Reiter in Whuons Händen sah. Doch dann wagte er den Angriff doch. Die Äxte kreuzten sich und Whuon schien es so, als erwache die Waffe in seinen Händen zu eigenem Leben. Sie hob und senkte sich wie von alleine und spaltete den unheimlichen Reiter von oben bis unten in zwei Hälften. Ein triumphierendes Geschrei ging von der Waffe aus, das Whuon erschreckte.

Scheu wichen die schwarzen Reiter vor Whuon zurück. Warum hatten sie soviel Angst vor ihrer eigenen Axt? Jede dieser finsteren Gestalten besaß eine ebensolche Axt.

In Whuon begann etwas zu dämmern.

In den Äxten musste die Macht der schwarzen Reiter verborgen sein. Und in ihren Pferden.

Der Thyrer trieb sein Pferd weiter auf die düsteren Gestalten zu, die weiter scheu zurückwichen.

Die gewaltige Streitaxt schien Whuon und sein Pferd förmlich mitzuziehen.

So stürmte Whuon gezwungenermaßen auf die schwarzen Reiter zu. Die Axt hob und senkte sich und sandte Tod und Verderben über Whuons Gegner.

Dennoch graute dem Thyrer vor der Kraft, die dieser Waffe innewohnte und die schier unüberwindlich schien.

Als er an Bord der SEDELLAH gegen einen der schwarzen Reiter kämpfte, hatte er da nicht auch diese erdrückende Kraft gespürt, die hinter den Schlägen der Axt des Reiters lag?

Nur war damals die Kraft der Axt gegen ihn gewesen. Jetzt focht sie für ihn.

Erbarmungslos fuhr sie hernieder. Whuon fiel auf, dass die Waffe es sichtlich vermied, eine der anderen, gegen sie gerichteten Äxte zu zerschlagen. Sie hatte es nur auf die Reiter abgesehen. Von panischer Angst gehetzt, flohen die düsteren Bewohner der schwarzen Stadt in den Nebel der Dimensionen. Sie schienen völlig kopflos und verwirrt zu sein.

Whuon spürte, wie die mächtige, monströse Axt in seiner Hand weiter drängte. Sie schien den Flüchtenden nacheilen zu wollen, um auch sie abzuschlachten.

Aber der Thyrer folgte dem Verlangen der Axt diesmal nicht. Er zügelte sein Pferd und ließ die Bewohner der schwarzen Stadt laufen. Aus welchem Grund sollte er diesen Leuten nacheilen? Konnten sie ihm noch gefährlich werden?

Die grauenhafte Axt schien es besser zu wissen, denn sie drängte noch immer. Schließlich zog sie Whuon und sein schwarzes Pferd mit sich. Whuon hörte einen drängenden Ruf aus der Waffe erschallen. Die Axt zog mit immer größerer Kraft und Whuon wollte sie loslassen, doch was war das?

Seine Finger klebten förmlich an dem Holz des Axtstiels. So sehr er sich auch bemühte, er konnte sie nicht von sich werfen. Der Thyrer schauderte. Welche Macht mochte hier mit ihm spielen? Endlich musste er der Waffe nachgeben. Er folgte ihr und das schwarze Pferd setzte in schnellem Trab den Fliehenden nach.

Whuon stellte sich dagegen, die Fliehenden abzuschlachten. Aber die Axt in seiner Hand zog ihn mit sich.

Und schon hob und senkte sich die furchtbare Waffe wieder und spaltete den Schädel eines Flüchtenden. Und wieder und immer wieder fuhr die tödliche Waffe hernieder und vernichtete einen nach dem anderen. Am Ende war keiner der schwarzen Reiter mehr am Leben.

Da erst ließ die Axt von ihrem Tun ab.

Voller Grauen und Abscheu blickte Whuon auf die Waffe in seiner Hand.

„Du hast uns befreit", sagte eine Stimme, welche aus der Axt kam.

„Wer bist du?", fragte Whuon etwas ungehalten.

„Was würde es dir nützen, wenn ich dir einen Namen nennen würde?"

„Ich will wissen, wer du bist!"

„Nenne mich Axtwesen. Du hast uns befreit, und dafür danken wir dir, Fremder!"

„Wir? Wer ist ‚wir'?"

„Wir, die Axtwesen!"

In diesem Moment erhoben sich die Äxte der Gefallenen in die Höhe und schwebten Whuon entgegen.

„Wir waren die Gefangenen der schwarzen Reiter. Sie nutzten uns aus und verbannten unsere Geister in diese Äxte, damit die Arme der Düsteren nie ermüden würden. Aber du führtest mich in die Schlacht gegen unsere Unterdrücker. Dadurch wurden wir frei."

Den Äxten entstiegen nun schwarze Schattenwesen. Sie besaßen eigentlich keine bestimmte Form.

Daraufhin fielen die Äxte leblos zu Boden. Auch aus Whuons Axt schwand das Leben.

Die Schattenwesen entfernten sich mit einer unendlich schnellen Geschwindigkeit aus der schwarzen Stadt.

Und dann war Whuon wieder allein. Er warf die tote Axt fort und beobachtete, wie die gefallenen schwarzen Reiter zu Staub zerfielen. Auch ihre Pferde zerfielen – gerade so, als seien Pferd und Reiter eine Person!

Whuon stieg von seinem Reittier ab. Da zerfiel auch Whuons Pferd zu Staub. Nur die Äxte blieben unversehrt – und tot.

Der Thyrer fühlte sich einsam und verlassen. Was konnte er tun, um seiner Freunde zu retten?

Sollte er in die Finsternis der schwarzen Hütte springen? Man konnte nicht wissen, ob dies nicht vielleicht eine Einbahnstraße war. Nachdenklich betrachtete Whuon den Schiffsrumpf der SEDELLAH, die mitten in der schwarzen Stadt lag – leer und verlassen.

Aber was war das?

Whuon beobachtete, wie die Häuser langsam zerfielen. Sie zerfielen zu dem gleichen Staub, zu dem auch die Leichen der schwarzen Reiter zerfallen waren.

Ein Haus nach dem anderen wurde zu einem Haufen weißen Staubes. Da begann auch der Boden unter Whuons Füßen zu schwanken.

Stand die Stadt vor ihrer Auflösung?

Whuon rannte zur SEDELLAH und ging an Bord des Schiffes.

Mit Schrecken beobachtete er, wie die Stadt in weißen Staub zerfiel. Krachend fielen die finsteren Gebäude ineinander. Der Boden wurde zu einer gefährlichen, schlammigen Masse, bis auch er sich in Staub verwandelte.

Whuon sah verzweifelt auf das, was vor ihm geschah. Er war machtlos. Die schwarze Stadt zerfiel vor seinen Augen in einer atemberaubenden Schnelligkeit. Und dann war nichts mehr von ihr übrig als Staub, der vom Nebel des Korridors zwischen den Dimensionen verschlungen wurde. Die SEDELLAH war nun wieder allein. Um sie herum lag nur Nebel und an Bord befand sich nur ein Mann: Whuon.

Der Thyrer blickte sich sorgsam an Deck um. Die Leichen der gefallenen Seeleute lagen nicht mehr an Deck. Die schwarzen Reiter mussten sie entfernt haben. Diese düsteren Kreaturen hatten so gut wie nichts auf dem Schiff gelassen. Selbst Dinge, die einen vergleichsweise geringen Wert hatten, hatten sie mitgenommen. Ihre Habgier musste unersättlich sein, dachte der Thyrer.

Was sollte er jetzt tun? Wie konnte er seinen Freunden auf der Gefangenenwelt helfen?

Zunächst sah er jedenfalls keinen Weg. Zuerst hatte er daran gedacht, mit den schwarzen Pferden, die ja durch die Dimensionen reisen konnten, seine Freunde zu retten. Aber diese Pferde waren nun zu Staub zerfallen. Was blieben ihm also noch für Möglichkeiten?

Er musste zu dem Magier von Aryn! Er musste zu Yllon, wenn er sich auch nicht ganz sicher war, ob es diesen Magier überhaupt gab. Er konnte ebenso ein Mythos aus der Welt Thrak von Aggrgors sein, wer wusste das?

Aber Whuon wusste auch, dass er nur dann diese Stadt Aryn erreichen würde, wenn er den Willen dazu hatte. Und dass er Yllon nur dann gegenübertreten konnte, wenn er dessen Existenz nicht in Frage stellte. Denn hier im Korridor erreichte man seine Ziele nicht durch die Kraft des Körpers, sondern durch die Kraft des Willens und des Glaubens.

Und wollte Whuon nicht alles versuchen, um seine Gefährten zu retten?

Ja!, schrien seine Gedanken. Aber dann musste er auch an Yllon glauben, denn der Magier von Aryn war seine einzige Hoffnung.

Whuon bemerkte mit Freude, aber nicht ohne zu Erschrecken, wie die SEDELLAH ihr Tempo in einem atemberaubenden Maße erhöhte. Das musste die Kraft seines Willens sein, dachte der Thyrer. Das Schiff fuhr ohne das Zutun irgendeiner Kraft, wie sie sonst Schiffe fortbewegte. Die Segel hingen schlaff von den Masten. Tatenlos sah Whuon zu, wie das Schiff sich seinen Weg durch den Nebel bahnte.

Und der Thyrer merkte, dass, je intensiver er an Aryn dachte, desto schneller die SEDELLAH wurde. Ihre Geschwindigkeit war bereits sehr hoch, aber das Schiff beschleunigte noch immer.

Der Thyrer hoffte nur eines: dass Yllon nicht ein solches Magiermonstrum wie Thagon war. Dass dieser Magier nicht nur ausnutzte, wo es etwas auszunutzen gab, sondern dass an ihm trotz aller Nichtmenschlichkeit doch ein Rest Menschlichkeit zu finden war. Doch der Thyrer merkte rasch, dass seine Zweifel und Grübeleien bezüglich des Magiers die Geschwindigkeit der SEDELLAH verlangsamten. Und so ließ er das Nachdenken sein.

In der Ferne tauchte dann etwas Grelles, Blitzendes aus dem Nebel auf.

Ob das Aryn sein konnte?

Langsam tauchten die bizarr wirkenden Zinnen einer Stadt oder Burg aus dem Nichts auf. Es war eine Stadt, wie sie Whuon noch nie gesehen hatte. Sie war ihm so fremd und doch so vertraut. Es war so, als hätte man die architektonischen Richtungen von 1000 Welten in diesem Bauwerk vereinigt.

Die Stadt glänzte in einem hellen Glanz. Sie schien ganz aus Gold zu sein, was den Thyrer sehr in Erstaunen versetzte.

Aber irgendwie hatte die Stadt ein freundliches Aussehen. Sie war ein wohltuender Kontrast zu den ewig düsteren Hütten der Stadt der schwarzen Reiter. Die SEDELLAH legte ohne ein Zutun Whuons an einem goldenen Landesteg an.

Der Thyrer sprang von Bord und ging den Steg entlang. Dann betrat er die Stadt. Sie schien wie ausgestorben. Nirgends regte sich etwas. Aber die Gebäude sahen nicht so aus, als hätte hier jemand geplündert. Sie strahlten in einem hellen Glanz.

Vorsichtig setzte Whuon einen Fuß vor den anderen, denn er wollte den kunstvoll gefertigten Boden nicht zerstören.

Dies musste Aryn sein, Whuon war sich jetzt ganz sicher. Für ihn gab es keinerlei Zweifel mehr (was er sich eigentlich nicht erklären konnte, denn es gab sonst kaum Dinge, an denen er nicht zweifelte).

„Ist hier jemand?", rief er laut aus. Seine Worte hallten zurück. und es schien dem Thyrer so, als wären sie ungehört geblieben. Whuon betrachtete die goldenen Häuser jetzt mit etwas Misstrauen. Sollte ihm hier vielleicht eine Falle gestellt werden?

Doch die Stadt sah so friedlich aus.

In ihrer Mitte erhob sich ein Schloss. Es glitzerte noch mehr als die anderen Gebäude, die es hier gab, und es war um ein Vielfaches größer. Eine goldene Tür stand weit offen und Whuon betrat das Schloss.

Die Helligkeit, die hier herrschte, wirkte auf ihn verwirrend. Er war das Halbdunkel des Korridors gewöhnt.

Eine Treppe führte in die Höhe. Mit vorsichtigen Tritten stieg Whuon sie hinauf. Und dann gelangte er in einen großen Saal. Es schien ein Thronsaal zu sein. Auch dieser strahlte hell, und in der Mitte stand ein Thron, auf dem eine weißhaarige Gestalt saß. Whuon schöpfte neue Hoffnung. Ob dies Yllon war?

„Hallo", rief der Thyrer laut. Die Gestalt auf dem Thron regte sich. Der Weißhaarige blickte Whuon fragend und wissend zugleich an. Der Thyrer wagte es nicht, noch einen Schritt näherzukommen.

„Was willst du von mir?", fragte der Weißhaarige.

„Bist du Yllon von Aryn?", fragte Whuon mit einem prüfenden Ton in seiner Stimme.

„Ja, ich bin Yllon. Aber was willst du hier in der goldenen Stadt Aryn?"

„Ich will Hilfe!"

„Hilfe? Wer sollte dir helfen, ich bin alleine in dieser Stadt."

„Du sollst mir helfen, Yllon!"

„Ich?"

„Ja, du. Und ich weiß, dass du mir helfen kannst."

Der Magier winkte mit den Händen.

„Komm näher, Fremder."

Der Thyrer gehorchte. Ihm missfiel, dass bei dem Magier jede Bewegung so langsam und bedächtig war. Er schien viel Zeit zu haben. Natürlich! Er lebte ja im Korridor und hier gab es keine Zeit. Whuon stand nun direkt vor dem Magier, der müde auf seinem Thron hockte.

„Wer bist du?", fragte die Stimme Yllons nun etwas weicher.

„Mein Name ist Whuon. Und ich brauche deine Hilfe. Ich weiß, dass du mir helfen kannst."

„Hilfe?" Der Magier lehnte sich zurück und richtete seine Blicke aufmerksam auf den Thyrer. „Was für Hilfe möchtest du? Und in welcher Angelegenheit?"

„Meine Freunde! Sie sind auf einer Gefangenenwelt der schwarzen Reiter. Sie stammen aus tausend Welten und möchten wieder in ihre Heimatwelten. Man sagte mir, dass du …"

„Ja, ich kann dir helfen. Und ich werde es auch!"

Der Magier erhob sich von seinem Thron. Whuon hatte nicht geglaubt, ihn so schnell für sich gewinnen zu können.

Unruhig lief er hin und her.

„Du bist selbst schon auf der Welt gewesen, wo sich deine Freunde nun befinden, Whuon?"

„Ja!"

„Dann denke jetzt ganz intensiv an diese Welt. Ich werde deine Gedanken lesen und die Welt erkennen, auf der du dich befandest!"

Der Thyrer nickte nur. Er schloss die Augen und dachte intensiv und konzentriert an die Gefangenenwelt. Er dachte an die Äxte, die zu eigenem Leben erwacht waren und ihn so arg bedrängt hatten. Nur wenig später hatte eine dieser Äxte dann auf seiner Seite gekämpft und ihm bei der Vernichtung der schwarzen Reiter geholfen. Dann dachte er an die Riesenfarne, die hier überall wucherten und natürlich an die finstere Grotte, in der er zusammen mit den anderen gehaust hatte.

„Das genügt!", fuhr die Stimme Yllons zwischen seine Gedanken.

Whuon öffnete die Augen. Aber um ihn herum war nicht mehr Yllons glitzernder Thronsaal. Um ihn herum wucherten riesige Farne und vor ihm öffnete sich eine finstere Grotte. Und vor dieser Grotte stand Gorich. Seine Züge verrieten Überraschung.

Langsam ging er auf Whuon zu.

Er deutete auf Yllon von Aryn.

„Wer ist das?", wollte er wissen.

„Das ist Yllon!"

„Yllon!" Gorich war überrascht. „Wie sollte Yllon hierher kommen?"

„Ich bin Yllon, du kannst Whuon getrost Glauben schenken", ließ sich die sanfte Stimme des Magiers vernehmen.

Gorich wandte sich wieder an Whuon.

„Wie hast du ihn gefunden und hierher gebracht?"

„Das werde ich dir später erzählen. Ruf die anderen! Wo sind sie?"

Gorich senkte betrübt sein Haupt. Trauer stand in seinen Zügen zu lesen, und Whuon ahnte etwas. Es war eine unbestimmte, unbegründete Ahnung, aber sie war vorhanden.

„Was ist mit dir los, Gorich?", schimpfte der Thyrer aufgebracht. Gorich hob den Kopf und rief laut: „Kommt her!" Whuon und Yllon blickten sich um. Hinter den Riesenfarnen krochen einige Gestalten hervor. Whuon erkannte Aworn, Orleif und Thrak.

„Das ist alles, was von uns übrig geblieben ist", erklärte Aworn mit heiserer Stimme.

„Wie konnte das geschehen?", rief Whuon entsetzt aus. Gorich legte ihm eine Hand auf die Schulter.

„Plötzlich kamen die schwarzen Reiter aus dem Korridor zu uns und metzelten uns nieder. Wir konnten in letzter Minute in den Wald fliehen. Hierhin trauten sich die Düsteren aus irgendeinem Grunde nicht. Und denk nur, was passierte! Aus dem Wald flogen Äxte heran. Sie wurden von keines Kriegers Hand geführt, sie gingen allein in die Schlacht. Und sie machten sich über die schwarzen Reiter her. Die sonst so mächtigen Krieger wurden von diesen dämonischen Äxten wie Vieh geschlachtet."

Tiefe Bitterkeit war aus Gorichs Worten zu hören, und Whuon verstand ihn.

Niemand sagte ein Wort. Es herrschte ein trauerndes Schweigen, bis schließlich Yllon das Wort ergriff.

„Ich kann euch in eure Welten zurückbringen. Ihr müsst intensiv an eure Heimat denken, dann gelangt ihr dorthin!"

Whuon nickte nur. Es würde ihm nicht leichtfallen, nicht an die Toten, sondern an seine Heimat, seine Erde, zu denken.

Straßen

Um sie herum waren viele Menschen, die sich in den Straßen drängten. Die übergroßen Farne der Gefangenenwelt hatten sich vor Whuons Augen in diese Menschenmassen verwandelt.

Der Thyrer blickte sich zu seinen Freunden um. Sie waren noch alle da: Thrak von Aggrgor, Gorich, Orleif und Aworn.

Die Stadt lag nahe am Meer und besaß einen vollkommen überfüllten Hafen. Hunderte von Segelschiffen drängten sich an den Anlegeplätzen. Aber es waren keine Handelsschiffe, es waren Kriegsschiffe!

„Wo mögen wir hier sein?", fragte Whuon beunruhigt.

„In Tralonien." Orleif hatte dies gesagt. Da es aber in Tralonien nur zwei größere Städte gab – Tralon und Gara – und er in Gara schon gewesen war und es genau kannte, musste diese Stadt Tralon sein. Tralon war die Hauptstadt dieses wilden und unkultivierten Landes, in dem kaum Ackerbau betrieben wurde. Nur wenige Händler wagten sich bis so weit in die Wildnis, denn die Wege in Tralonien waren unsicher und gefährlich.

„Warum liegen so viele Kriegsschiffe im Hafen?", wandte sich Whuon an einen im Hafen herumpatrouillierenden Soldaten.

„Mann! Lebst du im Gestern? Wir haben Krieg! Die Tyker haben Dörfer an der Grenze überfallen und nun sollen sich unsere Schiffe in Gara zum Hauptsturm sammeln. Diese hier fahren auch nach Gara."

Der Soldat zeigte auf die riesige Flotte im Hafen.

„Was sollen wir tun, Whuon?", hörte der Thyrer Orleifs Stimme.

„Vielleicht sollten wir uns anheuern lassen", meinte Whuon.

Sein Blick schweifte über die vielen Schiffe und ihre bunten Segel, mit denen der Wind sein Spiel trieb, die er hin und her riss wie einen Spielball.

„Eine gute Idee", sagte Thrak. Whuon drehte sich etwas erschrocken zu dem grünen Mann um.

„Warum bist du nicht in deine Welt zurückgekehrt?", fragte Whuon.

Thrak zuckte mit den Schultern.

„Ich bin hier materialisiert. Offenbar ist dies meine Welt. Mich würde es in jedem Fall reizen, nach Gara zu segeln. Euch nicht?" Aworns Gesicht verdüsterte sich.

„Ich bin es gewöhnt, als Kapitän auf einem Schiff zu fahren und nicht als Krieger." Seiner Stimme und seinen Worten hörte man den Verdruss über den Verlust der SEDELLAH wohl an. „Aber ich würde dennoch mit euch ziehen", brachte er schließlich hervor.

Vor allem für Aworn war es ein befreiendes Gefühl, wieder auf den Planken eines Schiffes zu stehen.

Die Gischt spritzte über die Reling und die Segel blähten sich auf. Es war beruhigend, wieder auf einem Schiff zu fahren, das auf Wasser fuhr.

Whuon, Gorich, Thrak, Orleif und Aworn fuhren an Bord der RALURA, einem mittelgroßen Kriegsschiff.

Jeder Fetzen Segel war gesetzt worden, um die Geschwindigkeit noch weiter zu erhöhen.

„Solange Thagon am Leben ist, besteht kaum eine Aussicht zu siegen", meinte Gorich zu Whuon.

„Ob Thagon weiß, dass wir uns nicht mehr im Korridor befinden?", fragte Whuon angstvoll.

„Wir müssen damit rechnen", flüsterte Gorich.

„Und was sollen wir überhaupt gegen diesen Magier tun, Gorich? Wir hätten in einem Kampf mit ihm nicht die geringste Chance." Whuon hatte für einen Moment aller Mut verlassen. Tiefe Verzweiflung sprach aus seinen Worten, und seine Züge verdüsterten sich. Wütend stampfte er auf die Schiffsplanken.

„Meinen diese Menschen etwa, dass sie mit diesen Nussschalen einen Magier besiegen können?", rief der Thyrer aus.

„Reg dich nicht auf", versuchte Gorich zu beruhigen. Doch seine Worte klangen nicht sehr überzeugend, denn ihn plagten die gleichen Gedanken und Visionen wie Whuon.

Yllon von Aryn konnte ihnen nicht mehr helfen. Er war irgendwo im Korridor der Dimensionen.

„Das Schicksal der Welt scheint besiegelt!", murmelte Whuon voll Grimm und Verzweiflung.

Tag um Tag verstrich und die Laune der Soldaten wurde erwartungsgemäß immer schlechter.

Doch der starke Wind ließ Whuon hoffen, dass sie Gara schnell erreichen würden. Der Thyrer kannte die Stadt. Sie war schön und reich und von Wäldern umgeben. Sie konnte sich gut mit den anderen großen Städten dieser Welt messen.

Doch eines Tages stiegen am Horizont schwarze Rauchfahnen empor, gerade als die Flotte in die große Bucht von Gara einfuhr.

„Da gibt es keinen Zweifel! Der Feind war vor uns in Gara", brummte einer der Seeleute verdrossen.

Als die Schiffe näherkamen, konnte man das volle Ausmaß der Zerstörungen sehen. Lodernde Flammen verschlangen die fein verzierten Holzhäuser der Leute von Gara. Auf den

Straßen lagen Leichen umher und verbreiteten einen unangenehmen Geruch.

Die Männer an Deck blickten entsetzt auf die einstmals so schöne Stadt. Nichts als Trümmer waren von ihr übrig geblieben – und Leichen.

Als das erste Entsetzen überwunden war, brachen unter den Seeleuten laute Unmutsäußerungen hervor. Wutschreie hallten den lodernden Flammen entgegen.

Wie geplant landete die Flotte dann in Gara.

„Sie sind mit einer zerstörerischen Gründlichkeit vorgegangen", brummte Orleif bitter.

Die Soldaten schlugen zwischen den ausgebrannten Ruinen ihre Nachtlager auf. Zuvor waren Trupps unterwegs gewesen, um die Stadt nach Überlebenden abzusuchen. Aber sie waren alle erfolglos zurückgekehrt.

Whuon kauerte am Lagerfeuer. Ein Soldat, der bei den Suchern gewesen war, trat zu ihm und den anderen, die sich um dieses Feuer scharten.

„Diese verfluchten Tyker haben aber auch alles mitgenommen!"

Der Mann warf seinen Bogen und seinen Köcher auf den Boden.

„Selbst die Getreidespeicher waren leer."

„Es geht das Gerücht um, dass die Tyker übernatürliche Freunde hätten", brummte einer der anderen. Whuon horchte auf.

„Alles Quatsch!", rief der, der bei den Suchern gewesen war. Er warf nun auch noch den Gürtel mit seinem Schwert und seiner Axt zu Boden und ließ sich selbst auch hernieder. Der Schein des Feuers ließ gespenstische Schatten auf seinem Gesicht tanzen. Der Krieger nahm einen tiefen Schluck aus seiner Feldflasche und nickte den anderen zu.

„Ihr werdet sehen, diese Geschichte mit den übernatürlichen Freunden unserer Gegner ist nur ein Märchen."

„Ich habe sie schon gesehen, diese übernatürlichen Freunde", sagte Whuon. Die Blicke der anderen starrten jetzt den Thyrer an.

„Du kommst aus Thyrien?", fragte der Tralonier nun, wobei er noch einen Schluck aus seiner Flasche nahm.

Whuon bestätigte.

„Ich bin in Simacra zu Hause."

„Hör mir zu, mein thyrischer Freund. Bei euch, in den großen Städten eures Landes, sieht man so manches, was man in dieser Wildnis nicht sieht. Ich habe schon viele Meere befahren und Küsten gesehen und Wüsten durchzogen, aber ich sah nie etwas, was ich nicht auf natürliche Weise erklären konnte."

Der Tralonier nickte heftig, wie zur Bekräftigung seiner Worte.

„Ich habe auch schon unendlich viele Küsten gesehen und Länder bereist. An das Übernatürliche glaubte ich nie und die Sagen der Völker dieser Welt hielt ich immer für bloße Dichtung. Bis ich sie gesehen hatte, die Wolfsmenschen und die Gorgosch. Sie waren genauso, wie es in den alten Geschichten, die man sich in der Gegend um Pimora erzählt, heißt."

Der Tralonier zuckte mit den Schultern.

„Ich glaub nicht dran!"

„Hoffen wir, dass du unrecht hast und dass unsere Feinde keine übernatürlichen Freunde haben", meinte ein anderer Krieger in echter Besorgnis.

Zunächst blieb es dabei. Man wickelte sich in seine Decken und versuchte zu schlafen.

Whuon träumte.

Vor seinem geistigen Auge erschien eine Kuppelstadt in der Wüste. Aruba! Ja, es musste die Stadt des einsamen Magiers sein. Strahlend schön stand sie vor seinem geistigen Auge da. Aber es war eine düstere, verräterische Schönheit. Tiefer Hass überkam Whuon, als er die Stadt erkannte.

Aber der Traum war noch nicht zu Ende.

Whuon sah sich selbst an der Spitze eines großen Heeres gegen diese Stadt reiten. Es waren grimmige, verzweifelte Gestalten, ein Heer, aus allen Völkern zusammengewürfelt und vom ewigen Kampf gezeichnet. Doch als das Heer die Kuppel fast erreicht hatte, verschwand Aruba plötzlich. Als ob sich die Stadt in Luft aufgelöst hätte! Whuon wachte auf und schnellte hoch. Der Traum hatte ihn aus irgendeinem Grund sehr erschreckt. Warum, das konnte der Thyrer nicht sagen.

Als er sich davon überzeugt hatte, dass alles in Ordnung war, legte er sich wieder hin.

Warum hatte er diese unbegründete Angst? Woher kam sie?

Whuon beschloss zu schlafen. Doch wieder kam ein Traum.

Vor Whuons geistigem Auge erschien eine bildhübsche Landschaft. Bäume und Büsche wucherten überall und Antilopen hetzten über die Ebene.

Dieses Bild war so friedlich und schön, dass der Thyrer etwas erschrak, als plötzlich etwas zu flimmern begann. Im Nichts entstand ein kleines, schwarzes Dreieck, welches rasch größer wurde.

Whuon kannte dieses Dreieck! Es war das Tor durch Raum und Zeit oder einfach das Tor.

Auch bei dem Anblick des Tors überkam Whuon ein Wutgefühl.

Das Tor war inzwischen so groß in seinen Ausmaßen geworden, dass bequem ein Schiff, ein Haus oder ähnliches hindurchgepasst hätten.

Und seine Größe wuchs noch immer. Als es die Ausmaße einer ganzen Stadt besaß, hörte es auf zu wachsen.

Aus der Schwärze tauchte jetzt eine Kuppel auf. Es war Aruba! Wieder wachte Whuon auf.

Den Rest der Nacht wachte der Thyrer.

Die Flotte brach am nächsten Morgen früh auf. Man sah ein, dass es wenig Zweck hatte, die Aggressoren in den dichten Wäldern um Gara zu suchen.

Stattdessen nahm man Kurs auf die große tykische Hafenstadt Degord.

Mit fliegenden Bannern und aufgeblähten Segeln bahnte sich die Flotte ihren Weg durch die Wilde See.

Whuon war froh, dass sie nicht noch länger in den düsteren Ruinen des einstmals so schönen Gara geblieben waren.

Doch es erschien dem Thyrer merkwürdig, dass sie auf kein tykisches Schiff stießen.

Tag um Tag verstrich und die Flotte kam immer weiter in die Nähe der Hafenstadt Degord. Degord war nach Tyk der zweitgrößte Hafen in Tykien und hatte eine große Bedeutung.

Whuon war nicht wohl bei dem Gedanken, dass sich eine Armee in den Wäldern um Gara herumtrieb, abgelegene Siedlungen überfiel und langsam, aber sicher Tralonien unter Kontrolle bekam.

Schließlich erreichte die Flotte der Tralonier Degord.

Es waren kaum Schiffe da, die Widerstand leisteten, und so konnten sehr schnell Truppen an Land abgesetzt werden.

„Merkwürdig!", brummte Orleif. „Wo ist die Zivilbevölkerung?"

Whuon blickte sich um. Tatsächlich waren nirgends Menschen zu sehen.

„Man wird sie evakuiert haben."

„Dann hat man uns erwartet!", fuhr Orleif erbost auf.

„Das ist nicht auszuschließen", sagte Whuon ruhig.

Die Truppen durchstreiften die Straßen, doch nirgends stellte sich ihnen ein Gegner in den Weg.

„Sollte die Stadt kampflos geräumt worden sein?", vermutete Gorich.

„Das glaube ich nicht. Schließlich sind wir einigen Schiffen im Hafen begegnet. Sie leisteten uns Widerstand", sagte ein anderer Krieger.

„Hat jemand von euch die Besatzung dieser Schiffe gesehen?", erkundigte sich Whuon nun, denn eine Ahnung stieg in ihm auf.

„Nein! Sie muss sich hinter den Segeln gehalten haben, denn ich sah niemanden. Aber es müssen welche an Bord gewesen sein, denn es kamen Pfeile zu uns herüber", berichtete Gorich.

Whuon wollte etwas erwidern, doch da hörte er den gellenden Ruf eines Kriegers. „Feind in Sicht!"

„Wo?", rief Whuon, aber seine Frage beantwortete sich von selbst. Aus einer der Nebenstraßen kam ein Trupp Wolfsmenschen.

Die Tralonier erstarrten bei ihrem Anblick.

Mit einem wütenden Geheul fielen sie über die Krieger her.

Wild schwangen sie ihre gekrümmten Schwerter und ließen sie todbringend herniedersausen.

Ehe Whuon noch viel hätte tun oder sagen können, war bereits der erste Wolf heran und bedrohte ihn mit seiner blitzenden Klinge.

Blitzschnell folgten die Hiebe aufeinander. Wie automatisch begegnete er den Streichen und er wunderte sich jedesmal, dass er noch lebte.

Ein hässliches Feuer brannte in den Augen dieser wilden Kreatur, das Whuon erschrecken ließ. Etwas Grausames lag in den Zügen dieses Halbmenschen. Whuon versuchte einen geschickten Ausfall, doch der Wolfsmensch parierte ebenso geschickt. Weiter ging der Kampf und der Thyrer spürte jetzt die drückende Überlegenheit und die übermenschliche Stärke dieser Kreatur. Whuon musste nun zurückweichen. Erst einen Schritt und dann noch einen. Wütend kreuzten sich die Klingen und schlugen unbarmherzig aufeinander. Funken sprühten. Der Arm des Wolfsmenschen schien nie zu erlahmen.

Whuon war verzweifelt. Wütend schlug er auf seinen Gegner ein, aber dieser schien immer schon im Voraus zu ahnen, was der Thyrer als nächstes tun würde.

Da rutschte Whuon aus und auch sein Schwert entglitt ihm. Der Thyrer stieß einen Schrei des Entsetzens aus. Über sich bemerkte er die gekrümmte Klinge der Wolfsbestie. Im letzten Moment wich er zur Seite. Die Klinge sauste mit einem sirrenden Ton zu Boden, begleitet von einem wilden Fluchen des Wolfsmenschen.

Whuons Finger tasteten sich zu dem naheliegenden Schwert vor, doch das sah er schon wieder die Waffe des Gegners über sich. Wieder rollte er sich im letzten Augenblick zur Seite. Noch im selben Moment trat er gegen das Bein des Wolfsmenschen, um ihn zu Fall zu bringen.

Mit einem erschreckten Aufschrei stürzte die finstere Kreatur zu Boden.

Blitzschnell griff Whuon zum Schwert und gab mit einem mächtigen Hieb dem Wolfsmenschen den Todesstoß.

Der Thyrer blickte sich um. Überall lagen gefallene Tralonier herum, aber nur selten fanden seine Augen einen zu Fall gebrachten Wolfsmenschen. Das Kampfgetümmel war in vollem Gange, überall rangen die Menschen mit ihren nichtmenschlichen Gegnern.

Es war ein schrecklicher Kampf.

Whuon konnte sich gut vorstellen, wie solche Kreaturen in Kürze eine Stadt wie Gara auslöschen konnten.

Und schon zuckte vor Whuon ein gekrümmtes Schwert. Sofort besann sich der Thyrer wieder auf den Kampf. Er hielt seine Waffe fester. Der Wolfsmensch vor ihm fletschte grimmig die Zähne und knurrte vor sich hin, während er drohend auf den Thyrer zukam.

Whuon wartete diesmal nicht auf den Angriff seines Gegners, sondern ging selbst zur Offensive über. Mit einem wilden Angriff drängte er seinen Gegner einige Schritte zurück, was dieser mit einem tierisch klingenden Knurren honorierte. Whuon spürte die Müdigkeit in seinen Armen und die Sehnsucht nach Ruhe. Aber er durfte dieser Sehnsucht auf keinen Fall nachgeben. Ein gekrümmtes Schwert sauste hernieder und Whuon konnte den Schlag des Tiermenschen in letzter Sekunde abwehren.

Und wieder musste er einen Schlag parieren und wieder. Die Schläge des Gegners kamen jetzt buchstäblich Schlag auf Schlag.

Diese Tiermenschen schienen immer frisch und ausgeruht, aber der menschliche Arm ermüdete einmal. Und Whuon spürte genau, wie seine Schläge zaghafter und langsamer wurden, wie er die Schläge und Hiebe seines Gegners nur noch mit Mühe parieren konnte.

Whuon packte jetzt mit beiden Händen die Waffe und schlug dem Feind in einem günstigen Augenblick den Kopf ab.

Die kopflose Gestalt stürzte zu Boden und schlug mit einem dumpfen Laut auf.

Whuon blickte sich um und sah die aussichtslose Gefechtslage. Die menschlichen Krieger taten sich schwer gegen Gegner, deren Arme nie erlahmten und deren Zahl sich nicht zu verringern schien. Ganz das Gegenteil war der Fall. Überall stürzten aus den Häusern weitere der Tiermenschen hervor. Brüllend und mit der Klinge in der Hand stürmten sie auf die unterlegenen Menschen. Whuon sah, wie sich langsam aber sicher die Formation der Tralonier aufgelöst hatte. Die

Krieger wurden getrennt und in kleinen Gruppen oder auch völlig auf sich gestellt in Kämpfe mit den Wolfsmenschen verwickelt.

„Wir haben kaum noch eine Chance", meinte Gorich resigniert.

„Ich glaube, man hat uns tatsächlich erwartet", sagte Whuon leise.

Die beiden erblickten Thrak von Aggrgor, wie er mit einer der wölfischen Bestien focht. Thrak stolperte über einen Gefallenen und lag am Boden. Drohend erhob sich die Axt über dem Gestolperten.

Gorich und Whuon eilten herbei und stellten sich schützend zwischen den grünhäutigen Mann und die Bestie. Ein wildes Knurren entfuhr der lippenlosen Schnauze.

Aber sie ließ sich auch durch die hohe Anzahl ihrer Gegner nicht einschüchtern.

Die knurrende Bestie packte ihre Waffe fester und stapfte drohend auf Whuon und Gorich zu.

Wieder klirrten die Schwerter und es sprühten Funken.

Doch selbst gegen zwei Gegner konnte der Wolfsmensch mit Leichtigkeit ankämpfen. Spielerisch und zugleich mit einer übermenschlichen Kraft erwehrte er sich der beiden Thyrer.

Unterdessen stand Thrak von Aggrgor wieder auf. Grimmig griff er nach seinem am Boden liegenden Schwert und mischte sich in den Kampf mit ein.

Da ertönte von hinten ein gewaltiges Knurren. Whuon drehte sich blitzschnell um und erkannte zwei oder drei Wolfsmenschen, die auf ihn zugestürmt kamen. Wütend schwangen sie ihre Waffen über dem Kopf. Eine Lanze surrte dicht an Whuon vorbei.

Auch Thrak war auf diese neuen Feinde aufmerksam geworden. Auch er wandte sich um, um den Bestien zu begegnen.

Whuon sprang dem Gegner entgegen. Mit einem gewaltigen Hieb trennte er der ersten Bestie den Schwertarm vom Restkörper und mit einem weiteren tötete er sie.

Whuon sah nun, dass sie weit von den anderen abgekommen waren. Sie schienen allein zu sein. nur weit in der Ferne sah er noch einige Tralonier kämpfen.

„Wir müssen uns zurückziehen!", gellte Whuons Ruf.

„Wohin?", fragte Thrak unruhig. Whuon deutete auf eines der vielen Gebäude von Dogord, die scheinbar verlassen dastanden.

„Komm mit, Gorich!", rief er, während er zusammen mit Thrak auf dieses Gebäude zulief. Gorich ließ von seinem Gegner ab und folgte den beiden.

Mit einem geschickten Schlag öffnete Whuon die verschlossene Tür, und die drei hetzten hinein. Der Raum war in einem Halbdunkel gehalten. Nur ein Fenster spendete etwas Licht.

„Wir müssen uns verstecken", meinte Gorich.

„Dorthin!", rief Whuon und deutete auf eine Treppe, die wohl in einen Keller führte.

„Sollen wir wirklich dort hinunter?", fragte Thrak.

„Warum nicht? Wir haben jetzt keine Zeit für Überlegungen mehr! Diese Wolfsbestien können uns jeden Moment hier aufgestöbert haben!", rief Gorich.

„Aber diese Bestien sind doch schließlich aus den Häusern gekommen", gab Thrak zu bedenken.

„Egal!", zischte Gorich. Er hatte bereits die ersten Stufen zurückgelegt, da folgte ihm Whuon und schließlich – wenn auch zögernd – Thrak.

Sie erreichten ein finsteres Kellergewölbe. An den Wänden brannten Fackeln. Ihr Licht warf gespenstische Schatten auf Thraks grünes Gesicht.

„Ob es richtig war, die anderen im Stich zu lassen?", zweifelte Whuon.

„Es blieb uns kein anderer Weg mehr, Whuon. Glaube mir", versuchte ihn Gorich zu beruhigen. Und Thrak von Aggrgor nickte zustimmend.

„Wir waren von den anderen abgeschlossen worden. Und wir hätten gegen diese Meute keine ..."

„Still!", unterbrach Gorich den Grünen.

In der Ferne hörten sie schwere Schritte. Die drei erstarrten.

„Die Wölfe ...", murmelte Thrak erschrocken.

„Hoffentlich kommen sie nicht auf die Idee, in den Keller zu gehen", brummte Gorich missmutig. Er wusste, dass seine Hoffnung unbegründet war.

„Früher oder später werden sie hierher kommen", prophezeite Whuon grimmig.

Durch die Decke des Gewölbes gingen leichte Erschütterungen. Dumpfe Töne – von Schritten verursacht – waren zu hören.

„Die durchsuchen das Haus", murmelte Thrak bleich.

„Wir müssen weiter!", sagte Whuon bestimmt. Mit schnellen Sätzen lief er voran. Die anderen folgten ihm etwas zögernd.

„Jetzt können wir nur hoffen, dass es einen zweiten Ausgang gibt", brummte Gorich.

„Wir hätten dieses Gewölbe niemals betreten dürfen", rief Thrak bitter aus.

„Hätten wir uns nicht hierher geflüchtet, so wären wir vermutlich schon tot", gab Whuon zu bedenken.

Thrak brummte etwas vor sich hin, was der Thyrer nicht verstand. Etwas mutlos gingen sie weiter. Früher oder später würden die Häscher des einsamen Magiers von Aruba sie hier aufstöbern. Ihre Flucht bedeutete nur einen Aufschub ihres Endes, das unausweichlich zu kommen schien.

Gegen die nie erlahmenden Arme der Wolfsmenschen hatten sie auf die Dauer keine Chance.

Thagon hatte überlegt, ob er lieber einen seiner Doppelgänger schicken sollte, aber dann war er schließlich doch persönlich gekommen. Die anderen Magier saßen schon alle am Tisch und beobachteten ihn zum Teil mit Bewunderung, zum Teil aber auch mit tiefem Misstrauen. Thagon wusste inzwischen nur zu gut, dass er sich nicht auf alle seine Partner verlassen konnte. Müde setzte er sich zu ihnen an den Tisch. Immer noch hatte er nicht seine vollen Kräfte zurück. Der Kampf mit Branton hatte seine sichtbaren Spuren hinterlassen – bis jetzt.

Taquosch-Gran, einer der anderen Magier, erhob sich. Seine Blicke waren auf Thagon gerichtet.

„Ich will dir heute eine Frage stellen, Thagon", sagte Taquosch-Gran ruhig und ernst.

„So frage", forderte Thagon auf.

„Wozu brauchst du uns hier in Aruba?"

Taquosch-Gran Stimme klang kalt und berechnend – und nicht mehr ruhig und ernst.

Thagon versetzte die Frage einen Stich, obwohl er gewusst hatte, dass sie eines Tages gestellt werden würde.

Der Magier stützte seinen Kopf mit den Händen ab.

„Seht ihr das nicht selbst?", rief er aus.

„Nein", sagte Taquosch-Gran schlicht. Die Züge Thagons verdunkelten sich. Ja, er musste ihnen nun eine Antwort auf diese Frage geben, eine Antwort, die sie befriedigte.

„Ich brauche euch alle. Euch alle, jeden einzeln! Denn um ein Weltreich zu beherrschen, wie es bald auf dieser Erde erstehen wird, brauche ich Helfer. Meine geistigen Energien reichen nicht aus, um alles und jeden zu kontrollieren. Deshalb müsst ihr mir zum gegebenen Zeitpunkt helfen."

Taquosch-Grans Gesicht verzog sich zu einer grimmigen Fratze.

„Etwas Wahres ist an deiner Antwort scheinbar dran", bemerkte er nicht ohne einen spöttischen Unterton.

In Thagons Augen funkelte es wild.

„Jawohl! Eins ist wahr an seiner Antwort: dass er zu wenig geistige Energie besitzt. Aber der Rest ist erstunken und erlogen."

Eine Welle ohnmächtiger Wut durchfuhr Thagon wild. Aber der Magier vermochte sich zu beherrschen. Er sagte zunächst einfach nichts. Unterdessen ging ein Raunen durch die Reihen der Zauberer.

„Ich will euch den wahren Grund dafür nennen, warum uns unser Freund Thagon braucht! Er zapft unsere geistigen Energien an", rief Taquosch-Gran, um das Raunen zu übertönen. Plötzlich war es still. Das Raunen hatte aufgehört. Die Magier schienen schockiert zu sein.

„Ich muss schon zugeben: Meine geistigen Kräfte sind in letzter Zeit immer mehr zusammengeschrumpft", meldete sich ein anderer Magier und andere nickten zustimmend.

„Da seht ihr also, was ihr an Thagon für einen Freund habt, an diesem Gedankenvampir!", ereiferte sich Taquosch-Gran.

„Jetzt ist es aber genug!", rief Thagons tiefe Stimme. Der Magier erhob sich, und seine Züge verrieten eine maßlose Wut.

„Ich habe mehr Macht, als du dir auch nur vorzustellen vermagst! Deshalb überlege dir gut, was du sagst", rief er wütend aus.

„Macht? Natürlich hast du Macht. Aber diese Macht ist gestohlen und geliehen!"

Taquosch-Gran schleuderte Thagon diese Worte förmlich entgegen. Thagon fragte sich unterdessen, wie Taquosch-Gran nur darauf kommen konnte, dass er die Geistesenergien der anderen anzapfte. Es stimme, das musste der Magier zugeben. Aber er war doch so vorsichtig gewesen, dass eigentlich keiner der Magier etwas hätte merken dürfen. War er wieder nicht behutsam genug gewesen?

Thagon verwünschte seine unvorsichtige Art. Aber was nützte dies jetzt?

Thagon sah seinem Gegenüber kalt in die Augen. Taquosch-Gran war schon immer ein sehr empfindsamer Magier gewesen. ob er es gespürt hatte, als man ihm Energien aus seinem Geist sog?

Es war möglich. Thagon sah all die bohrenden Blicke auf sich ruhen, die eine Erklärung von ihm forderten, eine Art Richtigstellung. Aber, was sollte er ihnen sagen? Die Wahrheit? Niemals! Aber was dann?

„Wer von euch glaubt Taquosch-Gran?", fragte er jetzt donnernd.

Die Magier blickten sich untereinander betroffen an, aber niemand meldete sich. Doch wohl mehr aus Angst als aus wirklicher Überzeugung. Mit triumphierenden Zügen wandte Thagon sich an Taquosch-Gran.

„Du stehst mit deiner Meinung allein da, mein Freund", sagte er mit einem spöttischen Unterton.

„Die Tatsachen stehen auf meiner Seite", behauptete Taquosch-Gran selbstsicher.

Mit einigen schnellen Schritten verließ er das Zimmer.

Thagon folgte ihm, während sich die anderen in Gespräche vertieften. Draußen, auf einem der vielen Flure, konnte er ihn einholen.

„Was willst du nun noch von mir, Thagon?", schoss es dem Magier giftig entgegen.

Als Thagon nichts sagte, nickte Taquosch-Gran.

„Du willst mich aus dem Weg räumen", stellte er ruhig fest.

„So kann man es nennen", bestätigte der große Magier.

„Aber ich glaube, dass du dir das zu einfach vorstellst."

„Das werden wir sehen!"

„Allerdings!" Als Taquosch-Gran diese Worte gesprochen hatte, verschwand er plötzlich. Ein Zischen begleitete sein

Verschwinden. Thagon war verwirrt. Entsetzt blickte er sich um. Hatte er Taquosch-Gran unterschätzt?

„Hier bin ich!", rief eine Stimme in Thagons Geist. Sie gehörte Taquosch-Gran.

„Wo bist du?", fragten Thagons Gedanken.

„Ist das so wichtig?"

„Wo bist du?", wiederholte Thagon beinahe drohend.

„Das sage ich dir, wenn es mir gefällt. Da sieht man nun, wie groß deine Macht ist! Du kommst gegen mich nicht an, Thagon!"

„Ich bin stärker als du, das weißt du."

„Du meinst immer noch, stark zu sein? Gut. Glaube an dieses Märchen ruhig weiter. Ich weiß es besser."

„Was meinst du damit?" Thagon überkam Angst. Tiefer Hass gegenüber Taquosch-Gran beherrschte den Magier.

„Mein Freund! Kannst du es dir nicht selbst denken? Du saugtest die geistige Energie der anderen ab und ich die deine!"

Diese Worte trafen Thagon wie ein Schlag.

Das also war es gewesen! Deshalb war er im Kampf mit Branton unterlegen.

Seine Wut steigerte sich noch mehr. Sie wuchs fast ins Grenzenlose. Aber dann besann er sich wieder. Es hatte keinen Zweck, den Wut- und Rachegefühlen zu folgen. Sie würden ihn seines Verstandes berauben und ihn in immer größeres Elend stürzen.

„Wo bist du?", rief Thagon erneut. Doch es waren nur seine Gedanken, nicht seine Worte, die gehört wurden.

„Ich bin hier!", ertönte die Stimme von Taquosch-Gran. Thagon drehte sich um und blickte in die schrecklich kühlen Augen des Magiers. Seine Züge verrieten kein Gefühl des Triumphes oder der Überlegenheit. Aber sie verrieten das berechnende, kalte Element seines Charakters. Thagon graute vor seinem Gegenüber.

„Was willst du von mir?", fragte der Magier von Aruba fast flüsternd.

„Nicht viel", war Taquosch-Grans Antwort. Sie überraschte Thagon.

„Nicht viel? Ich will wissen, was!"

„Die Herrschaft über die Welt."

„Das nennst du ‚nicht viel'?", fuhr Thagon auf.

„Ich könnte noch viel mehr verlangen", behauptete Taquosch-Gran ruhig.

„Was denn zum Beispiel?"

„Dein Leben!"

Für einen Moment schien Thagon zu erstarren. Dann fasste er sich aber rasch wieder.

„Mein Leben? Was kann es dir nützen, mich zu töten?"

„Meine Rachegefühle könnten befriedigt werden. Und die Herrschaft über die Welt hätte ich zusätzlich."

Thagon lachte laut auf. Aber es war ein gequältes Lachen.

„Ich bin bescheiden und will nur die Herrschaft über die Welt. Dein Leben kannst du behalten!"

„Das ist allerdings wirklich sehr bescheiden!"

„Da hast du recht."

Thagon brauste auf und stieß einige unartikulierte Flüche aus. Taquosch-Gran sah ihn kalt an.

„Bedeutet dir dein Leben nichts?"

Thagon lächelte überlegen.

„Ich will dir sagen, warum du mich nicht töten willst."

„Dann sag es."

„Du willst mich nicht töten, weil du es gar nicht kannst, mein lieber und verehrter Freund Taquosch-Gran! Du kannst mich nicht töten, sonst hättest du es schon lange getan."

Taquosch-Gran runzelte die Stirn.

„Bedenke gut, was du redest. Sonst überlege ich es mir doch noch anders und töte dich doch noch! Glaube mir, es ist reine Gutmütigkeit, dass ich dich am Leben lasse."

„Ich kenne dich gut! Gutmütigkeit kennst du nicht. Deshalb muss deine Handlungsweise einen anderen Grund haben. Schwäche."

Taquosch-Grans Züge blieben unberührt, aber Thagon wusste, dass sein Gegenüber jetzt in seinem Innern sehr aufgewühlt war.

„Komm her, Taquosch! Ich will dir etwas zeigen!"

Thagon öffnete eine Tür und hieß seinen Feind eintreten.

Zögernd folgte dieser der Einladung. Es war eines von Thagons geheimen Zimmern, in die der Magier Taquosch-Gran geführt hatte.

Einige Doppelgänger Thagons standen scheinbar nutz- und sinnlos im Raum, aber als Thagon selbst den Raum betrat, erwachten sie zu scheinbar eigenem Leben.

Taquosch-Gran erschrak, als er diese Puppen sah.

„Siehst du, mein Freund? Ich existiere nicht nur einmal. Diese ganzen Doppelgänger habe ich selbst erschaffen!"

Thagon registrierte mit Zufriedenheit die Angst und das Grauen in den sonst so kalten Zügen des anderen. Er lächelte.

„Soll ich auch einen Doppelgänger von dir erschaffen?"

Taquosch-Gran erschrak und Thagon lachte ihn aus.

In einer Ecke standen noch einige gesichtslose Puppen. Sie waren noch ungeformt.

Der Magier nahm eine von ihnen und brachte sie zu Taquosch-Gran.

„Sieh her!", forderte er auf. Mit seinen knorrigen Händen griff er nach dem Gesicht und formte es. Mit wenigen geübten Handgriffen hatte er Taquosch-Grans Gesicht nachgemacht. Stumm stand die Puppe nun da.

„Sie sieht mir tatsächlich etwas ähnlich", gab Taquosch zu.

„Sie ist dein Doppelgänger."

In dem Gesicht der Puppe regte sich etwas. Sie öffnete die Augen und erwachte zu eigenem Leben.

Durch geistige Impulse steuerte Thagon die Puppe nahe an seinen Feind und Widersacher heran.

Doch Taquosch-Gran stieß die Puppe beiseite.

„Du kannst mich durch solche Scherze nicht täuschen, Thagon. Mich nicht!"

„Was heißt hier ‚täuschen'?", fragte jetzt die Puppe.

Taquosch-Gran erstarrte.

„Wir existieren in der Realität! Wir sind keine Sinnestäuschung!", sagte die Puppe.

Jetzt erschien mitten im Raum plötzlich ein schwarzes Dreieck. Es war zuerst nur winzig, wuchs aber dann zu monströser Größe an.

„Was ist das?", rief Taquosch-Gran ängstlich aus.

Der Doppelgänger des Magiers kam auf Taquosch-Gran zu und packte ihn. Er sah in seine eigenen Augen. Aber sie waren leer und tot. Sein Doppelgänger packte ihn, hob ihn hoch und warf ihn in das schwarze Dreieck. Taquosch-Gran schrie und wollte im letzten Augenblick noch etwas unternehmen. Aber es war bereits zu spät.

In weiter Ferne vernahm er nur noch das hässliche Lachen Thagons. Um ihn herum war für einen Moment nur Schwärze.

Aber die Schwärze verflog und der Magier gelangte in eine düstere Nebelwelt. Seine Augen vermochten die ziehenden Nebelschwaden nicht zu durchdringen.

Wo war er hier?

Es war alles so seltsam fremd und doch vertraut.

Seine Füße standen im Nichts wie auf festem Grund.

Was mochte dies für eine Welt sein?

Taquosch-Gran fühlte in seinem Innern ein tiefes Unbehagen. Er wollte zurück. Er wollte nicht mehr in dieser Nebelwelt bleiben.

„Ich will hier raus!", schrie er. Und er erschrak selbst über die Heftigkeit seines Ausrufes.

Irgendwie spürte der Magier, dass er sich nicht mehr in seiner Welt befand. Irgendeine innere Stimme flüsterte es ihm zu.

Da riss vor ihm plötzlich der Nebel auf. Heller Sonnenschein drang zu ihm.

Taquosch-Gran sprang mit aller Kraft durch diesen Riss.

Um ihn herum befanden sich nun zwei miteinander kämpfende Parteien. Die einen kannte er – es waren die Wolfsmenschen. Wer die anderen waren, wusste er nicht. Doch es schien so, als wären sie zum größten Teil Tralonier.

Hass kam in Taquosch-Gran auf. Hass gegen die Tralonier. Hass aber in erster Linie gegen Thagon.

„So einfach kommst du nicht davon, mein Freund Thagon", brummte er grimmig vor sich hin.

Taumelnd sammelte er all seine geistigen Kräfte. Der Magier lächelte, trotz der gigantischen Anstrengung, die er unternahm.

In der Ferne vernahmen sie schwere Schritte.

„Sie kommen", murmelte Thrak von Aggrgor.

„Eine Flucht hätte jetzt keinen Zweck mehr", brummte Gorich. Er nahm sein Schwert und packte es fest mit beiden Händen.

Wütendes Gebrüll ertönte aus dem Halbdunkel des Kellergewölbes. Die Fackeln loderten gespenstisch.

Da kam der erste Wolfsmensch herbei. Wie ein Gespenst tauchte er aus der Finsternis auf – seine Waffe schreiend über dem Kopf schwingend. In seinen Augen loderte ein schreckliches Feuer und sein Mantel flatterte wild.

Gorich war da und schon kreuzten sich die Klingen. Funken sprühten und fuhren wie Blitze durch das Halbdunkel. Metall klirrte gegen Metall.

Mit gewaltiger Wucht prallten die Waffen aufeinander, und keine Seite war zum Nachgeben bereit.

Mit Schrecken sah Whuon die Gier in den Augen des Wolfsmenschen. Es war eine unmenschliche, grausame Gier. Ein weiteres der Wolfswesen stürmte herbei und Whuon stellte sich ihm in den Weg.

Behände und geschickt wich er den unbarmherzigen Hieben der Bestie aus, doch er spürte sehr wohl seine Müdigkeit. Bei jedem Schlag bedurfte es einer größeren Willensanstrengung Whuons, seinen Arm zu heben, um das Schwert zu führen.

Sein Gegner hingegen zeigte nicht die Spur von Müdigkeit. Ganz im Gegenteil! Die Wucht seiner Hiebe wurde von Schlag zu Schlag größer. Doch was war das?

Plötzlich erstarrten die Augen von Whuons Gegenüber. Der Wolfsmensch ließ sein Schwert fallen und stürzte zu Boden. Auch mit Gorichs Gegner war dies passiert.

Das Gesicht des Wolfes war kreidebleich geworden. Kein Zweifel, ihre Widersacher waren tot.

Whuon wechselte mit Gorich einen fragenden Blick.

„Wie ist das möglich?", rief er entsetzt und zugleich erleichtert aus. Gorich zuckte nur mit den Schultern.

„Wir können uns jetzt vielleicht aus diesem Keller wagen", meinte Thrak.

„Das halte ich für zu gefährlich. Schließlich sind nur diese beiden gestorben und nicht die ganze Bande. Wir müssen auch weiterhin mit größter Vorsicht vorgehen.

Whuon lauschte.

„Niemand bewegt sich mehr im Keller", erklärte er. Der Thyrer ging in die Richtung, aus der die Wolfsmenschen gekommen waren.

Da bemerkte er plötzlich eine Leiche im Halbdunkel. Es war der tote Körper eines Wolfsmenschen.

„Seht hier!", rief er zu den anderen. Diese sprangen herbei. Ein blaues Leuchten ging vom Gesicht des Toten aus.

„Dahinten liegt noch einer!", rief Thrak. Der grüne Mann deutete auf einen weiteren Wolfsmenschen, der reglos am Boden lag.

„Sie sind alle ganz plötzlich gestorben. Ich kann mir das alles nicht erklären", murmelte Gorich mit einer Spur Angst in der Stimme.

„Ich glaube, wir können es doch wagen, den Keller zu verlassen", meinte Thrak nun. Whuon und Gorich nickten und folgten den Grünen. Sie fanden überall tote Wolfsmenschen. Aber nirgends war eine Todesursache klar ersichtlich.

Eigentlich hatte Whuon keinen Grund dazu, aber er empfand jetzt doch Mitleid mit diesen Tiermenschen. Oft verrenkt lagen sie am Boden. Das Schwert oft noch stark umklammert, so stark, dass selbst der Tod es ihnen nicht zu entreißen vermocht hatte.

Sie waren urplötzlich gestorben, das sah man sehr deutlich. In ihren Zügen lag nämlich oft so etwas wie Überraschung.

Whuon, Gorich und Thrak kamen die Treppe empor und standen wieder im Erdgeschoss des Hauses, in dem sie sich in verzweifelter Not versteckt hatten. Auch hier lagen überall die bleichen Leichen herum. Aber es war ein unnatürliches bleiches Weiß, von dem ihre Gesichter nun waren. Es bestand ein großer Unterschied zwischen den Leichen der erschlagenen Wolfsmenschen und den Leichen derer, die auf diese geheimnisvolle Weise so urplötzlich gestorben waren. Die drei traten ins Freie.

Die tralonischen Soldaten durchzogen das wie ausgestorben wirkende Dorgord.

Müde schlossen sie sich den Truppen wieder an.

„Es scheint wirklich keiner mehr von diesen Wolfsbestien zu leben", rief einer der Tralonier. Und in seiner Stimme lag maßlose Überraschung.

Schließlich gab man die Suche nach den Überlebenden auf. Die Soldaten ließen sich müde zu Boden fallen. Sie schnallten sich erschöpft die Helme vom Kopf und wischten sich den Schweiß ab. Whuon sah, wie stark dezimiert dieses Heer war.

Da trat ein Mann in die Stadt. Er trug einen langen, wallenden Mantel und gehörte ganz bestimmt nicht zu den Kriegern. Misstrauische und neugierige Blicke begegneten ihm.

Whuon erkannte diesen Mann sofort. Er hatte ihn bereits bei den Magiern in Aruba gesehen, und auch Gorich erkannte ihn.

Nur seinen Namen, den konnte Whuon natürlich nicht wissen.

Er ging mit großer Selbstverständlichkeit durch die glotzenden Reihen der Soldaten hindurch. Sein Gesicht war blass und kalt. Vielleicht war er für den Tod der Wolfsmenschen verantwortlich? Whuon wusste es nicht. Nachdenklich blickte er dem sonderbaren Mann nach. Er war ohne Zweifel ein Magier.

Sein langer Mantel flatterte im Wind. Der Magier ging zum Meer, ließ seine Füße von den Wellen der Brandung umspülen, und dann war er plötzlich verschwunden!

Whuon glaubte seinen Sinnen kaum. Aber er war weg.

Ein Heerzug

Die Schiffe wurden mit geringer Mannschaft im zerstörten Hafen von Dogord zurückgelassen.

Das Heer machte sich ins Landesinnere auf.

Müde marschierten die Soldaten Tag für Tag daher und ihre Moral nahm ständig ab.

Die weiten Ebenen Tykiens lagen vor den Soldaten, und es sah fast so aus, als gehörte dieses Land schon ihnen, denn nirgends zeigte sich ein Feind.

Nur wenig deutete darauf hin, dass man dieses Land erst erobern wollte.

Aworn machte Whuon in der letzten Zeit große Sorge. Er trottete müde und etwas verdrossen neben den anderen her und schien im übrigen mit sich und seinen Gedanken allein zu sein. Er nahm das, was um ihn herum passierte, kaum wahr, und wenn ihn jemand ansprach oder etwas fragte, dann gab er lakonische Antworten.

Doch Whuon verstand ihn und glaubte zu wissen, was den Mann aus Sorgarth bedrückte. Aworn war ein Tyker und er befand sich in einem Heer, das Tykien erobern sollte.

Aber was hätte er tun können? So kämpfte er gegen sein eigenes Land. Im anderen Fall hätte er gegen seine Freunde kämpfen müssen. Und vor allen Dingen für Thagon!

So schlimm es auch war, aber der einsame Magier hatte dieses Land voll unter seiner Kontrolle.

Whuon dachte wieder an die Wolfsmenschen und ihren plötzlichen Tod.

Wer vermochte so etwas zu tun?

Der Magier, der am Ufer des Meeres so plötzlich verschwunden war?

Die Wolfsmenschen sahen alle so aus, als wären sie eines gewaltsamen Todes gestorben! Doch keiner von ihnen war verwundet!

Vielleicht hatte ein Magier andere Möglichkeiten zu töten!

Die Sonne versank ein weiteres Mal hinter den Bergen und das Heer schlug sein Nachtlager auf. Feuer wurden angezündet, über denen Fleisch gebraten wurde. Hell und warm waren die Feuer und die Soldaten drängten sich um sie.

„Dies ist ein gutes Land", sagte einer der Soldaten.

Ein anderer nickte heftig, während er einen Bissen hinunterwürgte.

„Hier kann man jeden Feind von weitem sehen, denn die Ebene gibt keine Deckung."

„Aber man kann auch gesehen werden", gab Whuon zu bedenken.

„Das ist wahr. Aber es gibt mir trotz allem eine gewisse Sicherheit, wenn ich meine Feinde von weitem erkennen kann", gab der Tralonier zurück.

„In diesem Land gibt es Feinde, die aus dem Nichts auftauchen und auch wieder verschwinden", sagte Whuon ruhig.

„Unser Freund spricht wieder von den übernatürlichen Wesen, welche in diesem Land ihr Unwesen treiben. Vor einiger Zeit hat er sich mit mir am Feuer darüber unterhalten. Ich glaube, es war in Gara."

Whuon blickte den Sprecher überrascht an. Er erkannte ihn und lächelte.

Und auch er lächelte und ließ sich neben Whuon nieder.

„Nun? Bist du immer noch der Meinung, dass es diese Übernatürlichen nicht gibt?", fragte Whuon. Der Tralonier schüttelte den Kopf.

Ein Schuss Traurigkeit durchfuhr sein Gesicht.

„Im Dogord haben diese Schattenwesen genug von uns zur Strecke gebracht. Wer sollte ihre Existenz jetzt noch leugnen?"

Seine Züge wurden düsterer. Über sein Gesicht schien ein Schatten zu fallen.

„Wenn Tykien von diesen Kreaturen beherrscht wird, dann steht uns einiges bevor, mein Freund", brummte er an Whuon gewandt.

Dann wickelte er sich in seine Decken und versuchte zu schlafen. Whuon folgte seinem Beispiel. Und er schlief auch schnell ein, was ihn selbst etwas überraschte.

Und wieder träumte der Thyrer.

Er war sich nicht ganz sicher, aber es war ihm so, als habe er den gleichen Traum schon geträumt.

Whuon ritt in seinem Traum an der Spitze eines riesigen Heeres durch die öde Wüste Tykiens. Vor ihnen die Stadt des Magiers Thagon: Aruba. Hell leuchtete die Kuppelstadt am Horizont und die Armee stürmte. Kein Gegner stellte sich dieser Armee entgegen, keine Gefahr schien zu lauern, und dennoch lag etwas in der Luft.

Eine Ahnung!

Whuon meinte zu wissen, wie dies alles enden würde.

Immer näher rückte die Kuppelstadt Aruba. Grimmig stürmten die Soldaten weiter. Welche magischen Waffen würden ihnen von ihren übernatürlichen Gegnern entgegengesetzt?

Da zügelte Whuon plötzlich sein Pferd. Und er sah, wie es die anderen auch taten. Etwas hatte sie erschreckt. Und da sah auch Whuon es!

In der Ferne schimmerte ein schwarzes Dreieck. Es schien noch klein, aber es wuchs rasch zu monströser Größe heran.

Whuon erkannte das Dreieck sofort!

Es war das Tor!

Das Tor!

Whuon überkam Angst. Am liebsten wäre er fortgerannt. Aber vor all diesen tapferen Soldaten konnte er das nicht tun. Hier musste er sich zusammenreißen.

Das schwarze Dreieck wurde immer größer und es war nun nicht mehr fern. Es kam immer näher, und je näher es kam, desto bedrohlicher schien es zu werden.

Whuon verstand den Grund der Bedrohung nicht. Sie schien vollkommen unbegründet zu sein. Und doch ...

Das Dreieck war jetzt größer als Aruba geworden und nun verschlang die gähnende Schwärze des Tors die Stadt des einsamen Magiers. Und da spürte Whuon plötzlich einen Druck in seinem Kopf. Es war ein schmerzhafter Druck, der von innen zu kommen schien. Whuon schrie.

Da spürte er plötzlich zwei kräftige Arme, die ihn hielten. Der Thyrer versuchte sich loszureißen, aber die Arme waren stark und unnachgiebig.

Da öffnete er die Augen. Whuon sah in Gorichs unruhige Augen und er bemerkte, dass Gorich es auch war, der ihn festhielt.

„Was war mit mir?", fragte Whuon. Er sah sich um. Es war immer noch tiefe, schwarze Nacht. Die Sterne leuchteten in einem weißlichen Blau.

„Du wirst geträumt haben, Whuon", sagte Gorich.

Whuon blickte sich nochmals um. Nein, das Dreieck war weg. Und Aruba war weg. Und es war Nacht und nicht heller Tag! Erst allmählich erinnerte er sich daran, dass er sich abends schlafen gelegt hatte.

Es fiel ihm schwer, das Erlebte als Traum zu erkennen.

Er legte sich wieder hin und wickelte sich in seine Decke.

„Danke, Gorich, dass du dich um mich gekümmert hast", sagte er.

„Das war doch selbstverständlich, Whuon!"

Auch Gorich legte sich wieder schlafen.

Wieder schlief er erstaunlich schnell ein, aber er träumte sehr bald wieder.

Vor seinem geistigen Auge erschien ein Mann. Sein Gewand war lang und wallend und wehte im Wind.

Whuon erkannte ihn. Es war der Magier, der am Ufer des Meeres so plötzlich verschwunden war!

„Wach auf, Whuon!", sagte der Magier. Seine Gesichtszüge waren kalt und wirkten auf Whuon abstoßend.

Der Thyrer machte die Augen auf und sah vor sich wirklich den Magier. Seine Züge waren noch gefühlloser als sie es im Traum gewesen waren, und sie wirkten auf Whuon noch abstoßender.

Er empfand ein leichtes Grauen vor dieser Gestalt.

Wie konnte der Magier ins Lager gelangt sein?

Es waren doch Wachen aufgestellt worden!

Whuon sprang auf und griff zu seinem Schwert. Mit einem Schrei wollte er die anderen wecken, aber der Magier war schneller als er.

„Höre mich an, bevor du schreist!", befahl er. Sein Ton war so zwingend, dass sich Whuon ihm nicht zu widersetzen wagte. Oder war es vielleicht eine magische Willensbarriere?

Whuon wusste es nicht und er würde es vermutlich auch nie wissen.

„Gut, Magier! Was willst du von mir?"

Der Thyrer steckte sein Schwert zurück an seinen Platz und stellte sich breitbeinig vor der merkwürdigen Gestalt auf.

„Du weißt, dass sich mir niemand widersetzen kann! Wie du richtig erkannt hast, bin ich ein Magier."

„Was willst du?", beharrte Whuon.

„Mein Name ist Taquosch-Gran. Ich will dir helfen."

„Vielleicht willst du Thagon helfen, aber mir wohl kaum."

„Du irrst. Ich bin nicht mehr Thagons Verbündeter. Und ich bin es auch nie gewesen. Ich habe deiner Armee das Leben gerettet. Sie wäre von den Wolfsmenschen vollkommen zerrieben worden, aber ich rettete euch. Ist das kein Beweis meiner Loyalität?"

„Du kannst die Wolfsmenschen also töten."

„Ja. Ich war lange genug in Aruba, um es zu lernen."

„Wie bist du hierhergekommen, Taquosch-Gran?"

„Thagon stieß mich in ein schwarzes Dreieck. Und dann war ich plötzlich in Dogord. Wie, kann ich nicht sagen."

Whuon nickte.

„Aber warum bist du nun konkret hergekommen, Taquosch-Gran?"

„Sagte ich das nicht schon? Ich will dir helfen. Dir und dem ganzen Heer. Ich will mich euch anschließen, um Aruba zu zerstören."

„Warum gehst du da zu mir?"

„Ich wollte dich für meinen Plan gewinnen, damit du beim Admiral ein gutes Wort für mich einlegst."

„Hier wird jeder aufgenommen. Wir können Mitstreiter gut gebrauchen." Whuon war sich jedoch tief in seinem Innern nicht ganz so sicher. Ob sie diesen Magier wirklich gebrauchen konnten?

„Aber weißt du, jetzt habe ich es mir anders überlegt. Ich werde gar nicht beim Admiral vorsprechen, um in euer Heer aufgenommen zu werden. Ich werde euch heimlich folgen. So kann ich auf eigene Faust handeln und bin nicht an die Befehle eures Admirals gebunden."

Whuon war nicht ganz wohl bei dem Gedanken, dass der Magier ihnen heimlich nachschleichen würde. Auf der anderen Seite konnten sie einen solchen Verbündeten gut gebrauchen.

„Du bist der einzige, der weiß, dass ich euer Verbündeter bin", flüsterte Taquosch-Gran jetzt. „Und du sollst auch der einzige bleiben. Hast du mich verstanden? Es braucht niemand von mir zu erfahren!"

„Warum hast du dich dann mir gezeigt?", erkundigte sich Whuon etwas misstrauisch.

Taquosch-Gran zögerte etwas, und das missfiel Whuon. Es schien, als würde der Magier jetzt krampfhaft nach einer Ausrede suchen.

„Ohne Kontakt zu euch kann ich euch nicht helfen. Ich brauche gewisse Informationen, verstehst du? Ich hoffe, dass du sie mir gibst. Wir müssen zusammenhalten!"

„Was ist der wahre Grund dafür, dass du nicht zum Admiral gehen willst?", fragte Whuon scharf.

Taquosch-Gran blickte sich vorsichtig um. Als er unter den Schlafenden den Admiral erblickte, verzog sich sein Gesicht. „Ich habe mit den Menschen schlechte Erfahrungen gesammelt. Sie verstehen die Lage eines Magiers nicht. Man wird von ihnen gehasst, weil man anders ist als sie. Sie verfolgen uns grundlos und töten uns und werfen uns anschließend vor, dass wir die Menschheit hassen würden. Dur wirst verstehen, dass ich die Menschen meide."

„Findest du Thagons Pläne etwa menschenfreundlich? Wird er bedroht? Wohl kaum. Aber warum handelt er sonst so, wie er handelt?"

Ein drohendes Feuer brannte in den Augen des Magiers. Seine Züge waren grimmig und wütend.

„Ich will es dir sagen, warum er das alles tut! Aus reinem Egoismus. Aus Machtstreben."

„Da hast du recht", gab der Magier zu. „Und deshalb bekämpfe ich Thagon auch. Er betrügt sogar seine Freunde in Aruba. Er zapft ihre geistige Energie an."

„Das glaube ich dir gerne."

Taquosch-Grans Gesicht wurde wieder etwas freundlicher.

„Ich werde dich also regelmäßig aufsuchen, Whuon!"

Der Thyrer nickte leicht. Irgendwie misstraute er trotz allem dem Magier.

Taquosch-Gran löste sich vor Whuons Augen in Nichts auf. Whuon überlegte. Sollte er den anderen wirklich nichts sagen? Sollte er ihnen ihren magischen Verbündeten verschweigen? Müde und erschöpft rollte der Thyrer sich wieder in seine Decke. Was würde der Magier tun, wenn er den anderen doch etwas verriet? Ohne einen Entschluss zu fassen schlief Whuon ein.

Am nächsten Morgen zog das Heer weiter.

Es zog durch gut übersehbare, weite Ebenen, die nur gelegentlich von einem Hügel unterbrochen wurden.

Doch die Soldaten gelangten nun zunehmend in bewaldete Gebiete. Dichte Vegetation behinderte den Vormarsch etwas.

Aber die Tralonier kannten sich in Wäldern gut aus, da ihre eigene Heimat auch zum größten Teil mit Wald bedeckt war.

Im Wald fühlten sich die Tralonier sicherer; Whuon empfand allerdings genau das Gegenteil.

Städte (von denen in dieser Gegend Tykiens ohnehin wenig genug lagen) wurden nach Möglichkeit umgangen, um Kämpfen auszuweichen. So verging wieder ein Tag nach dem anderen, und Whuon hatte von Taquosch-Gran nichts mehr gehört.

Er hatte mehrmals mit sich gerungen, ob er Gorich etwas von dem Magier erzählen sollte, aber er hatte sich immer wieder dagegen entschieden.

„Ob wir überhaupt eine Chance gegen ein Wesen wie Thagon haben?", zweifelte Aworn.

„Wir haben auf jeden Fall eine größere, wenn wir uns ihm stellen, als wenn wir gar nichts tun", meinte Gorich kurz.

„Ich frage mich noch immer, wie die Wolfsmenschen gestorben sind", sagte Thrak von Aggrgor laut.

„Ich würde mir mit solchen Fragen nicht den Kopf zerbrechen! Wir müssen höllisch aufpassen. Hinter jedem Strauch können Feinde hocken", mahnte Gorich.

Kaum hatte er dies gesagt, da kamen merkwürdig anmutende Tiermenschen zwischen den Bäumen hervor. Unter ihnen waren auch Wolfsmenschen, aber die meisten waren echsenartige Wesen. Ihre schleimigen Hände umklammerten lange Speere und gewaltige Äste.

Erschrocken stellte Whuon fest, dass unter den Angreifern auch Gorgosch waren!

Wütend stapften sie auf die tralonischen Soldaten zu und schlugen auf sie ein.

Einen Moment lang dachte Whuon an Taquosch-Gran. Ob der Magier sie vergessen hatte?

Da stellte sich ihm eines der Echsenwesen entgegen. Blitzartig schlug es zu und Whuon konnte sich der Schläge des Wesens nur mühsam erwehren.

Wieder bemerkte der Thyrer das schreckliche Feuer, welches in den Augen dieser magischen Wesen loderte.

Ein wildes Knurren entfuhr der schleimigen Schnauze.

Da erstarrten die Züge des Echsenwesens und es fiel leblos zu Boden. Da wusste Whuon, dass sie der Magier nicht vergessen hatte! Verwunderungsschreie bekam der Thyrer zu hören, und er konnte seine Gefährten gut verstehen.

„Es scheint, als hätten nicht nur unsere Feinde übernatürliche Freunde", brummte Aworn.

Da regte sich plötzlich eine der reglosen Gestalten.

„Da! Sie sind nicht tot!", rief Whuon.

Das Echsenwesen stand unsicher auf. Doch das Feuer war aus seinen Augen geschwunden. Sie starrten jetzt leer und sinnlos drein. Noch eines der Wesen stand auf und noch eines. Es regte sich jetzt allgemein untere den Tiermenschen. Sie standen alle wieder auf. Hatte Taquosch-Gran die Macht über sie verloren?

„Wir sind eure Freunde", murmelte eines der Wesen.

„Ja, wir werden mit euch gegen eure Feinde kämpfen!", stimmte ein anderer zu.

„Ihr erwartet doch nicht etwa, dass wir euch glauben?", rief einer der Soldaten höhnisch.

„Wenn ihr unsere Hilfe nicht annehmt, ist es auch gut! Dann werden wir wieder gegeneinander kämpfen!"

Die Worte des Tiermenschen klangen hart und kalt. Whuon wusste nicht, ob es in diesem Augenblick besser war, ihr Angebot abzulehnen, oder es anzunehmen.

Jetzt trat der Admiral vor.

„Wie kommt es, dass ihr gerade noch mit uns kämpftet und nun auf unserer Seite steht?", rief er.

„Das kann ich dir nicht sagen! Du würdest es auch vermutlich gar nicht verstehen. Die Zusammenhänge sind außerdem auch nicht für die Ohren eines Menschen bestimmt."

Wieder erschreckte Whuon die Kälte dieser Tiermenschen. Sie benahmen sich wie Maschinen, nicht wie lebende Wesen aus Fleisch und Blut.

Und tatsächlich waren diese Tiermenschen von der Blässe der Albinos – es schien jeder Tropfen Blut aus ihren Adern verschwunden zu sein. Kalt und leer schauten sie drein. Doch Whuon glaubte, einen Schuss Überheblichkeit in den Zügen dieser düsteren Gesellen zu finden. Der Thyrer glaubte zu wissen, wer hinter diesem Spuk steckte. Taquosch-Gran! Ja, es konnte eigentlich nur der Magier sein.

„Was wollt ihr nun, ihr Menschenkrieger? Den Kampf oder die Freundschaft?", stellte der Echsenmensch nun die entscheidende Frage. Das Gesicht des Admirals verdüsterte sich.

„Glaubt ihr, dass man Freundschaft erpressen kann?"

„Ja!" Die Antwort kam schnell und ohne Zögern. Die Stimme klang fast blechern.

Whuon sah das Unbehagen im Gesicht des Admirals.

„Okay, nicht mit uns!", sagte er schließlich. Aber es klang nicht gerade begeistert.

„Ich danke dir", sagte das Echsenwesen nun völlig überraschend.

„Wofür willst du mir danken, Echsenmann?", rief der Admiral ein klein wenig zornig aus.

„Dafür, dass du unsere Freundschaft nicht von dir stößt! Du wirst sehen! Wir werden dir und deinen Mannen gute Bundesgenossen sein."

Hoffen wir's, dachte Whuon etwas sarkastisch.

Die Armee setzte sich wieder in Bewegung. Doch aus dem Heer war nun eine gespenstische Armee geworden.

Stumpf und blind trampelten die Tiermenschen mit dem Heer der Tralonier zusammen durch den dichten Wald.

Keiner der Tiermenschen sprach ein Wort. Nicht ein Stöhnen ging von ihren lippenlosen Mündern aus.

„Diese Bundesgenossen gefallen mir nicht", raunte Gorich an Whuon gewandt.

„Mir auch nicht", gestand Whuon offen.

Am liebsten hätte er nun laut ausgerufen, dass er wüsste, wer hinter all diesem steckte. Aber etwas hinderte ihn daran, Taquosch-Grans Namen zu rufen.

Eine geistige Blockade!

Auch dies musste das Werk des Magiers sein.

Noch einmal nahm er einen Anlauf, aber kein Wort kam über seine Lippen.

Erschrocken blieb der Thyrer stehen. Er war entsetzt. Wie viel Macht mochte Taquosch-Gran inzwischen über ihn haben?

„Was ist mit dir, Whuon?", fragte Gorich. Etwas verstört blickte der Thyrer den Freund an.

„Es ist nichts. Wirklich ... es ist nichts", stotterte er. Dann ging er weiter.

Whuon war verzweifelt. So sehr er sich auch Mühe gab, er konnte Taquosch-Gran nicht verraten. Irgendetwas hinderte ihn daran! Weiter zogen sie, durch die Düsternis des Waldes. Es blieb alles ruhig. Nirgends stellte sich ihnen ein Feind entgegen.

Die Sonne verschwand langsam hinter den Baumwipfeln und die Nacht brach herein. Ein Lager wurde aufgeschlagen und die Krieger aßen und tranken miteinander. Die Echsenmenschen fielen zu diesem Zeitpunkt in eine Art Starre.

Langsam legte sich das Gespräch im Lager. Die Soldaten legten sich schlafen. Schnell schliefen sie ein, aber die meisten von ihnen waren etwas beunruhigt.

Nur Whuon konnte kein Auge zudrücken. Unruhig lag er auf seinem Lager und blickte zum Lagerfeuer. Es brannte und die Flammen züngelten wild um die Holzstücke herum und schickten sich an, sie zu verschlingen.

Das Feuer!

Wenn man es vernünftig zu nutzen wusste, nützte es einem. Wenn man aber damit spielte, so konnte dies schlimme Folgen haben, die man unter Umständen vorher gar nicht zu übersehen vermochte.

War es nicht mit der Magie ähnlich?

„Du bist noch wach, Thyrer?", fragte eine kalte Stimme. Whuon sprang auf und blickte sich um. Er erkannte Taquosch-Gran. Das Licht des Feuers warf gespenstische Schatten auf sein Gesicht.

„Erkennst du mich noch, Whuon?", fragte der Magier.

„Eine Gestalt wie dich vergisst man nicht so schnell! Was willst du von mir?"

Aber der Magier ging gar nicht auf die Frage ein.

Er deutete auf die erstarrten Tiermenschen.

„Habe ich das nicht fein gemacht?", fragte er. Whuon sagte nichts dazu.

„Mit diesen lebenden Toten werden wir gegen Aruba ziehen."

„Die Gefechtsleitung sieht aber einen Feldzug gegen Aruba gar nicht vor. Zunächst ..."

„Über die naiven Vorstellungen der Gefechtsleitung kann ich mich leicht hinwegsetzen. Wenn nötig, werde ich sie zwingen!"

Whuon zuckte nur mit den Schultern.

„Warum willst du nicht, dass ich den anderen von dir erzähle, Taquosch-Gran?", fragte der Thyrer nun scharf.

„Du hast die Barriere in deinem Geist bemerkt?"

„Ja! Ich habe das dumpfe Gefühl, dass du uns nicht als Bundesgenossen haben willst, sondern als Sklaven."

„Ihr müsst mich verstehen! Ich kann mich nicht gut mit Leuten wie diesem naiven Admiral herumplagen. Und ist euch nicht auch gedient, wenn Aruba vom Erdboden verschwindet?"

Bei diesen Worten zuckte Whuon augenblicklich zusammen.

Er dachte an die Träume, die er gehabt hatte.

Doch dann nickte er.

„Verschwinden muss Aruba, das ist wahr. Aber du kannst dich nicht einfach über uns hinwegsetzen. Wir sind es, die kämpfen, und nicht du, Magier."

„Und die Tiermenschen? Glaubst du, ohne diese Verstärkung auszukommen?"

Whuons Gesicht verdüsterte sich etwas.

„Ich weiß nicht, ob ich diese Kreaturen der Finsternis als meine Verbündeten betrachten soll. Sie hören auf deine Befehle und nicht auf unsere."

„Ich bin euer Verbündeter!"

„Verbündeter? Vielleicht willst du die Menschen auch nur für deine Zwecke ausnutzen."

Der Magier trat jetzt nahe an Whuon heran. Whuon blickte in die kalten, weißen Züge des Zauberers, der sich verzweifelt bemühte, seinem Gesicht etwas Warmes zu geben. Er legte dem Thyrer eine Hand auf die Schulter. „Warum misstraust du mir? Warum? Ich habe dir mehr als einmal das Leben gerettet. Dir und dem ganzen Heer."

Ein kleines Lächeln huschte über die kalten Züge des Magiers, aber es war ein düsteres, verräterisches Lächeln, das Whuon abstieß.

„Aus unseren Herzen muss alles Misstrauen schwinden, sonst können wir die Magier von Aruba nicht besiegen. Du musst mir vertrauen. Und glaub mir: Ich habe die Tiermenschen voll in meiner Hand. Sie werden sich niemals zu unkontrollierten Handlungen hinreißen lassen."

„Hoffen wir's!", brummte Whuon.

Der Thyrer erschrak etwas, als der Magier verschwand. Er war wieder allein.

Morgen

Am nächsten Morgen zog das Heer weiter.

Mit den Schwertern bahnten sich die Soldaten nun den Weg durch das immer dichter werdende Unterholz.

Die Tiermenschen wirkten erschreckend unbeteiligt. Sie gingen stumm ihres Weges und sagten keinen Ton. Nicht ein Stöhnen oder Ähnliches brachten sie über ihre lippenlosen Münder.

Gegen Mittag erreichte das Heer wieder eine weite Ebene, die nur ab und zu von kleineren Waldstücken unterbrochen wurde.

Doch was war das?

Whuon stieß Gorich an und deutete in die Ferne.

Einige gepanzerte Pferde wurden am Horizont sichtbar. Auf ihnen saßen stolze Ritter mit reich verzierter Rüstung und wehenden Bannern. Ihnen folgten die Fußsoldaten. Es mussten Tausende sein. Viele unter ihnen waren Tyker, aber ebenso viele waren Wolfs- und Echsenmenschen. Hin und wieder war auch ein Gorgosch zu sehen.

Es war eine gigantische Heeresmacht, die da heranzog. Der tralonische Admiral gebot seinem Heer zu halten.

„Die sind mindestens zehn mal mehr als wir", brummte einer der Tralonier.

Schwerter blinkten im Sonnenlicht.

Immer größere Heeresmassen kamen über den Horizont und ihre Kette schien nicht abzureißen.

Whuon wollte seinen Augen nicht trauen!

In dem feindlichen Heer befanden sich Menschen aus Feuer! Sie trugen keine Waffen, denn allein ihre Körper waren

Waffen genug. Überall, wo diese Feuermenschen hintraten, verkohlte das Gras am Boden.

Dröhnend und brüllend kam das Heer näher.

Whuon beobachtete die Echsenmenschen. Es schien ihm fast so, als wären ihre sonst so kühlen Verbündeten etwas beunruhigt.

Dann prallten die Heere mit voller Wucht aufeinander. Aber schon jetzt zeigte sich deutlich, wer der Überlegene war. Mit ihren flammenden Armen schmolzen die Feuermenschen die Schwerter ihrer Gegner und verbrannten die, die sie trugen.

Todesschreie gellten weit über die Ebene.

Whuon focht grimmig und zugleich verzweifelt. Warum tat Taquosch-Gran nichts?

Er hatte es doch in Dogord auch vermocht, die Wolfsmenschen zu vernichten. Und hinterher war es ihm sogar noch gelungen, die Toten für sich zu benutzen. Warum konnte es der Magier jetzt nicht?

Als Whuon wieder einen Gegner niedergerungen hatte, bemerkte er auf einem etwas entfernten Hügel eine Gestalt.

Der Thyrer erkannte die kalten, blassen Züge sofort. Es war Taquosch-Gran.

Er stand da und betrachtet aus der sicheren Entfernung das Schlachtgeschehen.

Whuon bahnte sich einen Weg durch die Kämpfenden. Hier und da stellten sich ihm Gegner in den Weg, die er eiligst niederrang. Der Thyrer wollte den Magier erreichen. Taquosch-Gran musste nun endlich Farbe bekennen, auf wessen Seite er stand.

Wütend und verbissen kämpfte er sich seinen Weg frei.

Schließlich konnte er zu dem Magier auf dem Hügel hinrennen. Taquosch-Grans Gesichtszüge wirkten finster.

Als er Whuon kommen sah, verfinsterten sie sich noch mehr.

„Was willst du hier, Whuon?", zischte seine Stimme.

Whuon stellte sich breitbeinig vor dem Magier auf.

„Was ist los mit dir? Warum lässt du es zu, dass die Feuermenschen unsere Leute verbrennen und die Übermacht der Feinde uns erdrückt?"

„Ich kann nichts tun", gab der Magier düster zur Antwort.

„Warum nicht? In Dogord konntest du uns auch helfen!"

„Jetzt kann ich es nicht!"

Der Magier deutete auf eine schwarze Wolke, die hoch am Horizont stand.

Whuon hatte sie zwar längst bemerkt, ihr aber keine Bedeutung gegeben.

„Thagon ist hier!", murmelte Taquosch-Gran jetzt tonlos. Whuon glaubte, eine Spur von Angst in diesen Worten mitzuhören.

„Thagon ist hier?"

„Ja, Whuon. Und er verhindert, dass ich meine Kräfte voll einsetzen kann."

„Wo ist er?"

Der Magier deutete auf die große schwarze Wolke.

„Dort ist er."

„In der Wolke?"

„Ja."

„Dann müssen wir Thagon eben vertreiben!", rief Whuon wild aus.

„Wüsstest du einen Weg? Nein, du kannst keinen Weg wissen, denn auch ich weiß keinen. Und in magischen Dingen bin ich viel besser bewandert als du."

„Aber wir können doch nicht einfach zusehen, wie ..."

„Wir müssen! Unser Vorhaben ist eben gescheitert, das ist alles. Ich werde zu einem späteren Zeitpunkt nochmals ausziehen, um Thagon zu besiegen!"

Wortlos wandte sich der Magier dann ab und stieg den Hügel hinab.

„Wenn du immer so schnell aufgibst, Magier, wirst du noch tausend mal gegen Thagon ziehen, ohne dass dir Erfolg vergönnt sein wird!", rief ihm Whuon nach.

Wilde Wut brannte in dem Thyrer.

„Bleib stehen, Taquosch-Gran!", rief Whuon schließlich.

Der Magier drehte sich flüchtig um.

„Was ist noch?", murmelte er. In seiner Stimme lag wieder tiefe Düsternis.

„Du wirst jetzt mit mir zusammen gegen den Magier Thagon kämpfen!"

„Du bist wahnsinnig, Thyrer!"

Whuon achtete nicht auf die Worte des Magiers.

„Du willst Thagon besiegen, nicht wahr?"

„Ja. Aber nicht mit deinen Methoden."

„Wenn du ihn besiegen willst, dann wirst du dich früher oder später einer direkten Konfrontation mit ihm stellen müssen! Warum nicht gleich jetzt, wo so viel auf dem Spiel steht?"

Der Magier kehrte zu Whuon zurück.

„Vielleicht hast du recht", murmelte er.

„Dann lass uns jetzt sofort losziehen!"

Der Magier nickte flüchtig.

Die beiden schritten mit eiligen Bewegungen auf die schwarze Wolke zu, die noch immer am Horizont zu sehen war.

Aus der Ferne wirkte sie ganz natürlich, aber je näher Whuon ihr kam, desto mehr merkte er, dass dieses keine normale Wolke sein konnte.

Dem Thyrer war einen Moment so, als vernähme er ein Stöhnen aus der Wolke. Und dann ein Lachen. Es war ein unsagbar überhebliches Lachen.

„Thagon scheint uns schon bemerkt zu haben", meinte Whuon, doch der Magier gab keine Antwort. Stumm schritten sie weiter. In Taquosch-Grans Gesicht regte sich Unsicherheit.

Aber auch bei Whuon schlich sich das Unbehagen ein.

Die schwarze Wolke schien sich nun zu verändern!

Sie verlor ihr tiefes Schwarz und bekam dafür ein feuriges Rot.

„Was ist passiert, Taquosch-Gran?", fragte Whuon etwas hilflos.

„Ich weiß es nicht", bekannte der Magier.

Die Wolke wirkte jetzt wie ein riesiger Feuerball. Ein greller Strahl kam aus ihr und traf dicht vor Whuons Füßen auf den Erdboden.

„Das war eine Warnung, Whuon! Wir sollten sie ernst nehmen und umkehren", sagte der Magier plötzlich.

„Nein!", zischte der Thyrer nur. Doch er war sich selbst nicht mehr ganz sicher, ob sein Entschluss richtig war.

Das Gesicht des Magiers begann jetzt grün anzulaufen.

Seine Augen begannen rot zu leuchten.

Whuon erschrak etwas. Er konnte nur erahnen, was dies alles zu bedeuten hatte.

Aus den Augen des Magiers schossen dann zwei grelle, gelbe Strahlen, die die Wolke mühelos durchdrangen.

Auf der anderen Seite traten sie wieder hervor, doch sie wechselten nun die Richtung. Sie zischten um die Wolke herum und wickelten sie in einem Netz aus Strahlen ein.

Whuon war fasziniert. Er hatte schon viel erlebt, aber so etwas noch nicht. Das Strahlennetz zog sich enger um die Wolke und diese schrumpfte hierauf merklich zusammen.

Unwillkürlich trat Whuon einen Schritt zurück.

„Dachtest du, dass du mich so einfach besiegen könntest, Taquosch-Gran?", fragte eine gewaltige Stimme, die über die Ebene hallte. Whuon erkannte sie sofort. Es war Thagons Stimme.

Taquosch-Gran sagte nichts, sondern zog sein Strahlennetz noch enger zusammen.

„Zieh nur, du Narr! Auf diese Weise kannst du mich nicht kleinkriegen, verlass dich drauf!", rief Thagons Stimme schon fast triumphierend.

Wieder wurde das Gefängnis enger, das der Magier mit seinen Strahlen um die Wolke gewebt hatte.

Whuon graute vor den magischen Kräften, die hier freigesetzt wurden. Und da geschah es!

Die Wolke dehnte sich urplötzlich aus und sprengte das Strahlengefängnis.

Ein Schmerz hämmerte in Whuons Kopf und ließ ihn zurücktaumeln. Flüchtig sah er den Magier, wie er versuchte, die feuerrote Wolke erneut in sein Gefängnis zu zwingen. Aber die Wolke dehnte sich unbarmherzig aus und wuchs jetzt sogar über ihre ursprüngliche Größe hinaus.

Plötzlich ließ der Schmerz in Whuons Kopf nach. So grundlos und plötzlich, wie er gekommen war, ging er auch wieder.

Ein merkwürdiger Kraftstrom durchströmte den Thyrer. Er stand auf. Woher hatte er auf einmal diese Energien? Er schritt auf die jetzt riesige Feuerwolke zu; sein Bewusstsein wunderte sich darüber, dass er dort hinging. Es schien ohne sein Zutun zu geschehen. Ein anderer schien seinen Körper in Besitz genommen zu haben, und von diesem anderen musste auch die seltsame Kraft kommen, die jedes von Whuons Körperteilen auf so merkwürdige Weise durchströmte. Der Thyrer bemerkte, wie seine Hand vollkommen selbstständig zum Schwert griff und es mit einer schnellen Bewegung herauszog. Welch ein Irrsinn! Was sollte ein Schwert gegen solche Mächte, wie sie Thagon dienten, tun können?

Nichts konnte es tun. Nichts.

Whuon wollte das Schwert wieder zurückstecken, doch etwas hinderte ihn daran, und so behielt er es in der Hand.

Einen Schritt nach dem anderen tat Whuon in Richtung auf die feurige Wolke. Was wollte er überhaupt dort?

Er wollte stehenbleiben, aber wieder hielt ihn irgendetwas davon ab.

Mit Erstaunen stellte der Thyrer fest, dass die grauenerregende Flammenwolke vor ihm und seinem Schwert zurückwich.

Ein leises Stöhnen kam aus der Wolke, und es klang in Whuons Ohren fast wie ein Jammern oder Klagen.

Dann hob Whuon sein Schwert. Über ihm befand sich die feurige Wolke.

Da verlor er den Boden unter den Füßen.

Whuon erschrak!

Er schwebte der Wolke entgegen, das Schwert drohend erhoben.

Ein erschreckter Aufschrei folgte. Er kam offensichtlich aus der Wolke.

Whuon flog immer schneller, bis schließlich die Spitze seines Schwertes die Feuerwolke berührte und durch sie hindurchstach. Wieder spürte der Thyrer einen Schmerz in seinem Kopf, aber dieser hielt nur kurz an.

Die Wolke wurde nun immer kleiner. Mit einer hohen Geschwindigkeit flog sie davon.

Whuon sah ihr nach. Jetzt merkte er, wie er wieder hinabschwebte. Sanft setzte er auf der Erde auf.

Er steckte sein Schwert weg und rannte zu Taquosch-Gran, der reglos am Boden lag.

Sollte er tot sein?

Dann war alle Mühe vergebens gewesen, denn nur er konnte die Wolfsmenschen töten.

Whuon beugte sich über den Magier und blickte in seine kalten, starren Züge, die keine Spur von wirklichem Leben verrieten. Seine Augen waren geschlossen und sein Gesicht nicht mehr grün, sondern bleich.

„Wach auf, Taquosch-Gran! Thagon ist vertrieben!", rief der Thyrer verzweifelt. Aber der Magier antwortete nicht.

Nicht ein Muskel regte sich.

Whuon blickte auf die Schlacht, die noch in vollem Gange war. Er sah, wie die Reihen der Tralonier sich lichteten; wie man erfolglos gegen die Feuermenschen zu fechten suchte.

Noch immer strömten die feindlichen Heere über den Horizont und es schien fast so, als würde ihr Zug nie abbrechen.

Es waren grimmige Gestalten, die Krieger des Magiers von Aruba. Bizarre Organklumpen und grauenhafte Tiermenschen.

Wie lang würde das Heer der Tralonier diesem Ansturm noch gewachsen sein?

Whuon wandte sich wieder an den am Boden liegenden Magier.

„Wach auf, Taquosch-Gran!", rief er in heller Verzweiflung.

Er schüttelte den Zauberer.

Hastig fühlte er dann den Puls. Aber da war nichts mehr zu fühlen. Der Magier war tot.

Tot!

Für einen Moment wollte Whuon wilde Panik befallen, aber dann besann er sich.

„Taquosch-Gran ist nicht tot!", sagte eine Stimme. Whuon erschrak. Er blickte sich um, aber da war niemand.

Es musste Einbildung gewesen sein, denn weit und breit gab es keinen Sprecher.

„Taquosch-Gran ist nicht tot. Aber das ist im Augenblick unwichtig, denn er kann seine Aufgabe nicht mehr erfüllen. Er ist zu schwach."

„Wer spricht da?", fragte Whuon jetzt laut.

„Ich!"

„Wo bist du?"

„In dir. Du hörst meine Worte nicht akustisch, sondern gedanklich. Und auch du brauchst nicht laut zu sprechen. Wenn du intensiv und bewusst denkst, dann genügt das."

„Wer bist du?", wiederholte Whuon jetzt in Gedanken.

„Ich bin der, der dir die Kraft gab, Thagon zu vertreiben. Taquosch-Gran ist zu schwach! Er kann dir und den Deinen nicht mehr helfen. Du, Whuon, musst an seine Stelle treten!"

„Aber ich bin doch kein Magier! Wie sollte ich ...?"

„Ich werde dir Kraft geben!"

„Warum kannst du nicht dem Magier Kraft geben?"

„Ich werde dir Kraft geben. Und ein Pferd. Und eine Axt!"

Eine Axt!

Ungewollt lösten diese letzten Worte eine kleine Panik bei Whuon aus. Eine Axt!

Voller Grauen erinnerte er sich daran, wie er mit einer zum Leben erwachten Axt gegen die schwarzen Reiter gekämpft hatte.

Wie die Axt seine Gegner wie Vieh geschlachtet hatte.

Nein! Er wollte nicht daran denken. Doch diese Gedanken drängten sich ihm unwillkürlich auf. Er konnte wenig gegen diese Erinnerungen tun, die ihn gnadenlos überfielen.

„Wo ist das Pferd und wo die Axt?", riefen Whuons Gedanken.

„Drehe dich um!", entgegnete ihm die Stimme in seinem Kopf.

Whuon tat, wie ihm die Stimme gesagt hatte.

Da sah er vor sich tatsächlich ein Pferd. Es war ein merkwürdiges Pferd – keines, wie man es auf dieser Welt kannte.

Und neben ihm im Boden steckte eine schwere Axt.

Es traf Whuon wie ein Schlag!

Die Axt hatte das gleiche Aussehen wie die Äxte der schwarzen Reiter.

Etwas zögernd ging er auf das Tier und die Waffe zu.

Mit einem Ruck zog er die Axt aus dem Boden. Sie fühlte sich ganz leicht an, obwohl sie ein beträchtliches Gewicht haben musste.

Ein leichtes Grauen erfasste ihn.

Das Pferd leuchtete rot. Mit etwas Schwung bestieg er das Tier. Es war angenehm auf diesem Ross zu sitzen. Ein merkwürdiger Kraftstrom ging von dem Tier aus und erfasste Whuon. Er fühlte sich plötzlich, als wäre die Kraft von vielen Heeren in ihm vereint.

Er verspürte jetzt einen schier unwiderstehlichen Drang, zum Schlachtgeschehen zurückzukehren und gegen das Heer des Magiers von Aruba zu reiten.

Doch dann überkam den Thyrer für einen Augenblick Angst. Wie weit hatte er diese fremden, dämonischen Kräfte, die ihm hier dienten in der Hand? Oder dienten sie ihm vielleicht gar nicht, sondern er ihnen?

Doch Whuon fegte solche Zweifel beiseite.

Er trieb das sonderbare rote Pferd auf die Schlacht zu.

Der Thyrer spürte, wie die Axt in seiner Hand zu eigenem Leben erwachte.

Schließlich erreichte er die Kämpfenden. Die Axt hob sich und Whuon spürte, wie seine Finger an ihrem Stiel klebten.

Das Pferd stieß ein wildes Wiehern aus. Der erste Gegner – ein Echsenmensch – stellte sich dem Thyrer entgegen.

Die Axt in der Hand Whuons parierte die Schläge des Gegners automatisch und spaltete in einem günstigen Augenblick den Schädel des Tiermenschen in zwei Hälften.

Whuon sah, wie die anderen Menschen und Tiermenschen vor seiner Axt zurückwichen.

Der Thyrer sprengte direkt in ihre Reihen hinein, doch die Soldaten ließen in panischer Angst ihre Waffen fallen und liefen davon. Whuon konnte sich nicht erklären, wie der bloße Anblick dieser Waffe solche Panik erzeugen konnte.

Die Reihen des Gegners zerfielen und die Treppen, die über den Horizont kamen, liefen eiligst wieder zurück.

Das Heer der Tyker und Tiermenschen löste sich auf. Von panischer Angst besessen stürmten die Feinde zurück.

Wie konnte eine einfache Axt eine solche Wirkung haben? Die Frage bohrte förmlich in Whuons Kopf.

„Es ist eben keine normale Axt, mein Freund!", sagte jetzt die seltsame Stimme in seinem Innern.

„Was hast du mit meinen Feinden gemacht? Warum laufen sie weg?", rief Whuon laut. Er schien vergessen zu haben, dass es lediglich seine Gedanken waren, die das Wesen in seinem Innern verstehen konnte. Nicht seine Stimme.

„Die Axt hat die Macht, ihnen Wahnvorstellungen einzugeben, die sie dann in panische Angst versetzen", sagte die Stimme.

„Aber die Tiermenschen! Sie haben doch gar keine Seele. Sie können doch keine Angst verspüren, denn sie sind ja nur Körper – ohne Geist."

„Du irrst! Auch sie haben eine Seele. Sie ist stark unterdrückt, aber durch so gewaltige Schrecken, wie sie die Axt hervorzurufen vermag, kann sie geweckt werden!"

Dann schwieg die Stimme in Whuons Innerem wieder. der Thyrer fühlte etwas Schweres in seiner Hand. Die Axt!

Es war alles Leben aus ihr gewichen.

Das rote Pferd trabte zu Whuons Mitstreitern.

„Whuon!", hallten Gorichs Worte in den Ohren des Thyrers. „Whuon, es ist kaum zu glauben, aber ich habe es selbst gesehen! Du rittest an der Spitze einer Herde von fürchterlichen Drachen gegen die Tyker!"

„Drachen?", fragte Whuon etwas zögernd.

„Hast du sie denn nicht gesehen?", rief Gorich entsetzt aus.

„Nein. Ich habe sie nicht gesehen."

Whuon blickte auf die schwere Axt in seiner Hand. Und langsam begriff er.

Gorich betrachtete etwas misstrauisch das rote Pferd. Auf seinem Gesicht war Unbehagen zu lesen.

„Wo kommt das Pferd her, Whuon?"

„Ich habe es im Kampf erbeutet", behauptete Whuon.

„Hätte einer der Tyker ein solches Pferd geritten, so hätte ich dies sicherlich bemerkt. Wo kommt das Pferd also her? Und diese merkwürdige Axt. Woher kommt sie?"

„Das sagte ich doch schon! Ich habe beides erbeutet!"

Etwas erbost stieg Whuon von dem Tier ab. Doch Gorichs zweifelnde Blicke bohrten sich in Whuons Augen.

„Du verschweigst mir etwas."

„Warum sollte ich dir etwas verschweigen?"

„Das weiß ich nicht."

Gorich zuckte mit den Schultern und ließ von Whuon ab. Warum hatte er Gorich denn nicht die Wahrheit gesagt?

Der Thyrer wandte den Blick dorthin, wo der Magier Taquosch-Gran gelegen hatte.

Aber er war nicht mehr da!

Verwundert blickte Whuon an die Stelle, wo die beiden Magier miteinander gekämpft hatten.

Die Soldaten schlugen ihr Nachtlager auf, denn der Abend nahte geschwind. Schon loderten die ersten Lagerfeuer.

Whuon merkte, dass ihm Gorich mit wachsendem Misstrauen begegnete. Wenn sich ihre Blicke trafen, dann lag in Gorichs Zügen immer eine stille Anklage.

Whuon hatte sich die Axt hinter seinen Gürtel geklemmt und war zu den anderen ans Feuer gekommen.

Stumm aß er mit den anderen, doch er beteiligte sich nicht wie früher an den regen Debatten, die unter den Soldaten geführt wurden. Whuon spürte all diesen Männern und Tiermenschen an, wie verstört sie waren.

Sie hatten die Wirkung der Axt gesehen, wenn sie auch nicht wussten, dass die Axt für die grauenhaften Trugbilder verantwortlich war. Whuon hingegen hatte die Trugbilder nicht gesehen. Und er war froh darüber. Vielleicht hätte ihn dann auch der Wahnsinn gepackt. Langsam legte sich das Treiben im Lager, und Whuon fiel in einen tiefen Schlaf.

Er träumte einen Traum, den er schon viele Male geträumt hatte.

Er ritt an der Spitze eines riesigen Heeres auf die Kuppelstadt Aruba zu. Doch als das Heer die Kuppelstadt erreicht hatte, verschwand diese.

Angst ergriff Whuon, eine völlig unbegründete Angst. Die Traumbilder wurden von seinem geistigen Auge durch Angstbilder ersetzt. Vor sich sah er die grinsende Fratze Thagons und daneben den Kopf eines Wolfsmenschen.

Ein Unbehagen stieg in Whuon auf, so als ahne er, dass in der nächsten Zukunft etwas Schlimmes passieren würde.

Da erwachte der Thyrer. Die Sterne leuchteten hell und kein Wölkchen trübte den Himmel.

Alles war ruhig. Leise knisterte das Feuer in seiner Nähe. Die anderen Feuer wirkten in der Dunkelheit wie sehr große, zu Boden gefallene Sterne.

Whuon musste über seine eigenen naiven Gedanken fast lachen.

Die Wachen sah er als schwarze Schatten um das Lager patrouillieren. Diese Szene war so ruhig und friedlich ...

Tausendmal friedlicher als alles, was er in der letzten Zeit erlebt hatte.

Und doch regte sich das Unbehagen.

Da kam in ihm plötzlich der Wunsch auf, aufzuspringen und in die Wildnis zu rennen.

„Whuon!", sagte eine Stimme. Sie war kalt und berechnend. Der Thyrer erkannte sie sofort. Blitzschnell drehte er sich um.

„Taquosch-Gran!", rief er überrascht aus.

Ein spöttisches Grinsen huschte über das Gesicht des Magiers.

„So schnell hast du mich vergessen?"

„Ich habe dich nicht vergessen, Magier. Was willst du von mir? Willst du mich jede Nacht um meine Ruhe bringen?"

„Du hast nicht geschlafen, Whuon!"

„Mag sein! Doch das ist noch lange kein Grund ..."

Als sich Whuons Blicke mit denen des Magiers trafen, hörte der Thyrer zu reden auf.

„Etwas ist anders mit dir, Whuon. Du bist nicht mehr, wie du früher warst ..."

Die Stimme Taquosch-Grans klang fast bedrohend. Aus seinem Gesicht war nun jede Farbe verschwunden.

„Was willst du also nun?", fragte Whuon schnell, denn er wusste wohl, was der Magier meinte. Die Stimme in seinem Inneren. Die Kraft ... Er musste sie spüren.

Der Magier zögerte etwas mit der Antwort. Doch dann sprach er.

„Wie ist es dir und den anderen gelungen, den Feind zu besiegen, nachdem ich das Bewusstsein verlor?"

Whuon zuckte mit den Schultern. Er musste mit seiner Antwort sehr vorsichtig sein, denn der Magier schöpfte offensichtlich Verdacht.

„Wir sind tapfere Kämpfer, das weißt du. Und nachdem du Thagon davongejagt hattest, konnten wir sie besiegen."

„Ihre Übermacht war zu groß! Ihr konntet sie unmöglich ohne magische Hilfe überwinden."

Whuon zuckte mit den Schultern.

„Ich kann dir nicht folgen, Magier!"

„Oh, doch! Du kannst sehr wohl. Du stellst dich dümmer, als du bist."

Whuon sagte nichts. Stumm starrte er den Magier an.

„Warum sagst du mir nicht die Wahrheit?" Des Magiers Stimme klang hart und unerbittlich.

„Ich habe dir alles gesagt, was ich weiß."

Taquosch-Gran schüttelte den Kopf.

„Das nehme ich dir nicht ab."

„Dann lies doch meine Gedanken, Magier! Dann weißt du alles, was ich weiß!"

„Das habe ich bereits versucht. Aber etwas hindert mich daran. Ich kann nicht bis zu deinem Geist vordringen. Jedesmal schiebt sich etwas zwischen uns beide."

Whuon trat an den Magier heran und legte ihm seine flache Hand auf die Schulter.

„Ich glaube vielmehr, dass du dich noch nicht voll von dem Kampf mit Thagon erholt hast."

Wütend stieß Taquosch-Gran die Hand zur Seite.

„Ich habe mich sehr wohl von diesem Kampf erholt!"

Der Magier hielt inne, als sein Blick zufällig auf die schwere Axt in Whuons Gürtel fiel.

„Woher hast du diese Axt?", fragte er.

„Ich ... ich habe sie im Kampf erbeutet."

„Du lügst!"

„Weißt du es besser, Taquosch-Gran?"

„Wir beide wissen es besser! Dies ist eine Axt der schwarzen Reiter, der kosmischen Räuber. Nur ein schwarzer Reiter kann sie tragen, nur ihm gehorcht sie."

„Mir hat sie im Kampf gute Dienste getan", gab der Thyrer lakonisch zurück.

Er betastete liebkosend die Waffe.

„Kann ich die Waffe ein einziges Mal in der Hand halten?", fragte der Magier, jetzt sichtlich um Freundlichkeit bemüht.

Whuon wusste nicht so recht, ob er seinem Bundesgenossen trauen konnte. Er zögerte.

„Gib ihm die Axt!", sagte die Stimme in ihm.

Zögernd zog der Thyrer die Axt hervor und reichte sie dem Magier. Mit merkwürdig verkrampften Fingern hielt er sie in der Hand.

„Eine schöne Waffe!", bemerkte er staunend. Whuon konnte diese Bewunderung nicht teilen. Er empfand eher ein Grauen.

Aber die Axt war durchaus nützlich.

„Gib mir die Axt, Whuon. Ich glaube kaum, dass du mit ihr etwas anzufangen weißt."

„Ich glaube, dass ich sie eher verwenden kann als du", sagte Whuon.

Der Thyrer erschrak. Es war nicht er gewesen, der diese Worte gesprochen hatte.

Der Magier zog die Brauen zusammen.

„Wie du meinst, mein Freund", gab der Zauberer zögernd zurück.

„Nenne mich nicht ‚Freund'. Ich bin nicht dein Freund! Und du weißt das, Taquosch-Gran!"

Wieder schien es Whuon so, als spreche jemand anderes durch seinen Mund.

„Hör zu, du hast mich nicht so zu schikanieren, klar? Schließlich habe ich dir und den deinen mehr als einmal das Leben gerettet!"

„Von alledem weiß ich nichts, und es interessiert mich auch nicht, Taquosch-Gran!"

Whuon war selbst über seine Worte erstaunt.

„So also entlohnst du einen Freund!", fuhr der Magier auf.

„Ich bin nicht dein Freund. Ich bin niemandes Freund!"

Whuon bemerkte, wie sich seine Hände von selbst hoben, die Axt fest umklammernd. Die Hände hielten die Waffe in die Richtung des Magiers.

„Du wolltest diese Axt in den Händen halten, Magier! Hier!"

Zögernd griff die dünne und langfingrige Hand des Magiers nach der Waffe.

Er hob sie hoch und betrachtete sie nachdenklich.

„Verkaufst du sie mir?"

„Nein!"

„Ich kann dir viel geben!"

„Ich werde sie nicht verkaufen, Magier!"

„Aus welchem Grunde solltest du sie mir nicht überlassen? Ich könnte dir die ganze Welt für diese Axt geben!"

„Mir würde diese Welt nichts nützen und dir die Axt nicht."

Die Axt in den Händen des Magiers entwickelte nun wieder ihr eigenes, grauenvolles Leben. Sie riss sich aus den Händen des Zauberers und schwebte sanft in Whuons Hände.

Taquosch-Gran trat einen Schritt zurück.

„Du bist nicht Whuon!", brachte der Magier stockend hervor. „Zumindest nicht nur Whuon."

Das Gesicht des Magiers war kalt und düster – wie immer. Aber der Thyrer glaubte jetzt, einen Schuss Unsicherheit in diesen Zügen lesen zu können.

Der Magier hatte recht, dachte Whuon. Whuon war nicht nur Whuon. Etwas anderes befand sich in ihm. Diese Stimme!

Ob der Magier dieses andere spürte?

Whuon wollte etwas sagen, aber sein Mund blieb geschlossen. Jemand anderes hatte die Kontrolle über seinen Körper an sich gerissen.

„Du musst einer der schwarzen Reiter sein!", stieß Taquosch-Gran hervor. Seine Augen funkelten jetzt wild.

„Nur einem schwarzen Reiter gehorcht eine solche Axt!", fügte er noch hinzu.

„Du irrst! Die Axt gehorcht dem Axtwesen!", riefen Whuons Lippen. Whuon glaubte nun zu ahnen, wer seinen Körper in Besitz genommen hatte.

Seine Hand hob die Axt.

„Und nun, Magier, werden wir miteinander kämpfen!"

„Ich bin unbewaffnet!"

„Du hast deine Zauberkräfte, ich die Axt!"

„Das ist kein fairer Kampf!"

„Wen interessiert hier schon, was fair ist?"

Whuon stürzte auf den Magier zu, die Axt über dem Kopf. Die Waffe trennte dem Zauberer das Haupt vom Restkörper.

Jetzt erst bemerkte der Thyrer, dass die anderen wach geworden waren. Sie standen um das Feuer. Sie hatten gesehen, was Whuon getan hatte. Der Admiral kam herbei. Seine Züge wirkten grimmig.

„Wie kommt dieser Fremde in unser Lager?", rief er, zu Whuon gewandt.

„Ich habe keine Erklärung, Admiral."

Whuon spürte, dass er diese Worte sprach, und nicht der andere in seinem Körper.

Der Admiral deutete auf die Leiche.

„War es nötig, ihn zu töten?"

„Es war Notwehr!", sagte Whuon etwas aufgeregt.

Sein Vorgesetzter nickte und wandte sich wieder an die anderen.

„Geht schlafen, Leute! Morgen ist ein schwerer Tag!"

Entsetzt blickte Whuon auf die blutende Leiche des Magiers. Der abgeschlagene Kopf lag im Sand und es sah so aus, als sähe er Whuon vorwurfsvoll an.

Der Thyrer ballte die Fäuste.

Nicht genug, dass er vor diesem Wesen in ihm ein Grauen verspürte, er hasste es nun.

Weiter

Das Heer zog am nächsten Tag weiter. Whuon schwang sich auf sein Pferd und ritt vorne weg.

Die Axt hing griffbereit an seinem Gürtel.

Der Thyrer konzentrierte sich. Er dachte intensiv an das Wesen in seinem Innern.

„Axtwesen!", riefen seine Gedanken, denn er war sich sicher, dass es sich bei dem anderen um das Axtwesen handelte.

„Hier bin ich!", kam es zurück.

„Warum hast du den Magier getötet, Axtwesen? Er war unser Freund!"

„Ich kann mir kaum vorstellen, dass er dein Freund war. Meiner war er jedenfalls nicht."

„Warum hast du ihn getötet?"

„Er hätte früher oder später doch gemerkt, dass etwas mit dir nicht stimmt. Er hätte Verdacht geschöpft und unbequeme Fragen gestellt. Vielleicht hätte er dich sogar umgebracht."

„Das glaube ich nicht!"

„Nein? Ich schon. Taquosch-Gran ist nur auf seinen eigenen Vorteil bedacht – und auf seinen Gewinn. Das, was er bei diesem Unternehmen zu gewinnen erhofft, ist die Herrschaft über die Welt. Und glaubst du, dass er diesen Gewinn mit mir teilen würde?"

„Du willst also auch die Herrschaft über die Welt."

„Was geht mich diese Welt an, Whuon? Was bringt mir die Herrschaft über eine Welt? Ich denke in größeren Dimensionen. Ich erstrebe die Herrschaft über das Universum!"

„Ich glaube, dass du diese nie erlangen kannst."

„Was weißt du schon vom Universum, Whuon?"

„Ich habe den Schöpfer des Universums gesehen und die kosmischen Zusammenhänge begriffen, soweit ein Mensch sie begreifen kann."

„Ich werde diesen Schöpfer, sofern es ihn gibt, von seinem Thron verdrängen!"

„Das kannst du nicht. Du bist nur ein Gedanke dieses Schöpfers und kannst ihn somit nicht verdrängen. Du kannst dir tausend Welten Untertan machen, aber deshalb wirst du noch lange nicht über das Universum herrschen, auch wenn es dir vielleicht so vorkommt."

„Wir werden sehen."

Der gedankliche Kontakt brach ab.

Stunde um Stunde verging, die Stunden sammelten sich zu Tagen und diese zu Wochen. Langsam erreichten sie nun die große tykische Wüste.

Whuon war seinen früheren Freunden immer mehr aus dem Weg gegangen. Warum, das konnte er sich selbst nicht erklären. Ob dies in der Absicht jenes lag, der in seinem Innern wirkte?

Whuon wusste es nicht.

Was den Thyrer wunderte, war die Tatsache, dass sich die Echsenmenschen in keiner Weise nach Taquosch-Grans Tod, der sie ja gewissermaßen ‚gezähmt' hatte, veränderten. Sie folgten dem Heer treu und nahmen jeden Befehl entgegen.

Verdrossen stapften die Soldaten durch die immer sandiger werdende Landschaft.

„Whuon hat sich verändert!", brummte Gorich an Thrak von Aggrgor gewandt. Der grüne Mann nickte.

„Das ist mir auch schon aufgefallen."

„Dieses Pferd! Er kann es unmöglich erbeutet haben. Und warum geht er uns aus dem Weg, Thrak?"

In der Ferne tauchte ein Dorf auf. Es schien gar nicht in diese Gegend zu passen, aber es war da.

Und es war verlassen, was noch mehr verwunderlich war, denn die Häuser wirkten in keiner Weise verkommen und verödet.

Whuon spürte in sich ein tiefes Unbehagen, von dem er nicht wusste, woher es kam.

Es wurde beschlossen, in dem verlassenen Dorf ein Lager aufzuschlagen.

Als sie das Dorf erreichten, wuchs das Unbehagen in Whuon.

Lagerfeuer wurden entfacht, aber der Thyrer verspürte keine Lust, sich zu dem anderen zu setzen.

Er streichelte sanft den Nacken seines Pferdes.

Es war ein schönes Tier.

Langsam senkte sich die Nacht über das Dorf. Es wurde dunkel. Nur am Himmel leuchtete der Mond.

Allmählich legte man sich zur Ruhe und schlief ein. Nur Whuon gelang es nicht, zur Ruhe zu kommen. Er geisterte durch das Lager. Er sah, wie die Wachen als Schatten herumpatrouillierten.

„Es ist nicht gut, dass wir hier gelagert haben", sagte die Stimme in seinem Innern.

„Warum nicht?", fragten Whuons Gedanken überrascht, aber der Thyrer erhielt keine Antwort. Die Stimme in seinem Innern schwieg.

„Warum schläfst du noch nicht?", fragte ihn eine der Wachen.

„Ich kann nicht", gab der Thyrer lakonisch, vielleicht auch etwas mürrisch, zurück.

Die Wache zuckte mit den Schultern.

„An deiner Stelle würde ich mich aufs Ohr legen", murmelte er und ging davon. Whuon hörte das Klappern der schweren Rüstung und strich nochmals sanft über den Nacken seines Pferdes.

Der Thyrer spürte das leichte Zittern, das durch den Pferdekörper ging.

Er ließ das Pferd stehen und ging durch die engen Gassen des Dorfes.

Whuon verschlug es den Atem!

Vor ihm lag ein menschlicher Körper in Rüstung. Zweifellos gehörte er zum Heer.

Er bückte sich und drehte den Körper herum. Der Mann war tot. Sollten in diesem unheimlichen Dorf Feinde lauern? Merkwürdig, dachte Whuon. Der Tote wies keine Verletzungen auf. Er musste sehr schnell gestorben sein. Seine erstarrten Gesichtszüge waren voller Überraschung.

Um eine Hausecke stapfte eine merkwürdige schwarze Schattengestalt. Whuon konnte sie nicht genau erkennen. Sie war verhüllt von undurchdringbarer Finsternis.

Diese Gestalt ließ Whuons Hand augenblicklich zu der schweren Axt in seinem Gürtel schnellen.

Vorsichtig zog er sie heraus und sogleich spürte er, wie die Waffe lebte! Es war ein schreckliches, grausames Leben, das in dieser Axt wohnte.

Das Schattenwesen verschwand hinter einem der Steinhäuser.

Vielleicht war dieses Wesen nur eine Halluzination, überlegte Whuon. Er wollte die Axt wieder hinter seinen Gürtel stecken, aber etwas hinderte ihn daran.

Whuon spürte, wie langsam das Axtwesen wieder von seinem Körper Besitz ergriff.

Merkwürdigerweise wehrte er sich nicht dagegen.

Mit leisen Schritten folgte der Thyrer dem unheimlichen Schattenwesen. Doch er fand es nirgends.

Whuon kehrte zum Lagerfeuer zurück. Alles schien zu schlafen. Aber das Merkwürdige war, dass auch die Wachen am Boden lagen. Er beugte sich über einen der Männer und drehte ihn um. Er war tot. Whuon sprang auf und rief: „Wacht auf! Jemand ist im Lager!"

Doch niemand antwortete ihm. Niemand wachte auf.

Da packte er einen der Schlafenden und wollte ihn wachrütteln. Doch starre Augen starrten den Thyrer leer an. Der Mann war ebenfalls tot. Erschreckt ließ er den Krieger los und umklammerte fest seine Axt.

„Sie sind alle tot!", sagte eine Stimme hinter ihm. Blitzschnell drehte sich der Thyrer um. Vor ihm stand die düstere Schattengestalt, die der Thyrer noch immer nicht genau erkennen konnte.

„Wer bist du?", fragte Whuon heiser.

Doch die düstere Gestalt antwortete nicht sogleich, sondern sagte: „Bis hierher bin ich dir nun gefolgt, Axtwesen. Und hier endlich konnte ich dich stellen."

„Wer bist du?", fragte Whuon ein zweites Mal.

„Erkennst du mich wirklich nicht, Axtwesen? Ich bin der Geist der schwarzen Reiter! Du glaubtest, du hättest mich besiegt! Aber du irrtest! Es wird nicht mehr lange dauern, und ich werde eine neue schwarze Stadt bauen. Aber zuvor muss ich dich niederzwingen, Axtwesen, denn ich brauche dich."

„Aber ich brauche dich nicht. Und ich bin mächtiger als du."

„Es mag dir im Augenblick so scheinen, aber du irrst, wie du schon so oft irrtest!"

„Dann stelle dich jetzt zum Kampf!"

„Nein! Noch ist die Zeit nicht reif. Aber ich werde kommen, verlass dich darauf!"

Die Schattengestalt verschwamm vor Whuons Augen und war innerhalb weniger Sekunden ganz verschwunden.

„Was nun?", fragten Whuons Gedanken das Axtwesen.

„Wir werden sehen!"

„Wie soll Thagon besiegt werden? Ich bin ein einzelner! Unsere Gefährten sind tot."

„Wir sind zwei, wenn wir auch zur Zeit den gleichen Körper teilen!"

„Also gut, zwei. Aber das ändert nicht viel."

„Ich werde deine Gefährten von den Toten wiedererwecken."

Da sah Whuon aus Thyrien, wie die Toten aufstanden. Leer schauten sie drein, aber was machte das?

„Du musst sie führen! Sie brauchen jemanden, der sie führt", raunte ihm das Axtwesen zu.

„Ich? Aber der Admiral ..."

„Der Admiral ist nicht mehr in der Lage, das Heer zu führen. Du musst es."

„Aber ..."

„Wir brechen am besten noch in dieser Nacht auf."

„Aber ich bin hundemüde."

„Ich werde dir Kraft geben, wenn du welche brauchst. Aber wir dürfen jetzt keine Zeit mehr verlieren."

„Und diese Männer hier, sind sie nicht auch müde? Haben sie sich denn ihre Nachtruhe nicht verdient?"

„Sie brauchen keinen Schlaf. Ich werde ihren Körpern Kraft geben."

Whuon fragte sich, woher diese plötzliche Eile herrühren konnte. Es schien dem Thyrer fast so, als hätte das Axtwesen Angst. Aber wovor sollte dieses übermächtig erscheinende Wesen Angst haben? Vor dem Schattenwesen?

Würde diese düstere Kreatur ihre Drohung wahrmachen und zurückkehren?

Whuon wandte sich an die Krieger und hieß sie aufbrechen.

Wortlos packten sie ihre Sachen und waren in kürzester Zeit zum Aufbruch bereit.

Schweigend zog die Armee der Toten durch die Dunkelheit. Niemand dieser Krieger sagte ein Wort. Sie wirkten abwesend, doch gab man ihnen einen Befehl, dann führten sie ihn unverzüglich aus.

Whuon hatte das Gefühl, der einzige in diesem Heer zu sein, der lebte, der dachte.

Sanft wurde er von seinem Pferd durch die Dunkelheit getragen. Es dauerte nicht lange, da ging am Horizont die Sonne blutrot auf. Die Landschaft, durch die sie reisten, wurde immer öder und leerer. Sie befanden sich in der großen tykischen Wüste.

Whuon hatte das Gefühl, sein Pferd würde ihn führen und nicht umgekehrt. Unbeirrbar setzte es einen Huf vor den anderen. Das Tier schien das Ziel der Reise und den Weg zu kennen.

Oder gehorchte es ganz einfach jemand anderem?

Dem Axtwesen vielleicht?

Das Heer der lebenden Toten folgte Whuon, ohne zu murren, ohne zu essen oder zu trinken und ohne ein Wort zu sagen.

Ein leichtes Grauen überkam ihn vor diesem Heer. Aber es war sein Heer. Er gehörte auch zu dieser Armee, er war ihr Führer.

Und doch gehörte er nicht wirklich dazu. Denn er war ein Lebender, während seine Gefährten tot waren. Nur ihre Körper wankten jetzt noch über den Wüstensand.

Tagelang waren sie ohne Pause durch die Wüste gezogen. Aber die lebenden Toten ermüdeten nicht.

In der Ferne tauchte etwas auf. Es war eine Kuppel!

Es war Aruba!

In einer düsteren Schönheit zeigte sich ihnen hier die Stadt des einsamen Magiers, aber bald schon würde es diese Stadt nicht mehr geben.

Die Stadt rückte immer näher. Nur noch wenige hundert Meter. Da tauchte aus dem Nichts plötzlich etwas Schwarzes auf. Whuon zügelte sein Pferd und auch die Armee der lebenden Toten blieb stehen. In der Ferne schimmerte das Schwarze. Es war ein kleines schwarzes Dreieck. Es war noch klein, doch schon wuchs es zu monströser Größe heran.

Whuon erkannte das Dreieck sofort. Es war das Tor!

Das Tor!

Whuon überkam Angst. Am liebsten wäre er davongerannt.

Der Thyrer erinnerte sich an den Traum, den er mehr als einmal gehabt hatte.

Eine Ahnung!

Whuon meinte zu wissen, wie alles enden würde.

Das Tor war inzwischen so groß geworden, dass es mehr als eine ganze Stadt verschlingen konnte.

Es kam immer näher. Und dann verschlang die gähnende Schwärze des Tors die Kuppelstadt Aruba!

Whuon blickte verstört auf den Ort, wo Aruba vorher gestanden hatte, und wo nun das magische Dreieck war.

Es war alles so gekommen, wie er es zuvor geträumt hatte.

„Wir müssen dem Magier durch sein Tor folgen!", befahl das Axtwesen.

Whuon ritt auf das Tor zu und die lebenden Toten folgten ihm. Als der Thyrer in die Schwärze hineinritt, umgaben Finsternis und Leere ihn.

Und dann kam der Nebel. Es wurde wieder heller.

Vor Whuon eröffnete sich wieder die Nebelwelt des Korridors. Der Thyrer bemerkte hinter sich sein Heer. Stumm wankten die lebenden Toten durch den Nebel, den bodenlosen Nebel, in dem sie dennoch standen, als wäre er fester Grund.

Aber nirgends sah Whuon Aruba.

„Wo ist Aruba, Axtwesen?", riefen seine Gedanken.

„Auf der Flucht. Aber Thagon weiß nicht, dass ich unter seinen Verfolgern bin, sonst würde er nicht versuchen, auf so billige Weise mir zu entkommen. Diese Nebelwelt zwischen den Dimensionen ist meine Heimat. Thagon tut mir also nur einen Gefallen damit, wenn er den Kampf zwischen uns in den Korridor verlegt."

Whuons Gedanken antworteten nicht.

Da tauchte aus dem Nebel Aruba auf. Die Kuppelstadt der Magier leuchtete in ihrem düsteren Glanz. Alles Schlechte, was Menschen je hervorgebracht hatten, gab es in dieser Stadt auf einmal. Aber das Axtwesen war nicht besser, das wurde Whuon nun klar.

Der Thyrer merkte, wie wieder das Axtwesen von seinem Körper Besitz ergriff. Seine Hand schwang die fürchterliche Axt der schwarzen Reiter über dem Kopf. Eine merkwürdige Kraft ging von dieser Waffe aus und sie durchströmte Whuon förmlich. Doch der Thyrer konnte diese Kraft nicht selbst kontrollieren.

Er spürte die Axt in seiner Hand.

Whuon holte weit aus und schleuderte die Waffe dann gegen die Kuppelstadt. Sie durchdrang das Gemäuer und wenige Sekunden danach brach das Gebäude zusammen. Grauer Staub wirbelte auf und ein Krachen drang durch die Stille des Nebels.

Was für eine Kraft musste doch in dieser magischen Axt stecken! Aruba bestand jetzt nur noch aus einem Haufen von Trümmern.

„Aruba ist besiegt!", sagte das Axtwesen in seinem Innern mit Genugtuung. Whuon konnte es noch kaum fassen. Er hatte sich den Kampf gegen die magische Stadt dramatischer vorgestellt.

Stumm starrte er auf den Trümmerhaufen, der einmal die mächtige Kuppelstadt Aruba gewesen war.

Doch es regte sich etwas in den Trümmern. Ein Steinbrocken fiel zur Seite und etwas Blankes kam zum Vorschein. Die Axt!

Sie schwebte zu Whuon zurück und legte sich sanft in die Hände des Thyrers.

„Wie kommen wir jetzt wieder zurück in unsere Welt?",
fragte Whuon das Axtwesen.

„Das ist kein Problem", kam es spontan zurück.

Einen Moment lang umgab Whuon wieder völlige
Finsternis, doch dann spürte er plötzlich wieder den heißen
Wüstensand unter seinen Füßen. Die Sonne schien wie immer.
Er befand sich wieder in seiner Welt. Die lebenden Toten
standen stumm neben ihm.

Aber wo war sein Pferd?

Und wo seine Axt?

„Axtwesen!", riefen seine Gedanken. Aber er bekam keine
Antwort.

Es war leer in seinem Innern.

Er war allein. Das Axtwesen war nicht mehr da.

Und er war auch nicht an der Stelle der Wüste, an der er
durch das Tor gegangen war, denn als er sich umdrehte, sah er
eine Stadt. Eine Stadt in der Wüste, die er wohl kannte. Er war
in der Nähe von Himora.

Müde schritt er auf die Stadt zu.

Whuon hatte die Welt gerettet. Doch niemand würde ihm
danken. Und war es wirklich er gewesen, der diese Erde gerettet
hatte? Oder war es nicht vielmehr das Axtwesen, das, aus für
Whuon unverständlichen Gründen, die Welt rettete?

Die ganze Zeit über hatte ihm vor der Macht dieses Wesens
gegraut und er hatte den Zeitpunkt herbeigesehnt, an dem er
wieder ein ganz normaler Mensch würde sein können. Doch
nun, wo es nicht mehr da war, empfand er etwas wie
Traurigkeit darüber.

Irgendwie hatte er sich an den Ratgeber in seinem Inneren
gewöhnt. Und auch an die Macht der Axt und des Pferdes, die
ihn für kurze Zeit zum Übermenschen gemacht hatten.

Doch noch aus einem anderen Grund befiel ihn tiefe
Trauer: Er hatte seine Freunde verloren. Gorich, Aworn,

Thrak und die anderen wankten jetzt nur noch als lebende Leichname umher. In ihnen war kein wirkliches Leben mehr.

Das Schattenwesen!, fuhr es Whuon jetzt durch den Kopf. Es wollte zurückkehren, so hatte es gesagt.

Hinter sich vernahm der Thyrer einen kurzen Schrei. Er drehte sich um.

Einer der lebenden Toten umklammerte mit beiden Händen krampfhaft seinen Hals und stürzte mit verzerrtem Gesicht zu Boden.

In einer merkwürdig verrenkten Stellung blieb die Gestalt liegen. Einem anderen Tralonier ging es jetzt ebenso; plötzlich schien er einen Schmerz im Hals zu haben. Reihenweise stürzten die lebenden Toten zu Boden.

Vor Whuon begann die Luft zu flimmern. Eine schwarze Gestalt erschien aus dem Nichts. Das Schattenwesen.

Die Toten lagen alle reglos am Boden, das Schattenwesen kam auf den Thyrer zu.

„Habe ich nicht gesagt, ich würde zurückkommen, Axtwesen? Du hast es wohl nicht glauben wollen. Aber jetzt bin ich hier!"

Ein schrecklicher Hass klang aus der rauen Stimme des Schattenwesens. Whuon fühlte sich allein und hilflos. Er sehnte sich jetzt das Axtwesen herbei, aber es war verschwunden.

Das Schattenwesen besaß keine bestimmte Form. Es war eigentlich eine Art Wolke aus schwarzem Staub. Und diese Wolke veränderte ihr Aussehen von Sekunde zu Sekunde.

„Du irrst dich! Ich bin nicht das Axtwesen, sondern Whuon aus Thyrien."

„Du hast recht! Etwas hat sich bei dir verändert. Es scheint tatsächlich so zu sein, dass du nicht das Axtwesen bist. Aber ich glaube, dass du einmal das Axtwesen warst."

Whuon atmete auf. Er deutete auf die Toten.

„Warum hast du sie getötet, Schattenwesen?"

„Waren sie nicht schon tot?"

Wieder begann die Luft zu flimmern. Das Schattenwesen verschwand. Zögernd setzte Whuon seinen Weg fort.

Himora

Bunter Trubel herrschte in Himora, der Stadt am Rande der Wüste. Whuon hatte sein letztes Geld zusammengekratzt und sich in einem Gasthaus einquartiert.

Der Thyrer hatte auch keine Pläne für die Zukunft. Er musste zuerst die Vergangenheit bewältigen.

Er hatte so viel erlebt ...

Er hatte den Schöpfer des Universums gesehen und die kosmischen Zusammenhänge begriffen.

Er hatte Thagon, den einsamen Magier von Aruba, besiegt.

Er hatte die schwarze Stadt zerstört und dem Axtwesen zur Freiheit verholfen.

Doch immer wieder kehrten Whuons Gedanken zu dem seltsamen Schattenwesen zurück, welches er draußen in der Wüste getroffen hatte.

Würde es wiederkommen?

Bei ihrem Zusammentreffen in der Wüste hatte es nichts davon gesagt.

Und was sollte aus ihm, Whuon, werden?

Vielleicht war es das Beste, wenn er nach Thyrien zurückkehrte. Er besaß in Simacra eine Farm, die er von seinem Vater einst geerbt hatte.

Dort würde er sich sicher gut von dem Erlebten erholen können. Er hatte so viele unbegreifliche und unirdische Dinge gesehen – jetzt musste er sich erst wieder mit den ganz normalen Dingen des menschlichen Lebens befassen, um wieder zu sich selbst zurückzufinden. Zwar hatte ihm das Axtwesen soviel Kraft gegeben, wie er brauchte, aber der Kampf mit Thagon hatte ihn doch sehr mitgenommen.

Whuon saß im Schankraum. Er war fast allein hier. Eigentlich, so dachte er, konnte er zufrieden sein. Er hatte alles erreicht, was er erreichen wollte.

Und doch ...

Und doch war das Unbehagen nicht aus seiner Seele gewichen.

Vor irgendetwas hatte der Thyrer Angst.

Vor dem Schattenwesen?

Whuon musste selbst über seine Vermutung lächeln. Er trug nicht mehr das Axtwesen in sich, also konnte das Schattenwesen nichts mehr von ihm wollen. Oder war das, was Whuon als Angst identifizierte, in Wirklichkeit nichts anderes als Trauer?

Dem Thyrer erschien diese Erklärung schon sehr viel plausibler. Trauerte er denn nicht wirklich um seine verlorenen Freunde? Doch da erkannte Whuon, dass, wenn er Trauer empfand, diese Trauer unbegründet war. Denn er wusste doch, was mit den Toten passierte! Er wusste doch, dass die Toten nicht starben, sondern für eine neue Lebensaufgabe konditioniert wurden, die sie dann in ihrem nächsten Leben wahrnehmen konnten.

Erinnerte er sich denn nicht mehr daran, wie gerne er bei den Toten geblieben wäre?

Whuon konnte sich dieser Erlebnisse merkwürdigerweise kaum noch entsinnen. Ein dichter Schleier hatte sich zwischen ihn und seine Vergangenheit geschoben. Vielleicht war es auch besser, wenn er dies alles vergaß. Vielleicht würde er erst dann wieder ein normales Leben führen können, wenn er diese unglaublichen Erlebnisse aus seinem Gedächtnis verbannt hatte.

Und wenn es nun seine Lebensaufgabe war, nicht so zu leben wie die anderen?

Der Thyrer wagte gar nicht, daran zu denken, denn er wollte wieder so leben, wie er in seiner Heimat, in Thyrien, immer gelebt hatte. Aber ob diese Zeiten jemals zurückkehren konnten?

War es nicht viel wahrscheinlicher, dass ihn die Schatten der Vergangenheit ein Leben lang verfolgten?

Whuon lehnte sich zurück. Er war praktisch mittellos. Mit dem wenigen, was er an Geld besaß, würde er nur noch wenige Tage lang auskommen. Und er brauchte ein Pferd und Vorräte, um zurück nach Thyrien zu gelangen.

Aber für das wenige Geld konnte er sich nicht einmal genügend Vorräte für eine solche Reise kaufen – geschweige denn ein Pferd. Whuon seufzte. Er würde sich über kurz oder lang eine Arbeit suchen müssen. Aber das hieß gleichzeitig, dass er für länger würde hierbleiben müssen.

Schwere Schritte ließen Whuon aus seinen Gedanken auffahren.

Er wandte seinen Kopf.

Eine merkwürdige, zerlumpte Gestalt hatte den Schankraum betreten. Auf dem Kopf trug sie einen riesenhaften Hut mit breiter Krempe. Der Körper wurde durch einen langen, durchlöcherten Mantel bedeckt. Das Gesicht besaß zwei listige Augen und einen ungepflegten, zerzausten Bart.

Mit einem hörbaren Seufzer ließ sich die Gestalt auf einem der Holzstühle des Schankraums nieder. Der große Hut warf einen Schatten über sein Gesicht.

Whuon blickte zu dem Mann hinüber. Er sah, wie die langen, dürren Hände des anderen sich gegenseitig verkrampft festhielten.

Whuon stand auf und wollte gehen.

„Heh! Sie!", rief der Mann mit dem großen Hut.

Whuon drehte sich widerwillig um.

„Was willst du?", fragte der Thyrer etwas ungehalten.

„Du interessierst mich!"

Whuon sagte nichts, er wartete ab.

„Komm, Whuon aus Thyrien! Setz dich zu mir!"
Zögernd folgte Whuon der Einladung. Als er sich gesetzt hatte, fragte er: „Woher kennst du mich?"
Doch der andere antwortete nicht direkt. Stattdessen reichte er Whuon seine langfingrige Hand, die dieser zögernd entgegennahm.
„Ich heiße Dranth. Wie ich gehört habe, willst du in deine Heimat – nach Thyrien!"
„Woher weißt du davon, Dranth?", rief Whuon erschrocken aus, denn er hatte keiner Menschenseele etwas von seinen Plänen verraten. Dranth lächelte etwas.
„Ich kann deine Gedanken lesen, Whuon." Er schob sich seinen übergroßen Hut etwas in den Nacken.
„Ich will dir helfen, Whuon!"
„Wie willst du mir helfen?"
Whuon dachte an die vielen unirdischen Geschöpfe, die ihm in der letzten Zeit ihre Hilfe versprochen hatten, die aber im Grunde nur sich selbst helfen wollten. Sie alle hatten ihn nur für ihre Zwecke und Pläne eingespannt. Wenn diese Wesen ihre Ziele erreicht hatten, dann ließen sie einen fallen, dachte der Thyrer in plötzlich aufkommendem Grimm. War nicht das Axtwesen das jüngste Beispiel dafür?
„Draußen steht ein Pferd für dich", sagte Dranths Stimme leise und einschmeichelnd.
„Ein Pferd für mich? Was kostet es?"
„Nichts."
Whuon war tatsächlich überrascht.
„Aber, was nützt mir ein Pferd, wenn ich keinen Proviant habe?"
„Proviant steht auch draußen. Wollen wir nach draußen gehen und es uns ansehen?"
Einen Augenblick lang schöpfte Whuon Misstrauen, aber dann stimmte er doch zu.

Gemeinsam traten sie vor die Tür. Drei Pferde waren hier angebunden. Ein Packtier und zwei zum Reiten. Für wen mochte das zweite Reittier sein?

„Wir können sofort aufbrechen, Whuon", sagte Dranth.

„Wir?", wunderte sich der Thyrer.

„Ja, ich werde mit dir nach Thyrien reisen."

Whuon zuckte mit den Schultern.

„Gut. Brechen wir auf. Aber ich muss zuvor noch mit dem Wirt abrechnen."

„Das ist nicht mehr nötig, denn das habe ich bereits für dich besorgt. Wir können sofort aufbrechen."

Whuon nickte und schwang sich auf eines der Pferde. Dranth folgte seinem Beispiel.

Der merkwürdige Mann hielt auch die Zügel des Packpferdes.

Langsam trotteten ihre Tiere durch die staubigen Straßen von Himora, aber bald verließen sie die Stadt.

Niemand sagte ein Wort.

Whuon überlegte, welche Gründe Dranth wohl haben könnte, mit ihm nach Thyrien zu reisen?

Waren seine Motive wirklich so uneigennützig, wie es den Anschein hatte? Aber der Thyrer verscheuchte derlei Gedanken rasch wieder. Was hatte Dranth gesagt? Er konnte Gedanken lesen.

Er würde also alles wissen, was Whuon wusste.

Zunächst erschreckte den Thyrer diese Feststellung, aber dann musste er zugeben, dass er schon mit Personen oder Wesen zu tun gehabt hatte, die zu weit mehr imstande waren als dieser armselige Gedankenleser. Oder verbarg sich hinter der Fassade dieses gedankenlesenden Vagabunden ein Magier?

Hatten Thagon oder Taquosch-Gran vielleicht doch nicht ihr Ende gefunden?

Whuon wandte den Blick mit etwas Misstrauen in der Miene an Dranth. Doch er konnte die Züge des Mannes nicht sehen, denn sein Gesicht lag, wie immer, im Schatten der breiten Hutkrempe.

Eine Spur von Angst überfiel Whuon, ohne dass der Thyrer einen Grund hierfür erkannte.

Schließlich hatte Dranth bis jetzt nur Gutes für ihn getan.

„Sag mir, was hat dich dazu veranlasst, mir zu helfen?", fragte Whuon, den Blick noch immer auf Dranth gerichtet.

Dranth drehte etwas den Kopf und Whuon erkannte die Spur eines Lächelns.

„Ich will dein Bestes, das ist alles!"

„Aber du hattest doch gar keinen Grund, mir zu helfen."

„Ja, ja, so ist das! Die Menschen brauchen immer einen Grund, um zu helfen. Ich nicht. Ich wollte einfach helfen."

„Warum bist du dann nicht in die Slums von Sorgarth oder Tyk gegangen? Dort gibt es viele Menschen, die noch viel hilfsbedürftiger sind als ich."

Dranth gab diesmal keine Antwort. Er wandte den Blick wieder von Whuon ab und blieb stumm. Sein langer, zerlumpter Mantel wehte etwas in dem leichten Wind, der den Sand der Wüste in Bewegung hielt.

Whuon wusste nicht so recht, ob er seinem neuen Freund trauen konnte. Er beschloss vorsichtig zu sein. Zu oft war er in der letzten Zeit betrogen worden.

Grausam und unwirtlich erhoben sich die ewig wandernden Sanddünen aus der hügeligen Einöde der Wüste, die an dieser Stelle bereits nur noch eine Halbwüste war. Überall sah man kleine Grasbüschel wachsen, die einen erbitterten Kampf um die Vorherrschaft mit dem Sand ausfochten.

Nach wenigen Tagen anstrengender Reise überschritten sie dann die Grenze nach Lutonien (die im Grunde genommen gar nicht existierte, denn sie war niemals festgelegt worden und wurde von Nomaden ständig überschritten. Aber sie war auf allen Landkarten verzeichnet.) Die Wüste ging langsam in eine Graslandschaft über. Aus den Dünen wurden bewachsene Hügel, zwischen denen sich kleine Bäche ihre Wege bahnten.

Eine schöne Gegend, dachte Whuon. Er war bereits einmal durch Lutonien gereist – damals lebte Gorich noch.

Whuon blickte zu Dranth. Sah der merkwürdige Mann Gorich nicht zum Verwechseln ähnlich?

Der Thyrer wusste nicht, warum er diese Ähnlichkeit feststellen konnte, denn dieser Mann war von seinem Äußeren her ein ganz anderer Typ.

Da!

Raschelte da nicht etwas?

Bewegte sich dort nicht etwas unter dem Strauch?

Whuon zügelte sein Pferd. Ein kalter Schauer lief ihm über den Rücken. Ein schwarzes Ding oder Wesen kam unter dem dichten Gebüsch hervor.

Das Schattenwesen!

„Dranth!", rief Whuon.

Dranth drehte sich zu dem Thyrer um.

„Dort!", rief Whuon und deutete auf das Schattenwesen. Aber da war es bereits verschwunden.

„Was ist?", fragte Dranth mit sichtlicher Besorgnis.

„Nichts. Es ist nichts", stammelte Whuon.

Das Schattenwesen

In den folgenden Tagen hatte Whuon dauernd das Gefühl, verfolgt zu werden, obwohl er mit Dranth allein in dieser Gegend war. In einem Umkreis von einem Tagesmarsch mochte sich hier nicht ein einziger Mensch aufhalten, und doch …

Oft hatte der Thyrer das Gefühl, jemand sei hinter ihm. Wenn er sich dann umdrehte, war dort natürlich weit und breit niemand.

Und dennoch hatte Whuon das Gefühl, dass erst vor wenigen Sekunden jemand hinter ihm gewesen war.

Einmal rang er sich dazu durch, mit Dranth über diese Sache zu sprechen.

„Könnte es sein, dass wir verfolgt werden?", fragte Whuon behutsam. Dranth lächelte.

„Ich wüsste nicht von wem und aus welchem Grund."

„Mir ist aber so, als hätte sich jemand seit einiger Zeit an unsere Fersen geheftet."

„Ich habe nichts gesehen", behauptete Dranth.

„Dann pass bitte in Zukunft auf, Dranth!"

Zwei listige Augen sahen Whuon – unter der breiten Hutkrempe konnte der Thyrer sie kaum ausmachen – an.

„Ich werde aufpassen. Aber ich habe immer aufgepasst – den ganzen Weg lang, darauf kannst du Gift nehmen. Aber ich habe wirklich nichts bemerkt. Was willst du denn gesehen haben?"

„Ein schwarzes Wesen. Es hatte keine bestimmte Form und hatte große Ähnlichkeiten mit einem Schatten oder einer Gaswolke."

Dranth runzelte die Stirn.

„So etwas gibt es nicht, das weiß doch jedes Kind. Und wie sollte uns eine Wolke oder ein Schatten schon gefährlich werden?"

Dieser Schatten könnte uns sehr wohl gefährlich werden, dachte der Thyrer, sagte aber nichts.

„Vielleicht hast du deinen eigenen Schatten gesehen und hieltest ihn für einen Feind, Whuon. Es gibt immer wieder solche Fälle, wo man sich derart täuschen kann."

„Das Wesen war echt – und bestimmt nicht mein eigener Schatten."

Whuons Stimme klang hart und etwas blechern.

Dranth zuckte nur mit den Schultern.

„Nun, du musst es wissen, Whuon. Schließlich hast du dieses Wesen oder Ding gesehen – nicht ich."

Schweigend ritten sie dann weiter.

Sie erreichten ein kleines Tal, in dem ein kleiner See zu finden war.

„Lassen wir unsere Pferde trinken", rief Dranth an Whuon gewandt. Dieser nickte zustimmend. Sie trieben ihre Reittiere auf den See zu.

Es befand sich nur wenig Wasser in dem See, und er war eigentlich mehr ein Tümpel als ein See, aber die Pferde störte das nicht. Whuon und Dranth stiegen ab. Mit gierigen Zügen sogen die Tiere das Wasser in sich auf. Whuon füllte lediglich seine Feldflasche. Ein barbarisches Kreischen ließ Whuon dann zusammenzucken. Er blickte sich um und entdeckte einen riesenhaften schwarzen Vogel in der Luft. Er mochte viele hundert Meter entfernt sein.

„Schau dir den Vogel an, Dranth!", rief der Thyrer. In seiner Stimme lag etwas Angst und in seinem Innern verspürte er ein namenloses Grauen.

„Ein schönes Tier, nicht wahr? Ich habe diese Vogelart noch nie bemerkt", sagte Dranth gelassen.

Der Thyrer konnte die Gelassenheit seines Gefährten nicht verstehen. Er konnte sie ebenso wenig verstehen, wie er seine eigene Angst begreifen konnte.

Aber der Vogel hatte ohne Zweifel etwas Imponierendes an sich, das musste auch Whuon zugeben.

Er brauchte sich nicht durch ein wildes Geflatter in der Luft zu halten wie kleinere Vögel. Diese Kreatur benutzte langsame, würdevolle, weit ausholende Züge.

Er zog am Himmel weite Kreise, und mit jedem seiner Kreise schien er sich dem See zu nähern.

„Sei vorsichtig!", sagte eine Stimme in Whuon.

Das Axtwesen!

War es doch noch in ihm?

„Axtwesen!", rief Whuon laut aus. „Axtwesen! Axtwesen, wo bist du?"

Niemand antwortete ihm.

Nur der Vogel gab ein erneutes Krächzen von sich. Es war Whuon fast so, als sei dies eine Art Hohngelächter.

Das Vogelwesen hörte nun damit auf, Kreise zu schlagen. Mit weiten Zügen entfernte es sich und verschwand hinter einem der zahlreichen Hügel.

Dranth sah den Thyrer mit einem erstaunten Gesicht an.

„Wer ist das Axtwesen?", brachte er schließlich heraus.

„Nichts." Whuon zuckte unsicher mit den Schultern.

„Aber warum hast du dann nach diesem Wesen gerufen?"

Wieder zuckte der Thyrer nur mit den Schultern. Mit einer weit ausholenden Bewegung schwang er sich auf sein Pferd. Etwas zögernd folgte Dranth seinem Beispiel.

„Ich weiß, wer das Axtwesen ist", sagte er dann geheimnisvoll.

Whuon schreckte auf. Er bemühte sich verzweifelt, gelassen und unbeteiligt zu wirken.

„Warum hast du das Axtwesen gerufen? Meinst du, dass es dich hört?"

Zögernd trieb Whuon sein Pferd an. Er sagte nichts.

Er spürte den anderen dicht neben sich und dann fühlte er eine schwere Hand auf seiner Schulter.

„Weißt du nicht, wer ich bin?", fragte Dranth.

Whuon überlegte kurz, dann schüttelte er den Kopf.

„Nein, ich weiß es nicht."

„Ich bin dein Freund. Du kannst mir alles sagen."

Der Thyrer erkannte das Wohlwollen in Dranths Stimme, blieb aber dennoch misstrauisch.

Er blickte über die Hügel und sog die Luft in tiefen Zügen ein.

„Nein. Dieses kann ich dir nicht sagen, Dranth. Dieses nicht!"

Diese Worte kamen so leicht über Whuons Lippen und gleichzeitig so schwer.

Es war ihm fast so, als hätte jemand anderes gesprochen, aber seinen Mund benutzt.

„Du vertraust mir nicht", sagte Dranth. Seine Stimme klang bedauernd.

Sie setzten ihren Weg fort. Aus den Hügeln wurden langsam kleine Berge und diese wiederum vereinigten sich bald zu kleinen Gebirgszügen.

„Woher kennst du das Axtwesen?", fragte Whuon an seinen Begleiter gewandt. Auf Dranths Gesicht stand ein nichtssagendes Lächeln. Aber eine Antwort bekam der Thyrer nicht.

Das Axtwesen!

War es noch in Whuon oder nicht?

Inwieweit wurde sein Handeln noch immer durch dieses Wesen bestimmt?

Das Schattenwesen!

Verfolgte es ihn, so musste das Axtwesen noch in ihm sein.

Vielleicht irrte sich das Schattenwesen aber auch, und das würde Whuons Untergang sein.

Er würde einem übermächtigen Gegner schutzlos ausgeliefert sein. Eine schreckliche Vision!

Und dennoch ...

Whuon fühlte sich in keiner Weise schutzlos und ausgeliefert und auch nicht unsicher.

Plötzlich war eine Sicherheit in ihn eingekehrt, wie er sie seit dem Verschwinden des Axtwesens nicht mehr gekannt hatte.

Es war gerade so, als durchströme ein Kraftstrom ihn, so wie es gewesen war, als er auf dem Pferd des Axtwesens gesessen hatte. Hoffnung erfüllte Whuon.

Hoffnung worauf?

Hoffnung auf eine Rückkehr des Axtwesens?

Auf ein Verschwinden des schwarzen Schattenwesens?

Tag für Tag verstrich und nichts geschah. Das Schattenwesen hatte sich dem Thyrer nicht mehr gezeigt und das Axtwesen sich nicht mehr gemeldet.

Die beiden Reiter erreichten jetzt die ersten Ausläufer der Berge von Lethrea, des großen Gebirges an der lutonischen und einem Teil der lakornidischen Küste.

Doch das Gelände wurde rasch höher. Schroff und steil erhoben sich die Felsen vor Dranth und Whuon.

Gefährliche Schluchten und steile Hänge wechselten einander ab. Sie übernachteten in Felshöhlen, um vor wilden Tieren und den nicht minder wilden Bergbewohnern sicher zu sein.

Die Pferde hatten es nicht immer leicht, ihren Weg zu finden.

„Es ist jedesmal beeindruckend, durch diese Landschaft zu reisen", sagte Dranth mehr zu sich selbst als zu Whuon.

„Du warst bereits mehrmals in dieser Gegend?", fragte der Thyrer etwas überrascht.

Dranth nickte, wobei die breite Krempe seines Hutes wippte.

„Ich war schon Hunderte von Malen hier. Das erste Mal, als dieses Land noch unter dem ewigen Eis begraben lag."

„Dann musst du sehr alt sein, Dranth", spottete Whuon, der die Aussage des merkwürdigen Mannes offenbar nicht ernst nahm.

„Das bin ich auch." Dranths Stimme klang ruhig und gefährlich zugleich.

„Ich bin auch nicht das erste Mal in diesem Land, doch ich kann ihm keinen großen Reiz abgewinnen", murmelte Whuon etwas traurig.

Dranth zuckte nur mit den Schultern.

„Dranth! Du sagtest eben, du wärst schon in diesen Bergen gewesen, als dieses Land noch unter Eis war. Man sagt, dass die Menschen damals in einem phantastischen Zeitalter lebten. Es gab Dinge, die es heute nicht mehr gibt. Hast auch du davon gehört?"

Whuons Wegbegleiter nickte lächelnd.

„Ich habe diese Zeit miterlebt, und sie war nicht phantastischer als alle anderen Zeitalter auch. Gewiss, es gab viele Dinge, die es heute nicht mehr gibt, aber heute gibt es auch viele Sachen, die man damals nicht kannte."

„Hör auf! Du kannst damals noch gar nicht gelebt haben!"

Aus Whuons Stimme sprachen Empörung und das Gefühl, auf den Arm genommen worden zu sein.

„Du kannst es mir glauben oder auch nicht – das bleibt dir überlassen. Ich bin so alt wie das Universum!"

Whuon hätte gerne noch weitergefragt, wenn nicht ein markerschütternder Schrei ertönt wäre. Es war ein schrecklicher Schrei, und er stammte sicherlich von einem Tier.

„Das war ein Drongordor!", flüsterte Dranth. Whuon wusste sofort, was gemeint war. Der Drongordor war ein gefürchtetes Raubtier in dieser Gegend.

Die Pferde wurden unruhig.

Whuon zog die Lanze, die in seinem Sattelpack verstaut war, lautlos hervor. Ein Drongordor war eine ernste Gefahr, der man Beachtung schenken musste.

Wieder ein Schrei!

Diesmal schien er schon von einem näheren Standpunkt zu kommen. Das Raubtier bewegte sich also auf Whuon und Dranth zu.

Langsam und vorsichtig trieben die beiden Reiter ihre Tiere die Bergpfade entlang.

Sie mussten mit beiden Augen nach dem Drongordor suchen. Er konnte sich hinter jedem Strauch, hinter jedem Felsvorsprung und in jeder Nische verborgen halten.

Vor Whuon war ein Zischen zu hören. Ein Spinnenwesen kroch aus einer Felsspalte hervor.

Der Drongordor!

Wild bäumte sich das Pferd des Thyrers auf und er hatte große Mühe, es unter Kontrolle zu halten.

Klebrige Fühler fassten nach dem Tier. Whuon hob seine Lanze und wehrte mit ihr die Fühler ab.

Rot funkelnde Facettenaugen schauten die beiden Gefährten kalt an. War es eine Maschine oder ein Wesen, mit dem er hier kämpfte? Whuon wusste es natürlich. Der Drongordor war ein Lebewesen. Und doch hatte diese Kreatur etwas Maschinenhaftes an sich.

Der Lanzenschaft fühlte sich merkwürdig an.

Und da merkte Whuon es!

In seiner Hand befand sich keine Lanze mehr, sondern eine Axt! Auch sein Pferd war ein anderes. Es war ein rötlich schimmerndes Ross, das die Quelle einer schier unerschöpflichen Kraft war.

Einen Moment lang packten Schrecken und Grauen den Thyrer, aber dann gewann er seine alte Selbstsicherheit zurück. Er fragte nicht, woher das Pferd und die Axt kamen. Sondern er kämpfte. Oder besser: Die Axt kämpfte.

Whuons Finger klebten an ihrem Stiel und sie wehrte alle Angriffe der Bestie ab. Ein triumphierendes Gelächter ging von der Waffe aus. Das Axtwesen war wieder da! War es überhaupt fort gewesen?

Whuon holte zu einem gewaltigen Hieb aus. Bläuliches Blut spritzte aus der Wunde des Drongordors, als Whuon zugeschlagen hatte. Noch einmal zuckte das Wesen, dann blieb es reglos liegen. Es war tot.

Whuon blickte auf seine Axt. Aber was war das? Da war keine Axt mehr, sondern eine Lanze. Und da war auch kein rotglühendes Ross mehr, sondern sein altes Pferd, welches er von Dranth bekommen hatte. War alles nur Einbildung gewesen?

Er blickte auf den Kadaver des Drongordors. Das blaue Blut befleckte den Bergpfad. In kleinen Rinnsalen floss es über den Fels, denn der harte Untergrund ließ es nicht versickern.

Die Bestie war tot und Whuon hatte sie getötet! Daran gab es keinen Zweifel.

Das Axtwesen! Es hatte ihm geholfen. Das Axtwesen hatte die Bestie besiegt, nicht er. Aber warum zog es sich nun wieder zurück? Warum ließ es Whuon nicht die Axt und das rote Ross?

Hatte es Angst?

Angst, erkannt zu werden? Angst vor dem Schattenwesen?

Der Drongordor!

Vielleicht war er nur eine geschickte Falle des Schattenwesens gewesen, um das Axtwesen hervorzulocken?

Whuon erschien diese Möglichkeit immer wahrscheinlicher.

Er blickte zu Dranth.

„Reiten wir weiter?"

„Ja." Dranths Stimme klang fest und entschlossen.

Whuon gab seinem Tier einen kleinen Klaps. Zögernd trabte es den steilen Bergpfad hinauf.

Das Schattenwesen!

Whuon dachte mit Schrecken an dieses unheimliche Wesen. Warum musste auch gerade er, Whuon, in einen Kampf zwischen zwei düsteren Mächten verwickelt werden?

Es schien schon fast so, als hätten diese Berge gar kein Ende. Immer wieder folgte ein neuer Hang, ein neuer Pfad, eine neue Schlucht. Aber die Berge wurden noch höher. Wie hoch sie werden würden, das verrieten die schneebedeckten Gipfel am Horizont, die majestätisch und schön über das Land zu blicken schienen.

Mit jedem Meter, den sie höher kamen, wurde es kälter.

„Whuon!", sagte Dranths sanfte Stimme. Sie klang schon fast zu sanft.

„Was ist?"

„Ich habe mit dir einiges zu besprechen!"

Whuon meinte zu wissen, worauf Dranth hinauswollte.

„Was ist es, das du mit mir zu besprechen hast?"

„Es geht um dich."

„Um mich?"

„Ja, um dich."

Whuon lächelte etwas verlegen, denn er ahnte, was nun kommen würde.

„Ich habe dich gesehen, als du gegen den Drongordor kämpftest", sagte Dranth mit einer Stimme, die keinerlei Emotionen verriet.

„Whuon! Du kannst mir jetzt nichts mehr vormachen! Du bist ein Diener des Axtwesens. Ich weiß es – und du auch!"

Whuon nickte schwach. Er wagte es nicht, Dranth anzusehen oder eine Frage zu stellen. Seine Kehle war wie zugeschnürt. Dranth fuhr nach einer kleinen Pause fort:

„Das Axtwesen kämpft gegen das Schattenwesen. Das Schattenwesen will das Axtwesen zu seinem Sklaven machen. Seit das Axtwesen befreit wurde, kämpfen sie gegeneinander. Und sie werden so lange miteinander ringen, bis das Schattenwesen wieder der Herr des Axtwesens ist. Und dann wird eine neue schwarze Stadt gebaut werden! Lass dir gesagt sein, Whuon: Diese beiden Wesen sind beide gleich schlecht. Du darfst dich nicht zum Werkzeug in ihrem Kampf erniedrigen lassen, denn es ist ein sinnloser Kampf, weil sein Ende vorprogrammiert ist. Das Axtwesen ist auf die Dauer das schwächere der beiden Wesen. Das Schattenwesen wird zum Schluss siegen und eine neue schwarze Stadt bauen und neue schwarze Reiter erschaffen, die dann erneut als die kosmischen Räuber ganze Welten verwüsten und ausrauben werden."

„Ein Grund mehr, das Schattenwesen zu bekämpfen! Eine zweite schwarze Stadt darf es nicht geben", sagte Whuon heftig.

„Du kannst dich gegen die kosmischen Gewalten, die in diesem Universum herrschen, nicht auflehnen."

„Ich kann! Ich kann es sehr wohl, Dranth. Ich muss es nur wollen, dann kann ich es auch."

Seine Augen bekamen einen wilden, ungebändigten Glanz. Er wandte sich an Dranth.

„Woher weißt du so viel über diese Dinge?"

„Ich komme aus der gleichen Welt wie das Axt- und das Schattenwesen. Ich komme aus der Nebelwelt zwischen den Dimensionen. Viele sagen, die Nebelwelt (auch Korridor genannt) sei gar keine Welt im eigentlichen Sinne, aber das stimmt nicht. Ich kenne die Nebelwelt, ich kenne das Universum, ich kenne die kosmischen Zusammenhänge wie kaum ein anderer – und ich kenne dich!"

Whuon sah Dranth skeptisch an.

„Wer bist du wirklich, Dranth? Du bist vor dieser Frage jedesmal ausgewichen, wenn ich sie stellte. Wer bist du?" Die Stimme des Thyrers klang fast bedrohend.

„Ich bin Yllon von Aryn!" Die Worte waren ganz leise gesprochen und Whuon vernahm sie nur als ein entferntes Flüstern.

Der Thyrer schreckte auf.

„Du behauptest, Yllon zu sein? Ich glaube dir nicht! Ich habe Yllon gesehen! – Er sieht anders aus!"

„Äußere Erscheinungsform und Identität sind etwas Verschiedenes!"

„Beweise mir, dass du Yllon bist!"

„Ist mein Wissen nicht Beweis genug?"

„Nein!"

„Dann sieh her!"

Whuon blickte Dranth gespannt an. Er sah, wie sich das Gesicht Dranths veränderte. Der Bart verschwand und für den Bruchteil einer Sekunde war ein Gesicht zu sehen, welches Whuon kannte – das Gesicht Yllons von Aryn!

Whuon zuckte mit den Schultern.

„Ich muss dir wohl oder übel glauben."

„Ich will dir helfen, Whuon! Ich will dich davor bewahren, einen Kampf zwischen Überwesen mitzukämpfen!"

„Ich bin selbst an meiner Lage schuld, denn ich war es, der das Axtwesen befreite und die schwarze Stadt zerstörte."

„Das tatest du nur, um deine Freunde zu retten."

Whuon nickte leicht. „Ja! Aber nun sind sie ohnehin tot!"

„Hast du denn alles vergessen, was du weißt? Der Tod ist nicht weniger lebendig als das Leben!"

Yllon zügelte plötzlich sein Pferd.

„Ich kann dir nur raten. Ich kann dich an deinem Vorhaben nicht hindern. Aber ich sage dir, dass du gegen das Axtwesen in deinem Innern kämpfen musst, wenn du nicht zu einem Kampfeswerkzeug in einem kosmischen Ringen werden willst."

„Ich kann mich gegen das Axtwesen nicht wehren. Es ist zu mächtig!"

„Du kannst, wenn du den Willen dazu hast. Wenn du die Axt der schwarzen Reiter erneut in der Hand hältst, dann wirf sie von dir! Wenn du erneut auf dem roten Pferd reitest, dann spring hinunter!"

„Ich kann nicht! Ich habe es bereits versucht, aber es ist gerade so, als würden dann meine Finger am Stiel der Axt festkleben. So sehr ich mich auch immer bemühte, ich schaffte es nie."

Ein Schatten fiel über Yllons Gesicht.

„Was ist, Yllon? Warum reiten wir nicht weiter?"

„Du musst weiter reiten – deinen Weg musst du reiten. Aber ich kann dich nur bis hierher begleiten. Irgendwo hier, zwischen diesen steilen Felswänden, wirst du auf das Schattenwesen treffen."

Ein kalter Schauer jagte Whuon über den Rücken.

Yllon machte ein ernstes Gesicht.

„Ich habe dich vor diesem Kampf gewarnt! Es gibt auch einen Weg, um ihm auszuweichen. Du musst das Axtwesen aus dir verdrängen!"

„Dann wird das Schattenwesen siegen und es wird eine neue schwarze Stadt geben! Das darf niemals geschehen!"

„Du musst wissen, ob du kämpfst oder nicht!"

Damit riss Yllon die Zügel seines Pferdes herum und ritt davon. Whuon blickte ihm nachdenklich nach. Das Packtier hatte der Magier von Aryn dagelassen.

Er nahm die Zügel des Tieres und zog weiter seinen Weg.

Whuon fragte sich, was Yllon von Aryn eigentlich gewollt hatte.

„Aber eine schwarze Stadt darf es nie wieder geben!", sagte er jetzt laut.

„Sehr richtig!", pflichtete ihm eine Gedankenstimme aus seinem Inneren bei.

„Axtwesen?"

„Ich bin bei dir!"

„Warum hast du so lange nichts von dir hören lassen?"

„Ich konnte mich nicht melden."

„Warum nicht?"

„Ich musste mich vor dem Schattenwesen verstecken."

„Und jetzt? Was ist der Grund dafür, dass du dich nicht mehr verstecken musst?"

„Das Schattenwesen hat mich entdeckt. Es weiß, wo ich bin!"

„Was wirst du tun, wenn du den Kampf mit dem Schattenwesen für dich entscheiden kannst?"

„Ich werde nicht siegen, Whuon. Ich kann nicht siegen."

„Warum nicht?"

„Mein Gegner ist mächtiger als ich. Er wird siegen!"

„Warum kämpfst du dann?"

„Der Form halber. Und weil ich hoffe, dass ich es vielleicht doch schaffen könnte."

„Wir haben es doch bereits einmal geschafft, das Schattenwesen zu besiegen!"

„Wir haben die schwarze Stadt besiegt. Das Schattenwesen aber konnten wir gar nicht besiegen."

Der Himmel bewölkte sich und ein heftiger Wind wehte. Whuon fröstelte. Ein Donner grollte und ein greller Blitz blendete Whuon. Und da spürte Whuon wieder diese unheimliche Kraft in sich. Er merkte, dass er wieder die Axt in der Hand hielt und wieder auf dem roten Ross ritt.

Er überlegte krampfhaft. Sollte er so tun, wie es ihm Yllon von Aryn geraten hatte?

Sollte er die Axt zwischen die Felsspalten schmeißen und von seinem roten Pferde springen?

Whuon zügelte sein Tier. Es drängte ihn weiter, doch er zögerte.

Konnte er die Folgen seines Entschlusses überblicken?

Wie angenehm der Kraftstrom doch war, der vom roten Pferd ausging! Wie leicht die Axt!

Wie weich sich das Holz des Axtstiels doch an seine Haut schmiegte!

Nein!

Er musste weiter!

Ein Schatten fiel über Whuons Gesicht und er trieb sein Pferd nun entschlossen weiter; gerade so, als habe er Angst, dass er nochmals zögern und zweifeln könnte.

Mochte Yllon sagen, was er wollte! Der Magier sah immer nur die eine Seite. Man musste alle Seiten im Auge haben.

Doch woher nahm Whuon die Vermessenheit, zu meinen, er habe alle Seiten im Auge?

Konnte der Magier von Aryn diese Dinge nicht weitaus besser überblicken?

„Ich darf nicht zweifeln!", rief er laut aus, so dass sein Ruf den düsteren Wolken und den grellen Blitzen entgegenhallte.

Ein fürchterliches Kreischen antwortete dem Thyrer. Whuon blickte gen Himmel und erblickte den schwarzen Vogel, den er bereits auf dieser Reise getroffen hatte.

Obwohl es doch nur ein recht ungefährlicher Vogel zu sein schien, hatte Whuon Angst.

Am liebsten hätte er mit der Axt nach ihm geworfen.

Er merkte, wie sein Pferd zögerte. Ob das Tier auch vor dem Vogel Angst hatte?

Wieder ein Kreischen. Dieses Kreischen ging Whuon durch Mark und Bein.

„Das Schattenwesen ist in der Nähe!", raunte die Geiststimme in Whuons Kopf. Aber diese Worte konnten ihn nicht beruhigen. Im Gegenteil! Sie heizten seine Angst noch weiter an.

Ein Kraftstrom von nie gekannter Intensität durchfuhr Whuon und ließ ihn zittern.

Sollte er nicht doch besser vom Pferd springen und die Axt wegwerfen?

Whuons Finger klebten fester als je zuvor am Stiel der Axt, so dass er diesen Gedanken rasch wieder fallenließ.

Donner grollte und Blitze zuckten. Der Wind peitschte den jetzt einsetzenden Regen gegen die Klippen. Da sah Whuon etwas Schwarzes heranschweben.

Das Schattenwesen!

Wie von selbst hob er die Axt zum Kampf, doch sein Pferd zögerte etwas.

Das Schattenwesen kam unerbittlich näher. Dann, als es ur noch wenige Meter von Whuon und seinem Pferd entfernt war, donnerte eine Stimme: „Deine Flucht hat dir nichts genützt, Axtwesen! Ich habe dich gefunden. Ich werde alles in seinen alten Zustand versetzen."

„Wir werden sehen, ob du nach diesem Kampf dazu noch imstande bist", sagte das Axtwesen durch Whuons Mund.

„Sei kein Angeber und Aufschneider, Axtwesen! Du weißt so gut wie ich, wer von uns beiden der Stärkere ist, wer die größeren Reserven hat."

„Aber du wirst mich schonen."

„Wer sagt dir das? Warum sollte ich dich schonen?"

„Weil du mich noch brauchst. Ich brauche dich hingegen nicht!"

„Was macht dich so sicher, Axtwesen?"

Es dauerte etwas, bis die Antwort kam.

„Ich meine, wir sollten jetzt kämpfen und nicht lamentieren!"

Damit hob sich Whuons Arm.

Die Axt fuhr mit einem Schlage in die Wolke hinein, die das Schattenwesen darstellte. Es kam Whuon so vor, als befände sich dort eine Art Widerstand.

Ein Stöhnen kam aus der Wolke, das sich sogleich in wütendes Geschrei verwandelte.

Whuon spürte, wie der Kraftstrom durch seinen Körper glitt.

Die Axt befand sich noch immer in der Wolke und dem Thyrer war so, als sauge er mit dieser Waffe die Kraft des Schattenwesens in sich auf.

Plötzlich schoss ein greller Lichtstrahl aus dieser Wolke heraus. Der Strahl traf Whuon. Der Thyrer zuckte zusammen. Die Welt drohte für einen Moment vor seinen Augen zu verschwimmen, doch dann fing er sich.

Schwankend zog er die Axt aus dem Schattenwesen und holte zu einem erneuten Schlage aus. Wieder ertönte ein heftiges Stöhnen und dann ein wildes Wutgeschrei, als die Waffe in die Wolke eindrang.

„Woher ... woher ..." Das Schattenwesen keuchte. „Woher hast du diese Kraft?"

Whuon meinte, einen Schuss Verzweiflung aus der Stimme des Schattenwesens zu hören.

„Meine Antwort wird dich verblüffen! Ich schlage dich mit deiner eigenen Kraft!", hörte Whuon sich selbst rufen.

Ein Stöhnen des Entsetzens kam jetzt aus der Schattenwolke.

Whuon zog erneut die Axt aus der Wolke und wollte zu einem weiteren Stoß ansetzen. Doch da schoss wieder ein greller Lichtstrahl aus dem Schattenwesen. Dem Thyrer schien es so, als sei dieser noch greller als der erste gewesen.

Sekundenlang sah er nur Licht. Etwas zuckte mit rasender Gewalt durch seinen Körper und ließ ihn erzittern. Ein heftiger Schmerz ging durch Whuons Körper.

Langsam öffnete sich der Vorhang aus Licht vor Whuons Augen wieder. Er erkannte das Schattenwesen.

Und er sah, wie ein weiterer Strahl aus der Wolke schoss.

Whuon sah wieder nichts. Der Schmerz wurde schier unerträglich. Er hatte das Gefühl zu fallen. Er wusste nicht mehr, wo unten und oben war.

Langsam konnte der Thyrer wieder sehen. Er spürte die mörderische Axt in seiner Hand und er sah, wie sie auf das Schattenwesen einschlug. Diesmal brachte es nicht nur ein Stöhnen heraus, sondern einen Schrei. Es war ein gellender, verzweifelter Schrei.

Whuon spürte, wie er durch die Axt die Energie des Schattenwesens in sich aufnahm.

„Du siehst, wer von uns der Stärkere ist, Schattenwesen", hörte Whuon sich selbst sagen. Es kam ihm fast so vor, als wäre er nur ein ferner Beobachter, der durch einen Schleier auf die Szene blickte. Er fragte sich, ob sein Gegner seine Schwäche am Ende nicht doch vorgetäuscht hatte.

Die Wolke, die das Schattenwesen darstellte, zog sich zusammen und schwebte stöhnend davon.

„Es ist schwach!", raunte das Axtwesen Whuon zu.

„Lassen wir es! Ich glaube kaum, dass es noch eine Gefahr darstellt."

„Wir müssen es töten. Folgen wir dem Schattenwesen!"

Whuon war nicht wohl bei dem Gedanken. Er musste an die Szene denken, als das Axtwesen ihn dazu zwang, die Überlebenden der schwarzen Stadt niederzumachen.

Mit der Axt hoch über dem Kopf preschte Whuon dem Schattenwesen nach.

„Es ist schwach. Es kann nicht mehr weit kommen", raunte ihm die Gedankenstimme des Axtwesens zu.

Der Wind blies Whuon ins Gesicht. Es war ein merkwürdig heißer Wind. Der Regen klatschte auf den nackten Fels.

Die schwarze Wolke, die das Schattenwesen darstellte, gondelte unsicher durch die Luft. Es sah so aus, als müsse sie jeden Augenblick zu Boden gehen.

Und da geschah es tatsächlich!

Whuon holte es schnell ein. Er spürte, wie sich sein Arm mit der Axt hob.

Er blickte auf die kleine schwarze Wolke am Boden – man konnte kaum glauben, dass dies das einst mächtige Schattenwesen war.

Die Axt wollte dem kreischenden Schattenwesen den Todesstreich versetzen, doch Whuon wehrte sich dagegen.

„Wir müssen es töten", sagte das Axtwesen mit einem drohenden Unterton.

„Wir müssen es nicht! Es stellt keine Gefahr mehr dar. Warum soll es getötet werden?"

Keine Antwort.

Whuon spürte die Kraft, mit der die Axt seinen Arm hochziehen wollte. Er stemmte sich mit seiner ganzen Kraft dagegen, obwohl er wusste, dass das Axtwesen letztlich seinen Willen durchsetzen würde.

Whuon hatte Angst vor dem Augenblick, da die Axt herabsausen würde. In seiner Vorstellung hörte er schon das Stöhnen des Schattenwesens.

Aber die Axt fuhr nicht herab!

Sie blieb wo sie war, was Whuon sehr verblüffte. Hatte sein mächtiger Freund aufgegeben?

Oder war Whuon der Stärkere?

Whuon erschreckten seine eigenen Gedanken.

„Ich werde dich nicht töten, Schattenwesen!", sagte er zu der schwarzen Wolke. Ein unartikulierter Laut war zu hören. Hatte das Schattenwesen vielleicht nicht mehr die Kraft, seine Gedanken klar und verständlich zu äußern?

Er vernahm jetzt eine Art Röcheln.

„Du ... du ... du bist nicht das Axtwesen?", fragte das Schattenwesen jetzt. Einen Moment lang betrachtete der Thyrer die kleine schwarze Wolke – jetzt nur noch ein Häufchen Elend – nachdenklich. Dann kam die Antwort. „Ich bin nicht nur das Axtwesen."

Whuon legte hierbei die Betonung auf das ‚nur'.

Er wandte sich ab. Er jagte auf seinem roten Ross die schmalen Bergpfade entlang und wandte keinen Blick mehr zurück.

„Du hättest eine Gefahr für das Universum ausschalten können, aber du hast diese Chance nicht wahrgenommen", raunte die Gedankenstimme des Axtwesens. Whuon achtete nicht darauf. Die Axt fest umklammert, jagte er seines Weges. Er wollte vergessen, was er erlebt hatte. Aber konnte man solche Dinge vergessen?

Whuon fragte sich, warum das Axtwesen nicht einfach seinen Körper übernommen hatte. Wie leicht hätte ihn dieses Wesen dazu zwingen können, das zu tun, was für richtig hielt! Und doch hatte es dies nicht getan.

Konnte es nicht?

Whuon schien dies absurd, denn er hatte ja bereits Beweise für die Macht des Axtwesens gesehen.

Der Thyrer zügelte plötzlich sein Pferd. Er wandte sich nach innen – an das Axtwesen.

„Du hast lange genug in meinem Körper gehaust! Es gibt nirgends eine Gefahr für dich, also geh!"

„Das Schattenwesen ist nicht tot."

„Aber es ist schwach und dir kaum noch ein Gegner."

„Egal! Es ist nicht tot. Das allein zählt."

„Dann töte es, wenn es dir keine Ruhe lässt. Aber ohne mich! Ich bin nicht länger dein Werkzeug, dein Sklave."

„Das Schattenwesen ist noch nicht tot. Du wirst jetzt umkehren und es töten. Es muss noch dort sein, wo du es verlassen hast, denn es ist sehr schwach."

„Nein. Nein, ich werde nicht zurückreiten!" Whuon überraschte die Festigkeit und Sicherheit seiner eigenen Worte.

„Du musst!" Eine Welle von unartikulierten Hassgedanken überflutete Whuons Geist.

Er spürte einen stechenden Schmerz in seinem Kopf. Es war ihm so, als müsse er jeden Moment zerspringen.

Wie, als blicke er durch einen Vorhang aus Schmerz und Schrecken, nahm er wahr, wie das rote Pferd sich in Bewegung setzte.

Momente lang sah er nichts.

Doch nun löste sich der Schleier vor seinen Augen ein wenig. Er spürte die grauenhafte Axt der schwarzen Reiter in seiner Hand. Sein Arm hob sich, obwohl Whuon sich mit aller Kraft dagegen wehrte. Unter sich nahm er eine winzig gewordene schwarze Wolke wahr. Das Schattenwesen!

„Nein!"

Es war ein Verzweiflungsschrei!

Whuon hatte nie jemanden töten wollen. Aber man zwang ihn dazu. Immer wieder hatte man ihn gezwungen.

Zuerst waren die Umstände an seinen Taten schuld und nun monströse Gebilde wie das Axtwesen.

Er nahm seine ganze Kraft zusammen, obwohl er wusste, dass das Axtwesen ihm in vielfacher Weise überlegen war.

Doch sein Arm senkte sich dennoch. Unaufhaltsam und mörderisch sank er herab. Obwohl dieser Vorgang nur wenige Sekunden in Anspruch nahm, kam es Whuon so vor, als dauerte es eine Ewigkeit.

Es war eine Ewigkeit, die ihm seine eigene Ohnmacht vor Augen führte. Er konnte nichts tun. Nichts. Gar nichts.

Aber vielleicht war das letztlich und endlich sein Lebenszweck, nie etwas tun zu können, sondern immer nur Werkzeug zu sein. Das verzweifelte Stöhnen des Schattenwesens drang wie ein Pfeil durch Whuons Gedanken. Ihm war fast so, als hätte man ihn selbst mit der Axt geschlagen.

Der Thyrer sah, wie sich das Schattenwesen innerhalb weniger Sekunden in nichts auflöste.

Wut kam in Whuon auf. Wut auf das Axtwesen.

„Was hat es dir jetzt genützt, Axtwesen, dieses Häufchen Elend zu töten?"

Keine Antwort. Das Axtwesen ist sich seiner Beweggründe wohl selbst nicht klar, dachte Whuon.

Mit beiden Händen umklammerte er die Axt und schleuderte sie von sich. Er hörte, wie sie auf dem harten Felsgestein aufschlug. Da bäumte sich das rote Pferd auf. Dieses Aufbäumen kam für Whuon so unerwartet und plötzlich, dass er keine Zeit fand, sich festzuhalten. Er stürzte. Er fiel.

Dann fühlten seine Hände den nackten Fels.

„Steh auf!", sagte eine raue Stimme.

Whuon blickte auf. Er sah einen Ritter in schwerer Rüstung. Seine einzige Waffe war eine riesenhafte Axt. Whuon kannte diese Waffe nur zu gut.

Mit einer schnellen Bewegung riss der Thyrer dann sein Schwert heraus.

„Wer bist du?", fragte er den unheimlichen Ritter.

„Ich bin das Axtwesen."

Die Stimme klang kalt und blechern.

„Wie kommt es, dass du einen Körper hast?", erkundigte sich Whuon überrascht.

„Die äußere Erscheinungsform ist nicht von Bedeutung. Hat dir das nicht auch Yllon von Aryn schon gesagt? Ich bin hier – das ist alles, was zählt. Und ich werde mit dir kämpfen."

Die Axt des düsteren Ritters sauste herab und Whuon konnte sie nur im letzten Augenblick mit seinem Schwert abwehren.

Der Thyrer spürte die dämonische Kraft, die hinter der Axt stand. Ihr widerstehen zu wollen, war ein aussichtsloses Unterfangen. Doch Whuon kämpfte. Es war gerade so, als hebe und senkte sich sein Schwert von selbst.

„Du wirst nicht lange zu kämpfen brauchen, Whuon", sagte der düstere Axtritter. Sein Gesicht war durch einen Helm verdeckt, so dass Whuon nicht die Gesichtszüge des Finsteren sehen konnte.

Schritt um Schritt musste der Thyrer zurückweichen. Unbarmherzig schlug der Axtritter zu und Whuon hatte große Mühe, die Hiebe zu parieren.

„Du kannst mir nicht widerstehen, Whuon."

„Wir werden sehen", sagte Whuon etwas keuchend.

Ein Kraftstrom durchflutete seinen Körper. Aber es war nicht die Art von Kraft, wie sie ihm das rote Pferd gegeben hatte. Der Strom der Kraft ließ Whuon zittern. Wie ein Beobachter, der durch einen Schleier blickt, sah Whuon jetzt das, was geschah. Er spürte, wie sich sein Schwert von selbst hob und senkte und die Angriffe parierte, mit denen das Axtwesen ihn zu Fall bringen wollte.

Doch Whuon hatte nicht das Gefühl, dass sein Schwert lebte, so wie die Axt gelebt hatte. Auch kam seine Kraft jetzt nicht aus dem Schwert, sondern aus ihm selbst!

Statt weiter in der Defensive zu verharren, ging der Thyrer jetzt zum Angriff über. Das Axtwesen hatte sichtliche Mühe, seine Angriffe abzuwehren.

„Woher ... Woher hast du nur diese Kraft?", keuchte jetzt der schwarze Ritter. Whuon sagte nichts. Er wusste ja selbst nicht, woher er so plötzlich die Kraft hatte. Vielleicht war er noch unwissender als das Axtwesen.

Mit einem schnellen, geschickten Hieb zerschlug er nun die Axt des Ritters. Ein erschrockenes Stöhnen war zu hören, das schließlich in ein schrilles Kreischen mündete, als Whuon den Ritter mit einem weiteren Hieb den Abhang hinunterstieß.

Er überschlug sich im Sturz einmal und blieb dann reglos liegen. Whuon seufzte. Er steckte sein Schwert wieder an seinen Platz. Langsam ging er zu dem leblosen Körper, der noch immer ganz und gar von einer undurchdringbar scheinenden Rüstung verdeckt war. Vorsichtig öffnete Whuon das Visier.

Aber da war nichts. Die Rüstung war leer. Etwas entfernt lag die zerbrochene Axt.

„Nun gibt es weder ein Schattenwesen noch ein Axtwesen. Und es wird nie wieder eine schwarze Stadt geben!" Der Thyrer lauschte dem Echo.

Dann wandte er sich an das rote Ross.

Doch es war nicht mehr da.

Aber Whuon war nicht einmal erschrocken. Er fühlte sich müde. So müde, wie er sich noch nie in seinem Leben gefühlt hatte.

Er sehnte sich nach dem Tod, denn er wusste ja nun, dass der Tod nur das Tor zu einer neuen Geburt war.

Was hielt ihn also davon ab, sich das Schwert in den Leib zu stoßen? Was wollte er denn noch auf dieser Welt? Hatte er seine Lebensaufgabe nicht erfüllt?

Whuon sehnte sich nach einer Konditionierung für eine neue Lebensaufgabe – er sehnte sich nach einem neuen Leben.

Langsam und etwas zögernd holte er sein Jagdmesser aus dem Gürtel. Nachdenklich betrachtete er es.

Es erschien ihm nicht mehr bedeutungsvoll, ob er seine Heimat Thyrien erreichte oder nicht.

Fest umklammerten seine Finger den Griff des Messers.

Whuon war dazu bereit, es sich zwischen die Rippen zu stoßen.

Er holte aus.

Doch zum Zustoßen kam es nicht. Irgendetwas hielt ihn davon ab. Wieder eine fremde Macht?

Es schien so, als bewege sich Whuons Arm ohne sein Zutun. Er nahm das Messer und schleuderte es weit von sich.

Er hörte das leise Geräusch, das das Messer bei seinem Aufprall auf den harten Fels verursachte.

Whuon schüttelte nur den Kopf. Er verstand sich selbst nicht mehr. Warum konnte er sich selbst nicht umbringen, obwohl er dazu bereit war?

War seine Lebensaufgabe am Ende doch noch nicht erfüllt? Dieser Gedanke entfachte in Whuon Panik.

„Was soll ich denn noch alles tun?", schrie er, und das Echo der Berge antwortete ihm Dutzende von Malen.

„Komm!", sagte hinter Whuon eine Stimme. Der Thyrer drehte sich um. Yllon lächelte ihn an.

„Du hast gesiegt", stellte der Magier von Aryn fest. Whuon nickte düster. Ein Schatten fiel über sein Gesicht.

„Ja! Ich habe gesiegt."

Sarkasmus lag in diesen Worten.

Was nutzte es Whuon, dass er gesiegt hatte?

„Warum hat das Axtwesen gegen mich gekämpft?", fragte er jetzt an Yllon von Aryn gewandt.

„Es sah in dir einen Gegner."

„Wie konnte ich ein Gegner für ein so mächtiges Wesen sein?"

„In dir schlummerten verborgene magische Kräfte, die das Axtwesen für sich nutzen wollte. Mit Hilfe diese Kräfte gelang es ihm auch, das Schattenwesen zu besiegen. Als die Kräfte aber freigesetzt waren, verlor das Axtwesen die Kontrolle über dich."

Whuon sah auf die leere Rüstung herab.

„Sage mir, was ich noch tun muss, damit meine Lebensaufgabe erfüllt ist, damit der Gedanke, den ich darstelle, zu Ende gedacht ist!", rief er dann mit einem verzweifelten Unterton.

„Ich weiß es nicht. Die Zeit muss es zeigen", war Yllons Antwort, doch sie befriedigte Whuon nicht.

„Vielleicht ist es meine Aufgabe, alles Böse aus diesem Kosmos zu vertreiben."

„Das kann nicht im Sinne des Schöpfers liegen und schon gar nicht im Sinne der guten Hälfte des Schöpfers."

„Warum nicht?"

Yllon lächelte.

„Weil das Gute nur deshalb da ist, weil es auch das Schlechte gibt. Das Gute kommt nicht ohne das Schlechte aus und umgekehrt. Es ist eine Illusion zu glauben, dass es ein Universum geben könnte, in dem es nur das Gute gibt. Es muss immer ein relatives Gleichgewicht herrschen!"

Yllon legte Whuon eine Hand auf die Schulter.

„Mach dir jetzt über solche Sachen keine Gedanken. Die Zeit wird es an den Tag bringen, welche Aufgabe du zu erfüllen hast – und wenn es deine Aufgabe ist, zu ertragen, keine Aufgabe zu haben."

„Aber ist es nicht sinnlos, ohne ein Ziel, ohne eine Aufgabe zu leben, welcher man sich bewusst ist? Lebt ein solcher Mensch nicht eigentlich umsonst?"

Yllon schüttelte den Kopf.

„Du tust so viele Dinge unbewusst – aber sind sie überflüssig? Ist es nicht egal, ob du dir deines Zieles, deines Sinnes bewusst bist? Allein entscheidend ist doch, ob du ein Ziel, einen Sinn hast. Alles hat seinen Sinn und sein Ziel – auch wenn es oft nicht den Anschein hat."

Whuon schwieg.

Yllon klopfte ihm freundschaftlich auf die Schulter.

„Reiten wir nach Thyrien!", rief er.

„Reiten?", fragte Whuon verblüfft.

Yllon lächelte. Er stieß einen schrillen Pfiff aus. Zwei gesattelte Pferde kamen um die Biegung des engen Felspfades. Whuon entrang sich ein Lächeln.

Sie stiegen auf und setzten ihren Weg fort. Bald würden sie Thyrien erreichen, doch Whuon freute sich nicht darauf.

ENDE